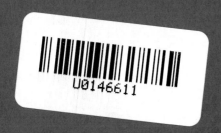

閱讀文學地景

小說卷・下

行政院文化建設委員會　策劃主辦
聯合文學出版社有限公司　編輯製作

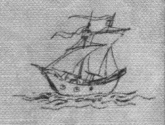

▲上冊

北台灣

中台灣

下冊

出版前言

文建會爲提升國人閱讀風氣，從「書香滿寶島」、「全國好書交換」到「全國閱讀運動」等各項閱讀推廣計畫，一直以推動全民閱讀爲主要目標。本次辦理「閱讀文學地景」活動，以「反映鄉土關懷、在地自然環境地理與具特色生活圈之優秀文學作品」爲主軸，期待透過與土地、與生活關係極爲密切的文學作品，喚起國人對家鄉的感情記憶，了解台灣土地變遷的軌跡，進而喜愛閱讀台灣本土文學作品。

本次活動共計推薦文學作品二五九篇，其中新詩一〇三篇、散文一〇四篇、小說五十二篇，是學者專家、各縣市文化局與全民精心挑選的結晶，作品年代涵蓋自日據時代至九十年代，內容有小品，也有摘錄自「大河小說」，或歌詠同情，或暗諷批判，不乏自然地景的節奏變化、城鄉生活的今昔滄桑、地景變遷與社會文明進展的衝擊。我們除了在文字閱讀中進行一場文學洗禮外，更可從文學作品中增進對不同文化背景及不同族群的理解與溝通，了解各族群文化及鄉土特色，學習以虔誠謙卑的心理看待這片土地及人民。

「閱讀文學地景」活動除了新詩、散文與小說的套書出版外，文建會更設計一系列的推廣項目，有到各公共圖書館與國中小學校的「與文學作家相見歡」巡迴講座，有作家親自導覽的「作家帶領尋訪地景」活動，有「人人遊故鄉」、「人人寫故鄉」、「人人拍故鄉」等競賽活動。另設置活動專屬網站，提供民眾上網瀏覽活動訊息與參與競賽活動，更希望運用網路科技，讓民眾在瀏覽網站時，就如同閱讀一本書一樣的感受。

前人記錄台灣地景，而作家以文字創作台灣地景上的文學。我們期望藉由「閱讀文學地景」這套書的出版，通過歷史記憶，勉懷先人蓽路藍縷的精神，了解台灣作家長久以來對台灣的耕耘與貢獻；更希望這套書得以扮演引玉的薄磚，鼓勵大家一起探尋台灣地景與台灣文學。

透過閱讀文學來閱讀台灣，是文化公民的一種權利，也是一項義務，更是一種享受。

文建會

【評選委員推薦序】

打開地誌文學的窗口

劉克襄

從小油坑登山口起腳，沿著七星山的石階步道愜意健行，花了一個多小時，不知不覺便爬上了一千公尺的頂峰。站在這座台北盆地最高的山岳，四野望去，八方開闊，綠色山巒崢嶸綿延，大塊而雄渾，間雜著蔥蘢之林木，充分地展現了北台灣一角之奇美。

風景看盡，我不免注意到頂峰，設有一座解說牌。趨近細讀，牌上介紹著周遭的山川景觀，以及遙望的雪山山脈。這個孤立的解說牌，適時地提醒了我，陽明山國家公園因緊鄰著台北市郊，早已變成台灣解說牌最多的地方。

一路上來，我就讀到四五座，或介紹竹子湖歷史，或敘述硫磺和火山口，或描繪昆欄樹、台灣箭竹不等，牌子內的敘述充滿精準的自然生物知識內涵。

我在閱讀解說牌時，不遠的一隅，還有解說志工帶領一群遊客上來，正在賣力地導覽周遭的地景。一般國家公園的解說志工，多半會以動植物生態和歷史風物做爲素材，介紹這座山脈。這位志工講得非常生動，隨隊的遊客也很仔細地聆聽著，不時爆出體會的笑聲。有的還掏出筆記本，忙著記錄他的話。

在野外設立解說牌，乃一認識現場環境的必要措施，蓋無庸置疑。帶隊導覽解說，更是備受肯定的深度旅遊方式，也早行之有年。透過這一類旅遊面向的引導，晚近國人的旅遊層次確實拉高不少。我們的旅行才質，也逐漸擺脫早年只會花錢購物，注重吃喝玩樂的負面形象。

解說牌林立，其實也告知了，如今的旅遊解說，早已進入另一個層次的論述。我們開始得思索，到底要放入多少的自然景觀知識，以及放入哪些內容？進而之，我們是否還有其他的美學呈現方式，讓國人在面對自己的山水時，引發更深的情感共鳴。

我自己曾長期當解說志工，帶領許多學員進行鄉土文史的旅行，難免對這樣的狀態頗多感觸和思考，不斷摸索更有創意的解說內涵，但也是直到晚近，在陽明山帶隊時，才有了較為不同的具體想法和經驗。我開始嘗試著，以自己熟悉的文學作品，闡述台灣地理山水。

比如，有一回，我在擎天崗發放詩的傳單，傳單上印有三十首詩。包括了郁永河、林占梅等不同時代文人的創作，同時也蒐集了當代詩人諸如蕭蕭、楊佳嫻等人的作品。

發送一陣後，緊接著，我站在擎天崗草原，向遊客們致意，隨即以詩為主題，朗誦各家詩作，一邊介紹周遭的山頭。在初次的解說裡，遊客們或不能習慣這種表達的方式，但驚訝者亦不少，聆聽後歡喜者，更是大有人在。他們多半有參與自然解說的經驗，很高興竟有這種不同於以往的導覽角度，讓他們對陽明山有了一個新視野。

在這樣分享陽明山詩作的過程裡，身為導覽者，我自己也成長不少。我逐漸學得在一個適當的森林和草原裡，如何介紹當代藝文作家的作品，跟周遭環境的關係。我清楚了然，情境若對了，那是一個很精湛的自然和人文的心靈交會，其他解說難以取代的。

或許是日後都有這樣的情緒吧，當我在山頂看著別人解說時，想到文學和地景的關係，總感覺周遭是熱鬧而溫馨的，彷彿有許多文學家的身影也跟著上來，陪我坐在山頭，一起遠眺。而我也在那種情境裡，跟他們繼續打招呼，想及他們的作品。

比如，往南望去，我俯視著下方的紗帽山，想起了美學家蔣勳。想起這座渾圓袖珍山頭，讓他充滿養成的感懷。再俯瞰下方的台北盆地，不免憶及鄭愁予生動的〈俯拾〉那精彩的詩句：「台北盆地／像置於匣內的大提琴」。

若往西，我遙望著大屯山，不免再想起老友向陽，早年在大屯山修築步道，在處女詩集留下了少有人知道的築路詩句，諸如：「路是土階是甚至腐朽的小木橋也是／一首獻給大地的歌」。再往西南，望及橫臥的觀音山，我還想起了羅智成浪漫而膾炙人口短詩〈觀音〉：「我偷偷到她髮下垂釣／每顆遠方的星上都大雪紛飛」。

好吧，若往東呢，看著內湖的山區，我則想起了詩人洛夫的〈金龍禪寺〉：「晚鐘／是遊客下山的小路」。偏北一點，望著露出半腰的磺嘴山，我則想到筆耕這座大山下的林銓居，年輕時在此家園農耕的艱苦生活。再往更北，還有向明、周夢蝶諸君之行旅詩句，隨著地景的橫陳，我的腦海裡還有許多作家的文章，繼續出現……

這個場景，也不會只在陽明山發生。若是站在太魯閣峽谷，我的腦海裡隨即浮現楊牧、陳列、陳黎和吳明益等人的散文和詩作。同樣地，我若佇立濁水溪畔，相信季季、吳晟和宋澤萊等人的小說和旅記，大概也會清楚地浮升。

放眼觀之，凡台灣之地，不論大山大水之區塊，抑或不起眼的小村小島，都有作家書寫的蹤影。在編選的過程，多位評選委員也都驚覺，十七世紀以來，台灣各時期的文字工作者，早就留下精彩的生活風物的書寫成績。晚近的當代文藝創作，透過更爲方便的旅遊和居遊，更留下大量豐富的文學地誌觀察，提供了多樣的精彩地景面相。

作家在長年的生活歲月裡，以家園山川做爲背景，展開生命悸動的書寫，描繪自己的成長，往往是一塊土地，最深沉感人的文字記錄和生活刻劃。以山川地理和風物文化爲素材的文學地誌，經由作家的文字詮釋，每個時代也都會呈現不同的美學符號和標誌。土地會變遷，但他們以文字做爲見證，展現地理景觀另一面的心靈風景，跟土地做微妙互動。那也是我們從事地方導覽解說，最期待的撞擊力量。

台灣雖小，但位居大洋之旁，大陸之邊，地理繁複、物種多樣、族群多元，這些外在的鮮明因素，無疑地都深深地左右了文學創作者的表現內涵。從選集的作品裡，我們亦看到當代作家在創作思維上，明顯地受到島嶼地理環境的複雜影響。相對地，我們的各類作品裡亦展現豐富的多變風貌和內容，形成台灣特有的地誌書寫。

過往，我們甚少從地誌文學的角度，暢談台灣的地理風景，這套選集編選了眾多當代作家，描述城市鄉鎮和山川海洋的精彩文章，同時邀集諸多作家、學者進行評介，希望透過文學風景的導覽介紹，讓我們從人文的界面，開啓另一個新風貌的台灣認識，也豐富我在台灣的生活視野。筆者忝爲編選一員，更誠摯地期待這套選集的出版，不僅帶動新的文學旅遊風氣，同時能激發創作者，繼續新一波具有內涵的地誌書寫。

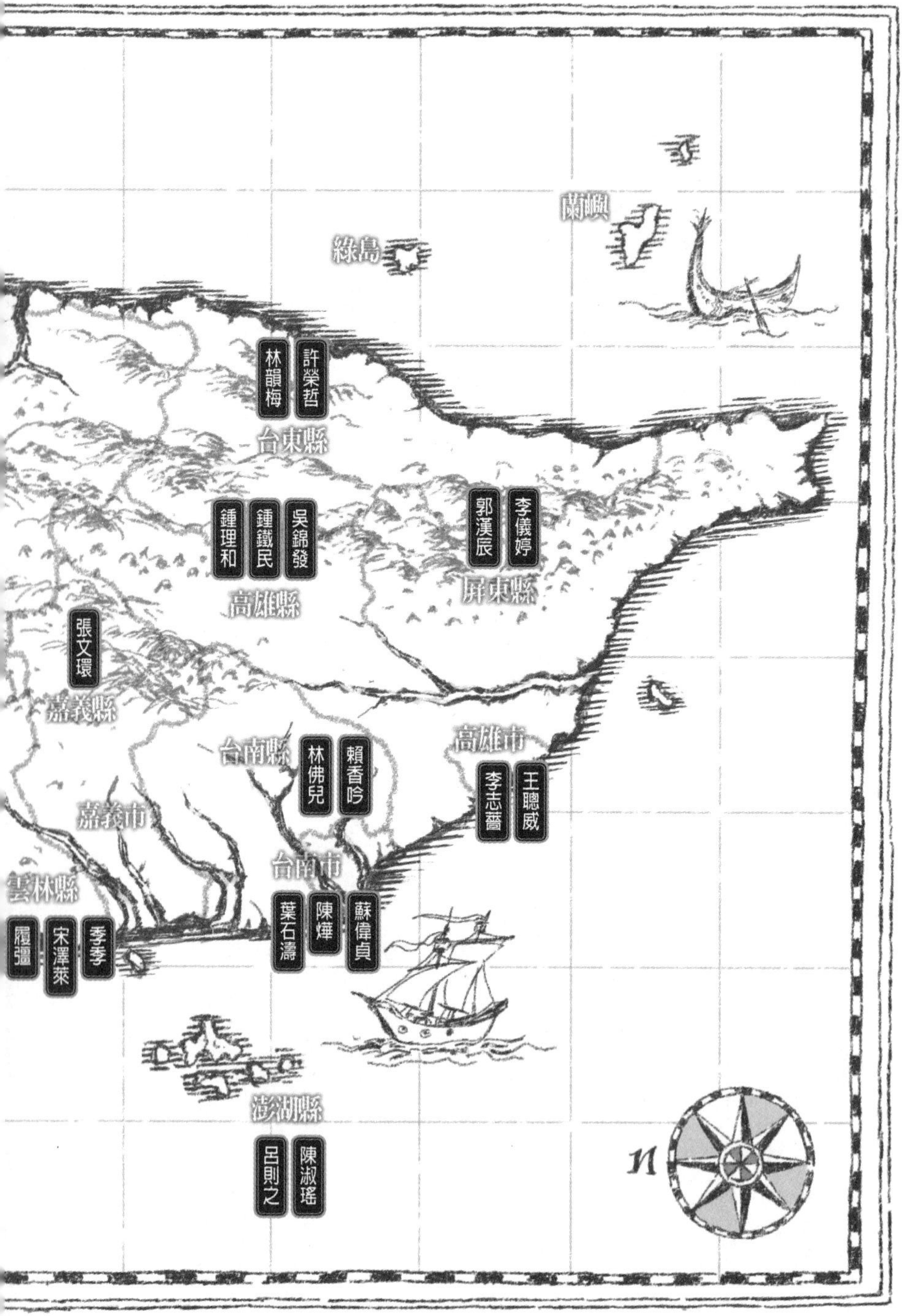
蘭嶼
綠島
台東縣
許榮哲
林韻梅
高雄縣
吳錦發
鍾鐵民
鍾理和
屏東縣
李儀婷
郭漢辰
嘉義縣
張文環
台南縣
賴香吟
林佛兒
高雄市
王聰威
李志薔
嘉義市
台南市
蘇偉貞
陳燁
葉石濤
雲林縣
季季
宋澤萊
履彊
澎湖縣
陳淑瑤
呂則之
n

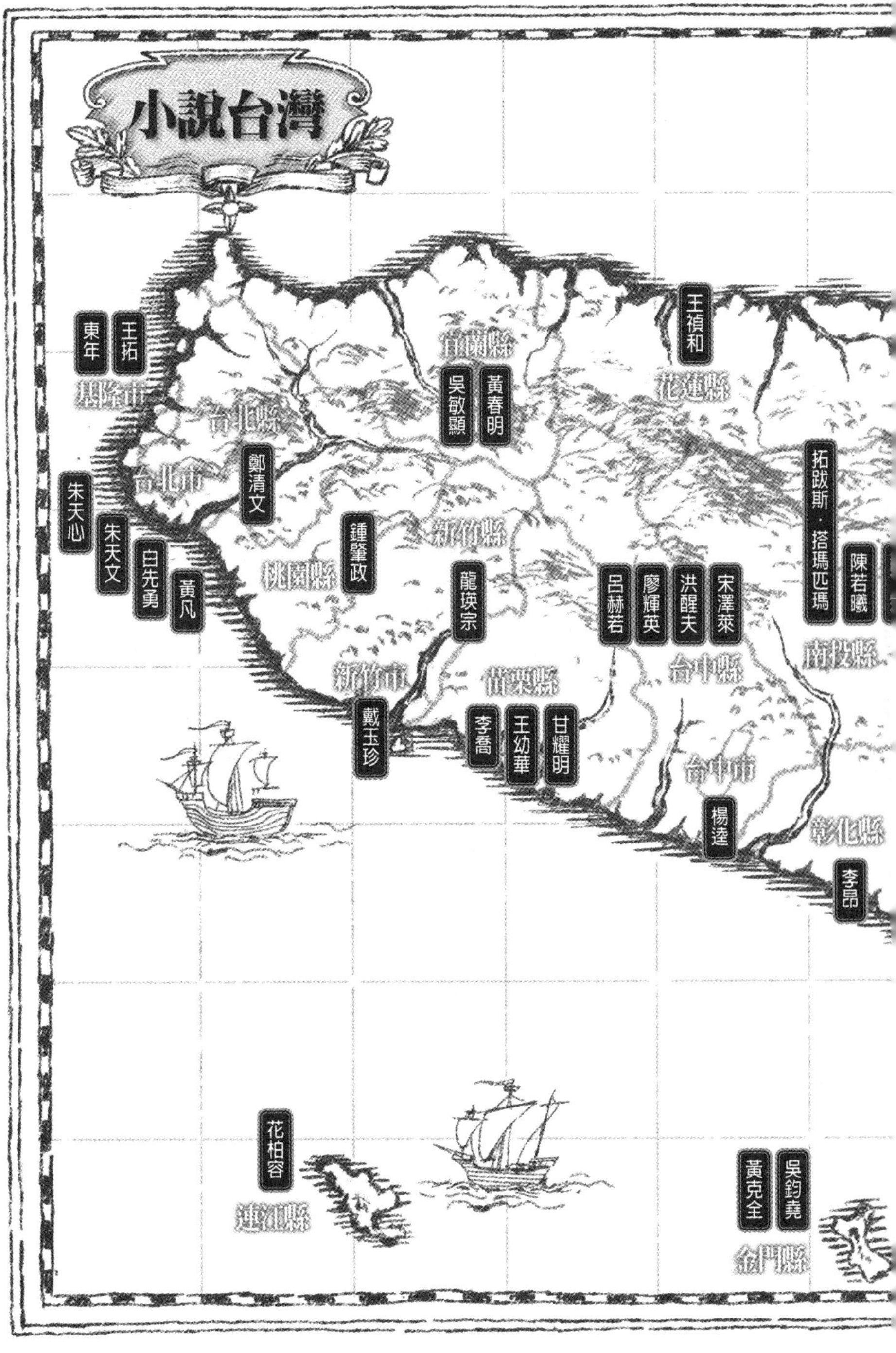
小說台灣
王拓
東年
基隆市
台北縣
台北市
鄭清文
朱天心
朱天文
白先勇
黃凡
宜蘭縣
黃春明
吳敏顯
王禎和
花蓮縣
拓跋斯·搭瑪匹瑪
陳若曦
新竹縣
桃園縣
鍾肇政
龍瑛宗
宋澤萊
洪醒夫
廖輝英
呂赫若
南投縣
台中縣
新竹市
戴玉珍
苗栗縣
李喬
王幼華
甘耀明
台中市
楊逵
彰化縣
李昂
花柏容
連江縣
吳鈞堯
黃克全
金門縣

閱讀文學景地

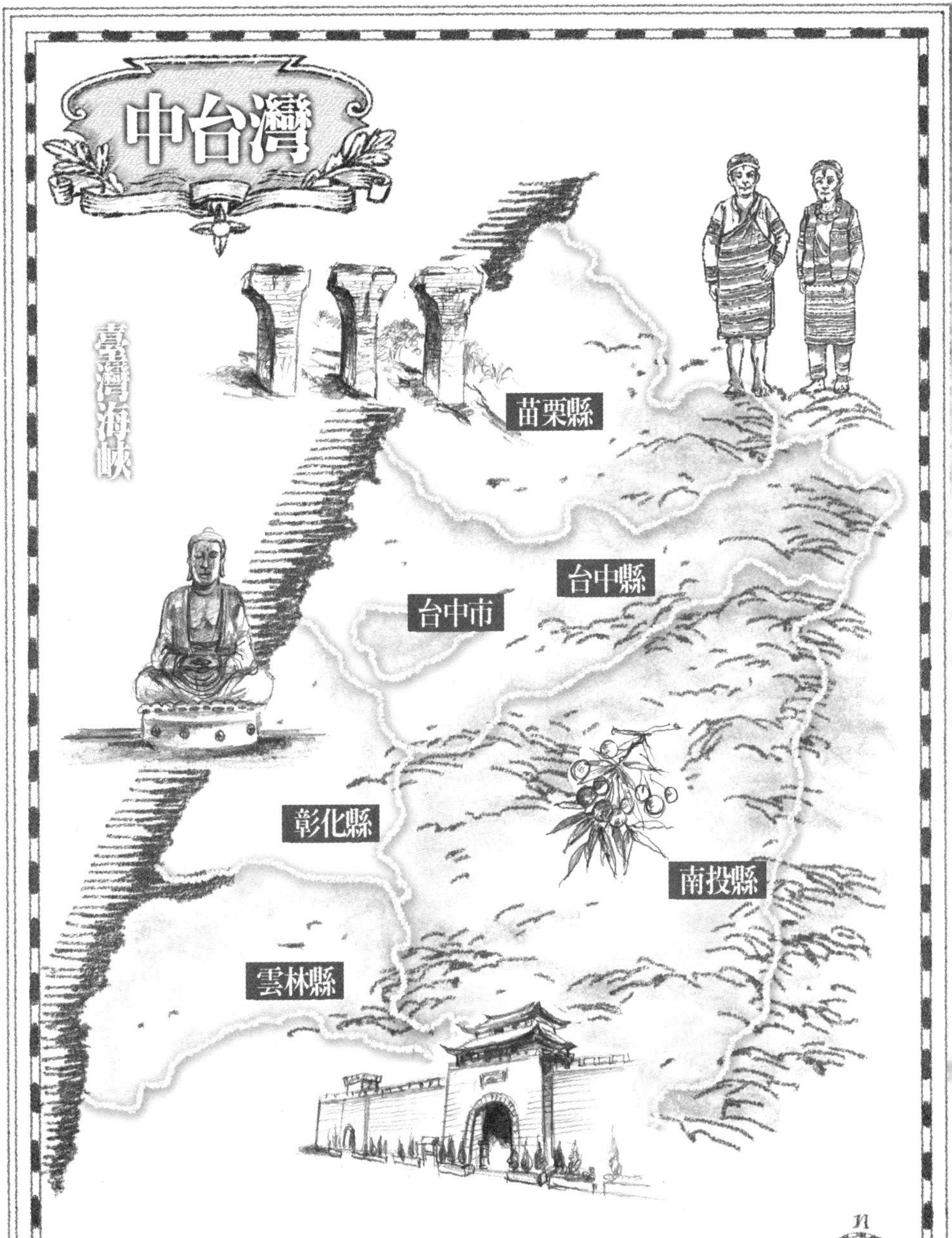

繪圖・陳敏捷／攝影・鐘永和

拓跋斯・搭瑪匹瑪

競爭結果，高一等的生命
靠低層次的生命維持生存

車子在一個轉彎處緊急剎車，我的頭正好撞上窗玻璃，張開眼睛四處望望，才知道自己已經離開城市。平原隨著公路愈走愈窄，車身也愈來愈傾斜，這裡快接近山區，兩旁站立老老的樟樹，施放令人清爽的氣味。我打開窗子，好讓沒有塵粒的空氣吹進來，旁座的老太太問我那緊急剎車是怎麼搞的，從別人吱吱喳喳的話堆裡，找著一個很正確的答案，原來是一隻小牛穿越公路時嚇急了司機，她知道答案之後，又很放心地睡。高中時通車上學，當經過這裡，就自然而然的面孔朝外，不再焦慮那天要考什麼試。黑龍狀的濁水溪沒多大改變，除了水道分爲三支分流，沖積平原的水田一塊黃，一塊白，今年的休耕期較往年提早幾天，蜜蜂早在那裡忙著搬運食糧。梯田裡沒有一個出力的農人，只剩兩個看來強壯的稻草人，不曾離開崗位，一群麻雀正把其他倒地的稻草人啄得稀爛，翻翻稻桿，吃殘存的穀子，可能是報復稻草人於穀熟時欺騙他們。有麻雀離開稻草人，在田裡它們找不到一點可吃的糧食，因爲這裡的農人有燒光稻桿的傳統，他們認爲這樣可以使土地肥沃，事實上，他們每年必須多買一些肥料，補給欠收的田地。看看路邊的標識，連續彎路、右彎、左轉，它們日日夜夜提醒駕車的人，下一個是左彎，然後一個短短的山洞。車子一路上像頑皮的小孩搖擺屁股，讓乘客有韻律地東倒西歪，只是累了男女受授不親的信徒，他們要付出一股抗力，免得壓到旁座的人。司機也隨著車身搖擺，誇大他的動作，有時上坡有時下坡，好像乘著渡輪那般快活，不像火車那麼嚴肅，更不像市內車那麼暴躁。遠處一座水泥橋慢慢伸展過來，我擱下看風景的心情，趕緊拿下行李預備下車，每次快到站時總會緊張，因爲我不願越站而受收票員的責罵。

山腳下有三個建築物，除了候車亭之外，還有顧橋的老兵所住的房子，以及一戶住家。招呼站沒有任何人，平時在這個時候已經沒有人下山，除非送病患到醫院或貪吃的情侶。四點半太陽快不見了，我走過檢查哨，有位身材高挑的老哨員走出哨亭，看起來就是肺結核的樣子，軟骨發育不良的塌鼻子被凹陷的兩頰挺高，兩個眼窩深得沒有精神。他打量我一眼，好像不曾看過我，以為我不是部落的人。頓時心裡有些自喜，我已白得認不出是山地人，可以比部落的人高級一等。他開口問我，不待他說完我搶著說：「布農撒」[1]，他點點頭讓我通過，但他仍不怎麼相信，看著我，直到我看不見他。他剛派來不久，兩個月前回家時沒看過他，他實在太老了，是不是因失職被調到這寂靜的關卡，還是政府讓他來此地方養病，到退休為止。在平地失職的公務員，往往被送來山上反省，人民的褓姆也不例外，他是我所見中最老的。哨卡後有一條二百公尺長的吊橋，是部落與外界交通唯一的橋樑，橋身因去年的水災而傾斜，愈走愈近橋中間愈害怕，如果橋斷了，我怎麼辦？去年冬天有一位國中生不小心跌落橋下，從那事件之後，勉強感動疏忽這橋的人，拔去幾十年的橋板，換上新的好木板，然而仍無法矯正可怕的傾斜。對面有車子鳴喇叭，我高興地跑，不管橋的跳動是否會把我彈出去，坐上了車就不用再走一小時的路。

車子開始冒黑煙。

「喂，喂，還有一個人走過來。」車內的人似乎齊聲喊叫，司機聽到車內的叫聲，從右後視鏡看到我，車子停住了。上車用的自製木梯已搬上去，我先把行李丟進車內，左腳墊著一條橫桿，右腳翻入車內，好在靠外面坐的人拉我上車。司機重新發動引擎，開始上路。我穩定重心，而後坐到抱差不多五個月大嬰孩的少婦旁，車子已坐滿客人，但還可以讓十個乘客站著，這輛車從來沒有以客滿的理由拒絕客人乘車。它是二手小貨車，兩旁用木條圍成的長椅子，只是它們可以移動，而且距離很近。車頂是黃色帆布搭成西部似的車篷，為了預防山裡多變的天氣，只有後面有出入口，以及旁邊的四個小洞。

年輕的司機老板是個退伍軍人，當年為領一隻手錶和一個手提袋讀士校。退伍那天，帶十五萬元退休金回部落，他的家族殺豬宰羊慶賀，並且爭著目睹十五萬元鈔票，他們的手從來沒有過萬元以上的錢。他爸爸問他將來有何打算，這麼瘦的小腿，怎能趕上犁田的水牛。他早已想到父親不可能把水田留給他，所以早已計劃買這輛車，繼續生活下去。十幾歲時，他是稻草堆中很活躍的小酋長，在宣誓當小酋長儀式中，大聲喊大家合力消滅敵人，領著小鬼和我，攻打敵人用稻草堆成的城堡。小孩遊戲的記憶裡，他天生擁有布農狩獵、伏擊的技巧，而他現在，厭惡鋤頭、籃子和水牛，每天忙於轉轉駕駛盤到晚上。

車內非常安靜，除了排氣管，及鬆了螺絲的跌板碰撞聲。他們的視線一個個離開我身上，車內就開始有交談的聲音。

「平安！你去過那裡？」一個長得魁梧頭髮黑亮的老人向我問安，他的額頭掉了許多毛髮，又換上層層皺皮，他是部落長老中的老實人，住在部落最高的土坵。

「平安！笛安，我剛打獵回來。」烏瑪斯搶先回答。笛安看到我尷尬的表情，直接問我回家嗎？我點點頭，沒有回答。

「你呢？怎麼你兩個大腳掌穿起皮鞋來。」烏瑪斯摸鬍子歪著頭看笛安的腳。

「你可能不會相信，這雙借來的，今天我去台中辦一些事。雖然我常常在年輕人面前訓話，但是今天在台中，我緊張得說不出話來，說眞的，我上了法院。」笛安吞吞吐吐地說道。少婦懷裡的小孩突然大聲哭叫，她趕緊抱起來搖搖，口裡小聲的說話，好像告訴懷裡的兒子不要哭鬧，回去會買牛奶給他。她把嘴拉成一直線，擠成圓圈，裝鬼臉，小孩沒理會她的安慰。她臉紅地兩眼看看其他人，害怕讓他們說她不會養小孩，這是布農族女人最不願意聽的批評。她曾是部落最活潑的女孩；不像布農少女天生就害羞，前年冬天嫁人，那時她才十七歲，大家都稱呼她——珊妮．卡油2。

「對不起，珊妮。我太大聲了，吵醒妳的寶貝。」笛安不好意思地說。

「不要緊啦，可能是頭痛而哭的。」珊妮搖搖沒有效，於是把紅外套脫下包著孩子，取下花色上衣第一個鈕釦，手解到第二個鈕釦時，手指停住，不知想什麼，好像後悔拉開第一個鈕釦，又好像努力想想，還有沒有更好的方法哄小兒子。

「碰！碰！」前輪踢到一塊石頭，司機沒有減慢車速。

「碰！」這次的聲音早已預料到，後輪也碰上那石頭。珊妮的上眼瞼隨著眼珠下落，看著仍在哭鬧的孩子，解開第二、第三個鈕釦，把乳房從寬鬆的乳罩拖出來。我把眼光移向車外，橋上四、五個模樣相似的國中生跑著，望著我們這裡喊叫，但已經遠得聽不見他們叫什麼。

「算了！不要等他們，讓那些年輕人多走路，想想以前我們祖先在樹林追逐山鹿、野豬，從一處山谷趕到另一處山谷，那些年輕人還有鞋穿，這段路不算什麼。」獵人烏瑪斯開口又趕緊閉口，這是他說話的習慣，不講話時，他用力閉著嘴唇。

原來他們也向著外面看。經過一個大彎之後就看不到吊橋，想到那些國中生，可能為了想在學校多看一點書，說不定是在外面貪玩，而錯過這輛車。他們將要在愈走愈暗的路上行走一小時。

「太可憐，他們為什麼不早三分鐘到呢？如果我告訴司機後面還有人，也許他會停住車，不管他是為了錢或為了同情他們的腳，我不應該被烏瑪斯說服。」我把頭縮回車內自言自語。

小孩的哭聲停止了，嘴被紅紅胖胖的乳頭完全堵住。珊妮慢慢地提高額頭，好像得意於自己控住兒子的哭聲。

「珊妮，妳眞會哄小孩，好女人理當受人稱讚。他是第一胎嗎？聽他的哭聲，我就知道一定是男人。如果，哈哈……妳的大乳房來塞我太太嘮叨的嘴，嘿嘿……我回家就……。」

「高比爾你這老酒鬼，可不可以少說幾句，躺著想想回家之後如何對付你老婆，我看你今晚睡車上不要回家。」烏瑪斯提獵槍教訓酒鬼。高比爾看到車內沒有和自己一樣幽默的人，小小笑一聲，又躺下去。珊妮紅著臉瞪著高比爾，想講他幾句。

「笛安，剛才你說去台中法院是嗎？幹什麼事？」烏瑪斯好奇地問。珊妮轉過頭來，聽笛安說台中法院的事，她不再管躺下的高比爾，因為高比爾也不理會她。

「兩個月以前，我收到一封信，唸小學六年級的孫子沙庫幫我看，說是台中法院寄來的，要我上法院，當初我想沒有什麼認識的人在台中法院，他們可能搞錯，因此沒有去。過幾天又收到台中法院來的信，說我偷了國家的東西，啊，不是，是林務局。」笛安怕我們聽錯，所以慢慢地說。

「台中好玩嗎？聽說那裡可以買到許多小孩的玩具眞的嗎？」珊妮插了嘴，她的兒子睜大眼注視她的下巴。

「好在村長的兒子比恩幫我忙，才找到台中法院。」

「有沒有戴帽子拿槍的人？」烏瑪斯指著自己的獵槍問道。

「只有警察，好像有槍，但沒有比你的長。」

「噢噢，眞不公平，警察可以到處用槍，獵人要用槍還得受他們控制，警察的槍不是用來打山豬，聽說有一個城市的警察，用槍誤殺好人，而我們子彈不曾傷過人。」烏瑪斯很不服氣。

「幹伊娘。」高比爾從城市只學會這句話，他視那話爲舶來品那般耍弄。

「又不是聽你們的，笛安快繼續說。」珊妮對法院突然有興趣，我對笛安的遭遇也感到好奇。

「法院的內廳很大，非常安靜，那問我話的人穿長袍，臉色陰森。讓我想想看，像什麼樣的人？啊！反正在部落找不到那種臉。周圍還有幾個人，穿得整齊且清潔，不像高比爾那件上衣。我那時非常不自在，好在比恩陪我，幫我把話翻成國語。」

「有沒有森林那麼陰冷，聽說法院是罪人贖罪的地方，但是大部分的人無法清白地出來。」

「不要嚕嗦，講你只要犯什麼錯就好。」高比爾拉長脖子，抬高下巴用國語慢慢說道。他有語文天才，懂得曹族語、泰雅族話以及日本話，他正學國語與閩南話，但他的造句必須重修。

「好，在熱天氣的時候稻子收完，我正沒事做，想到今年下雪時節，兒子要娶老婆。就是我最小的兒子勞恩，他們需要一張新床。」

「當然啦，哈哈，年輕夫妻的床架一定要堅硬，才會早生男丁，也不會吵到你們老夫妻，這是經驗。」我被酒鬼這句話逗笑，酒鬼一向是很幽默，偶爾有些話令人嘔心，但沒有惡意。

「我一向要求每樣事情都要完美，費許多心思設計，希望博得媳婦的孝順。所以去森林找堅硬且花紋美的櫸木，如果做杉木床，生不到第三個，床可能就下陷。就這樣林務局說我偷他們財產。我想眞誠跟他們溝通，告訴他們詳細情形，台上那些人根本沒看到我偷東西，他們不應該一直說我是小偷。我不是在別人的土地砍樹，是在荒山野地的樹林。但他們一句也沒聽，即使比恩講累了。那些人只問我有沒有砍樹，這樣就斷定我偷盜，他們永遠不會了解我。」

「你會不會被綁起來關在監獄，像電視裡的壞人一樣，」一個可能不到十五歲，頭髮及肩的小弟弟好心地問。

「不要沒禮貌，小孩怎麼在大人面前插嘴，想當年如果像你這樣，早就被丟出去了。」那小弟的姐姐拉他的頭，叫他不可出聲。烏瑪斯教訓那小弟之後馬上閉口。

「可能關六個月或賠償。」

「不要理會他們嘛！看他們敢來山上嗎？來抓你時就來找我，我用祖先那招，把他們餵給濁水溪的魚。雖然我快六七十歲，我十歲那年，曾跟父親獵人頭。」高比爾通通喉嚨鄭重地說。拉起長袖子，展示過度生長的三頭肌。

「算了吧！你這個老酒鬼，喝幾杯就變得那麼勇敢，現在的時代不需要你這種勇士。聽說族人有次攻打曹族，你的祖父以大便爲由溜回部落，被頭目痛打，不是嗎？他怎麼可能有勇敢的種子？哈哈……」珊妮故意掀出他家族的糗事，報復高比爾對她的輕薄。高比爾知道自己講酒話，珊妮不該那麼認眞，他不敢再說下去。

「姓林的是什麼樣的人，有你那麼壯嗎？小腿有你的那麼圓嗎？他怎麼可能到搭服蘭森林，種那些樹？亂講。」珊妮不愧是快舌婦，差點聽不出她講什麼話。

「林務局不是人的名字，是政府的一個機構。其實也不是他們派人上山種那些樹，只是有規定，那些貴重值錢的樹是國有財產，他們有砍伐權，當然我們可以向他們申請購買。」我解釋給他們聽，好讓他們不再誤會。

「拓拔斯．搭瑪匹瑪，那些樹眞的值錢嗎？一個根值多少錢。」

「錢錢錢，錢是最髒的東西，壞人摸過，大便沒洗手的碰過，賣皮的淫婦可能揉過，反正錢不是好東西。」烏瑪斯對珊妮說道。

「有錢可以吃麵、玩電動玩具，你不知道，你可以買的東西。姐姐和我工廠工作的薪水，加起來有九仟塊，我們不愁吃穿和玩樂。」他姐姐來不及堵住他的嘴，也點頭贊成弟弟的說法。

「對對，你聽到了嗎？這些小鬼也知道錢的好處。」珊妮向烏瑪斯翻白眼，白得像她髮間的山茶花，她已不適合戴它，因爲山茶花代表未過戶的少女。

「只好賠錢了。」笛安有點焦慮。

「以後稍微注意就可以避免再犯，看到那種樹不要碰它。好像還有幾種不知名的好樹，也列爲國有財產，不要進入山地保留區以外的地方，這樣也許比較安全。」

「喂，大學生，不要亂講，講國語的沒來這裡前，那些樹就長這麼高，我們看著它們長大，沒人敢說是他的，它們屬於森林，這點絕對沒錯。祖先砍樹造房子做傢俱，造物者從來不發怒，現在笛安拿造物者的東西，林務局憑什麼，告他罰他坐牢。」烏瑪斯不同意我，兩顆大眼睛狠狠地看我。雖然可以與這些老人同席論事，但我能再說些什麼，告訴他們這是民主國家的精神，對於這六七十歲的老人講，他們無法了解。從小就在山上自由自在生活，打獵、捕漁、耕作，只要不侵犯族人的習慣，從來不受外來的束縛。他們相信天神才有資格懲罰，所以可折服於大風大雨，但不能被異族征服。他們出生時法律不在這部落，現在他們一點也不知道，相信以後他們還是不認識。

沉默一段時間，笛安不再憂傷。「算了，有這次教訓也好，以後小心就是。好在我於河床上新開墾的玉米，可以豐收，拿來賠一部分，加上剛收割的稻子，應該夠賠。」笛安了解他們的同情，相信自己沒有錯。奇怪的是，那些人爲什麼說他是小偷，然後那麼輕易加罪給他。但是不知如何投訴要回清白。輕搖著頭，很不耐煩地說：

「我沒有臉回部落，犯錯不被赦免的人永遠是罪人。」笛安的聲音沉重，嘴唇稍爲顫抖。

「有什麼要緊，這樣說來，我也是小偷了，你比較倒楣而已。」烏瑪斯搭著笛安的肩。

「斡伊娘，我山裡有幾棵樟樹，明早你去砍，做你兒子的床。紋路不比櫸木美，但它的香味會使他們夫妻每晚想相好，不管你兒子有沒有洗澡。哈哈……。」高比爾也安慰笛安。

「謝謝，高比爾，一定會的。」笛安抬頭說道。

太陽漸漸下落，在山峰邊緣只剩下幾公尺就要天黑，遠處一對夫婦牽著水牛，從梅雨沖刷而成的小徑回家，男的背竹籃，他的頸發育不良，細而且短，頭髮散亂，像他背籃裡玉米的鬚卷。他們從濁水溪的河床開墾地走上來，腳縫還夾著細沙，快接近那小徑的集合處，他們的腳步也加快，正好在交叉路上與車子相遇。他們氣喘著，看不出是累還是高興的張口。司機停住車，問他們要不要上車，那男人拍拍他的褲子說：

「我身上除了泥土之外，沒有錢可付車資。」司機表示不要收他分毫。那男人把太太抱上車，抬上玉米，自己牽著牛走回去。他的女人叮嚀早點回家，不要讓她久等。我不曾看過她，也許是鄰近部落剛嫁過來的媳婦。

「嗳，平安，來這邊坐吧！」烏瑪斯空出和她臀部一樣寬的位子，叫她來坐。

「明喝米桑[3]，烏瑪斯。」就坐烏瑪斯旁邊，看到腳下一個袋子染上血污，嚇一跳說：「袋子裡裝什麼東西？」

烏瑪斯笑她膽小。

「袋子裡裝山羌、二隻野兔和四隻飛鼠。」烏瑪斯用手指比著戰果，那女人才安靜下來。

「那裡打的，烏瑪斯，不是禁獵嗎？」笛安說道。

「在部落後面叫佟冬的森林，到佟冬需一天半的徒步，雖然路那麼遙遠，如果我兩星期沒有上山打獵，情緒就很糟。」

「你不曾想到吃膩嗎？」我好久沒有再吃野味，故意問他，看他是否聽懂我的意思，也許他會邀我一同享用。

「其實大部分給太太和孩子吃，我只吃飛鼠的大腸，飛鼠是吃草的動物，它們吃稀有的樹葉，所以它的排泄物是很好的藥材。以前族人都人高馬大，是因為吃小米、玉米和鹿肉，那裡像你們吃米那麼矮小。何況打獵可以作為太太嘮叨的避難所。」笛安很高興談起他的專長。

「聽我祖父說以前部落周圍就有山豬，晚上常偷吃田裡的玉米和番薯，爲什麼到佟冬那麼遠的地方，都市人愈生愈多，山豬也應該增加，誰打死它們？」小弟弟又開口問，好像不理會老人的權威。

「都是貪吃的獵人，不然我可在附近裝陷阱，好讓我的女兒吃肉。」

「你這酒鬼知道什麼。以前山豬打劫我們的糧食，我們不至於缺糧，因爲腳步慢的山豬，隔天就留在我們餐桌上，蹄膀大的山豬回到山洞大量繁殖。所以獵人不會破壞這種良好的關係。」烏瑪斯說道。

「那爲什麼部落附近只剩臭老鼠呢？」

「有一次碰巧遇到一群猴子，我發誓這不是吹牛。他們討論搬家的事，小猴子不耐煩而問老猴，爲什麼頻頻搬家，而且新巢比舊巢還冷。老猴回答說：『因爲故鄉已經不安寧，過去偶爾聽到炮聲，我們聽慣了，現在有車聲，汽油味、鋸木聲。一直擔心的事終於發生，他們砍走所有的樹木，放到我們的巢穴，換上一排排人工種植的樹木。從此再沒有安全躲藏的樹幹，斷絕我們的食物，果樹不被允許長在單調的樹林，所以不得不搬到更深山來。飛鼠也不習慣一株株整齊的樹幹，那樣它只能在一個方向飛行，不能自由翱翔。其實動物大都來到這新樂園，除了有口臭的狐狸依戀汽油味，相信它們會滅族，從此從地球消失。』這是我親眼見到。」每個人的嘴都被烏瑪斯的故事笑歪，連專心開車的司機也大笑。獵人最喜歡吹牛，他們吹得動整個部落，因爲牙縫裡看不出一點虛假，臉上總是流露眞情。當他大笑才知道自己受騙。

「禁獵已好幾年了，山豬有沒有增加，再次統治森林。」我以前也夢想當獵人，捉野豬、套山鹿，受族人的讚美。但是祖父沒有留傳獵人應有的東西給我。現在只希望多聽烏瑪斯打獵的故事，不管他是否吹牛。

「停止打獵是違反自然，獵人屬於這片森林，是森林裡生存的主人之一，不是外侵者。森林的糧食一定，動物生殖力強，愈來愈多，獵人可以減少動物爲患的憂慮，反正動物也有自相殘殺的時候。最近聽說有幾隻老山羊，爲日益增多的族群在一處草原生存不易，自落山崖。說眞的，獵人只是平衡動物在森林的生存。」烏瑪斯沒繼續說，看看我們，怕我們聽不懂或有疑問，抓著頭繼續說。

「林務局，拓拔斯說的那個機構，一直破壞動物的家園，由蘆葦叢、山谷到相思樹林、松柏林，由草原趕到峭壁，甚至使它們不得不節育，他們還到處安撫受害的動物，給牠們一片保護區。說是獵人濫殺，破壞自然。我雖沒摸過書，喜歡親近大自然，相信我擁有森林的知識，超過他們所知道的森林，他們應該停止砍伐。如果森林沒被破壞，我想不會年年有大洪水發生。」烏瑪斯指大前年被洪水淹沒的水田，可以看到浩劫之後水田露出的石頭，以及來不及收割而埋在泥沙的玉米桿。他的田也被沖壞，到現在還沒有重新整地，他常常告訴別人，相信明年還有洪水，修水溝整好地也無法逃過。對岸是閩南人的屯墾地，每年一樣遭到不幸，但沖毀的堤防總是很快的再堆起來，他們五、六戶人家，怎麼可能每年造一個八百公尺長的河堤，我們一千多人的部落，卻不能保得住小片土地。

高比爾躺在車板上，睡不著又不想聽烏瑪斯敘述打獵的情況，口裡慢慢哼，重複一句「歐依啞嘿，歐依啞嘿，」不是酒鬼獨有的激情嗓子，而是族人有愛唱歌的聲帶，但沒有人與高比爾起共鳴。

「這白毛的動物叫什麼?我從來沒看過這麼漂亮的毛。」剛上車的那女人，拉長尾音好奇地問。

「哦，也是飛鼠，但不是普通的飛鼠，它有靈魂。」車上的人都安靜下來，老酒鬼枕高頭注意聽，像小孩子聽鬼故事的神情，嘴微微張開，原來他掉了一顆門牙。

「到佟冬的第二個晚上，正好月圓，我沿著山谷走，四處尋找下山喝水的山鹿，除了遙遠處山羌求偶聲，節奏一定的水聲，好像想說又不敢說的情歌，反覆再反覆。正發愁沒有雜音，我一向害怕安靜，尤其在森林。突然一個拉長的叫聲滑過我頭上，搖搖擺擺地飛到松樹林，一時沒注意，只看到白色胸毛，它慢慢爬，紅棕色圓圓的背，比一般飛鼠更長的尾巴翹得很直。快爬到松樹最末端，月亮正好在它頭上，看起來古怪令我覺得可愛。走過去悄悄靠近它，用手電筒照它兇兇的眼，動也不動地瞪我。這次是難得的機會，何況我的袋子沒有一隻獵物，所以下決心把它射下來。牠又向松樹末梢爬，以為我是傻瓜，想用身體擋住月光，然後在我看不見時溜走。牠看到我正瞄準的槍管，遲疑一下，又滑下來，我以為它要飛走。板機一扣，它就躺在潮濕的苔蘚上，血液從胸部慢慢流出，沒有停止。說眞的，我是無意的。我只想和它開玩笑，獵人不該打死森林唯一有靈魂的動物。我怕它的靈魂變為孤鬼，所以帶回來。」烏瑪斯好像在炫耀他的口才。

「算了吧，獵人誰知道靈魂，這美麗的飛鼠就因爲你的野心，靈魂沒有歸宿，牠的身體被你凌辱，你太沒良心了。說你下決心射死牠，又說無意，不要騙人。」高比爾高舉米酒要烏瑪斯喝下，以洗清他的罪，這是酒鬼們的慣例。烏瑪斯接酒喝完，看來有點後悔自己多嘴。以前我也聽說白鼠不能侵犯，今天第一次親睹，其實和普通飛鼠沒有二樣，只是它有白色胸毛。

笛安緩緩地說：「高比爾．松魯曼那，你整天喝酒，說是讓靈魂得釋放，不管米桶是否塡滿，甚至讓田地荒涼，你太太乳房愈來愈小，兒女的額頭愈長愈暴露。造物者不會祝福白天沉睡的人，玉米也不長在沒有汗水的泥土，比起烏瑪斯你更沒良心。」高比爾聽笛安喊他家族的姓，臉更紅。他認爲笛安不應該連松魯曼那一起責備。但笛安繼續說：

「食物是生存所必需的東西，沒有它生命將枯死，祖先教我們如何穿褲子以前，就教我們撥果子、套豬和捉母鹿，一切生命都需要吃。互相競爭是生存的『法律』，哈哈，台中法院學來的，只要講到法律大家就不能再多說。競爭結果，高一等的生命靠低層次的生命維持生存。如果高比爾你注重靈魂，那瓶酒也是用有生命的米粒釀成。所以要生存就要建立自己的勢力範圍，也就是跟低等生命搏鬥，預防異族的侵略。老巫婆曾告訴我這些。」大家一直沒插嘴，笛安演獨角戲而有點累。

高比爾突然起身坐在車板，車子爬過最陡的山坡，放了兩團濃煙，漸漸加速平穩地向前。到此我才放心，這車子實在太老爺，全車的螺絲好像都會鬆落，除了司機緊握剛換新的駕駛盤，它應該退休了。過兩處平緩的山坡路，梯田站滿一綑一綑稻草，我往車外伸手，跟他們揮手，然後又伸回車內。高比爾張大兩眼珠，五個手指指笛安說：

「好，那麼你是高等還是屬於低等的生命？笛安，」

笛安伸出舌頭，又縮回來，暗想高比爾是不是設圈套。然後有信心地說：「當然是屬於等級高的生命。」

「你今天怎麼會被別人吃定了呢？哈哈……還是一句話……，」

「法律。」他們異口同聲說道。大家都笑了。

注意笛安臉上的表情，沒有我預料中難看，他笑得比他們更痛快，也許是笑法律爲什麼那麼神奇，笑自己被看不見的力量綑住，失去在森林掙扎的勇氣，笑自己是巫婆口中的低等生命。笑一個大轉彎，高比爾扮極端歧視的嘴臉，掃視車內每一個人，轉到烏瑪斯面前，上氣接不上下氣，咳嗽停住他的嘲笑，好像魚刺哽住喉嚨，大口張開。我們又被他扭曲的鬼臉逗笑，他往我這邊瞧，好像求我的憐憫，我歪著頭給他一個微笑，然後看看車外。我很想告訴他們說：「笛安不應該遭到懲罰，他不知道那事犯法律。以前年輕人犯族人的習慣，如果他事先不知道那是錯誤的行爲，頭目只責備他父母，沒有明白交代族人習慣。」他們只顧著大笑。

太陽在我們的笑聲消失了。天空剩下幾朵紅白色的雲塊，走過的路已看不見，司機打開大燈繼續向前。從稀疏的竹林可見東方淡黃色小米圓餅樣的東西，在腦中第二次浮現，才想到是月亮升高。不知怎麼搞的，對月亮怎麼變得那麼生疏。車子突然減速，然後熄火。

「哇哇，抛錨。」我過度敏感地說道。暗暗祈禱不可此時抛錨，要走路回家，寧願往後走回城市，明日再上山。有輛摩托車快速走過，原來是司機讓路給他先過。

「那麼晚這些年輕人去那裡啊？不乖乖幫忙撥油桐子，賣幾個錢來買結婚的新床，愈來愈差勁。現在年輕人不怎麼關心床，結婚後還用他父母的床，愈來愈差勁，那是誰家的男人。」笛安責罵已消失在左彎的情侶。

「好像是第二鄰鄰長的大兒子，那女的是他家過去第二家的拉露斯·搭斯卡那比日。他們一定是去城裡吃麵看電影，年輕情侶最近流行這種玩意。」珊妮邊說邊拉起大粒的奶頭，小孩子用力吸吮，把乳房拉得很長。好不容易拉開，她用食指逼近小孩的鼻子說：

「那麼貪吃，不知道以後會不會養我，長大後，可能就不認被你吸乾的乳房。」小孩好像聽懂母親的諷刺，差點又哭。

「長大後他一定很強壯，看他握緊的雙手就知道。像我家隔壁的馬太在埔里做綑工，每個月一萬多，家裡有唱機有電視。馬太國小四年級輟學去工廠的弟弟，最近也寄一張彈性床給他父母。那時妳就不只擁有這些。其實沒有與城市來往之前，我們都過著滿足的生活，現在不一樣了，年輕人到城市拚命賺錢，拚命買奇怪的東西擺在家，他們一直沒有感到滿足。相信妳兒子會給妳幸福。」珊妮有點不滿意笛安的話，想了一陣子，拿起勇氣謹慎地說：

「我打算給他讀書，國小、國中而後考師專，作老師或公務員也好。」珊妮對她爲兒子的計劃感到滿意。此時我覺得有點安慰，至少有珊妮肯定學生的價值。我在部落應該受讚美，因爲是部落唯有的哈卡西（大學生），這一代不會有第二位，但是我不曾受他們的擁抱。部落的人只相信小腿肌肉，讚美頸子有力的男人可以養家，不曾有人知道頭腦是什麼。我仍點點頭表示贊同珊妮對兒子的期盼。

「讀書有什麼用，天天遊手好閒的國中生，還有考鴨蛋或被學校退學，他們可以成爲有用的人嗎？我常懷疑老師和書本教他們懶惰，他們的骨骼一天一天脆弱，讀了幾本書就與年長的人頂嘴，以前沒有這種怪人。反而沒讀書的較勤勞、孝順。」高比爾酒醒了，講話不再有米酒味。

「也說眞的，讀過書的女生連小菜園都無法使它長出蔬菜，要她們下田插秧，一定要大聲強迫，戴手套，穿長絲襪，秧苗都被他們嚇死了。難怪有這種兒女都沒有好收成，所以還是教孩子耕田打獵，才能保得住自己的家園。反正讀書比不上城市人，到工廠工作又會被城市人欺負。」烏瑪斯左手握著獵槍，右手緊抓椅子說道。

「烏瑪斯說得很對，留在家鄉好。還沒嫁到你們部落前，我曾在草屯一家紡織廠工作。記得十七歲時我爸爸整天爲空酒桶難過，父母也常爲貧窮吵嘴。一天晚上，父母決定把我送到城市賺錢，他們相信城市滿是黃金的謊言，雖然哭紅了眼到天亮，我不想離開我的朋友，天明之後，爸爸還是親身趕我。以前不曾決定自己的事，父母的決定也不使我感到興趣，除了那次決定把我嫁給比撒日，當天，忘了是幾月幾日，接到哥哥的限時信，說有人來提親，興奮了一整天，那月分薪水沒拿就離開工廠。嫁到比撒日家之後，他擔心地問我會不會回工廠。」

「你會回工廠工作嗎？」珊妮轉頭問她。

「比撒日沒想到，我不是那種女人，有些山地姑娘到城市之後，想盡辦法擦掉本來的膚色，甚至講起閩南話，在閩南人面前不承認自己的種族，但是她們流的血無法改變。我覺得田地比紡織廠好，現在可以脫去腳的束縛，踏可能使我傾斜的泥沙，走過可能讓我跌倒的石頭，我不會後悔。城市的柏油路又熱又燙，硬水泥會使我懷疑地球是硬殼子，腳掌與土地的感情遲鈍。每當看到工廠長長的煙囪，就想念春耕燒稻草的煙味，工作像機器一樣呆板，有時加班沒有加錢，附近的少年人常調戲我們山地姑娘。現在當和比撒日留在田裡工作，每個季節不像在紡織廠的難過，春天可以翻新泥土，夏天時把臉曬紅，可以流大汗忙著秋割，冬天可以冬眠。山上不需要洋樓汽車、電冰箱、洗衣機等電化製品，這些是城市人的代用物，因爲他們失去了天賦的本能，所住的環境已經不屬於自然。如果要平平安安過日子，就必須回到土地來。像這兩位姐弟，以後可能因想念家鄉的芒草，而強烈的痛苦，那時候他們不能回來，必須留在那裡。所以我不會離開部落到草屯的紡織廠。」她的口音怪怪，而且小聲地說，她不要那兩位姐弟聽到。

車子離開顛簸的亂石路，烏瑪斯看著我說：

「拓跋斯，你那當公務員的堂哥，浪費他老子爲他們在山上打獵，在水田如牛馬般勤勞，他老子在水田、旱地的成就，如今被雜草淹沒，他們也離開了部落。而你呢？也說不定。」我想極力否認，我不會像堂哥那樣有了成就而忘了土地。並且想告訴他們智慧不是局限在部落，智慧可以戰勝邪惡、懶惰和窮困。如果笛安受過教育，也就不會觸犯法律，比撒日的女人也不至於被老板榨取，高比爾也不必在酒瓶尋找自尊。即使存在於現在比較惡劣的生活環境，擁有極小的勢力範圍，智慧可以征服，不需逃避，自我安慰於過去，他們不該屬這世紀的人，他們憂鬱，陰影籠罩年輕人，使下一代如陰雨下的秧苗，瘦黃不能繁盛。他們是古老的布農。算了，不要與他們爭理，免得傷搭瑪匹瑪的名，也許下一代可以振作。我用手托住臉頰使耳朵閉塞，回想自己入城讀書，那裡出差錯，讀書是不是最好的決定？我掉入煩亂的思考，慢慢聽不見他們。

過了一段時間，突然車子在往後退幾步，然後加足馬力往上爬，這是回家最後一個山坡，到山頂就可以平穩直達部落。我再次抬頭，兩姐弟小心的交頭接耳，好像很高興可以馬上到家，把手中像禮物的東西給笛娜[4]。高比爾又躺下去，好像害怕什麼，像小孩知道要被處罰前專心思考，想想如何騙取太太的同情，紅色登山袋也許有太太的頭巾和小孩的玩具，他終於笑了，我想他找到了解脫嘮叨的良策。兩位少婦交談且快速。沒有人要與我說話，只好傾聽烏瑪斯講古故事給姐弟聽。

「濁水溪以前是清淨的，祖先靠它們代代相傳，對它的信賴僅次於天神和小矮人，相信它帶來肥沃土壤，不需一輩子在腐蝕的山脊，勉強採收了蛀了牙的玉米，更相信它保佑我們子孫，像它自己不會乾涸，即使偶爾折斷將收成的玉米，它不會忘了帶油柴及好木材。但是有一天，一個勇敢的頭目，率領勇士越過千卓萬山，穿梭可怕的萬大溪，襲擊泰雅魯部落，割下許多刺青的臉，血染紅濁水溪，於是天神發怒，血變成黑色沙粒，使濁水溪至今不能飲用，祖先只好散到有水可喝的地方。」烏瑪斯有信心地說道。

「我去過水里鎮，帶我兒子看病。」我被珊妮的聲音吸引過來。她髮間的山茶花格外顯眼，尤其是香氣占滿整個空間，但一直不敢正視它。

「孩子得什麼病?珊妮。」比撒日的女人關心問道。

「醫生沒說什麼，也許不很嚴重，只是發燒而已，打針、給三天的藥就叫我出去。兩三分鐘二百三十塊，太貴了。和生意人一樣不老實。」珊妮摸摸兒子的頭，看看二百三十元是否眞的能夠退燒。

「說醫生是生意人嘛，病還沒醫好就收錢，買來的褲子破了尚可退還，病醫不好誰敢討錢。說是大善人也不像。有次夜半找醫生，醫生起不來，沒錢的病人他們粗心治療，醫生眞的像鬼。」比撒日的女人說道。他們發現我正聽著，對我說：「以後你當了醫生，我們生病時找你，一定要便宜，最好你回來家鄉當醫生。」

「好，一定的。」我沒把握的回答她們。

車子繼續出力往上爬，司機比剛才更握緊駕駛盤，爬過山崗之後，他就賺得八十元。車子壓過卵圓石發出熟悉的節奏，高比爾首先抓到拍子起共鳴。

歐依啞嘿，

快快背籃子回家，
不用擔心沒耕完，
它會使你疲倦。
家人已等你許久，
不要讓小米著涼。
歐依啞嘿，
趕快走過山崗，
不要被月亮看到，
他會使你逗留。
老婆已等你許久，不能讓床著涼。
歐依啞嘿，
……

烏瑪斯、笛安跟著和聲，我幾乎忘了歌詞，也偷偷地唱。

「嗚——呼——到家了。」

部落的第一盞燈在車前玻璃閃爍，那是派出所的大門燈，晚上才顯出它的威嚴，車頭漸漸面向部落，高高低低的燈火一盞一盞呈現在我們眼前，有孤單的路燈，黃橙色由屋內發出來的光，一閃一滅，好像殘存的廢城。獵狗的吠聲愈來愈大，他們開始拿起行李，笛安摸摸口袋要掏錢，兩姐弟站起來離開座位。唯獨我覺得屁股沉重，腦海出現城市，一排排明麗的路燈，車燈在柏油路上幾乎凝成一團，透明的大廳，還有夜市叫賣聲。怎麼部落那麼安靜，燈光比油燈還柔弱。有些人從窗子看車子，好像車裡有他們等待的人。有的人剛上桌吃飯。有人在曬穀場乘涼。

車子慢慢向前，在一盞路燈下停車，他們給了錢互相道別，酒鬼從後面拍我肩說：

「喂，拓跋斯．搭瑪匹瑪，不認識這裡了嗎？到家了。」給了車錢，司機向我問安就離開。

部落爲什麼冷漠，沒熱烈歡迎我，我後悔爲什麼要回來，如果現在有一班車下山，我會回去。

站了一會，一股秋風吹過來，雲霧要慢慢瀰漫整個部落。想到家的大廳，一定是開著等我，笛娜已經把我的床舖好。提起行李隨高比爾低沉的歐依啞嘿，緩緩拉長燈下的影子。

——收入晨星出版《最後的獵人》

註：

1布農撒：我是山地人。
2卡油：布農話：較開放之意。
3明喝米桑：布農話感激之意。
4笛娜：布農話指媽媽。
編者按：手錶和手提袋係鄉里爲鼓勵子弟從軍報國之贈品。

【作者簡介】

拓拔斯．搭瑪匹瑪，布農族人，漢名：田雅各，一九六〇年出生於南投縣信義鄉人和村（Take-Tokun）。高雄醫學院（高雄醫學大學前身）醫學系畢業，曾任台東縣蘭嶼鄉衛生所醫師，現任台東縣長濱鄉衛生所主任。

結集作品包括短篇小說集《最後的獵人》、《情人與妓女》、散文集《蘭嶼行醫記》；曾獲吳濁流文學獎、賴和文學獎。拓拔斯．搭瑪匹瑪的文學風格深富族群生活經驗、文化特色與精神圖像等多重元素，其文學之語言特質、節奏感、空間感，皆與布農族息息相關。而以在蘭嶼行醫經驗為主體，如手記體的《蘭嶼行醫記》，則彰顯出兩種南島語文化（布農與達悟）的交會與對話。

【作品賞析】

田雅各這篇作品的篇名「拓拔斯．搭瑪匹瑪」，正是敘事者「我」的布農族名；田雅各採取第一人稱的敘事角度，成功地將情節結構的時間、空間軸線壓縮在外就讀大學生的敘事者利用假期返家，從傍晚時分到初夜之時，搭乘族人以小貨車改裝的「客車」從山腳小鎮返回部落的過程，主要的情節發展環繞於車上族人之間的對話，作者圓熟揉合了寫實及隱喻的技巧，結合了漢語及布農族式的表述語法，透過不同年齡層的人物背景對比（例如老年的笛安、獵人烏瑪斯、酒鬼高比爾，中年的貨車司機、比撒日之妻，青年的珊妮、平地工廠工作的姐弟，以及敘事者「我」）之間的交叉對話，並以略帶幽默的詞彙，探討族人處於傳統與現代、部落與都市、山林與工廠的夾縫底下諸般徬徨、無奈、失落的心緒。

文中，田雅各以寫實的手法，呈現了濁水溪在流經南投縣水里鎮一帶之後分為三支分流，肥沃的沖積平原提供有利的農耕條件；但在漸離水域、愈近山脈的聚落，卻成為在平地因故失職的警察、等待退休的老兵工作之處。這個職業團體成為當地布農族人眼中「國家」、「政府」的代表，例如老年的笛安為了新婚的兒子，前往族人傳統生活領域的山林砍取櫸木以作床，卻被漢人警察指控為盜取國有林的「小偷」，被迫從世居部落前往陌生都市的台中法院受審，凸顯了布農族人的傳統生活領域、生命文法在國家力量的作用之下，逐漸流失、斷裂的無奈警訊，這是值得全體台灣人在營造尊重多元文化的族群關係之時必須正視的問題。

——魏貽君撰文

重返桃花源

陳若曦

車進村中，但見收割的稻田露出齊整的稻茬，一畦畦的菜地綠油油的，村口的小公園花木扶疏，美麗悠閒的農村景象和三年前殊無差異。這麼可愛的田園風光，元眞想，難怪外婆一住就不肯離開。

到了明月巷，看到兩屋之間有塊空地，殘留的石板和柱椿顯然是房子震塌的見證。好在屋旁的紫荊披了一樹綠葉，點綴著朵朵紫花，顯得生機勃勃，讓人想像復甦的願景就在眼前。

車子緩緩駛入一間農舍前的稻埕。一頭白髮盤成腦後髻的露碧婆婆正坐在廳堂口捻麻線，身後紡織機前有位中年女子在低頭紡紗。

「百依！」

元眞推開車門就親熱地喊起來。泰雅族的親人稱謂和歐美一樣，祖母和外婆是同一稱謂，不分內外，同樣敬愛。

「阿嬤好！」桂蘭從小喊慣了，一時也不想更改。

「啊，桂蘭把小米麗車來了！」

「小米麗」，元眞知道，在外婆眼中她永遠是長不大的小可愛。

「百依，你越來越年輕了！」

聽到小孫女的奉承，老人家樂得呵呵大笑，缺一顆門牙的笑容活像三歲頑童。硬朗的身子在板凳上挺得像秤桿，臉上儘管皺紋打摺成溝，黝黑的皮膚被一顆銀髮映得黑裡泛紅，眼睛和嘴巴經常笑成一團，村裡人都說她健康快樂如神仙。

老人家今天穿了黑毛衣和黑長裙，身上圍一條大紅麻紡布，這布用菱形花紋織就，比以前的一條平紋布漂亮許多。

「百依，你穿新衣了？眞好看！」

元眞邊讚美，邊邁上台階。

「喏，這是最高段的米粒織。」

老人以目示意紡織機上的布紋。紅麻布掛是泰雅婦女的傳統服飾，看來她是穿新衣來做示範了。

元眞剛去美國時，就聽說外婆在教族人紡織，和另外一位天主教修女是清流僅有的兩位師傅。眼前就有一位婦人坐在機前學習，顯然教學頗忙碌。

「百依露碧，你孫女兒回來，改天我再來學吧。」

婦人見到來客，連忙離開織布機，客氣地招呼一聲就走了。

老人也收起手中的麻線團，放進一只竹簍子裡，一邊招呼孫女們進屋。

姐妹倆把帶來的水果和餅乾放到靠牆的方桌上。

「人常常來就好，東西不用帶嘛！天冷，先吃一碗麵茶吧。」

熱水瓶就在桌邊，老人家高高興興地泡起麵茶。孫女倆圍著桌子坐下來，等待熱乎乎的美食。

元眞先打聽：「百依收了幾個學生？」

「一兩位罷了，」外婆很謙遜，「修女的學生多，她正式開班指導。」

「怎麼還叫人家修女，」桂蘭抗議，「不是還俗了嗎？」

「對，對，她還俗了！」外婆更正後不忘強調，「人家還繼續給天主教會工作，還不還俗都一樣。按我的意思，還俗更方便社會服務，相信天主更歡喜才是！」

想到元眞的出家身分有些敏感，老人家連忙又撿回原先的話題。

「最近流行手工織品，婦女漸漸也肯學了。說到如今的泰雅女人，簡直身在福中不知福呢！我們免費教紡織，很多人還不怎麼想學！」

老人家愛回憶，不免說起小時候看母親織布的情景。

「媽媽從不教你，你只能乖乖站在旁邊看。你若是織錯了，媽媽就把工具扔在地上，你得不聲不響地撿起來，自己從頭摸索。要當個『頸項掛名』的女人，可不容易哪！」

她說，以前紡織都是泰雅女人的本分工作。先把生麻纖維曬乾，然後和米糠揉搓成紗。捻線時，用門牙咬住線頭，再用大拇指和食指將生麻纖維分開，上下交叉連結成線。幹練的女人常在頸項上繫條細繩子，以便吊住線頭，方便雙手在胸前捻紗，如此便贏得了「頸項掛名」的美稱。

「百依露碧，你孫女兒……來了？」

屋裡傳來沙啞拖拉的嗓音，杜門婆婆推開左邊房門，腳步蹣跚地走出來。

露碧連忙介紹：「桂蘭你是知道的，小瑞麗還記得嗎？她三年前去美國……」

「記得！」杜門婆婆搶著指認，「這剃光頭的，不就是米瑞麗？」

元眞趕緊問候她：「百依杜門，您好嗎？」

「唔，不怎麼好呢！老天爺這回眞發脾氣了，大地震後又來冷颼颼的寒冬，我的兩條腿就不聽使喚了……」

老婆婆一邊慢吞吞地訴苦，一邊過來挨著桌子坐上了板凳。

元眞頗後悔多此一問，因爲婆婆必定從盤古開天說起，絮叨起她日漸衰弱的身體來。好在老人家脾氣好，並不強迫人家回應，只需借她一隻耳朵，此外麵茶照吃，說夠了她會自動關上話閘。

桂蘭知道她的脾氣，禮貌之外絕不搭腔。元眞偏偏總是忘記，其實也是爲了關懷杜門婆婆，感激她善待外婆。杜門心腸好，和露碧特別有緣。十多年前初見一面，就邀請露碧同住，一直到今天，只象徵性地每年收一百塊錢房租，想多給都不行。

「我不缺錢，」她說，「我有什麼，你就有什麼，我們一切分享。」

她丈夫早死，一對兒女先後離開清流在外成家立業，逢年過節才回來探望她，平常只寄錢表示孝心。

露碧也不缺錢，省下房租都用來行善。王家祖傳草藥，在「傳媳不傳女」的傳統下，她很早就學到不少祕方，八十開外還能上山採藥，自己熬煉，然後免費贈送給需要的人。

在露碧感召下，杜門也信了基督教，她倆成了主日唱詩班的兩棵長青樹。

「你們早來兩天就好了，」露碧邊說邊把調好的第三碗麵茶推到杜門面前，「百依杜門剛過七十二歲生日，我們教會給她慶生，大家唱歌、吃蛋糕。有笑聲、歌聲、掌聲、熱淚……可惜你們沒來分享！」

姐妹倆連忙祝賀：「百依杜門生日快樂！」

元眞還額外加一句：「百依杜門身體健康，長命百歲！」

「活一百歲？太辛苦啦！能像百依露碧那樣的健康就感謝主啦！」

婆婆說完開心大笑，露出一口整齊的假牙。

元眞跟著笑了。自己從沒想過要活多少年，但是婆婆比外婆小十二歲，一個已然行動不便，一個還能上山採藥，可見年歲沒啥關係，是否健康才重要。

杜門捧起麵茶，用湯匙舀一小口吃了。滿意地咂咂嘴後，告訴姐妹倆：「你家百依眞有愛心，她做什麼我都喊『阿門』！」

元眞望著紡織機，感恩地頻頻點頭。花錢買部紡織機擺在大廳裡，這肯定是外婆的主意；假若沒有房東支持，要長期義務教學也行不通。

杜門指著紡織機說：「等天氣暖和了，腿少疼些，我也要拜師學織布。我們這一代，沒一個會織布的，可惜呀！祖先傳下來的手藝，就怕要失傳了！」

「這個要怪日本人，」露碧說，「『霧社事件』後日本政府不鼓勵我們織布嘛！」

「我媽媽那年代，」杜門說，「姑娘要是不會織布就別想出嫁！」

「不但要會織布，」露碧強調，「還要學會米粒織才好呢！」

桂蘭不懂：「爲什麼？」

杜門搶著回答：「米粒織很美，但是不好學嘛！」

「這有故事，」外婆說，「傳說女人死的那天，守門神會查驗鬼魂。如果是會米粒織的，守門神讓她過橋到光明的對岸去，否則被推下深淵給螃蟹精吃掉！」

「好嚇人喔！」桂蘭故作恐懼地吐吐舌頭。

「我本來也不會米粒織，」露碧實話實說，「我離開馬赫坡時，只會織傳統花紋。我是跟曾修女……嗯，曾老師學的。她會設計也會教新花紋。」

她指指身上的紅披掛說，「霧社事件」雖然失敗，也殺了一百三十四個日本人，之後日本人見到這些服飾就不舒服，竟把族人的衣服盡量搜括走。他們阻撓婦女紡紗織布，其實是要推銷東洋布。洋布漂亮又便宜，誰還費心去搖紡椎呢？泰雅婦女很快就不會紡紗織布了。十幾年前，美籍莊天德神父極力推動並鼓勵，曾瑞琳修女帶頭學習，這門手藝才失而復得。如今族人都呼籲要國小女生學織布，以免傳統手藝失傳。

露碧很高興地表示：「我活了八十多歲，也經歷許多政府，就數這十多年來原住民過得比較有尊嚴。眞的，現在台灣懂得尊重族群的文化，像手工藝、音樂、舞蹈……都在恢復中，大家生活改善很多哩！」

外婆懂得惜福，元眞大爲感動。她告訴老人家：「尊重原住民已蔚爲世界潮流，台灣應該做得更多、更好才對。」

這時杜門指著露碧身上的紅披掛，對桂蘭說：「你身材好，穿紅衣服最漂亮啦！」

桂蘭笑笑不作聲。

元眞知道表姐一家對泰雅服飾沒興趣。其實包括自己的父母在內，以前相當諱言身上的泰雅血統。外婆說得沒錯，這幾年政府執行原住民政策，族群關係融洽許多，各族裔才逐漸活得有尊嚴起來。自己留學美國三年，更從黑人和少數族裔學會莊敬自強；自尊人尊之，自強人重之，絕對有道理。她應該珍惜自己身上這四分之一的泰雅血統。

「你什麼時候結婚呀？」杜門接著問桂蘭，「你的嫁妝可多啦！百依準備了好幾套衣服喔！」

桂蘭漲紅了臉，一時不知如何回答。

連元貞也覺得不好意思起來。從自己進大學起，外婆就給她準備嫁妝了。知道她喜歡紅色，特別上山挖一種像芋頭的薯榔，煮汁染出了深淺不同的紅麻布，用來做衣裙特別好看。後來她出家了，外婆有事沒事還是繼續染布裁衣，有些送族人，有些留下來，親友不約而同就把注意力轉移到桂蘭身上來。

「這麼難得的手工衣服，」她給表姐解圍，「可以拿來當傳家寶哪！」

「要不然賣給觀光客吧，」桂蘭順水推舟，「那可值錢喔！」

「說到觀光客，」元貞不禁關切起來，「我回來的這段日子裡，埔里簡直看不到一輛觀光巴士！」

杜門婆婆說：「清流已經有人失業了！」

原來地震後觀光客銳減，旅館門可羅雀，只好紛紛裁員。失業者得不到補助，成了地震的間接受害者。

桂蘭盼望媒體多做些正面報導，別讓讀者看到山崩就想到「土石流」，嚇得不敢來觀光。

「山崩可以減少的，」露碧很有自信，「泰雅人號稱『山大王』，我們在山裡滾大，了解山也尊重山。不亂砍樹林，不亂開路，山就不會崩啦！」

講到山，元貞一時感慨系之。

「去美國走一趟，才知道南投風景有多美！青山、翠谷、瀑布……我們擁有東亞最高的山峰玉山，爬一趟山可以經歷亞熱帶、溫帶、寒帶和凍原的氣候和植被，景觀一點都不輸美國，觀光大可不必捨近求遠。」

「不用擔心，」外婆仍是信心滿滿，「旅客一定回來！」

「瑞麗回來了，阿嬤也搬回埔里好嗎？」桂蘭乘機邀請祖母，「我們要重建的大廈會用加固的鋼筋水泥，再不怕地震了。」

聽桂蘭這麼說，老人家很高興，卻沒答應。

「我在這裡織布、釀米酒、泡草藥……忙著哪！」

杜門替她加上一項：「有時人家還找她『解夢』，清流就剩她一個有這種本事。」

元貞記起來了，兒時確有泰雅人從霧社跑來找外婆傾訴夢境和異兆什麼的，原來那就是解夢，自己竟忘了外婆還有這項異稟哪！

露碧笑笑問桂蘭：「你看，我在這裡有這麼多事做，回埔里幹啥？」

兩個孫女一時無言以對。

大廳角落擺了一地的罈罈罐罐藥水和藥酒，還有兩籮筐藥材疊在一起。元貞只認得上筐的藥材，那是樹豆，漢人叫蓄仔豆，熬湯治療腰疼。

藥材讓她找到藉口：「百依，你回埔里也一樣可以治病救人呀！」

老人家卻說：「這裡找草藥容易多了。」

桂蘭說：「你這把年紀還要滿山跑，我們不放心呀！」

杜門立即爲室友參一腳：「噯呀，你以爲我們不會照顧她？」

露碧連忙安慰孫女：「泰雅人有『嘎嘎』傳統，懂得愛和分享。鄰居都會互相照顧，你們不用操心啦！」

元貞聽了很感動，心想：「嘎嘎」是「祖訓」和「祭團」的意思，不就等於時下流行的「生命共同體」嗎？原來我們泰雅祖先早就有這種優良傳統了！同甘共苦、守望相助，整個族群是一個團體，正是美國人津津樂道的「團隊精神」。

這時杜門想起留客：「在我們這裡吃中飯吧？」

「謝謝，我們來接祖母回去過節。」

在姐妹催促下，露碧收拾個小包袱，便和杜門揮手作別。

到了埔里，老人家不願意住寺廟，寧可和桂蘭住組合屋。

元眞的媽媽王玉雲次日一早就從台中來會合，也陪著住進去，小小組合屋頓呈客滿。雖值寒冬，室內卻是親情溫暖如春。

覺林精舍慶祝元宵節，午齋搓湯圓。元智把媽媽接來，也邀請了王家三代，一時兩家團圓，其樂也融融。

元智的媽媽婚姻不幸，中年時丈夫棄妻別戀，丟下母女倆相依爲命。女兒出家後，她獨自守著愛蘭的故居。這次地震，愛蘭台地受損最輕，蘇家人屋平安，老太太反而特別珍惜親友的團眾。

「露碧婆婆，你幾時可以搬回埔里住呀？」她殷殷問起。

元智也加入勸駕：「元眞師父回來了，歡迎婆婆搬來精舍住！」

學生時代，她和元眞是手帕之交，兩家時相往來。露碧婆婆當她孫女兒般疼愛，什麼好吃的，只要瑞麗有一份，映雪必有一份。如今婆婆和媽媽都是七老八十的年紀，若能就近作伴可是再好不過。自從精舍認養了災區老人之後，她更能爲她們著想了。

不料桂蘭搶著表白：「我和阿嬷說了，等我房子重建好，就請阿嬷和我一起住。」

露碧正要開口，女兒玉雲搶先邀她到台中養老。

「媽一個人住清流，我們不放心。這回地震，可把我們急壞了！」

這麼多人勸駕，露碧仍不爲所動，但答應會常來埔里看大家。

「我不但要來埔里，」她說，「我還想去母安山走走，看看馬赫坡溪呢！今年十月二十七日，『霧社事件』就滿七十周年了。」

元眞聽了，和桂蘭對望一眼，立即答應：「霧社的櫻花開了，明天就陪你去！」

元智在一旁鼓勵：「順便在廬山溫泉住一兩天，陪老人家泡泡湯吧。」

聽到泡溫泉，老人家樂得坐不住了，興奮得像個要出門遠足的兒童。

那天晚上，王家人在組合屋吃火鍋，元眞不敢一再告假外出，但元智體貼，一再催促，她遂在黃昏時刻來到大愛村。

桂蘭家門口有個五、六歲的小女孩正往屋裡張望。

元眞俯身問她：「找人嗎？」

女孩靦腆地囁嚅著：「王阿姨……」

元眞即揚聲往裡叫喊：「桂蘭外找！」

桂蘭聞聲而出，雙手在圍裙上揉搓著。

「是小娟呀。」桂蘭問女孩，「什麼事？」

「弟弟餓了……舅舅沒回來……」

「好，我去看看，」桂蘭隨即叮嚀元眞，「我去隔壁一下，馬上回來。你陪阿嬤坐坐吧。」

元眞進了組合屋，看到媽媽正在張羅火鍋料。

招呼過後，玉雲囑咐她：「這裡不用你幫忙，去陪外婆吧。」

外婆斜靠在沙發上打盹，睡得像嬰兒，對她靠近渾然不知。

元眞悄悄坐在一旁，守著熟睡的外婆，閉目默誦起《心經》來。

一會兒，老人家睁眼見到孫女，就坐直了身子問：「你來了，那桂蘭……偷蔥去了？『十五夜偷蔥才會嫁好尪』，嘻嘻！」

外婆自得其樂地笑起來。聽說桂蘭到隔壁照顧孩子去了，老人家忽然站起身來。

「走，我們看曾醫生去。」

元眞很驚訝，邊看錶邊問：「現在要出門？」

她想，曾家祥是婦產科醫生，難道百依有什麼婦科病不成？

「我沒病啦！」露碧一眼看穿她的意思，「曾醫生一個人在家，我們去探望一下就回來。能邀他來吃火鍋更好。」

快吃飯了還出門？元眞有些猶豫。

媽媽卻邊洗菜邊說應該去。

她告訴女兒：「聽說醫生娘死於地震，我一直沒去看他，很過意不去。我是老曾醫生接生的，你是曾家祥醫生接生出世的，兩代都是我們的恩人呀！」

元眞依稀記得小時候有病，外婆常背她去看曾醫生，如今還記得一個白袍醫生的模糊印象。二十年不見了，曾醫生沒退休，想來也有一大把年紀才是。

這時桂蘭回屋來了。

「小女孩有什麼事嗎？」元眞問她。

「她舅舅一早出門，這麼晚了還沒回來，姐弟倆不知道吃什麼好。我先烤麵包讓他們充飢。」

玉雲生性仁慈，立即叮囑侄女：「火鍋湯滾了，你先送碗湯過去。小娟的舅舅等一下回來，也請他過來吃飯。」

桂蘭答應了。

原來小娟姐弟倆地震失去了雙親，目前和舅舅住在桂蘭隔壁。舅舅單身，任職的工廠倒了，正四處求職中。他也打零工，三餐不定時，弄得孩子有一頓沒一頓的。社工人員時常上門關懷，也託桂蘭就近招呼，孩子們有事都會來找她。

「太棒了，表姐，」元眞鼓勵她，「照顧兩個孤兒，給你一個大好的修行機會哪！」

「修不修行還在其次，」桂蘭說，「怎麼和孩子打交道可是一門學問。小小年紀便喪失父母，心靈創傷很深，要了解他們的心思可不容易。」

玉雲連聲催促女兒：「要去看曾醫生就快走吧，早去早回呀！」

元眞向桂蘭借車。桂蘭順便給她一盒餅乾當伴手。

「也代我們向曾醫生拜個晚年吧。」

取車的路上，外婆神祕兮兮地告訴孫女：「你媽媽對小娟舅舅很感興趣哩！」

「爲什麼？」

「人家還沒娶妻嘛！」

元貞恍然大悟地哦了一聲：「百依見過他了？」

「沒有。玉雲見過一眼，說長相還可以，身高、年紀和桂蘭還適合，我就知道這麼多。」

這麼說，八字還沒一撇呢！元貞暗覺好笑，媽媽不用操心女兒，竟管到侄女身上去了。她相信姻緣天註定，男女的事還是隨緣爲佳。話說回來，浩劫餘生的人若能相知相惜，那是美好不過，她願爲表姐禱告菩薩。

然而此時此刻最感興趣的莫過於要去探望的曾醫生，這個小時候見過，如今毫無印象的善人。他看到三十五年前接生的人會有什麼反應呢？

汽車駛向中華路時，她忍不住打聽起來。

「百依，你說曾家兩代對我們有恩，是接生不收錢嗎？」

「他們是最好的基督徒，對窮人從來不收費，」露碧說，「尤其對原住民，不但接生免費，不管什麼病去找他們，能醫治的都盡量幫忙。我生健雄時難產，差點死掉；玉雲小時候出水痘，高燒不退……都是老曾醫生看好的。」

露碧說，她信仰基督教就是受到曾老先生的精神感召。

「老醫生常說：『上帝就是愛，愛不需要語言。』我親眼看到一些用擔架抬來的部落人，說的話我也聽不懂，醫生立刻親自驗傷，並作全身檢查，而護士在一旁安慰親人，說不會收費，叫人家放心。」

元貞十分感動：「眞是菩薩再世！」

「你知道嗎？這麼多年來進出埔里的就有十多個不同語言的族群，多虧基督教牧師照顧大家。正因爲這樣，我們都成了信徒。」

元眞想起來了，兒時曾陪外婆上教堂，一直以爲基督教是原住民的宗教。

「老醫生在埔里行醫後，一直沒離開過南投，」外婆說，「退休了到霧社泡湯，還隨身拎個藥箱，隨時給人看病。我沒有他的本事，但他是我這一生做人做事的榜樣。」

「百依也是活菩薩……嗯，是天使！」

留學美國讓她學會尊重和包容不同的種族和宗教，外婆的話又啓發了一些新思考。老人家晚年選擇住回部落，家人都當是「葉落歸根」，現在終於理解到更深的內涵了。

我急著趕回台灣，她忽然醒悟了，原來也是愛鄉愛土的天性使然！

車窗外暮靄漸深，冬夜陰冷的足履已步步逼近。由於恐懼餘震，許多房子人去樓空，街道兩旁忽明忽滅，氣氛有些蕭瑟詭譎。

她捻亮車燈，前面頓現一片光明，而遠方更有一盞明燈似的，照得前途溫暖明亮，內心感到踏實又篤定。我不知道要做些什麼，她在心中暗自承諾，但是我一定要爲家鄉奉獻自己！

「醫生一個人在家實在叫人擔心……」外婆喃喃自語起來，「這麼好的人應該有個伴，不該孤零零的……」

「一個人在家，」元眞忍不住打岔，「他的孩子都在外地嗎？」

露碧聽了竟長歎一聲才說：「我多年來都在祈求上帝，趕快賜給他一個孩子，可惜上帝好像沒聽到我的聲音……幸虧曾醫生看得很開。」

原來曾太太有抱養兒子的念頭，都被先生阻擋了，理由是他每年接生許多嬰兒到人間了。

「凡經我接生的，都是我的孩子，何必一定要親生骨肉？」

多麼寬大的胸懷呀！元眞感動之餘，不忘安慰外婆說：「不要緊的，善有善報，只是時候未到而已。」

露碧還是唏噓不已：「現在醫生娘走了，眞不知上帝怎麼安排的……」

原來地震前夕，曾太太回竹山照料臥病的母親，不幸雙雙罹難。

元貞想告訴外婆，佛家認爲地震是「共業」，冥冥之中已然註定，但想到彼此宗教不同，解釋各異，也就不說了。

「百依，你放心吧，」她安慰外婆，「這樣的好人，佛祖……我是說上帝……一定有安排的。」

曾婦產科在一排樓房的中間，兩頭都掛了紙條，左邊是貼紅紙條的「全倒屋」，右邊一連兩間貼黃紙條是「半倒屋」，獨有中段三間沒損傷，而診所就在正中間。上下兩層的磚牆已年久色黯，招牌也顯老舊，好在毫髮未損。樓上門窗緊閉，一片漆黑，但樓下門診部卻燈火通明。

露碧未下車先握拳禱告：「感謝耶穌基督！曾醫生在家。」

元貞推開診所的玻璃門時，差些撞上一位正要出門的護士。

護士一手拎著皮包，另一手正在梳整頭髮，已換上了便服。她的眼睛探照燈似地把元貞從頭到腳掃射了一遍，然後口氣緊張地解釋著：「我們停止掛號！今天已超額掛了五號，現在下班了！」

元貞趕緊說明：「我們不是來看病。我們來看曾醫生，拜個晚年而已。」

護士指指門半開的診療室說：「醫生在裡面看診，我要下班了，再見！」

露碧拉住元貞，讓路給急著出門的護士。等進了候診室，她望著空無一人的掛號窗口，不禁搖頭苦笑起來。

「曾醫生體貼護士，」她說，「最後的病人還沒看完，護士全放走了！」

兩人坐下不久，診療室傳來溫和但不失權威的男中音：「好了，回去洗腳別碰到水才好，以後走路要小心些喔！」

須臾，一位年輕媽媽扶著一位腳踝裹著紗布的小男孩出來。

這母子倆離開好一陣子了，卻未見醫生有何動靜。露碧忍不住起身走過去看。探頭張望了一眼，回來悄聲說：

「可憐，他累得倒在椅子上睡著了！」

祖孫倆又等了片刻，露碧終於乾咳兩聲，揚聲招呼：「曾醫生！」

醫生很快走出來，見到露碧，驚喜交加：「什麼風把你吹來了，露碧婆婆？」

他見到元眞不禁一怔，立即伸手摘下眼鏡，唯恐看錯人似的。

「不認識米瑞麗嗎？」露碧笑著介紹，「我孫女啦！你接生的嘛！」

醫生長長哦了一聲，用鏡框敲敲腦袋說：「對！對！是我剛接手婦產科醫院頭一年的事……哎呀，長這麼大了！」

他打量一下元眞的裝扮，發現自己措詞不當，一時尷尬得呵呵傻笑起來。

元眞自我介紹了一下，同時遞上餅乾盒。

「我媽媽和表姐託我向您拜晚年。」

她發現醫生和父親一般年紀，但身材高瘦挺直，一身白袍掛在身上輕飄飄的，比父親有精神。也和藹可親，不過多一份專業的威嚴而已。這是個可敬可愛的長者，她一眼看出，那種令人信賴、平易近人的醫生。

「不好意思，我還沒有謝謝你媽媽的幫忙呢！」

曾醫生說著，忙不迭請祖孫倆上樓去坐。

經過樓梯口時，露碧指著診所後邊的房間，對孫女說：「如今不在這裡接生孩子了，不過以前是婦產醫院，你就在這間房裡出生。」

「眞的？」元眞好奇地駐足看了幾眼，空間大約容得下四張床位，但不知自己和媽媽睡過哪個角落。

「我一向主張在醫院接生，設備也周全些。現在有了健保，更方便了。」

醫生跟著上樓來，邊解釋邊順手開燈。

樓上隔作三大間，中間最寬敞是客廳兼起居室，有書桌電視和沙發椅；裡間闢爲廚房和餐廳，中間用珠簾隔開；臨街兩間房都關上門，顯然是臥房。

「阿娜娜呢？」

露碧上得樓來，看到客廳凌亂，先問起佣人來。

「她三天前說女兒要結婚，回春陽去了……請坐！」

元眞覺得客廳雖不甚整齊，但是牆上掛了幾張畫，有油畫和粉彩，顯得典雅又溫馨。喜歡美術的人，一見到畫腳步不自覺就靠過去。她認得一幅埔里畫家蕭木桂的風景油畫，旁邊一幅是南投畫家張錫卿的少女粉彩，色調都明亮自然。

「元眞法師喜歡畫嗎？」主人請露碧坐下後，就跟過來招呼。「我只收集了幾幅本土畫家的畫。」

「嗯，我本來想讀美術系的，」元眞說出心裡的話，「父母反對才作罷。」

醫生一聽，既驚訝又同情。

「眞巧！我也是家父反對才去學醫。獨子要繼承家業，藝術只好放一邊。」

「醫生都有一雙巧手，拿畫筆一定有成就，」元眞表示惋惜，「不像我，只是興趣而已，一點天分都沒有。」

他正要謙遜一番，露碧打岔了：「曾醫生這麼忙，家事要有人幫你做才行呀！」

「我一個人簡簡單單的……對了，我請你們出去吃飯。」

說到這裡，他望了一眼元眞，趕緊補充說：「埔里有很多素食館，地震雖然垮了幾家，還是找得到不錯的館子。」

露碧愛憐地搖搖頭提醒他：「今天是元宵節，館子都提前打烊了！你來我們大愛村吃火鍋好嗎？」

醫生婉拒了：「你們一家好好團圓吧。我累一天了，只想吃碗泡麵，早早休息。」

元眞很不忍心，正想再三邀請，外婆已站起身來。

「我們給你做頓晚餐吧。」

不由醫生分說，兩個女人脫下外套就邁進了廚房。

也許是很久沒人清理，廚房凌亂不堪，水槽裡碗筷杯盤堆疊如小山，案板上是各種即溶飲料、桂格麥片和早餐包等等。冰箱內有一些打開的罐頭食品，冷凍櫃塞滿包子和粽子；蔬果櫃裡倒有幾樣蔬菜，不是枯萎就是黃爛。食品櫃倒是塞滿了米粉、麵條、香菇和各種各類的罐頭。

露碧知道孫女兒不善烹調，當下做了分工。

「你清理碗盤，我想辦法給他燒個兩菜一湯吧。」

元眞答應了，立即動手去清理水槽。

「既然阿娜娜不想做了，」她給外婆出主意，「再去春陽找個泰雅人來幫忙如何？」

露碧表示不樂觀：「現在生活水準高了，不但平地人，連山裡人找工作也很挑剔，都要求什麼……事少、錢多的，好些工作讓外勞搶走了。我看呀，還是託你舅舅給他找個菲傭來吧。」

元眞進日月山就從清潔灑掃訓練起，十幾年沒停過勞動，因而很快就把廚房清理得整整齊齊的。這時露碧已蒸好三只包子，外加醬肉黃瓜丁和肉末燒粉絲兩個菜，還有一小鍋紫菜蛋花湯。

短短半小時不到，廚房煥然一新，餐桌湯菜齊全，醫生看了直嚷「不好意思」，對祖孫倆感激不盡。寒冷的元宵夜有人來煮食關懷，簡直是上帝恩賜的福分，他感到溫馨無比。

分手時，露碧說：「我要讓健雄給你找個菲傭，這幾天我來幫你做飯吧。」

「不行，不行！」

醫生急得直搖手，同時向元眞求援：「地震後那幾天，婆婆已經來幫我煮過飯了，千萬不能再麻煩她老人家！」

元眞只好爲他解圍：「做飯的事慢慢再說吧，先吃飯，免得菜涼了。我們也要回去，媽媽她們一定等得很著急了。」

果然一回到大愛村，就聽到玉雲在埋怨。

「我說這祖孫倆迷路了不成，怎麼一去老半天？火鍋的湯都快煮乾了！」

大家坐下來吃素火鍋時，元眞說起曾醫生的窘境，玉雲立刻心軟下來。

「我明天給你老爸打電話，叫他自己打理幾天，好讓我幫曾醫生料理一下。曾醫生可是我們埔里的活菩薩！」

原來地震後，曾醫生立即開放自己的診所收容傷患，並從外地邀來一批醫生幫忙。他去竹山辦完岳母和妻子的喪事後，便一頭栽進災民的醫療服務，不眠不休。露碧母女知道後立即來幫忙，給他及傷患們煮了十多天的飯。

桂蘭說：「鎮上鄉親都說，曾醫生是埔里地區唯一沒有申請移民外國的醫生，哪一國的綠卡都不辦！」

元眞很能理解這句話的意義。她在美國見過好多「小留學生」，都是富裕人家的子女，舉家移民過來取得綠卡後，孩子留在美國念書，母親當「太空人」飛來飛去地兩頭照顧，父親像候鳥一般每年飛來探親一次，順便維持綠卡。

出家人也未能免俗，日月山就有幾位法師擁有美加或澳洲護照，據說是爲了便於出國弘法。

「好人應該受到照顧，」元眞央求媽媽，「趕快幫他找個菲傭吧！」

玉雲飯後就給台北的哥哥家掛電話，結果出乎意料地順利。

健雄父子經營進口傢俱，利用一名員工家有癱瘓老人，申請來一名菲籍看護，實際是給王家做家務，也給職工燒午飯。知道醫生的情況後，健雄立即慷慨地讓出傭人，說好月底就親自送過來。

事情圓滿解決了，元眞就回精舍來。

第二天，桂蘭開車，玉雲母女陪著露碧，四人去霧社泡湯散心。

露碧說：「彎去守城里看看老家的房子吧，拉拉一定開花了。」

桂蘭也喜歡櫻花，立即把車子掉頭朝向牛眠山。

露碧指著拱起如牛背的山峰說：「我們賽德克人的發祥地最好認了，從哪裡都能一眼就看出來。」

元眞恭順地嗯了一聲，不敢爭辯。從小就聽外婆說，賽德克族發源自牛眠山，但是長大後讀到一些文獻記載，中央山脈的白石山才是。傳說白石山上有棵大樹叫波索康尼，其根化爲男女二神以繁衍子孫，這便是賽德克的祖先。賽德克意即「人」。

傳說都是美麗的，元貞認爲，眞假不必太計較。

老家在守城的山坡下，因爲祖父生平以打拳賣膏藥兼做木匠爲生，這棟傳統的三開間閩式建築，就被當地人稱爲「師傅厝」。它背靠獅頭山，坐北朝南，庭院不大，但足夠元貞兒時和鄰居孩子跳房子、辦家家酒用。現在很少看到這麼典型的傳統民房，灰瓦的斜背屋頂、磚牆、柴門樣樣俱全；後來添建的左廂兩間房，也是磚、土和石塊結合的老式建築，色澤相當調合。

元貞知道這樣的老厝叫一條龍兼單伸手，原本很普通，只是後來民間經濟寬裕了，紛紛翻新蓋高樓，外婆的老厝先被目爲老舊落後，近年來社會掀起文化尋根熱，才又回頭賞識這樣的古厝。

自從平埔族的潘姓表叔借住後，在右廂搭個鐵皮棚子放汽車，前庭加砌了水泥牆，把房子變成了四合院。露碧不收表叔任何租金，他勤加粉刷維修，蓋棚和修門表示回報，然而看在元貞眼裡，這添加的部分其實破壞了原先的古樸和美感。無奈外婆住到清流去，王家沒人想住老厝，自己反正出家了，這些身外之物無須牽掛，她因而從沒說過一句話。

廂房前一株高及屋簷的山櫻，正掛滿了紫紅的花苞，千朵萬朵像煞團團彩雲，襯得庭院春意盎然。

「拉拉開花了！」

車子打屋前緩緩駛過，露碧望著手植的山櫻，笑得很開心。

他們不打攪表叔一家，悄悄沿著水聲淙淙的眉溪，上了埔霧公路。這條路順著河谷蜿蜒而下，不時出現地震造成的山崩裂痕，裸露的黃土宛如條條傷痕，望之令人心疼。好在瑕不掩瑜，群山峰巒疊翠，鬱鬱蒼蒼，一路桃花和櫻花盛開，彩蝶飛舞其間，點綴得埔霧公路美麗繽紛，好不熱鬧。

「埔里很少看到成群飛舞的蝴蝶了，」桂蘭抱怨，「原來都飛到這裡來了！」

「不對，」露碧立即糾正，「埔里以前是『蝴蝶王國』呢！蝴蝶標本給台灣賺進很多的外匯，就因爲捉過頭了，才好景不再哪！」

不久來到了地勢險峻的人止關，地震後經過搶修，勉強有一條羊腸小道可以通車。

「小時候，泰雅族和埔里人以這個關卡爲界，」露碧告訴元眞，「彼此不可以越界。我父親有一回在這裡打仗，受傷摔到河裡去，王家爺爺採藥時發現，才被救起來。」

元眞知道，彼時被視爲「番」的泰雅族仍有「出草」的習俗。男子未曾獵過敵首者，不得紋面；沒有紋面的不得結婚，因爲紋面是成年的標記。就因這個習俗，泰雅族最是驍勇善戰，但也使得族群和部落之間經常處於戰鬥狀態，便越形封閉。埔里盆地因爲地形關係，成爲各個朝代「撫靖」和「理番」的重鎮，先後聚住過邵族、漢族、平埔諸多民族。清朝時在盆地中央建大埔城，平埔族被安排在盆地東北緣眉溪的隘口處，「以番制番」來抵禦和保衛大埔城，因此老厝那邊才有「守城」的地名。

元眞想像，其時的族群爭戰想必十分慘烈，小時候就聽過「人止關之役」，日人和霧社族群都傷亡慘重。自己身上流著泰雅血液，遙想這段歷史，不禁感慨系之，但願暴政、反抗、流血……都隨著歲月一去不返，歷史悲劇不要再演。

「以前看到拉拉便想到血，中年以後才發現拉拉眞的很美。」

車子到了霧社，見到紅白櫻花開得燦爛輝煌，露碧說出了心裡話。

桂蘭在抗日英雄莫那．魯道紀念碑附近停了車子。這兒的櫻花更加豔紅似血。露碧領著兒孫下車來，拾著台階上去，在莫那．魯道墓前默念致敬。

「我們有泰雅人的血統，別忘了祖先這段壯烈的歷史才好。」

露碧說，她的族人是泰雅系賽德克族馬赫坡部落，世居濁水溪源流的馬赫坡溪和塔羅灣溪交界的台地上，因爲不堪日本人的壓迫和剝削，部落首領莫那．魯道聯合了包括霧社在內共六個部落，在七十年前的十月二十七日，利用霧社舉行運動會時起義，殺死一百三十四名日本人，誤殺兩名漢人，這就是震驚台灣和日本的「霧社事件」。後來日本政府出動飛機、大砲、精銳武器，甚至違反人性的毒瓦斯，加上官軍、警察和役夫共五千人之多，經過四十天激戰才結束這個事件。莫那．魯道抗暴到底，絕不投降，傷重援絕而自殺。其它勇士也壯烈自盡，無愧祖先英靈。次年日人又再追剿一次。本來六個部共兩千一百多人，這時僅剩兩百九十八個老弱婦孺，加上躲在埔里的自己，三百人不到。日本政府還是不放心，竟把倖存者都強制遷徙到現在的清流。

「我們死傷這麼慘，」露碧說，「是因爲日本人用了『以番制番』的奸計，挑起族群間的矛盾，讓我們泰雅人自相殘殺。」

她說，霧社的人被趕盡殺絕之後，做幫兇的部落則進駐霧社，因此清流的泰雅人一直對他們懷恨在心。

「阿彌陀佛！」元眞雙手合十禱告，「事過境遷了，這個心結要早早解開才好啊！」

露碧說：「有啦！清流已經有人在呼籲，今年的『霧社事件』紀念日，務必把它化解掉，仇恨不要帶進二十一世紀，不再留給子孫。」

離開霧社後，一家人繼續沿著十四號公路向東北行。元眞最喜歡眺望群山環抱的萬傾碧波，這名副其實的碧湖，就是截留濁水溪而成的萬大水庫。不久車子經過春陽，乃起義六部落之一的荷歌原鄉，這兒的櫻花和霧社齊名，有「櫻社」之稱，族人當年也遭遷徙一空。

露碧指著悠悠蕩蕩的濁水溪，告訴大家：「這裡有很好的溫泉，我小時候最喜歡到溪邊玩，沿溪走上半小時就可以看到一個大瀑布。一般人很少來，清靜極了！」

經外婆一指點，喜愛尋幽探勝的元眞簡直躍躍欲試。山水之間蘊涵如此多的美景和資源，家鄉的可愛眞是述說不盡。

她和桂蘭相約：「有機會我們一定要結伴重尋百依的足跡！」

過了橫跨濁水溪的雲龍橋，不久公路分岔，向北可以到泰雅人的聖山母安山正面，向東則沿著母安山基座，可達著名的廬山溫泉。

她們先去朝拜母安山。

露碧說，這座山日本人一度稱它富士山，可見推崇之意。

元貞是首次朝聖，內心頗爲失望。山形確實很美，稜線飽滿柔和，可惜種了很多檳榔樹，隨興濫墾，把山峰糟蹋得像亂剪之下的癩痢頭。

祖孫連心，露碧感歎說：「這樣破壞祖先的遺產，祖先哪會心安呀！」

桂蘭直言不諱：「檳榔全該砍光來重新種樹！」

老人頻頻頷首：「對！要愛護青山綠水，才能恢復聖山壯麗的容顏。」

在母安山盤桓片刻後，車子往回開，沿著馬赫坡溪駛入樓房密布的廬山溫泉。

望著山谷裡櫛比鱗次的旅舍建築，露碧感慨萬千。

「做夢都想不到，馬赫坡會蓋這麼多的房子！」

元貞出國前一年曾和桂蘭來過一次，其時廬山溫泉已是屋滿爲患。沒想到四年後更形擁擠，大小旅社見縫插針地蓋起來，顯得零亂礙眼，與自然景觀很不協調。

中午，四人住進了塔羅灣溪旁的天廬大飯店，這裡前後都有花園，櫻花浪漫，景緻絕佳。

「這家旅館有露天溫泉，」露碧很高興，「讓我重溫小時候泡湯的樂趣。」

受地震影響，飯店生意一落千丈，難得有客上門，又聽說是溫泉的原住民，又是莫那．魯道族人的後代，總經理親自出來招呼。交談中得知，總經理年輕時就在天仁茶行工作，二十年前銜命來此興建飯店，並率先開發高山茶，傳授此地的泰雅人種茶技術，讓台灣茶躍上國際舞台。

元貞表示欽佩：「原來台灣的高山茶是廬山溫泉開創的！」

經理指著門前公園的左側介紹說：「我們緬懷先人，也重視文化傳承，在那裡塑造了莫那．魯道的雕像。山上另有一座讓旅客景仰，歡迎你們去參觀。」

乘著天未黑，四人放下行李，先去逛塔羅灣溪谷和著名的溫泉頭景點。溪流穿山越嶺，在這一帶形成狹谷，切割出形狀險奇俊美的岩壁。石縫不時冒出溫泉，岩壁經過溫泉長年的沖刷，形成了五彩鮮豔的顏色，堪稱奇觀。

入夜，老少三代在飯店的庭院裡享受了泡湯之樂。

次日一早，元眞因寺院早課的習慣，四點即醒。俟到五點，外婆也起來了，跟著叫起大家。漱洗完畢後，三個青壯女子護駕百依去尋幽探勝，等於爬山一番。露碧身子乾瘦如柴，腿腳卻相當矯健，爬坡並不落後，反倒是長年不運動的玉雲，爬了一段陡坡就氣喘吁吁了。

上了塔羅彎和馬赫坡兩溪相會的夾角坡地，露碧騁目四望，層巒疊翠，清境農場就在遠方歷歷可見，整個溫泉區都落到腳底下。眼前的坡地都墾成梯田，幾乎全種上香水百合，另有甜椒和茄子等蔬菜，再就是看守田園的簡陋鐵皮屋。

看到老媽四處張望卻默不作聲，母女連心，玉雲知道老媽內心的感傷。

「媽，看不出一點馬赫坡部落昔日的景色了，是不是？」

露碧仰望馬赫坡溪兩岸的山頭，到處是茶樹梯田，有的快種到山頂上了。

「但願上帝繼續關愛我們，」她憂心忡忡地表示，「這樣墾伐山林，山能不生氣嗎？別說是地震，一場大雨也可能招來土石流，甚至山崩！」

元眞問她：「以前不是也種小米之類的穀物嗎？」

「以前是燒山種植，方法不好，但是面積不大；我們也靠打獵爲生。」

桂蘭說：「現在很多原住民要求再讓他們封山打獵……」

元眞從愛生護生出發，期期以爲不可：「以前打獵是爲了食物，現在不缺食物了，打獵純粹爲運動或娛樂。把快樂建築在獵殺動物上，很殘忍呀！」

她說，有佛教界「俠女」之稱的釋昭慧，已成立協會來關懷動物的生命權，自己更希望愛心能擴大到植物的生存權，因爲植物也有生命，一花一木都不可隨意摧折。

「植物權且等以後再說吧，」玉雲把女兒拉回現實，「但是打獵確實野蠻！」

誠然。元眞想起中國人的「食補」文化，迷信野生動物有特殊成分，吃了可以延年益壽，實在荒唐。十三年前的虎年，有人當街屠殺並肢解老虎，現宰現賣，一時震驚國際，舉世譴責。自己在美國念書時，還被同學問起這件事，羞得無地自容。保育動物已是普世共識，國人實在不宜爲口腹之慾而貽笑大方。

「我們的保育觀念還不夠，」她很擔心，「允許打獵的話肯定會破壞生態平衡，造成野生動物和植物的災難，後果不堪設想！」

桂蘭有些悲觀：「我們現在不是很重視文化的復興和傳承嗎？原住民認爲打獵是他們的傳統文化耶！」

「不對，不對！」元眞不肯妥協，「落後的文化，或者不合乎時代的文化就不該恢復！泰雅和布農族有『獵首』的文化，難道也要恢復嗎？」

桂蘭和玉雲一時默聲不響，卻不約而同地把眼光瞟向老人家。

露碧說：「好的泰雅文化就應該傳下去，但是不要變質才好，譬如打獵不要變成給山產店提供山豬、山羌、山雞等等。」

「漢人好吃又好補，」元眞很悲觀，「開禁之後，難保不是這種下場！」

老人家聽了頓時臉色陰暗起來。

「有一件事我若不說，恐怕沒人知道了，」她口氣遺憾的透露說：「那年發生『霧社事件』，埔里街上就有好幾起吃『番肉』和『番鞭』進補的事。我整整半年躲在王家不敢探出頭，後來就一直冒充平埔族，原因在此。」

眞有這種事！玉雲三人驚訝得張大了嘴，半晌說不出話來。

「無知讓人變得殘酷，漢人和番人都一樣。」

外婆說著微微一笑，隨即手一擺，似乎把往事都置諸腦後，接著又自我反省起來。

「金錢誘惑是可怕的事，我們好些族人變懶了。」

她舉例說，許多山地是國有保安地，原住民才有權耕種，但是有些原住民卻轉租給漢人去種作，常常一租廿年，拿到大筆租金先痛快地吃喝兩三年，不但人變懶了，酒也上癮了，衍生出許多問題來。文化和民族信心的重建，四人都同意，是恢復原住民尊嚴的當務之急。

她們按著飯店經理的指點，不但看到了第二座莫那·魯道的半身像，也找到「抗日英雄紀念碑」，落在一片香水百合田畔。

露碧指著紀念碑一帶，告訴兒孫說：「這就是我們馬赫坡部落所在地。」

她領著兒孫在碑前肅立致敬一番。

然後她遙指旁邊一座高峰說：「這是馬赫坡富士山，莫那·魯道殉難自殺的地方。」

凝望巍巍高峰，一家三代對祖先壯烈抗日之舉，油然而生敬仰之心。默禱了一番，露碧領著兒孫過橋到溪對岸，沿著產業道路，經過漫山茶園，最後走回天廬飯店，正好趕上早餐。

桂蘭還想泡湯，但是露碧記起下午有人要來學紡織，不肯多停留，大家只好陪她下山來。

回清流前，老人家特別叮囑孫女們：「曾醫生是好人，也是我們王家的恩人。一個人年紀大了，很需要人家關懷，你們有空就去看看他、照顧他。」

元眞一口承攬下來：「百依放心，我們會去看他。」

儘管宗教不同，她相信曾醫生懂得尊重和包容。自己在美國學會了和外教人士和睦相處，這方面不成問題。佛教講究慈悲和隨緣，基督教重視信望愛，都是與人爲善，對人際關係均有正面作用。僅是這一點，她也願意多向曾醫生請益，起碼能增長見識，有助於弘法利生。

既說了就要做到，三月初健雄舅舅從台北帶了菲傭下來，她便陪著去醫生家。

菲傭叫媚雅，廿歲出頭，個子瘦小，膚色黧黑，一隻眸子晶晶亮。健雄說她做事勤快，善體人意，會做西餐；來台灣半年，還不會燒台菜，不過稀飯卻熬得恰到好處。

「西餐也好，」曾醫生很隨和，「少些煎炒油炸更好，我怕油煙。」

媚雅在王家學了點台語，有事就講英語。曾醫生的日本式英語，長年荒廢很不靈光，但是溝通尚無大礙，元貞也就不必作翻譯。

媚雅說她是天主教徒，要求每個禮拜天休假大半天，下午四點才回來做晚飯。醫生不但答應，還說自己開車去教堂時，會先送她去天主堂，媚雅很高興，也很感謝。

「我住樓上，你住樓下診療室後面吧，」醫生囑咐她，「你先去安頓一下，回頭我請大家到外面吃飯。」

媚雅提著行李走向樓梯，醫生不動，只以懇求的眼光請元貞幫忙。

元貞知道他的意思，便跟隨著菲傭下樓來。她邊走邊覺好笑，心想老醫生有夠古意，這把年紀還嚴守男女之防，自家的房間都不敢帶路呀！她不但樂於進去，還急著要瞄一眼當年自己呱呱墜地的所在。

這裡已隔成兩間帶衛浴的套房，因長久沒人住，到處是灰塵。

「你知道嗎？」她用英語告訴媚雅，「我出生在這裡呢！」

「是嗎？眞有趣！」媚雅說，「我看得出來醫生是好人，我想我會喜歡這裡。」

她選了靠樓梯的一間放下行李，然後開始捲袖子，同時對元貞說：「你們出去吃飯吧，我要熟悉一下環境……冰箱裡一定有食物，我自己會找來吃。」

元貞拗不過她，只好留下她在房裡打理。醫生也不勉強，於是開車帶著舅甥倆到一家素食自助餐廳來。

餐廳用了不少竹飾和竹靠椅，一看就知道是竹山鎮的產品，佈置很用心，頗具夏威夷情調。菜色多樣爲其特色，冷熱湯菜及水果甜點，洋洋六十六道之多，保證隨時補充，絕不空盤。元貞發現，食品果然豐富，無奈地震後門庭寥落，工作人員還比顧客多。

用餐前，醫生低頭默禱，大家都跟著俯首靜默片刻。

健雄環顧一下餐廳，有些內疚地表示：「我那些員工眞不該去作什麼『歐洲七日遊』，應該來災區消費才對！」

「舅舅說得好！」元眞贊同，「錢流到災區來，才能加快經濟復甦嘛！」

「台北人怕災區不安全，還覺得來災區旅遊有罪惡感呢！」健雄說，「看來要多做宣傳，讓南北的民眾都來南投旅遊，這也是賑災的好方式。」

用餐時，醫生向健雄表示遺憾：「埔里原有一家『七巧野菜館』，主人是一對陶藝家夫婦，餐廳和菜式都很雅緻，可惜毀於地震了。」

元眞說：「我認識他們。」

她把精舍到長青村賑災的情況說了一遍。

「你們做得眞好！」醫生說，「下次再去的話，早點告訴我，我給這些老人家義診去。」

元眞樂得答應。

舅舅說：「我也很想爲家鄉重建盡一點力，不知怎麼做比較好？」

她以爲，舅舅不在南投，還是以捐錢比較方便，可以運用自如。

捐給哪個團體呢？兩人都把眼光轉向醫生。

醫生說：「一場大地震震出了台灣人的愛心，紛紛組成各種團體，出錢出力投入重建工作。我想，本地團體比較了解本地人的需要，你們不妨考慮一下。」

他舉了許多團體，譬如基督教會二月才協助成立了一個「台灣原住民災區部落重建同盟」，目標是幫原住民蓋組合屋。另外一個「南投縣耕藝協會」，是他個人比較熟悉的，承辦了行政院文建會的「九二一藝術家到校服務計劃」。他自己則和一群台北的心理醫生，定期下鄉給學童做心理輔導。

「一般人無法想像，」曾醫生指出，「地震給孩子的心靈帶來很大的創傷，餘悸也深，需要長期輔導。小小年紀，親人慘死，鄰居遇難，一次死掉那麼多人，那種驚嚇、衝擊大極了！」

「小孩子尤其怕地震，」元眞將心比心說，「我小時候一碰到地震，嚇得雙腿發軟！」

醫生說，上週日晚上，有藝文團體到某國小放映電影，禮堂坐滿學生時，校長叫人熄燈開演。不料燈一滅，學生都衝出禮堂，因爲熄燈讓他們想起午夜地震的情景，一時以爲地震又來了，可見驚嚇之深。

「心理創傷看不見，烙印在內心深處，需要多方面的撫慰開導，」他問健雄，「你願不願意贊助藝術團體，讓畫家在埔里街上畫畫，以藝術安撫人心呢？」

他說災後的埔里鎮，處處斷垣殘壁，耕藝協會正在募款，打算請鎮公所協助清出十面牆壁，找十位畫家作壁畫。這樣既美化環境，提振埔里人重新出發的精神，也讓外來的遊客欣賞這項地方特色。

健雄覺得是好主意，當下表示：「我先捐五萬。」

元貞聽了很歡喜，相信舅舅多做功德必有福報。他做了大半生的生意，前幾年已交給獨子宏仁經營了，曾有回鄉奉養老母的意思，不過被舅母和孫子拖住了腳步。如今碰上大地震，相信能加速舅舅返鄉，孝親外也能回饋家鄉。

「曾醫生和藝術家這麼熟，你也畫畫嗎？」元貞問他。

醫生慚愧地笑說：「幾十年沒碰畫筆了，重拾畫筆要等退休以後吧。」

他向健雄提起當年被迫放棄學畫的往事。

「眞巧，瑞麗小時候也想當畫家呢！」健雄笑對甥女說，「可是沒人強迫你出家爲尼喔！」

元貞撒嬌地瞪了他一眼：「是我自己沒天分嘛！畫畫和出家並不衝突。」

醫生說：「那倒不假，中國和日本有許多和尚是傑出的畫家和書法家。」

「創辦華梵大學的曉雲尼師就是有名的畫家，」元貞說著順便央求他，「以後有什麼畫展，眞希望你能告訴我一聲。」

醫生一口答應：「沒問題！」

這次聚餐後不久，元貞忽然接到元義師兄的電話。

「你常講菩提長青村，我終於說動了監院，正好清明節有空，元信和我要陪他來布施啦！」

元眞聽了大喜：「何不也邀請元琳尼師，『四大金剛』巡視災區，多好！」

監院元融，會計元琳，總務元信，加上元義，這四人最得上人信任和倚重，被稱爲日月山的「四大金剛」。其中元義論戒臘和年紀都是最小，能躋身行列，作爲介紹人的元眞常感到與有榮焉，巴不得能把大家請來覺林精舍。

「別不知足了，元眞，把大師兄請出門已經費了我一番口舌。我們打算在埔里待三天，請你帶我們去災區走走，看看能做些什麼。」

「義不容辭！」

她趕緊連絡曾醫生，他果然擠出時間，準時在組合屋前和大家會合。

長青村位於北郊中正路上，附近有幾座國軍蓋的災民組合屋，都以「馨園」取名，和長青村緊鄰的便是馨園十九村；左鄰是基督教救世軍蓋的組合屋。長青村夾在中間，心理上不覺孤單或隔絕，眾多老人更感安全。然而隔著公路卻是一片墳場，怕老人家看了心裡發毛，特別在村辦公室供奉著土地公神像，早晚上香並供奉花果，爲老人祈福保平安。

這一帶屬籃城里，以農耕爲主，大面積種植玫瑰花外，還有西瓜、水稻、甘蔗、茭白筍等。圳溝處處，水聲潺潺，譜出了美妙的田園交響曲。四季蜂蝶飛舞，更吸引來各種鳥類，有本地的烏鶖、白鷺鷥、白頭翁外，還招來萬里外的候鳥如西伯利亞雁鴨，因此也是有名的賞鳥區。

「這裡的風景眞美呀！」

日月山的和尚們站在村口瞭望四周，元融帶頭發出了由衷的讚歎。

田野空曠，盆地周圍的山峰近在咫尺，蒼翠嫵媚，令人心曠神怡。接近完工的中台禪寺屹立於北方台地上，像一座擎天寶塔，居高臨下守護著盆地。

元義注目片刻，不禁感歎說：「這座龐然大物眼看是埔里的新地標了！」

「豈止是埔里地標，」元融說著豎起拇指，「也是佛教建築的標竿呢！聽說建成後，高達一百零八米，那是三十多層樓高了！」

元信跟著表示欽佩：「那就是全台灣最高，也是亞洲、甚至全世界最高的佛教寺廟，可以列入金氏紀錄了！」

「以前是靈嚴禪寺最高，」元義語帶遺憾地提醒，「這次地震毀損得很厲害，不是嗎？」

元眞默默點頭。這幾年佛教建築比高比大，元義和她都不以爲然；俗人猶忌財大氣粗，何況禪寺。然而大師兄以爲寺廟莊嚴有利弘法，傾向多設分院和高建築。想法見仁見智，但同門以和爲貴，她寧可保持沉默。

「建築風格倒有新意，」元義公允地指出，「博採中西式特點，也參照印度佛塔形式，總之沒有落入傳統寺廟的格式。」

「有了中台禪寺，」元信說：「埔里更是洞天福地，眞師父能在這裡修行可是大有福報呢！」

「有福共享，歡迎信師父也來埔里！」

她想，能來埔里是元義出的點子，雖然不便明說，但心裡也頗得意。

「埔里果然是桃花源，」元義跟著鼓動，「信師兄也來當個武陵人吧！」

他接著背誦起《桃花源記》：「晉太元中，武陵人，捕魚爲業。緣溪行，忘路之遠近。忽逢桃花林，夾岸數百步，中無雜樹，芳草鮮美，落英繽紛。漁人甚異之，復前行，欲窮其林。林盡水源，便得一山。山有小口，髣髴若有光。便捨船，從口入。初極狹，纔通人，復行數十步，豁然開朗。土地平曠，屋舍儼然，有良田、美池、桑、竹之屬，阡陌交通，雞犬相聞……」

「好！好！」元信連連喝采，「我只知義師兄數學一級棒，誰知記憶過人，文學造詣也這麼了得！」

「你記得我們一路沿著烏溪開車進來嗎？」元義向他解釋，「那豈不是『緣溪行』？汽車接著進入觀音隧道，那是『山有小口……從口入』。然後『豁然開朗』，埔里盆地便一覽無餘了！」

「太棒了，義師兄！」

不但元信讚美，其他三位也都說詮釋得極爲貼切。

元眞一旁看著元信對元義一副相知相惜的神情，一時深爲感動。

元信四十出頭的年紀，法相溫和莊嚴，言行中規中舉。他擅長戒律的研習和註解，不時在佛教刊物發表文章，雖然思想保守，但言行一致，頗得人望，也受上人器重。元眞常想，講究排行和戒臘高低的道場裡，元義能有這麼一位長兄兼知己，莫非前生修來的福分？在孤兒院長大的他，迄今不知自己的身世，卻在日月山尋得人世間的大家庭，得享親情般的摯愛和信任，似乎冥冥中自有安排。她爲老同學慶幸，上天不負苦心人，有志上進者果然獲得好報。

「歡迎諸位高僧大德來參觀菩提長青村！」

創辦人體通師父正潛心修行中，村長陳芳姿代表出面來接待。

芳姿的肩上停著一隻巴掌大的鸚鵡，她向大家介紹是她「兒子」。接著介紹長青村的硬體設備。

「整座組合屋是各界善款支助蓋起來的。」

村長說，包括國軍和慈善團體都在陸續捐贈一些日常用品；目前住了七十多位老人，多數可以料理自己的起居，僅有少數行動不便，需要人扶持；雇用十位職員來擔任炊煮、照護和守更的工作。職工薪水和老人的伙食、水電等，每月開銷約五十萬元，全靠各界捐助。

曾醫生聽了連忙豎起大拇指來誇獎：「七十多人，每人每月平均開銷還不到一萬元，好省錢呀！」

村長說：「承蒙各界厚愛嘛！譬如覺林精舍和中台禪寺就常送大米和蔬菜來。我們每一分錢都精打細算，絕不敢浪費。」

她帶客人參觀餐廳和廚房，同時說明爲了老人的健康三餐都供應素食。因爲各人信仰不同，還闢出一間佛堂和一間基督教堂，各有神職人員定期來做禮拜。

長青村另有理容院，這時正有一位美髮師在爲老人理髮。

村長向大家介紹：「這是美香姐，她常來長青村給阿公阿嬤義剪。」

美髮師是位笑容可掬的中年婦人，這時親切地向大家點頭致意。見到曾醫生，她雙眸一亮，開口招呼起來。

「曾醫生，你好！」

「美香，好久不見了，」曾醫生向她招手，「你家孫行者好嗎？」

「好，好，謝謝你。」婦人手不離剪，臉上的笑容更加溫婉美麗。

隨著村長繼續往前走時，元眞忍不住問醫生：「誰是孫行者？」

「美香的丈夫。他每天都要走路兩三小時，打赤腳走，因此大家都叫他『孫行者』。」

元眞領會地哦了一聲。

「埔里臥龍藏虎，多的是奇人異士，以後有機會給你介紹。」

元眞點頭稱謝。

參觀完畢，元融代表日月山捐了五十萬元，然後大家分頭到組合屋裡訪談。

元眞領著元義和曾醫生邁進一間房門，裡面住著一對老夫婦和一位單身老婦，都是住宅全倒戶。

元義問他們：「房子開始蓋了嗎？」

老夫婦說，他們是獨門單棟，上月完成拆除，目前正委託建築師在設計中，對災後重建很有信心。

單身老太太便沒那麼順利。原來她的情況和王桂蘭頗相似，即大廈的底樓壓垮了，但是高層有幾戶完好無損，他們拒絕拆除重建，需要一家家勸說。半年多了還有兩戶堅持不簽字，如今整棟大廈就空著餵蚊子結蛛網。她擔心有生之年再也搬不回去了。

「不會的，」元眞安慰她，「這種情況不止你們這樣，一定有辦法解決的，你別著急。身體好嗎？」

老夫婦搶著回答：「她長胖好多了，剛進來時瘦得皮包骨呢！」

老太太說：「地震後十幾天，我又怕又傷心，吃不下睡不著，哪能不瘦？」

曾醫生給她把脈，告訴她血壓正常，老人家既歡喜又感激。

離開長青村時，曾醫生表示：「覺林精舍認養長青村是對的，對災民要作長期的關懷，而且心理輔導和物質援助一樣重要。」

元融聽了即向元眞關照：「佛法是療傷止痛的良方，以後要加強這方面的工作。」

「是，融師父。」

元眞說著，轉向醫生請教：「師兄們只有一個白天的時間，可以到哪裡去參觀，讓他們對地震的威力有個較完整的概念？」

「日月潭和九份二山。去日月潭很方便，但是九份二山要有人帶領才行……這樣吧，我找老朋友黃炫星帶你們去。」

他說黃炫星是南投縣的文史記錄者，喜歡爬山和攝影，爲縣政府撰寫不少有關古蹟和原住民的介紹。這回地震也震倒他三間房子，他卻爲了搶時間，顧不了自己的房子，四處查看災情並爲歷史攝影存證，也是埔里怪傑之一。

「他信仰天帝教，聽過這個教派嗎？」

元眞說：「聽過，好像教主李維生是電影導演李行的哥哥，對吧？」

「對，不過他們的父親李玉階創教時，以天帝爲教主，人間不設教主，自稱首席使者。」

「這個教派曾經預言，八〇年代必發生第三次世界大戰，且是核子戰爭，幸好未曾兌現。」

醫生口氣寬厚地表示：「我對玉階老人很尊敬，當時因爲憂心世界局勢，以爲難逃核子災難，才有這種預言。他是自立晚報的創辦人，一生無黨無派，爲人極有風骨。對了，他們教友間彼此互稱『同奮』……」

「同奮？」

「嗯，天帝教提倡三種奮鬥：向天奮鬥、向自然奮鬥和向自己奮鬥。我聽黃炫星說，教徒努力的是實行廿字的人生守則……好像我中學時代背誦的四維八德都在內。」

「有意思……能不能麻煩你代約這位天帝教徒，」元眞央求他，「明天下午帶我們去九份二山？」

「好，我來安排。」

次日一早，元眞陪師兄們去參觀愛蘭台地的廣興紙廠，看到茭白筍造紙的奧妙。接著到對面的台地遊覽牛耳石雕公園，這裡種植了許多美人樹，並收藏了素人雕刻家林淵的大批石雕，造形樸拙的牛羊雞犬參差布置於樹蔭下或步道旁，給人一種渾然天成的美術景觀。

元融有些好奇：「公園怎麼取名『牛耳』呢？」

元義說，它正當埔里盆地的關口，與愛蘭台地隔溪相對，勢如兩牛互相抵觸的緣故。他領著眾人眺望愛蘭台地，後者宛若一艘開進港口的大船，十分壯觀。

「埔里人認爲『大船入港』表示有入沒出，住在這裡的人一定富有。」

元融和元信都相信，佳景天成，埔里人果然有福氣。

接著到魚池鄉參觀日月潭。

車子緩緩繞潭一圈，驚見十幾棟倒塌的觀光飯店，有的已夷爲平地，有的尚在拆除，殘破的水泥塊裸露著一根根齜牙裂嘴的鋼筋，令人怵目驚心。文武廟、玄奘寺也受重創，滿目瘡痍。青山依舊，綠水幽幽，遊客幾乎絕跡了，小商販不是關門就是守著貨架打盹，一片蕭索淒涼。潭中的光華島不見了紀念碑，只剩月下老人跛腳似的歪斜在一邊，守著一堆黃土，伴著幾棵東倒西歪的樹，一幅孤苦寂寥相。

回精舍的路上，大家默不作聲，心情都很沉重。特別是元眞，想到以往的日月潭畔，高樓爭奇鬥豔，遊客紛至沓來，和目前所見眞有霄壤之別。地牛威力可怖，世事無常，「色即是空」，誰曰不然？

下午去接黃炫星。他個子不高，兩鬢白髮，看來年紀和曾醫生不相上下，但言談詼諧，屬於喜歡逗人笑的甘草型人物。上路前，他先每人派發一張印有天帝教創始人玉照的名片，說是可以保平安。

元眞看到照片背後印有「忠恕廉明德……」的人生守則，數數正好廿字。

元融本待不接，但爲表示尊重不同宗教，還是雙手捧至額頭，然後看也沒看就納入袖中。元義等人則恭敬地收藏起來。

到國姓鄉九份二山的路上，黃炫星一路指點江山，對這兒的地理和歷史簡直如數家珍，不愧鄉土文史工作者。

元義很佩服：「我在南投念中學，不是地震還不知有個九份二山呢！」

黃炫星安慰他：「這不怪你，以前也只有我們愛爬山的人才知道嘛！我們的教育都教些遙遠的地方，例如長白山、外興安嶺……等等，身邊的山川反而忽略掉。」

「以前是本末倒置了，」信元深有同感，「教育應該由近及遠，先從認識身邊的事物教起。愛鄉愛土才能愛國，不是嗎？」

「對極了！」黃炫星如獲知己般，「我編寫鄉鎮和社區文史，就是想激發大家的社區意識，關懷愛護自己腳下的土地。」

這一點深得大家的贊同。

元信指著窗外一叢叢的檳榔樹問他：「九份二山的人只種檳榔嗎？」

「這裡的人不是種檳榔和香菇，就是養鹿爲生，地震以後才想改行做觀光生意。」

元眞聽到「養鹿」，猛地想起表姐差點嫁到這裡，但不知娶越南新娘的男子是否逃過一劫？

「觀光生意？」元融四處張望，「一路上山沒見到什麼車輛呀？」

「哈哈，以前沒有警察管制，天天都有觀光巴士開上來參觀災情呢！」

「觀光可以帶動地方經濟，爲什麼要管制呢？」元信問完，又趕忙道歉，「對不起，可能問得離譜了！」

他說自己生長在台北市，大學畢業就到嘉義落髮出家，如今人到中年了，曾隨師父出國數次，本島卻走動不多，這是第一次深入山村，對什麼都好奇。

「封山的原因之一是安全考慮，現在還餘震不斷呢！」

黃炫星說，九二一迄今，餘震已近萬次，聽得元信嘖嘖稱奇。

地牛翻身的威力著實嚇人，震爆點所在的山頭是塊岩盤，而地震有如千萬噸炸藥，把岩盤炸裂成奇形怪狀的石塊和石筍，有的碩大無比，有的中間迸裂以致深如無底洞，還有陡直地裂開一長條縫隙，出現一線天的景觀。震爆點上的幾戶人家，有的倒塌，有的被彈出幾丈外。只有一戶沒倒卻震成傾斜狀，人走進去都會感到頭暈眼花，被稱爲「磁場屋」。道路拱起如丘陵起伏，老樹也連根拔起，讓人想到那短短頭廿秒竟是如此銳不可當，雖然時過半年了，還讓人觸景生情，恐怖萬分。

走山更是一大奇觀。

震爆點旁邊有座山，原來種植檳榔；山下是韭菜湖溪和一條小山澗，溪谷邊有養鹿場和幾戶種梅人家。地震時，種檳榔的山頭被巨斧攔腰一劈，整個山頭像溜滑梯般滑落到千米之下的溪谷。這樣的天崩地裂，山頭上卻有兩戶農家竟然人屋無傷，隨整個山頭滑下而無知覺，早起出門一看，自家的檳榔園幾時變成了梅樹園了！土地公廟也安然無恙，居民相信是受祂庇佑，目前正在給廟宇加裝頂棚以表謝恩。

然而溪谷中的人可遭殃了！三千萬立方米的土方滑下來，填平了三百米深的山谷，四十一人遭活埋，養鹿場和三百多隻鹿也無一倖免。產業道路不見影子了，韭菜湖溪和支流被堵成兩個十幾米深的水潭：韭菜湖和澀仔坑湖。如今湖中露出電線桿，碧波粼粼中兀自挺立，成爲走山的最佳見證。

目睹地震移山塡溪的力量，元信深受震撼，不禁面對潭水俯首合掌，口中喃喃自語說：「阿彌陀佛，大自然的力量實在厲害呀！」

元義一旁默默點頭，也感到敬畏有加。

「阿彌陀佛！」元融合十唱道，「這是眾生的共業，只有大家努力修行才能超渡它！」

元眞想到深埋土層下的人、鹿，心中至爲不忍，當即默默爲之祝禱，祈求亡魂安息。

黃炫星指著韭菜湖邊，一尖一圓的兩座山頭說：「這才是九份二山。」

眾人都驚訝不解：「咦，完好無損呀！」

「震爆點是大角坪，走山是韭菜𩆜山，因爲沒啥名氣，只好借助九份二山才比較能引人注目嘛！」名氣也用到地震上來，元眞啞然失笑。

他們站在走山後裸露出的岩石山腰，這裡已闢出一條土路，路旁有人搭起棚屋賣茶葉蛋和飲料，封山後人去屋在，留下的垃圾十分礙眼。不難想像，若放任下去，旅客一多了，很快就會髒亂不堪。

元義語帶感慨說：「我知道爲什麼要封山了，這樣才能保持地震現場，將來可以研究和參觀。從長遠看，保護資源更有利於觀光事業。」

黃炫星翹起大拇指說：「師父英明！」

元義瞥一眼大師兄，口氣十分惶恐：「不敢，您別取笑我了！」

元融笑笑說：「義師父常有過人的見解。」

元義連說「不敢當」，隨即指著果實纍纍的梅子林說：「你們看，這麼多梅樹，春天來了，滿山梅花，不輸風櫃斗吧？」

黃炫星和元眞熟悉信義鄉風櫃斗的梅林風光，都表示若好好規劃，肯定會後來居上。

「這裡四面環山，」黃炫星指出，「又有兩潭碧水，加上震爆點的奇景，太有看頭了！」

他一一指點附近幾座稜線美麗的山峰，守城大山、卓社大山、大尖山、水社大山……全是南投的名山。

元信嘖嘖稱奇：「沒想到地震會震出這麼奇特的景觀來！」

滄海桑田，元眞想，果然危機也即是轉機。災害現場引發的憂鬱心情，在預見未來美好的遠景後，總算略爲寬鬆些。

當晚回到精舍，元智準備了豐盛的素筵給師兄們餞行。

用過藥石，尼僧各自回房休息，元眞便去圖書室看報。

不久元義也來了。圖書室別無他人，雖然僧尼之間有「八敬法」嚴格規範，但彼此是老同學兼同門師兄，也就隔著桌子暢敘起來。

「上次在日月山見面，來不及問你，美國留學的心得如何？」

這麼大的問題！元眞未答先笑了。

「美國新興宗教很多，看得我眼花撩亂，不過我覺得宗教和解，就是互相尊重、包容，以及宗教人性化才是主流，」她說，「學校安排我和一位比利時的天主教修女同住一間房，同學都管這裡叫『保守主義堡壘』呢！」

「古老的宗教，」元義承認，「當然是保守些，不過台灣佛教富有改革的潛力，這點我很有信心。佛教現代化和本土化是我們在二十一世紀非走不可的道路。」

「你快別提現代化、本土化了，」元眞警告他，「上人一聽到就生氣，好像遇到洪水猛獸……老人家怎麼這麼緊張呢？」

元義理解地笑笑說：「這都因爲『本土化』一詞被用濫了！它被貼上政治標籤，成爲『去中國化』的同義語，上人以傳承中國佛教爲榮，當然不以爲然。」

他以爲宗教不經過本土化必難以生根茁壯，佛教在中國就融入了儒家和道家思想。當然，一味本土化而失去原則，最後是滅亡，像印度的原始佛教被婆羅門教和印度教同化，最後整個被印度教取代掉。

他建議：「你以後不妨用『生活化』來取代『本土化』。」

元眞接受了，但一時改不過口來。

「不但宗教要本土化，就是同一個教的教派之間，必會互相融合。」她指出，「上人反對密教，但是正統佛教也融入許多密教的科儀和經咒，像觀音菩薩和大悲咒，不都來自密宗嗎？」

「就是。提到密教，上人剛給我們開示過，」元義順便傳達，「三年前達賴喇嘛訪台以來，喇嘛教和各種形形色色的密教在台灣都發展得很快，他要我們向信徒指出正邪之間的區別，務必加強正信，唾棄迷信才好。」

「是，」元眞頷首承諾，「埔里就有一個蓮化寺在和我們搶信徒。當家的和尚自稱紅教喇嘛，擅長灌頂加持和念咒驅邪，寺廟才開光兩年，香火就旺起來了。」

元義無奈地歎口氣說：「眾生執迷，一時也難以點化，慢慢來吧。有時講經太多也沒用，不如像慈濟那樣做些社會救濟，從實踐中提升佛法的修行。」

元眞聽了，不禁心有戚戚焉。

——收入南投縣政府文化局出版《重返桃花源：第一屆南投縣駐縣作家作品集》

【作者簡介】

陳若曦，本名陳秀美，一九三八年生，台北市人，就讀台大外文系期間，便以寫稿維生，為《現代文學》創辦人和編輯之一。台大畢業後赴美留學，進馬里蘭州約翰霍普金斯大學寫作系，獲碩士學位。曾獲中山文藝獎、聯合報小說特別獎、吳三連文藝獎、美國圖書館學會書卷獎、吳濁流文學獎等。她早年曾在《現代文學》發表小說作品，自七〇年代離開大陸後，便寫了一系列反映「文化大革命」的長短篇小說，其中以《尹縣長》最為著名。她一向堅持寫實主義風格，主張「言之有物」，始終保持一貫的「絕不無病呻吟」的寫作理念，至今仍寫作不輟，重要作品有小說《尹縣長》、《歸》、《城裡城外》、《突圍》、《重返桃花源》、《素心蓮》等，散文集《文革雜憶》、《慈濟人間味》等。

【作品賞析】

本文為作者獲得第一屆南投縣駐縣作家的補助計畫，在南投 long stay 之後完成的作品。在二〇〇〇年七月至二〇〇一年六月這一年中，陳若曦的足跡遍及南投縣的十三個鄉鎮市，深入各個層面去體會觀察南投的風土民情、多元族群及居民性格；拜訪當地藝文人士並參加各種藝文活動。此外，由於正逢九二一大地震災後重建階段，她選擇住在「菩提長青村」的組合屋中，以實際行動去體會災民食、衣、住、行、育、樂等生活層面的細節。全書以九二一地震以後的南投（尤以埔里）為故事的時空背景，敘述具有原住民血統的比丘尼釋元真，由美國暫停學業趕回埔里故鄉參加賑災，開始參與台灣社會之後所發生的一系列事件。

此處所節錄的段落，看不出陳若曦在《重返桃花源》一書中所要傳達的宗教觀，「極樂世界其實存在我們心中」、「桃花源就在我們腳下」、「宗教不能一成不變，只有經過改革，宗教才會越來越人性化」，但是卻可以看到宛如人間桃源的南投之美，而傳達出「相對於已非淨土的日月山，元真的故鄉才是真正的桃花源」，裡面描寫的清流部落就像世外桃源，「但見收割的稻田露出齊整的稻芒，一畦畦的草地綠油油的，村口的小公園花木扶疏，美麗的農村景象和三年前殊無差異。這麼可愛的田園風光，元真想，難怪外婆一住就不肯離開。」

——林黛嫚撰文

植有木瓜樹的小鎮

龍瑛宗（張良澤譯）

午後，陳有三來到這小鎮。

雖說是九月底，但還是很熱。被製糖會社經營的五分仔車搖了將近兩個小時，步出小車站，便被赫赫的陽光刺得眼睛都要發痛似的暈眩。街道靜悄悄地，不見人影。

走在乾裂的馬路上，汗水熱熱地爬在臉上。

街道污穢而陰暗，亭仔腳（騎廊）的柱子薰得黑黑，被白蟻蛀蝕得即將傾倒。爲了遮蔽強烈的日曬，每間房子都張著上面書寫粗大店號——老合成、金泰和——的布蓬。

走進巷裡，並排的房子更顯得髒兮兮地，因風雨而剝落的土角牆壁，狹窄地壓迫胸口；小路似乎因爲曬不到太陽，濕濕地，孩子們隨處大小便的臭氣，與蒸發的熱氣，混合而升起。

通過街道，馬上就看到M製糖會社。一片青青而高高的甘蔗園，動也不動；高聳著煙囱的工廠的巨體，閃閃映著白色。

來到事務所前的矽礫場時，洪天送露著白齒笑迎出來。戴著大帽盔的黝黑的臉，油光滿面。

「來了啊，打算住——」

「還沒有決定。想要拜託你，所以先來拜訪你。」

「哦？這兒要找個適當的地方，可不容易呀。暫時住我那兒怎樣？」

「那眞是求之不得的呢。恐怕太打擾你了。」

「我現在獨個兒住著。無論如何就這麼辦。」

本來陳有三就是爲這事而來的，沒想到一談即成，頓時鬆了一口氣，小聲道：

「那在我找到房子之前就麻煩你了。」說著，才開始吹氣拭汗。

從會社順著甘蔗田的小道走約半里路，有一條泥溝；馬口鐵皮葺的矮長屋擠在一起。推開貼有紅紙——上面寫著「福壽」二字的門，裡面隔成二間，前面是泥土間，放置著炭爐和水甕等廚房用具，屋頂被煤煙薰得黑漆漆，蜘蛛絲像樹鬚一般垂下來。

後面是寢室，高腳床上鋪著草蓆，角落裡除了柳條行李箱與棉被之外，散著兩三本講談雜誌。板壁上用圖釘釘著出浴的裸女畫像。

「×點下班，這段時間你請慢慢準備。」

洪天送說著，便倉皇走出去。

陳有三把籃子放在床上，脫下濕淋淋的襯衣，絞乾之後，晾在籃子上。房間裡只有一個極小的格子窗，從窗口可望見綠油油的蔗園那邊工廠像白色的城堡。但馬口鐵皮屋頂所吸收的熱量，壓縮全身似的暑熱。被曬成褐色的臉上，油汗黏黏；裸裎的身體，不斷地冒出大粒的汗珠。

他把上身投到床上仰臥。閉上眼睛，無數的星星像火花地出現、散落。

翌日，陳有三來到潔淨的紅磚砌成的街役場（即今之鎮公所），從滿腮鬍碴兒、目光威嚴的小谷街長接過派令，上寫著：命雇，月給二十四圓也。

陪著高個兒而膚色皙白的黃助役巡迴向全體吏員拜會。回到助役座位的黃助役以矯作而透明的聲音說：

「你是從多數的志願者選拔出來的優秀青年，本次能入本街役場，頗值慶賀。希望你不辜負同仁的期望，以誠意、努力奮勵於事務。工作是先當會計助理，關於此，金崎會計將指導你一切。」以演講的口調說完之後，從容地起立，帶領到櫃台的會計課，屈弓著背，笑容可掬地說：「金崎先生，陳君拜託您照顧了。」

金崎會計好像在台灣住了很久，顴骨曬得黝黑而凸出，蓄著小鬍子。像木偶似的無表情，僵硬的聲音說：

「嗯，是陳有三君吧。那就開始吧，你先做做點鈔的練習。」

說著就遞給陳有三一束百張的紙幣大小的牛皮紙，並教他數法。但金崎會計好像不甚熟練於會計事務，點鈔的手法不太高明。陳有三一心不亂地用堅硬的手，一張一張翻數著。這種機械的動作，持續到近中午的時候，身心已感到相當疲憊。牛皮紙被海綿的水沾得濕濕地，腕部像要折斷似的痠痺。

「陳先生，吃午飯去吧。」

眞幸運，一個長得高高的男人走過來邀約。他有挺銳的鼻梁和窪陷的眼睛，但說話聲帶著忸忸的女性溫柔。

「但大家還沒離開，可以嗎？」

「午炮已響了吧，可以自由出去了。」

陳有三向金崎弓腰：「對不起，先告退。」看看裡邊，只有黃助役支著肘，壓著桌子的樣子，吭吭地發著鼻響，一邊看報。陳有三老遠地行了一禮走過。

出到外邊，正午的太陽像要燒焦腦門那般強烈照射著。街上滿溢白光。路上只看到一個從山上來的年輕女子，扁擔壓得彎彎地挑著一擔木柴走過去。穿著短黑褲仔和藍色上衣，她的茶褐色的臉上，汗水淋漓，神色像燃燒的玫瑰色，微微的困憊停留在美麗的雙頰上。

市場大約在小鎭中央，對於這貧窮的小鎭而言，市場倒是相當大而漂亮的紅磚建築物。

踏進市場內，意外地發覺人潮殷盛。掛著豚肉的屋台排成長列，腑臟及滴著血的頭骸骨陳列著，媒（婦人）們來往於其前，討價還價著。也有以粗垢的手，從腰包裡取出白硬幣，用心地數著。

過了豚肉店，便是掛著薰烤燒鳥、紫紅香腸的飲食店。那是令人目眩的食慾風景。

濛濛混濁的吵雜聲中，有的蹲下來買半角錢的蕎麥，拚命扒進嘴裡；有的端一杯白酒，像煮熟而朦朧的眼睛陶然自得；有的蹲在長椅上，一邊吸著鼻涕，一邊鼓腮咬著豚肉片。——由於煤煙與油脂而發出黑光的食堂，人們一齊把脖子伸進濃味油膩的食慾中。

傴僂而豬脖子的怪模樣的男人一邊擦著滿是油脂的手，一邊裂嘴而笑地走出來。因爲是嚼檳榔的關係，牙齒染得赤黑。

「請坐。戴先生，要吃些什麼？」

「雜菜湯、燒雞，再來上等飯。啊，拿一瓶啤酒來。」戴好像想起來：「今天早上，黃助役雖已介紹過，我就是這個名字……。」

他遞出名片，上面印著「戴秋湖」。

走過杉板粗糙的柵圍，坐下漆朱的桌邊。這是特別室。一個穿著古風的長中國服，看來像是儒學家的老先生，透過銅框的小眼鏡，瞅了一眼過來。他的衣服到處縫補又污垢。滿布深皺紋的嘴邊，一邊嚼動著，一邊用乾瘦而有斑點的長指甲，笨拙地剝著烤鹹鯽魚。

不一會兒，冒著熱氣的飯菜端來了。戴秋湖老練地拔掉啤酒瓶蓋，滿滿地斟了一杯遞給陳有三。他自己的一杯也一飲而乾，邊擦掉嘴邊的泡沫，一邊暢談起來：

「那個會計的金崎先生，你看他那可怕的臉孔，其實是個很好的人。那個人長年在鄉下當過警察，爲保持威嚴，自然就變成那種苦喪臉。有時講話好像很重，但內心倒很善良，你不必太掛意他。對啦，那個小谷街長也是幹過K郡警察課長的人。還有那個黃助役，他只是公學校（小學）畢業而已，爲了幹上助役，好像奔波獵官不少。那傢伙對我們下級人員就驟變了，作威作福，對上級或對內地人（日本人），就畢恭畢敬，眞是卑屈的家畜。總之，他對上級的逢迎，就是我們效法的範本。連日本話也講不好的公學校畢業生，擁有中等學校出身的部下，這似乎太滿足了他的自尊心。那傢伙，明明是虛榮家，卻又單純，唯唯諾諾追隨他，奉承他就可以了。」

戴秋湖凹陷的眼睛閃閃發亮，顴骨附近微微泛著血色。

「對啦，現在賃租在哪兒呢？」

「哈，還沒決定，暫時麻煩洪天送君。」

汁。

「哦，那我也得努力找找看。」

對於講話爽快的戴秋湖，陳有三不自禁地覺得他是親切而值得交遊的朋友。

「有空務必請你來我家玩一趟。我的地方洪天送很熟悉。」

戴秋湖爲了付帳，拍拍手，傴僂的男人飛奔過來，像春貓的叫聲：「要回去了嗎？」呸！吐出一口赤黑的檳榔汁。

那天黃昏，從馬口鐵皮屋頂升起的薄煙，裊裊地融進暗濁的天空；蚊蟲成群，慌亂地交飛著。陳有三與洪天送沿著泥溝，走過滿是灰土的凸凹路，回到了住處。晚飯後，陳有三穿一件汗衫，洪天送則日人式地穿著寬敞的浴衣，搖著扇子。但洪天送的油光黑臉，穿上浴衣的姿態，顯出一種異樣風采。

走到街的入口處，右邊連翹的圍牆內，日人住宅舒暢地並排著，周圍長著很多木瓜樹，穩重的綠色大葉下，結著累累橢圓形的果實，被夕陽的微弱茜草色塗上異彩。

「這裡是社員的住宅。我要是再忍耐五年，便可從那豚欄小屋搬到這裡來住。但是其他的人就可憐了，對他們而言，這裡不過是『望樓興歎』而已，因爲他們沒讀中等學校。」

洪天送昂然挺胸，搖擺著身體說著。

圍牆邊兩個穿著衣連裙的日本女人，無顧忌地聳肩而笑談著。被風吹動窗簾的側廊，一個胖敦敦的中年男子穿著內褲，兩手扠腰，凝視著遠方。

「現在住在社員住宅的本島人只有兩人，一個高農，一個工業學校畢業。」洪天送補充說明。他在這世間唯一的希望是忍耐幾年之後，升任一定的位置，住日本式房子，過日本式生活。他似乎陶醉於那種快樂與得意，瞇眼含笑著。

街道愈來愈窄，小房子雜亂並處。打赤膊的男人們好像都吃過晚飯，聚集圍坐在一起。露著粟色肋骨的年輕男子，以靈巧的手法拉著胡琴。尖銳的旋律，像錐子似的鑽進黃昏。

垂著乾癟乳房的五十來歲老女，拍著棕櫚扇子，誇大地嘟喃著：

「今年真特別熱呀。」

這時候，洪天送突然撞了一下陳有三的肘部，壓低聲音，啜嚅道：

「喂，看前面的女人！」

眉毛的濃描與豔妝而豐滿的女人，坐在椅子上而促起一隻膝蓋。從捲起的褲仔腳，可窺見白嫩的大腿股。無客氣的視線追趕過來。

「可能是賣淫的女人。」

洪天送邊回顧邊說道。

來到壁與壁之間只能通一個人的窄路，通過窄道，便有三間壁板腐朽的古老日本式房子。前後左右都被家屋包圍著，角落的小塊空地可能是垃圾場，令人反胃的惡臭陣陣撲鼻。

「喂，在家嗎？」洪天送發出宏亮的聲音。

「誰？」同時打開紙扉，伸出一個怪鳥似的頭，透過暗道，探究這邊。隔了一會兒，才認出來：「原來是洪君，還有客人呢。來，請上來！」

洪天送介紹之後，才知道這個人是他的前輩，叫蘇德芳，現服務於某役場。

蘇德芳的高凸的頰骨，和收縮的小嘴邊，顯得乾燥而無血色，身體虛弱而多骨，顯示營養不良的情狀。陷落的瞳孔，奇妙地注滿悲悽的底光。那是青春的遺痕吧。

在隔壁的房間，剛給嬰兒吸過奶吧?!一個憔悴而蒼白的女人，一邊扣著上衣的鈕扣，一邊打開紙扉。

「歡迎來坐。」兩手伏地，深深垂了頭。

「是內人。」蘇德芳在旁邊說。

女人也是很瘦，下顎像削過似的尖細。即刻站起來，退回去，一會兒廚房傳來格格的聲音。大概是在泡茶。黃暈的裸電燈底下，三人盤腿圍坐著。搖著扇子。

一點也沒有風的沉澱的空氣，好像要蒸熟身體。

趕快問這附近有沒有房子要出租。

「這附近好像沒有的樣子，但我可打聽一下。」

蘇德芳扭著頭回答，接著說：

「我也是到處找尋，最後才到這地方。六疊榻榻米兩間，玄關二疊寬，房租每月六圓，還算便宜，但你看四周被包圍，空氣流通不好，陰氣沉沉，害得小孩常年生病，很想搬家。這種生活眞受不了。本島人沒有房租津貼，薪水又低，每月家計可眞艱苦。雖可租本島人房子，但衛生設備奇差，房租也得四、五圓，爲了顧全體統，結果也就在這裡落根了。但餓鬼的病，可眞吃不消。……」

話語突然中斷，俯身凝視陳有三道：

「陳先生，因爲你剛從學校畢業，所以告訴你，結婚不能太早呀。殷鑑不遠，我就是最好的影子。雙親無理的強迫也有關係，也是因爲我沒有堅定的信念所造成的結果。只是沒有想到那破綻會來得那麼快。家母虛榮心甚強，我剛剛中學畢業就了職，便以爲這個兒子功成名就了，非趕快教他結婚不可。於是唆使好好先生的家父，令我早日完婚。我畢竟是剛從學校出來，雖然先予拒絕了，但家母那傢伙便哭哭啼啼說什麼不孝子啦，說對方讀女校門當戶對啦，終於那年春天便決定了T市的女學校畢業現在的內人了。你也知道女學校畢業的聘金（如同內地人的結納金，本島人是買賣婚姻），比起公學校畢業的貴得不像話；還好，內人雖是女學校畢業，比起來還算便宜一千三百圓。家裡沒有那麼多資金，借了八百左右，裝飾了華麗的外觀。但婚後第二年，家父突然去世，家裡共欠了二千圓的債。大部分投注在結婚費與我的學費，而原有的一點田地全部賣光，也還留下相當龐大的債務，這些債務就落到我的肩上來。現在可慘了。結婚那年我二十，內人十九，現在才熬到三十歲就有五個餓鬼，最小的孩子現在患肺炎，這個月又要紅字了。薪水遲遲不升，現在還是低薪得不像話。家用節節升高，幾乎無法應付。債務不但不能還，還愈來愈多。被家庭拖垮的我，誰知道學生時代是出盡鋒頭的網球選手，且創了母校的黃金時代。帶病而瘦得像猴子的內人，你可知道從前她曾有過楚楚可憐的年輕女學生時代。想到時代在暗中轉變之速，眞令人感慨無限！」

蘇德芳好像要笑似的，歪著嘴唇，痙攣著嘴角。

「寶寶的病情好轉了嗎？」等長話講完，洪天送急迫問道。

「啊，總算度過難關了。」

紙扉用舊報紙糊，格子扉被孩子們玩得滿是洞洞；褪色的壁上，滿是塗塗寫寫的痕跡；屋裡一片雜亂。

這時隔壁的房間傳出爆裂的哭聲。

陳有三最後再拜託一次租屋的事情，便告辭了。來到街上，洪天送露出同情的臉色說：

「蘇先生的薪水還在四十圓邊緣呢。而孩子那麼多，好像老傢伙也很頭痛。我們要是也到那個地步就完了。」

這句話在陳有三的心上，烙下沉重的陰影。

「到公園去繞一圈才回去吧。」

說著，洪天送步向沒有人走的暗寂街路去。

公園裡熱帶林亭亭高聳。坐在長凳上，恰似森林的寂靜逼迫上來。長凳後面，橡膠樹茂密地造成強韌的暗闃。腳下的小路微白地彎曲，而後被吞食於黑夜中。前面草地的邊上，有一群木瓜樹，靜靜地吸著剛上升的上弦月光。地上投射淡淡的樹影。

「啊，好涼爽。我們那個馬口鐵皮的矮屋眞教人受不了。過十二點，還是那麼悶熱。」

「說實在的，我一個晚上就累垮了。」

「到能住進社員住宅爲止，還要五年的忍耐。但鄰居們的沒有教養，令人吃驚。媒們整天大聲饒舌，餓鬼們髒得比泥鼠還髒，男人們喝了白酒就高談猥褻；跟那些人住在一起，我們都變得卑俗無味。連隔兩三間談話的聲音，也像傳聲筒似的聽得一清二楚。深夜裡鄰居睡覺翻身的聲音，也無遺漏地聽得到呢。」

洪天送的聲音漸漸沉澱下去，直到餘音消失於黑夜時，突然陰森森的寂寞淹蓋過來。融於月光的青霞夜氣，漸漸深沉。

四周靜寂得有些恐懼感。

「走，回去吧。」說著，伸了一個腰，站起來。

他們白色的衣服被樹影浸染著，如同潛水游於樹下。

沿著公園的垣牆，慢慢走著，不意仰望夜空，月亮清爽地搖晃於高高的椰子樹葉尖。

由於洪天送的奔走，好不容易才找到住處。房子在街的東郊，屋後田園連綿，種植香蕉及落花生等作物。家屋是本島人傳統的凹型構造，賃租了側翼的一間。

當然是土角造的，可能建造未久，那穀殼與泥土混合的牆壁呈現穩重的深茶色。房間也是泥土間，濕氣很重，但本島人的家屋來說較有大窗子。房租幾經折衝的結果議定每月三圓。

伙食決定自炊。因爲農家煮的飯都摻了很多地瓜，煮得稀稀爛爛，在來米少得意思意思而已；菜餚則早晚都有豆腐乳與蘿蔔乾。盡管貧寒出身如陳有三，也不得不想規避一下。自炊的話，既經濟，又可吃些想吃的東西，剛畢業的生活力充沛著。

自炊工具都準備好了，也請洪天送代買了一張台灣竹床。這是花四圓買來的便宜貨，稍一搖動，就發出吱吱聲音。壁上貼了白紙，屋裡一下變得明亮起來。在牆壁右上角貼了幾個大字：「精神一到，何事不成。」還掛著一幅揹著手做沉思狀的拿破崙畫像。

一切都就緒了。從現在開始就要拚命用功了，陳有三內心強有力地說著。他立志在明年之內要考上普通文官考試，十年之內考上律師考試。這看來像是血氣方剛的青少年常有的夢想，但對陳有三而言，由於下列幾點原因，當看成帶有相當可能實現的要求。

第一、從經濟觀點而來的對現狀之不滿。他可被計算的生涯，在這多夢的時代裡，是無法忍受的。最確實的是一年升給一圓，十年後月薪也不過三十四圓。這期間假如結婚的話，就像前輩蘇德芳那樣地成爲一個被生活追趕的殘骸。

第二、陳有三以優秀的成績畢業於T市的中學校，這事使他有充分的信心：憑自己的腦筋與努力，可以開拓自己的境遇。

陳有三既已畢業，（他之所以進中學，是因爲鄉下無學的父親聽說兒子的同學都志願考中學，便讓兒子也跟人家去考試，原先並無定見；中學畢業之後，就沒有更高級的學校可進。）遊蕩了四、五年，得悉這個街役場有缺員，便趕緊報名應徵，擊敗了二十幾名報考者，通過任用考試，這還不是憑努力就可解決一切嗎？陳有三滿懷美夢。

他在中學時代讀過的書，除了教科書之外，便是修養書，偉人傳，成功立志傳之類。這些書裡所描寫的人物，都是出身貧困、卑賤，經過任何的荊棘之道，才積成巨萬之富，或成爲社會的木鐸，貢獻於人類福祉。這些成功的背後，只有滲血般的努力。啊，或許窮困才是值得讚美也說不定。因爲貧苦是成功的契機。

然則，陳有三並沒有成爲一代風雲人物或萬人之上的荒唐想法。

在他看著美夢的眼中，罩翳著幾許時代的陰影。

第三、他對本島人的一種輕蔑。

吝嗇、無教養、低俗而骯髒的集團，不正是他的同胞嗎？僅爲一分錢而破口大罵，怒目相對的纏足老媼們，平生一毛不拔而婚喪喜慶時借錢來大吃大鬧、多詐欺、好訴訟及狡猾的商人，這些人在中等學校畢業的所謂新知識階級的陳有三眼中，像不知長進而蔓延於陰暗生活面的卑屈的醜草。陳有三厭惡於被看成與他們同列的人。看下情則知其所以然：

有時候，陳有三被日本人叫「狸仔」（即「汝也」的台語，含有對本島人侮蔑之意）時，便蹙緊眉頭，現出不愉快的臉色，表示不願意回答的樣子。

因此他也常穿和服，使用日語，力爭上游，認定自己是不同於同族的存在，感到一種自慰。

但是如同倉庫的月租三圓正的泥土間，憑靠著竹製的台灣床，看著陳有三的和服姿態，眞是滑稽透頂的場面。再說那也許是無法實現的想望，運氣好的話，跟日本人的姑娘戀愛進而結婚吧。不是爲此而公布了「內台共婚法」嗎？

但要結婚的話，還是成爲對方的養子較好，因爲改爲內地人戶籍，薪水可加六成，還有其他種種利益。不，不，把這些功利的想頭一概摒除，只要能跟那絕對順從、高度教養、如花豔麗的日本姑娘結婚，即使縮短十年、二十年壽命都無話可說。然而這分低薪的話，無論如何都成不了事。對啦，用功吧！努力吧！必能解決一切境遇。

每當陳有三快樂的空想到達極致的時候，便對自己加以現實的鞭策。於是，他仔細地計算起來：

收入：	二十四圓
支出：	
伙食費	八圓
房租	三圓
電費及炭費	一圓五角
寄回家	五圓
書籍費	三圓
雜費	三圓五角
結餘	零

但，衣服費、臨時費等則向家裡請求。另外，做了一張讀書時間表，寫上「嚴守時間」四字。

陳有三寄了一封信回家，表明了他的抱負。

父親大人鈞鑒：

不肖離開膝下，匆匆已過旬餘。家人諒必安泰無恙。不肖亦頑健至極，請勿掛念。目前任職會計助理，工作非常單調。由於洪天送兄之奔走，住宿已解決。閒雅住家，房租三圓。月薪二十四圓。經綿密開支計算結果，爾後每月匯寄五圓回家。無法再撙節多匯，敬祈察諒。

然則雖已畢業，並非閒居無爲，必拮据勉勵，以期他日之大成。不肖謹愼品行，精勵公務，利用餘暇，不屈不撓，勤學向上，欲以揚家聲，而報父母鴻恩之萬一也。

敬祈垂察不肖微衷，刮目以待。

殘暑嚴熱，攝生自愛爲禱。

不肖敬稟

陳有三想起滿臉塵灰與皺紋的老父。三十年來可謂縮緊脖子而儲蓄下來的血汗一千五百圓，完全投注於學費，等著兒子以優異成績完成五年間的學業，而後可以過得較安適的生活；而今，竟領如此低薪，每月寄回五圓，無助於家計，如此情況，父親非再如牛馬般勞動不可，直到手腳不能動彈爲止。想到此，不禁替父親可憐萬分。

雖如此，附近鄰居大加讚美道：

「您眞是找到好工作。眞會賺錢。我的小犬也去都市奉仕，但薪水每月只有三圓。」

陳有三按照計畫用功讀書。常在深夜十二點或一點，還可看到他專心一意讀書的背影。

有一天晚上，同事戴秋湖來訪，邀他出來散步順便去他的家。戴秋湖對陳有三經常表現很親切的態度。陳有三完全當他是可信賴的友人。

去戴秋湖家的路上，不但漆黑且崎嶇不平，陳有三幾次差點跌倒。

他的家是屋頂翹曲的老家，牆壁滲著灰色。

陳有三被引到正廳。正面掛著觀音佛祖的畫像，兩側壁上貼著各種姿態的上海美人的彩色圖片。中間放置一張圓桌子，上鋪滾花邊的白桌巾。正當陳有三坐下藤椅子時，從入口處走進一個老人。

「是我父親。」戴秋湖向陳有三說，而後介紹道：「爸爸，這位是新來役場的陳有三君。」

陳有三深深垂下頭時，老人像要制止似的伸出僵硬的手，做了請坐的手勢。

「簡陋的地方，歡迎你來。」

露出多皺紋的和藹笑容。一坐下來，就在長竹根的菸管裡，塞進味道強烈的赤麟菸絲，而後噗嗤噗嗤地吸起來。

老人像南洋酋長似的，皮膚呈赤褐色而鬆弛。十二、三歲的少女端來一盤木瓜。美麗而黃暈的瓜肉上，圓圓小小的黑色種子發著濕濡的光。

「陳先生很年輕，幾歲啊？」

「二十歲。」

「哦，正是年輕力壯的有爲青年呢。」

「……」

「府上在哪兒？」

然後詳細地問眷屬、老家、職業等家庭的情況。

「生了像你這樣乖順的兒子，雙親一定很滿足。薪水又高，一定有存錢吧？」

「不，每月要寄錢回家。」

這下子，老人伸出下顎，顯出訝異的臉色道：

「但是家裡也不需要你的錢吧？」

「不，家裡很窮，多少要補貼一點家用。」

「眞了不起。你這樣的青年太難得了。」

老人啣著菸斗，沉思了片刻，而後忍不住地驚歎。

這時，戴秋湖從旁插嘴說：

「是呀！爸，陳先生還很用功呢，隨時手不離書呀。」

「哦？那……。怎麼樣？不要光是讀書，請常常來玩。對，這次放假，跟我兒子一起去我們的橘園，怎樣？正是蜜柑成熟的時候，景致又好。」

「啊，非常謝謝。」

戴秋湖以凹陷的眼光緊盯著陳有三，一邊把膝蓋挨近，說：

「陳先生，你一個人很寂寞吧。還要燒飯、洗衣，很不方便吧？怎樣，我的遠親有位小姐，溫柔美麗，你把她討來不錯呀。」

「謝謝關懷。但因種種關係，近期內沒有那種意思。」陳有三覺得是不該有的事，內心苦笑說。

「銀珠嗎？那女孩子我也很清楚，確是好姑娘。」老人拿菸斗邊在地上敲敲，邊像自言自語。

「不，陳先生，你的生活既安定，薪水又高，結婚絕不成問題。再說，本島人十八、九歲結婚的，多的是。」

「問題就在這裡。本島人早婚的陋習，非從我本身改革不行。」

「那是很了不起的理想。但不能把所有人硬塞進那框框裡吧？姑且不管那個啦，什麼時候去看一次。非常漂亮的姑娘喲。你一定會喜歡的。」

「那還……」陳有三窘困地說不出話。

場面變得有點不對勁，老人混濁的聲音打破沉寂：

「眞是新頭腦的有爲青年。我們舊式的人，總以爲早些娶妻生子是盡孝道的一種哩，哈哈……」破銅鑼似的低聲笑著。

數日後，洪天送來訪，一見面就捉住他說：

「老兄，上回去戴秋湖家的時候，眞的受不了。」

於是，苦笑地把那天晚上的事情一五一十地述說了，洪天送頻頻符合節拍似的聽著，好像等了很久，陳有三話剛講完，他便道出了稍令人意外的事情：

「戴秋湖君之所以對你那麼佯裝親切，是因爲他別有用心。看他那帶刺的眼光就知道是精於打算的陰險人物。對你表示種種的親切，是想從你那兒得到什麼而嗅著你。但一旦知道從你那兒得不到什麼的時候，便易如反掌地對你冷淡了。你去戴家被問了很多事情，就像是對你及你家的信用調查。而勸你結婚，想推介遠親的姑娘，就表示你已失去戴家女婿的資格。因爲戴君自己有兩個妹妹。大的妹妹就因爲戴君的暗算陰謀，離婚回家，成了悽慘的犧牲品。大約二年前，街上富家的放蕩子死了太太時，他把妹妹的美貌當商品，也不理會她的厭惡，硬是把她嫁給財狼色魔的放蕩子。她長得像海棠那麼美。那個浪蕩子具有瘋狂的興趣，每當街上新來一個賣春婦，必定要通情一次。而且每當醉酒回家，必然踢打太太，做盡狂暴的行爲。他的太太是C市高等女學校畢業的有教養的女性，被如此狂暴的丈夫虐待，甚至被染了惡烈性病，原來嬌貴之身，無法忍受這些壓力與歎息，終於得到了肺病。而且那個婆婆又是出名的潑婦，雖然擁有龐大財產，但對媳婦的病，幾乎無法令世人相信地一點也不施予治療。那個婆婆終於兩年前去世了。想必悔恨地咬著牙齒而斷氣吧。戴家迷惑於對方地位與三千圓，硬把妹妹推到豺狼身上。結果當然又遭噩運，染上性病，忍受不了婆婆的虐待，詛咒著自己的命運，企圖縊死，幸虧沒死成；兩家大爲緊張，放蕩子一時也抑制玩樂，可是最近又恢復原狀，終日耽溺花柳樓。終究戴家由於女兒的切切懇求，把她接回家來。她現在靜靜地養著受傷的身體，等著再婚的日子。但因為這，她的結婚條件就變得很壞了，所以戴君似乎打算把她盡可能地嫁給他鄉的人。也就是找個不太知道這件事的他鄉人，閃電式地決定。我講漏了一點，在戴家那個老爺形同隱居，家務全由戴秋湖君處理。戴君或許原想把這個孤寂的妹妹送給你也說不定，但現在已在銓選之外，恐怕是因為你坦陳了你家的貧困，微薄的薪俸還要寄錢回家。只要使出他那一流的策術，不難得售於他鄉相當的家庭吧。大妹妹不能送給你，小妹妹當然免談了。那個小的妹妹瞳孔浮腫，有點白癡，我先給你注意，你雖然落選，但一點也不足為恥。他把你的人格與潛力完全置之度外，單看你的富裕與否。假若你有相當的資產，那麼即使你是無能者或背德者，他也樂得把妹妹獻給你。還有，他頻頻向你推薦遠親的小姐，那是企圖從遠親得來的利益呢？還是只想從你那裡擠些媒人錢，眞僞不明。總之，要是單純地相信了戴秋湖君的言行，一定要上當的。他做著許多來歷不明的事情，介紹結婚也是他的重要副業之一。就憑他三寸不爛之舌，媒人錢一次至少也有十二圓以上的收入。那個老爺好賭博，上次也被抓去關了幾天哩。」

西邊一帶是橘園丘陵地，在斜坡的盡頭，這個小鎭寒傖地蹲踞著。東邊是森嚴的山岳連亙著，深處便是中央山脈，有如巨獸露出灰藍色的脊梁，頂著蔚藍的天空。

試著翻閱當地的《地理指引》，以麗句概說此地沿革如下：

該地原為番族所占，依據口碑所傳，雍正三年（距今二百餘年前）漢人始入犁萬丹之野，田疇逐日拓墾，移住者自四方蝟集，結茅舍，經久歲月，形成部落。其後住家驟增，以至今日之市街。

其次，產業欄裡介紹如次：

該街爲郡下物質集散地，市街極爲殷盛。附近土地肥沃，水利便利，多出產米、地瓜、甘蔗、蔬菜、芭蕉、鳳梨、柑橘、落花生；林產有柴薪、木炭、筍、竹林；工業生產有砂糖、酒精、鳳梨罐頭等；家畜亦盛焉。

但這是從前的面貌，現在蕭條到叫它爲生病的小鎭較爲恰當。爲什麼呢？那是被地勢所制扼的緣故。這街在往年，是對番界實施理番政策的要地，且爲舊行政區域的廳政所在地，所以充分被利用而繁榮；但其後，理番事業猛快推進，要地遷至H街，適值新州制公布，此街僅爲郡的所在地，因此，蹲伏於丘陵之裾的本街，必然走向凋落之途。

著名的濁水溪支流挾著這街附近而呈泥炭色的水流。豪雨來襲，立即氾濫，流失橋梁，交通陷於中斷。直到水勢減退，竹筏可渡爲止，報紙、郵件不用說，連味噌、醃蘿蔔等食品都告斷絕。

三面環山，形成南北狹長的盆地，這個高地平野的中心是鄰庄的S庄，因此本街的沒落正好促成S庄的繁榮。

S庄不僅是這個平野物質集散的中心地，也是交通的要衝。從S庄到州所在地的T市，或到縱貫沿線的小都市，交通都很方便，而且也是理番政策要地H街的中間站。

S庄是盛產米的輸出地，因而多富裕的地主，且社會運動家等人才輩出。要之，整個S庄富於進取的氣象；相反地，本街的人們是保守退伍的，幾個有錢老爺，也不想做事，終日沉浸於鴉片菸中。

登上山丘，越過相思樹梢，俯瞰這小鎭，可以看到木瓜、香蕉、檳榔、榕樹等濃濃綠蔭覆罩著黑色的矮屋頂。稍稍離開小鎭的右方角上，製糖工廠像白色的城廓似的，被一片的甘蔗園包圍著。愈遠愈深的碧藍天空裡，積雲靜靜地屯駐著，在可望的視界裡，盡是豐饒的綠色南國風景。

進入小鎭，驛前路是街中最好的路，只有單側建紅磚的二層樓房，這便成爲花柳街。

可能來自北部的年輕賣春婦們，穿著花裡花俏的豔色上海裝，或向行人送露骨的秋波，或露出黃牙齒而笑。對面有一間叫鶯亭的朝鮮樓，另有一間日本人的妓院。不知何處漂來？那兔唇且出了小疙瘩的女人，或用墨筆深描眉毛的圓髻瘦小的女人站著講話的姿態，依稀可見。

市場前的馬路叫「大街」，但兩側燒焦似的黑柱子、腐朽的廂房，狹窄的亭仔腳下，豆粕與雜貨類雜亂並陳，傾斜的屋頂上處處長著雜草。封滿塵埃的雜貨店裡，商人像長了青苔的無表情的臉，終日沉坐著。滿臉縱橫皺紋的老人，在亭仔腳的地上，伸出枯枝似的腳，啣著長長的竹菸管，懶懶地打盹著。

強烈日光下的十字路口，張著蝙蝠傘，賣著落花生的榕樹般蒼黑男人，好像在那兒無聊地抱著膝蓋蜷曲著。

賣著一片一分錢的鳳梨等水果攤，金蠅嗡嗡地聚著。

陳有三經常穿著浴衣，笨拙地繫著寬條布帶，毫無目的地漫步街頭，看著如同石罅中的雜草那般生命力的人們，想著自己與他們之間有某種距離，一種優越感悄悄而生。

搖搖晃晃的漫步中，看到咻地用手擤鼻涕的纏足老婦女，或者毫無條理、高亢的金屬性聲音叫喚的媒們，便蹙起輕蔑的眉頭。

但，在這泥沼中的人物之中，有一天晚上，有人深深地震撼了陳有三的心。十三夜的月亮高高照著黝黑的街上。陳有三讀書之後，漫步到街上來透透氣。

來到街郊，那兒有並排的棕櫚，陳有三坐在樹下的石頭上，得到片刻的休憩。忽然透過靜寂傳來纖細澄清的音色，絲絲地滲進心裡，擴大漣漪。青白月光和薄靄籠罩，屋頂如覆霜似的發白。正好對面的屋子裡，有一個年輕的少女在彈著台灣琴，穿著草色衣服的豔麗少女，在燈下低著頭，露出美麗的側臉，發亮的瞳孔，端正的鼻梁，如同紅色花蕾的嘴唇，還有密厚的黑髮，這一切似乎可聞得淡淡的香味。

少女的旁邊有一個穿黑衣服的微胖女人，大概是她的母親吧，叉著兩腿，蠕蠕咀嚼著檳榔。

陳有三感到熱熱的醉意，莫可名狀的感情癢癢地騷動身體。

她奏的曲子是中國古代的悲歌吧。那幽婉的旋律微微震盪心弦。陳有三的腳跟被遙遠而分辨不出喜悅或哀愁的感情與空想之波浪沖擊著。

「坦白跟你說，我被母親逼得非訂婚不可。大後天是正式的相親，一定要請你跟我一起去。」洪天送的黑臉泛著微紅，難以啓齒地說著。

「哦？那眞第一次聽到——」

「最近才決定的事情。對方是商人的第三夫人的獨生女，因爲有陪嫁錢，家母便大爲興奮。爲了想嫁給中等學校畢業的人，便把白羽之箭射向我來。」

「好呀。」

「反正我們是沒辦法戀愛結婚的吧。那就不如結個賺錢的婚。畢竟有陪嫁錢的人不常有。」

「這就是有企圖的結婚觀。」

「不管是不是有企圖的結婚觀，我只是聰明地抉擇現實的路。現今，我們的風俗是買賣婚姻吧，女人依其美醜、教育程度、家世等條件而有價格之差異，但不管差到哪裡，男方總要拿出錢來買女人。但偶爾也有例外。即如中等家庭只有獨生女的情形下，便多少附送些陪嫁金，找個相當學歷與生活安定的男人。假如追根究柢，對方也是有企圖地以陪嫁金釣個條件好的男人，所以不管怎麼說，我們沒有眞正的選擇之自由。誠然相貌的美醜，偷看個兩三回也許就可知道，但性格等問題，非得相當期間的交往是看不出來的。要之，我們的結婚，就像抽籤，幸與不幸全由籤來決定。這麼一想，與其花錢買，還不如以送聘金爲名目，其實從對方撈一筆過來較爲聰明哩。」

「嗯，你的說法確有一理呢。這一來，結果能享受到利益的只限於有一定地位的人吧。」

「嘛，可以這麼說吧。那個商人擁有三個妻子，女人們爭著存私房錢，而那個第三號夫人只有一個女兒，便把私房錢統統給她。」

當天，包括陳有三，總共六人浩浩蕩蕩地來到女方的家。女家開商店，店裡擺著各色各樣的棉布類及人絹類，一個五十出頭的肥胖而痘痕面的男人，細瞇著眼，滿面笑容，招呼大家入座。

「恭喜頭家，今天眞大好吉日，沒有比今天更高興的了。」瘦得像枯柴的媒人，高聲地恭維著。

通過店面，裡面有漂亮的正廳，明窗淨几；正面有觀音佛像，神龕上供奉著祖先的牌位，線香的煙縷縷裊裊；燭台上鍍金字的紅蠟燭吐著小小火焰。側面的牆壁上，掛著穿清朝禮服、留長指甲、戴碗帽、蓄八字鬍、瘦得像木乃伊的鴉片鬼似的男人的肖像。畫像上滿是塵灰。

紫紅的絹加了刺繡的花燈一對，垂吊於左右。

「像洪先生這麼敦厚而且前途無量的青年，可不容易找到的呢；加上美珠小姐的美貌，眞是相稱的一對鴛鴦呀。這也是前世兩家的姻緣。眞是可喜的日子……」

「笨拙的女兒，不知能不能合乎各位的家風，令人掛心。哈哈哈……」

「不，今天眞是可喜的日子呀。」媒人不知第幾次的恭維之後，向同座的人說：「那麼，就開始吧。」

同座的人重新端正坐姿。

一會兒，正聽得鞋聲，衣服的窸窣聲時，一個穿著閃爍光澤的淡桃色緞子的上衣和深藍色裙子的少女，捧著茶盤，俯首移著碎步走出來。穿著黑色衣服的老婆好像要抱住她似的領著她。少女在大家的面前恭敬地行了一禮，把茶盤端向洪天送的母親，然後依順序迴繞過去，最後來到洪天送跟前。洪天送拘謹的表情，顫著手取了一杯，少女羞澀地低頭像一朵含笑花。繞過一圈之後，少女靜靜地引退下去。

大家啜飲著茶。那是放了冰砂糖的澀澀甘味的茶。

再一次聽到鞋音、衣服的窸窣聲，像前次的那樣被黑衣老婆抱住似的少女又出現了。洪天送把摺疊的六張新紙幣放進喝乾了茶杯裡，而後放在少女端出的茶盤上。大家也各隨己意地把紙幣放進茶杯裡。陳有三也放進一圓紙幣，當少女轉來的時候，一邊把杯子放上去，一邊下定決心地偷看了少女一眼，濃施脂粉的臉上，無何表情，彷彿羸弱的深閨的小姐的蒼白。

「幾歲？」陳有三低聲地在洪天送耳邊問道。

「十六。」洪天送也像怕別人聽到似的小聲回答。

緊接著同座都騷擾起來。交易開始了。聘金一千二百六十圓之中，五百圓做爲男方籌備家具的費用，其餘七百六十圓必須付給女方。而第一次支付金額二百圓正，決定現在支付，洪天送的母親從懷裡取出嶄新的鈔票，小心翼翼地排在鋪著紅紙的桌子上。

這樣聘金的收授對洪天送而言，僅止於舊習形式上的蹈襲。按照預先的約束，聘金暫且收下，扣除實際的結婚費用，其餘額便與陪嫁一齊送還男方。

「這很抱歉。」少女的父親接過去，一張一張地算著說：「沒有錯。如數收下。哈哈哈……」

一入十一月，炎炎燃燒的太陽也逐日減弱照射而成黃金色，蒼穹澄清無涯。如水清澈的冷風颯颯吹來，路樹呈暗橙色搖曳著。

高原的新秋街上，幾分變黃的樹梢或增黑的屋頂，看來像靜靜地在喘一口氣似的。

一到夜裡，街上的犬吠聲或其他，都像掉進深淵似的靜寂下來。

被大熱天蒸得像鉛的頭，完全冷澈下來，陳有三的功課也大有進步，常不知不覺讀到深夜。

當全身沒入讀書之中，莫可名狀的感激與歡喜的波浪一陣陣拍擊過來。

深夜，翻閱古書，感到古人、偉人與我近在咫尺之間，就像在貪睡的街上，一個人昂然而走，體內漲著熱情與驕傲。

到了十二月，天氣果然變得寒冷了。風捲起沙塵，粗暴地驅迴著街道。陰沉沉的天色，小鎮也變成灰黑色的基調，冷顫顫地。

雖年底已近。但小鎮這一點也沒有異樣。只因這兒使用陰曆。

元旦降臨了。

街上只有日本人家立著松竹，而本島人幾乎沒有人立它，且照常開店營業。

陳有三出席了街役場主辦的拜年會之後，本想回家一趟，突然中學時代的同學廖清炎來訪。廖清炎穿著淺灰色的西裝，外套一件風衣，腰帶束得緊緊的，何等瀟灑的都市青年風采。

「喂，眞難找呀。」一跨進門檻，就發出爽朗的聲音。

「哦，是你嗎？眞難得。請進請進。」

「最近好嗎？看你好像沒有什麼變的樣子。」

「老樣子啦。你變得都認不出來呀，好一個派頭的紳士哩。」

「這樣嗎？多謝誇獎。但盡管堂堂衣裝，其實只是月薪三十圓的窮小子呢。月薪三十圓只向你祕密告白，對一般人都吹噓五十圓。以三十圓分期付款，穿上這唯一的好衣服，只要裝出高級社員似的面孔，就會受到一般傢伙們的尊敬與較好的服務。」廖清炎一邊昂奮地滔滔而言，一邊從口袋裡掏出紅茉莉牌（台灣專賣局製造的香菸）香菸，皺著眉頭，點了火。

「不抽菸嗎？」

「不抽。來得正好，差一點我就回家去了。歸省暫且擱下，慢慢聊吧。」

「不打擾你嗎？我也要乘下一班列車到K街去，這還有三個鐘頭，就請你陪我吧。」

「只聽說你畢業後在台北，但不知你在哪裡服務。你說月薪三十圓，到底在哪兒服務呀？」

「就在S商事會社呀。因爲我的一個親戚在那兒當過經理，憑那個關係進去的。待遇還比其他社員稍好些，工作也比較輕鬆。那你的待遇怎樣？」

「我嘛，我是二十四圓。」

「這麼說，是相當拮据啦？但其他的朋友也都差不多呢。總之，一切都幻滅了。我們不知爲什麼而讀書呢。」

「要之，在學生時代，我們把社會看得太樂觀了。」

「當然是沒有認眞去思考社會，但多少知道社會是複雜而多風浪的，只是沒想到那麼嚴重就是。社會就像巨岩似的滾壓過來，而我們是被壓碎得連木偶都不如的可憐者。」

「是呀。學生時代搞什麼數學啦，古文啦，拚命往艱深的地方鑽研，一旦出了社會，才驚訝於它的單調。我每天從早到晚，就是算鈔票而記進簡單的帳簿裡。」

「所以我五年間所得到的知識，乾乾淨淨地還給了學校。每天，我只記些借貸的數字，不要多餘的知識。頂多，會打算盤就好了。」

「也就是說生活裡面沒有創造性。但我們非努力賦予生活的創造性不可，我想。」

「你仍是個理想主義者。做學問——亦即苦學勉勵而創造自己的生活，然而突破了充滿苦鬥的難關之後，勝利的光明在等待著你嗎？不，仍然不過是拮据生活的另一種變形而已。這聽來好像是唱反調，其實我們所生存的時代，正是反調的現象。從前的人但憑獨學力行便可立身處世，現在還有人抱著那種古色蒼然的理論理想，這不能不說是難能可貴的人。我認識的一位朋友，於內地的Ｈ大學在學中，就通過了律師考試，畢業後，服務於法律事務所多年，以後在台北獨立開業，但業務清淡毫無收入。因爲同業者很多，經歷老練的律師不知有多少，所以競爭不過大家。要賺個房租與生活費就已焦頭爛額了，生活一點也不輕鬆。」

「你刺痛了我的要害。坦白說，我準備參加普通文官考試和律師考試。」

「你眞是個可憐的光頭唐吉訶德。難怪排著這些參考書、偉人傳、出身成功談等書籍。這種鄉下的古老空氣，對你實在不好。」

「但假如我的第一目標是改善自己的境遇，即使由於時代的潮流無法實現，那麼由於勤學而獲得的知識與人格陶冶的第二目標也不能抹煞的吧。」

「哦哦，把那知識丟給狗吃吧。知識把你的生活搞得不幸。你無論如何提高知識，一旦碰到現實，那知識反成爲你的幸福的桎梏吧。再說，在鄉下準備律師考試什麼的，沒用的啦。」

「知識會陷吾人於不幸嗎？知識難道不是我們生活的開拓者？」

「知識要抱著華麗的幻影時，也許可以幾分緩和生活的痛苦。但幻影終究會破滅。當喪失了幻影的知識一旦與生活結合的時候，則只有更加深痛苦而已。舉個具體的例子，有一個愛好欣賞音樂的人，他具有相當高的音樂知識。他現在沒有職業，但擁有快樂的幻想：假如有了職業，一定要先買電唱機、貝多芬和舒伯特的作品。而後，他果然找到職業了。但找到的職業僅僅能保障生活的收入，畢竟沒有餘裕來買電唱機或音樂家的高價作品。藝術作品的唱片每張至少也要三圓左右，至於交響樂作品集的唱片，更是買不起。因此，把他所有具有的音樂知識連結於現實生活的時候，他非時時感到痛苦不可。要之，你忘記了你自己所據有的地位。

「當然也有人隨著知識的提高，而使生活更豐富、喜悅、向上。但那僅限於被選擇的少數人而已。你是和巨大風車格鬥的唐吉訶德。我勸你與其做有知識而混迷的唐吉訶德，不如做無知而混迷的桑科。當唐吉訶德朝著風車飛奔過去的時候，桑科不是在旁邊聰明地觀望嗎？」

「但我認為唐吉訶德那種勸善懲惡的觀念或知識本身，絕非不好。」

「問題就在這裡。也許你所信念的勸善懲惡思想是沒有錯的。但是他把對象亦即客觀的存在看錯了。於是他的悲劇發生了，那可以說是正確的知識嗎？」

「我們還年輕。我希望把我的能量消耗於好的方面。我也知道我所站的現實地位是在泥沼中，是可以計算的悲慘生活。但我非從這裡往上爬不可。假如我的目標是黑暗而絕望的話，到底怎麼辦才好呢？」

「這，怎麼辦才好呢？我也不知道。我無法給你任何指針。我只是說我們的未來，除非有奇蹟出現，否則必然一片漆黑。」

「斷念了立身處世，放棄了知識探求，拿掉我們青年的向陽性之後，我們到底剩下些什麼，豈不是成了行屍走肉的殘骸？」

「喂，不是我要強求你那樣。只因希望你不要持有徒勞無功的幻滅，才說了這些話。」

「那麼你怎麼過日子？」

「也不特別怎樣，只是令人欽佩的讀書一道，很遺憾，我現在沒有那種心意。連報紙也懶得去讀。因爲讀了，徒增憂鬱而已。不過，你對女人這東西，知道多少？女人便是無知的美麗動物喲。玩弄女人便是我的興趣。只是非得要領不可。在薪水的許可範圍內，和女人調調情，看看電影，喝廉價的酒，多少便可醞釀醉生夢死的氣氛。」

沉沉深夜，寒氣逼人。手腳都凍僵了。二月的風，咬響牙齒，跫音粗暴地跑過黑夜。

陳有三爲了防止腳的痲痺，一邊搖著腳、一邊凝注著視線，但並非看著打開來的書，而是馳騁遐思於無止境的不定方向。在南國，一到這季節，腦袋變得冷靜，是讀書的好時期，但陳有三反而讀不進去，讀了一個鐘頭左右就會厭惡，茫然陷入空想。陳有三對讀書會感到倦怠，並不是完全是同學廖清炎講了那些話所帶來的影響。而是這個小鎮的怠惰性格漸漸地滲入陳有三的肉體。正如南國威猛的太陽與豐富的大自然侵蝕了土人的文明一樣，這寂寞而懶惰的小鎮的空氣，開始對陳有三的意志發生風化作用。在如同煮熟的盛夏裡，陳有三以一種沉浸於「法悅境」的情緒裡猛然用功；但一到氣候冷澈的時候，便稍看一點書就覺得疲倦不堪，說不出一種無精打采的感覺。

從同事、朋友口中聽到的，不是人家的謠言，便是關於金錢或女人的話。他們甘於現狀，張著血眼尋求掉落於現實中的些許享樂而滿足。陳有三雖然反對他們，但與他們接觸多了，那種反彈的力量愈來愈遲鈍，這使他有點焦慮但又不得不採取觀望的態度。當然，廖清炎所留下的話，成爲黑暗的眞理而纏捲著他。在這鄉下地方準備參加律師考試什麼的，的確是荒唐。那不正像踏出校門的年輕人所抱的海市蜃樓般的美夢嗎？何況在還沒有幾分成果之前，不是已在意志之中發生了縫隙嗎？

然而這是不行的。即使律師考試是青年一時衝動的計畫，但至少有可能性的普遍文官考試或中學教員檢定，非取得不可。

在這鄉間一旦放棄勤學之後的生活，豈不像囚人似的過著無奈的生活？還是去找同事、朋友，口沫橫飛地談些無聊的愚癡的身邊瑣事與金錢的事以度日嗎？與其過那樣無聊而傻瓜呆的時間，不如一個人在家裡睡懶覺。還是去賣淫窟，抱那些又瘦又黃的女人嗎？只要想起那如同野狐狸的臉，心裡就要作嘔。不要逼得太緊，只爲了把公務以外的閒散時間，以較好的方法來排遣的話，則除了讀書之外，並沒有較有意義的生活。這是現在唯一留下來的路。

即令積聚的知識將來帶給生活不幸的陰鬱，但比起抱賣春婦的生活，不會更不幸的吧。所以，陳有三重新鞭策即將滑落鬆弛的心。

因此，陳有三唯有擁有新的知識才感覺一種矜持，才能夠俯瞰群聚於他周圍的同族們。要他放棄新知識，簡直就是令他還原於被某些人所卑視的同族。要把他撞落於沒有教養而生活水準低得如同泥沼的生活，對他而言，是無法忍受的。

然而，有一個人意外地拿了黑暗的言語投擲給他。那就是他的同事，服務二十年的林杏南，一個過了四十而皮膚變黃且浮腫的男人。三月暖和的午後，兩個人留到最後在辦公室，難得林杏南勸他說：

「馬馬虎虎把它結束，回去吧。」

陳有三乘此機會便把帳簿收拾進去，和他並肩走到街上來。大約五點左右吧。被污染的薔薇色的雲彩掛在天空，灰白色的光線飄在街上。林杏南以低沉而黏黏叨叨的聲音向陳有三說：

「你眞是這個街上難得的青年，我很少看過像你這樣的青年呀。也不和同事講淫穢的話，也不喝酒抽菸，而且聽說很用功。——大家謠傳你是個不滿足現狀，抱青雲之志的用功青年。但我從黃助役那兒聽到很奇妙的事。黃助役在幾天前向我說：聽說陳君拚命用功準備參加什麼考試，但僅以現在的場所爲立足點，自然會疏忽了公務，對現在的工作不努力的話，對方也很麻煩的；總不如辭掉職務，專心準備，豈不更容易達成目的？我雖然一片苦口婆心對你講，在世間反正都無法照自己的想法去做的。假定你通過了普通文官考試，你也看到這是失業者眾多的時代，而且有資格的人還有很多找不到職業。這情況之下，你到底能否獲得更好的地位還大成問題呢。目前，同事雷德君也耗盡家產，好不容易畢業於內地的某大學，拿著中學教員的合格證，到處活動也找不到職業，賦閒了兩年，終於來到這兒拿三十圓的月薪。你也在這不景氣的時候，敲掉現在的地位而讀書的話，這未免太那個了。」

陳有三看到自己開始搖晃崩潰的感情，咒罵且悲傷自己不得不揹負沒有支柱的生活之黑暗。陳有三憎惡地凝視著桌上並列的教人如何立身成功的書籍，心想那些不外是空空洞洞的傳說而已。具有焦點、多彩而振作的生活被切斷，暴露於灰色沙漠中的生活之路，竟如此延續到彼方的墓場，這使陳有三吐出焦躁的悲歎而恨恨地咬牙。

有一天，陳有三想起黃助役對著金崎會計故意說得很大聲的話：

「我認爲社會的不幸，在於因爲知識過剩。知識經常伴隨著不滿。因爲它使對社會客觀性的認識不足的血性方剛的青少年，或反抗社會，或陷於自暴自棄。所以在公所服務的人，與其要找有知識的人，還不如找個全神貫注於職務、工作正確而字體漂亮的實用性人物。」

這句話現在還清清楚楚地迴響於他的耳邊，非變成無知的機械不可。

抽出青春與知識之後的無依無靠的生活，就像漂泊於絕望而虛無之中，感到目標與意志飛散而去，經常像脫殼似的坐在竹床上。經濟上可算得出來的生活，二十四圓的薪水，除非有奇蹟出現，否則幾年後便由雙親的意志，跟不認識的鄉村的姑娘結婚吧。而後繼續生出相應於熱帶地方的餓鬼們。如牛馬般勞動，被家庭拖垮，變成卑屈的俗物。餓鬼們因爲營養不良而枯萎，變成青色的小猴子似的。

嗚呼！我才不幹哩。

陳有三湧起一股莫名的憤怒，但並沒有持續多久，便漸漸淡薄，敗滅的暗淡心緒浸蝕腳跟，漸漸漲高，開始浸溺腦漿。如同蜘蛛網上掙扎的可憐蟲，一種莫名的巨大力量的宿命俘虜了他，隨著日子的增加，強烈地啃食他的肉體。

這段日子，陳有三像隻野狗，漫步到郊外很遠的地方。三月末的斜陽投射橘色的輕盈光華在原野上、森林上。森林多屬蒼鬱的常青樹，其中也混雜著落葉的裸木與紅葉樹。森林的上方，青磁色的天空連接遠方。走在路邊植有相思樹的路上，看到散落於田野間的富裕的白壁農家或低矮傾斜的貧農的土角厝，只有木瓜樹是一樣的，直立高聳，張著大八手狀的葉子，淡黃而滋潤的果實，累累地聚掛於幹上。這美麗色彩而豐盛的南國風景，溫暖了他的心；在空洞的生活裡，微弱的陽光透射進來。

林杏南來勸說：「一個人燒飯很麻煩，不如來跟我一起住，正好房間空了一間。」當陳有三接受了這建議之後，才徹底看出林杏南的劣根性。對於同事們批評林杏南的爲了賺幾個錢的心情，陳有三感到莫可名狀的憐憫與侮辱。這個肥胖鬆弛肉體的四十歲男人，經常表露無動於衷的寂寞表情。他被同事輕蔑與疏遠。因爲老朽而無能，謠傳他隨時會被殺頭（解聘），所以他除了拍上司的馬屁之外，就像啃住桌子似的，慢呑呑地工作。比他年輕甚多的黃助役，以指責學生的口氣稍一說他，便唯唯諾諾地現出恭順諂媚的樣子，如同家畜那樣可悲的畫面。陳有三經常想起自己也像他那樣慘不忍目睹的姿態，便增加了心中的黯淡。

林杏南的吝嗇是無人不知的有名，一雙破鞋，加上十年如一日的褪色而手肘磨損的藍嗶嘰服，一身古色蒼然的姿態，即使污垢的一分銅錢，他也愛得像生命那樣無限執著。

陳有三對自炊工作已感到厭倦，而林杏南說房租、餐費、洗衣費合計每月十二圓。那跟現在的費用相差無幾，且對他的好意無法拒絕，終於答應了。

陳有三搬家過去的那天晚上，他殺了雞、買了老紅酒款待。他浮腫的臉即刻變紅，呼呼地吐著艱苦的氣息。「你好像不抽菸吧。我也是活到這把年紀從未抽過。而且酒我也不行，這樣喝得滿面通紅，實在很失禮。今後和你同在一個屋頂下，就像一家人同住，沒有比這更高興的事。」林杏南從未有過這樣熱情的言語。

陳有三也感到全身血管熱脹，悸動高鳴。

「陳君，你還年輕，不知金錢的可貴。金錢是這世間最重要的東西。有的人重視金錢勝過父母，有的人爲了一點錢而陷害朋友。最近住在這條街底的一個人，爲了想要朋友的五圓，竟把朋友撞落崖下，搶了五圓逃走，直到屍體腐爛才被發覺。——金錢是這般程度的可怕。決定人的幸與不幸，絕不在於知識與道德，而是金錢。在金錢之前，沒有道德，也沒有人情、憐憫與道理。一個飢餓的哲學家，爲了獲得食物，恐怕也難辭當個街頭化妝廣告人；否則死嗎？留下來的妻與子怎麼辦？曾看到街上的老儒學先生，經常諤諤而論孔子之言行，但爲了貧窮而詐欺他人，結果雙手被縛於後，悄然被帶走。陳君，背後有人說我老朽啦無能啦，我雖很遺憾，但也不得不承認。我的殺頭恐怕也不會太久。想起這，我幾乎要發瘋。養了七個子女，而況勞動的手只靠我一人，我想你也會同情我吧。到今日為止，只為了餵食這群狼犬，就已使盡渾身解數了。一旦失業的話，怎麼辦呢？你看吧，我這樣的身體，還能受得了肉體勞動嗎？再說要第二次進會社或役場，像我這般年齡是絕對不可能的。到時候，家人就非迷失於街頭不可了。所以，我非緊緊咬住現在的位置不可，即使延長一天也好。為此，受到嘲笑與屈辱也不介意。而且不幸的是，我所寄望的長子竟長久臥病不起，醫治也不見起色，恐怕活的日子也不多。次子於今年春天好不容易才畢業公學校，現在當了S會社的工友，多少幫助了一點家計。再想到底下的幼小狼群，要養到稍為長大為止的長久歲月，心裡就像在黯淡的地獄裡煎熬似的。尤其是長子，十四歲以優異成績畢業於公學校，馬上就到T市的商店當學徒，晚上讀夜校，二十歲那年通過了檢定考試，但也因此而完全搞壞了身體。因為他自小身體就不很好，但腦筋很好；而且很孝順，每月從未間斷地寄錢回家。想起來，眞是個可憐的孩子。」

受到黃色燈光照射的林杏南的雙頰，難得像這樣的帶著光澤，口角痙攣著，目光閃爍。

那一夜，陳有三因喝酒而無法入眠，無止境的思潮在胸中翻滾。黃色土角壁上，一隻守宮（壁虎）一動也不動地停止著。隨著夜闌人靜，漸漸聽到一陣接一陣的咳嗽聲。那是臥病的長子的咳嗽吧。

翌晨，陳有三異於平時地早起。這時候，林杏南正在照顧孩子們，看到陳有三，便笑容可掬地說：

「起得好早呀。」

「是呀，還不習慣於新環境，一早就醒過來了。」

說著，想要去刷牙，便走向廚房那邊去。正當跨進門檻的時候，他突然愣住了。灶邊站著一個薄水色上衣、黑褲仔的少女。她也好像嚇了一跳似的，身體無所措置地垂下頭，故意不加理睬。陳有三甚感意外。她一定是林杏南的女兒。陳有三自然地覺得自己變熱起來，提起勇氣偷看了一眼少女端正白皙而豐滿的側臉。也有十七八吧。陳有三心想：眞是淑惠美麗的牡丹似的少女。

朝陽從小矩形的窗口融化進來。看樣子很能吃的孩子們已坐在桌邊，陳有三呆然地盯視他們。當S會社工友的第二個兒子，向他親切地點了頭。

豆腐、花生、醬菜與味噌湯——這是在餐桌上並排的菜餚。

第二個兒子在飯裡澆些醬油，不配菜就扒光。孩子們忙著動筷子，不停地吸著鼻涕。

細雨濛濛的晚上，好久沒來的戴秋湖陪著同事雷德一齊來訪。

「好久不見。還在用功嗎？」戴秋湖陷落的眼睛掠過陰影。

「屁用功已經停止了。但打發餘暇也很費勁。」自暴自棄地回答。

「對的啦。鄉下地方是不適合接受新知識的單身漢呢。既無刺激，也沒有適當的娛樂。」雷德同感地說。

「因為陳有三一點也不和人交際，所以才寂寞啦。歡迎你隨時來玩呀。」戴秋湖親切地說：「走吧，今夜到哪裡去玩吧，是嗎？雷君。」

「是的。這麼寂寞的夜晚，令人渾身不自在。到哪裡去解解悶吧。」

「陳先生，快準備。這麼沉悶的晚上，關在家裡也不是辦法，出去玩吧。」

「到底去哪裡呢？」

「不要管他。走吧，走吧！」

失去光明與希望的倦怠的心，終於無法抗拒這邀約。

年輕的身體無法虛度，總要企求某種刺激。

穿著高腳木屐，打轉著傘，三個人一齊出門去了。路黑暗，踩過積水處，就濺起泥水。

街路與商店全部濕淋淋的，一片黑漆漆，所有的雜音都消失了，沉寂寂的。

小雨已止。十字路口淡淡的路燈，滲透到視界裡來。

通過小巷，沿著曲折小路走，忽然來到一家好像人家的後門。戴秋湖推一下快要朽爛的門，吱咿一聲被推開了。裡面連著暗暗的走廊，右邊是廁所，沾滿斑點的燈炮下，金蠅飛繞著。可能因爲雨後的關係，從廁所發出的臭氣特別強烈，令腑臟翻滾欲嘔。小庭院裡，橘樹的鏽葉只有受到燈光部分，發出油光。

正好廁所的門開了，一個穿著深藍色長衫的女人，急急忙忙地飛奔出來。長衫開叉的裾角，露了一下白色肌膚的大腿。

「喲，明珠──」戴秋湖尖銳地叫了一聲。

「啊啦，請坐。雷先生也來了，還帶了一位新客呢。」

「對，對，這位是陳先生，生平還沒有接觸過女人的童貞呢，給他好好招待一下呀──」

戴秋湖說著，就跟那女人肩靠肩，酣醉也似的走在前頭。雷德也不住嗤嗤笑著跟在後頭。

兩側隔間的房屋長長並排著。明珠的房間在第三間。房間狹窄，從粗劣的木板的縫隙裡，可以窺見隔壁的房間。鋪著草蓆的地板的角落裡，疊著淡花紋的棉被。架上有一個籃子，所有女人的用物都放在籃裡。明珠遞香菸給大家，並點了火。兩三個女人一擁而進來。她們向第一次來的陳有三好奇地看著，且頻頻送深情的秋波。她們穿著鮮豔色彩的單色長衫，也有穿著洋裝的。都像河童似的剪了短髮，一樣地塗著令人目眩的白粉，濃濃的口紅，還有用力地描著弓形的眉毛，露出黃色的牙床。這些敗類女人把咭咭的嬌聲充滿房間。有人光把臉伸進房間，掃一下貪慾的視線，而後走開。雷德垂著眼角，和女人們無所不談地饒舌著。戴秋湖從剛才便一直和明珠扯個不停，完全脫離了現場。只有陳有三閒得無聊，身心拘謹得一刻也想早點從這不適且厭惡的空氣中逃遁。

「對啦，我忘了介紹黃助役的愛人。這個名叫愛珠的美人，便是黃助役的第×夫人。」

被雷德所指的女人是一個身材小巧，穿著緊身綠色長衫，呈露出婀娜肢體的女人。

「啊啦，討厭。」

那個叫愛珠的女人，含羞帶笑地睨著雷德。接著將昂熱的目光投向陳有三。看來像是初出茅廬的十六七歲姑娘。

「黃助役這個人，一看就知道是這方面的猛將呢。」雷德揚著輕剽的聲音。

「如何？陳君，這小姐可愛吧。黃助役寵愛的女人，今夜就讓她服侍你吧。」雷德獨個兒樂陶陶地瞇著眼睛。

「愛珠，大膽地給他服務好啦。那個骯髒的黃助役把他拂袖而去。」

「但，這位先生看來好正經呢。」

「嗯，生平一次也沒有接觸到女人的童貞先生嘛。」

「今夜痛快地鬧一陣吧！」

戴秋湖突然舉起一手，好像宣誓地叫著，並拍手高呼。不知從哪裡「嗐！」地傳來暗肉聲，一個眼光溜溜的男人猛地進來。

「燒雞一盤，八寶菜一盤，再來福祿酒兩瓶。」

「嗐！」男人鞠了一躬。

留下明珠與愛珠兩人，其餘女人依依地離去。

料理熱騰騰地端來了。

「來！首先爲陳君乾一杯！」

「好呀！」

雷德應和著，三個杯子碰了一下，發出清脆的聲音。

「一杯黃酒解千愁。」雷德吟詩似的說：「陳君，要沒有女人陪酒的話，我便失去活在這世上的一切希望。至少，她們拯救了我的絕望。」

陳有三在這場合，看不到調和的自己；感覺一方面嫌惡這醜俗，一方推向本能的蠱惑而自我分裂的自己。一刻也想早些逃遁這場所的感情，與不知什麼力量強烈吸引著的感情，這兩種感情的交錯裡，嚴重地傷害了他的矜持。

「我是口琴演奏的名手，這街上的音樂家。可惜沒帶口琴來，那就獨唱一曲吧，諸君請洗耳恭聽！」戴秋湖巡視了在座的人，說完之後，取了一個靜氣的姿態，徐徐唱出〈十九歲的青春〉。唱完之後，自己說再唱一支，就唱了〈急馳的蓬馬車〉。

「棒！棒！」雷德拍拍掌聲，揮著酒杯叫道：「爲不知巴哈和舒伯特的音樂家乾杯！」

同座漸漸沉酣，忽然雷德砰的敲響桌子說：

「諸位，今夜爲不幸的音樂家戴秋湖君講幾句話。吾友遭遇極爲不幸的婚姻生活，他以唱歌、喝酒與女人補償婚姻的不幸。話說數年前，他母親出殯的幾天前，不知哪裡弄來一個陌生女子，悄悄坐著紅轎被迎進來，便宣告是他的妻子，強迫結了婚。因爲本島人的習慣，父母死後三年內忌諱結婚。吾友戴君是本島人，且達到適婚年齡，而父親愛子心切，也爲了節約經費，便由他的父親及親長們決定，一氣呵成地處理了。接受新知識的吾友大爲反對，遂到友人家裡躲藏了一個禮拜。但終非成爲舊習的敗北者不可。而後迄今從未看過吾友與他太太交談過，然而去年他的太太竟生了如玉的男兒，吾友人們大爲吃驚。戴君有了希望，希望存錢幾年後買個小妾。買小妾在本島人社會並不須強迫做任何道德上的反省。蓄妾的年輕人多得很。戴君是精明的守財奴。雖然他視錢如命，但用錢如割身仍非喝酒不可，可見他對婚姻不滿的程度。」

戴秋湖把手搭在女人的肩上，不住微笑地聽著。最後他說：「說對了，說對了。」並叫著：「爲雷的莫須有饒舌乾杯！」

酒把理性扛起並玩弄它，把感情的外皮一層一層地脫下並露出眞面目來。陳有三感覺愛珠熾熱的瞳孔像年輕的蛇，不懷好意地捲襲著他。愛珠扭著胴體，靠近他囁嚅道：

「你，以前都不來呢。爲什麼不來呢？」

「啊，那……」他一時講不出話來。但突然他又想起來似的：「黃助役常來嗎？」

「常來哇，但我討厭他。」

「嘿？爲什麼？」

「那個人吝嗇又好色，人家不喜歡他嘛。」

陳有三想起黃助役平時那張妄自尊大的嚴肅臉孔。一下子，某種嫌惡的感情便充滿了胸間。

菜都吃光了，兩瓶酒也空了，戴秋湖與明珠橫躺著。腳與腳交疊著，時時做耳邊細語。雷德仰臥成大字，張著嘴巴像狐狸精佯睡著。

陳有三突然發覺自己坐得無聊，而且感到愛珠的視線不斷地流入自己的體內，似乎受到喘不過氣來的壓迫。

陳有三搖著雷德的膝蓋。雷德張開無神的眼，驀地起來。「走，結帳回去吧。」

戴秋湖慌慌張張地抬頭道：

「要回去了？還早嘛。」

明珠也接著說：

「啊啦，還早得很呢。哪，慢慢再坐會兒喲。」

笑笑，停了一下，又揚起銀鈴般的高聲：

「結帳啦！」

「陳君，我馬上就來，你們先走。」

背後戴秋湖說著，陳有三與雷德便出去了。雷德爲那句意味深長的話而頷首微笑。只有愛珠送到門口，含情地向陳有三細聲說：

「請你再來呀。」

雨已經完全停了。雷德走出馬路，即刻面向牆壁，沙沙地拉了一泡尿。

從狹窄的屋頂與屋頂之間，不意仰望夜空，兩三顆星星濕濕地閃爍著。

一到六月，天氣愈來愈熱，如同白銀的陽光，閃閃膨脹；蟬聲不住高鳴，滲入被綠蔭籠罩的整個閒散的小鎮。

陳有三的心爲一件事情而燃燒著。那是對林杏南的女兒翠娥脈脈的思慕之情。那含著嬌羞的虔敬眼光，又像苦悶的寂寞的眼光，深情而濕濡的眼光，畏懼別人的眼光而注視著自己的翠娥，給陳有三感到無限的純淨。

陳有三描繪她爲崇高的美，獨自沉溺於快樂的空想中。

這一來，生活突然變得生氣盎然，希望也復甦了，無止境的美麗聯想擴大著。

天氣好的早晨，林杏南的長子常常搬出椅子到庭前的龍眼樹下，瘦得像白蠟的身體坐在那兒休息。銳利的眼窪與額頭，映著理智的雪白影子。

一個星期日的早上，陳有三問了他：「今天情況怎樣？」兩人便不覺地聊了起來。

「最近您好像較少看書的樣子。」

「啊，一點也沒有心情讀書。」陳有三直率地回答。

「這小鎮的空氣很可怕。好像腐爛的水果。青年們徬徨於絕望的泥沼中。」他蹙起眉頭，自言自語：「我的生命也許已迫於旦夕之間。但在我的肉體與精神將消失於永遠的虛無之瞬間爲止，我要追求眞實。不放棄我的追求。塞在我們眼前的黑暗的絕望時代，將如此永久下去嗎？還是如同烏托邦的和樂社會必然出現？只有不摻雜感傷與空想的嚴正的科學思索，才能帶來鮮明的答案。正當眞實的知識解釋現象的時候，會把我們拉進痛苦的深淵也說不定；但任何現象都是歷史法則所顯示出來的姿態，吾人不該詛咒。幸福要沒有痛苦與努力將無法達成。我們處在這陰鬱的社會，唯有以正確的知識探究歷史的動向，切勿輕易陷入絕望與墮落，非正確地活下去不可。然而想到連買書的錢都沒有的我，便感到無限寂寞與鬱悶。光是醫藥費就教家裡吃不消。雖然我也託台北的友人寄些舊雜誌和舊書，但僅能買一點而已，雜誌是買隔月的《××》，因爲《××》雜誌不但分析日本的現象，而且也大爲介紹海外的思潮。也介紹朝鮮與中國的作家，文學作品也不錯呢。我雖只作文學欣賞，但看得出中國作家們的作品在藝術水準方面稍差幾分，然而這也是因爲國際戰亂影響了創作。可是佐藤春夫讀魯某的《故鄉》，卻深受感動。另外單行本方面，深受感動的是思伽斯的《家族、私有財產、國家的起源》。我完全被折服了，原來的觀念零零落落地崩潰了。忍受再大的困苦，也只希望能讀讀書。眞想讀《阿Q正傳》，高爾基的作品以及莫爾根的《古代社會之研究》等書，但台北的朋友說均買不到舊書，買新書又沒有錢，這眞是沒辦法。再說我的病，我的病也只要有錢就可治好呢。」

幾乎令人不覺得是病人的年輕熱情，漲於清秀的額際，以激烈的語調說著。

但這些話在陳有三聽來，不過是空空洞洞的話而已。他只沉醉於翠娥的美姿。對啦，早點去求婚。慢呑呑的話，說不定誰就捷足先登。求婚！一想到這，他就羞澀地全體燃燒起來。失去她的話，就如同再一次把他撞入絕望的黑暗深淵，僅存的一點希望也被剝奪殆盡。她就是他的求生之道與生命之光。把事情說開，去拜託較爲親近的洪天送吧。

六月末的某一天，陳有三終於去拜託洪天送。拜託之後，他才爲羞赧與不安而胸中滾滾，甚至覺得一刻也不敢停在林杏南和他的家人面前。

回答完全是不幸的。林杏南的傳話是：「你是一個溫和、有爲的青年，一向很敬服你。但關於成家之事，很遺憾不能順從尊意。改天我將把我的苦衷直接向你陳述。」

陳有三雖然笑著，但咽喉梗塞，嘴角抽搐，不禁眼淚奪眶而出。

幾天後，林杏南叫著陳有三：「陳先生，請……」便帶他到龍眼樹下，難以啓齒似的說：

「洪先生來說的事我知道了。像你這樣的人，能把我的女兒託付給你，是最感高興的事。你的性情我很了解，女兒當然也最高興。但很遺憾的，你也知道我的家計很不如意，還要養一個病人。再加上我的職業也保不了多久，一旦我失了業，一家人便非即刻迷失街頭不可。想到這，女兒最可憐，成爲一家人的犧牲，希望能把她賣高一點價錢。所幸女兒的美貌不錯，已經有鄰村的富豪家來提親，目前已經談得差不多了。你正是年富力壯的有爲青年，不難娶個更好的女人，請把這件事當一場噩夢忘掉吧。再重複說一遍，我的本意是比誰都願意把女兒託付給你，但無可奈何的環境逼得無法達成你的希望，至爲遺憾。這件事，有一天你一定可以了解的。」

陳有三覺得一刻也無法待在這家裡，希望早點搬到別處去。他爲了逃遁窒息的空氣，常常跑去找戴秋湖與雷德聊天。絕望、空虛與黑暗層層包圍得轉不過身來的樣子，咬緊牙關想要排除也除不掉。酒——爲了喝酒，他主動去邀朋友。戴秋湖與雷德都爲了陳有三的變貌而嚇得目瞪口呆。當體內的酒如火焰般擴張的時候，莫可名狀的哀怨與反抗，像蠍子似的亂翻亂滾。

「黑暗，實在黑暗。」陳有三閃著眼睛，詠歎著。

「對本島人而言，失戀是奢侈的災難呢。」雷德總是囁嚅細語。

他決定搬家的那天下午，林杏南的長子悲傷著眼神，走進他的房間來。

「就要離別了吧。我們就這樣恐怕永遠不再見面也說不定。對於你的苦衷，我什麼也不能說；只覺得淑惠而心地善良的妹妹也很可憐，但也不能過於責備父親。一切都是無可奈何的。和你離別我會感到很寂寞喲。我沒有什麼東西贈別，只是最近我隨手寫了一點感想，算是對你的餞別吧。最後還要向你說的是，個人的力量雖然微弱，但在可能的範圍內，非改善生活、正確地活下去不可。」

遞給陳有三的是一張古舊的稿紙。

臨別的最後晚上，陳有三喝得醉醺醺的，蹣跚在深夜的歸路上。醉潰的感情深處，一脈寂寞冷澈。當他來到庭前的時候，他的心怦然被擊了一下。承受十六夜月光的龍眼樹下，翠娥一個人站在那兒。酒醉一下子清醒過來，胃變硬，感到有點痛。於是突然變得大膽，無忌憚地走向前去。

「怎麼了呢？」

「……」

翠娥默默無語，低著頭。

這場合陳有三不知怎麼辦才好，只感覺呼吸異常困難。

陳有三凝然注視著她的嫩白頸部，連搭手在她肩上的勇氣都沒有。

他無法忍受某種焦躁，不禁果斷地說：

「翠娥小姐，再見。恐怕後會無期了。」

他走開了。

翠娥驚訝地抬起頭來。同時在她圓圓的瞳孔裡，眼淚如珍珠似的閃耀，沾濡了端莊美麗的臉頰。寂寞的白花，深夜歎息的花，在滾落感傷與起伏的激動中，陳有三像隻受傷的野獸，迷失於黑暗的山野中。

陳有三靠在床邊，注視著從小窗口洩進來的月光，全身投在無限膨脹的感情中。

熱情的火炬活生生地焚燒著他的胸口——爲什麼不跟她多講幾句話呢？爲什麼沒觸到她就匆匆告別呢？這一想，就更敲擊著他內心痛苦的絕壁。但是，多跟她講幾句話，又能怎樣呢？太過於行動化的話，豈不加深她的痛苦？

在這理不清的感情之中，陳有三無意伸手進褲袋裡，才想起林杏南的長子給他的原稿。取出它，張開皺紋，讀著如下文章：

一切都接近死亡。

在路上被踐踏的小蟲，咬在樹上的空蟬與落葉，走過黃昏街上的葬列，……

啊，逝者再也不回來。我的肉體，我的思想，我的一切的一切，一旦逝去再也不歸。

死——

死已經在那裡了。

青春是什麼，戀愛是什麼，那種奇怪的感覺到底何價？

而我非靜靜地橫臥在冰冷、黝黑的土地下不可。蛆蟲等著在我的橫腹、胸腔穿洞。不久，墓邊雜草叢生，群樹執拗地紮根，緊緊絡住我的臉、胸、手腳，一邊吸著養分，一邊開花。在明朗的春之天空下，可愛的花朵顫顫搖動，歡怡著行人的眼目。

那就好了。

二十三年的歲月也許很短。

我的肉體已毀滅，但我的精神卻活了五十歲、六十歲。
我以深刻的思維與眞知，獲得了事物的詮解。
現在雖是無限黑暗與悲哀，但不久美麗的社會將會來臨。
我願一邊描畫著人間充滿幸福的美姿，一邊走向冰冷的地下而長眠。

又是仲夏時節。

燃燒的太陽曝曬在這個小鎭。被濃綠遮蔽的小鎭似乎折服於猛烈的大自然，畏縮地蹲著。

陳有三已不再寄錢回家，一味地把理性與感情沉溺於酒中。在那種生活中，湧上未曾有過的陰暗的喜樂，拋棄所有的矜持、知識、向上與內省，抓住露骨的本能，徐徐下沉的頹廢之身，恍見一片黃昏的荒野。

一個猛烈仲夏日的午後——厚厚土角造的屋子裡，陰暗而潮濕，只有一扇的小窗口；高照的日光像少女雪白的肉體，堵塞了窗口。

陳有三買兩分錢的花生米，五分錢的白酒，獨自啜飲著。那時候，女主人告知他林杏南的長子之死。

「長年患了肺病，今晨終於死了。是個乖順的兒子呢。又是林杏南先生辭掉役場之後不久……。」

長長的夏天也過去了，太陽一天比一天衰弱。

南國的初秋——十一月末的一個黃昏，陳有三坐在公園的長凳上，從略帶微黃的美麗綠色的木瓜葉間，眺望著無窮深邃的青碧天空而發呆。

這豐裕的大自然不同平常地投射溫和的影子於人心中。

不久，陳有三站起來，抖抖肩膀，低頭漫步著。

剛好來到公園的入口處，一群孩子不知圍著什麼東西騷嚷著。走過時無意窺探了一下，竟是變得慘不忍睹的林杏南。

衣服破裂，頭髮蓬亂，失神的眼睛，合著污泥的手掌，跪向天空祈禱膜拜。嘴中唸唸有詞，不知在召喚什麼。

這個戰戰兢兢的男人，終於發瘋了。

街道與群樹，在淡血色的夕暉中，投射著長長的影子。

陳有三於醉眼的白色幻象中，浮起死者的遺言；有如黑暗洞窟的心中，吹來一陣寒風，突然渾身戰慄起來。

——原載於一九三七年日本《改造》雜誌四月號，
入選該雜誌第九回小說徵文的佳作推薦，
本譯文經作者龍瑛宗先生最後校訂
收入遠景《植有木瓜樹的小鎮》

【作者簡介】

龍瑛宗，本名劉榮宗，生於一九一一年，新竹北埔人。日治時期畢業於台灣商工學校，先任職於台灣銀行，後轉任《台灣日日新聞》編輯，台灣光復後曾一度出任《中華日報》日文版主任，後又回到金融界，服務於合作金庫。他的第一篇作品〈植有木瓜樹的小鎮〉在一九三七年即獲得日本《改造》雜誌第九屆懸賞小說佳作獎。四二年則與西川滿、濱田隼雄、張文環代表出席於東京召開的首屆「東亞文學者大會」。一生總共發表小說一六六篇，兼擅評論及雜文，著有《午前的懸崖》、《杜甫在長安》、《孤獨的蠹魚》等書，張恆豪替他編有《龍瑛宗集》傳世。

【作品賞析】

龍瑛宗的小說在日治時期同時代的作家中，可說是一個異數。他的小說人物多半充滿絕望與悲傷，本篇處女作就是一個顯例，主人翁陳有三代表的是殖民統治下苦悶與絕望的台灣知識分子的一個典型，他在殘酷的現實環境中努力、掙扎，繼而墮落、毀滅。通篇小說透露出一種陰鬱、灰暗的色調。〈植〉文的這一風格，可以看作是他後來大半小說的原型。

陳有三來到他將要就職的這個「植有木瓜樹的小鎮」，也就是讓他準備奮起而後又墮落的地方，應該是中部靠山區的一個鄉鎮，因為這個地方有濁水溪的支流經過，小說中寫道：「（小鎮）西邊一帶是橘園丘陵地……東邊是森嚴的山岳連亙著，深處便是中央山脈」作者畢業後曾到台灣銀行南投分行任職，所以植有木瓜樹的小鎮可能就是南投縣的某個鄉鎮。再就製糖會社就設在這個小鎮來看，這個小鎮指的應該就是有「小洛陽」美譽的埔里鎮。埔里鎮是前往南投許多知名景點的交通要道，近來以４Ｗ（好水、好氣候、好酒、好女人）為號召。

本篇小說題目「木瓜樹」別有涵義，木瓜易腐爛，象徵陳有三的墮落。但是文本中前後共出現五處的木瓜或木瓜樹，則各有不同的象徵，需要讀者細心去領會。此外，篇名的「植」字或也有同音字「殖」的意涵，亦即這是日人殖民之下的一個缺乏生機而易腐敗的地方。

——孟樊撰文

打牛湳村　笙仔和貴仔的傳奇

宋澤萊

趣事的誕生

一到六月正是梨仔瓜成熟的季節，天地間浮一顆赤燄燄的太陽，打牛湳的村子便熱哄哄地一片鬧。這是每年打牛湳的大季節。早先在農村極不景氣的時候，每期的稻子都有賠錢的。那陣子，青年人都跑到城裡去，大夥兒窟守在打牛湳窮得苦哈哈，但不知道哪個人（據說是莊尾的李鐵道）從別鄉引來了梨仔瓜的種籽，就在多雨的一期與二期稻作的交替期間給種了，發一筆小財。在打牛湳裡，發財是會被嫉妒的，你莫聽到有句諺語說：台灣沒有三年好光景。於是大家搶著種，嘩然間，價格便下跌一截，但卻使打牛湳蔚成梨仔瓜的名產地，解救了大家的危急，慢慢地都傳到周圍的十二聯莊去了。

剛進了季節，村子便黯黯蠢動了，伊們在晚上都不安地穿拖板，坐在大道公廟前的台階上，望著柳樹梢的那片月芽，期待有個好收成。尤其第一期稻作浸過水，發芽穀降到三百塊，許多人都沒賺錢，這一季的梨仔瓜便成了伊們唯一的希望。

但在熱切中，伊們似乎有一種憂愁，因爲打牛湳從沒有運銷制度，每年伊們載運瓜果瘋樣般地在市場上拍賣，受盡瓜販和天候的欺凌，鱉了滿肚子的氣。這股氣如今都成了伊們的內傷，一想到就隱隱作痛。

然而在這個緊要的關頭裡，打牛湳卻發生了一件有趣的事。原來，每天天未亮的當兒，從莊頭開始，人們在夢中都聽到碰碰啪啦地一陣響，接著又聽到一陣卡咚卡咚的車輛聲，使路面都起了搖晃，響亮得像銅鑼，大家嚇一跳。據說有幾個人從夢中醒來，還衝到牛棚去，伊們都誤以爲天已大亮，其實這不過三更天吧。後來大家才曉得原來有人駕車去田裡，這個人叫笙仔，姓蕭，是蕭家的大兒子。這樣還不算，另外是在傍晚時，斜陽甫掛在大道公廟破陋的屋瓦上，打牛湳有些殘缺的村廓都濛在一層光燦中時，小柏油路上便看到一位穿著寬鬆髒襯衫的人在那裡吹口哨，他還穿著一雙破布鞋，雙手插在口袋裡，頭髮糟亂得像牛啃過的稻草。這時他什麼事都不做，只望著人窮瞪眼，偶爾停下來，盯著地上的石頭想半天。大家又嚇一跳，以爲是十二聯莊跑過來的瘋子。從前的瘋子是很舒服的，大約還能享受著大自然的灑脫，他愛到哪個莊去就到哪個莊去，偶爾人家同情他，還會丟幾塊餅乾給他。於是打牛湳的小孩看到這個人便也丟給他幾個糖果，但他一概不理，有時忿怒起來，便要打他們，小孩嚇得都跑了。後來大家才看清，這個人是蕭貴，和蕭笙是兄弟，都是蕭家的寶貝，只是蕭貴這時蓄了黑亂的鬍子，一時間不易辨別罷了。

起先大家都被蕭家這兩兄弟弄得愕然，但大家對蕭家總是認識那麼一點點的。

以前，蕭家是打牛湳困苦的農家，在早年，你到打牛湳來問首富，他們都會說：三牛，這三牛都是李姓的宗親，以前的打牛湳都是姓李的天下。蕭姓只不過是別地移來的，像一棵寄在稻子下的稗仔。但光復後，政府推動了經濟建設，各方都極需人才，大家便要來教育伊們的子弟，因爲蕭笙是老大，一塊種田的料子，又趕不上國民教育，所以沒唸書。老二叫蕭勳，對工業有興趣，去唸水利工程，老三蕭貴對農業有興趣，便去唸高農。現在長大了，唸水利的老二便出國了，據說在美國的紅人州唸書，又在那裡謀生，順便把最小的妹妹帶去嫁給美國人。只見年過一年，蕭笙和蕭貴兄弟二人都成家了，由於伊們的特殊，打牛湳對這二兄弟都是另眼相看的。這個老大笙仔，有一顆大大的頭，像月亮般圓圓的臉，看到人從來是和和藹藹，伊底身體胖碩得像牛一般，頭上披一叢金色細膩的髮，講起話來也是細緻的，最重要的是他很喜歡站著來看他餵養的牲畜，每一次他都要用著和祥的手來撫摸著那幾隻肥大的藍瑞斯。談到養豬，你可以到現階段的農村去，大家都很認眞來養殖的，從出生到賣去，都是細心照顧。現在大半不吃殘飯剩羹，都吃飼料，有一陣子飼料被摻了牛脂，死了很多豬仔。笙仔可慌了，總要泡一點飼料來品嚐，他認爲死了人可以，死了豬仔是不應該的。每一次伊的豬仔長大了一點點，他肥胖的臉便會浮一種和藹的笑容，他總想，人生最大的樂事是像那些牲畜罷，有人養著，和和氣氣，身心都坦然無憂，他是把自己用來比較於那些豬仔的，伊不明白，除了舒服和享受外，人活著究竟是要幹什麼。但是打牛湳有一陣子生活是不易的，笙仔的享受願望便始終沒有達成。你莫要光看社區的那些漂亮花草，現在還是有許多人窮得住在竹廬裡像修道的人，他們始終都沒有翻身過咧！蕭笙在那段日子裡也跟著打牛湳吃著簡陋的飯。但伊底吃住雖沒改善，可是伊底人生觀也沒有改變，生活雖不和煦，但對事對人可是永遠和煦的。他若與人談話，不管怎麼樣，打從心底都要浮起快活的微笑，他的微笑憨直，可以說是迷人的吧，和他談話的人也都高興。爲此，和他在一起是樁樂事，不管是做什麼，只要遇上他就一定是有趣的。就比如說有一次放田水，上游的人把水堵死了，只留一絲絲給他，伊沒有絲毫的怨言，只把那一點的水堵起來，點點滴滴灌溉到自己的水田去，但下游的人便跑過來，要伊把水讓出來，伊也毫無異議，那人在搶水的怒氣中還罵他一句：幹你娘！但伊用和煦的微笑來回敬他。兩人便哈哈地笑起來，最後他的秧苗慢插了幾天，但他還是笑微微的。打牛湳便說蕭笙實在很「古意」，所謂「古意」是說這個人的確是好好先生，不過卻是「沒路用」的人。蕭笙便這樣贏得大家的好感，在打牛湳建立起伊良善和煦的名譽。

但是蕭貴可不是這樣，貴仔是瘦楞楞的一塊排骨，走起路像風中搖擺的莠草，伊有張削瘦的臉龐和高高的顴骨，一雙像飛進沙子的澀苦的賊眼，雖然是面貌不揚，但以前在唸農校時伊可是懷著志向的。他愛種柑桔，畢業後回家就要發明新品種，厝前厝後種滿了綠桔樹，但大約沒有成功，都變成枯乾的瘦樹枝。伊也有一種怪脾氣，伊對什麼都不滿，總認爲這世界從來不會好起來，因爲這世界和柑桔的世界是一樣的，要接上強勁的根幹才會生出結實的果子，伊不能容忍敷衍和愚昧，平日他都是憂鬱的，常要在村路上大聲地喊著：唉！黑暗的打牛湳。打牛湳聽了都很不高興，他的妻子常常在昏黃的破灶邊指著他道：「你這死人，便只會唉聲歎氣，不會踏實來做事。」但伊的妻子看看破門檻又罵不下去。打牛湳的人也想教訓他，但找不到理由，因爲有好長的一、二十年光景，打牛湳始終在貧困中過活，就好比愛喝高粱酒的父親都沒理由來禁戒他的兒子喝米酒。但打牛湳又不高興，貴仔的憂鬱總是煽起他們的悲哀來，伊們不願人家來掀底牌，好像是一個君子總不願人家拆穿伊穿著破洞的內褲的事實。所以打牛湳都極力來反對他，伊的立場便被孤立了。而他的憂鬱便由於孤獨而日深一日了。但是，貴仔可從來沒有偷懶過，某方面還是挺精明的，有一陣子，他果然忿怒起來，便要用廢耕來表示伊的抗議，擱了田地，跑到城裡去謀生，據說先在一家餐館拉皮條，剛開始果然賺了一筆錢，很贏得窟守在打牛湳的鄉親底崇敬。那陣子，打牛湳都告誡伊們的子弟，不要耕田，只要上餐館，但不久，貴仔的憂鬱症又發作了，因爲城底罪惡和游離使他很不安，伊又想到一株株立地不動的柑桔。一次在不小心中，遭到警察的取締，被關了幾個禮拜，便又跑回來種田。但伊卻始終沒有忘卻要來圖存，有一陣子國民中學興起了作物栽培的一門課，全國都缺了師資，貴仔憑著唸高農的學識去赴考，竟然考上了，受了幾月的集訓，便分發到十二聯莊和打牛湳共有的一所國中去。伊起先教得很認眞，常常拿起鋤頭和學生去墾殖校園後那片塚仔地，還種了綠桔，學生受伊教化，都不叫他的課程爲「作物栽培」，稱做「掘墓仔課」，貴仔的名字也被換成「掘墓仔」，但伊還是勤勞異常。不久，伊憂鬱的眼珠便瞧見了教育界的黑暗，因爲現在的教育像一個籠子和迷宮，養了一大批白老鼠，只教老鼠走迷宮，和現實脫節了，比如伊們明明知道農鄉的窮困，卻硬要用言詞來美化它，明明知道需要培養農業人員，卻忽視作物栽培。貴仔便忿怒地在校務會議上大罵教育制度，據說還要來糾正福摩莎的政治路線，結果被警察叫到分局去問口供。校長沒敢再聘他，所以伊又跑回來耕田，伊是這樣悲劇和憂鬱底人，像一把沾著衰運的油漆的刷子，打牛湳怕被染上了都遠離他。在飯後大家偶然興起便以他爲題材，一一數點他造出來的笑話。據一位消息人士透露，貴仔在警局的記錄是夠瞧的，包含不健全、誣告、煽動、詐欺、妨害善良風俗等等，大約已經集打牛湳有史以來罪惡的大成，是打牛湳的芒刺。

對蕭家這二個兒子，他們的注意力也曾被沖淡一陣子，因爲近日報紙電視大肆報導農業單位要來造福農村的消息，伊們都鵠鵠地期待著。但如今屆臨梨仔瓜收成時，伊們兄弟的舉止太特殊了，大家看在眼裡，說在嘴裡，慢慢都聒噪起來，在大道公廟的柳樹下常聚著人們在那裡竊笑，笑得興起時，總有人會學著笙仔的養豬動作，咿咿地做出豬叫的聲音，另有些人也會把頭低著，背起手來踱步，叫著：「幹！黑暗的打牛湳」，然後便叫鬧成一團。從這些舉動中便可以看出笙仔和貴仔的受人注目，據發言人士的推算，伊們受注目的原因大約有下列幾點：

①伊們的家是全打牛湳最特異的，有留美的兄弟和妹子，卻也有笙仔和貴仔這二個奇異的傢伙，這是好奇的因素。

②伊們兄弟是全村子遭水患最厲害的人家之一，發芽穀都沒人要，現在只靠這一季的梨仔瓜來決定生活，想來眞可憐，這是同情的因素。

③伊們都無時無刻在揭發打牛湳的瘡病，尤其是貴仔的瘋樣使他們手足無措，這是痛恨的因素。

④至於尚有其他引人注意的因素大約是不能確定的，好比有些人對貴仔那叢頭髮和那雙破鞋感到有趣，另外有些人則是喜歡去欺侮笙仔，伊們甚至都像布袋戲般地來看他們。

但是，莫管你怎樣來看，伊們將要帶給打牛湳更多的趣事是沒有問題的。

大戰包田商

天剛亮，白光探出東天那片寂寂的黯藍，嘎嘎的禽畜聲響動在貴仔底庭院，白羅曼鵝子都伸出它們長長的頸子，歇斯底里地奔竄著，雞子棲在那叢永不成熟的柑桔樹上乾啼著。

卡啦卡啦地幾聲，貴仔的妻子玉鳳嫂從煙蓬蓬的廚灶邊飛奔出來，伊急速地拿了大籮筐、稻草、扁擔，嘩嘩地放在手拉車上，車裡堆著肥料。伊又折返廚房，把便當、開水放在提袋上，拿一個亂糟糟的笠子在牆上狠命地撲打著，打了一陣，笠子更破，她生氣地朝著廚前的乾柴堆叫著：「貴仔，貴仔，醒來呀！」貴仔慢騰騰地爬坐在柴堆了，他摸摸乾硬的黑鬍髭，倒頭便又想睡，伊的妻子便又叫：「貴仔！」他妻子是有些氣怒他的，昨夜他回來，飯也不吃，只拿這個破笠子，永遠都是提不起勁的樣子，玉鳳嫂氣起來便罵他：「都是一條沒有筋骨的懶蟲。」貴仔沒說話，腳也不洗，倒頭就睡在床上，她氣起來半夜裡把他抬到柴堆去。然而，她始終沒有弄清楚昨夜貴仔沒洗腳的原因，在打牛湳裡每個人都曉得，貴仔雖然惹人厭，從來就與打牛湳的一草一木爲敵，但是他是十分聽妻子的話的，這好比是一個愛和人吵架的孩子，日夜都和友伴鬧意見，但只要見到母親便好了。固然貴仔是不把妻子當母親看的，但他封閉的心靈要人去品嚐，而能夠無端來容忍他的錯誤的便只有他的妻子，不過有關昨日發生的事，他也沒告訴他的妻子。

這件事情發生在昨日大道公廟場上，原來，夕陽掛在天邊時，貴仔做完工照例來到廟圍的破牆邊沉思，他踱著步，偶爾像破唱片般斷續地哼著流行歌，在那刻，他愈發覺得打牛湳的黑暗了，憂鬱啃著他底心，伊深陷在第一期稻作的挫傷中，愈來愈不可自拔，伊以爲梨仔瓜也是救不了急的，改善必須從根做起，而這差不多是無望的。

踱著，踱著，伊便發現大道公廟近日都革新的，比如說，唸經時改用唱片了，還裝了擴音器，初一、十五便把電唱機放得震天價響，燒香的人一進入廟宇就感到耳朵被震聾了，桌上放的全是塑膠花和塑膠水果，貴仔從前就表示過不滿，要廟裡的主任委員把廟宇拆了。但主任委員只是對他憐憫地笑一笑，好像還說一句話：「看看你那一身破襯衫吧。」便把一口紅色的檳榔汁吐在伊的腳前來。貴仔對這樣的回報很悲傷，他的悲傷是從伊黑暗的心發出來的，他以爲打牛湳這批舊頭腦的老骨頭愈發老番顛，活到七老八老，連最後的信仰都變質了，變得不三不四了，都是時代的渣滓，任時代在淘汰他們。伊底悲傷太強烈了，又無地發洩，所以只好把它又送回崎嶇不平的黑暗內心中，使它和黑暗的打牛湳一起腐朽……他走在廟前，沉思起這件事，一顆頭使勁往地上一搗，最後覺得無聊，看到一隻細腳蜂在廟楣上的雕刻花飾築巢，他便跳到廟前那隻母石獅的背上，坐下來看著。這時對峙著廟門那邊有一個涼亭，涼亭邊那棵柳樹透著斜陽，在荒寂中生一種美麗來，一些打牛湳的人總和伊們的孩子到這裡來歇腳，有些餵著飯，有些下著棋，而那群小孩子此時都把頭伸出來和貴仔竊笑著。便在那刻有一群騎摩托車的人停在柳樹邊，他們很認眞地比手畫腳，說得很急切，偶爾悲壯地抬起胸，偶爾愉快地跳起腳，但打牛湳的人臉色憂喜參半，好像有些人還學著貴仔憂鬱的模樣，背起手、踱著步。貴仔起先是輕視著這件事的，一向打牛湳就做著愚蠢的事，比如說好幾年前，打牛湳流行種洋菇，那陣子可以銷到歐洲市場去，價格好到極點，大家都沒頭沒腦地來談洋菇底事，吃飯也談、睡覺也談、做夢也談，柳樹下、稻桿堆、豬舍裡、牛棚旁……可以說無時不談、無地不談，然後洋菇都變成了黃金，大家爭相種植，屋前屋後，日裡夜裡……無處不搭上洋菇寮。那次貴仔也瘋進去，把一個茅廁拆來搭寮子，伊們又到處張揚，使整個鄉城都震動了，大家覺得發大財是鐵定的，有些人便計議要使打牛湳變成「香菇王國」，還有些人計議要私底下用船把香菇進到歐洲去，聽說近代的歐洲是美妙的地方，他們底人住在高高的樓閣，不用到外面來就有飯吃，還有電視上報導的歐洲人都很漂亮……但談歸談，後來洋菇就沒人要了，至於為什麼沒人要，打牛湳沒有一個人知道它底真正的原因。打牛湳都是這麼愚昧，貴仔自然是不屑和他們同流合污，於是剛開始他來和柳樹的涼亭是保持著一段距離的，他不很頂眞地用著鄙夷的眼神來瞧著，而且用左手來搗著左耳，表示他堅決地來抗拒著。但柳樹叢那邊彷彿愈說愈起勁了，有些人還用腳來站在欄杆上，說得不過癮，還用腳來比劃，並且有許多人都朝他這裡望，這可使他不安起來了，究竟這是一件啥事情，彷彿很緊要似的，你莫看到李來三一直和騎摩托車的人討論著，指頭伸出來又折進去，都快給折斷了，他心動起來，便從石獅子上跳下，但想一想，無端地和打牛湳底人混在一起是違背他的原則的，他和打牛湳的感情已經冰凍了，結成不能溶解的晶體了，走過去未免太唐突，後來他終於想到一個辦法，便裝著若無其事，把斗笠給拆了，踢起石頭，吹起口哨，來到柳樹邊，裝著要折柳條來補斗笠，他把破襯衫底袖子捲起來，拍拍屁股，選一個樹叉，半掩在葉中傾聽著。

「我來與你打賭！」一個穿黃格子襯衫的人很健旺地和李來三談話，臉上的痣毛在黃昏中還閃閃發光，他說：「若今年的市價可以賣到每斤三塊錢，我付你雙倍價，若賣不到，你只要請我一頓飯。」

「不是這個問題啦。」李來三低下聲來，和顏悅色說著：「你就是給我三倍五倍的價，我也富裕不起來，我只是爭個公道，你想，三分地包給你八千塊，成本都收不回來。」

「這就是我們的苦衷了。」另一個花襯衫也踏步上來，他擠到涼亭的台階上，像演七俠五義的展昭，以指代劍指著李來三說：「我們也想給你們多些價格，但做不到啦，你算算七月的季節，全省出了多少水果？」

「多少？」涼亭下的打牛湳都問。

「員林的葡萄、高屏的鳳梨、西螺的西瓜，各處的龍眼……」展昭繼續以指代劍說：「幾幾乎都是一齊出籠的，打牛湳的梨仔瓜如何也好不起來。」

「噉！」打牛湳都把舌頭伸出來，眼睛像銅鈴。

貴仔一聽便曉得這幾個人是商販，中盤的，他們組成了採收集團，每當梨仔瓜季時，他們下到鄉底下來，包攬大批的田地，打牛湳有些人害怕著賣瓜果，便乾脆把田包給他們，橫豎這些商人自備卡車，在北市又有商行，他們運送很方便，但他們都是有經驗的商人，總會抓住打牛湳人的心理，所以大力地殺價下，損失的都是打牛湳這群老骨頭。貴仔看在眼裡，什麼也不說，反正總會有人吃虧的。這些憨人，就是財產全被侵占了，也還不知道什麼原因，他就坐在那裡，一面用黑暗的心來感覺打牛湳的可憐，另一面，也忽然煩憂起自己的梨仔瓜來，望著手中的破斗笠，他的心頭像放了一顆大石頭似的。

正看著，只見涼亭下的人又起一陣哄鬧。展昭大聲地叫著說：「還有一件事我也要來提醒你們的。今日打牛湳的梨仔瓜也不如往日利市了。」

「對，我不騙你。」長痣毛的人也雄壯起來說：「我們就實話實講，於今種植梨仔瓜的地方很多了。」

「是的。」展昭立刻接上嘴：「不過反正我們今天是來包田的，如果各位老弟兄沒把握，或者想賺少一些，就不妨包給我們算了，少去採收工，又免得像牛像羊一般地拉到市場去。」

「好。」李來三好像下定十二萬分的決心似的，大約前年的困頓使他大大起了戒心，於是便要來把自己豁出去，他說：「我同意包給你們，但先講好，講好了再慢慢來。」

「你講。」展昭把指頭指在李來三的頭額上。

「你今天看過我的梨仔瓜田，對不對？」

「對。」展昭說。

「現在正患些蟲害，肥料也不足。田包回去後，我一概不管，並且你要先付五成的現金。」

「同意。我們先付四千塊。」展昭說：「今晚我們去你家結算。」

他們又說了一些細節，便答應成交。貴仔很爲這件事苦惱起來，五成四千塊，現在的四千塊有多少？都不及一個城裡小孩子一個月的工錢。幹，伊娘，做牛做馬，風吹雨打，屆時賺這些連本都算進去的四千元，什麼意思！貴仔黑暗的心像發情期少女的心潮盪漾澎湃。

「各位鄉親。」長痣毛的又站起來，說：「還有沒有人願意包給我們的。」

「……」打牛湳人都舉棋不定地相互觀望。

「有沒有？」長痣毛的人說。

「我們也想包給人家。」李樹丁不好意思地說：「但又怕吃虧。」

「決不會吃虧。」展昭很正義地說：「一定有人的，譬如有一些人自覺到種梨仔瓜沒有意思，還會引起他的憂愁，這種人乾脆把田來交給我們辦理。」

「憂愁!!」貴仔一聽到這兩個字，心頭猛震動一下，他又看到打牛湳嘀嘀咕咕地叫起來。

「誰憂愁？」李樹丁憨直地又笑起來，他大約是想不通什麼叫憂愁。

「反正是不快樂，憂頭結面的就對。他對收成一定感到苦惱。」

「誰？」打牛湳又爭相鷹覷鶻望起來。

「他！」一個小孩子忽然叫起來，指著躲在柳樹邊的貴仔。

打牛湳把臉轉過來，看到貴仔，嘩然地笑起來。

貴仔嚇一跳，本來想走開，但已經來不及。

「他？」展昭像電子反應一般地迅捷，馬上望向這邊：「他嗎？他要把田包給我們？」

「是的。」小孩說：「他最憂愁了。」

「哦，哦。」展昭說：「很好，很好。」

說著，就走過來。

貴仔一看到很多人走來了，心一慌，便吹起口哨，但試幾個音都吹不出來，只好站起來，裝成若無其事。

「我在修斗笠。」他自言自語，搖著嘩響的破笠子。

「你有梨仔瓜田？」長痣毛的人走過來便說：「要包給我們嗎？」

「包什麼?」他裝著不知道,佝著身子。

「梨仔瓜田。」展昭斬釘截鐵地問:「多少?」

「什麼多少?」貴仔又裝一次,說:「我不知道。」

「你的田怎麼?」長痣毛的人看他猶豫不定,一付頹喪的樣子,便親唬唬地跳過來,要遞菸給他。

「我不抽菸!」貴仔回絕他,但又怕回絕只是表示與打牛湳一樣的保守愚昧,所以又裝出鄙夷的神采來。

「他的田比李來三好。」李樹丁大聲地說:「但好不了多少,成天在路上走,不專心耕種,怎麼會好?」

打牛湳的人都笑了。

「我們絕對是公正的,若比李來三好,我們一定加價。」長痣毛的人說。

「明早,我們去你的田裡實際看一次。」展昭下結論說。

「但我不太想包給你們。」貴仔說著,忽然便從黑暗的心湧起一種敗北、撕裂的恥辱,這恥辱是源自於有人拿他與李來三相比。對於打牛湳,貴仔是徹頭徹尾地絕望的,他怎能和李來三並列在一起,這種恥辱再經黑暗的心,終於使他對商販厭煩起來。他忽然跳起來說:「你們都這麼容易就騙了打牛湳,他們原都是愚蠢的人類,像一些土番鴨,你們騙得,但連我也要騙嗎?我豈是好騙的嗎?」

貴仔激動起來了,便恢復了往常的模樣,雙手背著,兩隻腳走來走去,還叮著長痣毛的臉上那兩根痣毛瞧半天,長痣毛的人嚇一跳。

「對的,你不是簡單的。」展昭一看貴仔有些來頭,便也笑起來:「所以明日在你田裡談吧。」

「你們來吧!我是不怕你們的。」貴仔大聲地叫起來:「我不怕你的,我蕭貴啊……蕭貴啊!」

他的頭用力搗了兩下,就走了。

打牛湳的人便又陷在一片談價的囂鬧中。

這便是蕭貴昨晚發生的事,他是有主見和企劃的人,不肯受那些商人來擺佈,他還有個生氣的理由就是打牛湳的人竟以爲他是很厭煩種梨仔瓜的人，何況又把他比擬成像李來三那般沒有價格。但在另一方面他又想起，商人的話不全然沒道理，說不定今年的價格眞要下跌，屆時沒收成就慘了。想著，一時間亂了方寸，所以回家不洗腳就睡了，反正今早商人也是要來的，屆時伊的妻子就會曉得。

幾經妻子的督促，貴仔才把臉洗好，因爲昨晚沒洗過，今早就洗出一盆泥土來，他踏著東歪西倒的步子走到手推車時，東天已浮一道金燦的光芒，大地看起來要甦醒了。他勒緊褲帶，把繩子套在肩上，吩咐妻子在後面推著，卡啦卡啦地便往田底去了。

在今日的打牛湳裡，機器還是沒有完全普遍，你莫看到那一輛久保田就要一、二十萬，像富有的李鐵道都是硬著頭皮去買的，田少的窮一些的就是當了內褲也湊不出這個價錢，但在這種奇異底時期，牛隻逐漸少了，牛車都沒有人使用了。貴仔和笙仔本來也各自豢一隻牛，但後來貴仔嫌它又吃又睡，便賣去殺了，如今有一些要用力的就僱久保田，其餘的便自己來拉。昨晚他糊里糊塗睡一晚，現在沒精打采，都是他賢慧的妻子拚命在後頭推，她看丈夫有氣無力，就斥責著：

「你只會閒著無聊胡思亂想，身體也不顧了，飯也不吃，你就不會回過頭來，把心用在工作上。」

「我怎麼了?」貴仔被罵得有些不甘心，他實在不是胡思亂想，只是窮困吧，但又想不起來要怎麼來安慰妻子。伊們實在是貧賤夫妻，爲了來表示即使他不吃飯也是還有力的，他只好用力拉起來，一面說：「阿鳳，你不了解啊，你不了解。」

「什麼我不了解?」好似生悶氣似的，伊底妻子忽然更大聲起來：「我比你自己知道得更清楚。你總想當名人對不對?不願來做俗人，別人能做的你就不做，故意抵抗別人，到頭來你得到什麼?你成了名啦!你是偉大的人啦!」

她一邊說著，一邊把手歇了，不幫他推車子，貴仔一時間便重重地感到吃力了，但他還是竭力來抗辯，呼號著：「冤枉啊!冤枉啊!」

走著拉著，他們就望見自己那片田，濛在一層清晨的煙靄裡，捲鬚的瓜藤都伸到空中來迎迓旭日，上工的人都佝僂在那裡。貴仔這塊田是屬於十二聯莊的範圍，以前伊和笙仔分家時分到的，這地方人家稱爲刺仔圍，顧名思義，以前是有許多荊棘的，但經過開墾又土地重劃，便成爲好田了，貴仔把車掀翻在一叢觀音竹裡，拿稻草蓋起來，挑起肥料。

商人便等在他的田頭那叢柑桔樹下，這些柑桔也枯乾得像薪柴。今天看來他們是有準備的，騎著的幾輛機車都停在那裡，鄰近的耕友也都聚在那裡，吱吱喳喳地謅起嘴。貴仔想，好歹今日伊們是要來看我的田的，好比是做先鋒的人，若是價格好，鄰近的價格自然是不低的，伊一向便輕視所有種地的老骨頭，今日逮到好機會，定然要好好來開價，爲愚昧的打牛湳樹立一個榜樣，想著，伊走路的姿勢便更搖晃了。彷若和玉鳳結婚當新郎時伊樣。

長痣毛的人一見到貴仔，便在遠端打招呼，大約貴仔昨日強硬的語氣使他們有所警覺，不敢再盛氣凌人，果然長痣毛的人笑得藹藹然的，踏著他的三耳步鞋，便要過來請檳榔。

「謝謝。」貴仔不客氣地便接過。

「我們看很久了。」長痣毛的人說：「很好，枝葉健旺，又沒蟲害，比李來三好多了。」

「就是。」貴仔點點頭，伊是有這一起碼的自信的，他快樂了一秒鐘，是有生以來忘掉憂鬱的唯一一秒鐘。

「但是。」展昭也來了，這時他忽然站出來：「但是，別人也不錯。」

「你隔壁的那塊田比你好。」長痣毛的人更殷勤地說，好像唯恐這句話會傷害了貴仔，他說：「至少要比你多收二成，你說對不對？」

貴仔先是一楞，猜不透他們在搞什麼名堂，還問他對不對，一時間他忘了答話。

「對不對？」長痣毛的人向圍觀的左右耕友們說：「你們說句公道話。」

「對。」大家都說。

「剛才那塊田的阿吉桑說三分地只要七千塊就可以包給我們。」展昭說：「所以我們也想用七千塊來包你的。」

「七千塊？」貴仔又楞一下他說：「頭仔，你吃了瘋藥了，你們昨天說還可以加價咧。」

「那只是估計的。」展昭立即回答：「現在那塊好的才只七千塊，大家都看到了。」

貴仔終於不楞了，他已摸清楚怎麼回事，原來長痣毛的這批包商說話不算話，今天的價不同於昨天的價，自然一分鐘以前的價也不同於一分鐘以後的價，貴仔有些慌了，但他的慌張又誘使他黑暗底心澎湃起來。

「頭仔，不要昧著良心來說話，昨天在柳樹下大家也聽到，比李來三好的可以加價。」

「唉，蕭老弟。」長痣毛的說：「做生意是兩廂情願的，若我們願意的話，一萬塊也可以包下來。」

「正是。」展昭又接腔，以指代劍的指頭在空中亂舞，他說：「最多七千五。」

「什麼話？」貴仔終於因爲黑暗底心而萌發了怒氣，伊說：「我比李來三的好，價格卻比他差。你們莫要來欺騙我吧，你們只會欺侮人吧。」

「蕭先生，你要諒解。」展昭說。

「諒解什麼，我豈是好欺詐的，幹伊老母，我蕭貴是憨人嗎？」

貴仔終於忿怒起來了，他大步踏到田裡去，嘩嘩地撥開葉子，東抓西摘地抱了一大堆梨仔瓜上來。

「你吃吃看，幹伊老母，只包七千五，我都寧願放火燒掉，這種黑暗的無天無良底世界。」貴仔叫著，便用力砸破一個，把水漉漉的瓜果舉到展昭的臉上，展昭嚇一跳，便要走開，但臉上被塗得一片黏膩。

「你幹什麼？」展昭叫起來，伊沒想到打牛湳還有這樣凶狠的人，一時間便招架不住。

「你也給我吃！」他對長痣毛的說：「這樣的梨仔瓜你好意思包七千塊。」

「不要亂來，蕭先生，我們是生意人。」

「你是生意人，幹伊娘，沒良心的那種生意人！」

蕭貴很生氣了，伊一跳，便落到草叢去，拿出一把鋤頭，把鐵片拆了，顫巍巍地舉著要來打長痣毛的。

打牛湳和十二聯莊的耕友一看要惹禍，便圍過來。

「蕭貴要殺人了，蕭貴要殺人了。」

伊們大聲地呼叫起來。

瓜仔市風雲

在打牛湳和十二聯莊的外邊，大約靠近農會的倉庫，有一個崙仔頂鄉城的瓜果市場。

這個瓜果市場可以代表一切福摩莎目前的農鄉市場。

它本來是農會的秤量場，鐵皮的頂架搭蓋得高高的，水泥地面總是留著一些洞和髒亂的稻草，在冬季沒有人用這個市場，崙仔頂的人就用來堆堆肥，很多羊兒都繫在這裡來吃窟窿裡的野草。

在春季，就看出它底功用了，打牛湳和十二聯莊的人都到這裡來集散他們的蔬菜、豆子、油菜、小白菜、青蔥、大蒜……全運到齊了，秤子被搬出來，許多北部的貨車都聚會在這處。目前談到蔬菜的運銷，就可以知道我們民主政治的偉大，現階段有許多吃菜的城裡人老覺得我們的菜價太高，若一逢水患或風災，只要你去市場，準會是小白菜一斤二十塊，大蔥二根五塊錢，即使是沒有風災沒有水患，平常有什麼風吹草動；菜價也會像溫度計碰到熱水一般，直線上升，吃菜的人都不敢吃了，寧願去吃肉。但你到崙仔頂來看，幾乎每個農民都苦歎著菜價的低廉，有時沒人要的整片菜地，伊們都願意用耕耘機把它毀掉，只爲了實在賣不到幾分錢而又麻煩透頂。上面也知道這件事，但從來沒空來管這種芝麻大小的小事。所以春季一到，打牛湳和十二聯莊的人便在這裡受氣了，伊們總想，這個鐵皮的市場實在是個刑場，要來折磨伊們憂患的心，所以總結來說，春天的菜市場是壓抑著心懷的，好比一個生悶氣的小孩。

一到夏季，這個市場又換了一張面孔，全都是梨仔瓜的天下了。早晨太陽還沒有攀過東天那群山巒時，碰碰響的拖拉車便占領了市場的每個角落，隨著陽光的爬升，拖拉車便溢出了市場，占據了道路的兩旁，等到炎熱的陽光把路旁的粿仔樹曬得枝葉軟垂時，路面也站滿了人，最後還迤邐地排了一、二公里。路面阻塞了，客運都被擋住了，遇到好的司機便轉繞了道路，由別莊行過去，碰到不諒解的司機便把喇叭按得通天價響，聽不慣的打牛湳和十二聯莊的人便要用「駛你娘」的話來罵司機，還要拖下來揍。除了赤著污泥的雙腳的農民外，到這裡來的大約還有四種人：第一是農會派來的職員，伊們都拿著算盤，守在秤子旁，凡是想賣梨仔瓜的人都要經過他們的秤量，在秤量時他們便要收「秤費」，來充當農會的額外收入，好比你到我的地盤來，非收你的買路錢不可。當然他們從來不會覺得自己是強人，因爲他們都是正正當當來服務的，穿著整齊的衣服，會一手的速算，遇到農民賣一個好價格時，伊們還會仰起頭來說：「阿吉桑今天眞運氣」。當然，當然，他們的秤費是取之於阿吉桑的。第二是商人——瓜果運銷商，伊們普通都持有城裡菜市場（比如中央菜市場）的市場證，伊們都穿花衣裳，戴著運動帽，穿著萬里鞋，口裡嚼著檳榔，大半都有一顆凸出的肚皮。他們走過一載載等著來讓他們叫價的梨仔瓜車時，爲了表明每一載都應該不值錢，所以都用鄙夷的眼光來看著，然後走著、走著，突然間停下來，偏著頭，把一口檳榔吐在地上，故意從口袋掏出一疊估價單和一支原子筆，然後問：「多少？」被問的農民便說一個價。「太高！」伊們劈頭便說，然後走開，要走時還不忘露出鄙薄的神色，伊們彷彿在說：「憨人！今天你若不賣給我們，就只好把梨仔瓜拖回去餵豬。」據實際的來觀察，這些商人實在不宜稱爲「菜蟲」或「果蠅」，伊們更像一隻精巧的牛蜂，知道哪一隻牛的肉比較香，哪一地方是多血質，還可以從這隻牛的眼睛瞧出他是笨牛，怒氣的牛或乖巧的牛，必要時還可以從牛角上叮出一口很好的血來。他們來到崙仔頂的市場占了一塊地方，或在人家的屋簷下，或在粿仔樹下，或在馬路邊搭個寮子，寮子外停著貨車，貨車裡跳出幾個裝箱的工人來，便開始一連串的收購行動。他們總是來去匆匆，今早到崙仔頂這個鄉村來，晚上便到了台北市，自然他們可以在這裡以每斤二塊錢的價格買來，而以每斤三元的價格賣給中央市場，自然，中央市場又可以以每斤四元賣給商店，商店便可以用五元賣給顧客。第三是賣冰淇淋和賣麵的小生意人，他們都推著攤子，一面賣著一面流汗，且伊們笑呵呵，在大赤天裡，他們的生意是利市的。第四便是警察，他們是要來維持秩序的，因爲整個市場亂哄哄的，來到這裡的人，不管你是有教養的、沒教養的、拐腿或缺手的，橫豎都非沾上幾分搶奪的煞氣不可。警察們便要來發揮他們鎭暴的才能，伊們的頸子都掛一顆哨子，還需要把警棍拿在手上，自然警棍非給擦得光亮不可，他們看到阻擋在路上的梨仔瓜車便要來請他推到一旁去，遇到糾紛也要來排解，但人實在太多了，伊們只好搖頭，有的是只擎著警棍，站在路口，在那裡發困了老半天。

大致上，瓜仔市場是繁囂而充滿慾念的，凡是到這裡來的人，都好像沉到水底去，看不見什麼，聽到的只是盈耳的聲音，呼吸和心跳都變得困難起來了。

今日的陽光彷彿是故意和瓜仔市作對似的，攀上了路邊那三兩棵巨大的粿葉樹的頂端，便開始赤猛起來，照在瓜仔市四周亂糟糟的屋頂上，馬路的柏油騰蒸著一陣陣的熱氣，赤腳的人都趕快把布袋或稻草舖在地上踏著，他們縮著頸子，頭殼都拚命想往斗笠裡去躲藏。但他們心裡都高興，因爲唯有好天氣，他們的梨仔瓜才會賣到好價格。今天大約是開市的五天後，價格升到一斤三塊錢，好極了的一個價錢。

蕭笙很早就來到菜市場了，照我們前面的敘述，蕭笙總是在打牛湳的人未醒來時就跑到田裡去，所以半夜時就把瓜果摘好運到這裡來，自然他停放的位置不會是在一、二公里遠的馬路上，而是停靠在秤子附近，商人都在這裡，占盡了地利人和。蕭笙的載運梨仔瓜方式和蕭貴是不一樣的，蕭笙有一輛一百ＣＣ的鈴木機車，便把它當牛用，將手推車的柄子繫在後頭的貨架上，人騎上去，叫他多嘴的妻子坐在上面，便歪歪斜斜地衝著馬路來，彷彿二次大戰影集裡希特勒的摩托車部隊。從打牛湳到崙仔頂的路途還算不短，現在都舖了柏油，除了破洞外，大致還暢通無阻，路的兩旁都是稻田和漂滿浮萍的溝渠，還有幾處的公墓。蕭笙有一次撞車和二次跌倒的記錄，但無大礙，只有一次他跌到公墓的洞裡去，一時間梨仔瓜散了整個墓地，伊爬起來，便看到口袋裡塞了兩支肋骨，爲此他不高興了很久。他一直懷疑一定有人把骨頭放在他口袋，聞一聞渾身的墳墓味後，突然想到鬼，但不高興只是短暫的，隔陣子，他又和藹溫煦起來，並且路過公墓時，還向著墓碑微笑著。

笙仔把手推車的肥料袋子掀開了，經過幾次洗刷的梨仔瓜黃澄澄的，溫煦和平的。他便盤起腿，坐在車沿上，拿起斗笠不停地搧著，伊肥胖的身子微微地搖晃，像受了母親溫慈所感召的兒童一般，無端地嘻笑起來，他的妻子在旁邊和一大堆的洗衣女伴嘀嘀答答地聊上了。若談起笙仔的妻子，在打牛湳是有名的，因爲在近代的打牛湳大約還找不出這樣善於生育的女子，她好像一年到頭都在生育，七年前和笙仔結婚，現在已經五男一女了。

馬路邊開始有人熙攘起來了，原來一輛遊覽車撞翻了一載梨仔瓜，那個農友便叉開手來站在車前來擋住，一面朝玻璃裡的司機咒著三字經，還要他來賠償，車就像一隻游不開淺水的大肚魚，警察開始揮動警棍，哨聲像一支射人的箭，擋住路的人都要把車移到一邊去，但又被旁的車擋住了，旁邊的人又要移開，於是整個的馬路都扭動起來。遊覽車上坐的人彷彿都是紳士小姐們，伊們的頭都伸出窗外，都要來購買零賣的梨仔瓜，於是打牛湳和十二聯莊的人都拚命想搶到窗口去，一時間秩序大亂。

這時瓜仔市的擴音器便喊叫起來了：

親愛的農友親愛的農友，請大家要讓路，不要妨礙交通，要遵守公共秩序……

笙仔看得很愉快，他是最喜愛一大群一大群的人了，他也喜歡熱鬧，從來不爲人多而心煩。比如他不以爲六個孩子叫人心煩，他用方向來命名，老大叫蕭東，老二叫蕭西，老三叫蕭南……等等，若米吃光了，他的妻子吩咐他去借，他總還是笑藹藹地立起肥胖的身子，用溫呑的步子來到別人的門口邊：「向你借斗米啦。」他說話從來都是微笑的。別人也知道他有借有還，便從不曾爲難他，他也很高興能用借米的機會來和大家聯絡感情，重要的是他對人實在感到興趣極了。

他坐著，看得津津有味，善良和煦的心像春潮一樣，漲滿了情趣，一滴汗水不經意地流到他的前額，鹼鹼濕濕地掉在他的眼底。他用手揉揉眼睛，便在模糊的視野中，看到空中和電線上的一群厝鳥，他們都悠閒地在那裡翻飛跳躍，笙仔不禁想到他一向的宿願，在他老時，那時他的髮白了，走路拿著枴杖，他的小孩長大了，他一定要在自己空曠的田地裡蓋一幢大豬舍，養一大群藍瑞斯，他要坐在籐椅上，喝著兒媳們泡好的茶，然後望著四邊的田野、望著豬舍、天空、厝鳥，呼吸著帶有糞香的空氣，然後沉沉睡去……睡去……

「喂！多少賣給我？」

忽然他手肘被碰一下，睜開眼睛，才看到一個瓜販喚著他。哈！睡了一會兒！他尷尬地笑起來。

太陽都升到十點鐘的位置了。

「嗯嗯。」他溫吞地伸一伸筋骨，咚一聲跳下來，地都震動了。

「等得不耐煩，是不是，天都熱起來了。」瓜販故意指著太陽，又俯身下去，翻攪起伊的梨仔瓜。

笙仔一見商販來了，便振作起他的精神，他雖很和煦，但商人可是很聰明的，不小心就要吃虧，笙仔想起前幾天上當的事實。

原來開市的第二天，大家一時間都還猜不透瓜仔販的心，因爲彼此都不熟識，那天太陽也是赤烈，到十點多販仔才開始購買，剛採在季頭的梨仔瓜都很漂亮，笙仔就準備賣一個好價錢。剛開始，一個販仔走到跟前來，也不看看笙仔這批貨，便說：「你的梨仔瓜不好，只賣二塊五。」

笙仔和他的妻子都嚇一跳，不知道他是什麼意思，當時大家都賣得很囂鬧，隱隱中聽到有人喊三塊錢。

「賣不賣？」商人又問。

「不賣。」伊的妻子說。

商人便跑了。

那時太陽赤燄燄，大家都想趕快回去，整個市場繁忙動亂，但商人眞會計算，伊們只是在那裡拖磨著。

大約又過二十分鐘，又有一個瓜販走來，也不看他們的梨仔瓜，便說：「你的梨仔瓜不好，只賣二塊三。」

笙仔摸摸胖胖的後腦勺，想著，等二十分鐘沒賣得更好，價格反倒下跌了。他的妻子便嘀咕起來，這款的市場，一點準則都沒有！又過了一刻鐘，忽然又走來一位年輕的販仔，伊也是不太用心來看梨仔瓜的，他又說：「不好！只賣二塊錢。」

笙仔的妻子終於生氣了，她把聲音提高到最高點，說：「不賣！」

瓜販又走了。

但日頭愈發潑辣，太陽攀在頭上，如若沒法儘快賣去，中飯煮不成，小孩都要餓肚子，他的妻子一急躁，反而責怪起他來了。

「你只是貪小便宜，二塊五不賣，現在只賣二塊，都是你的貪心害了自己，白等二個鐘頭。」

笙仔有口難言，只好張開嘴巴，藹藹然笑著。

又半個鐘頭，理應是吃飯的時候了，很多人賣完了都準備回去，卻沒有一個瓜販到他這裡來。這時又來了一個商人，在旁邊逡巡著，仔細一看，原來是第一個來開價的那個商人，笙仔的妻子趕快叫住他。

「怎麼？」那人便把手插在口袋，像電視劇裡的歹徒一樣，啣枝煙說：「要賣給我了？」

「對。」笙仔趕快說。

「哦，你們現在想通了。」那商人斜著眼笑道：「但是現在不是二塊五了。」

「不用二塊五。」伊的妻子搶著說：「二塊三就好了。」

「好。」商人把臉扶正，義正詞嚴地說：「好，推去吧。」

商人終於給了他們估價單，笙仔笑得直合不攏嘴來，好像賺了非分的錢一般。

但據後來一些人說，原來這幾個商人是串通好一齊來唬他們的，其實那天的梨仔瓜都賣三塊錢。

然則，笙仔沒有責怪誰，他想三塊和二塊三，只差一些罷了，若小孩不慎生了病，一花就盡了，多賺少賺是沒有必要計較的，有朝一日，有朝一日（也許是花白了頭髮那一日），他要來造一棟大豬舍，飼養著藍瑞斯，度晚年，那時賣梨仔瓜的事就會忘得乾乾淨淨。想一想，他又高興起來，還是歪歪斜斜地拖著梨仔瓜到市場來，還是坐在原來地方，還是想望著，吃虧的事只像水過無痕般地消失在伊平靜的心湖中。

但是，今日這個商販可不像前日那幾個詐仔，他可是很認眞來挑選的，一顆一粒地看，仔細到底地看。

「大仔。」商販用這樣的稱呼來叫笙仔：「還是不整齊啦，有好的，有壞的。」

商販說著，不知道從那裡翻出一個綠斑的梨仔瓜，在空中拚命迎弄著，彷彿一個偏激的老師因學生的一點過錯就要開除他。

太陽並不比昨日小，雖則氣象報告有陣雨，但終於好天氣，陽光鮮亮，活像要烤剝人。

「頭仔，你莫聽人家這樣說過嗎？」笙仔雖然沒受過什麼教育，但終於想到一個格言要來反駁老師的武斷，他說：「十個指頭伸出去也有不平齊的，這是正常的。」

「但是，有些實在不能要。」好像要挖出自己的心來，商人又把綠斑的那顆抱在胸前說：「這載貨只能賣到每斤二塊二。」

「嗯，二塊二。」笙仔一聽，懸疑一秒鐘，暗想這個人不會來唬他吧，他說：「你說二塊二？」

「對。」老師說。

「不能再高了？」

「不能！」

「但昨日賣到三塊錢。」

「昨日不同今日，」商人終於跳起腳來，東翻西找，把次等的瓜仔全撿到上面來堆著，下結論說：「今天沒有人敢說你這種貨是入流的。」

此時，打牛湳有些人走過來觀看，笙仔的妻子也站到一邊來。「賣不賣？」瓜仔掏出估價單來，講課般地伊說：「今天頭一載買你的，都是犧牲血本的。」

笙仔舉棋不定，看著就要答應，他妻子卻說：「不賣！」

「不賣，嗯？」商人不客氣起來了，他用筆指在笙仔的鼻頭上，說：「你來決定還是她來決定。」

「我來決定。」笙仔的妻子說：「笙仔是憨人，怎能決定，由我決定。」

商人看看眾人，不高興就走了。

太陽又升高了一截。

笙仔看著沒成交，瓜仔被翻得狼藉不堪，他耐心地一個接一個地又撿放回原來的位置，汗都流滿了整個胸前。

「以後再要來翻尋不要對他客氣，都是一些黑心肝。」

他的妻子罵起來，但是梨仔瓜一經翻攪看起來已經沒有剛才那麼亮潔好看。

隔一會，瓜仔市的景況更熱鬧了，很多人都叫嚷起來，伊們說：「三塊錢咧！又恢復昨日的價格了。」

笙仔聽了高興起來。瓜仔販的行動愈發熱烈了。

太陽又使他們的影子縮了一截。

「喂，賣不賣？怎麼有這樣糟的梨仔瓜！」

這時又有人朝笙仔這邊走來，他說著，定定地瞧著被翻得不像樣的那部分。笙仔一看，知道是一個商販。這個瓜販有一個和笙仔差不多胖的身子，短短的腿，厚厚的眼、嘴、頰，像一隻蛤蟆，但眼光像刀子閃呀閃的，粗糙的額頭有一個疤。

「你看看。公道一點我就賣。」笙仔笑著說。

商人可不客氣，一跳過來，又一個個來觀看。全車都找遍了。

「喂，不要翻找好嗎？」笙仔受委屈地低聲地說。

「廢話！」商販劈頭便給他一句，他說：「我要買你的貨當然要仔細地看。」

「哦，哦，你看，你看。」笙仔趕快來笑著。

「不高興的話，我就走開。」商販說：「又不是買不到別人的！」

「是是。」笙仔說。

「不用講價，一句話，高興的話就說好，不高興就說不，不用講價！」商人說完，從他繪著大盤龍的襯衫口袋掏出估價單，銳利的眼光拿來笙仔的臉上看看：「二塊五，賣不賣？」

「可以是可以。」笙仔一聽，興奮一下，因為比剛才高了三毛錢，但想到應該賣得更高的，他便說：「但是，但是……」

「但是什麼？伊娘！你們這些種田的，貪小便宜，從來不乾脆，不會做生意硬要裝內行。」

商販跳起來，用著鄙夷的神色來瞧著笙仔，把筆在車桿敲得卡啦卡啦地響。

「不能多一些？」笙仔的妻子說。

「嗨，憨查某，眼睛都放在你丈夫的口袋裡，這樣的梨仔瓜走遍全省都買得到，不稀奇呀！還加什麼價？」商販說。又去翻尋著壞的梨仔瓜，找到一個壞的便把它放在上頭。

「不賣，不賣！」笙仔的妻子也不高興起來，大聲地說。

「伊娘，憨人！」商人說一聲，凶惡地踢了一下車子就走開。

笙仔終於也要蹙起眉頭，和這個商人講價實在不容易，像吵架一般。但他的委屈也只是短暫的，在陽光下，馬上又消失無蹤，他平靜的心湖又坦然無阻。

正等著，又來了一個粗壯的瓜販，這個瓜販看來是四十幾歲，他走到前頭來，看起來龐龐然，穿著短袖大花衣裳，手上露出刺青，他一走到前頭，出乎意料的，很客氣，只望了望他們的梨仔瓜兩眼，便說：

「我可以二塊八買下。」

「哦哦。」笙仔高興得心差一點跳出口腔外，他說：「公道，公道。」

「但是。」粗壯的商販笑笑：「但是我是買好的，先講好，壞的我不買。」

「沒關係，這是當然。」好不容易遇到這樣和氣又價高的瓜販，笙仔的妻子很雀躍了，說：「我們也不賣壞的。」

「好，我是先講好的。」商販說：「我的貨車停在農會口的粿葉樹下，你們秤過了，再推去讓我那些幫手揀選。」

綠葉樹下，真遠得很，推到時汗都噗噗地流滿額頭，笙仔一把車子歇了，便跳過來五、六個人，動作可真快，旁邊置放著一箱一箱整齊的梨仔瓜。但他又感到奇怪，這些梨仔瓜都是漂亮的，笙仔的那載梨仔瓜也找不到幾顆那般好的，正看著，那些工人便停手了，伊們不再翻尋，便把車推回這裡來，說：「好了。」

「好了？」笙仔疑惑起來，他看還有半載的瓜仔沒裝進去。

「好了。」他們快樂地笑著。

「喂，莫囉！還有半車咧！」

「那些綠的我們不要。」他們站直著身子來說，有些還把汗衫脫下來拭汗，露出強壯的臂肌。

「你講瘋話咧！這些你不要，我們拿去賣誰？」笙仔緊張了，他說：「好的你都揀去，留下這些幹什麼？」

「我們都買好的。」當中一個說，他纏一條白帶子在腰部。都像電視裡的打手。

「鬼咧！天下那有這種賭贏不賭輸的，都是強盜！」

「你說話客氣一點，我們只買好的，你又不是沒聽我們事先說明。」一個三角肌的也站出來。

「要打架沒關係。」白帶子的說。

「死人！走呀！」笙仔的妻子一看場面不對。她便不敢說，只怕笙仔被欺侮了，就想拉他走開。

「鬼咧！你們都是強盜。」

笙仔的和煦暫時跑掉一秒鐘，禁不住也要叫起來。

躊躇三叉路

自從貴仔的梨仔瓜沒有包成後，伊便更覺得心底的黑暗了，伊覺得世界果然是如他所想：永遠好不起來的，這點論斷實在不是臆斷，是二十幾年，伊終日在田裡挖土所得來的教訓。

伊於是更加在村道踱著步了，口哨也吹得更響。

這日，空氣窒悶，在黃昏時，伊又穿著破布鞋出來了，但他不再在大道公廟前，他覺得那天在涼亭下的遭遇簡直遇了鬼，大道公附近的人實在都是識見淺薄的，都是受盡瓜販欺侮的蟲豸，不只是一隻蟲豸，更好比是瓜販仔腳下揚起的灰塵，伊們終於是無可救藥的。

他於是走到村中的三叉路，其中有一條是通到崙仔頂去的，開張著一家菸酒店和一家腳踏車修理店。

夕陽趁著沒人注意的時候，停在飼鴨頹仔家門插著的那枝旗篙上。路兩旁的電線桿都發楞地停著，貴仔背起手，這回伊唱著自編的「思想枝」，唱不起來的部分便用伊響亮的口哨吹著，一時間咿咿呀呀，好似一個乩童。

今日，他出到外頭走動，實在不只散散心，伊有一個念頭，伊始終在想必得用一種好方法把那些梨仔瓜賣出去，他不願像笙仔一樣，做個傻瓜把梨仔瓜拖到市場任人宰割，他是聰明的，有別於打牛湳所有的人。

伊就試過一次。

有一天他吃過早餐，便騎著腳踏車趕到瓜仔市去，瓜販都歇在棚子下歇息著，他們都準備來賺一筆錢，貴仔便叫了兩個有貨車的瓜仔販到他的田裡來，一個駕著台北貨運，一個駕著桃園貨運，轟轟地駛到他的田底來，最後把車停在枯柑枯樹邊，貴仔砸著伊的頭殼，在田梗上指天發誓地說：

「我要來與你做朋友。」

兩個瓜仔販聽了都笑起來。

「我們做朋友。」貴仔主動地說：「人家都說你們販仔和我們沒有好感情，但是這不過是別人說的罷，我們來交易一次，你們就知道我貴仔是容易成交的好人。」

他說完，便在後口袋掏出扁扁的一包菸和檳榔。

若論貴仔的爲人在打牛湳是百分之百遭到反對的，但伊的頭腦有時很靈光，容易想到別人想不到的，貴仔也自己以爲是這樣的，所以來對付兩個商人，伊是頗有信心的。

「當然，當然。」兩個商人聽了貴仔的宣言，便接過菸和檳榔，抽著，嚼著，並且點頭。

「你來看看我這些貨。」貴仔摘一粒黃澄澄的瓜仔說：「都不是假的，我想你們長久來交易。每天你們用不著到市場去叫價；只要你們願意，儘管把貨車開到這裡來，我們現買現賣，你省麻煩，我也省麻煩。」

「咈咈。」兩個商人便相覷一笑，朝著貴仔破髒的衣著瞧著，久之，伊們說：「你是聰明人。」

「不！」貴仔趕快謙沖來否認。

「和我們做朋友，你是聰明人。」其中一個穿著繪山水襯衫的人說：「我們講信用和公平的人。」

「我也是。」貴仔抽著菸，把手放在胸口，說：「生意是雙方情甘意願的。」

「所以，由我們自己來摘，不管摘多少，一定給你公道的價錢。」另一個金牙齒的黑皮膚說。

「好。」

貴仔拿出決策的毅力來，咬著嘴唇，把菸丟在地上，用破鞋子踩熄。

繪山水的人看看貴仔答應，把手一招，車內走下一群女工，扛著擔子，佝著身子便摘起來。

五、六分地的瓜園在午時燦燦的陽光時，便完工了，伊們把梨仔瓜洗得發亮，然則，今天這些貨都不得好，一些還是七分熟的，伊們也摘下來。在陽光下青綠著色澤。

貴仔枯坐柑桔樹下納悶，天氣窒熱，伊把舌頭吐出來，散發火氣，像隻土狗。

「我們是好朋友。」摘好瓜仔的金牙齒便走上來，拿了一支三五牌的給他，點了火，伊說：「所以我不要論價，二塊錢全賣給我們。」

「哇！」貴仔一聽，忘了抽菸，伊揉一揉眼睛說：「哇，你說二塊錢。」

「是的。」金牙齒把煙灰彈在他的破褲腳上。

「頭仔。」貴仔忙來辯駁說：「你不要講故事好不好，從沒有這麼賤的價。」

「你不知道。」山水走過來：「你看這堆青黃不一的瓜仔，運到市場去，能賣一塊半就好了。」

「你們不要吃人。」貴仔有點火氣，他說：「我又沒叫你們把綠色的也摘下來。」

「但是，我們已經摘了。」金牙齒說。

貴仔於是曉得又上當了，他沒想到瓜仔販這款式的番天番地，但又不能不賣給他們。因爲綠果子哪有人要，何況像山一般多的這些瓜仔，三天三夜也運不完到市場去。

「嘿……」山水很快樂地過來安慰貴仔：「我們是好朋友。」

貴仔想發脾氣，但又沒好理由，最要緊的是不能翻臉，所以伊只能把委屈埋入更深的黑暗的心中，在那裡發酵翻滾，滋滋地都腐爛了。

「嘿……」金牙齒也笑起來，他看看上升到空中的太陽，便又說：「我們是好朋友，所以午飯在你家吃好了，不用太好的菜，隨便給這些人手方便就行了。」

貴仔看看青綠的梨仔瓜又看看商人又看看太陽，伊終於認定這世界無救了。

這次的交易立即傳遍打牛湳，大家都來嘲笑貴仔宴請瓜仔販底事實，他的妻子還罵他一頓，因爲經過這次地氈式的搜刮，伊的瓜園元氣大傷，至今還都沒復原。

貴仔想起這件事，便不禁要捏著拳對著牆壁呼號著：「蕭貴啊……你這個蕭貴啊……」

他背起了手，從這杜電線杆走到那杜電線桿，又走回這杜電線杆，昏黃的色調逐漸在太陽落山時濃重起來。斜斜的光線在社區的瓦牆上泛耀著，成群的細腳蚊在空中昏蕩地旋舞著，都糾纏在貴仔亂糟糟的頭髮上不肯離去，有一些還舞來爬在伊底臉上，貴仔便伸出手望空抓來抓去。

腳踏車店那頭便響起了吭吭的金屬敲擊聲，在斜陽裡好比是荒旱大地的銅鑼，原來是萬金仔在敲一塊鐵片。菸酒店的人把電視機扭開了，打牛湳的一些人都坐在板凳上呆看著，有一些小孩和女人讓伊們的赤腳把伊們運送到這裡，醬油、醃瓜、味精、魚乾……分別都送到伊們的手上……馬路便濛一層淡淡昏黃的炊煙。

這時，國中的一群學生補習回來，嘻嘻哈哈地騎車到這個三叉路口，他們使勁地聒噪著，車鏈卡啦卡啦響。有一個高大、黑壯的三年級學生故意把車子嘩地朝他撞來，貴仔本是低著頭，嚇一跳，便要躲開，但那學生又把車一晃，輕巧地騎了過去，然後叫著：

「掘墓仔！掘墓仔！」

貴仔無端被戲弄，很生氣起來，伊越來越覺得，近的教育實在是徹底地失敗了。他跳起步伐，要追趕過去，但另一些學生故意騎車來橫擋，幾次他都被擋到路旁去撞牆，那群學生又叫起來：

「掘墓！掘墓！」

他實在生氣，便唬唬地站在路上喘著。

太陽已全然沉落在地底那端了。

「貴仔！貴仔！」

腳踏車店那邊有人叫起他了，伊回過頭去，看到萬金拿了那塊鐵片朝他笑著，他本來是不要理會的，但想來萬金也可憐，種不到幾厘地，成天總是蹲在家門口那棵青松下來替人修車。他想一想便走過去。

「替我寫字。」

萬金把一桶紅鐵漆拿出來，還拿一支大筆，可笑地佝著伊的狗公腰。

「寫什麼？」貴仔抓著頭不解地說。

「萬金腳踏車店。」伊得意地笑著。

「哦，這是招牌，對不對？」貴仔心領神會說。

「對！」

「你都想賺錢了。」貴仔不禁打從心底笑起來，伊想不通，這樣破陋的店也要招牌，眞是瘋了，何況現在是機車時代，不是腳踏車啊！貴仔說：「那我也要招牌了，我都要在我的門口邊掛一個貴仔梨仔瓜園。」

說完，貴仔偏著頭，表示伊對這種愚蠢行爲的輕視。

「你只要寫。」萬金閃動伊不定的眼神說：「還要加上價格低廉四個字，我要把它釘在電線桿上。」

貴仔一聽，嘀咕起來，畢竟打牛滴已不同於往日了，大家都拚命在做賺錢夢，像萬金這樣渺小的蝦蟹都要化成蛟龍了。但伊們了解什麼？伊們了解自己的愚蠢嗎？伊想著、想著，便不知道心底何時升起一種黑暗的熱潮，抓起筆在鐵片上龍飛鳳舞起來。

燈，在路旁亮著了，在夕暮中像瘦細人的盲睛。

卡卡卡，又幾聲的響，一輛破腳踩三輪車停在松樹下，跳下一個人說：「車胎又壞了，壞了。」

貴仔趕快抬起頭來，看到的人是鬍鬚李，他也是打牛湳無田地的人，到處打工，今天看來，伊的精神煥發，三輪車上還裝一個擴音器。原來鬍鬚李也是坐享著打牛湳梨仔瓜的利益，每天都到市場去收壞的、破的、綠的梨仔瓜，用他的三輪車運載到沙仔埔濱海的漁村去，少說也有二十公里，但鬍鬚李每日來回一周，從不間斷。

「車又壞了，嗯？」萬金趨近車來，彎下伊特殊的腰來查驗著車胎，說：「一定放太多的貨，騎得也太遠。」

「沒辦法啦！」鬍鬚李說：「缺了人來做股東，要不然換個好輪子，二人輪流踩著，也不怕重也不怕遠，一天賺二、三百塊是沒問題的。」

鬍鬚李容光煥發地說，尤其在說到「一天賺二、三百塊是沒問題的」這句話時還加重語氣，貴仔感到莫名地憂鬱起來，這些老骨頭終日在勞動，都只像牛一般老蠻幹，一天賺一百元就樂得像掉了囊巴。

「對。」萬金突然像症頭發作了一般說：「有個人可以跟你去。」

「誰？」

「他！」萬金仔指著貴仔的身上來：「貴仔，他反正一天到晚都踱步，沒事做，田裡的事有伊的妻子來做就夠了，他跟你去。」

「哦，」鬍鬚李把臉正式地笑著，好像要來勸募伊加入一百萬的股份有限公司似的，說：「貴仔若與我去，我願意一天給他一百塊。」

貴仔一聽，不禁大怒起來，伊說：「你要我去做小商人嗎？」

「是的。」鬍鬚李說。

「幹你老別！我都那麼沒有用嗎？都像你一般沒見識嗎？」貴仔指著鬍鬚李的下巴，發起性來，伊繼續說：「你打死我，我也不會去，我何嘗沒田產，硬要去幹無業的小商販，你莫知瓜販仔有多可惡嗎？嘿，鬼才幹這種沒出息的事咧！」

說著，他已怒不可遏，伊斷然不肯人家來貶低他的身價，以爲他只能幹這種第十等的瓜販仔，都不及金牙齒和展昭的百分之一。伊大怒，丟下筆便走了。

伊的跳腳，在夕暮中像乩童。

怒在棺材店

雨開始淅淅瀝瀝地下著了，氣象局報告，北部受著一個颱風的影響，天地陰霾得很，許多水果又紛紛上市，梨仔瓜便大幅度跌價了。這是很普遍的事。打牛湳每年就一定會碰上的。

田野裡便搭起了一個個草寮，在野地裡像一棵棵的菌蕈，藉著草寮，伊們可以遮陽避雨。人們在這種陰晴不定的大地上工作，眞像一隻隻小蟻腰，可愛，辛勤。

一大早，雨聲便把笙仔給喚醒了。伊很快便披著雨衣到瓜園來，伊昨日睡得好，所以心底便存有一個愉快的念頭，他一直思想著，若到晚年，他扶枴杖時，也還要來工作，即像這個雨天，伊也要拄著枴杖來採著瓜實，若雨太大，他便要坐在巨大的豬舍下，聽著雨聲在屋簷上頭嘩響著，他還要來巡視一群群的豬仔，用枴杖敲敲那些豬腦袋和豬尾巴，然後雨中或許透些陽光，照在伊白鬚髮上，濕氣拂過顏面，伊的心跳和大地一般地和煦，舒緩的，平穩的……

想著，想著，可愛的念頭偶爾便跳到草寮上化成一個神仙，偶爾便在天空飄盪的雨中飛舞，他歡暢起來，躲在雨衣的筋骨和皮膚都活潑有勁，這陣雨眞下得是時候。

雨不停飄著，他愈摘愈起勁，扛著的那擔子裝滿了，伊便趕快挑到草寮去讓他妻子來整理，他愈挑愈重，終於沉醉在伊律動的勞作裡。

田野的某些地方終於響起久保田的聲音，這正表示，有些人的動作較爲快捷，都要把瓜仔運到市集去了。

「停一停。」笙仔的妻子在草寮裡看著他又挑一擔青紅不一的瓜仔進來就叫住他：「笙仔，你到底把心放在那裡，都想睡覺了是不是？這種青的你也摘下來。」

他被罵一下，摸摸胖壯了而顯得有點小的頭顱，傻傻笑著，說：「賣得出去就行了，賣得出去就行了。」

「你賣得出去？」他的妻子聽了赫然大怒。她說：「你的頭殼都生蛀蟲了，攏統是死頭腦一個，也不會看看今天是什麼天氣，今天是雨天呀！下著不停的大雨呀！」

伊吃人的妻子拿起扁擔來揮舞，卡卡地都把草寮給敲垮。

「再摘一些就好了。再摘一些就好了。」笙仔嚇慌了，趕快沒頭沒腦地扛著擔子又要出去。

「摘什麼？」他的妻子啼笑皆非起來，說：「夠了，不用了，下大雨，賣不出去，這些就夠了。」

「是的。」笙仔又把頭縮回來，說：「夠了。」

七手八腳，笙仔和他太太便把梨仔瓜裝在車上，騎動了一百CC的機車，碰碰地向果菜市場去。

這天，菜市仍然像往日一般地囂鬧，雖然下雨了，但打牛湳和十二聯莊的人還是一樣地多，再仔細一看，數量好像也沒減少，他們都衝突在二種心情底下，他們認定，在下雨天，價格必然下跌，但伊們也認定，若不摘下來，八分熟的梨仔瓜一碰到雨，隔天便只有爛去。

從秤量場開始，他們仍然哄哄鬧地往馬路排開去。伊們穿著雨衣，站在車子邊，任風雨吹打在他們的頭上，有些人索性雨衣也不穿，任它淋著衣裳，好比都是一塊塊黑色的巖石，定定地任它風化腐蝕。

笙仔費了一番的力氣，才把車子停在馬路邊一家棺材店口，人實在太多了，好心的棺材店老板笑哈哈地要討好大家，他便說：「停在這裡吧，停在這裡吧。」一邊還吩咐助手，把停在門口的大福壽棺給抬到裡頭去，笙仔一看機會來了，踩動摩托車一下子便衝到屋簷下，險些跌倒了，伊的妻子就罵他：「要死了，鑽墳墓都不用那麼快。」棺材店老板笑得更開心，他敞開胸子，拿著扇子搧著，還搬出茶水來請大家。

這次大約是笙仔到瓜仔市最晚的一次，主要的是泥濘的路太難走。平日天乾地燥，他用機車來拉是沒問題的，但逢著下雨，便沒辦法了。打從土地重劃以後，漫漫的田固然給劃割得像豆腐，但新修的路卻沒整理，全打牛湳的農路只要過一陣雨，便爛成一堆泥巴，車輛人馬在上面，便好比是一隻蒼蠅擱在黏漆上。

但這些他都不在乎，他很快樂，他感覺費盡力氣來拉車子是快活的罷，尤其是拉不動的時候，突然拉動了，車輛在泥濘中滾動，嘩嘩地整個人愉快得像騰空一般，和晚年時睡在豬舍邊大約是沒兩樣的，所以這世界便用不著你來計較，休息的時候是快樂的，勞動的時候也有它的快樂，甚至伊也相信，餓肚子的時候也是快樂的。

哇！他想，一切都很快樂！

附近停車的人都跑來避雨，他們三三五五坐在棺材板上，用眼睛來盯著自己運來的梨仔瓜，準備若瓜販來觀看便要衝出去喊價。

時間便在斜斜的雨勢中慢慢地過去，馬路上瓜販一點動靜也沒有。

中午到了，雨勢小了，很多炊煙從崙仔頂周圍的房屋冒升上來，瓜仔市異樣地擾動起來，因爲大家的肚子都餓了，便各自要尋找吃喝的，賣麵的攤子到處亂轉。

笙仔的妻子便發脾氣了，他指著笙仔的頭殼說：「就知道沒人要，下雨了，還有人買嗎？不摘還好，你偏摘得這麼多！」

「我那裡曉得。」笙仔趕快笑著來辯解說：「其實大家都一樣。」

「什麼一樣。」他的妻子說：「全打牛湳的人都去尋短路你也跟著去嗎？你就是一個頭腦死寂寂的廢物。」

「再等一等啊。」笙仔說：「再等一等。」

「我先回去煮飯給那群小孩吃。」伊的妻子說：「若賣不出去，自己拖著車子回來。」

伊的妻子說完，慌得三腳二步就跑著去了。

然則，這情況還沒轉變，一個個的販仔都躲著不肯出來，他們都像玩猴子的人，他們深知下雨天的打牛湳和十二聯莊是最焦躁的，一則面臨瓜價下跌的命運，一則又面臨瓜仔腐爛的劫數。伊們等到這批老骨頭來央求伊們廉價兮兮地購去，讓老骨頭淋夠雨，把價格淋成一斤五毛錢！

就在等待中，僵持中，雨又下起來，時間過了午後三點。

突然秤量場那邊有人喊起來了，警察們的哨音嗶嗶響，人潮像水般動蕩起來，有些人喊著：「吵架了！吵架！」

原來是一個瓜販和打牛湳的人吵上了，在秤量場那邊用牛椿來毆擊著。

棺材店避雨的人也不耐煩起來，他們站到馬路上去，便大喊：「伊娘！老躲著不來買梨仔瓜，還要打人，什麼意思。伊娘，打！打！」

說著，他們便要去搶棺材店的木塊。

路上的人紛紛也都搖動起來。

「找伊們理論去，這種吃人的瓜販。」

警察的哨子響得更大聲了。

笙仔知道，今日要賣去這載瓜仔非等到夜晚不可了。

石城的謀略

雨繼續下著，打牛湳的小柏油路上開始生一個個淺淺的水渚，許多霉爛的瓜仔都從田裡摘下來，有些拋到路上，每年的這時候也就是小鴨子最快樂的時候，它們沐浴在細雨中，盡情地來啄食拋棄的爛瓜仔。

這一天，客運的站牌下站了一個人。他穿一件綯襯衫，登一雙白鞋，那破洞的布鞋一浸了水，濕漉漉地像一團爛破布，這個人大約是心煩意躁，踱起方步，濕鞋子便稀稀嗦嗦地作響，他也知道要擎一支壞了的黑傘，任憑傘骨亂糟糟地掛在他底頭上，遠遠望去雨中的這個人便像小雜草上赫然開一朵莫名的大黑花。

路上的人看了，都笑著。

但伊可不是來開玩笑的。伊是頂眞的，伊正正式式要上到城裡去謀求解決之道，伊是打牛湳最聰明的人，不會搗著嘴巴任別人來糟蹋，伊是貴仔！

原來貴仔這幾天在風雨中也是經過艱難困苦才把瓜仔賣出去的，他也都參加了抗議的行列。比如說有一天，大家亂糟糟地在市場囂鬧，橫豎大家都在激動中，伊毫無顧忌地呼喊著：

「伊娘咧！這個縣農會的人都死光了，沒派半隻蒼蠅來約束這批瓜販，硬派警察來管制我們，我們豈都是憨人，一年到頭，操勞筋骨，如今又要勞心，我們都是一個個傻瓜……」

他大聲叫著，只見他手舞足蹈，旁邊的推擠的人看到出現這麼猛惡的人，便讓出路來，貴仔看到人看他，便把頭砸得厲害，但又找不到適當的語言來表達他的忿怒，所以伊最後只叫喊著：

「揍死那些狼心狗肺的東西，揍死伊們！」

他叫著，跳到車上去指揮，但人群大亂，他在那裡舞動著，很多人都只把他當成一個賣冰的小孩。

勉強地賣完梨仔瓜，伊便回到家來，躺在柴堆下，大大地生起悶病，他黑暗的心潮洶湧澎湃，按按肚子，發現硬硬痛痛的，便以爲什麼硬化了，趕快到外面走動，外頭的庭院雜生著一簇番石榴，有幾顆黑枯的果實掛在椏枝上，像他硬化的心一樣，幾隻雀鳥還在枝頭翻躍著。

「伊娘，我便不願做人，都願意變做一隻雀鳥，起碼也還逍遙自在。」

貴仔呼號著，這時他聰明的腦袋閃一道靈光，他想到對於瓜仔市的販賣方式他是很絕望的，不如直接把自己的梨仔瓜載到鄰近城市的商店去，他想到以前唸高農的石城。

因此，他今日來搭車是基於他謀略的一部分，與往日盲目的行動有所不同。

然則，今日他在等車的心境卻更黑暗了，頭腦一直誕生一個個黑黑的泡泡，一冒上來就破掉，破掉又浮上來，醫生曾說他是貧血，但貴仔自己斷定不是，體力不繼倒常有，貧血是不可能的，但他有昏聵的感覺。

卡卡卡，一輛冒煙的客運顛躓地停在他的面前，他把傘收住，像隻老鼠般竄上去，揀一個最後面的座位坐下來。車掌一看他，便躊躇一會兒。她彷彿在說：「世界上也有這樣黑瘦髒亂的人麼？」

貴仔懶得思想，只舔舔乾癟的嘴唇說：「妳莫須看我，以前我都在城裡唸書哩。」說著，便沉沉浸在濕黏黏的感覺中，伴著搖動的車子嘩嘩地睡著了……

城裡也下著雨，市場裡也亂哄哄的，商店都要撐著大大的招牌來顯耀它底威風，大夥兒都跑來購買吃用品，許多穿拖板的城底人都圍在攤邊來揀水果，在這個多雨的季節裡，水果卻也是一大堆，蘋果、水梨……有些女人都不顧她的身分，胡亂來開價，一趁大家不注意，便偷拿一個放在籃子裡。貴仔背起手，在旁邊踱著方步，但又怕人家起疑，以爲是無所事事的小偷，偶爾便也要擠進去，裝著要來購買的樣子。

然而，貴仔的憂鬱都是無限量的，這些瓜果都是很貴的，因爲不論什麼東西，只要弄到攤子上就都昂貴，但從沒有人想到在田野裡，那些瓜果都沒人要，伊自言自語地說：「城裡的人也還是笨伯一個，都買這些浮漲著價格的東西，若要我做城底人，我是不幹的！」

終於伊便在吵鬧的一家大水果店停住了。

這裡是市場外頭，商店的人都用著很多顏色的碎紙條來裝襯水果，還擺了幾面鏡子來烘照，使人分不清他賣的水果是多是少，是好是壞。貴仔想，若能賣給這種大商店便好了，重要的是若能與它訂個契約豈不更妙。

正觀看著，店前竟有二個赤腳的人指罵起來，他們都淋著雨，一個左邊面頰有些泥巴的人把袖子捲起來說：「我只要兩塊錢，全部都賣，」說完，便指著他後頭機車的一筐梨仔瓜。

「我不要兩塊，只要一塊八，我就通通賣。」另一個嚼檳榔的說，伊也指著後面拉住的一個小推車。

「伊娘！你跟我作對是不是？」有泥巴的那位叫起來，揮起他的拳頭說：「十天來老板都買我的，現在你硬要搶我的生意。」

「但是今天是我先來的。」嚼檳榔的也不甘示弱地把他斗笠摘掉，檳榔嚼得嘖嘖響：「生意是自由的，豈是你的專利，老板買誰的由他來決定。」

很多人都好奇地在雨中觀看，貴仔一眼就看出那兩個人是打牛湳和十二聯莊的人。

「你願意這樣來傷害自己人的感情嗎？」有泥巴的人終於震怒起來，他準備要打架了，說：「我是不怕誰的，若我發脾氣起來，就是縣長，我也是不認的。」

「我也不是好欺侮的。」嚼檳榔的也說：「要打就來吧。」

「駛你娘！」泥巴的衝過來了。

一些人擋住他。

「駛你娘！」嚼檳榔的推開人，也要衝過來。

貴仔一看，就知道自己又落後了，他的想法終於是不能實現的，因爲早就有人把梨仔瓜運到這個石城來了，他的心一下子就沉到十八層的地獄去，伊感到這個天地都在縮小，他想找一個縫隙鑽進去都不可能，要當一隻蟑螂和一隻螞蟻都是困難的。黑暗的心突然湧升一種激越的黑流，使他昏眩卻也使他勇猛，他便跳上去，叫著：

「你們都是愚昧的牛，都不曉得自己的悲哀麼？還要吵些什麼，世界都在擠壓你們，你們卻拚命擠壓自己，都是愚昧的笨牛！」

說完，一個昏黑，立地不穩地摔在地上。

問罪大道廟

咯咯的擴音器聲響在大廟庭，雨後的打牛湳在夜晚下竟然還有一片月芽，星子都在空中，像從水裡打撈上來的寶石。

一盞燈挑在廟階的龍柱上，庭前置了桌椅，在昏黃的燈光下，伊們都要來開一個瓜果會議。廟裡的烏沉香煙在五顏六色的燈光下裊裊地繞。

這是打牛湳的慣例，往年以來，凡是瓜果季，伊們都要來祈求大道公的幫助，給他們好收成，所以大道公廟的委員會便提議凡是瓜農都要貢獻一點金錢，一則可以翻修廟宇，再則可以維持香火，在會中都要來決定這種事，打牛滴的人都坐在椅子上談話，伊們把腳抬到椅子上放著，香菸抽得忽明忽滅，蕭家兄弟當然也來了，坐在最前排。

主席是主任委員，也是打牛湳的鄉民代表，他穿著潔淨的天鵝牌襯衫，戴著圓圓的眼鏡，拉拉脖子上的領帶，拿一個麥克風，就要來聲明大道公的功德，他說：

「各位村民來這裡，我們的大道公是要感動的，祂會保佑這場雨趕快過去，但是我們收成卻不要忘記大道公都是無暝無日來保佑大家的。」

打牛湳的人一聽，把頭仰起來，聒噪地往大道公廟裡瞧，伊們都想到歷年來蒙受大道公的恩惠，實在感謝。

主任委員停一會，又說：

「但是各位不要忘了，大道公廟都還破舊啊！你莫有看到門上那兩幅門神的油漆都斑剝了，這要對不起大道公的。」

大家一聽又一陣聒噪，他們平常都看到了大道公的破舊，只是想不出好辦法罷了。

「對的。」看顧大道公廟的花鼠仙一聽到主席這樣說，伊便用跳童時的神態從人群中站起來，他佝著哮喘的身子來說：「你們沒看顧這座廟，全然不懂得這件慘烈的事，每日天一透光，我都要來打開廚窗把大道公的衣服整理一次，但打開衣廚時，總發現了老鼠。」

「噉，」打牛湳聽了，詫異非常，伊們從不曾聽到大道公廟裡有老鼠的事，他們都罵著：「伊娘！」

「我本來要除掉這些老鼠的。」花鼠仙聲色俱厲地說：「但沒鼠藥，大道公廟的經費不夠。」

「哦……」打牛湳都點頭，把菸絲抽得更明滅。

「有這樣的事？」李來三站起來，他主持正義地說：「若買鼠藥由我負擔好了。」

「我也負擔。」李鐵道也站起來。

「大家合力來買捕鼠器，」更多的人都站起來，一時間嘩嘩地都談著話。

「感謝大家，感謝大家。」主席把眼鏡取下來，揉一揉昏花的眼，說：「但問題尚不止這一端，你們沒看到廟頂那些瓦片如今都破碎了，那些雕塑早剝蝕不堪，厝鳥都跑到裡頭去築巢。所以翻修廟頂是第一要務。」

「要修廟頂嗎？」李來三又站起來，虔誠地說：「多少？」

「是的，要多少？」忽然最前排也有人站起來，伊用肥胖的身子來站在廟庭上，像沒頭沒尾的牛，大家注意一看，知道是蕭笙，他又咿呀地說：「若一兩萬沒問題，每人只掙一天的梨仔瓜錢湊起來就夠了。」

「對！對！」大家都點點頭，爭相來認可，有些人就跳到主席座位上要來替主席點菸，表示他們支持到底的決心。

「大家肅靜。」主席把手舉高要大家不要吵鬧：「修廟的錢不多，若一個人負擔就多，若大家合起來便少了，要三十萬。」

「什麼？」李來三嚇一跳，說：「三十萬？」

「三十萬。」主席說。

「哇！」打牛湳一聽都放小聲音了，慢慢沒人講話。

龍柱上的燈搖呀搖的。

隔一會，李鐵道站起來，沉沉地說：

「我們沒有錢呀！梨仔瓜都沒賣多少。」

打牛湳一聽人家說，便又恢復聒噪，伊們這刻便眞切地想到自己實在沒有錢的這一件事實。

「是啊，賣梨仔瓜都像在拚命。」

「各位不用驚慌。」一個委員馬上站起來說：「這筆錢我們可以慢慢來籌，日積月累，便有了。」

「對。」主席也說：「今日並不是要各位一下子拿出這麼多錢，只是慢慢來。也許等一段日子，錢夠了，再來修理。」

「哦。」打牛湳便放心，伊們又繼續抽起香菸。

「所以。」主席又戴上眼鏡，說：「所以我們要來募捐。」

「什麼募捐？」李來三聽了便問。

「就是各人先說要拿出多少錢，我們在登記簿上先記下，然後等你慢慢把錢繳齊。」

主席一面說一面從桌子邊拿出一本簿記來晃著，上頭寫著「樂捐簿」。

大家一聽要拿錢，便覺得不好玩起來。伊們都縮著頸子。

「各位不用驚慌。」主席便又說：「大道公都在這裡做證，凡捐出的，大道公都會感謝，一定不會讓你們吃虧。」

一個委員也站起來說：「大家都爲了自己的鄉里來奮鬥，好歹是都打牛湳的光榮，你們若不敢決定，由我開始，我決定捐二千元。」

說完，主席便拿起筆在紙上記一下。

「哇！二千元。」打牛湳都叫起來：「一千斤的梨仔瓜哪。」

「我捐一千元。」花鼠仙也說，跳起伊的腳，衝到面前來。

「哇！五百斤的梨仔瓜。」

「我當主席的也捐二千元好了。」

伊們七腳八手，便爭相登記。

「伊娘！」李來三也叫起來，他一向是窮困的，但這時也受了委員們的感召，也說：「我捐五百。」

「三百！」

「二百！」

打牛湳熙攘紛紛，都震動廟庭了。

吵一陣，天更夜黯了，黑龍仔蟲都在廟庭周圍的角落裡唧唧地叫起來。

捐好的都坐定了。

忽然主席站起來，便謝謝這些人，之後突然指著一個人。

「喂，笙仔，你還沒有捐。」

大家聽了，頭一轉，看著他。

笙仔慌起來，他想到捐太少不好意思，捐太多又無能爲力。

「我不知道要怎麼捐。」他說。

打牛湳的人都笑動了，天下竟有不知道如何來捐錢的。

「笙仔剛不是說要捐錢一定沒問題嗎？」李來三說。

「沒辦法，幾千幾萬我怎麼可能？」笙仔看看大道公廟，又望望裡面的神像，很不好意思。

「你捐二千好了。」主席站起來說：「和我們一樣。」

「二千嗎？」笙仔一時間頗爲躊躇起來，伊想到實在是有困難，一年半載都掙不到這筆錢，他慢吞吞地不知道怎麼回答，幾幾乎要說：「好。」

「慢著！」

忽然有一個人從蕭笙的身邊竄出來，像巨大的蝙蝠，伊站出來，叫著：「你們儘是在胡鬧，都是一群不懂輕重的老骨頭。」

大家嚇一跳，便知道貴仔站起來發議論了。

「你們就不會討論怎麼地把瓜仔賣出去的事嗎？只會做些蠢事嗎？修什麼廟？梨仔瓜賣不出去修什麼廟？你們一世人只做憨頭，駛伊娘咧！會議是用來宣揚理想和決策緊急的，不是做這些鬼怪的事啊！」

打牛湳一聽便鎖起眉頭來，但伊們都陶醉在樂捐中，沒時間來理會他。

「這個愚昧的打牛湳，還能與它爲伍嗎？」

貴仔叫著，便拖著笙仔一起走到會場外了。

夏蟲在燈光下鳴響得更熱烈。

決戰沙仔埔

一般來講，打牛湳周圍的鄉鎮都是較富庶的，但若往西走，便是海邊，打牛湳在天未亮時，常可以聽到小販喊著：

「蚵仔！蚵仔！」

阿巴桑們都要揉揉惺忪的眼睛來購買，固然如今蚵仔價每斤高達六、七十塊，打牛湳是吃不起的，但若嘴饞起來也買它三兩尾，擺在桌上看著過癮。

這個出產蚵仔的地方叫沙仔埔。

沙仔埔大半還是沙地，到處種植著蘆筍；鹼苦味的木麻黃都瘦細著針葉立在道路兩旁，一逢大風，漫天風沙便滾將上來。這裡的人也養魚種蚵，但不像打牛湳那樣死心眼，他們很早就一家一家地遷到北地去，留下來的都是無奈的靠海吃飯的人。

這天，太陽煎烤著大地，魚腥味和海羶味擴散在這個漁鄉，村路上飛舞著蒼蠅，聰明的沙仔埔人都拿水來潑在他們的門口，一逕躲到擦得一塵不染的廳堂去看電視。

便在此時，有兩個人，踩著一輛三輪車來了，車上堆滿梨仔瓜，上頭綁一個擴音器，他們輪流踩著，不停拭著汗，一個大約是三十幾歲，滿面鬍鬚，另一個也是三十來歲，穿一件破襯衫，頭髮糟亂得像稻草。

這就是鬍鬚李和貴仔。

原來，貴仔終於不得不走上最後的一步了，他把一切的方法都試光了，從石城回來後便無計可施，時常發呆坐著，飯也不吃，只用姆指來撐住下巴，伊不斷詢問他的妻子說：「我們束手無策了麼？我們束手無策了麼？」他妻子看到貴仔快要瘋了，只好安慰說：「你不用動心思，反正別人也不笨，你想到的別人都想了，你只須規規矩矩把瓜仔運到市場去，別人能忍氣吞聲，我們也能夠。」貴仔只喃喃地問著：「是麼？是麼？」但是，老天既然賜給貴仔那顆聰明的腦袋便有它的用處，就在雨停了，陽光普照的時候，他叫起來：「有了！有了！我想到了！想到了！」伊終於找到了鬍鬚李，他言明，他們合夥一齊做生意，用鬍鬚李的車子來運他的瓜果，擬定儘找荒僻的村子去賣，伊不相信只有城裡才吃梨仔瓜，這是大眾化的瓜果，也應該大量推銷到鄉下來。

今天是第一天，氣溫高升，伊們踩了二十幾公里，後頭的梨仔瓜堆得天一般高，伊們負荷過重，腳都要踩痲了。他們把車子停當在一家雜貨店前，很多的人在這裡削著甘蔗，甘蔗渣散得一地，蚊蠅嗡嗡地亂飛舞，許多阿巴桑和營養不良的小孩都乘涼休息，呼呼的熱氣直使人發昏。

「到了。」鬍鬚李勉強振起精神說。

「到了？」

「到了。」鬍鬚李重重點頭。

「你有自信嗎？」貴仔露出還不敢相信的神色，他想，畢竟他自己是閱歷廣闊的人啦，這世界總是好不了的，有那樣的地方便有那一種黑暗，伊不信鬍鬚李能變什麼把戲。

但這是第一次，出師第一回，伊也不禁爲之興奮起來。鬍鬚李在跳下車時便開始微笑了，雜貨店的人看到他也圍過來，於是鬍鬚李便發揚伊的氣魄，他把擴音器扭開，抓住麥克風，大聲叫著：

喂，賣梨仔瓜啦
賣梨仔瓜的人來了啦
不甜不要錢
有甜不加錢

每人試一試
清涼又解渴
好消息啊
好消息啊
打牛湳的梨仔瓜
教您吃法第一步
去皮剝子洗乾淨
放在冰箱十分鐘
又脆又涼好口味
勝吃仙丹和仙桃

鬍鬚李像鬼附身地大嚷著，貴仔擦著汗，覺得鬍鬚李的擴音器聲刺斷了伊的神經，痛痛麻麻的。嘩然，沙仔埔的人都走出來喧嚷。

「喂，鬍鬚李，昨天買的梨仔瓜都不能吃呀！」一個風沙眼的阿巴桑不客氣地翻尋著說：「白花了十塊錢。」

「就是，我買的全是爛的。」一個雞窩頭的也把她的尖嗓子放到最大聲。

「哦，哦。」鬍鬚李趕快來安撫說：「今天我一定補償你們，今天的貨一定好，這些不是沒有人要的那種壞的、綠的、白的；這些是直接由貴仔田裡摘下來的，哦，來來，我順便介紹你們知，這個人是我的新同伴，叫貴仔，梨仔瓜就是他種的，伊是打牛湳的梨仔瓜王。」

「哦，貴仔。」阿巴桑便開始打量他，望著他的破襯衫詫異著，小孩也開始盯著他的白布鞋。

「是的，是的，大家不要客氣，指教，指教……」貴仔裝出笑容來，一生中只有這一次的笑容。

「這梨仔瓜是你的。」風沙眼的查某問：「多少賣給我們？」

「我這些可都是好的。」貴仔說：「和市面上的沒兩樣。」

「正是。」鬍鬚李忙幫腔說：「都是外銷的。」

「嘿……」貴仔點點頭，感到欺騙的荒誕，又覺得不自在，他說：「我們就實實在在地講好了，我依瓜仔市場價格八折來優待，只賣一塊八，怎麼樣？先揀的人占便宜。」

「哇，太貴了。」他們一聽，都歇了手，說：「我們不敢買。」

貴仔一聽，頗爲不悅，若賣不到一塊八，他還辛辛苦苦地採來做什麼。

「喂，貴仔。」鬍鬚李趕快過來小聲說：「伊娘，你瘋了，這是沙仔埔，不是市場，我以前最多只賣一塊錢的。」

「什麼？」貴仔叫起來，他說：「但是這些都是好的貨啊！」

「唉！好瓜仔到了沙仔埔也一樣。」鬍鬚李說：「反正賣得出去就好了，賣得迅速、愉快、輕鬆就好了。」

「是麼？」貴仔聽了，捫著自己的胸口問起來：「賺一、二塊都那麼難麼？都是那麼難麼？」

喂，好消息報你知
賣梨仔瓜的人來了啦
不甜不要錢
有甜不加錢
每人試一試
清涼又解渴
每斤五毛錢

這天，沙仔埔的叫聲是那樣嘹亮，但最後一句話好似是中氣不足，好比是重內傷的人所呼號出來的一樣。

趣事的迴響

梨仔瓜季節過一半，打牛湳的人都奮力忍氣地要做最後的努力，如果價格好就一定賺錢，如果價格壞就僅掙夠本錢，每年就都是這樣的。

這天清晨，笙仔把一大籮一大籮的梨仔瓜扛到馬路上來，伊的梨仔瓜在過了季節半以後終於沒人要了，伊便準備把它曬成梨仔瓜乾，或許醃久了，等冬天一到，拿出來炒鴨蛋，也是一道可口的菜吧。他快快樂樂地對四周的景物來微笑著。

但就在這時，伊瞧見他們蕭家的壁上，還有打牛湳的告示牌上，柳樹幹上，社區牆上都貼了一張張的紅紙黑字，像光榮的大標誌，上頭密密麻麻的寫著一列列的條文，大家都以爲是縣政府的公告，但後來打牛湳的人知道了，這些字是建議要改革崙仔頂的瓜市場的，還要鼓勵打牛湳的人團結起來打商販。

隔不久，蕭家兩兄弟就被請到警局去了。

打牛湳知道了，便聚在大道公廟的柳樹下來談這件趣事，談到高興時，伊們便咿咿呀呀地叫著，有些人則背起手，砸著頭，說：幹！黑暗的打牛湳。

談著，伊們哈哈地笑起來。

——收入遠景出版《打牛湳村》

【雲林縣】

【作者簡介】

宋澤萊，一九五二年生，本名廖偉竣，雲林二崙人。台灣師範大學歷史系畢業後即回家鄉，彰化福興國中任教。職業是教師，更是全方位作家，新詩、散文、小說、宗教論述都有專書出版。七〇年代末以農民為題材，發表一系列批判寫實小說，呈現台灣轉型時期的農村變貌，備受矚目。九〇年代以後轉向文學評論及台語文學創作。新世紀以來雖已從教育界退休，仍致力台灣文學研究。出版有《打牛湳村》、《變遷的牛眺灣》、《蓬萊誌異》、《等待燈籠花開時》、《廢墟台灣》、《血色蝙蝠降臨的城市》等。

【作品賞析】

小說〈打牛湳村〉發表於一九七八年由鍾肇政主編的《台灣文藝》，以台灣七〇年代農村社會變遷，鄉下瓜農的產銷困境為主題，人物鮮活傳神，探觸的農村問題：農產品在資本主義衝擊下供需失衡，農民被剝削，經濟凋敝的現實面尤其深刻。

副題是：「笙仔和貴仔的傳奇」。近三萬字的小說以蕭家一對兄弟的遭遇與挫折為主軸，用這一胖一瘦，一和氣一易怒的鄉土人物，以及他倆的「異行」與奮鬥圖存、逆來順受，來呈現以中南部雲林鄉村為代表的台灣鄉下人性格，小人物的無奈。更重要的是，它還揭露了台灣畸形的蔬果運銷制度，造成農民勞動者在包商控制或壓迫下的艱苦掙扎。「打牛湳村」系列小說，以本文為代表所顯露的產銷弊病，是戰後台灣農村現象很好的抽樣，象徵七〇年代資本社會逐漸入侵，農業蔬果運銷問題日趨浮現後，底層弱者的呻吟。這些投機與剝削的社會問題至今存在，而小說家早在三十年前便揭開農村產銷失衡的面紗，以鮮活的人物，傳神的語言，緊湊的情節，給我們繪製了一幅生動的「現代農民圖」，成為台灣鄉土文學成功的代表作之一。

——應鳳凰撰文

屬於十七歲的

季季

那個以產糖聞名的南部小鎮是很樸實恬靜的。我的中學生活在那裡度過。六年的數學我都是補考才及格的。其他的功課，有時很好，有時很壞。我所謂的好壞是指考試成績。那要看我碰到考試時唸書的興趣和情緒來決定它的高低。我是一個喜歡變化心靈生活的野女孩，不是一個接受刻板教育的好學生。

夏季我們坐在課堂上課的時候，沉悶的風飄來很濃的糖味。我到現在仍然記得那種味道是多麼令人噁心。因爲我的胃不好，我不喜歡那種帶有酸性的甜味。

我們的學校是個環境優雅怡人的省立女中。每一個來參觀的來賓都說它是全省最美的校園。那個走起路來下巴肉都會抖動的胖校長最高興聽這種讚美。我們卻總埋怨著每天要抹地板，擦窗子，有時還要在烈日下拔草割草，美化校園。我們也不是懶惰和不情願，只是喜歡神經質的無端埋怨；做得起勁，埋怨也起勁。不爲何種特別理由，只因我們是一群年輕的金鳥，棲在十七八歲的抖動樹梢，喜歡吱喳亂叫，窮湊熱鬧。

然而，不管那些埋怨曾經如何強烈，畢竟那一切都已過去了。就像一地遁入天際的煙雲，僅遺人一份隱約縹緲的記憶。

在我升上高三那年的九月，南部的秋天吹著滯悶的風，加上那種似乎比炎夏還高的溫度，使我有一種夏天閉起門窗在屋內烤火的感覺，眞熱，眞燙啊。

我們學校的禮堂是一座古老的建築，日據時代的遺物。外壁的橫條木板早已斑剝龜裂，變成褐黑且帶有因風雨侵蝕過久遺留的苔痕；內部則漫著一種令人噁心的陳年霉味。台上一架老鋼琴，遠遠看去有些像停在廳堂的棺木，覆蓋著紅色裡襯的黑布。一些綠白相間的校旗，在陳年的霉味裡沉沉的佇立，不見陽光不迎清風的萎頓著。就像兩排無生命的殭屍，非常呆板的在爲它的主人站崗。

禮堂排了很多深咖啡色的長板條椅，每一條可以坐五個人。一共可以坐九百多人的樣子。但是現在我們已有一千五百多人了，它失去了作爲禮堂的功用，變成了專用的音樂教室；本來它是禮堂兼音樂教室的。

因爲這樣，我們只得搬著在課堂上課坐的椅子到操場的烈日下舉行開學典禮。校長介紹了很多新老師，我第一次看到那個愛穿紅衣的體育老師；後來他的綽號叫瘋狗。

我不知道今天是不是最後一次看到瘋狗。自從他在第二年過完寒假離開學校之後，我便以爲再也看不到他了。然而今天，我又看到了他的一身紅色衣。在中山南路的楓樹道旁，我邊走邊幻想著秋天來時楓葉該紅得多麼燦紅耀眼，並且回想著去秋爸爸從阿里山帶回來送我的楓葉上我題的那首小詩，默念著「那片嬰兒的紅，鑲滿秋的天」，我便看到了左側人行道上的瘋狗。他拿著小公事皮包，低著頭慢慢走著，深沉的暮色浸著他孤獨的紅色身影。如果是秋天，會有幾絲嬰兒的紅滴在他的髮上再隨風飄逝吧？但現在還是夏天呢。這般炎炎悶悶的夏呵，走在太陽底下我便以爲我的頭髮在燃燒；雖然現在已經是黃昏了。

瘋狗的頭髮仍然閃著油光。他的頭低得非常低，好像很鬱卒的樣子。他沒看到我，我也沒想要跨過馬路去叫他。一種無法自釋的情緒和莫名其妙的心理使我像一個陌生人一般的往前走著。等他走過很遠很遠了，我才忍不住回過頭去，站在楓樹下凝視他的背影。他仍然低著頭慢慢的走著，走向更濃的暮色裡。多麼淒然落寞的身影啊。那麼緩慢的躑躅，好像要走向天涯海角，世界的盡頭。他的高墊跑車呢？那個半殘廢女人和那兩個小孩是否也搬來台北了？那個叫阿喜的小女孩，應該上幼稚園了吧？他低著頭走得那麼慢，似乎心事重重的樣子。他是否後悔了？我的胸口突然滿漲著回憶，那孤獨的背影在我潮濕了的眼眶裡漸漸的模糊了。我不忍心再看他的背影，恍惚的轉過身，疾步向前走去。好像我也要走向海角天涯，世界的盡頭。

呵，世界的盡頭，它在哪裡？如果眞走到世界的盡頭，能再見到他嗎？能再見到半殘廢的女人和那個叫阿喜的小女孩嗎？誰能肯定一堆五光十色的珠子中，兩粒紅的在碰過一次或多次之後，永遠不再碰到或者能碰到幾次呢？人生本來就是一大串偶然的奇妙組合，就像一首交響樂，快樂或悲傷，都令人不明白那些個鬼玩意竟會弄出那麼又怪又美的聲音。人生是莫名其妙的交響樂呵。

那天，因爲我們是全校的最高班了，教官要我們坐在最前面。老師們分別坐在主席台兩側的帳篷下的長椅上。他們不會被太陽曬到，也不必裝著很專心的去聽主席台上的公式化訓話。有些老師還很悠閒的搖著扇子，不管它是鵝毛的、檀香的、紙的，反正那種悠閒得使人覺得虛無的樣子令人嫉妒！而我們，坐在炎炎的烈日下，必須抬頭挺胸兩手平放在膝蓋上，如果被發現舉手擦汗的動作超過三次，便會被教官叫起來罰站。我正是那種在太陽下最會流汗又最無法忍受流了汗不擦的蠢女孩。當校長還在致開學典禮的訓詞，說著一大堆我老早就聽厭了的道理時，我被他看到了。他說，高三的同學不要隨便亂動！我知道我受到了第一次的警告。校長是認識我的。我念初三的時候，因爲發表了一篇短文被他認爲有損校風，把我叫去訓了幾次話，並且在我要結束初中生活的前四天記了我一個警告（那是我中學六年唯一的操行懲罰）。升上高中後，我卻因參加一些校外的作文比賽或演講活動得到他的頒獎或記功。他知道我數學不好，每次碰到我都笑著問我最近數學怎麼樣？還考零分嗎？私底下那麼和氣慈祥的校長，公開場合卻是那麼的嚴肅而嚴厲。

在我受到警告之後，我便裝作很注意的在聽他每學期千篇一律的官式演說。我還在心裡向自己禱告：不要流汗，也千萬不要再擦汗了。然而，世界上多的是背道而馳的事，我心裡越記掛什麼事，它越容易發生。我越禱告，汗流得越多，越忍不住偷偷的去擦。唉，倒楣，又被胖校長看到了。他看我的眼光，是用嚴肅揉合起來的責備、不耐煩、敵視……；所有他能表現的壞情緒都在那一剎那的注視中讓我無言承受。

開學的第一天，一早趕車來不及吃早飯，餓著肚子在陽光下坐久了，身體虛虛的彷彿要飄起來，背上的汗像滾熱的岩漿，不斷的朝下滴，滴，滴……。唉，這是第四次，我被教官叫起來罰站了！我的眼睛首先望向帳篷裡的我的導師，從他的注視裡接收到他送來的關切。對於一個導師，他的學生當眾受罰是一件使他難堪的事。如果我的導師是一個我不喜歡的差勁老師，我便不介意這件事所給他的難堪，並且可能故意造成使他難堪。但從高一便開始教我們英文的導師，是台大外文系畢業的好老師，偶爾還喜歡在課餘教我們讀英詩。我喜歡他的英文課，也會背幾首朗費羅的詩。

導師仍然不時的用他關懷的眼光看著我。站在那裡接觸到他的眼光，我難過得拚命恨自己：爲什麼要流那麼多汗，並且要忍不住去擦？然而我又想，流汗是人的正常生理現象，爲什麼要恨自己呢？爲什麼要恨自然的事呢？可恨的是校長的不近人情啊，竟然連學生擦汗的權利也要剝奪！這樣無知的壓抑人類某些自然現象的人，實在是可惡而愚昧呀！

然而他的刻板演說繼續著。那絲毫引不起我的興趣。我也討厭看他的小眼睛和浮腫的肥臉，眼光便只好在帳篷下的老師臉上轉來轉去。化學老師已經在打瞌睡了。還有幾個陌生的臉孔大概是新老師，等一下校長就會介紹吧？咦，有一個新老師竟然在注視著我。也許因爲我是所有高中學生中唯一被罰站的，又在第一排特別顯眼吧？但只那麼一剎那，我就強烈的覺得他的臉孔讓人噁心。他的皮膚黑亮，抹著油的頭髮也亮閃閃的，長長直垂耳際。像豬公一樣肥滿的臉，仰著下頦，嘴巴尖尖的，嵌著兩片厚嘴唇。他看我的神情好像在看一件沒有生命的雕塑品，有點漠視又有點嘲諷。我討厭這樣被凝視，遂皺著眉頭調開視線。現在主席台換上總務組長在報告本學期的工作概要。校長坐在帳篷下的位子上，用手支著額頭，顯然是閉著眼睛在假寐。

校長能假寐，爲什麼我不能擦汗？

既然校長閉起了眼睛，我便也不在乎的看向操場右前方的籃球場。那個看門的退役老兵仍然像他每天所做的，在操場邊那排高大的油加利樹下打掃落葉。他大概有五十多歲了，頭髮雖還是黑的，背卻已經駝了，矮而瘦的身子，臉上的皺紋一年比一年多。我初三那年他才結婚，聽說是從海口那邊買來的沒有父母的孤女。那天新娘子穿著白紗禮服，頭上插一束稻穗和紅花，腳上卻穿著黑色平底有帶子的學生鞋。也許因爲小時候得過腦膜炎或什麼嚴重的大病，她的左眼、左手、左腳都殘廢了，嘴巴也歪向左方；上翹的嘴唇露出黃色的門牙。一頭濃黑的頭髮燙得捲捲的，風一吹便忙亂的張牙舞爪起來，有點像被激怒了的野獸的頭。她看見人總是傻傻的笑著，聲音像一個患了感冒的三歲男孩看到他所喜愛的餅乾。她整個人給人一種又笨又醜，彷彿無生命的幽靈的感覺。苦瓜說，好可憐啊，也只有那樣的女人願意嫁給一個五十幾歲的老門房。但她生的女兒阿喜卻是瓜子臉大眼睛，伶俐活潑，漂亮得惹人歡喜。現在她就在離她爸爸不遠的草地上追逐著一群有著墨綠羽翼的雞，輕快的跑著，響亮的笑著。她媽媽前幾天又生了一個男孩，此刻也許在床上用她沒有殘廢的右手拎著奶子讓那個小男孩吮奶吧？她黑黃的臉色是否有足夠的奶讓那個小男孩吸吮呢？

我並不擔心老邁的門房養不起他的妻子和兒女，我所擔心的是未來可能發生的事。他太太才二十多歲，如果以後他死了，那個目不識丁又行動不便的女人，帶著兩個（或更多個？）年幼的小孩怎麼辦呢？該是怎樣渺茫的一種哀傷呵！她的傻笑模樣，老門房彎背掃落葉的身影，阿喜天眞無知的嘻笑，不時在我心裡流盪著。我總是這麼愛替別人付出我太多的關心。如果這樣是一種蠢人作爲的話，世界上有多少多事的蠢蛋呢？

啊，現在校長又走上了主席台，我不敢再東看西看胡思亂想了。各位同學，現在我來介紹本學期的新老師。那些被介紹到的新老師，一個個笑嘻嘻的站起來一鞠躬，看起來都很和善很有學識教養的樣子；除了那個令我感到噁心的臉孔。最後他也被介紹到了，一個姓馮的體育老師。還好他沒有教我們這一班。

我們高三的體育課，每兩週才一次，因爲教務處要畢業班的技能科減少上課時數，讓出時間讀書拚聯考。我們的體育老師是個早白了頭髮的四十五歲江西人，每次都只教我們做幾個體操動作，便叫我們自己看書或玩球，然後自己坐在樹蔭下的大石頭上抽起菸來。他是個菸鬼。有一次爲了太太不給他錢買菸竟把太太打得手臂上石膏。他太太是我們初中時的音樂老師。上了石膏的手不能彈琴和指揮，便叫我們自己隨便亂唱。那個籃球打得又快又準的楊黑皮，站起來教我們唱西洋流行歌曲，老師就坐在旁邊打盹。但我一支都沒學會，只感覺到禮堂裡的霉味使人呼吸困難。雖然天花板上的吊扇呼嚕呼嚕轉著，把凍死了的霉味吹開，我還是被那彆扭的味道悶得幾乎要窒息。黑皮有時候過來捏我一把，妳怎麼沒唱，我便勉強的張開嘴笑著，裝作在唱的樣子。其實我一點興趣也沒有。我不喜歡亂吼的西洋流行歌曲，但並不討厭活潑率性的黑皮。然而黑皮，在我高一的時候，從火車門邊摔下來，腦袋裂了，據說紅的白的腦漿把枕木染得留下點點褐斑。她的靈位擺在一個很幽靜的廟裡。每個禮拜六下午，同學跑去看電影，我就沿著竹林小路慢慢走，走到廟裡擺靈位的地方聽尼姑誦經，看著靈位上黑皮那張牙齒露出來的照片。她那死了的笑容，總讓我想起那個裂了的腦袋瓜和黑皮母親的慟容。我也不知道爲什麼每個週末都要沿著竹林小路去看她？是懷念她嗎？或是喜歡廟裡的沉寂氣氛？黑皮並不是我最好的同學，我懷念的，難道只是那個碎裂了的腦袋瓜？但我爲什麼要懷念那個碎裂了的腦袋瓜呢？我也許是喜歡廟裡的氣氛吧？那種氣氛是我日常生活所沒有而正是我心裡所希求的。那麼我常在週末去那裡便是我需要在那裡獲得什麼；也就是我必須在廟裡以外的世界逃避一些什麼。那些什麼是什麼呢？我不知道。有時我對自己感到茫然。或許我根本就不該找這些理由來解釋我的行爲。很多事情是沒有理由的；甚或是不應該有什麼理由的。

我們上體育課時，除了很少幾個特別愛運動的同學外，大部分同學都躲在樹蔭下背埃及文化或氣候類型。而我既不打球也不背書，總是找幾個和我一樣無所謂的同學在一起聊天。雖然我已那麼倒楣的成了她們的班長，仍然是一個在某些方面不太守規矩也不太用功的學生。我們聊著哪個新老師該取什麼樣的綽號，幾何老師追地理老師追得如何啦？白髮理化老師的十八歲妻子已經肚子大起來了，去年還嫌他太老，幾次想要逃走呢……。有時我們叫老門房的女兒阿喜過來，逗她唱歌說故事。三歲多的小女孩，笑起來像一朵初綻的玫瑰花。每次看她，我都咬著手指頭發呆的凝視著她的大眼睛，一句話也說不出來。如果那種凝視代表著一份深刻無言的感傷的話，那麼是在為我逝去的童年感傷吧？而那個小女孩，她只是快樂的笑著，比著，跳著。她不知道她所擁有的快樂正是別人在逝去之後所眷戀的；並且因那眷戀而深深感到悲傷和嫉妒的。就像我小的時候，我也每天笑著，人家問我美不美，我就說我美得像一朵花。人家說像一朵圓仔花啊？我也說是啊一朵圓仔花……，哪知道圓仔花是什麼意思呢？

「唉——，累死人啦！」

那麼一聲長長的歎息從風中傳來。老門房扛著鋤頭穿著補了又補的半袖卡其上衣，在操場後面的菜園除過草回來，總那麼充滿無奈的歎息著。畢竟是五十幾歲的人啊！那麼辛勤勞碌，為的也是半殘廢的妻子和幼小的兒女吧？

人到底為誰而活？為什麼而活？不僅僅是為自己吧？然而若不僅僅為自己，那個綽號叫瘋狗的體育老師又是為誰而活呢？我們站在樹蔭下聊天便能看見在大操場上的他。褪了色的紅棉毛衫，泛黃的白長褲，頭髮服貼的垂到耳際，在陽光下閃著彷彿要滴下來的油光。抹那麼多的油，總讓我覺得像是頭上好端端頂著裂了縫的油瓶，叫人感到不安和噁心。然而，他知道那樣會讓人為他感到不安並且噁心嗎？大概不知道吧？人最莫名其妙的就是不能互相肯定對方的感覺，也因此不能為對方改變自己給別人的感覺。如果他知道他這麼讓人不安，會不會改變一下自己呢？

瘋狗是初中一年級的體育老師。他上課時總是叫學生先做體操，然後叫她們跑運動場，或者輪流擲鉛球，打羽毛球，玩躲避球。那些初一學生看來總是那麼乖，上課規規矩矩的，不敢有一絲苟且偷懶。回想我初一的時候，不僅僅是體育課，上什麼課也都是那麼規規矩矩，文靜乖巧的，不像上了高三這麼油條，散漫，似乎什麼都不在乎了。現在我們上課喜歡打赤腳，帶著酸糖味的風常常吹得我們頭暈，不知不覺就伏在桌上睡著了。如果沒睡著，要不是輪流偷吃一包零食，偷看一本被撕成好幾份的小說，就是以筆記紙傳遞字條批評老師的言行，衣飾，或者某種鎮上正在流傳的、非正統的羅曼史。老師們也睜一眼閉一眼的，似乎對我們一點辦法也沒有。反正老師也知道用功的學生自成一國，不用功的學生也自成一國。也許他們以前讀高三的時候也經歷過那樣隨性的青春遇到那樣寬容的老師吧？一點點對野性的容忍，一點點的自由，就是那樣一代代流傳下來的。

雖然瘋狗沒教我們體育，但我幾乎每天都看到他。早上我們升完旗在操場上做體操時，他會騎著新買的高墊跑車到籃球場那裡轉圈圈。老門房在掃油加利落葉，他太太用沒有殘廢的右手在鳳凰樹下的水龍頭邊搓衣服，阿喜也拿一個小盆子跟媽媽一樣搓衣服。瘋狗騎著跑車在那附近轉來轉去，一圈又一圈的繞著三個籃球場打轉。爲什麼他要每天在那裡轉圈圈呢？他騎得非常緩慢，有時卻又猛一下剎車，讓自己差點跌下來，那個半殘廢的女人便抬起頭來看看他，笑一笑，又低下頭去搓衣服。她每次看人都是那樣傻傻的凝視一下，把她本來就合不攏的嘴巴張大一些，笑一笑，不說一句話。逢到人家說阿喜漂亮，她就呆板的哼哼低笑兩聲，一隻眼凝視著阿喜的笑臉，粗糙暗黑又略顯蒼黃的臉只在那種時刻才浮起了笑容。

每天黃昏我送教室日誌去給導師簽名時，也會看到瘋狗那一點耀眼的紅沉在一把暗黃的籐椅裡，挾一支菸靜靜的抽著。整個辦公室也只有他那麼一點紅，耀眼而孤獨。其他老師似乎都不愛理他。他似乎也不在乎別人對他的感覺，也不愛主動找人搭訕。降完旗我走進辦公室，他不是在抽菸就是靜靜地拿著喝剩了茶葉的玻璃杯，若有所思的望著辦公室前面那一片草地和它的邊緣，一排芙蓉花的紫紅花屍正在秋季的黃昏悠然飄落。

每天下午四點一刻降完旗，送完教室日誌給導師簽名後，我就和苦瓜、錦雞、猴子、阿喬她們跑上科學館四樓的陽台去看落日，看糖廠那四根綠色大煙囪，在黃昏染上一層沉沉的金黃。起風的時候，甚至看到糖廠公園那一排椰樹枝梢不停的左擺右擺。有時我會對苦瓜她們埋怨糖廠夏季那陣風中飄來的酸糖味，錦雞卻說不會啊那種味道聞起來好甜好舒服，然後又開始懷念起在糖廠冰室吃冰的事來。

糖廠的花生冰棒最好吃，又便宜，有一次週末午後我們走到那裡去吃冰棒。那時夏季剛開始不久，冰室裡卻一個顧客也沒有，原來好吃的花生冰棒已經賣完了。我們只好一個人要了一瓶沙士，像老人家飲酒那樣，越喝話越多。聊些誰和媽媽姊姊哥哥弟弟吵架啦，誰買了一本新小說，誰又換了男朋友之類的，芝麻蒜皮有趣兼沒趣的事。聊到黃昏，我們竟像喝醉了的醉鬼，把沙士瓶子狠狠的往地上摔去，一灘未喝完的沙士，像一灘沸騰的褐色的血，在灰色的水泥地上漫開來。一堆綠色的玻璃碎片，像一堆被分屍了的綠色肢體。那種分屍的破裂聲響亮而尖銳，一直到現在，想起那堆綠色的分屍物和那灘從綠色瓶中淌出來的無生命的血水，我還會聽到那種使人覺得能炸開人心的聲響在寧靜的天空神經質的跑出來。為什麼要那麼做呢？為什麼要瘋狂的去尋求那種發洩？或許只因為我們喜歡那種殘酷的毀滅聲吧？在我們十七歲的時候，為什麼就會欣賞並且去自尋那種享受呢？為什麼我們喜歡殘酷的毀滅聲呢？為什麼？為什麼？

冰室小姐冷冷的注視著我們，緊閉的嘴裡像含著一枚炸彈。我們多給了她五塊錢，對不起對不起，然後搖搖擺擺的背起書包，狂笑著走出冰室。

每次在陽台上回憶起這件事，我們便又狂笑起來，笑自己像個神經病。我們真的像神經病嗎？我們只不過很眞實虔誠罷了。這個世界眞實的人太少，有時眞實的人還會被視為病態，被人當玩偶看待。但我們不在乎別人的觀點和感覺，也沒有必要去在乎。我們仍然每個黃昏在陽台上盡情狂笑，盡情說話，好話壞話都說。有一次我們談起了那個處女的電影。一部北歐的電影。那個處女遭人強暴在樹林裡死了，她的家人把她的屍體移開來，她身下那塊地便裂開了，一股流泉從那個裂開的洞裡疾奔出來。處女之泉。我已記不清它全部的內容了，只記得北歐的寒冬，包著黑頭巾的老婦人縮著脖子在火爐旁做早餐，以及那個處女，穿著聖潔的白袍，微亮的天光映照著她的金髮，在沉寂的曠野裡騎著馬緩緩前行。她的白袍隨著風飄著，飄著……，飄到最後卻變成了那股死亡的泉流；處女的泉流。錦雞說，好奇怪，為什麼泥土會突然迸裂出那種泉流呢？我們是處女，如果有一天倒在地上死掉了，泥土也會迸裂出那種泉流嗎？這樣說完她便自己拍打嘴巴笑起來，我們也跟著笑了。誰知會不會呢？誰知那到底是怎麼回事呢？

有些事，我們不明白，似乎也不必去明白，甚或也許永遠不會明白。不管那種泉流的成因是什麼，我們感受的只是那種淒然的哀傷，以及那種使人難以忘懷的奧妙；青春的，女性的奧妙啊！

每天黃昏這樣吱吱喳喳亂找話說是我們一天之中最快樂的時光。到了五點半我便對她們說再見。她們的家就在學校附近，可以繼續聊到痛快再騎車回家，我還要走十分鐘到汽車站坐三十分鐘的車才能到家。而且那是末班車，沒搭上就回不了家了。在汽車上，如果人不擠我就看書，否則我就睡覺。我不愛在汽車上和人說話。有一些蠢蛋喜歡誇耀某科考了滿分，某科題目太容易，不符合聯考標準。我才不管聯考和大學，我對升大學根本沒有興趣。念高中就已夠使我厭煩了。

離開科學館的陽台下了樓，走過三道穿堂又會看到瘋狗。在靠近校門那排柏樹旁邊的草地上，每天黃昏他都會在那裡翻觔斗，或做一些我們從未看過學過的滑稽的體操動作，使那些靠在欄杆上的初中小女生迎著落日嘻嘻哈哈笑個不停。她們笑得越大聲，他便做得越起勁。就像馬戲團的小丑，看到觀眾因他的滑稽動作而大笑，自己也張開嘴跟著快樂的笑起來，一邊笑一邊表演，那麼洋洋自得，一點羞慚也沒有。每次從那裡經過，我都要站在旁邊看一下。然而，我笑不出來。初中時我看過一部叫吃耳光的人的電影。那個小丑在表演時淒然的笑著，表演後卻常常感傷痛哭，恨自己找不到其他工作，只能扮演一個被打耳光的小丑賺錢。那個悲苦的生活印象，一直跟著我的腦袋。假舞台上的小丑已使我付出那麼多心痛的憐憫，眞舞台上的小丑角色所引起我的悲傷更遠甚於那個吃耳光的人了。但是瘋狗的小丑表演看起來似乎很自得其樂的樣子，也許因爲那並不是他的職業吧？

然而有一天瘋狗竟然說：「我是王啊……，我能統治別人的心靈……。」他說話的神氣，好像他眞的是一個偉大的王。什麼樣的王呢？心靈的王嗎？個人心靈的王是自己，人類心靈的王是文學家、哲學家、音樂家、美術家、建築家和發明家，他是什麼呢？他說他是王！

那個週末我走進廟裡的大門就看到一輛非常眼熟的高墊跑車。然後看到一身孤獨的紅，躺在廟庭的青草地上。那是瘋狗啊，他怎麼會在這裡？我走近他，看著他。他的眼睛閉著，肥厚的臉像一張攤平的油餅，雙手交握在微微鼓起的肚腹上。慢慢的，他似乎知覺到一個身影俯視著他，突然睜開了眼睛。先是用手揉揉眼，然後用一種深沉而帶著懷疑的眼色看著我。他說：

「妳……妳不是開學典禮那天被罰站的高三學生嗎？」

「是，是呀，瘋……馮老師，你，你，你爲什麼在這裡？」

「我來休息。誦經的聲音眞好聽。」

「她們不會趕你走嗎？」

「她們是誰呀？」

「尼姑呀！」

「哦，她們爲什麼要趕我？我沒偷她們的東西，也沒擾亂這裡的安寧。我只是躺在草地上休息呀！」

「爲什麼要來這裡休息呢？」

「木魚的聲音也很好聽。」他說。

我心裡昇起一種悲傷的感觸。容或，他所尋求的只是這分木魚的節奏和佛經的裊繞所構成的和諧，那麼他爲什麼每個黃昏都要在校門邊的草地上表演那些小丑動作呢？那樣他能得到什麼呢？青草地上的頭髮仍然那麼油，臉上是黃中泛著一層在烈日下曬久的黑紅。如果在他臉上抹上很厚很厚的白的粉、紅的粉、黑的粉，會變成一個戲台上怎樣的小丑呢？我於是說，馮老師，黃昏的時候我常在校門口看你表演那些滑稽的體操動作，看起來有點像小丑呢。他赫然坐起來說：

「像小丑？像小丑不好嗎？」

「是啊，」我說，「看起來好好笑好可憐啊。」

他聽了卻哈哈的大笑起來，笑得我有些驚恐無措。糟了，我怎麼忘了他是老師呢？對老師那樣說話是不禮貌的啊。而且他那種笑聲，比戲台上小丑的笑聲還可怕呀！

「哈哈哈！妳認為我好笑好可憐？我是王啊！王要受人可憐嗎？我告訴妳，世界上的小丑都是王。很多人的心靈都被這群王所統治，我能統治別人的心靈……。」

我疑惑的看著他，一時不明白他的意思。他停住了笑聲，臉色變得很凝肅。妳要不要聽一個關於王的故事，他說。

——我很小就沒有母親。她在雜技團唱歌，據說還會表演特技。後來不知為什麼在後台被人殺死了。她的死因我父親從不對我說。我父親也在雜技團，表演小丑說相聲。我母親死了以後，我父親仍帶著我跟雜技團到處表演。八歲以前，我幾乎每天坐在戲台下看台上的表演，我父親的表演總是得到最多的掌聲。他隨便說幾句話，做幾個滑稽動作，台下的人就一直鼓掌笑個不停。那時我眞喜歡我父親啊。八歲要上學了，父親送我回鄉下和祖父母住，有時年節拜拜，父親他們的雜技團也會來表演。起先我還是一樣跟著大家坐在台下鼓掌看得笑哈哈。後來大一點了，大概四年級以後吧，同學聽說台上那個小丑是我父親，哈哈你老子是小丑，小丑耶！同學都這樣取笑我。我感到好羞恥，不再喜歡看我父親的表演了，心裡還暗暗希望我父親最好不要再回我們村來表演了。有一次過完年他一個回來了，帶我去海邊散步，很多小孩跟著我們指指點點，我知道他們在說那個小丑來了。我突然又傷心又生氣，掙脫了我父親的手，很快的往前跑，沿著階梯跑到海邊的石頭上坐著哭了。我父親當時一定急死了，也許以為我要一直跑到海裡去呢。後來他跑到石頭邊喘了一口大氣說，你這孩子是怎麼啦？我就哭得更大聲了。你為什麼要當小丑？我不喜歡你當小丑……，我邊哭邊叫喊著。他說，你不是最喜歡看爸爸表演的嗎？我說同學都笑我，我覺得羞恥啊。我父親聽完卻笑起來了，他說：

「羞恥？為什麼會覺得羞恥呢？我很喜歡當小丑。我有使人快樂的力量，我是王啊，我能統治人的心靈！」

那時我才十多歲，哪裡懂得使人快樂有什麼偉大。第二天中午父親要帶我去姑婆家拜晚年，我假裝肚子痛沒跟他去。等他出門後，我就偷了他的錢逃走了。走了好久好久，跟著流亡學校到處走，後來就走到台灣來了，再沒見過我父親，也不知道他是否還在人間。但我一直沒忘記他的話：我有使人快樂的力量，我是王啊，我能統治人的心靈。父親啊，父親！我懂得你的話了，但我已離開你那麼久，那麼遙遠！隔著海，隔著山，你在哪裡呀？呵呵！父親啊！父親！——」

瘋狗激動的哭嚎起來了。他一哭，我心裡更難過了。如果不是我雞婆，他也不會這麼傷心激動啊。廟裡兩個尼姑驚慌的跑出來了，問我發生了什麼事情，我說他想念他的父親所以哭起來了。尼姑看看沒什麼事又走回廟裡去了，瘋狗卻仍俯在草地上哭叫著：父親啊！父親！好像他父親被活埋在那裡似的。我像個闖了禍的孩子，尷尬不安積在心裡快要爆炸了，一轉身就直直跑出了廟庭，跑到糖廠公園旁邊的河堤上坐著，抓起河岸的石頭一粒粒扔下水。河水靜靜的緩緩流過，遠處一簇簇在風裡搖擺的芒花被落日鍍成一片金紅。唉，這個週末眞沒意思極了，黑皮死亡的微笑沒看到，卻看到了瘋狗的哭嚎。禮拜一到學校碰到他怎麼辦呢？瘋狗！爲什麼他的綽號叫瘋狗？他說他是人類心靈的王呢！

然而還沒到禮拜一，那個我一直掛慮的悲劇發生了。禮拜日的報紙登著一個覆蓋白布的屍體的照片。就是禮拜六下午我在廟裡看到瘋狗哭嚎的時候，家職的籃球校隊來和我們校隊友誼賽，中午放學後，校門就鎖起來了，那時男生是不准進女校的。農校的男生比較野蠻，跑到後門找老門房，硬要闖進去看。老門房堅持不讓進去，吵來吵去，他生氣了，罵他們臭小子沒娘管的啊？一個臭小子回罵他，你才沒娘呢！老門房氣得操起掃把趕人，那個混蛋小子就從書包裡抽出一把刀朝他猛砍。就是那把要命的刀，把整個淒慘的悲劇殘酷的解剖開了！

唉，那個半殘廢的女人，帶著兩個幼小的兒女，以後怎麼辦呢？

禮拜一到學校，升完旗校長就對我們宣佈這個我們都已知道了的不幸消息。校長希望全校師生捐一點錢，然後取消每天十分鐘的朝會體操，帶我們排隊到大禮堂祭拜。大禮堂已經佈置了老門房的靈堂，白色花圈圍著一張黑白照片，老門房黑白分明的眼睛被裊繞的煙雲籠罩著。那個半殘廢的女人帶著阿喜跪在靈前向人叩謝。她白色的頭垂著，看不到她的臉。她的哀傷在那一身白衣上抖動著，她的頭不停地左右搖動，好像不願意相信她所面臨的是一種已經無可改變的事實。那個駝背的老門房，知道他的妻和他的兒女孤苦無依，也會在天上傷心的哭著吧？

老門房的妻仍和一雙兒女住在那個夏季屋頂蓋滿紅色鳳凰花的小木屋裡。但是現在，夏天已過去很久了，甚至秋天也已過去了，我們從那裡走過就會聽見在風中盪漾得很淒清的、半殘廢女人的嚎啕，嗓子都嘶啞了。碰到人她再也不會傻傻的笑著了，憂戚的臉色像一個被捏造好了的塑像，和人講話時一隻眼睛死死的瞪著，空洞而茫然。有時人家和她說話說到一半，她就斷斷續續的哭起來，低著頭，抖動著肩膀，不斷抽搐著。多麼落寞無依的哀傷呵！像一棵傍著河堤生長起來的樹，堤防突然崩毀了，孤獨的立在風暴中，找不到一點依靠的力量。而她的女兒阿喜似乎不知道遭遇了什麼事，每天早上我們在操場升旗的時候，仍然可以看見她在鳳凰樹下追逐那一群墨綠羽翼的雞，嘟囔著，嘻笑著，似乎那群雞便是她的生活重心，而那個重心除了無憂的快樂，稚氣的微笑，什麼都沒有。她不懂得眞正噬心的悲傷是什麼，就像她的媽媽生下弟弟時，她不懂得那種喜悅的意義。那麼小而無知的年紀，懂得什麼叫生，什麼叫死呢？等她長大懂事以後，如果記得父親的死亡，如果回憶起這段追逐雞群的歲月，會有多少的感傷啊？那時，她在哪裡呢？會不時記起那座黑漆的小木屋和門前那棵夏季燒燃著枝梢的鳳凰樹吧？就像我以後會時時記起她追逐雞群的嘻笑和老門房彎彎的背影一樣。那個時候，我在哪裡呢？嫁人了吧？她呢？上學了吧？她媽媽呢？白了頭髮坐在快斷了腿的籐椅裡回想著她丈夫死亡時那一灘灰褐色的血吧？……她的弟弟呢？呵！這樣遙遠的幻想，誰知道以後會怎麼樣呢？

而那個叫瘋狗的體育老師仍然不改他的習慣：每天早上騎著高墊跑車在籃球場繞圈子，黃昏在草地上做他的小丑表演；做他人類心靈的王！自從上次在廟裡惹得他嚎啕大哭後，我沒再和他說過話，也沒對任何人談過那件事。

我竟然已經學會隱瞞內心的祕密了。而他碰到我時，看我的神色就像開學典禮那天看我的神色一樣，好像我和他仍舊很陌生，什麼事都沒發生過。也許他和我一樣在心底隱藏著那個祕密吧？週末我仍然去看黑皮死亡的微笑，卻沒再在廟裡遇到瘋狗。黃昏步下科學館走過穿堂看到他在草地上的表演，仍會想起他在廟前的草地上說的話：

「我有使人快樂的力量。」

「我能統治人的心靈。」

「我是王！」

然後冬天來了。我們換上黑外套、黑長褲、白襯衫，打淺藍領結的冬季制服。棉質的黑外套很單薄，我們常冷得牙齒打顫。河風從北面吹來，夾雜著河底一些不甘寂寞的、喜歡跑進女孩子眼睛探索少女神祕的風沙。那是比乳臭未乾的男孩子的追求信和癡愚的凝視更使人感到可惡和可怕的。學校裡正忙著要出元旦壁報。平常我們一天要上六至七小時的課，根本沒時間做，只好利用禮拜天。還好那天是個有仁慈的太陽、沒有風雨來訪的大晴天。苦瓜、錦雞、小不點、阿喬她們都來幫忙，猴子則來陪我們聊天。猴子是一個矮胖個子的迷糊女孩，因爲那個歷史悠久的滑稽綽號，幾乎已忘了自己的本名。只有在課堂上老師點名的時候，她才記得自己不是一隻猴子而是一個叫侯雪瑩的女孩。她喜歡比手畫腳說笑話，也很喜歡吃零食。她的代數比我好一點，但是考試如果不作弊也常常吃鴨蛋，不過她的歷史成績永遠保持班上的最高分。

禮拜天學校正門也是鎖上的，我們就從後門出入。我們做壁報總是急就章的，紙呀，筆呀，水彩呀，漿糊呀，有了這個沒那個，又要吃零食，大家高興就騎著小不點的墨綠跑車輪流上街買。小不點負責寫毛筆字，她是班上最溫柔的女孩，笑起來總是用手摀著嘴，垂著像被油蒸過的眼皮，臉上飛起一層紅暈。她寫的字像一株挺俊的蘭花，秀氣而端莊。那天寫字寫到十點半，她抬起眼皮說：「肚子餓了，眞想吃烤玉米啊。」苦瓜就騎著跑車上街去買。等她買回來，像哥倫布發現新大陸似的大聲說道：

「喂喂！一條大新聞，妳們猜我剛才看到了什麼？」

我們不想猜，幾雙眼睛齊齊瞪著她。

「好啦，我告訴妳們啦，我看到瘋狗的跑車停在小木屋的前面哦。」「眞的嗎？」幾隻嘴齊齊問著她。

「不相信可以自己去看啊。」苦瓜撇著嘴說。

我們立刻跑出去了。那群已長大了的雞在外面已脫光了衣服的鳳凰樹下散步，嘓嘓唱著牠們自己的歌。瘋狗正在水龍頭下爲那半殘廢的女人淘米，而她自己則光著胸脯坐在床沿餵她的小男孩吃奶。阿喜不知爲什麼在床上哭鬧著。我們裝作來帶阿喜出去玩，把她抱到我們編壁報的教室去。我們問她爲什麼在哭，她說：

「馮叔叔不買糖給我吃——。」

阿喜嘟著嘴又說，「媽媽打我，媽媽好兇。爸爸……他……他不打我，他上街買糖給我吃，還——還不回來。」

苦瓜像個偵探問道：「馮叔叔有常來妳家嗎？」

「嗯，有——，有一次馮叔叔帶我去看電影，好多人跳舞啊。馮叔叔問我好不好看，我說好看嘛，跳舞眞好看！他又說我叫他爸爸好不好？我說我爸爸才不是你，我爸爸上街買糖還沒回來。嗯嗯，他——，他怎麼可以當我爸爸呢？我爸爸才不穿那麼紅的衣服，像人家跳舞一樣。」

她答非所問的說著，停下來吃烤玉米，眼睫還滯留著上下跳躍的淚光。

「馮叔叔晚上有來妳家嗎？」苦瓜繼續偵探著。

「有啊，有一次我起來尿尿，聽到馮叔叔睡覺的聲音好大聲啊，我媽媽在哭，風好像也在哭，好像有鬼要來了一樣，我好害怕哦，問媽媽爲什麼哭啦？她說爸爸買糖還不回來嘛！」

阿喜停下來咬一口玉米，接著說：

「嗯——嗯，我爸爸去哪裡買糖呢？買那麼久不回來。阿姨妳知道他去哪裡買嗎？」她的眼睛不停的閃動著，並且熱烈的燃燒著一種近似渴盼，又像思念，而卻揉合著懷疑的光芒。我很勉強的笑著說：

「不知道呢！買什麼糖買那麼久！管他去哪裡買糖，妳要乖乖聽媽媽的話啊。」

「嗯——」她嘟著嘴，小手剝著玉米的衣服。

等我們元旦放完假回到學校，卻沒再看到瘋狗和他的跑車，也沒再看到半殘廢的女人和阿喜。小木屋的門沒上鎖，裡面只剩下一些廢紙破盤子破椅子。是瘋狗帶她們搬走了嗎？搬到哪裡去了呢？阿喜的嘻笑，半殘廢女人的亂髮，瘋狗身上那一叢在凋萎的冬季顯得特別耀眼的寂寞的紅，都被那年冬天的北風吹走了。只有那座矮小的，馱載過多少冷暖滄桑的小木屋，仍然悲傷的在冬的懷中哭泣；像一個黑而長的洞，當風起時，聽到它在神祕的原始森林裡呼叫著：

我寂寞啊；
我空虛啊。

十七歲啊，我的十七歲，如果有一天我的生命也將成為那樣的黑洞，妳乃洞口一首明朗多變而俏皮的提琴小品，在那樣的呼喊裡，妳的歌聲會超越那種使人窒悶的黑洞之紘，在我心裡源源流淌妳的歌聲如泉。不管它包含著多少快樂，多少無知和朦朧的憂傷，請不要對我停止妳的歌聲啊。雖然，我清楚的知道，我已十九歲了。雖然，我知道，有一天我會老了。

——原載於一九六五年四月五日《聯合報》副刊——此為二〇〇八年三月十日第二次訂正版，收入一九六六年四月皇冠出版社出版《屬於十七歲的》，一九九三年前衛出版社出版《季季集》

【作者簡介】

季季，本名李瑞月。台灣省雲林縣人，一九四五年生。省立虎尾女中畢業，放棄大學聯考參加救國團文藝寫作研習隊，獲小說組比賽冠軍。一九六四年三月，邁入專業寫作，六月，成為皇冠出版社簽約的第一批基本作家中年紀最小的一位。透過大她十七歲、坐過政治牢的前夫——小說家楊蔚，結識了朱西甯、陳映真、林海音、李泰祥等藝文界人士。曾赴愛荷華大學參與「國際寫作計畫」。一九七八年進入新聞界服務，曾任《聯合報》副刊組編輯、《中國時報》副刊組主任兼「人間」副刊主編、時報出版公司副總編輯、《中國時報》主筆。二〇〇五年自中國時報退休，後擔任《印刻文學生活誌》編輯總監。出版著作包括小說《屬於十七歲的》、《異鄉之死》、《石玉鐲》，散文《夜歌》、《攝氏20—25度》、《行走的樹》，傳記《休戀逝水—顧正秋回憶錄》、《我的姊姊張愛玲》等十餘冊。並曾主編年度小說選（爾雅版）與台灣散文選（前衛版）等十餘冊。

【作品賞析】

〈屬於十七歲的〉為季季早年作品。描述產糖的南部小鎮（也許正是以家鄉虎尾為藍本），一名中學女孩的生活，那鎮日飄過帶著酸氣的糖味，一如青春的悶氣。這名女孩對世界有著無限猜想與煩躁，「我不忍心再看他的背影，恍惚的轉過身，疾步向前走去。好像我也要走向海角天涯，世界的盡頭。呵，世界的盡頭，它在哪裡？」高三了，青春最後的夏日並不使人享受，而是如同她必須面對的體制，沉重，窒息，存在的只是背上流淌著下來岩漿般的汗。她以不愉快的眼光審視著教師們，生活細節紛亂地橫過腦海，她想，「現在我已經長大了，現在——」，卻無法掙脫現實。在那些流逝破碎的意識河流裡，有時候她抓住了一些甚麼，模糊地思考著意義，卻不見得有所獲。學校裡頭被戲謔為「瘋狗」的馮老師，向她強調「小丑的哲學」：「世界上的小丑都是王。很多人的心靈都被這群王所統治！」最後，當學校裡的老門房被少年衝動殺死，留下半殘廢的妻子與兩個兒女，她憂慮著這樣的孤苦如何度過冬日，不久，卻看見「瘋狗」在幫那女人淘米，照顧著這傷殘幼弱的一家。這樣違背常理、避樂趨苦地負擔著原不屬於自己的責任，似乎又為這迷霧世界開啓了一點光明。可以說，透過一名中學女生的眼睛，〈屬於十七歲的〉以現代主義的手法表現一種蒼白的感覺，內心的風暴與對既定世界的懷疑。

——楊佳嫻撰文

少年軍人紀事（節錄）

履彊

牧童江進

彼時
秧苗正綠
牛在春天發情
田水溢滿圳溝
少年的夢以及憂鬱
在綰牛的繩索上打結
夕霞映著父親的臉
甘藷簽的晚餐沒有魚肉
夢壓向夜晚的眠床……

彼時，田園邊的圳溝，每在春耕之際，農家秧畦插滿，開始引水入田時候，帶來會躍上水面的魚、蝦，童伴們便紛紛脫光衣褲，躍入圳水中嬉遊，有時順手逮到蝦子，毫不考慮的就塞入嘴裡，享受那原始的腥甜。

當然，圳溝的嬉遊必須趁大人午休之時。否則弄渾了田水，或蹦壞了圳溝的泥壁，是要被擰耳朵、罰跪的，老一輩的人說，那是對稻穗的詛咒啊！田水不是用來打水仗的，圳溝的土壁只能讓田水湍湍流過，囝仔郎怎麼踐踏這供養秧仔引水的圳溝呢？

江進放牛的時候，總偷偷的在田壠前的木麻黃樹下，看著童伴們那麼粗野而歡暢地遊玩著，打著水仗，且相互嚇對方，說毛蟹咬住卵葩了啦，說水鬼仔藏在鐵橋下要抓死囝仔埔……。

江進深深被童伴們的笑鬧吸引著。

他不敢下水，其實是驚駭歐多桑的籐條。因那隻牡牛老愛找鬥角的伴，二牛相鬥，受傷的往往是牠自己，歐多桑交代他，不得讓牡牛再掛彩，辦法是遠離其他的牛隻。所以，江進必須緊緊的看著牠。

此刻，牡牛慵懶地在樹影間尋找青嫩的草，並不時回頭瞪著牽著牛繩的江進，不知爲什麼，每當他與牡牛眼神相遇的時候，他總有被牠看不起的羞怒，牠對小主人裝腔作勢的籐條，似乎也不放在眼裡，對他的抽打或叱責，也有不屑的神色，最多將牛頭猛力的一甩，脖頸間的銅鈴便嗶嗶唧唧地響起來，充其量低頭繼續嚼著草，但卻不服氣的用牛眼看著少年江進。

牡牛是歐多桑寵愛的家畜，看著歐多桑對牠的殷勤，刷洗著牠的背，替牠修理蹄下的口鐵，有時還要江進拉起井水，替牠沖澡。這時，江進便有被牠鄙視的感覺，不免要趁歐多桑不在的時候，偷襲牠一鞭，或故意扯牠的尾巴，還得提防牠揚起後腳，這時，江進便有了鞭笞牠的理由。

歐多桑將牡牛交給兒子江進，使江進內心有著被看重的喜樂。但這條牡牛，偏偏三番兩次讓牧牛的少年，感到羞愧。江進當然不會忘記，第一次牽牠出牛稠時，牠就是不肯出來，還讓江進被歐多桑罵他「無三小路用」。牡牛低低吽叫著，終於被主人哄了出來，江進從歐多桑手中接過縮牛的繩索，有些惱怒，故意用繩索尾端掃向牠，牠回頭，朝他發出「哼——嗯！」的抗議，牛眼裡有不甘心的意思。歐多桑笑了笑，說：「唛安咧！這隻牛伊別人的牛仔無親像，你免想嬒欺負伊。」原來，歐多桑也識破了他的手腳了啊！江進腆然地紅著臉。

江進再次的站起來，探視著圳溝那邊飛舞激起的水花，他忽然不想再看到、聽到那些童伴歡樂的身影和笑鬧。於是，他艱難的拉起牛索，硬將牡牛拉離陰涼的樹影下，他生氣的叱喝著牠，「來！走啊！來！」繩端雨點般的揮擊在牠背上，牠稍有遲疑，他便將籐鞭用力揮打下去。起初，牠意興闌珊，有一步沒一步，後來，愈走愈快，竟然奔跑起來，掙脫他手上的繩索，一溜煙，向東邊較大的圳溝飛躍似的，江進在後面，大聲的叫著，牠一點也不理會他，身形在塵煙中消失。

江進哭了起來。下午，埔姜作產的人都知道他在尋牛。天黑了，他仍在田區間一條圳溝一條圳溝的找著牛，然後，他看見赤著上身的歐多桑，騎著鐵馬，有些喘氣的朝他騎過來，歐多桑臉上迎著欲黯淡下去殘餘的夕色，看不出是生氣或是高興。他把車停在江進身旁，用眼神叫他上車，江進屁股一蹺，就上了鐵馬的後座，不敢問什麼。

回家，牡牛已在苦楝樹下嚼著青綠的草葉。牠的背上有新的傷痕，好似不理他，又似向他示威。江進聽阿母說，牛自己回家的。

吃過甘藷簽晚餐，歐多桑只叫江進用麻油去爲牡牛塗抹背上的傷口，其他什麼也沒說，就蹲在牛稠內，靜靜的抽著新樂園的菸，看著江進和牛。

那牛，在江進塗抹伊屁股附近的鞭痕時，忽然揚起尾巴，有意無意的朝他臉上搔過去，並且撅起屁股，拉出一坨牛屎……

歐多桑微笑，那牛偏著頭，用眼尾瞄著臉紅的江進。

少年夢土

夢土上
甜美的甘蔗
釋放著雪白的花束
那是成熟的顏色
是青澀年少中
瘦弱的身軀和心靈的慰藉

江進匍匐在甘蔗園裡，虎頭蜂很討厭，但他早已在書包裡藏了兩片芋葉，準備在被螫的時候，塗抹芋葉的汁液消腫，這是阿娘教他的。

此刻，阿娘正在甘蔗園對面的菜畦，一杓一杓的由圳溝裡取水，澆著那專爲家裡的雞、鴨栽種的「劍菜」，他看到阿娘停下來，揉了揉腰，又彎腰開始扒菜葉，再一把一把用稻草束起來。

江進靜靜地看著阿娘淌著汗水的臉，他咬著牙，沒有出聲叫阿娘，眼裡卻一陣濕熱，他想到也許再也見不到阿娘了。

江進往蔗園深處走進去，阿娘的身影已經消失在茂密的蔗葉外，他知道蔗園的主人永勝伯一家都在忙著割稻子，蔗園應該是安全的，但也不能太明目張膽地在牛車路上可以看得到的甘蔗壠啃甘蔗，被人發現總是不好，何況，那些神祕兮兮的糖廠巡守員，一日到晚，總像鬼一般的出現在蔗園區內，防止糖廠已預訂的白甘蔗被偷掣，連蔗園主人也不被允許摘取自己種的甘蔗呢！因爲，糖廠「注文」了，甘蔗就等於是國家的。不過，誰不知道，農人們也有自己的方法，可以嚐到多汁甜美的甘蔗，那就是「潛」到蔗園的中間，像老鼠般的選取較肥大高粗的甘蔗，一節節小心啃，不發出聲的，吃飽了再出來，如果被發現，就說是入內大、小便，或是扒葉，那些巡守員也只有瞪眼跺腳。

江進小心撥開茂盛濃密、又像一支支劍的甘蔗葉，防止葉脈上那細細小小，卻有如千針萬刺的茸毛，以及銳利如小刀的葉緣，刺割到自己，這是五〇年代台灣農鄉人老少的本能，這也是爲什麼江進的阿娘、兄嫂出入蔗園，要用笠巾把臉包得緊緊的，像蒙面人那樣的原因。很明顯的，江進的所在已有人來過，因爲甘蔗叢缺了一角，而壠溝內的蔗葉也有屁股坐過的凹痕。

他擇取一枝似乎就快要開花的甘蔗，扳向壠溝，然後用腳踩、跺下去，因爲他力氣小，甘蔗的彈力大，幾次都差點被反彈的蔗尾掃到，但終於將甘蔗掣斷了。

江進一口一口的啃著猶帶白色粉末的甘蔗，吸吮著那甜汁，一枝甘蔗足可一頓，也算吃飯了，難怪採蔗班的姊姊有時爲了苗條身材，不帶便當，卻仍有力氣做工，原來她就是以甘蔗當飯吃呢！

他將甘蔗的殘渣埋在壠溝裡，忽然有一陣唏嗦聲，叫江進駭然站起來，聲音卻又沒了，待他坐下，又有了。江進四顧，手腳起了雞皮疙瘩。他想到村子裡，有人曾在日頭赤炎的中午，因爲在田裡耕作餓得不得了，被「魔神」牽魂吃了滿嘴牛糞，又唸唸有詞發了神經的事。

——是誰？

他壓低聲音，喝斥著。

也許是糖廠的巡守唄。他一邊猜測、一邊就脫下褲子，裝作解大便的樣子。

那聲音時消失時出現，眞令江進毛骨悚然，急得一泡尿都灑到了褲子上了。他努力鎭定下來，用力搖晃著身邊的甘蔗叢。

——吱吱吱……

竟是老鼠。江進掀起蔗尾，準備修理牠，沒想到卻只聞其聲不見其影。

果眞就在隔壁壠上發現那黑中帶灰的毛茸茸影子，原來牠被捕鼠夾夾住了一隻腳，想跑，那捕鼠夾卻勾住了甘蔗叢的根頭。江進知道，勇猛的田鼠如果只被夾住尾巴或腳，通常不會坐以待斃，反而會拖著夾子四處藏躲，直到腳或尾巴爛了、斷了，牠就有生機了。

江進判斷那隻田鼠足足有一、兩斤重，他用蔗尾撥了撥牠的身子，打了牠幾下，沒想到牠只吱吱叫了幾聲後，竟然就睜著眼睛看他，任他怎麼撥弄，就是不再叫了，只囁動著嘴巴上的鬍鬚。

——老鼠精！

江進罵了牠幾句，老鼠眨了眨眼，似在乞求他放了牠，江進便把牠放了。

那一天，江進在田區四處流連，有時生氣、有時流淚。直到日頭下山，他才心不甘情不願的摸索著回家，而家裡似乎沒有人發覺，小學四年級的江進已離家出走了一整天，只因為早晨被歐多桑臭罵，又被阿嫂笑一頓，而一向疼他的阿娘也沒有為他說一句好話，還要他以後伶俐些，不要誤了餵牛吃餿水的時間，讓阿爸遲了出犁工，但江進認為自己月考考了二百分得到第一名，不應該再餵牛，否則將來怎麼考初中？

那天晚上，沒有人問江進什麼，他覺得自己像蔗園那隻被夾住的老鼠一樣，他在暗夜中流下眼淚，並決心有朝一日要掙脫農村的束縛，出外打拚。

四十歲的江進，常夢著那日離家出走的情景，那麼清晰。

憂鬱之燈

雞鳴
天白
迷濛滲透
每個散赤的日子
在憂鬱的燈影中
人的面目模糊
生活則需要摸索
沉默的怨歎
如熠爍欲滅不滅的燈芯
冷冷的溫熱著憂鬱的心情

江進聽到母親低低咕咕叫著的聲音，好像叫丈夫起床的妻子。接著，公雞展翅，用力地，腳爪子伸、蹬、飛出柵欄，由於是雞、鴨同處，竟激起同居人的齊聲抗議，呀呀呀呀、吱吱喳喳不停，稍一停頓，公雞猛的啼起——啼起，似乎天地獨尊的嚷叫。

江進下床，每天這個時候，公雞啼叫，家裡的大人其實都已醒過來，木屐拖過堅硬的地面，或者赤腳走過的聲音交響起床，也有嬰兒哭啼。天色漸白。

江進漱洗完畢，總覺得早晨的空氣，令人憂鬱，那從門檻透露出來的燈色也是。

父親在牛欄飼牛犢吃甘蔗尾，五燭光下的父親與牛，交疊成一暈黃的、模糊的影子，父親與牛，似乎都懷著心事。而在攪和餵雞鴨飼料的母親，背彎得過度，且小心的呼叫著那些已奪門而出的畜牲，委屈自己的姿態。

大嫂和新入門的二嫂也是，她們在灶房，一個切菜、洗米，一個顧灶裡的柴火，在煙霧中，看不清楚一瘦矮一高壯女人的臉，但卻可以確定，兩個婦人都尚未梳洗。年輕的二嫂在怨歎新嫁不久，丈夫便調到馬祖，聽說那裡有水鬼，而那裡的女人如果看上兵哥，兵哥便得留在馬祖。大嫂則在憂念著不會講北京話的丈夫，是不是受得了遲來的兵役，那在金門島上的操練，是不是會被欺侮，是不是像鴨仔聽雷，聽不懂長官的話而遭到處罰……。

已是街市攤販的三哥、四哥分別在庭院中摸索著準備要出去賣果子、烤玉米的攤車，沉默，器具撞擊，令人覺得像在賭氣，或者睡眠不足。

蕃藷簽熱滾滾，漾著一股微微的甜香，夾雜著悶悶的土塵的味道。江進舉起筷子撥著碗裡那幾粒似有若無的米，吸入嘴裡，淡淡的、膨脹得過度，有些水腫，卻讓人有一些些滿足。

吃飽，便是江進上學的時候。家裡只有他一個男孩念初中，他推出載貨用有著寬後架的腳踏車，將書包綁上車，大嫂遞給他一個摻著蕃藷簽卻有比較多米飯的便當，江進覺得沉默的大嫂是一個哀怨的小婦人，伊大腹便便，手腳有些腫。

燈泡裡，有晨霧的氤氳，人影有些模糊，但憂愁似乎就在霧氣中瀰漫，滲透每個人的臉龐。江進覺得全家都被浸泡在幽怨、愁鬱中。

他穿過小小的市街，霧色因路側的小田和池塘，而更加濃厚了。

褒忠鄉，醒了。

但是，卻和家裡的人一樣，在憂鬱中摸索著一日的生活之始。江進感到淡淡的悲哀，不知是霧水，還是淚水，但覺得眼睫涼涼的。

他不快樂。

昨晚，他在半醒半睡之間，聽到父親低聲怒斥母親的聲音，母親要求在翌日回昌南村的後頭厝，因是娘家三舅娶媳婦。兩人爭吵的原因，約是爲紅包的數目和父親堅持不願同行，父親與母親的娘家，似乎有解不開的結，他堅持不再踏入昌南村一步。

不快樂的另一個原因是，新入門不久的二嫂，老是在大嫂面前數落家裡的散赤，埋怨自己的運命，才嫁入門，丈夫便被徵調到馬祖，因此「嫁入江家是要來做牛馬的」，二個嫂子不時的低語，不免也洩漏出「厝裡還飼兩個了尾仔囝，讀冊讀冊，吃閒米……」這種的話語，是在埋怨二個小叔不事生產還要上學。

不快樂，使十四歲的少年江進連在中途下車，路邊小便時都滿懷憤怒似的將尿灑得老遠，他總是奮力的、生氣的踩著破舊的腳踏車，向前衝、衝出霧色，向著二十多公里外的斗南初中挺進，在升旗典禮前進入校門，像剛自田裡下工一般，全身汗濕，憤怒的喘氣……。

散赤的歲月

這霧中之行的記憶，以及那迷濛的憂鬱之燈的印象，在江進步入中年之際，仍然清晰。

長干行

薄薄身軀
穿過冬日晨霧
在顛簸的路上踽踽
載負著生活的悲與喜
哭與笑
地瓜與菜脯
摻著少年的憂愁與志氣
且歌且行

那天，江進的腳踏車鏈鬆了，一路上掉了裝、裝了掉，雖是冬日清晨，他卻急出一身汗。看著一部部台西客運的車子快速的駛過，那車上的乘客中有他的同學，頭探出車窗高聲喊——江進——，並向他示威似的做鬼臉。他憤怒的抬頭，用滿是油汙的手，撿起路邊的石子，朝著車行的方向，猛力的丟擲過去，客運車當然已經遠離，江進的動作卻讓路人側目，並罵他「起痟」。

江進生氣，將腳踏車推倒路邊，書包也甩到馬路上，覺得自己眞是「起痟」了，路人又同情又好奇的看著他，卻沒有人停下來幫他。

不知是汗，還是淚，臉上、身上涔涔的濕冷。江進乾脆在霧中的清晨，將猶帶餘溫的便當，一口氣吃完，甘藷簽裡有零星的白米，有些霉霉的味道，但配著菜脯蛋和蔭豆再加一塊狗母魚，也還算不錯。

吃完便當，有了力氣，江進用制服衫尾擦了汗或者是淚，便又將腳踏車的鏈子再裝好，然後，以石頭敲擊著鏈子的螺絲，腳踏車好似聽話了些，騎了好長一段才又掉鏈子，就這樣，居然讓他騎到了斗南，但鏈子又開始戲弄人，不僅掉落，還卡死，讓他不得不舉起後輪，半跑半扶。

進入校門，江進幾乎要哭出來。

整座校園，在冬日的淡淡陽光中，有一種寧謐，椰子樹巨大的葉片迎風招著，他看到訓導主任、管理組長就站在校辦公廳前面聊天，好似就在那裡，張著網，等著捉捕他似的。

不待訓導、管理開口，他乖乖走到他們面前。

——幹什麼啊？

兩人好像很意外的樣子，江進心安了些。

——我……我……我……我腳踏車鏈子掉了，遲到了……

江進結結巴巴。

管理組長看了看他胸前的學號姓名。問他：怎麼不坐客運呢？猴怪！

倒是訓導仔乾脆，揮了揮手，「快去上課，你們韓老師會打死你。」

韓老師是導師兼國文老師，他對江進的遲到，只是用力揮擊著籐條拍打在已經鞭痕累累的講桌上，並對江進支支吾吾的陳述感到十分厭惡似的，以不屑的眼神和用力上揚下巴的動作，命令他回到座位，然後保持他招牌式的邊咬牙切齒邊瞪著同學們的慣性姿態，軍人出身的導仔是全班同學的剋星哩！

江進打開課本，才發覺自己一手的油汙，鄰座的同學指指他的臉，並好心的遞過來抹布。下課時，江進利用平日擠青春痘的小鏡子，看自己青花般的臉，小乞兒似的。

中午，同學吃便當的時候，依例，遲到的同學，要到導仔的宿舍「勞動服務」或者罰站。江進用空便當裝滿開水，灌進肚子裡，沒想到已經餓得咕咕叫的腸胃，因之而充滿了氣體，害他到導仔宿舍門口時，還忍不住、忍不住放了個響屁，導仔家的狼犬衝出來，朝他猛叫，把屁的聲響掩蓋過去。

導仔正在吃飯，仍是一副誰欠他一百萬一樣，皺著眉頭，指指院子裡的草坪。江進乖乖的開始拔草、撿落葉、掃地，還打掃滿是雞屎的宿舍底下。日式的木造房子以懸空架高的方式建造，房子的地板與地面之間大約有一米高的空隙，剛好適合養雞、鴨等家畜。六〇年代的教員們，大都以此爲副業，韓老師自然也不例外，而每天必定有人遲到的學生，就成爲打理汙垢的清潔工。

這是江進第一次到老師宿舍，雖然是被罰，且須爬進宿舍下掃雞屎，但江進卻有些許榮幸的感覺。那條大狼狗也趴在底下，朝著他齜牙咧嘴的，江進試著嘟著嘴對牠友善的吹口哨，那狗忽然一躍而起，對他吼叫，原來是韓師母正要餵狗食。江進聞到香味。那狗睜著凶惡的眼睛，一副要咬人的樣子，對著江進吠叫著。「你先起來吧！小勇以爲你要搶牠的飯呢！」師母用腳撥了撥仍趴著的江進的腿，「等牠吃飽了，你再掃！」

也不知怎麼著，江進爬起來，眼睛就落下汩汩的淚水，他坐在院子一角的芭樂樹下，看著那條叫做「小勇」的狗，嘩啦啦的像搶一般呑嚥著狗盆子裡的剩飯，覺得自己眞不如小勇啊！

韓老師一邊剔牙，邊放了個響屁，問他：「掃好了沒？」

江進回答他：沒有。導仔微撅著屁股放屁的姿態，讓他忍不住笑了起來，導仔狠瞪他一眼，「掃啊！」眉頭一皺，深仇大恨似的，還喊口令般丟了個字：「懶。」

江進重新趴到地板下，先笑了個夠。上課時，導仔也有放屁的習慣，常讓班上同學在臭氣中吃吃笑。江進繼續用掃帚勾著掃著狗屎、雞屎，一邊學導仔喃喃自語的樣子咒罵著導仔和他全家以及狗、雞、鴨、死了了……，他愈罵愈起勁，學著導仔咬牙切齒的樣子，覺得十分好笑，忍不住就趴在地上又笑開來。

忽然，地板乒乒乓乓的響起來，接著是摔碗盤的聲音，然後是韓老師左一聲「臭婊」、韓師母右一句「共匪」對罵的聲音。

江進爬出來，看到幾乎赤著上身穿著綠色大內褲的導仔，滿面通紅的「國」罵著，而韓師母一把鼻涕一把淚的邊哭邊「台」罵著。一邊是又「操」又「幹」，一邊是且「膨肚短命」且「死無郎哭」，而狗以及也在初中上學的孩子，正在芭樂樹下玩著逗著。

在導仔和師母扭打在一起哭號的時候，江進悄悄推開籬笆走了出來，有一種看戲的心情。

背井

井
蹲著
愈蹲愈深愈靜
歲月的繩索與汲桶
垂直落下
一種弧形的力量
揪引起滿滿一桶的水
微微濺落
一些回憶
關於離鄉背井
心情及汗與淚汁

一九六八年仲夏。

江進在收音機裡聽到自己的名字，他沒有任何喜悅。

黃昏的時候，正在曬穀埕刈著一地甘薯的父親，似乎注意到他，似乎要對他說什麼，卻又沒有。

他也看到母親的眼神裡，有些許的不安，隱藏了什麼，看了他一眼，又兀自忙著餵著忙亂啄食的雞、鴨、鵝們。

幾個兄嫂也是，有意或者無意地忽略他，連叫他幫忙也不。江進悄悄將身影藏入在草絪邊的楊桃樹下，百無聊賴的摘下一顆青豔的楊桃，輕輕嚐吮，其實是竊聽兄嫂的談話，結果成熟的楊桃十分酸澀，他的臉因而扭成一團。

夜晚，吳老師騎腳踏車的身影出現在番石榴樹下，一個腳踮著地，和正在拉著水牛入牛欄的父親低聲講話，江進躲在已沉浸在暮色中的古燈畚後，側耳聽著吳老師在說服父親讓他去讀高中，父親只是沉吟著，搖頭，一句短短的「那有錢？」後來吳老師又提到夜間部，父親好像還是搖頭。

吳老師悻悻然走了。

晚飯的時候，江進沒有和家人一齊吃。直到大嫂、二嫂要收拾了，他才出來喝了兩碗甘薯簽湯，飯桌上也只剩下一小塊豆腐乳，但他沒有動。

「甭通結龜啦，囝仔郎。」大嫂傾著飯桶，要他再掏一碗，江進拒絕，漲紅著臉。她們明知他還未吃的，竟然將所有的飯菜一掃而空。難怪他要「結龜」生氣啦！

「誰人知影汝走去那裡，呷飯敢還要郎三請四請？好在你入來，無，就倒給狗吃了。」二嫂嘻皮笑臉，卻是話中有刺。

江進幾乎將碗摔破。

母親進入兼做臥房的飯廳，眼睛看著飯桌上傾覆的碗。二嫂卻向她告狀：「生目無看過這咧會使性子的囝仔郎，安娘，妳該已看啦！妳囝咧！」

「進！」母親輕喚他一聲，背著大嫂、二嫂向他示意：別這樣。臉上的倉皇令江進不忍。

「攏十五、六歲嘍，想嘜呷好擱愛輕可，敢那會啊讀冊，冊愈讀愈『怯』。」大嫂的話裡十分明白，是說他已十五、六歲了，卻只想吃好又不願做家計，書是愈讀愈「怯」，怯，討厭的意思。

江進奮力擊桌，空盪的飯鍋跌落地面，母親忙拉著他，並出聲制止二個早已看他不順眼的嫂子——

「好啦！飯加呷話減講，卡嘜飫。」

這是江進第一次看到母親如此生氣。

「妳們放心啦，我江仔進明早開始，絕對不再呷妳們煮的一根甘薯簽一粒米。」

江進漲紅著臉怒吼，二嫂瞄他一眼，嘴角閃過一絲輕蔑的笑意。

「好啊啦！進。」母親不安的看著門口。那是因爲拏著牛鞭的父親忽然出現，江進握拳，準備迎接父親的鞭撻，但也是一臉怒意的父親只咬著牙，用眼尾掃射屋內的人。

江進看到幾個哥哥在廳堂下棋。他們裝作沒事，弟弟用手巾當布裝戲，兀自在神桌邊戲弄著，但聲音則刻意壓低。

當天晚上，江進沒有洗腳便上床，但他沒有睡著。

恍惚中，江進乎聽到母親低聲和父親爭辯什麼，他悄悄起身，沒有吵到身邊熟睡的兄弟們，躡著腳來到屋後的楊桃樹下，側耳窗遮下，胸口噗噗的像打鼓一般，也許母親在向歐多桑爭取讓他去念高中……。他想。那爭執的聲音消失了。藏身屋瓦土牆間的紡織娘唧唧的叫著，燠熱的夜氤中，偶爾有著自屋內傳來的兄嫂們的低語，雞棚裡的雞噗噗拍著翅膀，似乎也在嘀咕什麼。

江進屋前屋後走了一圈，在絲瓜棚下小便。忽然，他想就此離家，遠遠的出走，往不知名的城鎮流浪，到天涯浪跡。

他深吸口氣，緩緩的走到籬門外，眼角一股汨汨的淚水，他邊走邊啜泣的哭出聲來。他走向沉寂的褒忠街道，什麼人也沒有了，街燈也是昏昏暗暗的要亮不亮。

江進來到台糖小火車站，就坐在月台，有些累，沒想到竟打起盹來，似睡未睡間，有什麼搖動著他，他悚然驚起，一團黑影撲向他，柔軟而溫暖的身體，是家裡的狗小黑，沒想到這狗一直跟著他。

凌晨，江進又回到家裡，怕被家人發現，像做了什麼錯事，躺到床上，好像什麼也沒有發生。

隔天一早，大嫂看見他，問：「三更半暝不睏，黑白走，歐多桑找你一個暗暝，透早使氣去園仔，你卡細字咧！」

當天下午，吳老師又來到家裡。

「你老師帶你去學做醫生。比讀冊卡好的頭路。」歐多桑吸著新樂園，黝黑的臉上飄過淡青的煙霧，他沒有提昨晚。

就這樣，黃昏的時候，江進便已來到虎尾鎮圓環邊的「陳外科」，成爲小鎮唯一的大醫院裡一名「細漢仔」，一個被家人期待只要學會打針、開藥方就可以回到褒忠鄉開業當醫生的小學徒。

這是十六歲的江進，第一次背井離鄉。

口琴與蘋果的夜晚

寂寞和酒
浸泡鄉愁和蒼涼
蘋果的滋味
香甜汁液
酵成淚水的顏色
口琴　無調之歌
把生命的荒冷
傾倒出來
在暗夜的月台
悲壯如死亡的曲調
顫抖　心情

其實江進不會吹口琴，但他喜歡那緩緩傾瀉，低低的音符，那股蒼涼，一種美國西部牛仔在荒涼野地，黃昏或者夜色中，孤獨策馬，激起黃沙，或者綰馬停歇，四顧無人，星月稀微，把寂寞和酒喝的味道。

在書店關門之後，江進總偷偷的離店，拿著口琴，到虎尾小火車站的月台，靠著亭柱，像一個西部客那樣的吹奏著不成調的口琴，在夜深的時候，口琴音符悠悠，時沉而怨，時亮而昂揚，看心情而定。

小火車站停著幾節運煤的台車，火車頭的煙囪沉默著，鐵軌兩側熠亮著辨識軌道的號誌小燈，有時，江進就順著鐵軌，一個枕木一個枕木的走、跳過去，一條狗跟著他。

在他離家後的一個月，領了書店老闆給他的二百元薪水，那個晚上，他花了五十元買了一個進口的美國蘋果，那是他第一次用那麼多錢，也是第一次買一個平時可望不可及的大蘋果。

在關店門之前，老闆的弟弟鬼鬼的把他叫出去。

——我聞到味道了。

他指著店門旁那一間小小的雜物儲藏室，裡面除了掃把外，就是一片片門扇，小小的空間也是江進唯一可以不受干擾的天地，有時，他會賭氣躲進裡面不理人。

他是在老闆吃飯的時候，偷偷到市場裡買了那個蘋果，並且在路邊輕輕的咬了一口，讓舌頭舔著、舔著比番薯脆、嫩的蘋果，微微、微微的吸吮著新鮮的香甜汁液，一小口一小口的嚥下去。

然後，他用塑膠袋包住缺了一個弧角的蘋果，藏進儲藏室裡，並且裝作若無其事的，在老闆和他那肥胖的妻子、兒子、女兒吃飽之前，回到櫥櫃前，那時，店裡的顧客少。

老闆的弟弟說：「我聞到味道了。」嘻嘻的笑，卻是不懷好意的：「你中了獎券了？」意思是他偷了錢，店裡常有錢短缺的事，儘管老闆和他妻子一天到晚守在收銀機前。

「我用薪水買的。」江進火大了：「怎麼樣？」

「哦！別——阿進啊，我又沒說什麼，你何必心虛？我只是要告訴你，要小心點，別被我哥我嫂看見了。」

那鬼，一個念高商的不良。

店門關上後，江進掃好地，收拾好店裡的書報，便一如往常離開書店。

整個晚上，他都沒說一句閒話，除了和顧客詢答之外。老闆娘還特別叫他過去，半眞半假半玩笑的：「阿進啊，薪水要寄回家，雖然少，但也比學徒好，你好像不歡喜，好好做、認眞做，我跟老闆講，升你的薪水。」

江進覺得自己是那麼卑微。

他找到蘋果，不知什麼時候，塑膠袋破了，蘋果上竟有尖細的齒痕，他判斷是老鼠，老闆的弟弟養著一隻白鼠寵物。

月台，依然沒有人影。那條老跟著他的狗，已經在那裡對他搖尾巴。江進作勢要踢他。

那晚，江進吹著口琴。因爲生氣，口琴的音符格外激昂。

吹著琴，一邊悲傷的啃著蘋果。

他朝著鐵軌，一枕木一枕木的走、跳，他忽然強烈的想，就這麼走回家、回家。

走到一半，蘋果的甜汁嗆著他，咳咳，咳著，他咳出眼淚，他哭，嚎啕的，把狗嚇跑。

他用力，把未吃完的蘋果，朝黑暗中的遠方，丟擲出去。

江進孤獨得想死去。他躺臥在枕木上，雖然十分清楚糖廠的小火車都已經休息，但他仍感受著一股死的蒼涼，有些害怕、有些悲壯的激情，令江進全身顫抖，他覺得自己已經成人。

那時江進十六歲，身高一百五十公分，體重三十五公斤，口琴與蘋果的夜晚，讓他識得鄉愁與死亡。

從‧軍‧前‧夕

進補

十六歲的成人儀式

薑母汁與酒與紅面鴨
以及阿娘的憂愁
親相瘦猴的身軀
灌下辛辣的湯汁
之後，即將
離鄉
將少年青春夢投入未知的軍旅

江進將士官學校的錄取通知，送到父親面前。

他突然從中壢回到褒忠，告訴父、母親，他就要在三天後到士校報到。

父親似乎不感到任何驚奇，但眼眶紅紅的。

母親一聽說是「做兵」，立即落淚哭著說：「敢無三頓呷，那叨去做兵……？」

江進早就預料她會反對，便取出士校的招生廣告，上面的照片是士官學生正在做生物實驗，「是讀冊啦！該哪去穿軍服而已，讀冊免錢，做兵是畢業以後的代誌！」

「你喔！戇囝仔，嘸通去呼騙去喔！政府騙人是無證無據，打死驗無傷喔！」

剛好到家裡坐的三叔，幾句話就又讓家人慌成一團。父親一直不表示意見，但可以明白他無言的態度，其實就是不反對。

江進理直氣壯，告訴家人，他已經利用在中壢當店員的時候，到位於桃園近郊的士官學校參觀過了，一切都很理想哩！早餐一個大饅頭，白白胖胖的，有碗公大，三餐吃好睡也不差。

「我不想去當學徒。」江進說：「好壞都是我自己找的！」他堅定的語氣，令大家側目，一向嚴厲的父親，居然也沒有叱責他，江進覺得自己是個大人了。

短短的一天多時間，原本忙著田裡農事的父親，竟然透過母親說，要陪江進到各地走走，燒燒香。那時，入伍是件大事。江進自然得向族親戚友告知，他要做兵去了。仍然有許多親友持著反對的態度，但在江進都一一說明後，反倒有人要江進「打聽」，要如何讓自己的後生也進入士官學校就讀。

江進有時和父親並排，有時在前、有時又在後，父子倆的「鐵馬」，在褒忠鄉各村莊廟口一直轉，近黃昏的時候才回到家。

母親的眼裡仍有淚痕。她要江進到最內裡的房間，也是父母親的臥室。

江進以爲母親仍不放過最後勸解的機會，不免有些不耐煩。

「歹命囝仔，你坐咧！」母親說。

然後，她捧出用草籃圍護著的燉甕，小心的掀起甕蓋，一股騰騰的熱氣冒出來，還有辣辣的酒氣和香味，江進看到浮在濁黃湯液裡的鴨腿和薑片。

「是薑母鴨，歹命囝仔……。」母親又哭了：「那想到你七少年八少年，一個親相瘦猴的，就要去吃兵仔飯，阿娘就會落目屎……。」她吸著鼻子。

「好啦！阿娘，放心，不是去相戰，只是去讀冊，免錢，擱有薪水……。」

「驚汝去呼郎騙去，聽講操甲眞厲害，日本時代……。」母親居然擔心他像日據時代村中壯丁被征去南洋打仗，一去不返。

江進低頭，以口就碗，吸啜了一口。

——啊！燒喔！

江進的口腔被浮著油的湯汁猛燙了一下，眼淚差點落下。

「你十六歲轉大人時，啊無加你補……。」母親替他吹著碗裡的熱氣，「一個郎去兵營，實在驚你去呼親相熊啦虎個外省仔躪躪，嘜叫我安那個放心？」

江進知道母親在知他要去念士校後，就不吃、不喝、不睡了，臉上的憂愁已難以掩飾。

「阿娘，你後生嘜漏氣的啦！」

江進故作輕鬆，卻背對母親低頭，喝著那碗以純米酒和薑汁燉熬的薑母鴨湯。

母親又替他盛一碗，江進才發現她眼角一直閃著淚珠，眼眶紅得要出血似的。

「阿娘——那個安那！我去，馬上會寫批……。」

江進替母親拭去淚水。

「啊！是薑母尙辛，呼我目油流未停。」母親解釋著，是因爲薑母太辣，刺激眼眶的緣故。「其實，薑母早就全好了，本來是等冬至再替你補十六歲轉大人的。」

十六歲，是農村的成人階段，一般農家都要以進補來替代到廟裡做十六歲的儀式。

江進努力的吃著還不太爛的鴨肉，母親一直陪著他、看著他，並叮嚀快吃，否則給幾個阿嫂看到了不太好……。

當天晚上，由於薑母鴨的緣故，江進輾轉床側，怎麼樣也睡不著，還流了鼻血。

這個印象，直到江進退了伍，在妻子爲即將十六歲的兒子補身時，仍歷歷在目，而母親卻已離世數月了。

初旅

歐多桑載著江進和他的行李，到達褒忠車站，半小時一班的台西客運通常不會那麼準時。

歐多桑把腳踏車停在站亭邊，點起一支新樂園香菸，不講話，只吸菸，吐煙。

阿姊也載著阿娘來了。

阿娘在埋怨歐多桑性子急，才八點多就要江進來坐車，「坐不上車，就不要去，才十六歲囝仔，就忍心叫伊去做兵！」伊的埋怨，讓歐多桑愈加沉默。

「去，就要聽人家的話，做兵，是眞嚴，𡁜通乎汝使性地哩！」阿姊絮絮的說：「有代誌，寫批轉來，出操愛吃七厘運功散才沒煞著！」

「我知啦！」江進努力擠出一絲笑意：「又不是三歲，該己會照顧該己啦！」

阿娘目眶紅了，眼淚一滴滴的掉，牽著江進的手，哽咽的「愛吃乎飽，郎在吃你就去，郎咧睏你嗎著睏，郎做什麼你就跟著做什，安啦你就𡁜去乎班長罰。」

說著說著，阿娘好像當過兵那樣熟悉兵營似的。

「免嘖唸啦，老查某，進仔也沒比人卡戇，免汝講一大堆，親像汝是班長哩！」

歐多桑好像在責斥阿娘，其實也爲自己找到講話的理由。

「若流鼻血，寫批轉來，我就寄藥丸去，出操，心狂火熱，𡁜通一下就吃冰，啊！胃散有帶沒？」

客運車竟然準時到站，車門才打開，歐多桑就叫伊快上車，但江進還是最後一個上車。他不忍回頭，阿母一定又在流淚。

車子離站，江進從車廂後窗玻璃看到歐多桑、阿娘、阿姊，牽著腳踏車，就站在路頭一直望著、送著他。江進沒有揮手，但心頭忽有一種憂鬱。

來到斗六公園的團管區，江進看到來自各鄉鎮的入伍生們，有的已先理了光頭，有的還留戀著最後一天的「海結仔」西裝頭，有的和江進一樣是單槍匹馬，大部分人則都有家人陪送著。

江進辦好報到手續，拿到士官學校的編隊號碼和等一下要坐的車廂座次表。來報到的大約有二十多個人。

江進找了個位子，等待帶隊官整隊集合。

然後，團管區的官長發給每個人一個裡面裝著二個月餅的西點麵包紙盒，一罐蘆筍汁。接著，就整隊坐了一部租來的台西客運車往火車站出發。

那運兵專列的平快車已停在第三月台，江進和少年軍人入伍生的出現，引起旅客們的注意。

當江進坐定後，月台上忽然傳來一陣呼天搶地的叫嚷、哭聲，一群人扶著一個黑衣的老媪急急忙忙的衝上運兵專車。江進從吵嚷中聽出來，那八十八歲的阿媽咒著「夭壽兵營，膾騙我甘孫去做兵相戰，那吔使吔？」而那終於被找到，一直藏在車廂裡的伊的孫子，這時也出現了，是一個小個子的少年，比江進矮，伊終於在家人的勸解下，改變去當學生兵的主意，隨著伊的八十八歲阿媽離去。

也不知怎麼搞的，好似傳染病般的，當那阿媽帶走伊的孫子後，車廂裡竟起了一陣騷動，原來，又有幾個人哭著、叫著，不去了，不去了！便跳下車廂，向出口處奔逃而去。

這時，帶隊的軍官面色像剛從火爐裡煉出來的鐵，由赤紅而轉青藍，十分生氣的在月台上大叫「混蛋東西！要來就來，要走就走啊？看我怎麼『辦』你這個兔崽子！」

他含起白白的哨子，用力吹了幾聲，各車廂「隨護」的官長便向月台集合，大約是下了什麼命令，那些官長個個臉色繃得緊緊的，回到車廂便把車門鎖上，並對著尚未改變主意的少年學生兵們，嚴厲的說：「從現在起，各位就是軍人，如果再有意志不堅的，就犯了軍法，像剛才那幾個傢伙，都將被抓去判軍法，從現在起，各位不准隨便離開座位，上廁所也要報告，坐在一起的，如有人不在，另外一個要負責，前後左右都一樣，知道嗎？」

火車還不開。九月的秋陽，將車廂曬得熱熱的，電風扇吹的也是熱風。

江進吸口氣。靜靜坐在座位上，並拿出《徐志摩詩集》，一首一首的咀嚼著。其實，江進不太懂徐志摩的詩，他只是喜歡。

帶隊官走過來，看了江進一眼，並翻了翻江進手上的《徐志摩詩集》，眼睛瞪得大大的：「呵！小鬼，不得了，詩人嘛！」

江進站起來，靦腆的笑了笑。

「好啦！睡一覺就到士校，到了士校，你就是硬邦邦的軍人，不是神經兮兮的詩人啦！老子不懂什麼『翡冷翠』，但知道要怎麼打仗，嘿嘿！」帶隊的官長把詩集丟還給江進。

江進有些怒，並且從那一刻起不再正眼看那帶隊官，覺得他不僅侮辱了徐志摩，也打擊了江進要做一個既能拿槍反攻大陸又能提筆寫詩的軍人之夢。

火車終於開動，一站過一站，停了又開，開了又停，當然是接送和江進一樣的入伍生。

江進覺得百無聊賴，又拿出詩集，讀了讀，想睡，又睡不著。這不是江進第一次離家，但卻是第一次在中秋節離家。他想著未來當一個學生兵的日子，腦海裡也浮現出電影裡關於戰事、軍人與愛情的故事情節鏡頭，他想笑，又有哭的意念。一路上，他一直沒有開口說話，也沒有加入夥伴們對未來軍旅生活的種種揣測的談話。

火車終於停靠在中壢火車站，月台上的燈色黃暈一片，隱約幾個草綠身影的兵士，或站或立在出口處邊，車廂裡帶隊的官長臉色一板，吹起哨子，霎時，整列火車響起高八度、刺耳的集合哨音，江進猛地從硬而已被坐燙的塑膠皮座位跳起，他眼睛敏銳的瞥見，似乎所有入伍的新生，都在哨音響起的剎那，遭電殛般地，倏然蹦開已坐了十個鐘頭的位子。聽說，屏東來的同學坐的時間更長，他們從凌晨四點便上車了，不像江進在斗六上車，但從十二時三十分到火車靠站，也足足有八個多小時了。

這是一列國防部包下的運兵專列平快車，江進和來自全省各地的同學魚貫步下火車，帶隊官長果眞翻臉如翻書，含著哨子的嘴，像人家欠了他一百萬美金似的。

各列車的隊伍都集合好，便整隊向月台中央靠攏，一個揹著紅白帶的三條槓軍官（後來江進知道那是大隊值星官的標誌，和部隊的營連值星相當），忽然鬼哭似的嚎叫一聲——

立——正！

還沒換上軍服的少年軍人們，被這一吼，有人臉上馬上出現驚恐的表情，但大家都很自然的在口令餘音甫落的剎那，停止零零落落的碎動，有些反應遲鈍的還搞不清楚方向，向四邊張望著。

冷不防的，有些石破天驚的——

——還動？

不約而同的，所有的幹部都一齊吼叫起來，於是，這一群二百多個連頭髮還沒剃光，被車廂裡帶隊官稱爲「毛還沒長齊的小鬼」軍人們，像武俠小說中集體被什麼魔法鎮住或集體被點穴似的，定定的、楞楞的，就站在原地。

大隊値星官胖胖的豬肝臉，像要爆炸般的漲紅，嘴微張，那鬼叫的口令令人駭然。

——向中看——齊！

——向——前——看！

——稍！

最後的口令是「稍息」的意思。

這時，一個兩顆梅花的中年軍官，走起路來，頭有些偏，眼有點斜，嘴緊閉，一步一步，邊走邊用斜眼睨人的走到隊伍前面中央位置，站定。

——立、正——嗯！

大隊値星又鬼叫著立正的口令，隊伍叭啦叭啦的靠腿，大隊値星向兩顆梅花敬禮的時候，忽然在月台一側，一群帶著將軍帽的樂隊，猛的奏起樂、敲起鼓，整座月台似乎都被震動了，一些旅客好奇的探頭張望著。

奏樂先軍，被稱爲大隊長的二顆梅花也回禮完畢。

江進不能完全聽懂大隊長的鄉音，只知道大隊長自我介紹——俺是汝們的大隊長（ㄔㄤˊ）死屁股，以及歡迎之類的話。

江進以及還有幾分陌生的同學，竟然竟然就在二顆梅花咬字不清的說自己姓施（ㄙˇ）名叫屁股（實際上是叫斌武）時，哄然大笑起來，而那些原本冷著臉的班長、少尉們，居然也跟著笑了。

而原本浸泡在黃黯燈色下的月台，也在少年軍人因二顆梅花的大隊長濃得化不開的鄉音，自我介紹爲「死屁股中校」時，所引發的爆笑，因而顯得有些熱和喜氣。

施斌武中校倒是不在意這群少不更事的學生兵們的笑聲，他自己也笑了，且更加賣力的解釋「斌、武」的寫法，但愈解釋，鄉音愈是濃，濃得他有些舌頭打結，孩子們的笑聲愈是放肆。

大隊長說：「斌，即是一邊吻（文）一邊撫（武），吻撫（文武）雙全的意思，武嘛是無氣（武器），殺人打仗的無氣。」說著還做了個刺槍的動作，又問：「懂未？懂未？」

笑聲仍未停止，這時，豬肝臉的大隊值星三條槓一個箭步向前，大叫：「還笑？大隊長訓話呢！死老百姓！」

大隊長回頭看了三條槓一眼說：「今天沒關係，明天以後加強訓練。」這句話，江進聽得十分清楚。

訓話完畢後，新生們依照縣市順序，坐上軍用卡車，那柴油煙味就是江進想像中的「軍人的味道」之一。

當$2\frac{1}{2}$噸軍用卡車在大隊長值星三條槓的哨音指揮下，一齊發動、加油的剎那，江進忽然有種不捨的依戀，對著濛濛黃黯燈色的月台，連連回顧著。

月台邊，那列專車已緩緩駛離，汽笛齊劃破中秋月夜的清亮天空，旅客上上下下，人不多，愈增離別的寂寞。江進又再次回顧著漸漸遠走的月台，他咬著嘴唇，有些痛，眼睛熱熱的，離別就是這樣子嗎？

離別，也是出發。

迎著中秋夜微冷的風，江進挺了挺胸，同車夥伴喧鬧極了，但江進覺得自己竟十分孤單。

軍用卡車駛過中壢市街，向位於郊野的士官學校急馳。

這是江進成爲軍人的初旅，時爲一九六九年中秋。

——收入聯合文學出版《少年軍人紀事》

【作者簡介】

履彊，本名蘇進強，一九五三年生於台灣雲林，初中畢業後即投身軍旅，從軍期間創作旺盛，獲獎無數。退伍後轉任國家政策研究院研究員，後又跨足媒體，擔任台灣時報總主筆和台灣新聞報社長，在台灣作家中，是唯一集黨、政、軍、文、鄉土生活經驗者。著有《楊桃樹》、《我要去當國王》、《少年軍人紀事》、《少年軍人的戀情》、《春風有情》、《反攻大陸去》等書。

【作品賞析】

本篇的結構以步入中年的角度回顧從小到大的一路成長。在此，現在的中年時間是固定的，從前的成長時間則是流動不止，是一種生命的對照。

從空間上來看，在多種角色中，主角顯然是被母親所寵愛，而這被寵愛的理由在於他在讀書這件事上展露了與其他家庭成員不同的天分。在這並不富裕的多一人工作就是多一份收入的農村裡，主角本應受到壓抑而鬱悶，但是我們見到的卻是對於農村生活的詼諧描寫，就像唯有處於秩序裡才能對脫序狀態會心一笑，正因為主角相較於其他人更加進入文明秩序的範疇中（有讀書），才能在農村（文明的對照）中自成天地，覓得雖然不舒爽但也隱含趣味的生存之道。

後來主角毅然投身軍旅，進入軍事學校就讀，在這更多的秩序規範中，回首往事，兒時的農村生活卻更加鮮活，而且充滿了各種情緒。

——廖之韻撰文

閱讀文學景地

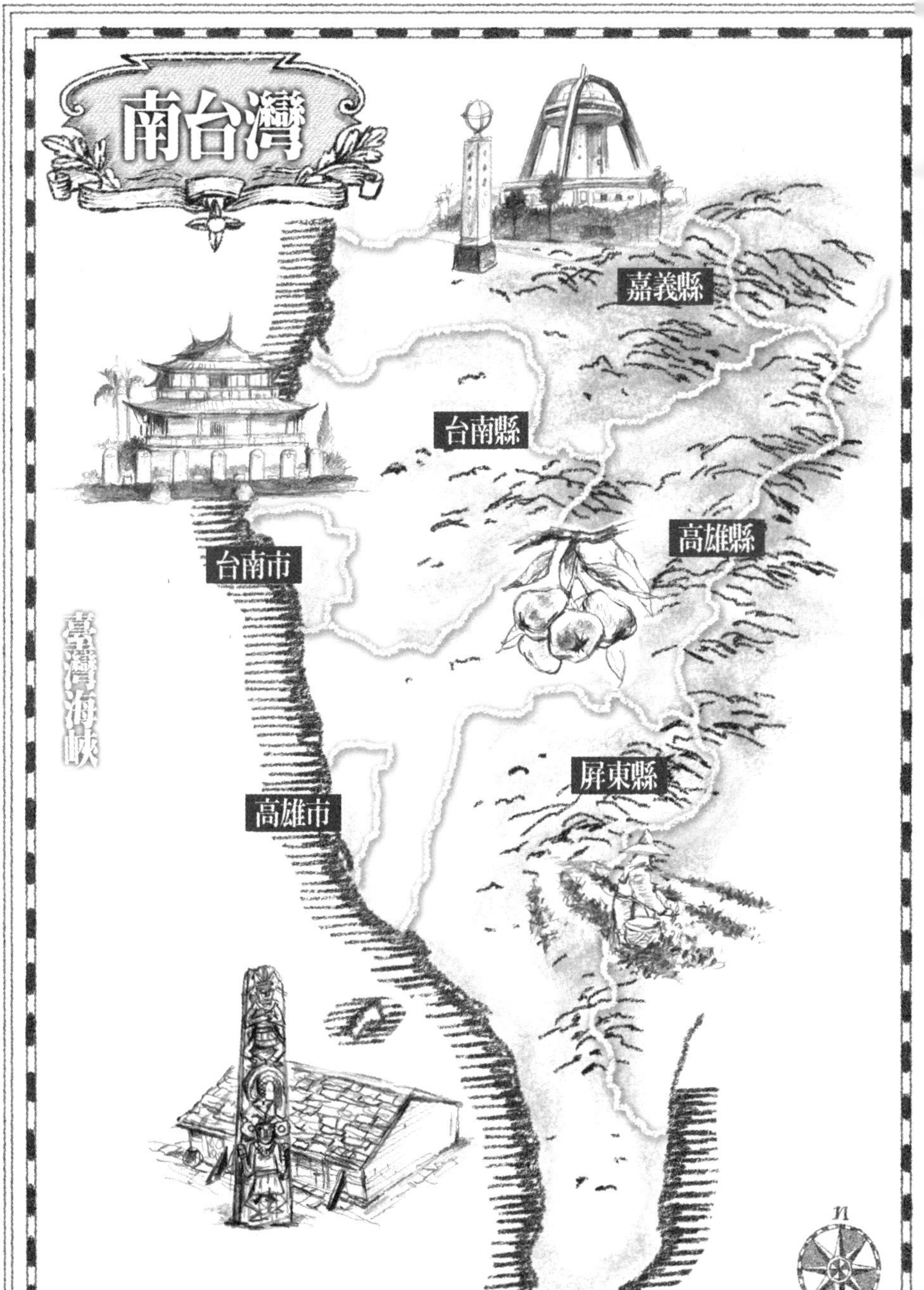

繪圖・陳敏捷／攝影・鐘永和

夜猿

張文環（鍾肇政譯）

一

每當太陽即將落山的時辰，猴群便從下游沿著樹梢，回到對面的山裡去，這時森林恰似受到風的吹襲，葉子翻過白色的背面，激烈地搖盪起來。對面山中的斷崖有窟窿，那便是猴群的巢穴。沒有比這些過著集團生活的動物返巢的時候，更容易撩起鄉愁了。石家一家人剛搬回這獨屋的時候，不但是孩子們，有時連一家之主的石都悲傷起來，咚咚地敲響做給孩子們玩的竹鼓以資排遣。這幢房子雖然是祖傳山林的山產物加工廠，然而昔日的痕跡早已消失，經過改建後，規模變小，看去只不過是寂寞深山裡的孤零零獨屋罷了。石家曾經是大家庭，有五兄弟，後來一下子死了兩個，石的善良的父親便爲了防杜日後紛爭，認定同輩的人還在世的時候分家比較好，便自動地要了這深山的土地。石在父親過世後，忍不住地從山村跑出街路去，混來混去混不出名堂，便只好再回來村子。但是，工作上到底還是這深山裡的獨屋方便些，便與妻子阿娥商量，決定搬來這裡住。

「就當做是人生的磨練，讓自己置身在最惡劣的環境試試吧。」

「怎麼說是最惡劣的呢？這不是我們自己的土地嗎？自己的土地，當然應該自己來守啊。」

妻倒因丈夫的決意而受到感動了。想到丈夫在街路上放蕩的情形，在山裡從事開墾的家庭自然是最可靠的了。在石這邊來說，本來是想安慰妻子的，這一來反而受到了激勵，胸臆間也就輕鬆起來了。他之所以決定從事開墾事業，主要乃因老爸生前的親友知己看不過他在街路上徬徨的樣子，勸他這麼做的。

「放著自己的家業不去管，每天在街路上吊兒郎當的，賺一個月十二圓的薪水，又有屁用？」

這話使石甦醒過來了，於是下定決心要重振家業。如果沒有資本，對方表示願意通融，石便踴躍地帶著一家人回到故鄉T村。

猴群就像一陣風也似地回巢，嘎嘎鳴聲清晰可聞，但影子卻一隻也看不見。雞回塒了，石便把抱著的小孩放下來，看看塒門與周遭，這是爲了提防夜裡出沒的狐狸。他還把不久前村子的親戚給他的一對鵝，小心翼翼地放進用木板釘成的堅牢的巢裡。由於蛇忌鵝糞，所以牠們也是深山農家不可缺的家畜。然後，石還要給正在用尾巴忙著趕蚊蠅的黃牛一把草。這時，做母親的從暗下來的廚房裡喊起來了：阿民，叫阿爸給你洗腳啦。阿哲一聽便搶先跑去。這時，牛「哞！」地叫了一聲，做母親的便問做父親的一聲要不要把牛趕進牛欄，父親回答說天氣這麼好，還是在廊子好，父親說著便進來廚房舀水。其實，石也知道蓋在院子裡的一角的牛欄裡比較好，但是這麼一來廊子就太寂寞了，因此石通常都是讓牛待在廊子上。夜裡，從寢室裡可以聽到牛的氣息，彷彿這也可以使這獨屋熱鬧些，石是把牛當做家中重要一員的。

每當夕闇把山間風景塗成漆黑一色的時候，星空便沉沉地澄清起來。這時人間的燈光就只有廚房裡的小盞與正廳裡的燈，加上寢室裡的一盞小手盞而已。由於撲燈而來的小蟲和飛蛾很多，晚餐一畢，一家四口便進到寢室裡。好比請了幫工或者逢工作季節等以外，石不會在大廳記賬目或計算季節的收穫。儘管如此，有時懷念起街路來，便獨自留在大廳裡，被催著一般地打起算盤來。一家四口上了床後，這獨屋更像沉到闇夜底部一般，這時沒有塗泥巴的滿是縫隙與洞洞的牆上，星空便豪華地輝耀起來，從四方八面還傳來山間禽獸不易入眠似的鳴聲與巢被占去的悲切的鳥叫以及遭了狐狸暗算、拚命掙扎翅膀的聲音。右邊對面的洞穴裡，有時也會傳出小猴被母猴擠開時的叫聲。偶爾，還會聽到這些鳴叫聲，一面想著星星的世界落入睡眠中。剛搬來時，石忍受不了寂寞，反而受了妻子一陣奚落，洩氣之餘說寧願搬到村子裡去住。

「這也算是個男子漢嗎？真差勁。一旦說出去了，連像我這女人也沒有臉再出去啦。又不是一生都要在這裡，只要竹紙工廠弄好了，筍乾廠也停當了，不消兩三年便可以搬出去的。小孩子也得上學校。」

被妻子這麼一數說，好像將熄的火又注上了油般地思量起來：不錯，我也是這麼想的，可是孩子們太可憐了。

妻的話一點沒錯，在街路上過窮屈的日子也不見得好。夫婦倆多吃點苦，也要把孩子們好好帶大才對。吃得苦中苦，方為人上人。阿哲有點粗暴，阿民好像很聰明。即使夫婦倆努力後境況還不能好起來，那麼到了孩子們的時候，必定可以改善的。天永遠不會背棄善人……

一家四口就這樣落入靜靜夢鄉。

石目前努力的事業就是利用附近山丘斷面的石壁來充做晒場，加蓋一幢房子做為製造竹紙的工廠。有這一片竹林，好好利用，一家生計是不會有問題的。用桂竹來造竹紙，麻竹做筍乾，每年可望淨賺三四千圓之譜。不過他們一直都沒有蓋這些工廠的資金，所以石就在街路上受雇於一家商店當一名記賬的，好不容易地維持著生計，山林則以低廉的代價租給別人。那是大正八、九年（民國八、九年）好景氣時代的事。老爸死後，很快地生計就無法維持了，這才決定搬到街路上。他一直都嚮往把土地租給人，自己謀個差使來過日子的生活。然而，街路上的生活並沒有像在山中部落所想像的那麼好。一天，石在市場裡因一件芝麻大小的事差一點跟人家打起來，剛好被老爸的好友萬頂伯看到了，受到了一場好罵。萬頂伯是附近的一位大地主。

「混蛋！你這人真是傻到底啦。虧你還是阿敬的後生哩。在這樣的市場打架，你到底想怎麼樣？好好的一份家業丟在一旁，來到這裡遊蕩，眞是沒用的東西。」

好幾年都沒有再聽到這種入情入理的大吼了，石不覺滿懷感激地看看老人的面孔。白白的山羊鬍子微微地顫抖著。石低下頭，打架的事早已忘了。老人要他一塊走，便從後跟上去。

「有諒，你是個不孝子。你老爸給你留下很多的土地，可是你看都不看一眼。我剛才一直在看你跟人家吵，這樣的事，如果是你老爸，才不會放在眼裡。你老爸眞是個有雅量的老頭啊。可是你啊，眞是糟糕透了。為什麼你討厭做個莊稼人呢？」

「不，我不是討厭。」

「不討厭嗎？現在的人都開口事業閉口事業。你的事業是竹林，可以做竹紙，也可以做筍乾。你為什麼不幹這個呢？」

「萬頂伯仔，我沒有資本哪。」

「為什麼不講？」

石這才第一次想到，原來像他這種人也有人願意借錢給他。但是，石恰好是不喜歡到處借錢的。

「我幫你出錢好啦。商店那邊，我也可以當你的保證人。」

「眞的嗎？萬頂伯仔。」

「我幾時撒過謊。」

第二天，石又去看萬頂伯，並決心離開街路搬回村子。首先，他請一個遠親買牛，街路上將來要打交道的商店也說妥了。拖工廠裡的石磨的牛和耕牛是最要緊的，萬一買了懶牛，一切工作的效率都不好。牛依體格，可分爲能幹的與懶惰的。還有，體格不好的牛，不管多麼強壯，活兒幹起來很快地就累了，因此石必須請個懂牛的農人幫幫忙。還好他買下的黃牛人人都誇讚，頭彩可算不惡了。搬到獨屋後不久，晒場邊的工廠也蓋起來了，將嫩竹浸石灰汁的長方形石板池也造了三處，此刻三處都是滿滿的嫩竹。頭一年，爲了工廠與池的工程，這一帶山區因人聲與鐵槌聲而熱鬧起來。這些準備工作完成以後，隨著季節不同，兩所工廠也開動起來。製造竹紙方面，春天是把竹子浸在池裡的季節，從夏到冬，因竹紙與筍乾雙方的工作，兩個工廠都有二三十個人做工。從冬到春初，這獨屋彷彿被遺忘了，是一段完全空閒的期間，與那些猴子們成爲一夥了。住在這深山的獨屋，而且還得背幾千圓的債，石覺得這樣的人生未免太寂寞了。

「只要忍耐過去便行啦。」

妻的話雖然是他的鼓勵，但石還是擔心會不會背著越滾越大的債過這一生呢？他同情寂寞的妻兒們，可是自己卻按捺不住，每個月總會有一兩次出到街路，打聽打聽竹紙與筍乾的行情。當然也有資金的周轉啦、季節的準備啦，他是沒法與妻兒們守在家裡的。

二

父親上街路去了以後，這山中獨屋更寂寞了，於是母親便安排在日暮以前用畢晚餐，然後母子三個人費九牛二虎之力把家畜們一一趕進巢窠裡。這也是孩子們最高興的一件事，所以做母親的就靠這工作使孩子們樂樂。如果從園裡晚一點回來，以致天暗了以後才吃晚飯，那孩子們便寂寞得要哭起來了。每逢這樣的時候，做母親的便像在林子裡擁著雛鳥悲泣的杜鵑鳥，不覺悲從中來。如果能在入暮以前把牛和家畜全部張羅停當，那就會只剩下屋後的豬圈裡嗚嗚地響著鼻子翻找食槽裡的殘餌的聲音了。夕陽光從牆縫裡漏進來，寢室裡被照得通亮。

「可以省不少石油哩。」

做母親的把阿民和阿哲抱在兩邊，喜孜孜地這麼說。

「阿母，阿爸什麼時候回來？」阿民那空洞的眼光透過發黃的蚊帳，看著沒有天花板的屋頂問。

「明天一定會回來的。還會買好多好多阿民和阿哲最喜歡的糖果。可以給一點阿母吃嗎？」

阿哲馬上被騙過了，說：

「給，給好多好多，阿母最多，其次是我，最後才是阿民。」

「呀，阿哲，不能把阿兄叫阿民哩。」

被母親說了一句，阿哲就靜下來了，可是阿民不服氣，忽地起身，從母親面孔上頭伸過手打了一下阿哲的頭。

阿哲不依了，大叫著爬起來，阿民便把棉被拉過來蓋住了頭。

「阿民不好，阿母打打他好了。」

母親裝出生氣的口吻緊緊抱住阿哲，從棉被上拍了幾下阿民的屁股。阿民好笑起來了。阿哲聽到阿民在被裡笑著，哭得更起勁了。

「阿哲壞，不給糖吃啦。」

阿哲聽了這話，發生屁股被針刺了一般的聲音哭起來。

「阿民，你還沒被打夠是不是？你這麼大了，還叫阿母爲難。」

阿民在被窩裡轉了身子，從腳那邊伸出頭，吐了吐舌頭。阿哲咚咚地踢著床板，說要打阿民。

「阿哲乖，糖果不給阿民了，所以阿哲不要哭。阿母會告訴阿爸阿民壞的。」

阿哲總算聽話了，在嘴裡嘀咕著撒嬌起來。阿民在棉被裡又鑽過來了，壓住就要掉下去的枕頭，討好似地抱住了母親的膀子。

「不理你了。」

母親雖然這麼說，但她知道阿民的脾氣，所以把面孔轉過來，準備向阿民說故事。

「不，不，不讓阿民聽。」

阿哲又猛踢著腳哭起來。

「好吧好吧，不讓阿民聽，只讓阿哲聽好了。」

阿哲不響了。阿民卻又罵了一句傻瓜。於是阿哲便再向母親投訴：

「阿母，阿民又在罵我們啦。」

「傻瓜，誰罵你？人家是在罵在對面山裡哭的小猴傻瓜哩。」

被阿民這麼一說，阿哲便又凝凝神，想聽山上的猴子的哭聲。但是猴子沒有哭。從牆縫透進來的夕陽，依然黃澄澄地亮著。

「沒有哭哩，阿母。」

阿哲拉了拉母親的手。

「傻瓜，在哭著哩，怎麼聽不見。聾子！」

阿哲又靜下來，這時母親狠狠地斥了一聲，於是阿民也不再響了。

「從前，有個孩子叫郭子儀，是個孝順的好孩子。」

母親斷斷續續地講起來，兩個小孩靜靜地聽著。四下漸漸地暗了，星星從牆壁窺望著。母親似乎很累了，故事有時斷了，被阿民催著才又開始。阿哲不知在什麼時候睡著了，好舒適似地打起輕輕的鼾聲來。

「阿哲眞傻是不是，阿母。」

「阿民，你這麼大了，別再使阿母為難啦。聰明的人絕不會說人家傻。」

母親好睏了，說了這些就把棉被拉到脖子。

「好像又會有風颱了。聽，猴子們鬧得好厲害哩。」

阿民凝神細聽，想著颱風與猴子鬧聲底有什麼關係。星星好像青蛙的眼睛般亮著。阿民突然不安起來，問了一聲阿母睡著了嗎？母親輕聲回答說還沒，正在聽著猴子的聲音。她說：好好聽一會，便知道颱風來不來。

「為什麼，阿母？」

「是猴子們在搶窠。因為空氣忽然冷下來，所以野獸都知道天氣的。」

眞的，猴子們的叫聲與回聲一起搖撼著夜闇，從牆縫鑽進來。一陣亂響過後，過了一會，像是母猴發生的粗嘎的聲音拖了個長長的尾巴，接著彷彿房子被拖進溪谷下去般地，有溪澗的水聲好像就在屋簷下響起來。連阿民都深深地蓋上被子，就要睡著了。這時，老鼠來啃柱子的聲音，聽起來就像是父親在鄰房打著好大的算盤，使他禁不住地希望明天快一點來到。阿爸力氣好大，只要他在家，整個家裡便充滿著阿爸的力氣，小偷也一點不可怕了。阿民每次暗下來以後都會說這種話，所以做母親的都得辛辛苦苦地找些話來說給他聽，等他入睡。丈夫在為事業與債務而焦急著，所以未便開口要求他早回，她也是有她的辛勞的。

有時接受孩子們的請求，從山後的部落請來朋友的阿婆，跟孩子們做伴。為了一個晚上的聊天，得提供晚餐與早餐，另外還得給二三十錢的酬勞，未免心痛，因此也不能常常請人家來。可是每三次總得有次聽從孩子們的要求，不然做母親的便得早早地上床哄小孩，實在也是叫人心煩的事。

三

朋友的阿婆住在爬過後山，過一座潮濕的沼澤上的橋，又再越過一座山，便在開滿山茶花的部落裡。這個部落以出產山茶油出名，差不多每家都種著山茶。老阿婆送山茶油給了母親，母親便拿了些錢給她，於是兩人便推拉了好一陣子。阿民說，阿婆，請您收下吧，這樣我阿母才舒服些。

「眞是好聰明的乖孩子，那我就收下了，不過這錢我來買糖果給你好了。」

這樣的老阿婆，阿民當然特別喜歡了。另外，阿民也更喜歡與阿母、阿哲一塊到那個村子去。原來這位老阿婆跟他們祖父還是遠親，因此小孩們對她更感親切。從獨屋到這裡得走一個多鐘頭，這一個鐘頭路程在阿民來說，等於就是做一次遠足。不過母親如果不是有諸如去要些菜籽等事，便很少帶他們去，這就使阿民大惑不解了。難道來到這裡不算快樂嗎？阿民眞不懂大人的心。那裡有不少婦人，租他們土地的人家也有一些，母子三個來到了，總會受到款待的，而且他走到那裡都有人叫他少爺，這也使阿民感到舒服。這個村子的人家，都在禾埕上種著橘子、文旦、柚子、佛手柑、山茶花、菊花等。阿哲總會伸出手來撫像乳房一般下垂的文旦，或者跳起來用頭碰碰，使阿婆她們笑得合不攏嘴。阿婆把下垂的面頰上的皺紋趕到嘴邊，細瞇著眼睛，叫他把最大最喜歡的摘下來，這時母親便會馬上說：還沒熟呢，不能摘，等熟了再來摘吧。但阿哲總捨不得縮回手，末了被母親睨視了一眼，這才不情願地跑到母親這邊，大聲地喊：回家啦、回家啦。不過母親倒好像馬上就把文旦的事忘了，談起別的事。來到這裡可以聽到鄰村的，或者街路上的一些消息，所以她們聊起來總沒個完。

回家多半是傍晚時分，因爲是下坡，所以很快。阿哲抱著文旦，阿婆牽著孫女阿美的手從山茶花山下來。阿民一會在前一會在後，高興得像個小狗。來到沼澤地的橋，可看見鏡子般澄清的溪水裡，有小蟹子等待什麼似地待著，像片片紅葉。看到人影，很快地就躲到石頭下去了。阿婆的孫女從露出半隻頭的岩石底下，很巧妙地將蟹子抓住，這也使他們喜不自勝。紅蟹好像生氣了，嘴巴冒出水泡掙扎。阿哲也叫嚷著在淺灘裡追逐小蟹。屁股打濕了，母親把他的屁股拍拍地打，他起先還笑著，末了便哭出來了，結果教阿美也被阿婆罵了。阿民覺得不忍，便說阿哲本來就是愛哭的，於是阿哲在母親背上跳起來了，嚷著要下來打阿民。阿婆說是阿美不好，做了壞榜樣，才會使別人模仿，結果使得阿美也提不起勁來了。阿民覺得阿哲太可惡，心想：你下來吧，看我不把你打倒才怪哩。

太陽下去，天也快暗了。阿婆說：阿美，還不快走。不到半路就天黑了。

「阿婆，沒關係啦，人這麼多，沒啥可怕的。」

「是嗎？我是沒關係啦，不過妳還得煮晚飯哩。」

透過竹林映過來的夕照光越來越弱了，有些怕人，阿民再也不願管愛哭的阿哲，便牽起阿美的手跑起來。阿美馬上會意，拔起腿便也跑起來。阿哲把蟹扔在地上哭起來，聲音在後頭越來越遠，阿民樂開了，回過頭向阿美說：

「妳跑得好快喲。」

「嗯。」

看到阿美點頭，阿民便裝出了賽跑的架勢，但馬上便給阿美趕過去了。回到家一看，豬圈裡的豬等不及主人回來，正在哭著。領先的阿美回過頭來笑一下，阿民這才放下了心。阿民不忍心看阿美那悄然的面孔。阿美走過屋前的埕子等著阿民。

「妳贏了，應該舉起雙手喊萬歲。我輸了。」

可是阿美沒有這種優越感的表示。阿民定定地看了一會阿美，看出她並沒有生氣的樣子，這才鬆了一口氣，看看屋子的周圍。好像沒有發生變故。從埕子上往下一看，剛好牛在下面的菜園裡鳴叫了一聲。阿民於是便笑著說牛沒有被偷走哩。

「我們好想去妳家的，可是又怕牛不見。我阿母說，萬一牛被偷走，便沒飯吃了。」

「我們去牽牛回來嗎？」

「妳會牽嗎？」

「眞是，難道你不會嗎？」

「嗯，我會啊，可是我阿爸說太危險啦，不讓我牽。」

阿美笑起來，跑一般地下去了，阿民只好跟上。

「阿美！到那裡去？」

阿婆從屋後的山上喊，阿民也拉直嗓子回答說要把牛牽回來。

「這孩子好倔強哩，像個男孩子。」

阿美好像沒有聽見阿婆的話。阿民與阿美終於把牛牽回來了。阿民覺得自己好像成了凱旋將軍似的。阿美熟練地握住轡繩，不知縛在牛欄的柱子上好還是廊子上好，但很快地就看出常被縛在廊子上的痕跡，便用力地把牛拖過去。

「我家的牛常常縛在這裡。」阿民說。

「我們是牛欄。你家牛欄還很新哪，是要做庫房的嗎？」

「大概是吧。」

阿哲在廚房門口往這邊看著，阿婆在灶前幫忙生火。從煙囪冒出了紫色的煙，灶口的火焰像是用舌頭舔著嘴巴。阿美把牛繩縛好在柱子上，取了一把牛草解鬆扔給牠。她跑到阿民身邊，把嘴壓在阿民耳朵上，細聲說你家阿哲好壞哦，阿民微微一笑點了點頭，阿民覺得阿美的心很能與他共鳴，好喜歡她了。阿哲看到兩人在耳語，便跑過來。好像希望他也能參加他們之中的樣子。

「阿美眞乖巧，又聰明，我們阿民可不行啦。阿民哪，你可要好好向阿美姐學習才好呢。」

母親在廚房誇讚著阿美。阿美被稱做阿美姐，好像很不好意思地看著阿民。阿民問她幾歲了？

「七歲。」

阿美回答，聲音小得幾乎聽不見。

「對啦，去跟阿兄和阿姐玩。」

阿婆看到阿哲跑過去便這麼說。

「阿美，好好地跟阿哲玩哦。」

「……餵好雞，把牠們趕進塒裡去吧。」

阿民幾乎喊阿美姐的，可是看看阿美的臉便叫不出來了。鵝伸長著脖子叫著。

「這兩隻也一塊趕進去吧。」

阿哲聽到了，便跑過去，吃力地把雞食提過來。阿美奔到廚房，抱來了鵝仔菜。阿民查看雞塒的門和鵝的窠。

「阿美姐！」

阿民不自覺地叫出來了，阿哲交互地看看阿民和阿美。阿民靦腆地推開阿哲，猛趕了一陣鵝。

「阿哲，這個你拿著。」

阿美撿了一根木棒交給阿哲。阿哲也開始叫阿美姐了。前埕上，一時鵝叫、雞叫與喊姐的聲音響成一片。灶口的火光把阿婆那滿佈皺紋的臉映得通紅。這時，從山後那邊傳來了火車的汽笛聲。阿民指著對面山上低低地拂過去的火煙說：那是回去阿里山的火車啦。

四

點了燈盞後才吃飯，吃起來好像特別好吃。母親不住地勸阿婆挾菜，餐桌上好像來得格外熱鬧。

「房子只有一家，是有一點寂寞啦，可是全是自己的土地，所以心裡也踏實些，是不是？我想，不久這裡也會熱鬧起來的。」

阿婆邊吃邊用鼻音說。

「眞希望這樣。」

「一定的，一定會的。從前，是我二十幾歲的時候啦，有三十年了呢。那時，這裡好熱鬧。對面山上有梨仔園，也有茶園，加上做筍乾的，每天都有二三十個人來來去去的。好像就是從妳公公的時候才開始人漸漸少啦。都是因爲有五兄弟啦，妳公公又是最小的，老三當生蕃的通事，好像比現在嘉義的劉闊先生照顧了更多的生蕃。不過啊，是命吧，都是老好人，所以到有諒手上的時候，財產差不多沒剩多少了。不過也還有這一大片，也算很不錯了不是嗎？」

「嗯，可是要讓土地有出息，還是需要錢哩。」

阿婆與母親交談著這一類話，阿民與阿哲早就想到床上去玩了。在鑽進棉被裡以前，床上可以大玩特玩。角角力啦，翻翻觔斗啦。大家都已經洗過了腳，阿民便吵著要母親點寢室的燈。可是阿美因爲是女孩，所以被阿婆拖過去，在廚房裡洗屁股。阿民和阿哲上了床，馬上開始角力，弄得床板咚咚地響。阿哲還蠻有力氣哩。不久，阿婆、母親和阿美也進來了，寢室裡熱鬧起來，因爲小孩子們害怕，所以阿哲、阿民、阿美三人睡在中間。阿哲不能離開母親，所以阿民跟阿美靠在一塊睡。阿美的髮辮發出山茶花的香味，使阿民胸口奇異地動盪起來。有一次路上拜拜，阿民也和一位遠親女孩一起睡過。她覺得女孩子都有這種香味。小孩子們把雙手露在棉被外，聽大人們的交談。牆縫裡，星星仍帶晶晶閃亮。再過兩天便是舊曆十一月一日了，是冬節，家家戶戶都得搓圓仔。母親與阿婆在聊著這一類事。不用說，母親也早就準備好糯米了。夜裡起來煮圓仔吃，那眞是件賞心的樂事。甚至連天上的星星也都快活起來了，看來特別地明亮。可是自從來到山裡以後，忽然就沒意思了。夜裡起來，黑黝黝的林子總是那麼駭人。如果父親回來，阿婆她們也剛好來，那就有趣了，可是這恐怕不太可能。阿美鑽進被窩裡以後忽然不響了。從夜闇裡傳來的「苦雞母」（杜鵑鳥）鳴聲，好像變得尖銳了，連阿婆都禁不住地說：在這樣的地方過夜，眞是好寂寞啊。

「村子裡也許屋子多，苦雞母的聲音聽來不會這麼近。」

「是啊。那種聲音，大人聽來也怪寂寞的。住在這樣的深山，又沒有親戚……」

母親也好像在想著住在街路時的往事。這種苦雞母整晚咕咕地叫個沒完。是杜鵑的一種，山裡的人都叫苦雞母，意思就是自個兒在痛苦的母雞。母親常說，這種鳥和她很相像。

「聽說那鳥是張天師的孫子再世的？」

阿婆問母親。

「我也聽說過了，可不曉得是眞還是假。」

張天師就是鬼王。一天，有個老公公牽著孫子的手在野地裡散步。他們偶然來到石門。老公公好奇地往裡頭窺望了一眼。就在這時，石門關上了。老公公唸道：「石門開，石門開，天下貴人來」，門又開了。老公公便吩咐孫子在外面看著牛等，公公要進去瞧瞧，如果有趣，他會來帶他進去，於是孫子便在外看牛。老公公覺得，萬一有危險，那麼孫子在外面也是很安全的，所以他一個人進去。不料進去一看，那裡眞像宮殿。然而，當老公公進去了以後，石門馬上就關上了，孫子怎麼等也不見公公出來。他學著公公的樣子唸，石門還是不開，只好阿公阿公地叫下去，終於他累了，開始叫公公。最後他吐出血來，還公公，公公地叫著死了。故事裡說，這孩子再世變成杜鵑，仍然不停地叫公公。那個老人變成張天師，所以杜鵑便是張天師的孫子了。阿婆和母親聊著的當兒，阿民不知不覺地便睡著了。

醒來時，灶孔裡小樹枝發著畢畢剝剝的聲音燃燒著。朝陽照耀著東方的連山，草木都給露水洗過一次臉似的。阿美先起來，掠著頭髮想下床。阿民慌忙地下來，在那裡的尿桶小便，阿美畏羞地跑出去，好像要到屋後去解手。阿哲也醒過來了，阿母阿母地叫。阿哲還很會撒嬌，非母親來抱他便不肯下床。

牛蠻有朝氣地從鼻子冒出白氣，開始在反芻了。

「這裡好冷是不是？」

母親這麼問，阿婆回答說差不多啦。這是個快樂的早晨。鵝和雞從塒裡出來，向前伸長脖子，多麼快活似地東跑西竄著。母親從廚房裡拿出用番薯做的雞食，倒在埕子上的餌槽裡。阿美趕快取了一把牛草給牛。這一天，牛草就沒有了，阿美說她一個人也可以刈夠牛草。

「阿美，來洗臉啊。」

母親在廚房裡叫。

「阿美不必急哩。」

阿婆說，但母親還是在面盆裡舀了水給阿美。她用食指擦了擦嘴。細心地洗了臉。連阿哲也多麼稀奇似地看著阿美洗臉的樣子。

「阿美，不用那樣擦啦，快洗吧。這孩子，眞比大人還愛美哩。」

阿波這樣向母親說，不過這好像是阿婆的口頭禪了，阿美一點也不在乎的樣子。阿民覺得她好叫人喜歡。

「這不算愛美啦。阿美，妳只管慢慢洗。阿哲和阿民都不喜歡洗臉，妳就做做榜樣給他們瞧瞧吧。小黑炭，看看誰願意嫁給他們。」

阿美畏羞地露齒一笑，阿民也覺得靦腆了。母親爲啥總要叫人下不了台呢？阿哲倒說他也要洗了。阿美趕快倒掉面盆的水，阿哲捧起了它，說要去舀水就跑過去了。這麼勢利眼的弟弟，使阿民深感恥上加恥，覺得自己非到廚房後面偷偷地洗臉不可。母親擺好了餐桌，叫阿波快些就座。阿美第一次大叫一聲阿民，這使阿民大喜過望地從廚房裡走出來。當四個人坐好時，對面山巒上的園裡受著朝陽，連番薯的花都點點發白，可以看得一清二楚。由於下去下游的猴仔們在那兒的園裡偷番薯當早餐，所以對面山後村子裡的農人出來了，拉直嗓門喂喂地大吼著，把猴仔們趕走。

「那邊山園也好像遭殃啦。」

「是啊。阿民他阿爸也說，非買來抓猴仔的鋏仔不可了，不然出竹筍時會給弄得一塌糊塗。猴仔的洞附近多半是麻竹，可是再上去就是桂竹了。那些猴仔，跟人一樣，筍種有丈多高了，還要從下面抓著搖撼，筍尾就斷了。」

「眞氣人，眞可惡。我家的園裡也被蹧蹋過一次。那些猴仔挖番薯時總會有一隻把風，人影一出現，一聲吼叫，就全都跑了。」

阿婆和母親說著這些，又談起那兒的土地肥啦等等。聽她們的話，阿婆好像決定吃過午飯才走了。阿婆還表示要幫母親到番薯園去除草。阿民要母親請阿婆再住一晚，可是阿婆自己家也忙著，加上父親今天可能回來，所以母親說下次再去阿婆家請她們來，阿民只好死心了。

這些都不打緊，糟的是阿美，她剛來時還好，可是到了第二天傍晚，好像想家起來了，一直吵著要回家，纏住阿婆不放，還淚流滿面，連母親都沒法哄她了。因此，母親也覺得煩了，打算讓她跟阿婆一塊回去。阿美的母親死了，繼母還很疼她。儘管如此，阿美還是有點任性，臉是胡桃形，眼睛好大，看來好伶俐，高興時做事很勤快，還有點得意洋洋的。

「阿民，你這麼喜歡阿美，那就讓她嫁給你做牽手吧。」

阿婆的話使得阿民尷尬極了。看看母親，不料母親竟滿口說好，還表示阿美一定討厭阿民吧。阿美畏羞得眼淚都流出來了。母親很快地就發覺到，便趕快把話題岔開。從對面的山又傳來農人趕猴仔的喊叫。阿婆吃完了飯，拿起碗筷就進廚房裡去了。母親阻止她說：

「放著吧，阿婆，我會洗的。我差不多是妳的女兒的年紀哩。」

「我也得活動活動筋骨哩。我可不是富貴得吃飽飯可以把碗筷一放就算了。」

母親也拿起自己用過的碗筷進廚房裡去。阿美跟上，阿民也急忙從凳上下來，連阿哲都一面嚼著飯一面跑進廚房。鵝好像也吃飽了，在埕子上嘎嘎地叫著。

母親與阿婆戴上了頭巾，腰邊繫了刀架，拿起鐮刀往腰後刀架上一插，從埕子下去，並回頭向阿民他們說：

「要乖乖地跟阿美玩哦。」

「阿嬸，我可以去刈牛草嗎？」

「好哇。可是，妳眞會嗎？」

「會啊。」

阿婆替她答。

「阿美，妳不要把阿民阿哲他們帶到草叢裡，太危險啦。」

「對，不要去草叢裡刈，路邊就有好多草啦。」

母親說著便與阿婆一起下去了。阿美與阿民從寢室牆上的刀架取下合適的鐮刀，三個人便一起從側門出去，沿竹林裡的小徑下去。可是阿哲在竹林口叫著說有一顆紅柿子，怎麼也不肯下去。阿美撿了嫩草刈起來。很快地就刈子一束，可是阿哲抬高頭看著那棵柿子樹，吵要要阿美姐幫他把柿子摘下來。

「怎麼摘得到呢？不管他！」

阿民說。那柿子樹，大得連大人也都非要爬上去不可，光用竹竿是摘不到的。阿民和阿哲不得不死了，可是阿哲不依，阿民只好叫住阿美。阿美回到坡上一看，眞地有幾粒紅柿子花朵一般地遮在葉子裡，於是她也想摘了。她用竹竿做成了一個叉試試，可是竹竿太重，竿頭晃呀晃的，就是叉不到。這棵柿子樹常有種種鳥聚過來。有紅的，也有藍的。紅的有黑嘴，藍的嘴卻又是紅的。這種紅嘴黑鳥，還有鵪鶉啦、鶯啦、黃鶯啦、山鳩啦，都會過來。山鳩咕咕地叫，很會撩人鄉愁。三個人蹣跚著步子扛著竹竿叉柿子，就是叉到了，柿子也給戳爛了，根本沒法吃。三個人弄出了一身汗，饞涎欲滴，只有眼巴巴地抬頭望柿子的分。最後脖子都痠痛了，頭都差不多抬不起來了，阿美這才又想到新式家家酒的玩意。這就是搬來泥塊築小祠堂的玩兒。小祠堂築好後，撿些小樹枝來燒，把小祠堂燒成通紅，然後拋進番薯，把小祠堂搗毀。等上一個鐘頭不到，番薯便可以烤熟，成爲最好吃的點心。阿民和阿哲在阿美的指揮下，搬泥塊啦，撿枯樹枝啦，忙得不亦悅乎。小樹枝燃燒起來了，畢畢拍拍地響。阿民送火柴回廚房，看煙囱管邊放著魷魚，問阿美可不可以烤來吃，阿美把他訓了一頓才作罷。阿哲紅著整個臉撿樹枝。搗小祠堂時，阿美取來了每人兩隻的番薯拋進去。在上面再蓋上一些泥土，便成了一座小山了，阿美在小山上插了一根鼠尾草葉子。

「這葉子有點枯萎了，便可以挖番薯。」

連阿美蒼白的臉，都好像擦胭脂般紅起來。三個人說番薯鬼要來了，快逃吧，便又跑到竹林裡的下坡路，開始刈牛草，不久，他們把番薯挖出，剝開皮，甜得像糖，好吃極了。

母親與阿婆中午前回來，忙著準備午飯，阿美他們倒一點也不喊餓。豬們呼嚕呼嚕地鬧著，使他們覺得好可笑。然而，想到午飯後阿婆和阿美就要回去，寂寞感便湧上來了。阿婆飯後拍了拍頭髮與衣服，也替阿美拂拂身子，準備要回家了。母親收拾好，拿二三十錢塞進阿美的口袋裡，說是要給她買糖果吃的，於是推來推去，足足折騰了二十分鐘之久。

「受妳照顧了，又吃了飯，還能拿錢嗎？這不成哪。」

「別這麼說了吧。說錢倒好聽，其實只是騙騙小孩，妳就收下吧。」

阿民和阿哲悵然地看著大人們在推三拖四。埕子裡，晒衣竿的影子畫著一條直線。阿美抓著阿婆的衫裾。

「阿美姐，再來喔。」

阿美聽了阿民這話，頭猛地一點。阿哲也學著說了一句，阿美默默地看著兄弟倆的面孔。阿民好寂寞，恨不得跟她們去。

「阿婆，再來喔。」

阿民拉了拉阿婆的手。

「阿民，阿哲，你們也來我家玩。」

「好的。阿母會帶你們去，還要在阿婆家住哩。」

「眞的，阿母？」

「當然是眞的。」

「可要眞的和阿母一起來呢，阿民和阿哲都眞乖，阿美喲，還不向阿嬸說請妳來玩？」

阿美羞怯地躲進阿婆背後去了。她好像不喜歡說這種客套話。

「阿美也要和阿婆一起再來喔。我們等著。」

阿美被阿婆牽著手，爬上後山去了。她們在竹林裡不見了以後，阿民還在喊再來喔，回聲遠遠地響起來。阿婆也回答說會的，還會再來呢。接著，叫阿民他們的聲音傳來了，在這獨屋的埕子上，回聲久久地呼應著。

五

以爲父親傍晚時分會回來，結果還是沒有回來，於是獨屋裡的母子們便當頭給淋了涼水般地感到無助了。入晚後一如往常母子三個人一起上了床，不料阿民竟哭起來了。紅紅的夕陽下沉的時候，對面山園上又有農人趕猴仔們的喊聲，與回聲一塊傳過來。人因爲寂寞而早早上床，這自然是不錯的，但家畜們那麼早就被趕入巢，對牠們可不是件好過的事。直到雞們在塒裡咕咕地發出安靜下來的鳴聲以前，阿民寂寞得心都似乎要溶化了。當雞咕咕地叫著使小雞安歇的時候，夕闇也來了，同時彎月也出來了。

「明天一定會回來的。還會買回冬節拜天公用的東西，讓阿民和阿哲高興的。我們實在不用讓人家住下來，把阿爸的禮物也分給人家。而且阿美愛哭，阿爸一定會不高興的。」

聽到阿美會使阿爸不高興，阿民更心焦了。還好阿哲被母親一哄，比阿民更乖了，整晚都靜靜的。阿哲有沒有伴都一樣，這又使阿民覺得阿哲眞是個傻瓜。希望早一點天亮了，想著想著，雞們忽地又吵起來，於是他醒過來了。朝晨的陽光照得牆壁幾乎透明，可以看見外面的林子，側過頭一看，母親已經不在，凝神聽聽，好像在廚房裡準備早餐。豬們呼嚕呼嚕吃東西的聲音也傳來了。

「阿母！」

阿民叫了一聲，阿哲醒過來了，也叫阿母。

母親進來，讓阿民和阿哲穿上夾衣，把阿哲抱下床。阿哲赤著腳就想跑去。母親取出了稻草鞋子，告訴他早上比較冷，要穿上這個。家畜們都快活地在埕子上享受著陽光。牛好像抽菸一般地從鼻子噴著氣。往下看梯形園，園邊一棵老山梨樹枯死了般地，在陽光下把小樹枝伸向天空。

「今天阿爸一定會回來的。」

母親說著在面盆上倒了水，要阿民洗臉。兩對面山園又有趕猴仔的喊聲傳來了，阿民便圈起手舉到嘴上嘔嘔！大喊一聲。不料對方有認識阿民的，「阿民哦！」這麼喊過來了，阿民總算恢復了朝氣了。

「是有鄰兄吧。」

母親說著從廚房出來。那兒是名叫有鄰的一位貧窮農人所耕的園地。園下的竹林也是阿民家的。有鄰爲了做籬笆，偶爾會來這獨屋要竹子。所穿的衣服打滿補綻，看來好可憐。他的妻子和孩子，也都像是一堆會走路的破爛布。一呼一應的聲音繼續了好一會，母親便不耐煩起來，告訴阿民說：夠了，有鄰兄好可憐哩，他在餓著肚子，你想送飯去給他吃嗎？阿民這才停止叫喊，趕快洗臉。

「今天，如果你們乖乖地幫阿母在番薯園裡拔草，那麼阿母就給你們每個人賞五錢，放進撲滿裡。」

聽母親這麼說，阿哲馬上就歡呼起來。阿民當然也覺得非聽話不可了，飯後只得準備去園裡。所謂的準備，也不過是取下有護耳的帽子改戴笠仔，此外就是由母親替他們穿上「足袋」（一種日式布鞋）。以前，他們都是打赤腳的，自從不久前父親做了一場夢，認爲不應該讓孩子打著赤腳出去，便買回來孩童穿的「足袋」。在這場夢裡，孩子的腳被一條小蛇咬到了，於是在這山地一帶地區，阿民與阿哲兄弟倆首創了小孩穿足袋的例子。

以爲父親非到傍晚時分不會回來的，不料中午稍過，從屋子右後方的山上傳來了「阿民！」「阿哲！」的喊叫與回聲，兩個小孩便扔下碗筷衝到埕子上，齊聲大叫阿爸！便有父親的「來啦！」從竹林裡響過來。

「阿爸！」

「來啦！」

聲音近了，兩人跑下坡路迎過去。

「阿爸！」

「來啦！要來了一隻小狗哦！」

父親的聲音更近了。兄弟倆便渡過澤地，跑向上坡路。母親也出到埕子上，目送著在林子裡疾跑而去的兩個小孩。雙方的喊聲正在接近，使她胸口熱昂昂的。小狗的吠聲也夾在孩子們叫喊的嗓音中，母親這才慌忙地回到廚房，沏沏茶什麼的，準備迎接父親的回到。

孩子們把父親圍在中心，從埕子的入口進來。打著綁腿，穿上足袋，頭上是一頂笠仔，看去好像比上街路時更年輕些，這是因爲上了理髮店的緣故，山中的粗漢般的父親忽然變得時髦了，小孩們從左右纏住了他。網袋裡裝著滿滿的「等路」哩！手上提著的籠裡，小狗正在咿咿嗚嗚叫著。父親準備先把小狗放出來，可是母親趕快把茶提出來說在放以前應該先拜拜神壇與灶君爺。雪白的小狗好像俘虜，乖乖地讓母親抱著，被抓住前腳拜了拜神，接著又被抱到廚房，向灶君爺拜拜。母親一面讓牠拜一面叨唸保佑牠乖乖地聽話。每次拜的時候，後腳便在空中擺盪，小孩子們開心地笑了。拜完，母親又抱到埕子一角，扯下一枝小竹枝，裝著替牠揩屁股的樣子，叨唸：以後就在這裡大便啦。小狗這才被放在廊上，於是兄弟倆便又盛飯啦，拌魚湯啦，忙得好不起勁。

六

父親在回來的第二天，阿壽從村子裡扛來一把比捕鼠器大上幾十倍的鐵鋏子。父親說，這個農閒期，他每天要做狐狸、猴子、山雞、山豬等的陷阱。阿壽好像已經抓著了好多野獸似地，拚命誇讚那些大大小小的鋏子。父親還爲阿民買回了好靴子，以後可以伴著父親上山了。這使阿民欣喜如狂。明年還要請個年輕人看牛，這消息連阿哲都鼓掌表示歡迎了，因爲一家會更熱鬧些。接著，父親又請阿壽在埕子邊造了曬筍乾的架子，還要阿壽幫父親請一個竹匠做放在筍架上的長方形竹笪。阿壽喝過了茶，從父親接過五十錢，便口口聲聲讚揚小狗回去了。阿民好高興聽了這種讚揚，想到將來小狗長大了，陪著他和父親到山野裡去奔跑的模樣，他樂得禁不住連連地親小狗。

父親到森林裡去設陷阱時的裝束與上街路時差不多，不過阿民可大不相同了，穿上襪子，把褲管塞進襪子裡，再穿足袋，那樣子好帥，使阿民覺得得意極了。為了防蚊蚋，戴上護耳，站在正在設陷阱的父親旁邊，揮舞著小樹枝來替父親及自己驅趕蚊蚋，這就是阿民的工作。如果沒有阿民，那麼父親便得自己邊驅蚊蚋邊工作，太麻煩了，這也是母親同意讓阿民上山的原因。阿民覺得自己長大了。路上逢到危險的澤橋或深谷，父親便背他。陷阱設好，第二天早上去巡看，這是最大的樂趣，阿民常為此心口篤篤地跳，父親也滿臉浮著笑，牽著阿民的手，在沒有路的森林裡攀援而上。尤其抓到了狐狸一類的動物，四下比用鐮刀刈過還要乾淨，連阿民都可以想像到狐狸掙扎的情形。看到人影，狐狸就會猛撲過來，可是腿被夾住，只得掙扎著想竄進草叢裡去。怎麼樣才能把牠綁起來呢？父親想了想，結果是砍下了有叉的堅硬樹枝，先鎜牠的脖子叉住，然後才用粗繩綑起來。阿民哪，你站開一點，好危險哩。勇敢的父親每次要叉獵物的脖子時總這麼提醒阿民。阿民就在一旁屏住氣息看父親。陰濕的林子裡空氣冷峭，溪流的嘩嘩清楚可聞。在林子裡的陰暗裡，父親的臉緊繃著，父親用那枝樹枝挑起獵物，又牽起阿民的手去看別的陷阱。沒有一個早上落空的，因此餐桌上每天都好豐富。每次看到山雞中了麻繩做的圈套時，阿民都覺得好可憐。牠吊在竿子上，人走近便飛縱起來，阿民這才破顏笑出來。

「阿爸，山雞抓回去養養吧。」

「這麼大啦，養了也不會乖的，不是瘦了，便死掉，還是吃掉好。山雞汁和狐狸，味道特別好哩。」

「多可惜。」

「抓到小山雞，便可以養啦。」

不記得是那一次，抓著了猴仔，這是最有趣的一次了。有一隻猴仔給抓住，其餘的猴仔們便大鬧特鬧起來，整個林子都沸騰起來一般。如果附近另外還有別的陷阱，便也多半會有收穫，這是因為別的猴仔想來救中了圈套的。剛好那一次只有一所陷阱，猴仔們便遠遠地包圍住那隻陷阱吵鬧個沒完。父親也緊張起來了，甚至還讓阿民也拿了一根棍子。可是當阿民和父親走近時，別的猴仔都逃開了。綁猴仔又是件麻煩事，父親一面綑牠一面說明。綁猴仔比綁人還不容易哩。光是把雙手雙腿反剪還不夠，一定要把右手和左腳綑在背上才行。雙手雙腳綑好了，還有嘴巴。這張嘴巴咬起人來頂厲害的，得先讓牠啣上木頭，然後再把嘴巴緊緊縛起來。爲了這一隻猴仔折騰了半天，別的陷阱已沒有時間去看了，得先回去吃過早餐再出來看。阿民與父親像凱旋將軍般得意洋洋地回來。在家裡，阿哲和小狗也在歡迎著了，這使父親好高興。

巡看陷阱回程，還得順便刈牛草回來，所以很是忙碌。其實設陷阱說起來還是空閒時的副業，獵獲物多時，有時還會讓山貓死在陷阱裡腐爛掉。

春天快到了，山梨的小枝頭長出了新芽苞。父親爲了過年的準備，偶爾又得上街路去。於是，阿婆又給請來了。有時還從山茶花的部落叫來女孩，幫忙舂米，這深山獨屋便又突然有活力起來。

過年時，他們決定請一名看牛的年輕人。爲了得事先準備好這佣人的房間，母親把庫房隔壁的房間細心地打掃乾淨。大除夕快到了，父親爲了新年的新計劃，每天都待在家裡，在新的簿冊上寫寫年月日，還聽從母親的話，在門口貼了門聯，從大廳到廚房也都貼上了「福」字和「春」字。連竹製的門扇上也貼上了門神的紅紙。因此這深山獨屋忽然間新春就來到了，家裡似乎也熱鬧了許多。依照古俗，從大除夕到正月十五日須要「呈燈」，每夜每個房間都要點燈。紅燈反照了燈光，屋子裡更熱鬧了。燈也就是丁，點燈也就是添丁之意。過年的時候，裝飾屋裡，人也穿上新衣，這當然是賞心樂事，但大魚大肉倒不算稀奇了，這是因爲向來獵獲物多的緣故。然而，即使穿上新衣也沒有人欣賞。這就沒意思了。大除夕拜過神，第二天便是元旦。元旦是到了，卻不太有新年的氣氛。倒是在等新年的時候更像新年。園裡菜花開了，父親也穿上新衣，站在埕子的石板上往下面眺望著，悠閒地吸著菸向母親說：那一塊園可以闢成水田哩。也是爲了過新年，牛不再放，仍然繫在廊子裡讓牠吃牛草。母親爲了打發無聊的時間，剝下糊在門板上的圓仔，烤烤，用來卜卦嬸嬸的喜事。這使父親都覺得有趣了。希望有人來玩，卻誰也沒有來。山裡的風景依舊閴靜，除了大自然的胎動與季節的表情外，什麼也沒有。只有猴仔們照樣朝夕一下一上。對面山園的番薯好像都挖掉了，園土在朝陽下看來益發生機盎然。還可看到在園裡，有些猴仔們在撿番薯。

「爸，猴仔也有過年嗎？」

阿民問父親，父親回答說大概有吧。

「再沒有人會趕，也不會有人設陷阱，過年在猴仔也是好高興的日子呢。」

母親爲阿嬸烤的圓仔起泡泡了，母親便說，這次阿嬸一定會生個小弟。下次到村子裡，一定要告訴阿嬸這個好消息。她是父親的弟媳，他們對父親不太有幫助，所以父親對弟弟幾乎是冷淡的。他做事不夠機伶，生來就是個待在村子裡的人物。如果他能來父親的工廠當個監工什麼的，父親不曉得會多高興，但他就是不可靠，所以父親就懶得去管他。起風了，屋後的柿子樹沙沙有聲。午後冷起來了，父親焚了火堆，一面烤火一面說來做個捕鼠機吧。這話使阿民他們樂開了。用竹筒做成的捕鼠機，在他們來說是最恰當的玩具。光是想到老鼠把脖子伸進竹筒裡給套住的樣子，便使人感到好玩。從元旦大年初三，搓搓繩子啦，削削竹片做彈簧啦，總共做成了將近二十付，阿民和阿哲樂得什麼似的。每人可得五付，阿民拿到了自己的，馬上在其中兩付裝上生番薯的切片，拿到庫房角落去放。初三午後，父親雇的年輕人阿堅仔來到。本來是說好初六來就可以的，他早來了，使父親好高興。因爲他不是零工，是長年，所以越早來越好。母親馬上爲阿堅仔煎了甜粿和鹹粿給他吃。他提起牛的鼻圈，查查牛下巴。據說每隻牛下巴都有四五根硬鬚。如果只有一根，那這隻就是牛王了。阿民聽過關於狗的，卻從未聽過牛的，所以熱心地看守阿堅仔那熟練的手。他還蹲下身子，將盯在牛股間的一隻牛虻抓住。

「這傢伙會吸牛血哩。」

他用腳來踩它，紫黑色的血滲在地面。阿民原本以爲既然是年輕人，必定可以做他的好哥哥的，不料看著阿堅仔的臉，總覺得不太對勁，好像有點傻呼呼的。阿民好失望，但也被促發了好奇心，便拿了好些話來問。果然答話都牛頭不對馬嘴，阿民很快地就明白過來怎樣使喚阿堅仔了。一定只是爲了使喚才請的，看著他那只會聽話不會思慮的面孔，阿民有點同情了。不管草叢裡有沒有蛇，有沒有刺，阿堅仔都毫無畏懼地竄進去。阿民看到他這種情形，不由地想：工廠裡，這樣的人物還是須要的吧。

從埕子往下面看去，園邊的那棵山梨樹好像噴灑了一樹的霜，是開始開白花了。竹林裡發黃的竹葉，也在這幾天來的風裡全給掃光，山好像禿了。石有諒看到這山梨花，好像被什麼催著般地焦灼起來，心胸裡淒淒然的，工廠裡的工作便浮上腦際了。聽說那棵山梨是祖父種的。懷舊的情愫與現實的生活一齊湧上心頭，令人寂寞。洗竹子該請多少個工人呢，或者自己來呢？這就是把去年夏間浸在池裡的嫩竹取出，洗淨石灰的活兒。這種工作，由於手腳的皮膚受到石灰水的浸蝕，夜裡會針刺般地疼起來。因此，工作前後都得焚燒樟腦樹來烤手和腳。工作是挺粗的，工資也最貴。帶著妻子和孩子們到長方形石板池去看看，黝黑的石灰水滿滿的，嫩竹也軟得很順利的樣子，這倒令人放心不少。這工作不但用人量非常可觀，擔的風險也不小。萬一池子漏水，或者石灰不夠，竹子就不會變軟。再添石灰吧，無奈時令飛速移轉，後面的工作又得著手了。也是爲了這緣故，工作還沒開始的當兒，石有諒便在池畔焚焚香，拜拜土地公，請求庇護。幸虧情況不惡，石便四下眺眺澄碧的遠山，瞇起眼，手舉至眉上瞧瞧今年的氣候推移的模樣，也瞧瞧長在竹林裡的一棵巨樹。阿民也想起把青青的柿子浸在池裡的竹把間，不消兩三天澀味便去掉，可口極了。浸竹前，由於爲了試試漏水情形，在池裡放滿水，因此這附近的青蛙鳴叫聲，每晚都比狂風驟雨聲還要大。有呱呱聲，有嘎嘎聲，或高或低，簡直如跑馬場的女人們打起了群架一般。不過如果是在午間來看看，卻靜得只有幾隻青蛙翻起白白的肚子死在那兒罷了。由於附近到處都有石灰溢出來，所以這裡特別明亮清潔。不久，造晒筍乾的竹笪的竹篾匠也來了，便讓阿堅仔與老工人打掃石板牆工廠，並讓他們在那裡歇宿，只有吃飯時才來屋裡。埕子邊的柑子樹萌出了新芽，從山茶花的村子，每天有叫阿蘭的大約二十歲的女孩與她妹妹一起來，幫忙舂米及掘番薯的工作。

七

舊曆二月分前後，洗竹的工作告終，三月初三的清明節一過，製造竹紙的工廠便要動工，石有諒已準備好了一切，只待開工。將近二十個人的伙食，煮起來夠麻煩的，所以決定在工廠裡開灶。阿堅仔吃住也轉過去，另外幫忙家事的是有個跟阿民同樣大小的小孩的寡婦，以及今年三十歲的離婚婦人，她們都來到家裡這邊住，好像做拜拜似地熱鬧起來了。石因爲無法樣樣自己來，便把工廠的事包給人家做，所以雖然還不算閒暇，卻也不必費那麼多的神了。但他還得天天去察看紙質，行情方面也得留心，另外就是屋子左邊的空地上再蓋一幢竹屋。爲了怕筍乾季開始了以後人手不足，因而計劃在工廠動工以前把竹屋蓋好。帶孩子的阿元嬸幫忙母親，離過婚的順孝嬸則在工廠工作。洗竹的時候，石自己也參加工作，如今他的雙手都好粗糙好粗糙，從皮膚破裂的地方，有時會滲出血來。順孝嬸是個烈性的婦人，但是她那雙眼光，有時會使人覺得她是個色情狂，叫人討厭。當你看到她那有油光的凸出的額頭，便會禁不住地想：也不照照鏡子，怎能裝出那種眼神呢？可是來到這深山做工的女人畢竟不多，是沒法過分吹求的。石就向妻子說，這也是不得已啊。終於開工了，竹屋的工事也開展，驅牛碾竹的吆喝聲與人聲響成一片。阿元嬸的孩子胖嘟嘟的，動作遲緩，常遭阿民取笑。這些日子以來，竹子做的捕鼠器收穫好，連阿哲的都常常抓著，所以兩人都熱中起來。阿元嬸的孩子阿猷也加進來。這孩子設圈套、找老鼠路，倒眞有一手，比阿他們還高明，所以兄弟倆都開始跟在阿猷屁股後出去園裡了。

「家裡的老鼠才沒意思哩，去抓園裡的吧。」

「好哇。」

阿民同意了。阿哲有點莫名其妙，但倒也跟在兩人後面跑出來。看到孩子們下去園裡，狗搶先跑了。這個獨屋就這樣有聲有色起來了。尤其色情狂的順孝嬸被稱做工廠的消氣丸，這是說她成了大家尋開心的目標。

「阿嬸，不啦，阿姐，以後天氣熱起來還好，冷天裡一個人睡，不太好過吧。」

「你這夭壽仔，我和年輕姑娘一樣哩，才不會胡思亂想啦。」

整個工廠都笑起來了。另一個好事的人也湊上來說年輕姑娘哩，那是說在室女嗎？

「夭壽喔，討厭死了。不和你們說話啦。」

石來到工廠，偶爾也會碰上這種場面，覺得好噁心，便趕緊上到池子上，在心裡盤算諸如用了多少竹子造出了多少紙啦，還有多少竹子，可造多少紙啦一類的問題。

山梨花謝了，葉子也綠了，不知不覺間泛黃的山已變成青翠，樹上的新芽有紅有綠，連柑子也結出了青青硬硬的果子。桂竹林裡，鹿角樣的筍仔戳破了大地，一齊冒出來。筍乾的工作也差不多得開始了，石的弟弟夫婦倆也每天從村子裡趕來工作。石帶著弟弟走遍了竹林，給要留下來做種的竹筍做了記號。看到竹子疏的地方，便撿起掉在根部的筍殼，在筍的週邊打做爲記號。竹麻筍也開始出了，所以筍乾工廠也開工了。爲了把產品搬到R鎮的特約商店日昌號，每天都有做零工的工人從村子裡來到。從獨屋經村子到街路的路上行人多起來，食物也豐富了。兩處工廠都開始動工以後，每逢初一十五都要拜土地公，阿民他們也就每月可以吃到兩次炒米粉或炒麵，眞是大快朵頤。孩子們過得心滿意足。有時帶著狗到園裡去活捉老鼠，有時也去抓茶色的美麗筍蟲玩。這筍蟲有比「一千零一夜」裡的騎士更勇武的外表，卻不能咬人，所以是孩子們玩樂的恩物。埕子的筍架上晾著滿滿的煮過的竹筍，孩子們躲到下面去玩。來自村子裡的切筍女工有帶孩子來的，因此這深山獨屋每天居然有四五個孩童一起玩，後山的麻竹林有山豬出沒了，決定用老虎鋏子來設陷阱。連孩子們都覺得這是件令人期待的趣事。如果抓到了山豬，那就得好好地拜一次土地公了。在他們來說，這又是大吃一頓的好機會，所以經常都留心著聽工人們的交談，可是都落空了。想來是讓山豬給察覺到了，改了路線吧。

天氣熱起來，中元也快到了。這山地雨多，挖筍工人每天都淋雨。西北雨一來，收筍就像搶劫，從埕子到整個屋裡吵成一片。筍乾被雨淋過後成色就差了，賣不出去，所以才這麼慌張。逢到雨下久，一時不見放晴，工人們便斷了繼續出去工作的念頭，靠著廊子上的火堆來烤衣服，這時偶爾也會有人提議喝他兩杯吧。

「別忙。你說喝酒嗎？那就得先去釣魚才行哪。」

喜歡釣魚的年輕小伙子這麼出主意。接著便有三兩穿上簑衣的年輕小伙子從埕子下去釣魚去了。阿民他們把番薯抛進火堆裡，或者將花生埋在火灰裡，用棍子攪攪火堆，火花便飛揚起來了，於是又得挨一頓父親的罵。鵝是最高興的了，在埕子裡大洗其澡，不時地嘎嘎鳴叫著，把小腦袋抬得老高老高，詑異似地望望天色。傾盆大雨把群山罩進濛濛水霧中，雷電震撼屋頂。孩子們摀住雙耳，渾身用力著，以免肚臍被攫走。

「眞糟，這樣下去，澤裡竹橋怕會給沖走哩。」

石憂心地凝望著雨腳向工人說。

「不會吧，用籐條綁在樹幹上了。」

不久，釣魚的回來了，於是廚房又忙起來。小孩們雖然不能喝酒，但有蘿蔔粥吃，也歡天喜地。從火灰裡撿撿花生啦，吃烤番薯啦，人人嘴巴都在動著，說的話也就有點口吃的樣子。沒有比吃東西更樂的了。人只要有東西塞進嘴巴裡嚼，天下便太平了。阿民他們覺得那些喝了酒臉紅得像雞冠的大人們所說的話有趣極了。切筍、煮筍的女工們也邊吃點心邊聊得好不起勁。等候雨過的一刻，眞是再快樂不過。阿民他們拉直嗓門唱著亂湊的歌，女人們一面收拾一面窺窺雨是不是停了。

「今天就不用再做啦。」

石的一句話，使得工人們更放鬆了，連不會喝酒的也向酒杯伸出手。男人們既然不再出去幹活，那女人們便也可以準備下工回家了。她們希望雨過後一口氣跑回村子裡。看來最忙的該數阿民的母親了。一會廚房，一會筍廠，兩頭來回奔忙，鬆口的時間都沒有。爲了擔心小雛雞被水沖走，還得來到廊子上數數雞。狗在那裡甩身上的水，被母親罵了一聲。狗知道被罵，便跑過來加到阿民他們這一夥當中。埕子上的草木在雨下低垂著頭。雞冠花差一點被雨打斷了。那是阿婆的埕子上取來的種籽種的。另外也要來了菊花，可惜目前只有一大叢葉子，還沒有開花。雨點漸漸小了，不知不覺間放晴了，夕照把埕子染成紅色，雞在追逐著翅蟻。掛在中天的虹使阿民他們樂開了。再繼續工作已經不適合了，來自村子裡的男女工人便帶著小孩三三五五地回家去。躺在長凳板上的年輕小伙子，剛好醉也醒了，舒舒服服地伸個懶腰，好像錯以爲剛剛天亮，四下瞧瞧，這才明白過來是傍晚時分，看看草鞋在那裡，然後高呼一聲起來，準備回家。這種情形，夏天裡是常見的事。次日也是天還沒有亮就有工人農人們咚咚的踏響著屋前的路，從竹紙工廠那邊還有石磨的咿咿聲時不時地傳達過來。當阿民他們在筍架下面玩的時候，父親在埕子上大叫著說：阿民，山豬啦。於是廚房裡的母親和在廠裡切竹筍的女人們都飛奔出來了。約一百斤大小的山豬，四肢被綁住，倒掛在竹棒上，父親在後，阿壽在前抬進來了。山豬的嘴巴就像上次的猴仔一樣，咬著一根木頭給緊緊縛住。終於還是抓住牠了。竹紙工廠那邊也有好多工人跑出來看牠。

「還活著哩。」

「是老虎鋏子，不會死的。」

大家你一句我一句地嚷著，也有還沒吃到就叫好吃的，使得阿民也饞涎欲滴。今年三十四歲的父親看來像個英雄，阿民阿爸阿爸地叫著，到後來母親便說：小孩子們到埕子上去玩啦，會留下腿肉給你的。於是他們便又衝出埕子上去了。廊子上一如拜拜前的準備，有人煮開水，有人提桶子，接豬血的空罐子也拿出來了，忙成一團。抓到了山豬一定要拜土地公，所以父親吩咐母親準備。

這天晚上，由於一次意外的牙祭，回村子的工人女工都寧願晚些才回去，接受這次招待。喜歡喝酒的工人還吃喝到回去時不得不打松把的那麼晚，顯得一片昇平景象。

中元近了。石爲了發工資，加上一些中元的必需品，跑了一趟街路去購物並調頭寸。阿民他們雖然不再寂寞，但也還是等不及看到父親買回來的東西和「等路」，天天都在數著日子。拖石磨的牛好像也累了，背上的皮膚擦得紅紅的，使他覺得不忍心。母親也說過最好能有另一隻替換的牛。父親回來後，這一點也得好好地商量一下。然而，父親回來得太遲了。母親不放心，便請挑竹紙和筍乾出去街路的工人看看父親怎麼啦，也請他們看到他的時候告訴他早一點回來。母親說這話的樣子有些不同尋常，阿民便也不安起來了。可是那些工人還沒回來以前，阿叔專程從村子裡趕來了，說哥哥與日昌號的老闆吵架了，鬧進派出所，目前還待在街路上。母親大吃一驚，匆忙地牽起阿民的手，背著阿哲，趕到街路上去了。家畜和工人們的膳食都交給阿元嬸，還準備了松把，打算連夜趕路。工作正在節骨眼上，所以母親無論如何想知道情況，再也等不下去了。聽上過街路的人說，他們從日昌號舉的債已達三四千圓之多，因而這裡的產品都是由商店任意叫價賣出，而這價錢太不成話了，所以去找萬頂伯商量。不巧的是萬頂伯正好臥病。不得已他只好自己去抗議。對方卻說，不服便還錢來，我這邊也不必做你的生意啦。這樣就爭執起來了。石一氣竟揮手揍了人家。母親著急得什麼似的。她知道丈夫那副直腸子脾氣，下坡時幾乎滾一般地急奔而下。因此，阿民連溪流都沒看清楚，只感到有一道白白的幔幕在眼前晃了晃。竹林裡的小路濕濕的，夕陽光弱了以後，知了（蟬）燒火一般地叫了起來。

「阿民，好好地忍耐著哦。如果腳疼，可以在村子裡的阿叔家裡等著。」

「沒問題啦，阿母。」

母親最不放心的是這兩個孩子。有一次大除夕，在睡眼惺忪裡誤以爲「星燈」的火光是失火了，雙手各抱起一個小孩就想衝出去，遭了一頓父親的奚落。原本應該把他們留在工廠裡才對的，可是她就是片刻也不能離開他們。阿民覺得母親那個樣子，跟母猴仔抱著小猴仔逃很相像，因而更覺得商店老闆可惡了。抵達R村時已是傍晚時分，勸她吃晚飯也不吃，買了一些糖果，說路上小孩肚子會餓，用毛巾包起來。母親還是背阿哲，阿叔也答應有時可以背背阿民，於是這四個人便又從R部落出發了。

——原載於《台灣文學》第二卷第一期，收入遠景出版《光復前台灣文學全集》

【作者簡介】

張文環（一九〇九—一九七八），嘉義梅山人，台灣日據時期重要小說家、雜誌編輯。父親經營竹紙業，家境尚稱豐裕，才能在一九二七年十八歲的時候赴日求學，一九三二年和友人合組「台灣藝術研究會」，發行刊物《福爾摩沙》，倡文藝獨立。一九三八年偕妻返台，任職「台灣映畫株式會社」，兼任《風月報》日文編輯。一九四一年與王井泉、黃德時等創辦《台灣文學》季刊，和日人西川滿主持的《文藝台灣》分庭抗禮。一九四三年短篇小說〈夜猿〉獲皇民奉公會文學賞，同年由〈閹雞〉改編成台語話劇在台北永樂座公演，大受歡迎。一九四六年當選第一屆台中縣參議員，翌年爆發二二八事件，逃入山中，封筆，轉從商。一九七二年重拾文筆，完成長篇小說《生息於斯的人》（中譯《滾地郎》），獲日本圖書出版協會推薦為優良圖書。一九七八年寫〈從山上望見的街燈〉（中譯《地平線的燈》）時，心臟病發逝世，享年七十。其他代表作還有〈父親的臉〉，另有評論與隨筆。

【作品賞析】

〈夜猿〉一篇人物描寫生動，女性角色突出，那種堅毅、識大體的妻子形象和丈夫的優柔寡斷一經比較，就顯得更為鮮明。景物描寫也是一大特色，作者常藉景物的轉換浮凸人物的心境，像是「沒有比這些過著集體生活的動物返巢的時候，更容易撩起愁緒了」，或是「如果從園裡晚一點回來，以致天暗以後才吃飯，那孩子們便寂寞得要哭了起來。每逢這樣，做母親的便像在林子裡擁著雛鳥悲泣的杜鵑鳥，不覺悲從中來」，這一種情景交融的呼應在文中處處可見，加上作者勾勒筆下人物之間的互動關係相當活潑生動，讀之讓人興味盎然。

篇名〈夜猿〉頗有意思，夜間猿叫引發人的愁緒，何種愁？是否是一種對文明的嚮往和思慕之愁？時代變遷，山中居民被迫搬移到城市裡討生活，卻又受困於現實只得再遷回山上，但人已經變得無法適應山，夜猿的叫聲清楚提醒這點，只是人也無處可去，這真是一種進退失據的無奈。

——熊宗慧撰文

烈愛眞華（節錄）

陳燁

彼岸的麗景

壹

黃昏時分，林炳城提著那只二十年的公事皮箱，沿著烏濁淤滯的運河，緩緩朝家走去。

開了一下什的會議，有興趣承包的廠商價格太高，其餘又索然無意，二個小時鬧哄哄的會議，結果流標。即將退休的總務鄭主任跳著腳；「校長，俺發誓，退休前一定親自幫您把新禮堂蓋好——」他操著一口濃厚的山東口音叫著：「媽個巴子，這些狗娘養的商人！」

此刻，他一路吸聞從歸航漁船艙中襲來的鹹腥味，模糊地感到胸膛緊綳，血管洶洶翻騰，彷如置身一團迷離的雲霧裡，所有的形態、聲音、色彩都顯得空泛不實。他總是感到河岸上有個憂愴的黑影，像個夢，緊緊跟隨著。造船廠過去了，煉油廠過去了，他突然在製冰會社前駐足；彩緞般的紅霞裹住運河岸，夕陽餘暉在河面上鋪染，好魔豔的赤紅天地！他定定望著，眞的有個憂愴的黑影，緩緩朝著他來。

一股浪泊的風塵氣味撲向他的每一根神經，啊……

「炳城叔——」那個黑影喚著他，逐漸眞實起來。

「你……」他極度驚愕，看著眼前這個蒼老了的、滿臉灰頹的青年。

「是我，炳城叔。」

他看到那對陰鬱的眼珠，疲倦又黯澹。啊，似曾相識呢——他遲疑了半秒，伸手拉起對方的瘦削臂膀，「正焱，眞的是你嗎？正焱——」

「炳城叔……」

「這六年來，你——聽阿嫂說，你被抓，可是她又不確定。這——正焱，到底怎麼啦？」

「我剛從泰源監獄出來，被判感化教育，整整搞了五年。」

「嗄——」

「事實上，連那場荒謬的審判，前後時間加起來，是六年一個月又五天。」

他顫悸地瞪著平靜述說的正焱，感到胸膛中爆出巨響，寧謐的心湖，正激濺出漫天濤浪。正焱那愴惶、激昂的成長歲月，正焱那銳猛、熱烈的抱負理想，還彷似昨日之事。他悲切地喚著：「啊，正焱……」

他們兩人默默立在製冰會社的紅磚前，夕陽陡地沉進河心。路燈亮起，灑下昏黃的光暉。正焱的聲音抖嗦著，盪在秋風裡：「我一直有個疑問，炳城叔。我想，當年你並沒有告訴我，你一定有話要跟我說的，而且，你幾乎說出口了，對吧？今天下午，我坐在河岸上，望著你的辦公室，想了好久——仍然跟過去五年一樣，我在牢裡想著，卻想不通。那一定是個很重要的關鍵，你曾經想要警告我，是不是？」

他長長深深地歎了一口氣，心底掠過一抹灰影，「你——還沒吃飯吧？我們，先回家吃個飯，好不好？」

「對不起。可不可以——我們找個地方？我知道，這不禮貌，但我實在不想驚動阿嬸——事實上，母親並不知道我歸返。」

「你阿嬸不多話，沒有關係的。」

「我了解。只是，我——炳城叔，我的心情還沒回復，我怕驚擾大家……」

「哦。」他拍拍正焱肩胛，無限心疼地說：「你受苦了吧——」

他在安平路的公共電話亭打完電話後，把正焱帶進一家典雅、精巧的日本料理店。

「剛開幕一年多，店主是我一個亡友的女兒，嫁去日本，不幸福，離了婚回來。」他輕輕淡淡描述著，感到過去歲月的幽黯，一下子便籠罩他多年來小心防禦的心堤。

「唉——」

「林叔，怎麼一進門就歎氣噓？」女店主輕靈地送來菜單茶水，薄施脂粉的秀麗臉龐映著深刻的滄桑。

「念井，」他喚著，「生意如何？」

「馬馬虎虎，能過日子就可以了。」她說。

「林正焱，我的堂侄。」他壓沉聲音，看到正焱略爲悽惶的神色，馬上改口說：「那個春雪廳，有人嗎？」

「正好沒有。」她說著，一面俐落地把個靠運河岸的小客廳整理出來。「林叔，飯菜照舊吧？還是您另外點？這位堂侄先生，吃點什麼？」

「妳全權處理吧，念井。還有，送壺溫的清酒來。」

女店主熟稔地把碟碟菜食鋪排好，溫柔地說：「請放心吧，我們有特殊的空氣調節，那運河的臭味不會進來的。請好好享用晚餐，林叔，今晚這間春雪廳不打烊，你們盡興吧——」

「謝謝。」正焱感激地望向女店主，深深鞠躬。

「阿里阿多。」她把紙門輕輕闔上了。

「來，敬你——」他血脈熱湧，斟上清酒，「正焱，阿叔替你洗晦塵吧。」

正焱悶聲喝乾酒，額際的青筋一抽一扭，深沉的蕭索隱隱浮現。

「先吃東西吧。」他擔憂地說。「你這樣，很快就醉了。這酒，後勁不小。」

「炳城叔，我這一杯，實在無顏敬你——算謝罪吧，我給林氏祖先丟臉了……」

「啊，別這樣說。」他焦急地喊著，「傻孩子，這不是你的錯，不能怪你。」

「我是錯了，」正焱仰頭灌酒，陰鬱的眼睛充佈血絲，他突然自嘲地怪笑著：「我錯在太天眞，太自以爲是，我以爲可以改變歷史，我甚至以爲——眞的有個——美麗新世界；在那裡，人和人之間，是坦誠相對的。」

他沉默著。這些話多麼似曾相識！那時，他記得，被日警以陰謀破壞罪拘獄的楊大哥，在五〇年代再度入獄前的那個春天，曾經和他漫步在運河旁，熱情激盪地說：「你爲什麼不相信？眞的有個嶄新的美麗世界，在等待我們共同奮鬥創造啊！」話猶在耳，而楊大哥卻在隔年的端午節前夕被執行槍決——難道，歷史的悲劇再度重演？唉，他悵望春雪廳的窗夜河景，感到自己那軟弱的心在震顫啊。

「我不値得您歎氣的，炳城叔。」正焱哽咽地說著：「我想過了，是我自己弄不懂這場社會遊戲的方法，我該付出錯誤的代價吧。」

他又輕歎著，彷彿喃喃自語地說：「我是想起楊大哥，他也是那麼熱情的人啊。」

「楊大哥？」

「哦，沒什麼，他是念井的亡父，當年我們結拜過。」他神智回到眼前，拿筷夾了片秋刀魚，送到正焱的碗，微笑著說：「先吃吧，別讓這些美食涼了。」

他們靜靜用餐。春雪廳流盪著輕柔的樂聲，林炳城不時望向窗外的運河，盞盞燈花裝飾著沉眠的漁船，橙黃的圓月無聲移向西天，又是一天流逝了吧。他突然感覺那音樂撩撥心絃，仔細傾聽，是首洞簫夜曲，正幽幽詠歎著三十多年前傳唱流行的「白牡丹」——白牡丹，笑呅呅，妖嬌含蕊等親君……他黯然閉上了眼睛，過去那些歲月，青春的形影，毫不留情地沖潰他的心堤。

眼前又逐漸浮翳出一個簇白的青春身影……那是昭和十六年，他十八歲，父親澤祿君和二伯德鵬君膺任「皇民奉公會」地方支部委員。二伯的獨子炳國堂兄以優異成績就讀東京帝國大學法政學部的法政學科二年級；長兄炳邦以二十四歲弱齡出掌先祖進陞太君創立的「全興行」碾米事業，展露活絡的經營手腕。唯獨他，自公學校高科二年級畢業後，因爲考不取師範學校，閒蕩在家，即過起富家子弟無憂、浪蕩的玩樂歲月，整日跟三房老爺在外和佃農女所生的大堂兄炳家，流連於新町妓戶。彼時炳家堂兄已過繼給膝下無子、身染肺疾的大伯德鴻君，即將繼承大房全部產業，生活浪淫豪奢。那年仲夏，炳家兄帶著他在煙花叢中冶遊，教他略略享受到放浪的青春啊……他不覺微微地邪笑了。

「炳城叔——」

「嗯。」

「再來壺酒吧。」

「嗯……」他猛然睜亮眼，發現正焱赤著臉在看他，那壺清酒顯然全灌進正焱的胃腸裡。

「我去叫那個『念井』嗎？」

「啊，不用麻煩。」他感到一陣辣熱湧上雙頰，爲自己竟在晚輩面前浪想而羞慚著，「你把門邊那個紅色按鈕摸一下，她就來了。」

現在，他們看著那壺新送來的、溫潤的清酒，又默然了。正焱斟滿了一杯，毫不猶豫地一仰而盡；然後，他幾乎打翻酒瓶般，伸出抖顫的手再斟滿酒杯。

林炳城無言地看著，感到正焱眼中的那股陰鬱，令他微微窒息。

「炳城叔，請原諒我失態了——」

「啊，不會不會。你心裡苦，我了解。」他說出無力的話語後，突然發現正焱吃得極少，連那片秋刀魚都完好如初。

「我把眞實和虛幻搞混了……」正焱喃喃地，以一種欲哭的哽咽怪聲說：「我大概從來沒有弄清楚過，我以爲對別人坦誠，別人也會相對回報——」

「正焱，」他提振著自己的精神，專注地看正焱。正焱緊閉著眼，臉皮不停地抽搐，「你要不要緊？別喝那麼猛吧。」

「我很好。只是，我想不通，很多事情，從小，我就想不出爲什麼會這樣？譬如說父親——你一直勸我努力，爭取好表現，但他一樣嫌惡我。所以，我只好遁入幻想，想像他對我好，疼我，稱讚我……這個幻想習慣，還是把我害了吧。」

「你父親他——唉，」他想到堂兄炳家，內心便愧慚萬分，「也許，以前我也錯了，不該那樣勸你吧。正焱，學著別在意他，你這次出來，該好好過自己的生活，爲自己打算打算吧。」

正焱突然甩開酒杯，歪歪斜斜站起，踉蹌著走到窗邊，把整個頭貼在玻璃上，「那時候，我記得，我特別回來找你，想跟你討論——」

「是啊，你那時熱情、激昂，指著我說：保衛釣魚台，不正是我們身爲知識分子的責任嗎？」

「無法推卸的責任。我說，爲什麼你會認爲有危險？記得嗎——」

「嗯。」

「當年，你並沒有回答。我現在該可以——知道答案吧？」正焱轉回頭，面向他，滿臉的清淚，「炳城叔，爲什麼？你當年爲什麼不警告我？跟我說清楚？」

「我——我無法確定。」他艱澀地說：「那時，我無法判斷——只是一個直覺吧。而且我想，也許事情會改變，那是個轉機。」

「那現在呢？」

「我——唉，有些事，並不如我們想像的單純。」

「這一點，我倒是明白了——花了整整五年，我閉鎖在黑牢裡，唯一想通的就是，我太單純，而且把事情想得太單純。」

「那時你很年輕。年輕人，單純些吧，沒什麼不好。我們總是會犯些錯誤的——正焱，這就是成長的學習。」

「也包括被人出賣、背叛？」

他錯愕地瞪大眼睛，看著臉色由紅赤急遽褪成慘白的正焱，感到恐懼與迷惑，「正焱……你是不是，呃，」他頓住，腦中閃過多年前那個春夜，那些扭曲痙攣的身影，年輕的他滾縮在青石地板上，淌著血水。

「炳城叔，我知道你感到困惑。」正焱勉強地笑了笑，面色愈來愈白灰。他低聲說：「馮疆，記得嗎？我當年最崇拜的那個醫學生。升上大四的那個暑假，他來家裡住了一陣子，我那時簡直瘋狂地崇拜他。馮疆回台北後，我忍不住跑來找你，我無法控制那熱烈、激昂的感情，我的胸膛快要脹破了。」

「嗯——你曾經滔滔不絕地介紹他，非常優秀，領導了很多校園運動吧。」

「回台北後，我們寫文章，印刊物，辦了多場演講，搞得轟轟烈烈。那時候，我們夢想著改造世界呢……退出聯合國的消息傳來，我們的心——呃，我的心激盪著一種想法：正是把那麼龐大的聯合國會費用來建設台灣的好時機。我想出面發動萬人簽名請願書，想代表我們這一代的知識分子上書總統府，希望能作忠誠與良知的進諫。我去找馮疆，想用社團名義來發起這個簽名運動，並在校園內作象徵性抗議聯合國的示威遊行。沒想到，他竟然極力反對，還冷冷地背對著我說：『不行，你這樣搞，根本不行。』沒有給我任何理由，他便以社長名分否決了我的提議——他嫉妒，他一定嫉妒我，因爲他一向高居領導地位的。但是，我聯合社團其他同伴，還是把這個運動搞起來；雖然，簽名的人數遠低於我們預期的理想，差不多二百名左右——」

「嗄，」他驚呼，急急問：「你就送去總統府嗎？」

「其實並不困難。是的，我和另兩個社團夥伴送去了。然後，我們畢業了。過不久，我入伍受新兵訓練，突然來了四個憲兵，把我從中心帶走。那是一連串恐怖、焦慮、驚愕的日子，我不知道爲什麼這樣？聽說整個社團的人，陸陸續續被捕了——我被送到台東的泰源去。那時，又傳來一個消息：只有馮疆沒事，他仍然在醫院裡實習著。其餘的，統統進來了，連兩個女同學也不例外。」

「唉……」

「想想看，我們當初的理想，我們徹夜高談闊論，我們甚至計劃辦雜誌呢……馮疆，這個名字，這個人，我永遠記得他——在黑牢，我就是靠著胸中這把熊熊的怒火，支撐到底，靠著它的燃燒，我非常認眞學習，爭取出獄。我要找他，討個公道回來。」

「啊，」他又驚呼著：「爲什麼？你不能因他沒入獄，就怪他吧？」

「我永遠忘不了——他們審訊我的理由：誰煽動我在校園示威遊行？誰主使我發動簽名請願？誰影響我認爲聯合國的龐大會費是浪費納稅人的血汗錢？這三個問題，是他們對我夜以繼日審訊的理由，我企圖掙脫反抗，他們便暴力拷問，我的肋骨、腰腎，受到嚴重的傷害……

後來，他們把我移送軍事法庭，進行一場莫名其妙的審判，這三點理由成了我『企圖顚覆政府』的罪證。爲什麼他們會知道這一切？我在黑牢中痛苦地前後反覆思索，答案只有一個——馮疆背叛我們！那個簽名運動後，他就宣布退出社團，由我繼任社長職位；事實上，他早已把我們統統出賣了。」

他沉默著。許久之後，才艱澀地說：「正焱，你眞的覺得——是馮疆嗎？會不會還有——其他原因？」

「我但願不是他。炳城叔，眞的，我千萬個不願意相信的事，就是他出賣我們。你知道，認識馮疆，是我灰澀的生命中最美好、最重要的轉捩點，我開始相信，人是可以坦誠、相愛……」

他又陷入迷困的艱難思索。那些歷史歲月像個輪軸，在他腦中轆轆地輾轉起來——十八歲的浪漫青春，二十歲的激盪飛揚，那些熱情、理想，而後竟逐漸沉落蕭索……他瞇著眼，看到自己發狠地讀書，從陷落的困境掙扎爬起，重回歷史的軌轍。現在，正焱的一番話，竟使那運轉的時間車輪顚躓了，蹭蹭蹬蹬地，不知該何去何從。

正焱的臉面抽搐，眼裡燃著痛苦的憤恨，像隻受傷的獵犬。他吁吁喘著，酒氣噴醺，說：「我想不通，他爲什麼性情遽變？我們辦民主演講會，寫文章，他那麼熱烈投入，爲什麼反對我的請願運動？他認爲太危險——炳城叔，那時你也認爲有危險，爲什麼？」

「我——」他猶豫著。想起那時候的正焱，意興飛揚——啊，竟和早年的炳國堂兄多麼相像！「那時候，你太過熱情，這是不好的吧。」

「爲什麼？理想和熱情，不是推進社會的動力？這也是你所讚許的。一定有些事情，曾經發生過的、歷史性的事情，使你得到那個經驗吧？」

「或許吧。正焱，你要問什麼？」

「我在泰源，學到了一些，譬如說——光復後，那次挫折全台優秀同胞的二二八事變。那時候，你不是正青春年少？你難道沒有熱情？」

「嗯。你希望——知道些什麼？」

「說來奇怪，但我確實感覺到——身上有一種神祕的血液，隨時會熱烈爆發。小時候，我拚命唸書，就是害怕胡思亂想，怕引起父母親更大的爭執。你知道，我總感覺母親她——心裡另外有個人，她並不愛我父親。」

「你懷疑什麼嗎？」

「炳城叔，我指的不是這個。我是說，那個人，對母親影響極大的那個人，他——哪裡去了？」

「他——」

「如果我的推斷沒錯，他叫林炳國，是吧？林家二房的獨子，我的堂叔。」

「你——」他極驚愕地瞪著正焱，沙嗄地說：「你都知道了？」

正焱頹然地垂下頭，聲音抖顫著。「事實上，在我小學六年級時，就知道了。父親突然回家來的那個冬天，母親懷了正瑤；我那時每天一放學，就看到母親孤獨地坐在黑暗中，流著淚，喃喃叫著『炳國』這個名字。」

「唉……」

「他——這個炳國堂叔，在哪裡？」

他悠然長歎，感到一陣沸滾的熱潮在胸膛中震撞。許久許久，他才黯然地說：「國兄他——失蹤了吧。二二八事變那時，有個湯先生邀聘他做法律顧問，他們認爲台灣光復卻不設省主席，反而沿襲日本的長官公署，對台灣同胞存心輕賤；所以，他們想發起設置台灣省主席的請願運動。後來，事情愈來愈失去控制，許多人不斷地遭到逮捕……國兄他，也是緝捕名單上的一份子——」

「他被捕了？」

「沒有。他那時跑來找我，說要離開一陣子，託了我一些事，就走了。我記得，那是個春夜，夜露深重，起了好大的黑霧，他便消失在霧裡……」他低啞地訴說著，多年前那個白色的運河岸，似乎眞實地閃爍在春雪廳的窗外。

「啊，爲什麼？」正焱用手抱住頭，彷彿那頭顱要爆裂般，「他犯了什麼錯嗎？設置省主席不是理所當然嗎？他們爲什麼要緝捕他？」

「多年來，我一直在想這個問題——」他細瞇著眼，在重重的歷史煙塵中尋索，彷彿看見炳國那個憂愴的身影，「國兄一走，便再也沒有音訊傳來。林家二房，發生了很多事情，你的叔公，林德鵬，也不幸遇難……那時，我——唉，這些事，一時說不清吧。」

「但爲什麼——像炳國叔，他犯錯了嗎？」

「我不知道。也許，他對政治，太過熱情了吧。他是那樣感情豐富的人，你知道——本來，他和你母親是一對戀人呢！」

「我不了解，」正焱頻頻搖著頭，困惑地看著他：「他追求台灣同胞平等吧？平等，不是人類生存的基本條件嗎？炳國叔他，到底錯在哪裡？」

「正焱，你讀了四年法律吧？」他突然轉開話題。

正焱沉頓了一下，竟而怪聲笑起來，「我學到的理論說：法律是人類創造出來的、用來保護人類權益的極高智慧條文。可笑的是，事實上，法律並沒有保護我，保護不了我，還反過來陷害我。」

「那——你覺得，法律在歷史的進程中，發揮多大的作用呢？」

「法律說，在它面前人人一律平等——」正焱自嘲式地微笑著，聲音澀苦：「如果歷史的進程是指達到這個理想的話，我想，它實在沒有發揮作用。」

「那你是不是可以了解——平等這個理想，是人類永遠要奮鬥和追求的？」

「是嗎?人類眞有可能平等嗎?我覺得，這是根本不可能的夢想吧。」

他專注地看著正焱，在迷離的往事中彷彿尋到一個出發點，「我也沒有答案。這些年，我讀了一些書，關於歷史的，我想從歷史找答案——那些暗藏在歷史定律中無法測知的因素，爲什麼一再造成傷害的悲劇?或者，這樣就能解釋國兄爲什麼被緝捕，以致完全失蹤的噩運吧。」

「答案呢?炳城叔，你找到了嗎?」

他緩緩地，無奈地搖著頭。

他聽到正焱和自己，在寂靜中幽幽綿綿地歎息著。

春雪廳的窗外，仍是幽黯的運河夜景啊……

貳

昭和十六年，他記得，從新町妓戶的碧綠紗窗望出去，運河的水是溫暖柔和的薄荷色，月亮映在河面上，閃著銀白的光點，微霧輕籠，白花飄香，一切像個夢境。

他呆坐接待廳中，微張著嘴，吸納來自運河的潮潤空氣。眼前一位白皙豐腴的姑娘，端來一個墨色菸盤，白鷺牌的香菸拆了封，靜靜等著他點菸。炳家兄正在隔室放懷狂笑，吼唱「大國民之歌」，三、四個高低不同的女聲謔浪地唱和，喧嘩噪聒。面對一個成熟芳香的女體，到底該如何點菸聊天呢?他感到臉頰潮熱，下身暴脹，不知如何是好。一陣拍門的急響，木屐聲喋喋跺跺，啊，又來一批性急的尋芳客吧?他淫逸地微笑了。

砰砰!木屐踢開紙門，四員日警闖進。

「喂，林炳城嗟?」

他狼狽地點頭，手足失措。

「州廳知事大人要你去報到，還不趕快嗎?」

他們荷槍實彈，把他從新町妓戶押走時，他猶然聽見炳家兄狂浪的笑聲呢。

「給我綑起，綁在神主壇前！」父親盛怒地命令著。

他被兩個壯碩的長年架著，牢牢地綑綁在大廳中。

父親請出家法——一件環節相套的青龍皮鞭，狠命地、置他於死地鞭抽著，三天三夜，他神志迷離，數度昏厥。母親終夜疼泣，守著他，眼睛紅腫似核桃。

第四天，大兄炳邦從「全興行」趕回家來，向父親求情：「三弟一時昏聵——」「有子不肖，家門大不幸——」父親擲鞭長歎，老淚縱橫，「如若不是州廳知事大人相助，押回這個孽障，林氏祖宗統統蒙塵，無顏與人起座啊……」「讓三弟去讀冊吧，書冊可以改變他的頑野性情，父親——」

他聽到父親聲音抖顫，吼令著：「鬆綁！」

氣息奄奄被放下後，他足足躺了一個月才能起身；之後，被迫閉門苦讀。那個秋雁驚飛的日子，他穿上一身簇白西服，白皮鞋，白禮帽，在先祖進陞太君的遺像前，匍伏跪拜，鄭重起誓；並在總督府頒給父親的台灣紳章前立下盟誓，要好好讀書全力爭取功名。

父親愁閉多日的眉宇始展，重重拍向他的肩胛骨，勖勉著：「去台北，好好完成師範學校的學業，以後爲父這個製糖株式會社的常務取締役名位，就是你的吧。」

他硬著頭皮，在眾族親面前被慎重地歡送著，然後邁入台灣總督府設立的台北州立師範學校的大門。

昭和十九年，晚春季節，他那個過繼大房的堂兄炳家，終於揮斷浪淫歲月，安定下來，娶進一個專做箍桶的師傅城宙的養女——眞華——那位他年少在戎館看電影就認識，還介紹給炳國堂兄的美姑娘！

他奉父命從學校趕回參加婚禮。喜宴上，諸多日本大人輪流致賀辭時，他瞥見炳國堂兄悶坐灌著酒；「國兄，你這樣恐怕失態吧——」他移坐過去，小聲勸告著，「炳城，來，我們乾一杯吧，人生難得相聚哪。」

炳國堂兄竟然高呼歡唱，引起了族親的側目。他一眼瞥見低首不語的新娘嫂，竟帶著與婚慶喜樂多麼不協調的愁悒表情，甚而雙眸些微地濕潤了。

啊，他驚見怎樣熱烈而抑鬱的青春戀情——散席後，他扶著酩酊愁醉的炳國堂兄，送他歸家；「炳城，記得我們以前……常去的，就在靠近……運河岸，」炳國堂兄幾乎哽咽無聲，紅眼望著他，斷斷續續說：「那片水稻田——我們去走、走一走吧。」

他攙扶炳國堂兄，無言地穿過微霧煙籠的潔白運河岸，走上田埂。四月的暖濕夜風輕輕吹動青青秧苗，漸圓的銀月灑下淡淡光輝；他望著炳國堂兄乍紅乍白的慘澹臉色，不知如何勸慰。小時候，他們經常跑來這裡捉土蜢，挖開土蜢堆在洞口的土粒，清除塞土，在洞門後插上硬竹片截斷土蜢退路，便開始灌水；夾出土蜢後，裝到盛濕土的洋鐵罐，蓋上瓦片，大功就告成了。

「炳城……」炳國堂兄喚他，「多謝吧。我想坐一坐——」

他連忙放下扶搭在肩胛的炳國堂兄的臂膀，喃喃自語著：「以前，我們每次土蜢大對決，我的土蜢不論如何強壯，總是落敗而逃——你記得嗎？」

炳國堂兄沉默地蹲坐在田埂上，雙目紅赤呆滯。

他又不知如何地說著從前事，希望舒緩對方的鬱結：「你去東京讀書之前，記得吧——我們時常來這裡散步閒談，看著西天的紅雲飄流，聽四周的土蜢鳴叫。國兄，你高談闊論，好多青春理想呢——」

炳國堂兄茫然地抬起頭，盯著他；突然，那個消瘦的肩膀抖顫著，他錯愕地看著炳國堂兄匍匐仆地，嚎哭失聲。

「國兄，國兄……」他手足慌措，極度震驚，原來炳國堂兄那暗抑的濃烈戀情，眞有如火山爆裂般的痛苦。

「他會疼惜她嗎？他肯收回浪淫的心嗎？啊……」炳國堂兄捶著田埂地，潮潤的春泥紛紛濺起。

他趨前，蹲跪在炳國堂兄面前，焦急說著：「國兄，你要寬心，寬心啊——事情會轉好的。」

「是嗎？你能告訴我——他會好好待她嗎？」炳國堂兄突然抓住他，使力的手指深深陷進他的臂肌中。

「會、會吧——炳家兄既然結了婚，就表示他願意安定下來，他會轉好收心的，給他一點時間吧。國兄……」

「我怕她不幸福，我怕她受到苛虐，不——炳家不懂得疼惜她，他會毀了她。啊，眞華，眞華……」

他頹然跌坐濕泥中，無言地望著黑雲重重的天際，銀月漸向西方流逝；風翻秧浪，簌簌輕歎著，土蜢哀哀淒淒地嗚叫了起來。

初夏來臨時，他結束師範學校三年級課程，以中等成績順利獲得升級。

炳國堂兄愁鬱不解地自東京帝大畢業，帶著數隻書篋返家。他熱心地邀請炳國堂兄旅行全台。

「我感謝你的好意吧，炳城。可是我答應父親和銀釵二姊，即將動身去日本再繼續深造。」

炳國堂兄憂悒地說，清瘦的俊秀臉龐黯澹無光，似有難言之隱。

「啊，那是好事，恭喜恭喜。國兄，沒有多少人能有你這等幸運機會吧，恭喜啊！」

「是嗎，我是幸運嗎？」

「國兄，你知道的，這不光靠著成績優秀——」

「你以爲做一個大和民族的皇民是光榮的嗎？我們的同胞仍然被殖民地過著低等生活呢！炳城，我無論如何無法抹去自身的漢族血脈啊——你了解嗎？我是不得已才去日本再深造的。」

「國兄——」他幾乎不敢相信自己的耳朵，驚呼著：「你不得已？我們的父親都獲頒台灣紳章呢！這是極大的榮耀啊。沒有這個因素，你當初還不一定能前往日本皇國去讀書吧？」

炳國堂兄嚴肅地看著他，沉聲說：「你讀了三年的師範吧——難道，你從來沒有思考過我們的前途？你知道許多人背地喊我們『大國民』嗎？」

「那是一種榮耀——」

「那是嘲諷我們做『皇民走狗』啊。」

「我不認爲是這樣。」

「炳城，你想想看——我們終究不是大和民族吧，終究是無法獲得日本總督府的平等對待啊！炳城，你這三年書，是白白讀了。」

「爲什麼，國兄，你爲什麼這樣想？很可怕啊。日本總督待我們家族非常禮遇呢——這不是極難能的幸運嗎？父親經常告誡我，林家能有這近千甲的土地產權，除了努力經營投資外，最該感念日本總督當局——我們要惜福吧。」

炳國堂兄仍然搖著頭，轉身撫摩著滿室書籍；良久，才歎口長氣，說：「我走後，你替我照顧這些書冊吧——翻翻它們，拂拭塵灰，任務很輕鬆的。」

「國兄，你放心吧。」

「你看報紙嗎？炳城——」炳國堂兄回身走向他面前，忽然握住他的手，很認眞地說：「去看看『興南日報』，或者本地的『台南新報』吧。我們既做了讀書人，便有責任想一想——自己、家、國，到底是什麼吧？」

「我是偶爾讀報的，」他說，猛然想起一件事，「國兄，你提到的那些報紙，總督府不是下令過，現在一律統合成『台灣新報』了嗎？」

「炳城，你想想，爲什麼總督府會下令停刊呢？現在這個『台灣新報』只剩一種日本當局的聲音，我們台灣人的聲音都被迫噤息了，連辦報的自由都被剝奪光盡——你想過這些問題嗎？」

他瞠目結舌，望著炳國堂兄那愁悒深鎖的眼眸，他的心卻開始熱烈地跳騰起來了。

那一夜，他抱著炳國堂兄珍藏的厚厚一大疊報紙，兩個人沿著美麗的運河岸漫步——那時，他的胸膛飽脹著一種前所未有的、激盪的情緒；炳國堂兄跟他講述的種種民主、自由、平等的理想信念，開闊他的視野，也震顫著他青春的心啊！

那年秋天，運河的波濤洶洶，響著蕭瑟又肅殺的潮聲。太平洋戰爭不斷地節節敗退，軍部瘋狂地在全島徵召台灣兵。父親澤祿君和二伯德鵬君一天到晚被強制性地邀請，參加徵兵座談會，鼓吹當志願兵等同皇國武士的莫上光榮。一批批的台灣志願兵被送上軍艦，河岸上一群群盼望早歸的婦老弱稚者。

他一升上師範學校四年級，即祕密參加一個推翻日督的讀書會。會長楊伍井大哥，每天帶來許多軍部徵兵的眞相資料。他在驚震與憤怒的情緒中，彷彿親見二十萬台灣子弟兵戰死、病死、炸死、餓死、淹死在南洋水域，整個爪哇、帝汶、汶萊、印尼、馬來西亞等地，統統攤曝著台灣壯丁的屍體，任其腐爛、發臭、生蛆，化做塵泥。他同時讀到牟田口廉也中將的大東亞共榮圈計劃，發現日人那極其醜惡、猙獰的面目。甚且，他爲自己家族結交日本權貴獲取特權產業致富，而深覺如狂的羞辱啊——那時，他是怎麼鄙賤自身一向的優渥生涯，而發下誓咒拚性命地學習刻苦、清貧的粗礪生活啊！

年底時，太平洋戰爭已成苟殘局面。讀書會一群同志憂憤交感，決議改組成積極實際的文化自治行動協會；「日帝在終戰之前，可能瘋狂地發動反撲死戰，我們要爲台灣奉獻的時候到來了！」楊大哥慷慨激昂地說。他記得自己衝上演講台，第一個簽名宣誓呢——「我感到血液滾沸著，一顆心因爲廣眾的台灣同胞而顫慄了，這將是我們爲台灣歷史寫下眞實之頁的時刻吧……」他在郵寄給炳國堂兄的信上，熱情地揮灑他激盪飛揚的生命。

一個灰灰濛濛霜寒的清晨，他正站在宿舍前的露天盥洗池刷牙，陣陣嗡嗡的細鳴聲由遠漸近，逐漸激增的音量，擠迫著他的耳膜。他一抬頭，嚇——天空密密麻麻地，全是飛機！

他警覺地向宿舍奔去時，訇地一聲！劇烈的爆響把他震彈回盥洗池，眼前陡地黑滅下來。

片刻之後，劇痛咬齧著他的神經，他奮力睜開眼睛，眼前一排學生宿舍頓成廢墟——他極極驚愕地瞪著這幅天地翻覆的景象，彌天的塵霧，裂耳的哀嚎，啊，莫非是場渾噩的夜夢？

他正掙扎爬起時，瞥見一個踉蹌跌仆的身影，從崩土塌牆的縫罅爬出，頭臉淤黑，紅瘡瘡的眼眶淌著血滴。「林炳城，啊，你的臉——」對方驚呼，向他奔來。他呆立，全身僵硬，劇痛轟擊他的腦頂。「趕快！林炳城，你必須立刻看醫護士，啊——你的頭裂開了——林炳城！」那人用力撼搖他。他幽幽回過神，認出那人；「楊大哥……」他往後倒栽，那灰霾的雲團啪地壓住了他。

他悠悠醒轉時，楊大哥正頭纏紗布，疲累地倚在病室牆緣瞌眠著。「啊……」他想喚他，發現自己臉上被密密裹起，完全無法動彈。楊大哥突然驚震了一下，醒過來，「林炳城，別動！」楊大哥衝到他面前，輕柔地說：「你的頭，縫了十二針，好好休養，過幾天又是一條活跳跳的好漢吧。我剛剛拜託小林去通知南部令尊，別擔憂吧，你會被安全送回你們林家那棟華麗大厝。」他焦急地伸出右手，劇痛把他牽扯得猛烈抽搐起來。楊大哥發狂似地衝出去，大喊：「醫護士，醫護士，快來救人——」啊，他只是想留下來，跟在楊大哥身畔，奉獻自己給台灣同胞哪……

連續一個多月的陰雲團團，冬寒逼人。他無奈地躺臥病榻，一顆心如焚如燃。美軍的超級空中堡壘B—29轟炸機頻繁地出現，收音機天天緊急呼告，警笛嗚嗚，刺穿著人們的神經——他翻身下床，從鏡中看到額際的裂傷結成一道曲扭橫斜的肉芽色疤痕。啊，他怎能閒適地躺臥休養，特別在這個同胞受難的緊急時刻呢？他毅然扯下包裹的紗布，換上師範校服，從後花園的側門走了。

「我來報到啊，楊大哥！」他興奮地叫著，抓住正在市街中心維持疏開秩序的糾察隊長。

「林炳城，你的傷好了？」楊大哥激動地抱住他，「歡迎你歸隊啊。」那當時，他立刻佩上黃色的糾察臂章，以文化自治行動協會會員的身分，驕傲又謙卑地，成爲疏開糾察員。他帶領著父老兄弟姊妹跋越山嶺，疏開到郊野的大型防空壕，蹲在泥地，跟他們臂彎套著臂彎，肩靠肩，背碰背，呼息在一起；直到天色昏黑，他目送大家各自歸返，才疲憊又激動地回到學校，跟一群同志在臨時權充睡舍的教室，併上三、兩張課桌，艱苦又滿足地和衣而眠。隔天晨起，他便迫不及待地衝到市街中心，用多日來吶喊過度的沙嗄嗓音，糾集疏開的市民隊伍了。

彼時，他日漸清——的臉容卻熠熠光彩著；雙目尚亮，經常因爲熱情和感動而淚盈滿眶啊！

昭和二十年，哦，是民國三十四年——他已經使用祖國的年號來紀事了。農曆新春，他仍然在市街與郊野間奔走，甚至沒有回家與親族團聚圍爐。他的皮膚變得黑亮粗礪，肌肉強壯結實，顴骨高突——當年那個坐在新町妓戶點菸盤的白俊林炳城，「啊，我已經完全改造，脫胎換骨了吧。」他興奮地詢問楊大哥：「是啊，你那雙眼睛，要燒出火來了，可敬啊。」楊大哥疼憐地撫摸他的額際疤痕，「你該休息了，林炳城……」

他靜靜地看著日影流轉，時間緩緩地過去了。

書房內澄澄寂寂，似有某種神祕的歎息聲，像落葉，正從紗窗外輕輕飄下。

他不自覺地撫摩額際那道橫斜的、淺白色的疤痕，溫柔地俯視桌上那張泛出黃斑的陳年照片——光復那年，他們文化自治行動協會的七員領導大將，笑咧咧地來到赤崁樓前的龜石碑，多麼歡喜地留下這分珍貴紀錄啊！

唉！他對著照片幽幽長歎，一滴清淚滴在玻璃墊上，喃喃喚著：楊大哥，楊大哥，命運待你，竟是如此錯謬吧……

細雨淅淅下落著。他站起，走到倚牆而立的滿室書架，在最右列的史冊中抽出深愛的連雅堂君撰寫的「台灣通史」，小心地把照片夾到「貨殖列傳」中。

他走回窗邊，水藍窗帘經秋風一撫，微微飄飛著。後院幾株桂花樹倚著矮籬輕輕搖曳；籬外，便是那十幾塘魚塭。以前，每當月光皎潔，他靜坐夜讀，總是隱約看到銀白的虱目魚，在黑黝的塭池上跳躍，嗶啵嗶啵響著水渦聲。更早以前，那十幾塘魚塭連同這排公家宿舍，統統是稻田，一直蔓延至大街上的製冰廠後門處——他和炳國堂兄在這片水稻田歡樂地捉過土蜢，暢談青春理想，也在此驚見炳國堂兄的濃烈戀情啊。當時幾曾料想到，多年之後的今天，物換星移，他竟然在此地定居，而那些稻香稻浪，竟永遠消褪在記憶裡。

此刻，連虱目魚群都靜眠了吧。他終於捻息桌燈，在黑暗的靜夜中，彷如時空飄浮的幽靈般，走向臥室。

細雨潺潺，秋意闌珊；他在熟睡了的妻身畔，輕輕躺下。眼前浮翳起楊大哥被日警強橫捕抓入牢的景象……B—29載著原子彈飛往廣島和長崎，日本投降，大佐切腹，州廳知事捲帶大量黃金竄逃……他和其他同志奔向拘留所，迎接因光復獲釋的楊大哥，他們涕淚縱橫地、緊緊密密地擁抱在一起……

他的意識逐漸迷離——唉……一聲綿長凄澀的歎息，輕輕飄浮在秋雨瀟瀟的深夜裡。

參

接連幾天，都是上什微晴，中午轉陰，傍晚落雨，夜半時分天氣便涼寒起來。林炳城每每在冷汗涔涔中驚醒，迷迷濛濛地望向欲曙的窗外時，總覺得有個恍惚身影，正幽幽獨行在運河岸，岸畔盛綻著的白花叢，河水靜靜流過多年時空──是了，那身影──他喃喃喚著：國兄，國兄……他看見一身簇白西服的自己，追向那個憂愴的鬱藍身影，朵朵白花漫天飛舞，河水洶洶拍擊堤岸，淹到他身上──

「炳城──」啊，他睜開眼睛。

「又做噩夢了？」妻細細的絲絃般聲音，使他回到現實。

頭痛欲裂地醒轉後，他變得恍恍惚惚，失去早餐胃口。現在，他總是沉默地站在司令台主持升旗典禮，把訓話公事交給各處室主任去發揮。在他昏昏沉沉踱回校長室後，他會交代吳祕書謝絕所有訪客；整個上午，他幾乎全呆立在窗邊，彷彿極其專注地傾聽來自運河的音籟。

他的神態不失優雅，卻帶著憂悒的眼神，眉心緊蹙，薄唇抿閉著；一頭仍是梳理光整的銀髮在陽光下閃熠，顯得整個臉容沉鬱而神祕。

中午，照例校工會送來妻親自烹調的午膳。但是此刻，他對著桌上三菜一羹的飲食，卻毫無胃口。他的內心有某種深刻的不安，卻又茫然摸尋不到頭緒。

這幾天，他一再地驚夢連連。尤其那條運河，在夢中澄白得像匹細綢，不斷地起伏飄盪，往往濤浪一掀，便是漫天大水向他淹來──

是什麼在使他不安呢？他又走到窗邊，望著什後陰鬱天空下的烏濁運河。河面上只零星泊著兩、三艘漁船；對岸的渡口即將封閉，豎起一面告示牌，幾艘破舊的小渡輪，奄奄一息地棲靠在渡岸邊。他從地方新聞報上讀到，新市長雄心大展，有意整治運河，準備把渡口處那個運河盲段填實，蓋出一棟現代功能的「台南中國城」，招徠萬商……

唉。他仰視天際那大團灰雲，在運河上空停滯不移；一對灰褐的雨燕盤旋了數圈後，便用那鐮刀狀翅膀剪風而去，進入灰雲團裡。那灰雲瞬間擴散開來，緊密地罩住大地。運河的濤聲澎澎激濺著水花浪，細雨竟提早在午後即落下了。

他無限悵惘，回到辦公桌，悶悶用著飯食。

午膳後，他突然興起雨中巡視校園的念頭。

走下校長室，過穿堂時，他瞥見另一對雨燕在棕櫚樹間徘徊繞飛，櫚葉上倒掛著燕巢。他停駐了片刻，雙手交背，慢慢划開腳步，由南棟的行政樓朝右手側的東樓教室走去。

運河的濤浪聲，造船廠的檜木味，煉油廠的石油氣，加上細雨，和他亦步亦趨。他緩緩在這個占地半甲多的小學校，躡足輕行著，彷如一縷幽靈，在什後靜靜的睡眠中飄來盪去。

轉向北樓時，他突然踉蹌了一下，差點絆滑在地。低頭一看，乾淨的走廊地上什麼也沒有。

唉，自己走路不經心吧——他提振神志，決心好好巡視這個與他相守二十個寒暑的地方。

當年，他初至這個學校所主持的畢業典禮，那屆畢業生，也該三十多歲了吧？他記得正焱是其中之一，還拿了全校第一名。是民國四十八年的事吧，他甫上任滿一年，極歡喜地把榮譽市長獎頒給林正焱——他的親侄呢！當時，三十五歲盛壯的他，多麼殷切期盼著正焱考上市立第一初中，爲校、爲家族爭光。他興奮地親自前去查放榜紅單，竟然沒有「林正焱」這三個字！他納悶、惶急地回到家，眞華嫂憂心坐在大廳上；「正焱他——一直沒回來。那天，他背了書袋說去參加升學考試，便未曾歸返……」他錯愕地看著這位美麗、嫻靜、又冷漠的阿嫂，異常激動地緊緊抓住他臂膀，多冰寒的手心！「炳城，我不知如何才好，拜託吧……」

他受託前去找尋，驚訝地發現正焱根本沒有參加升學考試！

就像在春雪廳的那夜，告別時，正焱突如其來咬著牙說：「我一定要找到馮疆，他不能逍遙在外。」他發現正焱眼眸中焚燒的恨——他當年輾轉打聽，終於在二年後找到成爲玻璃行學徒的正焱，那眼眸也是如此悲恨地炙燃著，「我喚他父親，他卻罵我雜種，雜種吃什麼飯？雜種唸什麼初中？雜種也配嗎？」正焱噙著淚，憂憤地說，兩年時間就磨得那張幼嫩臉皮佈滿滄桑。他心疼地撫著正焱那雙瘦削的臂膀，澀苦地說：「你父親是個有限的人，而且，他被自己的錯誤想像欺瞞住眼睛……，但他終究是你的父親啊。」

「欺瞞？我不懂。他當我是個雜種，辱罵我，搶走我吃飯的碗，甚至，他在左右鄰居面前大叫：林正焱是個雜種，林正焱不配姓林……我——我不應該生在這個世上的。他這樣做，眞是我的父親嗎？」他把抽泣的正焱攬入懷裡，感到自己的心抽痛著：「別胡思亂想吧。他確確實實是你父親——我可以用性命來作證。原諒他，他太害怕，怕你占據你母親全部的愛——你慢慢會了解的，你父親比你更脆弱。所以，你要爭氣，好好讀書，證明給他看，讓他以你爲榮耀吧。」

「是嗎？炳城叔，是這樣嗎？」正焱迷惑地望著他。

是嗎——他困惑地追索著。當年，他的說辭理直又氣壯；現在卻無法肯定了。他想起正焱奮不顧身投入保釣運動時，他的隱憂愈來愈深——正焱那異乎尋常的熱烈感情，和當年炳國堂兄爭取同胞平等的熱情，竟都同樣使他感到悚慄。難道，自己當年一席勸勉，竟是多年後導致正焱陷入黑獄的主因？

他不覺全身哆嗦起來。

西樓的牆角崩塌了一塊，海風挾著水氣，咻咻灌進這個缺罅來。他從北樓轉過來，細雨絲絲紛飛，灑得他一身水霧。天空剎那之間頓暗，閃電飛竄，雷鳴訇訇；他加速腳步，剛踏回南樓角隅時，大雨便嘩嘩傾洩下來。

午休結束的鐘聲噹噹大響，全校在一陣驚愕的暴雷雨中，嚇醒過來。

下午，他主持開學以來第一次的校務會議。

雨勢嘩嘩騰騰，運河濤聲澎澎訇訇，整個會議室人聲嘈嘈哄哄，惹得他心煩氣躁起來。

老總務鄭主任以其一貫的慢條斯理，報告本學期的財務狀況。他注意到底下嗡嗡噥噥的六、七十位老師，十之八九並沒有把心思用在聽講上；幾個年資較久的女老師，甚至抱著毛線打起過冬的圍巾來。

無可如何地目巡片刻後，他索性雙臂交握，垂目俯視面前一疊報表。鄭主任濃重的山東腔調，雨聲、濤聲和聒噪的人語聲，使他心神恍惚……

那時，他把正焱從桃園帶回，交給貞華嫂。炳家兄剛剛脫售了一塊祖地，捲走全數錢款離家。正焱倒因此得以全力準備功課，果然一舉考中市立第一初中；三年後，正焱又順利考上台南一中。正焱升上高二那年，聽聞炳家兄歸家的消息而立刻趕去會面的他，驚見炳家兄的狼狽與卑瑣：「三弟，你來評評理吧，」炳家兄拉住他，極其齷齪的臉容閃著陰鷙的目光，「這是我的家，竟然不讓我進門——惡妻孽子啊！」

他長歎一聲，無奈地說：「堂兄，你是我兄長，我不便說責。但請想想吧——貞華嫂的處境，這些年你的作爲啊。」

「是是，三弟，我錯糊塗啦，那我終於覺醒，想洗面革心，那都不給我機會嗎……」他記得自己苦苦代炳家兄求貞華嫂，作下種種保證，炳家兄方才進得那個多風多浪的家門。一個暴雷雨的深夜，正焱全身濕透地猛按門鈴，「炳城叔，我無法再住下去了。那個家，簡直是一座地獄……」他把正焱接進客廳，燈光下的正焱滿身青腫，臉皮擦破一大塊，唇角淌著血水。「那個人，根本不是我的父親，他是隻禽獸，他根本不是人！」正焱渾身發顫，語無倫次地說：「他打母親，逼她交出印章和地契，爲了一塊當年祖母遺留給我們的田地。他是隻瘋狂的禽獸，他——把母親按在地上猛打！我、我實在無法忍受，我向他撲過去，護住母親，他便發狠地踢我，用他那雙走路叮噹響的皮靴猛踢我背脊。直到母親狂叫著，把地契和印章丟給他，要他饒了我一條命……啊，炳城叔，如果不是你說他確實是我父親，我一定還手，把這條命豁出去，跟他拚了……」他目瞪口呆，無法相信聽到的事實——那不可能！他曾經親眼看到炳家兄痛哭失聲，悲不可抑地訴說著怕失去愛妻，那時貞華嫂不是正懷著正焱嗎？

那一夜，他安頓正焱後，即跑出家門，直奔南區炳家兄新遷租的家。雨勢嘩嘩暴洩著，天地一片昏濛。他一眼瞥見貞華嫂愣坐在門檻上，雙目呆滯，任憑暴雨沖淋。

「阿嫂——」他衝向她，心疼著，用力把她拖進屋內，她全身淌著水滴，「阿嫂，趕快把濕衣衫換掉，妳會著寒——」他焦急地喊著。

眞華嫂突然猛一震顫，炯炯看他，「他搶走了，啊，炳城，那隻禽獸，把一切都搶走了，那最後一塊地，是正焱的大學費用啊——那隻禽獸……」她喃喃念著，陡地往後一傾，暈厥過去。他衝上去抱住她時，發現有雙小小的炯亮眼睛——那竟是小正瑤，她縮躲在牆角陰影中，冷冷地瞪著他。

接下來的幾天，他四處打探，絲毫沒有炳家兄的消息。眞華嫂高燒不退，以致不得不送醫院；他把六歲的小正瑤帶回家交給妻照料。叮囑正焱三餐來帶飯食去醫院，寫信緊急通知在台北唸大學的正森，忙得天旋地轉。一個星期後，眞華嫂出院；他得到消息，證實六甲頂的那塊祖地，已經轉成他人名下，一甲多的上等耕地，竟以低於當時市價一半多的便宜金額賣出——他眞是痛心疾首，對於親兄炳家的暴虐、貪婪感到羞慚不已。等眞華嫂重新回到生活軌道，他這才又驚異地發現正森始終未曾歸返探問。

直到正焱以第一志願考上台大法律系，炳家兄才又再度陰鷙地出現。賣盡所有大房田地房產的炳家兄，以著卑瑣、懺痛的謙誠表情，懇求他去說服眞華嫂；「我那這些年糊塗啊，拿雞屎塗眼珠，那才做出許多糊塗事吧——那你是我的親堂弟，那你就不救救我，幫我一條生路嗎？」他仔細觀看眼前這個被色慾榨得枯乾瘦瘠的堂兄，竟然無法判斷那懺悔淚水的眞假。

「你不了解他嗎？」眞華嫂冷冷地說：「他根本不是人，你不了解嗎？」錢一散盡，他就鑾皮地來這套——淚水、懺悔、發誓咒。等他弄到錢，那嘴臉就翻變無常了。他是禽獸，他的心老早就給狗咬掉了？這些，你難道不了解？」

他是不了解，炳家兄緣何要如此苛虐自己和至親的人呢？

「校長——」陳東啓輕輕喚他。

「嗯？」

「各處室都報告完畢了，是不是要散會？」

他略微沉頓片刻，緩緩站起，靜默看著——原來鬧哄哄的底下突然安寂下來，每個老師都低下頭，「嗯，各位老師，有沒有臨時動議——」

大家詫異地猛抬頭，瞪著他。

「臨時動議討論過了。」陳東啓壓低聲音，向他眨眼，急得臉微微泛白。

呃——他錯愣了一下，隨即改口說：「對於本校的各項教學措施，各位老師有沒有寶貴意見？」

一位資深的自然科男老師站起來，緩緩對全體老師目巡一周後，正氣十足地說：「校長，關於這次雙十國慶的籌備事項，我們當然責無旁貸，當然全力配合。只是，又要發動各班級樂捐競賽，恐怕不太妥當。上學年結束時，才發動一次大規模的愛國樂捐吧；現在剛開學，就要再來樂捐，可能有很多家長會提出疑問。雖然說，我們學區的漁民子弟忠厚純樸，但我們做老師的，還是拿不出有力理由來募捐啊。」

林炳城呆愣了一下，看看陳東啓。他發現自己忽略了臨時動議的內容和細節。陳東啓倒是胸有成竹，端坐不語。

「嗯——」他思索著，然後很謹慎地說：「杜老師的意見非常寶貴，值得參考。這樣吧，我再和各處主任商議研究，近日內會提出個具體辦法來。」

散會後，他把陳東啓喚進校長室。

「東啓，那天你不是說——李市議員肯幫忙？」

「沒錯啊，校長。」陳東啓謙卑、誠懇地向他微笑：「那是關於童軍團部的設備補足，和慶祝雙十節大會的活動——李市議員會爭取機會請新市長來主持開幕典禮。這兩點，他答應以家長會長名義出面。其他的部分，還等您和他詳商吧。」

「那爲什麼——嗯，有必要現在發動募捐嗎？」

陳東啓退後一步，微帶驚異地看著他，說：「校長，這分計畫早就向您報告過——您還親自批了『照准』呢？所以，我們才發佈這項樂捐的活動宗旨，完全照您指示來做的啊。」

「哦——」他自己也驚愣著，到底怎麼回事？但職業習慣和尊嚴，使他又不便盤查些什麼。

良久，他才從艱難的思索中突破一線光亮，說：「這樣吧，你再把那分計畫送回來，我研究一下。」

「好的。」陳東啓恭順地說：「校長，這個盛會對本校意義重大啊，您務必斟酌——像我們學區好些戶醫生、會計師、扶輪社員或獅子會員，統統把小孩越區轉到市中心的明星學校去了；這些家長的流失，主要也是我們學校多年來沒有擴增編制的緣故。所以雙十慶祝盛會一定要辦得有聲有色，這樣一來，市府教育局才會對我們另眼相看，這對學校和師生福利，都有很大的改善呢。」

「嗯——」他感到腦筋一片混糊，平日的清晰條理忽然消逝了，「我了解……」

放學的鐘聲，路隊糾察的哨聲，一時齊鳴。

他走到窗邊，茫然望向灰陰的運河上空。雨勢轉小了，淅淅細細地刺向運河心去。

「校長，您還有指示嗎？」

他頹默地背對陳東啓，沉聲說：「你回去吧。」

「是。」陳東啓立即輕聲離去。

他看到校門口到處水窪，學生躲閃縱跳，互相推擠著。一些急著歸家的老師們，紛紛按響機車喇叭，驅趕成群結隊的學生；一時間，亂擠成一團。

他連連搖著頭，索性不看，交背著手在辦公室內踱步。整個下午，風雷閃電不斷，暴雨澎澎——他一直心神不寧。現在，細雨霏霏。他的不寧轉成極度不安。

室內漸漸轉暗，生出一地的幢幢黑影。他彷彿又看到那個憂愴身影，幽幽獨行於運河岸上……國兄，國兄——他喚著。

炳城，這些信稿，是我唯一能給華的回憶——炳國堂兄憂悒的眼眸，悽惶的神情，使他淚水奔湧。

啊，國兄，你就走了嗎？他拉不住那個逐漸淡翳的身影——國兄，別走吧……

請你們都勇敢地活下去吧，炳城……

「校長……」

啊——他全身一陣猛烈戰慄。

「校長——」陳東啓瑟縮在門畔，一副驚慌神色，囁嚅地說：「我送您要的——那分計畫，來——我、我沒有，別的、別的，我想，我以爲您——急著要看……」

「放著吧。」他打斷那道刺耳又結巴的聲音。

「是是——謝謝校長，我，我告退——對不起，眞是對不起。」

他錯愕地瞪著幾乎是踉蹌而退的陳東啓——怎麼回事？他不覺伸手摸額，啊——他極其驚震地跌坐椅中——什麼時候，自己竟淌了一臉清淚！

唉，他頹然地收拾公事皮箱，把陳東啓送來的那分厚厚計畫表丟進去，站起來。

唉……他一路歎息著走出校門。雨仍然細細下著，昏黃的路燈把他的身影壓在水光之中。

夜來香濃郁的氣味撲來時，他正好拐進小巷。一排公家宿舍亮著溫暖的燈盞，鵝黃光暉漾得巷心橙溶溶。他推開鐵灰的木門，庭院裡一叢叢桂花泛著淡幽香氣。

「啊，炳城——」妻迎出來，吃驚地喊著：「怎麼淋雨回來？」

他怔在玄關處，感到胸中有輕微聲響，像被一條無形的鋼絃纏住，使他窒息，「月里——」

他喚著，聽到自己的聲音在哆嗦。

「先進來吧，你趕快脫下西裝，」妻拉著他，細絃似的聲音綳緊了，「你會著寒的。」

他被按坐在沙發中，換了一身輕便衫褲，灌下了一杯熱辣的甜薑汁，全身發熱，出著神。

妻從內室拿出一封航空郵簡。

「正瑗寄來的，她說換了個學校，搬到亞利桑那州去了。」妻說著，突然停下來，看了他片刻，「吃飯吧。」她說。

他像個木傀儡，被動地走向餐桌。

兩人靜靜吃著飯食，偌大的圓桌空落落。

「唉。」他悵然放下筷子。

妻爲他盛了一碗菜羹，推到他面前。「多少吃一點吧；年歲有了，要保重身軀。」

他拿著湯匙，心不在焉說著話：「要下一夜雨吧，唉……」

妻詫愕地端詳他，小心問著：「是不是發生什麼事？你很少這樣歎氣的。」

「唉——」

「炳城——」

他推開那碗分毫未動的菜羹，沉聲說：「我吃不下，妳先收拾吧。」

跨進書房時，他又重重歎了一口長氣。

書桌右側立著一個八吋古銅相框。一張十年前拍的全家福——他和妻正中端坐，後立著從幼到長的正寧、正平、正瑗，一家五口和氣又溫馨。正瑗大學一畢業就隨丈夫前去美國繼續深造，正平是就讀台大醫學院的準醫生，正寧剛考上會計系——他訓練孩子努力讀書，取得高等學歷，從事醫、商事業，這樣的教育下一代，可以對得起先父澤祿君的臨終囑咐吧——

「炳城，切記，你責在教導孩子們努力讀書，平安過日，千萬勿蹈仕途。切記爲父之語——千萬勿蹈仕途。」那年冬天，因思念英年夭逝的長兄炳邦，以致多年來鬱鬱傷歎的父親，竟在耳順之年撒手西去；他們林家經營了三代的三個房親產業，自此散落零稀——他拉開書桌右側最底層的內屜，顫抖地捧出一個粗褐紙紋的牛皮大封袋。

炳城，這些信稿，是我唯一能給眞華的回憶……那個清明的夜半時分，炳國堂兄愴惶地奔進門來，滿身傷痕，額際上仍纏裹著滲血的紗布，「炳城——」他喚著，幾乎絆摔在青石板上，腋下夾的一個大牛皮紙袋砰地跌落。

「啊，國兄！」他奔過去，扶住炳國堂兄，一股刺鼻的血腥味嗆進鼻翼。

「這些信稿，」炳國堂兄艱難地彎下腰，他連忙蹲下撿拾。

「炳城，這些，是我所有的——財產，我的思想……和我所有的……愛，請——替我交給眞華，我唯一……能給她的——回憶吧。」

「國兄……」

「拜託吧。」炳國堂兄向他落跪。

他趨前抱住那個顫抖的身軀，淚水模糊了一切，他感到悲慟難抑，「別走吧——」

他記得，炳國堂兄竟對著那一大疊信稿，露出悽慘無言的微笑；而後，炳國堂兄突然猛地抓住他，無比堅毅地說：「請你們都勇敢地活下去吧。」

他當時驚愕地說不出任何話來，呆痴地望著踉蹌離去的炳國堂兄，消逝在素白的運河岸。

他小心地從那紙袋拿出一疊日誌、求學筆記：

一張泛黃的竹紙箋緩緩自筆記中飄落，斜躺在烏沉色的書桌上，猶似一葉扁舟泊在昏茫的運河中央——

荒謬詩人　昭和十九年冬作于東京

沒有星光　沒有月亮
沒有甜夢　沒有歡唱
詩人啊詩人
爲什麼荒謬了
詩歌　純情
和靈魂

沒有自由　沒有平等
沒有眞理　沒有公義
詩人啊詩人
爲什麼荒謬了
理想　熱血
和希望

他把詩箋夾回原處，長歎一聲，顫抖地撫觸那本後半部被用力撕毀的日誌——當年由於自己的怯懼而糊塗毀跡的珍貴紀錄，此刻彷彿展露血淋淋的傷口，指刺他的良知。啊，他如何面對眞華嫂圓說自己的怯懼？炳國堂兄當年的筆記清晰地映在他的心版上——

「過去多年同胞們慣常從事對大自然壓迫諸如颱風、地震等之鬥爭，養成了強韌反撥力量，促使其鬥爭進取心更旺熾。但緣由於日本鎖島幽閉政策多年，這股苦想雄飛的勇氣心，竟似乎變轉成愚癡的熱情，此時頻頻嚷叫『平等、自由』的同胞們，恐將以此愚癡熱情鬥爭當前政治逆勢的壓迫……」

日誌在「公元一九四七年一月二十三日」後，即在那個風草驚動的年代裡，被他毀棄了；然而，這段炳國堂兄在成爲湯先生法律顧問後的那個二月所做的記載，卻令他始終難忘——不止因爲他在初讀時所感到的驚震異常，也的的確確證實炳國堂兄對時局的精闢觀察，竟不幸而言中整個歷史時勢的發展啊！

該是他把這分物件歸還給眞華嫂的時候吧——他頹然沉落在過去那段慌亂、迷惑的歲月中。

「回國來了。我被近旁極響的炮竹聲驚震著耳膜，模糊中，遠遠近近的炮竹響連不斷，似是盛大的交響樂團……」

炳國堂兄在日誌上記著：

昭和二十一年，西洋曆一月一日（大中華民國三十五年）自東京乘洋輪返台。

肆

脆亮的陽光，照得椰子樹歡喜地擺舞。他們一行人排列在龜石古碑前，笑開著嘴。他記得，那些大街小巷燃放的炮竹，和透過椰樹映射而來的日光，把早春乍來的歡喜薰染到每個人鮮潤的頰上。

「等等，照相師，」楊大哥突然從行列中搖著頭，跨步到攝影機器前，「請把城垛上的那個匾額，看到吧——赤崁樓，那些字也一併照下吧。」

「拜託吧——」楊大哥向那架機器鞠躬著。

他瞇著眼，從青翠的椰樹隙縫，望向磚紅的牆外，大街上一些路人好奇駐足，觀看著他們的古怪舉動。

「來吧——慶祝文化自治行動協會週年紀念大會——慶祝鬥爭日本勝利，台灣光復啊！」

楊大哥帶頭高呼，他們齊聲歡應著。

——嚓！「很成功哩。」照相師也歡喜地叫起來。

路人中有陣小小的驚動，一個身影擠出人群，大步跨向紅磚牆門來。那人著一身米白的西服，打著淺藍灰的領結，神閒氣定，朝著他們微笑。

「啊……」他驚呼著，幾乎不敢相信陽光底下立定了的、向他伸出雙臂的人，竟是——

「國兄！」他忘情地衝過去，投入那個懷抱。

「炳城——」

「眞的是你嗎？國兄……」他緊緊地抱住那個多麼熟悉的身軀，激動地喊著：「眞是你啊，國兄！」

炳國兄推開他，臉泛微紅，對他露出兩個酒窩笑著：「都不再回家嗎？炳城——我不忍心看到三叔以為將失去兒子的表情啊。」

「啊，國兄——」他幾乎語無倫次地，一直喊叫著：「國兄，你回來太好了，國兄……」

「對不起，我叫楊伍井，」楊大哥趨前，向炳國堂兄伸出右手。「你一定是林炳國吧？」

「是是——」炳國堂兄連忙雙手握住，兩人緊握了好片刻。

「林炳城經常提到你，說他深受你影響呢。」

「哪裡。我這個堂弟熱血熱性，這兩年多虧你帶領他，」炳國堂兄誠懇地說：「讓我也有個幸運機會——敬呼一聲吧？」

「啊，別客氣。請盡量——」

「楊大哥——」炳國堂兄謙卑地鞠躬，聲音略爲抖顫著，「謝謝你照顧炳城，也謝謝你——爲同胞盡心力！」

「楊大哥，我沒有誑誇吧，國兄是我們的同志吧？」他興奮地拉著這兩人的手。

「炳城，別胡來——」炳國堂兄輕聲微斥。

「歡迎你，林炳國。」楊大哥倒開懷大笑了。

他們一起圍擁住炳國堂兄時，他記得，彼時那激動的熱淚滑落腮邊，他在模糊的視線中看到炳國堂兄澀苦地笑著，抖顫地和每個人握手。

「炳城，我答應三叔，把他兒子尋回家的。」

「遵命。」他頑皮地行個軍事禮。

大家縱聲笑了。

他和炳國堂兄在沿路爆響不停的炮竹聲中，走過張掛著密密大紅綵燈的運河岸。

「什麼時候回來的？」

「大前天，我決定回到自己的土地，迎新年……」

「我們光復了——」

「嗯。」

「終於回到祖國懷抱啊！」他無比喜樂的說。

炳國堂兄卻停下腳步，望著運河的泊船，沉默不語。

「她——好嗎？」許久後，炳國堂兄低聲問著。

「她？」

「眞華——」

「唔。我——」他心頭一驚，呆了片刻，才訥訥說：「我幾乎……未曾回家，並不清楚。不過，去年，疏開後期，大約夏天吧，母親心臟病發作，我趕去醫院，倒聽大兄炳邦說起——她產下一個兒子，喚名正森。」

「啊……」

「她很好的吧。做了母親的女人，總是很堅強的。國兄，你——」他遲疑著，咬著牙說：「忘了她吧！祖國的中央軍來接收，我們還有更重要的復建大業要做呢。」

炳國堂兄突然澀苦地笑了，拍拍他肩膀，彷彿要說服什麼地說：「我知道。不然，我何必回來？」

「那太好了，國兄。楊大哥有一套計畫，準備把我們文化自治行動協會再改組，加入『三民主義青年團』的陣營。他還參加歡迎國民政府的籌備會——啊，這是我們大展理想的時刻，再也不做殖民次等奴隸了……」

他記得，那時候，運河的紅綵燈都隨風飄舞了；他多麼歡悅地跑跳著，而炳國堂兄竟一路愁眉深鬱地看著運河悠悠流水，不停地歎氣啊。

那年三、四月，整個林氏家族忙得人仰馬翻，二伯德鵬君以台灣企業主身分，出面競選台南市參議員代表。父親澤祿君則志在省參議員的競選，希望以製糖株式會社實業主兼土地財主身分，入席台灣省參議會。唯獨大房，自大伯德鴻君於昭和十九年底肺疾深重而逝後，順利繼承大房全部產業的炳家堂兄，卻以二十萬圓代價出讓製糖株式會社常務取締役的股份，成日過著驕奢的花花公子生活。

儘管二伯和父親已小心收藏起日督頒贈的台灣紳章，並發動家中許多長老四處請託，仍然雙雙落敗於許多開業醫生和師範教員。甚至遞補名額也沒分的父親澤祿君，性情驟變成蕭索、冷淡，對於二伯德鵬君圖振東山——競選八月間的第四屆國民參政會台灣地區的國民參政員——亦失去輔贊意願。

「炳城，這封文書，你替爲父送到二伯家吧。」父親懨懨地吩咐他，「還有，別到處亂跑，搞什麼活動之事。趁此時，你好好和炳邦學經營道理——不要師範學校一輟學，就一事不成度終生吧。」

他恭順地應允，即挾著信文來到安平路盡處的二房林宅。走過一列生意興隆的店面，他來到那座巨大的、荷日混合風味建築的花園樓厝。

一陣幽幽的洞簫聲，自那棟有六根白廊柱的白色荷蘭式房子傳出。他立在滿園盛開的花叢中，怔了片刻，彷彿被召魂般，他循著極淒美、縹緲的洞簫聲前行。

那不是炳國堂兄的書房嗎？是誰在裡面吹簫——

他的腳步被牽引進去。

「啊——」

簫聲戛然中斷，炳國堂兄憂鬱地看他。

「國兄，你什麼時候——竟吹得一口好簫聲？」他驚喜地說。

「是嗎——簫聲好嗎？」

「它令我心動，」他衷心地說：「國兄，你吹的簫，教人聽了好淒傷。」

「哎……」炳國堂兄頹然地放下那支洞簫，桌面上即刻爍閃著烏沉色暈。

「啊，這是支上等好簫吧——」他忍不住去撫觸那支洞簫，溫潤的感覺通過指間，微震著他的心脈。

「炳城——你喜歡它嗎？」

「當然。」

「送給你吧。」

他驚震了一下，洞簫自手中滑落，鏘地一聲。炳國堂兄撲過來，及時救住。

「啊，對不起。」他心慌地拉住炳國堂兄，歉疚萬分，說：「好簫要有好主人來吹奏，國兄，你就是那個最好的主人吧。」

「是嗎？」

「想想吧——這個洞我又不會吹，不是就糟蹋了？」

「她就是給糟蹋了吧——」炳國堂兄長歎一聲，淒咽地說：「誰憐她被糟蹋呢……」

他錯愕了片刻，終於明白那話意，「國兄，你還是忘不了嗎？」

「你不知道，她有多嬌美，生孩子後的她，多麼……啊，我無法控住眼光，我逃不開她……」

「國兄——」他焦急起來。炳國堂兄幽茫的目光中閃著癡熱的情愛，那深濃的眉宇鬱鎖，整個臉容惱恨地扭曲了。

「你不知道，她笑起來——多像月下盛開的白牡丹，妖嬌含蕊等親君……我坐在運河岸，爲她吹簫，白牡丹笑呅呅……她輕聲哼唱——含蕊等親君……白牡丹，等君挽，希望惜花頭一層……她就像朵牡丹，潔白、嬌美，那時候，她一身素淨衫裙，纖巧地握著白素絹巾，就在這棟樓厝的大廳，對著從書房走出的我，微微笑，啊……」

他重重歎了口氣，突然感到一股莫名的嫉意；這一刻，他反而羨慕受著情愛折磨的炳國堂兄了。他甚至未曾對一個女人如此心痛呢！那個嫁給炳家兄的眞華嫂，究竟是怎麼的女人，會如此牽動炳國堂兄啊？他在羨慕、嫉妒又好奇的心緒中，低首思索著。

炳國堂兄輕輕拿起洞簫，怨怨訴訴地吹起來。

他默立在窗畔，茫然望向庭院盛開的春花，暖風輕輕拂過花瓣，猶似有縷縷花魂，蹁躚舞在那素白迂曲的迴廊、幽藍的潭池、小拱弧橋、青石花徑，和向晚的橙霞天空裡。那棟有著精緻巧麗八卦窗扇的日式建築，走出一個瘦小身影，一身碧綢衫裙。

「銀釵堂姊過來了。」他低聲說。

炳國堂兄閉著雙眼，正用整個心在吹奏那首「白牡丹」，悽愴的簫聲似乎變調了——他瞥見兩行熱淚自那個瘦削面頰滑過。

銀釵堂姊的腳步聲正朝向他們而來。

「國兄，銀釵堂姊來了——」

簫聲斷止。

「你的臉——」他趨前，輕柔地拭去那兩行熱淚。

「阿國，來吃飯囉。」銀釵堂姊跨進來。

他連忙把手放開，訕訕笑著，喚：「堂二姊……」

「阿城嗎？」銀釵堂姊遲疑了一下，「什麼時候來的？也不過來向二伯父請個安？」

「正要去呢——」他連忙說，一面拿出那封父親交代的文書，「父親差我送信給二伯，很重要的。我一進門，倒被國兄的簫聲吸引過來了。」

「阿國恁是想不開啊——」她歎口氣，過來拉他的手，「一起吃飯吧。阿城，你多勸勸他吧——這時節，要做的事太多了，他一天到晚在家裡關著門哀歎，不好哪！」

「是的，堂二姊。」他回頭看，炳國堂兄正極其小心地把洞簫收進書屜中。

「回來四個多月了，阿國竟然沒有個安插的處所，你也來想想辦法吧，阿城？」

「堂二姊別急，以國兄的學問，一定有發揮的機會，只是時機未到而已吧。」

銀釵堂姊定定看著默然呆立的炳國堂兄，又歎口氣，對他說：「有空閒，務請常來陪陪阿國吧——我們二房，就他一個丁嗣啊。」

當時，他無奈地點了頭。後來，報上愈來愈多的貪汙案一一揭露，化學工廠舞弊、貿易局官商勾結、教育界盜用公款……五月來臨時，楊大哥突然宣佈退出「三民主義青年團」。

「我們講不來祖國的『國語』，就註定沒有出路嗎？這和日本時代有什麼差別，不會講日語就無法出頭天——現在好了，所有的高官、縣市長、各處處長，幾乎都是會講『國語』的外省阿山仔，我們台灣同胞到底算什麼？」楊大哥憤怒地吼叫著：「連『青年團』也要限制我們，非要會講『國語』，這是莫大的侮辱啊！」

「楊大哥，講祖國的『國語』是應該的，」他勸撫著同志們的怒氣，「我們要主動和祖國交談相會吧，這『國語』可以慢慢學，一定學得會吧。」

「慢慢學，林炳城，你去慢慢學吧——」一位同志嘲諷著說：「等你會講『國語』，整個台灣全給那些阿山仔『劫收』光盡了。」

「他們牽親引戚，妻舅細姨堂表統統有官做，台灣人反倒被踢出去吃牛屎，喝西北風。那隻陳豬仔所主持的『行政長官公署』，不就是另一個『總督府』嗎？」

「對啊，那些阿山仔成立的『專賣局』，什麼都要管制，台灣人吃不到台灣島盛產的米和糖，連買也買不到——物價一日三市，那些阿山仔卻每晚花天酒地！」

大家憤議紛紛，每個人眼眶紅赤，拳頭緊握。

「我們要爲同胞爭取平等——」楊大哥跳上億載金城的古砲台，對逐漸沉落安平海的紅日大呼，「我將不惜犧牲，來從事任何保衛台灣島的政治鬥爭啊！」

他們在億載金城古堡的幽邃洞門內，祕密討論出幾項行動辦法；楊大哥決定把文化自治行動協會改名爲「文化鬥爭協會」。

「這不太好吧——」他憂心地說：「聽名稱，會讓人誤會我們走上左派鬥爭路線，這和祖國的中央政策不是違拗的嗎？」

「林炳城，你的思想仍然沒有徹底改造，」楊大哥沉重地拍他肩胛，說：「祖國的南京中央政府眞的了解台灣的悲慘現狀嗎？他們不過自認爲解放者，來征服我們罷了——想想吧，我們竭盡誠心歡迎來的國府軍政人員，怎麼對待同胞的？想想吧，林炳城——」

他們留下他，帶著激越的憤怒離去。

億載金城在紅日沉落後迅速闃黯了。安平海吹來的夜風拂不平茫亂心緒；他孤寂地踽行在城堞中，感到靈魂受到憂苦的炙燒——自己思想仍然沒有徹底改造嗎？還是豪富的家世使他和貧苦同胞隔離了？他想到競選失敗的父親，終日落寞、怨嗟地幽鎖家中；而取得日本高等文官法政科檢定及格的炳國堂兄，不是懷抱滿腔熱誠回台，想爲同胞貢獻所學嗎？爲何偏偏沒有發揮的機會呢？難道這一切，眞如楊大哥所說：台灣同胞只是被征服者？

啊，他彷彿看到父親、炳國堂兄、楊大哥，他們共有的憂鬱眼神，在黑忽忽的這座歷史古堡裡飄盪著。那盛茂的古榕大樹，似乎在對他搖頭歎息，而落葉紛紛掉到他的周圍，使他分不清是初夏或早來的肅秋。

他突然想到萬一——台灣又淪落爲日本時代被歧視、輕賤的生活景況，那勢必造成人心對祖國的反背，則他勢必追隨楊大哥，把從前對日本異敵的鬥爭，拿來鬥爭自己同源脈的祖國——他不敢再往下想，一種驚震的、昏瞶的情緒緊抓著他，他猛烈地戰慄了。

安平海上似乎飆旋著一個高大黑柱，動移極快，兇狠地朝向古堡衝來。啊……他的腦頂發脹，喉頭卡緊，嚇得拔腿狂奔。

他前腳衝進那座巨大的花園樓厝時，雷電齊作，暴雨瘋顚似地洗劫大地。

「炳城，怎麼回事？」

他幾乎一跤摔進炳國堂兄的書房。

「有……有——」他乾張著嘴。

「有什麼?」炳國堂兄趨前扶起他，一個踉蹌，兩人絆倒在地；炳國壓在他身上，一臉關切與著急，撫著他散亂的額髮，「啊，你這裡，怎麼這樣大的疤痕?炳城，發生什麼事嗎?」

「國兄……」他說不出話來。

「別怕，我在這裡，別怕——」炳國堂兄疼憐地俯視他，那眼眸閃著深邃的柔情。他在那溫存的眼光中，逐漸平息激動的心緒。

「國兄——」

「好些了?」

他點點頭。兩人站起來，炳國堂兄的臉頰微紅，羞赧地笑開兩個酒窩。

「剛剛——」

「沒什麼，」他歉笑起來，搶著說：「雷電好威猛，差點被打到呢。」

「哦——」炳國堂兄又看看他，拉他坐下，「你這額頭的疤，是怎麼回事?」

「美國飛機轟炸的……」他一五一十，把光復前那段疏開的緊張刺激生活詳細報告。

炳國堂兄愁悒地皺起眉頭，沉默聆聽著。

「我在東京，那時候，到處都是原爆的悲慘報導，那些照片——」炳國堂兄喟然太息著，「戰爭對人類太無情了，生命竟不如草芥螻蟻吧。」

「不過，台灣提早光復，重回祖國，也是這場戰爭來達成的。」

「你是這樣想嗎?炳城——」

「是這樣啊。難道——哦，國兄，你當時在島外看到什麼嗎?」

「我想，波茨坦宣言並不單純吧。太平洋終戰後，國際軍事法庭在審判東條英機和其他戰犯時，美國盟軍統帥麥克阿瑟即受命占領日本，開始有計畫地扶持左翼的社會黨，使這個主張發展社會主義化經濟政策的小黨，能聯合其他幾個無產階級的小政黨，在一夕之間壯大——這不是與盟國民主化的宣言矛盾嗎？美國的居心何在？」

「我不明白，國兄，這和我們有什麼關係嗎？」

「唉，我也想不透。盟國的協議把德國、波蘭、奧地利瓜分，由美蘇英法四國來占領——這種作法，和從前殖民台灣的日本帝國主義，有什麼兩樣？」

「可是，祖國這一次是勝利國吧。」

「炳城，你看新聞報導嗎？」炳國堂兄突然嚴肅起來，面色凝沉，「祖國現今的局勢，你知曉嗎？」

「祖國不是忙於各種接收、裁軍、和建設工作嗎？報上說，八年抗戰民生大傷——」

「我不是指這個——」炳國堂兄截斷他的話，「你知道國共正在內戰的事吧。」

「嗯，委員長堅決反共，這我知道。我還記得在昭和五年到九年這段期間，國民政府發動五次圍剿清共的行動。後來國共聯合對日本抗戰，報導說把主力紅軍改編爲第八路軍，另一支紅軍游擊隊編爲新四軍。現在日本一敗，又水火不容了嗎？」

「這和史達林的陰謀大大相關呢——我擔心盟國對戰後世界的重新分配，會不會是另一新式的帝國主義？按照目前局勢來看，恐怕受害者仍是祖國和台島啊。」

「但祖國也是同盟國呀？」

「炳城，你相信有眞正的朋友麼？尤其是國與國之間的所謂『友誼』嗎？」

「你太悲觀了吧，國兄。」他驚訝地說。

「唉……」炳國堂兄深深歎息著，拍拍他肩胛，「但願我是多慮吧。記住，炳城，遇到危急之時，只有自己才靠得住啊——」

那一夜，雷雨訇訇暴下著。炳國堂兄憂鬱地吹起洞簫，那「白牡丹」的優雅旋律竟斷續不成曲調。

「國兄——」他遲疑了片刻，終於鼓起勇氣問：「爲什麼你如此念念不忘她呢？」

炳國堂兄兀自吹著簫，許久後，才幽幽歎氣說：「炳城，感情的事都身不由己吧。」

「但你因爲無法與她廝守而消沉，也終歸不是辦法。不管如何，請你振作些吧。」

「我並不是因爲她消沉意志——至少不全是吧。我去日本留學，拚命讀書，參加最艱難的高等文官法政科檢定考試，就是希望忘了她，或者，遠離她——就比較不會痛苦吧。我甚至曾經打算永留日本，找個僻靜鄉野隱居此生。未料廣島和長崎的原爆改變了時局，身爲台灣人的我居留戰敗的日本，變成絕大的難堪……所以，我趕回來，心想是個全力發揮，不會再受歧視對待的大好時機，我一心想把自己對眞華的愛轉移，來愛整個民族的……誰知道，竟然又爲著我的日本學位，在勝利的家鄉反而被視爲通日背族分子，還連累爹親在親族之間卑顏低下——炳城，我的苦悶還不止是失去機會，更嚴重的是失去自己的角色！」

「難道，眞的沒有發揮的機會？」他沉重地搖頭，「會因爲我們是台灣人的關係嗎？」

「我最憂心的，正是如此吧。」

「難怪楊大哥憤怒啊。」

「他說些什麼？」

「他認爲我們是被征服者，他說，將不惜犧牲來從事再一次的政治鬥爭，爲同胞爭取平等。」

「好漢啊——炳城，你們在計畫什麼嗎？我感覺你今天並非特意來拜訪我吧。」

「唔，事不相瞞，國兄，下午我們在億載金城開了次祕密研究會議，這些話都是楊大哥剛剛說的。」

「你們打算怎麼做？」

「很簡單，就像以前對抗日帝殖民的鬥爭行動——只是，我不贊成他們改組成『文化鬥爭協會』，弄得，嗯，有點不歡喜吧。」

「唉——」

「看來，楊大哥的話是對的。」

炳國堂兄的臉色灰白，映著窗外漸歇的雷雨，顯得幽忽不實。他低澀地說：「炳城，我擔心——這並不是——唉，如果用流血來解決問題，那是極大的悲劇啊……。」

他茫然望向黑暗的窗外世界，感到一股深沉的傷痛，如蠶蝕般，咬齧著他惶惶的心口。

八月下旬，雖然慷慨獻贈「台灣光復致敬團籌備會」大筆金額，但仍再度落選於國民參政員的二伯德鵬君，黯澹之餘，閉門謝客，拒絕任何地方士紳或族親的種種邀會。父親百般不得見這位熱心公政的親二兄，只好再修書一函，命他前去傳送。

「你二伯受此打擊，依他性格，恐怕從此不肯出面爲地方謀福利吧。」父親面向先祖進陞太君遺像，漣漣滴落蒼老的熱淚，「太君會責怪我沒有輔贊你二伯吧……」

他懷著一顆歉愧的心，匆匆來到那座巨大的花園樓厝；迎面遇上兩個人牽手漫步著。

「堂二姊。」他喚著。

那兩個人隨即鬆開手，面色羞紅。

「是阿城——」銀釵堂姊連忙向身旁這位老實莊稼漢模樣的男子，嬌柔地介紹著；「是我們三房的小堂弟，喚林炳城。」

「哦哦。」那男子靦腆笑著。

「這位是黃媽典——」

「是是。我該怎麼稱呼？黃先生——」他突然惡作劇地說，「黃兄？還是堂二姊夫？」

「啊，隨便隨便——」那男子手足無措，傻笑了。

「媽典——」銀釵堂姊羞得臉顏有若三月春花，她輕輕拍打黃媽典的臂膀，「你怎麼這樣答他啊？」

「那——」黃媽典急得直扯衣衫下襬，「怎麼答？」

「我，啊，我不知道啦。」銀釵堂姊快步奔向內室去了。

「銀釵——」

「對不起。」他拉住那個不知如何、淌冒大汗的黃媽典，「是我不好，亂講玩笑，請別見怪吧，堂二姊夫。」

「啊——」

「其實，你和堂二姊訂親的事，我早就知道了。」

「你知道？」

「我還吃過你們的喜糕喜餅呢。那一天，你笑得嘴唇離海海啊——我印象很深刻的。」

「哦，我想起來了。」黃媽典驚訝地說：「你變很多，跟以前都不一樣囉。」

「這樣嗎？」他自己也吃驚了。

「二姊夫，」炳國堂兄急慌慌跑過來。

「國兄。」

「你這個調皮鬼，」

炳國堂兄抓住他，「還不趕快進去向二姊賠失禮。」

「遵命。」他大笑著。

炳國堂兄從口袋掏出一條水藍絹帕，遞給黃媽典，「二姊說，她不送你，要你走路小心——」

「摔在你身，痛在她心哪。」

「炳城，別講玩笑話。」炳國堂兄輕聲斥責他。

「是是，我又錯了。」

「二姊夫，這絹帕，二姊說，請你帶給梅娘，她謝謝她的關心。」

「嗯，那我走了。」黃媽典把那條水藍絹帕，放入衣衫的胸袋，「再見吧。」

黃媽典走遠後，炳城回過頭問：「梅娘是誰？」

「他大妹。」

「怎麼沒聽過？」

炳國堂兄瞪大眼珠看他，「炳城，你想到什麼嗎？」

「哦，沒什麼。」他訕笑著，「隨便問問。」

「有沒有中意的姑娘？奇怪，三叔都不焦急嗎？」

「國兄，輪到你講玩笑了。」

「我很認眞，炳城，你是該找個好姑娘，安定下來，像炳邦堂兄一樣吧。」

「女人是革命運動的絆腳石——楊大哥說過的。」他剛才的好心情又陡落了。

「你知道嗎？楊大哥被他父親押回去，結婚了。」

「這不是壞事吧。楊大哥哪裡人？」

「麻豆。」他悵然若失，邊隨炳國堂兄走向廳堂，「我們喊了那麼多理想，他這一走，又結了婚，整個組織群龍無首，根本不起作用了。」

「哦，既然你們那樣熱情要改革，楊大哥不是可以反抗這種安排的婚姻嗎？」

「唉，國兄，不容易啊。他父親是麻豆鎭上的名醫，地方上有頭有臉的人物，還剛剛選上省參議員，就他一個男嗣壯丁，而且新娘和楊大哥是指腹爲婚呢。」

炳國堂兄沉默了。

他也隱然感到那種命運作弄的悲哀，歎息說：「當今世間，自由愛情能有完滿結局的，極極稀少啊。」

炳國堂兄立在幽藍的潭池邊，似乎有難言之隱。

「對不起，國兄，我無意——」

「不，不怪你。」炳國堂兄憂悶地說，「是我自己不振作，我——甚至幫不了她的忙——」

「唉。」

「她——那天，我看她揹著正森，在天井打水洗衣衫，我——我趕過去要幫忙，她卻拒絕了，只用那雙眼睛，淒慘地對我苦笑。」

「國兄，我們一起走吧，去台北找機會發展，」他誠懇又憐惜地看著炳國堂兄，「離開她吧——這樣，你才能重新開始。國兄，離開她，讓她安靜生活下去吧。」

「她有孩子了——你知道嗎？她說，『我一直當是你的孩子，他會像你。』啊，那孩子，還有正森，原本該是我的——」

「嗄，國兄，你做了什麼？」

「我後悔，那時候，我應該帶她走，不給她任何考慮的機會，帶她去到天涯海角……」

他焦急起來，噤聲驚呼著：「國兄，你別做了什麼糊塗事吧——想想我們的家世門風啊。」

「我痛恨它！我痛恨自己生在這種家世，我做什麼都不是，甚至不能出去做個小工人——我現在成了廢人，一個只有理想、高等學歷的空殼人。」

「不會一直這樣的，國兄。」

「我竟然眼睜睜看著她，受盡炳家的凌辱，我保護不了，還要看她生孕炳家的孩子……」

「國兄——」他大力搖撼著語無倫次、漣漣滴淚的炳國堂兄，帶著焦慮和些微忿怒，吼著：

「他們是夫妻，生孩子天經地義啊！」

炳國堂兄錯愕地、茫茫然看著他。

「請你了解吧，國兄。任何人，包括你，都再也改變不了這個既成的事實——他們是夫妻，國兄，你要認清這一點啊。」

「啊……」炳國堂兄似乎猛然震醒，失措的臉顏乍紅乍白，愁悒的眼睛望向那滿庭凋落的春花。

「國兄——」

「炳城，我失陪。」炳國堂兄驀地跨開腳步，像一縷淒傷的風，消隱在花叢深處。

他惆悵地呆愣半天，花叢彷彿傳出一聲聲的喟息，灰蒼蒼的天色陡地暗滅了。

十月，是台島第一個光復周年，慶祝的炮竹聲連天響著。他茫茫走到街路上，看著一列列表演慶賀的龍獅隊，在震天的鑼鼓聲中，感到自己的熱情異樣冰冷起來。

「台灣光復致敬團」前往南京拜會、敬謁、參訪月餘後返台，隨即展開籌建「介壽館」來祝賀蔣主席壽辰的行動。組織籌募獻金委員會極力來邀父親澤祿君就任台南市獻金隊委員，一再被父親推搪婉拒了。

「你們不過是利用結交日人在戰時發跡而成爲暴發戶吧——」一位曾在中國大陸追隨國府抗戰、而在勝利後被派做接收要員的同鄉，半脅半勸地向父親說：「別做同胞的罪人，把你們暴得的利益歸還給同胞吧。」「兄台這是什麼話？我們辛勤勞苦，由先父進陞君創業起家，全憑藉努力工作累積家產，緣何污指我們『暴得利益』？」父親義正辭嚴、聲色皆厲的反駁著；「若照兄台說法，那兄台追隨國軍返台，即接收種種日人事業，不到半載置房產、田產若干——是否也稱『暴得利益』呢？請問這個籌建獻金行動，兄台慷慨解囊樂捐了多少？」那位「半山」分子，便悻悻然走了。

當夜，父親喚來他和大兄炳邦，愁歎地說：「恐怕時局於爲父，愈加不利。你們做好準備，或者，年節一過，我們舉家東渡日本，家鄉已不適合我們居住吧。」

「父親，您再考慮吧；此時遷移東瀛，恐怕不是良機。」炳邦恭敬又憂心地說。

「嗯——」父親握著那支歐石楠木根的上等菸斗，陷入沉思。

他和炳邦大兄恭立著。夜露漸深，寒氣自腳底逼竄而上；冥暗的廳堂中，似乎飄盪著一陣陣細柔憂傷的歌聲。他凝神傾聽，歌聲從內室傳來。

「大兄，你聽到嗎？」他輕輕附向炳邦耳朵說話。

「嗯。」

「是誰？」

「淑賢。」

「大嫂嗎？」他噤聲驚呼著：「她有這等好歌嗓啊，我怎麼不知？」

「唉。懷孕的女人心事多……」

「哦，」他驚覺於自己對家中人事的疏忽，訥訥說：「恭喜啊，大兄，什麼時候二度做父親？」

「二月吧，明年二月底。」

「大兄，你好像煩惱著？」

「唉，沒什麼。」

「你們，」父親突然開口了。「下去吧，我靜一靜。還有，以後少出家門吧。」

民國三十六年，新春歡樂的炮竹雖然爆響著，但總覺得迎新年的喜悅氣氛糝混了絲絲憂悶；每個人的臉龐彷彿失去光采，天空陰霾的雲影映在心頭。

他跟著炳邦大兄到「全興行」學習管理經營時，才驀然警覺這個碾米事業已大大不如從前。

「米穀都被新起的政府專賣組織壟斷搜空，恐怕撐不到幾個月，這個碾米廠只好關門吧。」炳邦憂苦地說。

「沒太大關係吧，」他試圖安慰這個默默辛勤的大兄，「我們還有別的事業，不一定靠米廠，請寬寬心吧。」

「炳城，你還是天眞呢。物價猛漲，台幣無限制地濫發，恐怕會造成社會上極大的動亂。現在有許多發光復財的新地主，正對我們的產業虎視眈眈，準備『接收』我們這所虧損累累的『全興行』啊。」

他的心更加黯澹了；一股無形的恨火滿腹燒燃，啊，這般世景，教大家如何過日子呢——他想到自己徒喊著理想，徒喊著爲同胞奉獻，但到底眞正做了些什麼？唉，自己不過和炳國堂兄一般，是個無能的空殼人啊。

他走在寬闊的安平街路。路旁一長列的鳳凰木仍然蒼翠；遠處的運河水波幽藍，泊著靜息的漁船，似乎沒有煩憂、勞苦和辛酸。那河畔的白花萌發春芽，看來美麗如詩，溫柔似夢。一切還那麼美好，他癡望著這個詳和、寧靜的生長所在地，這是明鄭第一個開發的美麗府城，三百多年來，每一代的子民生老病死，在此安息他們的亡魂，又在此繁衍新的生命。他不能相信，這個美麗與希望的家鄉，即使在日人統治期間也完璧安然的古城，會遭臨什麼巨大劫難？

他停駐腳步，望著伸展到安平外海的運河，沐浴在銀色月光裡，幽幽靜靜的往前流動著。

——收入聯經出版《烈愛眞華》

【作者簡介】

陳燁，本名陳春秀，一九五九年生於台南府城，台灣師範大學國文系畢業，曾任建國中學老師，二〇〇四年辭去教職，歸返台南家鄉，專事寫作。曾獲中國時報小說獎、聯合文學小說獎、兩次吳濁流文學獎、高雄文學創作獎助計劃小說類第一名……等多種獎項。陳燁大學時期即展現亮麗的文學才華，創作文類多元，包括小說、散文、文化論述、政論、劇本等，而以小說見長。陳燁文學風格多元，既見濃冽厚重，亦見清麗婉轉，思想密度高，問題意識敏銳，對於小說的時空佈局，每有獨到之處。一九八九年出版台灣首部二二八長篇小說——《泥河》，以府城為空間舞台，透過多重記憶軸線的開展與交疊，演繹台灣歷史記憶的濃墨色澤。重要作品有《藍色多瑙河》、《飛天》、《泥河》、《燃燒的天》、《半臉女兒》、《孤娘小夜夜》；《泥河》其後改題為《烈愛真華》，與《有影》、《玫瑰船長》並稱「封印赤城」系列小說。

【賞析】

府城，是陳燁永遠無法拋離的記憶空間。她持續以書寫，尋找與府城母鄉的有機連結，建構家鄉的意象，尋找返鄉的路逕。從《烈愛真華》中的府城淪亡史，到《半臉女兒》中，女兒的成長與母親、家族的勾連，再到「封印赤城」系列小說的撰寫，陳燁有意識地以小說的形式，史詩般的故事節奏，建構自我心中的故鄉圖像。

《烈愛真華》，書名即隱含豐富的空間意象。小說以府城地標物——運河——為舞台空間，演繹二二八事件之後府城大家族的淪亡史，含融著歷史意識、土地認同、政治批判與兒女情愛。故事以三個段落相串連，在落題上即有鮮明的象徵意義。第一段「霧濃河岸」，寫女主角城真華對二二八事件失蹤者林炳國的追憶，以「霧濃河岸」象徵女性的等待情境。第二段「泥河」，以城真華長子林正森的歷史追尋為主軸，以「泥河」象徵幽深的歷史泥沼，以及悲劇的世代延續。第三段「彼岸麗景」，以林炳國的堂弟炳城，在現實情境中不斷與歷史對話，以「彼岸麗景」象徵理想的實踐與救贖的通路。

「霧濃河岸」中充斥著濃霧、運河、白牡丹的意象，「濃霧」象徵戰後初期台灣暗鬱的歷史情境，也象徵真華「永恆等待」的生命情境。同樣一條運河，對炳城而言，則是通往「彼岸麗景」的救贖通路。炳城一度熱血澎湃，但在最後關頭卻步了，他在運河畔別離炳國，離棄同志，又因為害怕被牽連而毀棄炳國二二八前後的日記，一生背負著深沉的罪責。最後，他終因決心對抗地方強權介入校園，而以遲來的實踐獲致救贖，跨越「運河」此一人工阻絕體，奔赴彼日的麗景。

對真華而言，「運河」一直都只是「河岸」，她只能站在河岸等待、想像，而無法跨越；對炳城而言，「運河」是一條通路，已經為大義犧牲的炳國才是等待者，等待炳城泅泳到彼岸，共享寶藏與麗景。

府城是陳燁自我救贖的母鄉，運河是炳城自我救贖的通路，「彼岸麗景」，是台灣住民集體救贖的願景。

——楊翠撰文

潘銀花的第五個男人

葉石濤

「招治，你好好看住阿豐，別讓他跑到古井旁去玩，前天差點掉下井咧。還有那小火車站更不可以去，你貪吃，只管偷甘蔗，小心阿豐被小火車撞到了，我回來看到阿豐哭，我就剝你的皮！」

潘銀花嚴厲的警告了那胖得像小豬一樣傻頭傻腦的招治說。招治是她死去的老公土根仔留下來的唯一骨肉，可不是她生的。土根仔雖然目不識丁，但還算是精明強壯的漢子，有時奸詐得連日本仔也常吃他的虧。她嘛，她也不差，她雖然是Chiraya（西拉雅）族的兒女，Ibutun（福建人）喜歡叫她的族人「番仔」，但是不到二十歲她就已經擁有六分田地，比任何一個福建人農民的田地來得多，可見她不是弱者，她擁有的果園和田地，雖然等於都是用她的肉體換來的，但這沒有什麼可恥。她的肉體健壯而豐滿，龔少爺和土根仔爲她的肉體著迷，甘願獻出他們的財物，甚至把生命給她，這也不是她的錯。

土根仔不是她害死的，但是如果那天早晨他不留戀床和她，早一點駛牛車到府城裡去，也許可以躲過一劫；因爲美國的格拉曼戰機來轟炸府城，每天清早都在一定的時間，這事土根仔早就知道。可惜，土根仔明知道非早起床不可，卻跟她在床上纏綿了很久。當然，人已中年的土根仔也有早衰現象，否則怎沒看見遠方天空編隊飛行的格拉曼戰機？至於那龔少爺就不用提了，她有把握一下子勾起他的情慾，使他舊情復燃，可惜，她不知道他現在住在府城的哪個地方？位在范進士街的龔家邸宅據說被美軍一次地毯式轟炸所擊中，著火燃燒而燬滅了。龔少爺不比土根仔，雖然銀花曾經心甘情願的奉獻了處女，對他有一份難忘的、眞摯的愛，可惜龔少爺在床上並沒有帶給她猛烈的震撼和快感，大多她還沒到高潮時，龔少爺就軟癱如一塊無用的肉塊了。她生命裡的第三個漢子朱文煥是文人卻參加了造反，他獻給了她童貞，在她家過了一夜被捕，快要一年了，沒有有關他的任何消息。也許死了吧！這年頭，許多年輕人死的死，逃的逃，讓她伶仃孤苦的留下來暗自傷心。實際上這些男子的容貌在她的記憶裡也逐漸模糊起來，褪色得不再教她牽腸掛肚了。靠三分旱田的收穫來養育已經五歲的阿豐和八歲的招治，實在捉襟見肘，她的確需要再找一個漢子來，做一家之主。可惜她哪裡去找？她的 Ma（老爹）紅頭仔屢次叫她搬回新市，在她的族人中找個對象，可是她捨不得土根仔留給她的鹿母山山崗半腰的三分地。她一搬回新市，這田地就無人照管，也就荒廢了。要賣嘛，實在也值不了多少錢，換不了故鄉一幢瓦屋，銀花也就始終不肯。

銀花扛著鋤頭和畚箕，還準備了麻袋，她預定只要挖一畦甘藷就好。山崗上的甘藷是紅心的，甜度高，不適宜做甘藷簽，她都賣給來自府城賣烤番薯爲生的小販——翁螺仔。價錢倒不錯，賣一袋可以換兩天吃的白米及菜錢。

潘銀花走到製糖會社的小火車站，看見許多男女學生爭先恐後的擠上小火車，不久，小火車冒著黑煙緩緩地開動了，潘銀花要回到老家新店也常是搭這小火車去的。她憶起從車窗看到的那濁浪滔滔的曾文溪，以及鹿母山左遠方猶如古代皇帝的陵寢一樣隆起光禿禿而連綿不斷的小丘陵。

雖然已是三月天，她所爬的羊腸小道仍然盛開著白色小花朵的野菊花；可是朱文煥被捕後一年仍然沒有任何訊息，她有些傷悲起來。

她把畚箕和麻袋擱在田邊，揮動鋤頭幹起活來。無情的春天太陽雖然沒有盛夏那樣猛烈，但也有足夠的熱度把她烤得汗流浹背了。黏黏的汗水，使得她的上衣和肌肉黏糊糊兒地黏在一起，使她覺得煩躁不堪。她彎腰駝背地幹活，把拔起來的纍纍甘藷堆著一小堆，打算等一下裝進麻袋。只有在高空上雲雀始終鳴叫不已，除去這鳥聲以外，被一片胡麻田圍繞的這甘藷田，寂靜得只能聽見潘銀花的胸膛如風箱般咻咻響的喘息聲。潘銀花索性把舊日本軍服上衣和乳罩都脫掉，露出她潔白且浮出青筋的碩大乳房。一絲絲微風吹過去，她的乳房好像得到風的慰摸似的乳頭堅挺起來。阿豐斷奶很久了，只是睡覺時一直要摸她的奶才會睡著。除此之外，這一年來沒有任何一個漢子捏過它。她坐在那木麻黃樹下喝了一口水，擦了汗，就仔細地審視她的乳房來。以前嚴少爺說過，她的乳頭顏色鮮紅，可以媲美日本來的櫻桃，她聽不懂，嚴少爺就特地開了一罐櫻桃罐頭讓她見識。土根仔是粗人，他不懂憐香惜玉，而且粗暴不堪，當用指頭把她的乳頭捏得作疼，但那種疼卻鼓舞她使勁的挺起身子來迎合他猛烈的動作。

潘銀花驕傲的站起來，讓太陽烤在她雪白的胸膛，讓微風在她身上繞一圈吹過去。她的族人，從來不怕露身，除非是未出嫁的姑娘，否則夏天裡常露著上半身幹活的。甚至去戲水的時候也是脫得光光的，誰都不認爲這有什麼不好。她們愛挖苦 Ibutan（福建人）的婦女把自己裹得密不透風，甚至連腳也用布纏得如一根竹筍，不知她們在床上怎樣辦事？

想到這一層，潘銀花不覺微笑起來，然後，一頭穿進野菊花花叢，那密生的野菊花，高約一公尺，潘銀花蹲著剛好露出了她的一個頭，尿起來。她心裡泰然自若，這山崗是人跡罕到的地方，那怕她光著身子走動，除太陽和大地之外，不可能有人看到她裸身。

她雪白的脊背到屁股全露在光天化日之下，雖然有野菊花的綠葉遮遮掩掩地保護著她，但有人走過一定看得清清楚楚。

正當她痛痛快快的尿完，想要把褲子拉上的當兒，兩隻巨大而毛茸茸的手掌使勁的掐住了她的脖子。這野獸一般的漢子的十個指頭深深的扣進她的脖子裡，使她口吐白沫，呼吸困難，意識逐漸朦朧起來。

「放手！我要死了！你這個畜生！」她呻吟著，拚命喊叫，可是她的聲音只在她的腦袋裡振盪，並沒有變成聲音。她聽到氣喘如休的喘息聲，聞到一股令人欲嘔的大蒜臭味，然後她暈了過去，可是她並沒有死去。

她在意識朦朧中感覺到有個漢子壓在她身上。那漢子並沒有脫光衣服，所以那衣服的鈕扣壓在她的腹上猶如鐵釘，戳得令人疼極了。漢子在她上面猛烈的動著，他的巨掌也並沒有閒著，他邊呻吟邊又抓又捏她身子的每一個地方。他迅速地進到她裡面，毫不知疲倦似地連續動著。

那時候潘銀花本來可以站起來反擊的，扁擔放在她伸手可及的地方，她的雙手和雙腳是自由的，只要她推開他，霍地起身，拿起扁擔一揮，可以把這漢子打得頭破血流，叫他跪地求饒也是可能的。但是潘銀花不想這麼做，看樣子，這漢子並不是壞到要置她於死地，但只要得到滿足就行了。而男女之間的這碼子事，以潘銀花而言，只是天地之間最自然不過的事。她的族人對此類事一向持有寬容的看法。隨他去，只要他洩了就沒事。潘銀花像豐饒的大地般，接受了那豐富的雨露。

她並沒有睜開眼睛，她只忍受著脖子的疼痛及那漢子口中發出的大蒜惡臭而乖乖地躺著。然而，她的身子像乾枯已久的龜裂大地，不知不覺之中隨著漢子的動作而動，隨著禁不住一陣陣快意的來襲，她竟然呻吟起來。

漢子在她上面似乎也覺察到她沒有敵意和反抗，竟放肆的動起來，他是個強壯的漢子，使得潘銀花有點吃不消了。

突然間，那漢子大吼了一聲，汗水不斷的滴到銀花臉上，然後一切動作猝然停止。漢子霍地一起身就離開了她的身子，猛地跑了起來。

當潘銀花用雙肘支起身子來看的時候，只看到快要沒入甘蔗田的那漢子的背影。

他穿著草綠色的軍服，是光頭的。潘銀花也曾經看過這些從唐山來的士兵，他們駐紮在這鹿母山山麓的一所日本兵遺留下來的營房裡，有時也會到菜市場買菜，只是沒人聽得懂他們的話，做買賣時都是在指手劃腳，口沫四飛中完成。這些士兵很少鬧事，也很少從營房踏出外面一步。據說，他們吃不飽，常給軍官毒打。

潘銀花摸了摸她的脖子，幸虧沒受到什麼傷害，只是嚥吐有些困難罷了。她迅速地穿上衣褲，把挖好的甘藷裝了兩個袋子，其餘的活兒也就幹不了了。土根仔本來有一頭黃牛和牛車，可惜，載廢鐵去府城的那一趟活兒，使得土根仔、牛和車子全毀了。潘銀花打算吃過午飯以後，再用腳踏車，把這兩袋甘藷馱回去。

她把零碎的甘藷放進畚箕擔著，小心翼翼地爬下山坡，找到一處萱草濃密的地方，悄悄脫掉衣褲，在小溪裡細心的洗淨了身子，這才發現在胸、腹和大腿，留下紫色的許多搔傷和抓痕，看來也沒有什麼大礙，她再把甘藷一條條洗得乾乾淨淨，這才動身回到家。她煮了一大鍋甘藷稀飯，阿豐和招治都吃得快快活活。下午，翁螺仔拖著力阿卡（rearcar，二輪車）來收購甘藷，銀花只好陪他去鹿母山一趟。兩個人合力扛著沉重的袋子下來放進力阿卡裡去，臨走的時候，翁螺仔給她錢，同時色迷迷的捏了一把她的乳房。

初夏來臨的時候，潘銀花發覺她懷孕了。她開始喜歡吃「鹹酸甜」，一個上午就可以把一小袋話梅吃得乾乾淨淨。她明白這是晚春時鹿母山上被強暴時懷的孽種。她只知道那漢子是唐山來的士兵，身體很強壯，除此而外，他叫什麼名字，容貌怎樣，怎樣的一個人都不知道。不過，她很明白強暴她的人，一定是來自大地的勞動人民，是窮苦的老百姓，否則也不會去當兵，唐山人不是常說，「好鐵不打釘，好人不當兵」嗎！縱令如此，她也直覺地認爲強暴她的這個士兵不全是壞人，飢渴使他變成野獸罷了。何況她也常因這慾望而夜夜難眠呢！

幸虧，她是個無牽無掛的寡婦，用不著爲這懷孕而惹起無謂的糾紛。她一向自食其力，養活自己和子女，而她的兒子阿豐也是個私生子，多了一個沒爹而不屬於任何男人的子女也無妨。

潘銀花想通了也就準備把這胎兒生下來。

六月初的時候，她的肚子有些隆起來，她決定回到新市去看爹娘。自從舊曆年除夕夜回去過年以後，她就沒回去過。雖然她的Ma（爹）紅頭仔常叫人捎個信來，希望她回去一趟，看外孫阿豐長得多大了，但她始終抽不出時間來。她給那愚蠢的招治一枚十塊錢的鎳幣叫她好好看家，可是招治始終哭哭啼啼的，強拉著她的裙角不放，這叫銀花心裡煩透了。不知道前世造了什麼孽，要養土根仔留給她的這個孬種，好不容易擺脫了招治的糾纏，她拉著阿豐的小手走向製糖會社的小火車站。阿豐是嚴家二少爺的種，嚴二少爺是血統優秀的Ibutun（福建人），而且是一個醫生，阿豐是濃眉大耳，非常聰明的小孩。搭上小火車後，她給阿豐買了一枝枝仔冰，阿豐一邊舐著枝仔冰，一邊睜大眼睛望著窗外迅速流逝的景物。

「Na（媽），我們到外公家去嗎？」

「是啊，你外公和外媽想要看看你咧！」

「看我做什麼？」

「只要看到你他們就高興了，Na帶你去外公蓮霧果園採果子玩好不好？」

「是青色蓮霧是吧？」

「是啊！我們家鄉的蓮霧是青翠如玉的啊！」

小火車慢條斯理的駛進新市，潘銀花牽著興高采烈的阿豐的小手，終於抵達Abiki（檳榔樹）圍繞的她家那土角厝。她遠遠地看見在抽水機旁，她的Na（母親）金枝仔正彎腰洗甘藷葉子，似乎準備餵豬了。

「Na，我回來了。」銀花大聲喊；她的Na耳朵有些重聽了。

「銀花！阿豐！嗳嗳！我乖孫喲！」金枝仔一把抱起阿豐來親了又親他的臉頰。

「Ma（爹）還好吧？」

「他在屋子裡頭，正要載幾簍蓮霧去府城賣呢！」

她的Ma（爹）紅頭仔邊嚼著檳榔邊逗著阿豐玩。

「前天那尪姨阿春姐又來問起你了。她說，你命裡有五根Uttin（男根），應有五個男人，你過去只有龔少爺和土根仔兩個，還缺少了三個男人咧。如果你一輩子中沒能補足到五個，她說災厄會接連而至呢！哈哈……」

紅頭仔一點也不相信尪姨阿春的話，嗤之以鼻。

潘銀花不好意思說，她已有過四個男人的這個祕密，只好陪著乾笑。不久，Zamunu（阿公）的紅頭仔讓阿豐騎在他的肩膀，高高興興帶他去果園玩了。屋子裡頭只留下銀花和金枝仔母女倆了。

金枝仔用銳利的眼光把她的女兒從頭到腳審視了一會，然後眼睛盯在她微隆的肚子上。

「阿花，你的Na是男人看不出來。我倒看出來了，你有了孕是不是？」

潘銀花漲著臉，只好點頭承認。

「孩子的爹是誰？」

「不知道。」

「哪有不知道的道理？」

「Zamarit（天神）送來的！」

「你說什麼來著？」

潘銀花只好把鹿母山上的一段遭遇說給她的Na（母親）聽。

「我說你沒有男人，才會受欺負。這樣下去不是辦法，你趕快再嫁人，才是！」金枝著急的說。

「說嫁就嫁，沒那麼方便吧？」潘銀花苦笑著：「我不想嫁人，我有家產。我只要娶個漢子進來，替我耕田就行。」

「可是這年頭誰要做贅夫，除非是……」金枝仔沈吟起來。

「除非什麼？」潘銀花問道。

「除非是『啣柑』的……」

「我不懂，什麼叫『啣柑』的？」

「就是那唐山來的散兵游勇啊！村裡就有好幾個。據說他們要調到『滿洲』打仗去，所以害怕而從營房逃了出來呢！」

「只要年輕力壯，肯幹活兒，肯吃苦就好。管他是『啣柑』的，或 Ibutan（福佬）！」潘銀花毫不介意，反正漢子就是漢子，都差不多。

「你不嫌『啣柑』，那就好辦了，我叫那尪姨阿春去找！」

「有了老公，這將要生下的孩子也就有現成的 Ma（爹）啦。嘻嘻……」潘銀花有些覺得好玩，「這事不急。反正是贅夫，他就不用花一毛錢，說定了後，叫他過來番仔田我家住就行。」

「要不要相親一下？」金枝仔還是放心不下。

「那當然，到底怎樣的一個人，看也看不出來，只要忠厚老實也就可以了！」潘銀花心直口快的說。

母女倆關起門來，講起這未來的 kararat（女婿）來，越說越起勁，說得口乾舌燥這才罷手。

尪姨的來春姨來報告好消息是銀花回到番仔田家過了兩三天的時候。穿著一身藍色衣褲的來春姨，把鮮血似的檳榔汁吐在銀花家的紅磚的地板上，唱歌仔戲似地說起來。

「銀花啊！這次我給你找到的 Kararat（女婿）是唐山人，他是有名有姓的，叫做汪書安，年紀三十多歲跟你相配。他說是山東人……」來春姨忙不迭地說。

「山東？在哪裡啊？」銀花插嘴問道。

「這……我可不知道呢，管它幹嘛呀！這漢子還認得幾個大字，看得懂報紙呢！」

「那種只會看冊吃閒飯的我不要！」潘銀花憶起她生命裡第三個男人的朱文煥來。他是個跟嚴二少爺一樣的文人，只會空談造反，結果抓耙仔來抓他的時候，也沒能把抓耙仔打得落花流水，倒是乖乖的含淚就縛，比一個弱女子都還不如。

「噯呀！這汪書安身體強壯，可以一下子扛一百多斤的重物，連眼也不眨一下呢。我只是說，他也認得幾個大字而已，阿兵哥嘛，多少受過教育呀！」來春姨趕忙搖手否認，他是個吃閒飯的傢伙。

「好吧，改天我偷空回去看看這個漢子，才做決定。他叫……」

「汪書安……」來春姨說。

潘銀花在後院子裡抓了兩隻土雞，又包了六十元的紅包給來春姨，言明是酬謝她的牽紅線，權當車資，事成之後媒人錢另外再算。來春姨把錢收進去，拎著兩隻雞，高興的合不攏嘴，興高采烈的回去了。

汪書安是個彪形大漢，濃眉大眼，活像綠林裡的人物。她的 Ma（父親）紅頭仔嘀咕著說，很像從監牢裡逃出來的土匪，臂力過人，殺人不眨眼的傢伙。可是，銀花卻不這麼想，她看中他一雙柔和的眼睛，那眼睛有大象一般天眞無邪的神采。

那汪書安坐在銀花對面手足無措，害臊得低下頭來，倒像個新娘，事實上他也是新娘，他是個贅夫要讓銀花娶過去的。

「如果將來生下了男孩都姓潘，女孩可以姓汪，你有異議沒？」銀花把話先講明白。

「俺願意啊！只俺要有個家就行了！」那汪書安嘰哩咕嚕的講了一段普通話，可惜，在坐的銀花家人和來春姨都沒能聽懂。

「俺願意啊……」那汪書安緊張得滿頭大汗，頻頻點頭。

「看樣子，他是願意的。這樣吧，農曆六月十五日是Arit（阿立祖）的祭典，這一天算是黃道吉日，就在這兒辦個喜宴，宴請了親戚族人後，銀花就帶著新郎回去番仔田家好了。」來春姨說。

「我二哥一定會從大內趕回來，喝喜酒。他一定駛牛車回來。我和書安就請二哥順便帶我們搭牛車回番仔田去。」

「這很妥當，反正新郎官也沒什麼嫁妝，連件換洗的衣服也恐怕沒有。」銀花的爹紅頭仔趁機奚落了新郎一句話。

「Ma，我有兩個小孩，肚子裡還有一個。這個人誠心誠意要跟我成親，也就沒有嫌人家的道理。」銀花說。

「是啊！這年頭Ibutun（福建人）也好，我們Chiraya（西拉雅）族人也好，哪一個願意娶銀花？」金枝仔感慨萬分的說：「我說紅頭仔呀，如果當初不是你叫銀花去府城當丫鬟給二少爺糟蹋，也就不會有今天的下場。」

銀花的Ma（爹）給金枝仔說得啞口無言。

他們把婚禮的細節都談妥以後，也就鬆了一口氣。那汪書安似懂似不懂地枯坐在旁，跟桌上的瓜子兒有仇似的，猛嗑瓜子兒，終於乾淨俐落的嗑得一粒不剩。

農曆六月十五日是半年一次的Arit（阿立祖）祭典的日子。祭典不在新店村舉行，而在知母義村半夜裡舉行。銀花家是信仰基督教的，每個月有一次從府城的長老教會派教師來主持禮拜，她的Ma紅頭仔，Na董菜都會參加。她的爹，紅頭仔因為沒邀請牧師來主持婚禮喝喜酒而嘀咕了半天，後來給銀花斬釘截鐵的否決不請牧師，她的爹也就不敢再嚕囌了。她覺得這一次是招贅夫，招的又是「唧柑」的，她又曾經歷盡滄桑，實在不需要神的祝福。

中午的喜宴在她的族人酩酊大醉中結束。她的老公書安那邊也有幾個朋友參加，他們每一個人講的話，似乎沒人能聽得懂。但是只要有酒就好辦，他們這一群「唧柑」的，最後跟她的族人打成一片。水乳交融，快活地一起醉倒在地面上。

「阿花，你在大內的三分地，我給你種下了龍眼和蓮霧，你上次給的錢剛好買苗木和付工錢，沒剩下一文。」

她的二哥金吉仔一面揮鞭讓水牛走快點，一面向牛車裡的銀花說。累了半天，阿豐和招治都在牛車裡睡著了；銀花懶洋洋地看著她的老公發呆，她的老公汪書安很不舒服地縮著魁梧的身體，在牛車上東張西望，一副很不安的樣子。

「我暫時也管不到大內果園去，全憑二哥處理，錢我倒是有一些。如果要施肥、買肥料，或者剪枝的工錢，你再來拿吧。」

潘銀花心不在焉地回答。

「你們談什麼來著？」那汪書安顯得很無聊，突然插了嘴。

她的二哥略懂普通話，也就給汪書安講了。

「我妹妹在大內有塊果園，過幾天就要你來幹一點活兒！行嗎？」

「那當然，叫銀花帶我去好了。」汪書安說。

「你必須學講台灣話，否則很不方便哦！」金吉仔說。

「我來台灣只有一年多，向來都住在軍營，沒機會學講啊！」汪書安委屈的說。

「他是我招進來的，他是台灣人啦，不講台灣話怎麼行？」潘銀花溫和的瞪著她的新老公說：「報戶口的時候，讓他報台南縣人。」

「也好，免得他騎在你頭上。他吃你的、穿你的，當然要入你的戶口。」她的二哥很有見識的說。

這樁事兒，本來也在結婚前就講得清清楚楚的。生男孩姓潘，生了女孩姓汪，而唯有男孩子才可以在八月十五的阿立祖祭典時豎旗，有幾個男孩子就豎幾面旗子，做母親的要穿著婚嫁時的衣裳，站在奉納的旗子下。這是西拉雅族女人的無上榮幸呢。

牛車駛到番仔田時日已斜，她的二哥不想留下來過夜就趕牛車回大內去。

潘銀花一下牛車就破例地燒了一大口白米飯，她從喜宴裡帶回的剩菜有一大桶就加了筍乾煮了！這一頓飯吃得很飽，吃完飯兩個小孩就愛睏，銀花就讓招治和阿豐去睡了。

汪書安吃了三大碗白米飯，只是睜大那大象似的溫和的大眼睛盯著銀花看。銀花走到那裡，他就盯到那裡，似乎一刻也不能等待，又怕銀花發脾氣而不敢亂動，銀花被他盯得耳根發燒，有些害臊起來。看看孩子睡了，廚房的雜事也料理得妥當，再也不能拖了，就開口說道：

「你先去洗個澡，先睡。我餵了雞再來。」

汪書安似乎沒聽懂她的意思，一伸手就把她緊緊的摟在懷裡，一下子把她按在床上。

「俺等不及了，俺很喜歡你咧！」汪書安嘰哩咕嚕地說著情話，不容她分辯，就把舌頭送進她的嘴裡猛地攪翻。他的兩隻毛茸茸的手，倒很乖巧地解開她上衣的扣子，把手伸進她溫暖的胸脯，又抓又捏的玩起她的乳房來，然後沿著側腹，那手指頭抵達了她的 Kuh-tii（女陰）。

一陣暈眩如旋風似地撥弄著潘銀花。她先把自己衣裳全脫得一絲不掛，再制止了氣喘如牛的汪書安，溫柔地替他脫了衣服。汪書安既然是她招進來的，怎麼可以讓他主動？而且潘銀花是大地的女兒，她的豐饒和強壯足夠有力量主宰這播種者，直到這播種者把所有種籽全洩在她肥沃的大地上爲止。

她壓在汪書安多毛的身體上猛烈地動，使得汪書安不停地大聲吼，手指頭戳進她柔軟的肌肉裡。她感覺到汪書安一次又一次地爆炸開來又萎縮下去，但她還沒有獲得滿足。她就想盡辦法，讓他起死回生，在快要天亮的時候，終於整個人軟癱在汪書安身上。

在快樂而疲倦的夢裡，潘銀花夢見了五根 Uttin（男根）像如來佛的五根手指頭聳立在五彩繽紛的天空裡。這是尪姨的來春姨從前告訴過她的她生命裡的五個男人無疑。這些男根有大有小，有粗有細，全冒著熱氣，微微抖顫著。潘銀花認出了那第三根蒼白而細小的男根；那一定是跟她有一夜夫妻之緣的朱文煥無疑。可是朱文煥現時在哪裡？她有些哀傷起來。那輪廓不清的第四根男根，一定是她肚子裡胎兒的爹。可惜，在鹿母山上被強暴的時候，她的脖子被掐住，她不但沒有看清他的容貌，當然也沒有看見那畜生的陽具。

南台灣
安平
古堡
閱讀文學地景

潘銀花的夢，被遠方所啼的雞聲所打散，她緩緩地睜開了眼皮，汪書安還在說著夢囈甜睡，她翻個身，又壓在汪書安身上，她感到她下面的男人又逐漸恢復了生機。

——原載於一九八九年八月六日《民眾日報》，收入前衛出版《西拉雅族的末裔：一個西拉雅族女人的故事》

【作者簡介】

葉石濤（一九二五—），台南市人，作家、文學評論家。出身府城有名地主家庭，幼時曾受短暫漢文教育，八歲起受日文教育，一九三八年入台南州立第二中學，接觸世界文學。第一篇作品寫於十六歲，為日文創作的小說〈媽祖祭〉，之後是《征台譚》，兩篇皆未獲刊載，但創作生涯已然展開。中學畢業後入台北《文藝台灣》雜誌社擔任編輯。一九四五年初被強徵入營為帝國陸軍二等兵，同年九月因日本投降而獲解放返鄉。一九四七年爆發二二八事件，白色恐怖籠罩，一九五一年入獄三年，之後十數年間文學生涯一片空白。一九六四年重新執筆，隔年發表評論集《台灣的鄉土文學》，至此文學評論與創作不絕。一九八七年完成《台灣文學史綱》，對台灣文學史發展意義重大，二〇〇一年獲頒國家文學獎。

【作品賞析】

〈潘銀花的第五個男人〉是一篇充滿神話色彩的浪漫寫實文學，裡頭包含作者對台灣族群融合的理想。說它寫實，因為故事發生在距離神話年代已經遙遠的二十世紀，還蜻蜓點水地觸及台灣近代複雜的歷史；說它是神話，因為鹿母山、大地之母，男女交媾、繁衍後代等，無一不具有神話的特徵。如果從每一個民族都應該有自己的神話的觀點來看，那麼作者或許有心要為台灣創造一個新神話，在這新神話裡台灣土地上各種移民之間的衝突被刻意淡化，現實生活的種種苦惱，包括柴米油鹽和遭人強暴後的閒言閒語等因素全部被排除在外，作者為女主角安排一個穩定無虞的環境——無牽無掛、有地、有工作、有收入，好讓她孕育培養下一代，一個西拉雅族女人和台灣移民者生出來的混血新生代，新的台灣人種，如此一代一代直到完全沒有族群藩籬為止。

——熊宗慧撰文

離開同方（節錄）

蘇偉貞

滑下交流道，夕照下同方新村灰瓦屋頂此刻全鑲上金邊，么么拐高地擋住了將滅的陽光，太陽去溫暖另外半邊星球了。從前我們更相信它其實躲在高地背後大喘氣，白天玩累了。同方新村因爲地勢向來比其他地方黑得晚。

車身四周逐漸暗下來，深藍色漆塊失陷在天色中，比天色稍暗。

我抱起骨灰罈架高在膝頭上，好讓罈面個露出窗台，然後我將罈身轉正，老媽的臉可以面向同方新村，我抱緊她一起凝視前方整塊畫面，片刻之後，我輕聲對老媽說：「媽，我們回家了。」

應聲而落的大雨傾盆如注。彷彿病逝異鄉的死者聽到親人招喚頓時以血淚感應。

大雨，我們見多了。么么拐高地的雨水說下就下，同方新村出來的人才知道，祇有同方新村的人喚得動它。

錯落高地上百十戶屋頂雲朵般仰面朝空，彷彿說明沒有比同方新村架勢更高的記憶，更明顯的白天與黑夜。那是人的記憶才能到達的地方。

右手邊新公路水瀉般由么么拐高地旁劃過，宛如同方新村的衣袖，飄然一甩，時間的腳步便一去百十里吧？

昏黃的天地裡混合了甜甘蔗的味道，高速公路經過的車輛形成的音爆彷彿一顆不定時炸彈，將草的清香、甘蔗的甜膩爆了開來。

同方新村孩子們的笑聲呢？火把搜山、烤地瓜的隊伍呢？雨中打水仗胡亂奔竄的身影呢？現在都安安靜靜本分下去消失了？

那些年，每個小孩腳丫莫不拖拉著不成對的木屐打村尾鬧到村頭掉轉再奔一遍，阿彭永遠衣服不夠大，露出他胖墩墩的腿肚種有全村最壯觀的「紅豆冰」林，阿瘦藤黃的一張臉，細長眼梢嵌著烏黑眼珠子掃來瞄去搜尋有沒有李媽媽又跑出來的身影弄得緊張兮兮，阿跳忙著拿鏟子到處種樹，狗蛋到處做禮拜，瘋大哥到處抱小孩……。十個小孩裡頭有六個鼻子不乾淨，阿彭一年裡有十個月鼻水不斷，老聽他「束」地一聲吸進鼻管再無聲地滑出再吸，好像他光進不出。其他小孩雙臂上的汗才風乾，一頭一臉胳肢窩又汗濕了。幾年下來，孩子們的清鼻水像無法斷根的記憶經年流動；汗水風乾結成晶鹽附著毛細管上閃閃生光如歲月。

甘蔗園站在高地最尾端，幽暗的天光及雨的水氣，阿彭、阿瘦彷彿隨時會從那兒走出來，從最深處那次甘蔗園事件中走出來。

「阿彭，你能不能滾動得快點！」我邊催他，手裡沒閒過的用細竹枝撥弄走在我前頭的阿彭。

阿彭胖子生平最愛充老大、打先鋒，所以我們老在蔗園裡迷路，他人又死肥，一個身體可以擋住一條路的光。阿彭不斷左彎右拐後冷不防來了個緊急煞車，於是我們後頭一溜祇見一張大臉猛往前貼上一個後腦門，虧得靠我力擋，才擋住了這股勁兒。

阿彭興奮地大叫：「我知道了！」

我趕緊一個倒步離他遠點：「哪個倒楣鬼又要倒楣了？」

阿彭一秒鐘也不浪費，倏地抽出一把火柴，刷——地劃出一道火線：「我有洋火，我們燒出一條活路！」洋火棒隨即以一條拋物線落到田裡，他繼續拋出第二根洋火，這下大家都樂了，你一根我一根搶去畫了火丟出去，每個人都有分。但是洋火棒飛出去以後半天沒有一點動靜，我瞪死阿彭，阿彭若無其事：「好玩嘛！」又自言自語：「這洋火爛的。」兩隻手掌仍死死抓著沒火柴盒的零散火柴，恐怕都教他的汗水汗潮了，他不會捨得丟掉的。永遠晒不黑的臉，一熱就紅，說不出來的蠢相。

阿瘦掰倒一根甘蔗喀喀喳喳吃將起來，她不吃東西嘴巴閒著就會罵人。

阿瘦呸地吐出一口甘蔗渣，趁空仍罵了出來：「我再跟你們走我就是豬！」

眞的，還不如她一根甘蔗一根甘蔗報銷打開一條路來得快。甘蔗渣當場吐在阿彭腳丫前。

阿彭的下一招連環畫似的，果然和以前的路數一模一樣：「我發誓我會憑著上回拉的野屎一路找到出口。」

阿瘦尖聲尖氣：「你長得就是一雙拉野屎的土狗！上回？野屎呢？」她學阿彭的聲調。

阿彭一急立刻就想蹲下去現拉一堆，我用力扯起他，蔗園裡有空的地方就有野屎，也不嫌煩！我用食指彈他耳朵：「你隨便認一堆吧！」

阿彭向來堅持死了他屎尿的甘蔗長相絕佳，於是他有計畫的在蔗園裡到處拉了大便。他說好心小孩拉的大便形狀也是好的。

「大便是人的另一種靈魂出竅！」阿彭嘿嘿地發出傻笑，忘了到底要做什麼。每一根甘蔗根部旁邊幾乎都依偎了一堆說不上什麼的東西，已經沒味道就是。

我們就在甘蔗和大便靈魂中間穿梭搜索，終於鑽出蔗園。甘蔗葉子割得我們手臂、脖子上一道一道傷痕，我們幾個一哄而散，把阿彭甩得老遠。衝出來時天已經黑得差不多了。

我們老習慣老路線一鼓氣由村子後頭爬上么么拐高地打散了回家。

我曲裡拐彎避開大巷子打躲避球一樣閃躲進了我們家巷子，哪曉得一頭撞上豆腐老馬。

老馬提了個木桶裝了早晨市場他賣剩下的豆腐繼續叫賣，雖說是賣剩下的，他老規矩一塊一塊擺順了在木桶裡，老馬說碎了的豆腐就像破了身的女人，沒什麼價錢了。他說這些話從來不避人。

這會兒老馬正無聊，見到我鼻孔都放大了，鼻頭上每隻毛孔都冒著油光。

老馬大聲喝道：「老小子打哪兒發財啊？水豆腐買一送一！趕緊拿回家孝敬你娘！」

阿彭後頭冒失鬼衝到老馬身邊，燥紅的兩股臉頰對著老馬的大紅油鼻子：「我們哪兒來幹嘛告訴你?!告訴你我們不吃你的老豆腐，我們家今天吃烤鴨！」

老馬才不氣呢，他笑瞇瞇地：「烤鴨？烤鴨是什麼？你們家縣長見過烤鴨沒有？」

阿彭反問他：「你們縣長見過？」

老馬仍慢條斯理：「是沒見過，他見過烤乳豬。」他停頓了一下：「那小豬沒教養，問他話光會說『啊』——

聽懂沒有？」

阿彭沒聽清楚，湊著臉問：「啊——？」

老馬笑了：「蠢是蠢了點，還真乖。」

阿彭急了向我告狀：「你看他那張馬臉，該去賣馬肉！招牌都不必掛！」這是仲媽媽教的，他自己加上一句：「豆腐吃多了當心腳軟。」

老馬狂笑：「你腳硬得很呢！你小小年紀怕腳軟？別逗了！去！叫你媽燒兩塊紅燒豆腐給你去菜色！」老馬一伸手就直探阿彭胳肢窩，阿彭最怕癢，搔到他，他可以在地上滾半個鐘頭笑不停。

阿彭這次精了：「留著自己享受吧！我都快變成黃豆了。」腳底溜得快得很。

老馬斜眼望著我，我祇好乖乖伸手接了兩塊豆腐，明天它就是豆腐乾了。在我們村上有條不成文的村規——老馬早市剩下的豆腐是巫婆的蘋果，推銷到誰家門口誰就得買。當然，有附帶條件——可以賒帳。老馬賣豆腐倒像行善似的。

我們家是一、三、五吃豆腐，二、四、六、日還是吃豆腐，反正跑不掉，我假裝了幾年愛吃豆腐免得被大人往碗裡硬挾幾塊，後來都快假裝成真的了。

我爸倒真從不挑菜，每回他都是安靜吃完下桌，不看桌面也不講話，做了虧心事似的；我媽正相反，專挑晚飯這一刻大發言詞，把村上白天發生沒發生的事全講一遍拿來當下飯菜似的。我媽追著我爸講，一直追到他下桌。她手可沒閒著，打人、餵狗蛋吃飯一樣不漏。我爸下桌後，我問我媽：「爸吃飽了？」

我媽瞪我一眼：「你才吃飽了呢！」她加罵道：「省給你們吃不懂？」

我們這村子的爸爸都瘦瘦的，大概小孩多吧！

老馬在我背後嚷了句：「告訴你媽，上個月欠的五塊錢不忙給。」

我低聲回他一句：「你神經病，什麼不好記?!不會忘掉啊！」

老馬那一張嘴可以抵五張用，他勤快地早也賣豆腐晚也賣豆腐實在是因爲他愛講話閒不下來。這會兒才一眨眼工夫他又竄到二十三號方家門外，方家有個景心姊姊，老馬有事沒事老地位、老台詞，傻笑著，大鼻子縮成一團，文謅謅地：「大小姐，妳好啊？書念得怎麼樣？要吃營養一點噢！」然後雙手捧著他的「聖豆腐」奉上。

方媽媽可不像方姊姊就會笑，她不理會算客氣的囉，否則連老馬帶木桶一起罵出去，但是老馬進了方家地盤就從來不生氣，他說他進了方家大門就患健忘症。

我捧了豆腐往後頭廚房交給我媽，我媽頭都沒抬一下將豆腐扔進炭爐上的熱鍋裡。我探頭一看，可眞巧，鍋裡是大白菜。白菜豆腐，豆腐白菜，天生該炒在一塊兒，我馬給取了個名字——翠玉雙白。

我媽皺了眉，一副煙熏臉模樣：「看什麼看？還不去擺碗筷？看了就會變成牛肉啊?!」

什麼叫牛肉？我們家有一年沒吃牛肉了，老馬來說，就是——你們家縣長都沒聞過牛肉味。

別人家的炒菜味兒飄了過來，我們這兩排房子戶戶背靠背，中間一條穿巷，擴音機似的，誰家吃什麼我們清楚得很，炒菜剷的力道傳得老遠，魔術棒一樣點的大家菜色一致。就看吃飯時，我們端碗白飯到誰家挾幾筷子菜就像自家盛好出去的一樣。就二號雲南人袁伯伯人辣菜也炒得辣，他說去潮濕。袁家瘋大哥袁寶跟著吃從來沒什麼意見，辣兇了光會四下跳腳。他沒娘管。

阿彭他媽媽一見這場面就忍不住要加油，啦啦隊似的叫：「辣死你這龜兒子!!辣死你這龜兒子!!」

我急忙忙擺好碗筷，肚子餓得什麼事情都想不起來，光鼻子動物似的聞得靈光兮兮!!這會兒的空氣像摻了糖，這甜味越來越濃，掩蓋了家家戶戶的青菜蘿蔔味，最後燒焦了變得有些苦，我們村上也沒誰得擱下那麼多糖在菜裡。

我媽平常耳聰目明的，這會兒正皺著眉頭專心對付白菜豆腐，就像那鍋白菜豆腐是敵人似的，她非整倒他不可。忽地外頭傳來一連串聲鐘響，一聲接緊一聲變爲一串，我媽被吵醒了似的，沒聞到焦糖味，光聽見鐘聲，她驚叫：「是不是要反攻大陸了？」我們村上演習每回都會通知，就這回聽都沒聽說，除了反攻大陸還有什麼事會這般突然而緊急？我媽倒是沒忘記先把菜剷出來放到盤裡。

我們村上成立有自治會，村子內外發生狀況，幹事老李要負責敲鐘警示，也有小孩胡鬧過去拉鐘，但是膽子不敢大到猛拉，都是碰到就跳到老遠。這回像眞出事了。

我突然想起阿彭那一根火柴。這串鐘聲讓人覺得眞反攻大陸也許還好得多。

么么拐高地下蔗園裡大朵大朵的濃煙冒泡似的直往上竄，眞像小孩闖了的禍，遮這邊露那邊，那煙老遠誰都看見了。我們剛從那邊回來，難不成這濃煙爲了追我們？

我飛快衝到巷口阿彭已經在那兒等我了，他提著褲子好像剛蹲廁所出來，其實是他媽老給他大三號的褲子穿，以防他招呼不打一聲抽高了穿不下。

我們倆在巷口偷偷對望了一眼，他慣性地用力縮回他的鼻水假裝沒事，臉皮瓜子紅得發脹，仲媽媽比阿彭恐怕還早衝出巷口，她那一搖三晃的身軀，還有和阿彭幾乎一個模子鑄出來的冒著汗的紅臉頰像嚇壞的母雞，還孵著蛋呢才這麼「腫」。她抖顫著聲音問我媽：「怎麼回事？到底怎麼回事？」

然後是她身後完全被遮死的仲伯伯的男低聲：「我看大有問題。」那「低」音低到像掉到水平面以下，沒了頂，喝了水，咕嚕，咕嚕，咕嚕的。

仲媽媽又黑又胖，紅臉頰下面襯底的是黑亮膚色。她說再微不足道的事情也都有驚天動地的效果，聽說她年輕時代也算個方圓五百里內的美人，周邊遠遠近近村子少說有二十戶上門提過親，她千挑萬選相中了仲伯伯，她看上仲伯伯的白、瘦、小。她說她是頭太大了，萬一將來生女兒可不希望生個像她這麼顯眼的，到哪兒都藏不住。她說得對，她和仲伯伯走到兒都像浮雲遮月。她有一件沒說對，她沒女兒，她光生了個兒子——阿彭。

「膨漲的『膨』！」我們逗阿彭。

仲媽媽爲了掩飾她的「大」，她一定穿旗袍，而且刻意裁出腰部的曲線，奶奶、腰、肚子、屁股全勒出一條一條綿繩狀，一年到頭腋下塞條手絹，合身的旗袍捱不過中午便有縐痕，像套了一串救生圈。仲媽媽當然見不得太陽，太陽一曬，她那張大臉手絹越擦越紅，簡直就要熟透了。

紅光映到仲媽媽的臉上，她的臉現在不比我們的紅，老李的鐘聲沒停，越敲火勢越大。我們由高地往下望，濃煙在蔗園裡到處打轉冒高，大家靜靜地，彷彿正參加一場拜火會的法會，每個人臉上說不出的嚴肅。

救火車尚未到前，阿兵哥先來了，一梯次一梯次擁到的阿兵哥投入了拜火法會，可是他們是另一派別，他們跟我們這派毫無關係，他們穿另一種儀式的衣服。

每家每戶的菜在鍋上煮著，飯菜的味道合起來壓不過糖焦味。

由蔗園往上竄的濃煙像掙扎在水面上極欲呼吸新鮮空氣的魚的空氣泡破了。村子裡的狗對著濃煙狂吠不止。天空全黑了下來，灰稠的煙被風送得更遠，附依在黑天夜幕上，濃得像凸起的灰顏料。

全部人祇聽見嗞——嗑——啪！一整排甘蔗倒下去、炸開的聲音，空氣裡充滿的先是焦甜味，然後是炭燒味。教人一輩子忘不掉的那種濃度。

我們那兩排鄰居好像就袁伯伯沒到，瘋大哥混在人堆裡，他指給我看一朵濃煙：「好像一隻火鳥！」他看過火鳥？他今天特別安靜，牢牢盯住火海好像懂得它們。

打我們懂事起，瘋大哥整天待在蔗園邊的土地廟，他喜歡磨紅石子，磨香灰似的磨成紅石灰，累了就睡在廟裡。土地廟恐怕早給燒成灰了，瘋大哥似乎知道，一點不傷心，他笑瞇瞇地，人很安靜：「他們不怕痛喲！」我抓緊他的手，眞怕他一時衝動去找「他們」。

終於救火車驚天動地的來了，停在距蔗園八百里外馬路上，消防隊員快速抽出一條石棉水管，到處找水龍頭，他們失望了，根本沒有水龍頭，倒有個壓水機，水管口套不進壓水機喉口，大家袖手不動光覺得好笑。

最後消防隊員也放棄了救火，大家一起站在高地上往下望，又多出一派別拜火教教友，這個派別穿著黃色祭服。是高地與蔗園間隔了一條溪使他們放心？沒聽說過火舌會過水。

袁伯伯這會兒倒出現了，若無其事逛到人堆裡：「我借兩滴眼淚救火吧！」惹得穿黃衣服的拜火教教友差點和他打起來。

袁伯伯沒見他怕過什麼事，我媽說同方新村就袁家一家三口最漂亮，後來袁媽媽不知道怎麼就死了，袁伯伯還是漂漂亮亮的，酒喝得多點討人罵，我媽在罵過他以後仍說：「有些男人一輩子沒瀟灑過，袁忍中天生是個瀟灑料子。」袁媽媽的死因一直就是個謎。

袁伯伯架沒打成，朝山下吐了口酒：「我消滅你！我看扁你！」他點了支菸，若無其事地欣賞大火。

仲媽媽斬釘截鐵地說：「這是報應，誰來救火都沒用！」仲媽媽的臉也不知怎麼弄黑的，看阿彭長相，她應當也曾經是個白臉。阿瘦說可能她老發急，臉漲紅褪不下去最後就變黑了。她的黑臉讓她一切愛惡格外分明。此刻她晃動她的黑盤臉像搖一面大皮鼓，我都快給搖昏了。

阿彭雖然胖，站在仲媽媽旁邊老看不見他整個身體，好像他躲在那兒似的。我瞄了眼阿彭，如果仲媽媽知道這場火可能是阿彭惹的——

阿彭突然發現他媽的好處，他緊緊靠在仲媽媽身邊，我幾乎完全看不到他。他根本不要看我。

大火中，我們山上的人堆影子被擴大了倒映在草地上，風一來，吹得到處嘩嘩作響，像沒處躲的巨人。影子跟影子重撞成一堆，搏鬥了幾拳，扭在一塊兒又被分開。

我肚子餓得快伸出一隻手來，阿彭肩上箍住一隻手使他更像一隻胖猴子，我狠狠瞪他一眼又趕忙移開，我媽已經用餘光注意我了。

在回家的路上，我媽小聲問我：「奉磊，是不是你？」

「不是！」是阿彭，他的洋火眞燒出一條路了，我低聲說：「是阿彭。」

我媽知道我沒說謊，但是她並不高興，她警告我：「你給我嘴巴緊點。」她目光定在我眼睛上，這是她測驗我說謊沒有的老辦法。

「不要以爲到處可以去說實話！」她收回凌厲的眼光，問我：「知不知道？」

我點頭，其實不明白，所以覺得想哭，低下頭看到我腳上不成對的拖板鞋，另外配錯的兩隻可能在床底下，也可能在蔗園摸路時就穿錯了。

蔗園整整燒了一天，紅光退後，不時有小規模的燃燒突發，引得悶煙四起，那濃煙蔓延到我們夢裡，半夜，全村人都聽見甘蔗倒下的聲音，聞到澱粉焦味。

在夢裡，我發著冷，聞到各種類似食物煎燒的味道，但是完全解決不了我的飢餓。

全村子的人不時由睡中醒來跑出去觀察大火的趨勢，空氣中的氧似乎全被火燃燒了，以至於空氣十分乾燥，我們好像一具一具夢遊的身軀，被釘在火的布景前。

阿彭回家後就一直沒出來過，他十成十睡死了，他從來不多想。我望著七號他們家大門，門板被挖了一個小洞，外頭比裡頭亮。他們一家都睡熟了，從裡面傳出打鼾聲，是仲媽媽的，她打鼾有名的。他們一條船的人說她站著打鼾都比你躺著打鼾還大聲。

那一晚，睡熟的人如果做夢，那夢境一定是立體的。耳朵裡甘蔗倒下去和灼燒的聲響是那樣痛又那樣沉默。還有焦糖發出的澱粉味，還有仲媽媽特別大的鼾聲。

靠近天亮時，再沒有人跑到屋外去看，大家彷彿終於習慣了大火的存在而現成的夢境中睡熟。

不管多少年過去，我成年以後的夢裡仍然不斷出現甘蔗倒下去的畫面，我仍舊是個小學生，一切都被咒詛下我們全長不大；我在濃煙中又迷了路，於是我在睡夢中閉住呼吸，大量的夢境以及濃煙，每一回我在夢境中嗆咳不已醒來。

大火過後，台糖總公司派人到火災現場清查損失，來的人的臉拳成一團，那分煩，好像燒掉的是他們家的房子，而他們是看門的虎頭狗。

阿彭跟在他們後頭跑，他兩手垂直，一小步一小步向前說衝不像衝，說走不像走，是一條短腿小拳獅狗，太胖了，小腿肚上一個一個被肉撐起的紅豆冰。

我們一大票人圍在旁邊，阿瘦提醒阿彭：「你再衝嘛，看你再闖出什麼禍。」

阿彭楞楞一張大白臉，鼻水早流到唇邊了，他忘了他的鼻水就像忘掉他闖的禍那麼自然。阿瘦說煩了，一把將阿彭摟在我們後頭。

我們這麼急是因爲經驗告訴我們，大火燒過後的田裡會有燒死的母雞、田鼠、雞蛋，燒太焦的撿回去餵紅頭鴨最補，運氣好點撿到燒得不怎麼焦的可以加菜。

土地仍溫熱的，焦黑的土地好像大地流的血乾涸在皮膚上。台糖公司派來的人怕燙到腳不時跳啊跳的，不像虎頭狗了，像田蛙。

「穿了衣服的青蛙！」阿彭指著他們笑。

阿瘦指著他：「穿了衣服的豬！」一個拐子拐得阿彭蹲在地上直不起身，阿瘦手腳之靈光是許多男生比不上的。

我們緊緊跟在台糖公司的人馬後頭，結果他們翻箱倒櫃的沒找到燒雞，倒在蔗田裡發現了兩具焦黑的屍體。

台糖公司的人呆住了，交頭接耳，都覺得倒楣透頂。

我們飛奔到屍體旁邊，阿彭的臉簡直要貼到屍體的臉皮在研究，呆狗阿西受了嚴重刺激一般對著屍體打轉狂吠，吠著吠著像被誰踢了一腳急向村子奔去。

阿瘦蹲在屍體邊想將屍體臉上的焦塊抓掉好認人，有人見到連忙拉住她：「妳別破壞現場！妳幹嘛妳?!」

阿彭仔細打量半天，突然尖聲叫道：「是方姊姊和小余叔叔！」不管三七二十一便對黑炭人放聲痛哭，那樣的肯定簡直教檢查人員手足失措。他們問：「誰是方姊姊？誰是小余叔叔？他們怎麼會抱在一起死在蔗園裡？他們爲什麼不逃出去？」

阿彭的話才落，那兩具緊緊相擁的焦黑屍體眼眶流出兩行鮮血。來檢查的人不再發問了，他們一個個眼睛睜得老大，一副要嚇死的樣子。

阿西狗由去的路遠遠狂奔到場，牙齒咬著一雙拖鞋，是方姊姊的。我們全村祇有她穿這麼秀氣的拖鞋。

瘋大哥緊張地抓住我手臂小聲不讓別人聽見般神祕：「不要讓野貓靠近景心，野貓專門偷別人的靈魂。」

方姊姊和瘋大哥從小一塊兒長大，方姊姊愛指住流鼻水的阿彭、藤黃著一張臉皮的阿瘦、精瘦的中中、活蹦亂跳的阿跳、死氣沉沉的狗蛋還有愛哭的我說：「人家袁寶以前才漂亮呢！像你們?!」

我們不服氣：「比小余叔叔怎麼樣？」

阿彭自作聰明：「長大就要談『亂』愛囉！」

「余蓬差遠囉！」方姊姊臉對臉，鼻尖對鼻尖和瘋大哥親親愛愛的：「袁寶對不對？袁寶永遠長不大最好噢！」

方姊姊和小余叔叔偷偷談戀愛的事全村人都知道，就方媽媽、方伯伯不知道。

阿西狗將拖鞋放在那具較小的屍體旁，下垂的眼睛要掉出來似的望著屍體嗚嗚哭著，檢查人員趕牠走，牠跪著死不肯移開，像一隻狗塑像。檢查人員看牠恐怕更像一隻上了發條的音樂狗。

我們眼前是焦黑的土地，滾大的雲朵，皺緊眉山的檢查人員，好像世界已經到結束時間，大家因此在發悉。焦黑的田埂遠遠近近一高一低如起伏的浪，將畫面塞得滿滿的，衝到天邊，甚至比天還多出一截，在地平線那頭反轉捲住天，天地因而全部一色，焦黑而且窒息。

四周是大人不停的嘰嘰嚷嚷，人都站得遠遠的。我媽也在人堆裡，她眼睛盯我和阿跳、狗蛋身上不放，像一種監視。晚上上床用棕刷刷腳板是逃不掉了。

方媽媽不知道被誰通知了奔到屍體旁，抱著屍體就又喊又嚎瘋了一樣，撲到檢查人員身上摸過屍體的手去抓人家的臉，檢查人員嚇呆了，一直往後退，終於在全村的注視下悄悄離去。

有人在他們身後喊：「多出這兩具屍體你們不登記啊？」

其實大人是很歡迎種甘蔗的，小孩的零嘴有了著落。

方媽媽眼光觸到阿西狗咬來的拖鞋，撲在焦土上恐怕就接觸土地的膝頭是熱的，她抱著已經涼掉的屍體，在大火裡足足燒了十二個鐘頭的女兒，就這樣曝在荒地上，她突然停止了哭號，全身顫得像就要散掉了，她放下屍體以飛快的速度用雙手去刨地，她要將方姊姊就近埋掉！

「妳給方家丟人現眼嘛！妳要死也死在屋裡頭啊！」方媽媽恨聲唸道。像個正在作法的女巫。

我們全部動彈不得，彷彿流出的蔗糖被煮沸過後黏住了我們的腳。

半夜，一直到以後過去很久的半夜，二十三號仍傳出方媽媽的狂號，全村人繼續著另一場噩夢。頭一天晚上，我和阿跳、狗蛋縮在床角躲那哀號，但是那聲音連著線似的可以直接到處鑽，眞像是夏天的知了聲，鬧得最兇時，耳邊嗚嗚嗚動。

阿跳蒙著被子熱得一身汗躲那聲音：「啄木鳥是不是這樣啄的啊?!」一向所有的地方都是他的戰場。現在，他被這聲音打敗了。

我媽去陪方媽媽了，她絕口沒提阿彭劃火柴的事，她用眼神警告我不准說出一個字，最好想都不要去想。

阿跳忍不住跑出到巷口打混，巷道裡沒有半個人影，光是方媽媽的哀號，他站了會兒，終於發現奇怪的事，跑進屋子神祕兮兮的說：「八號段叔叔把燈全亮著噢！」

段叔叔有潔癖，他和席阿姨沒有生小孩。我媽說有潔癖的人生不出小孩，而且這種病一輩子治不好。

「他在洗地？」我問。

「沒有，他在等席阿姨！」

「你怎麼知道？」

「席阿姨不在嘛！」

段叔叔成天不是拿了抹布擦東西就是洗地，要不就去倒垃圾，我們穿堂底那座垃圾箱像專門爲他而設，他可以不要吃飯，不能不要垃圾箱。他們家乾淨得像個展覽室。

阿跳又跑出去觀望，這次才一會兒就進來了，他很失望的說：「席阿姨回來了，他們關了燈。」

淒厲的狂叫與哀號交互起落幾天幾夜沒消弱，終於變成空氣的一部分。我們在村上行走往往出其不意被那麼一叫嚇亂了步子，全村子無形中不自覺放低了調門與走步聲，隱隱覺得最好不要去沖到那哀號聲。

方媽媽平常以嗓門大聞名，現在更壯觀了，方媽媽有雙半開放的腳，她用腳不方便，所以練了副大嗓門，她一向用嗓門代替雙腳。方姊姊長得完全不像她，方姊姊細手長腳，腰身圓圓的，長了張水滴型瓜子臉，柔而翹的下巴帶三分倔強，大人說方媽媽用嗓門管教方景心。方媽媽腳下快不過矯健的女兒。

方姊姊念書一路拿獎學金，從沒教人操過心，直到她遇上了小佘叔叔。方姊姊見到誰都甜甜的招呼人，就是見到小佘叔叔不叫人光笑，走到哪兒笑到哪兒，著了魔似的，我媽說那不是談戀愛是中了邪，那有人光吃飯不吃菜？我媽說：「一個人光剩下一種反應的時候不是瘋了就是癡了。」

仲媽媽黝黑的臉唱著反調：「小佘和老方是同事，景心該叫小佘做叔叔，叔叔怎能跟姪女攪在一起？」

我媽不以爲然：「誰規定他們是叔侄？大家避難在這兒遇上，當面鑼對面鼓核過八代祖宗啊？我們老家還有爺爺輩比孫子年齡小呢！」我媽對這層說不清楚的束綁厭惡地反應出來：「再說這關我們什麼屁事？」

真的，大家也袛背地說個不休罷了，方媽媽個性強出了名，誰敢去告訴她？出了事誰負責？

我爸還說女人全有戀兒狂，見不得男人瀟灑。小佘叔叔長長的臉上覆著一頭短絨髮，渾身有股說不出的委靡勁兒卻不露輕浮，走起路來兩隻手總在褲口袋裡，天不怕地不怕的。聽說他在家是獨兒子，名下的家業數不清，逃婚出來的，現在對女人還挑得很。他倒沒有不在乎女人，他是不去惹她們。

那幾天由方家院外望進屋裡總是暗的，方媽媽躺在竹編床上像團發麵，灰紗帳子撩到頂上，皺摺處藏了什麼祕密似的小心地垂著。方媽媽被手藝不精的揑麵人揑了不相稱的長手搭在床沿，嘴裡報時器一般不定時發出拔尖的單音，搭下的手無知覺地拍著床沿，拍子沒對準過她發出的音節。

方家的桂花在一夜間全部枯萎了，細碎的花身掉在地底沒人掃，花的臉仰望高高在上已經枯乾的樹身，似乎絕望了的腐敗在紅磚石上，彷彿地磚的花色。

院子另一邊玉蘭花卻奇異的越長越盛，繁葉的影子一片疊著一片印在地底，雖是影子，卻覺得有厚度，讓人沒望見屋裡是什麼，先觸到一道一道的暗。

方媽媽躺在床上失去意識那幾天，所有方姊姊、小余叔叔的後事全靠方伯伯辦，他要跑台糖公司塡出事原因、聲明書——聲明死者是自行跑到蔗園裡被燒死的，以及死者資料，這樣台糖公司才證明人是死在他們的地上。折騰半天，方伯伯發現有關小余叔叔傳說的背景雖多，卻一項也不確定。那些平常知道的很多的媽媽們這會兒全安靜了下來，方伯伯跑陸供部資料室跑了幾趟才調出小余叔叔的兵籍表，兵籍表上資料也不多，知道現齡二十七歲、獨子，余家已經三代單傳，小余叔叔偏偏死在甘蔗園裡，他們湖南老家的鄉親卻連甘蔗都沒見過。

小余叔叔老家地址有一大串——湖南省平莊縣長廣鄉安鎭余家堡太紫大街面坡前大道。

方伯伯拿了地址一個個去問，整個村子和陸供部沒誰聽過這地方。然而小余叔叔的資料就這麼多了，兵籍表是小余叔叔自己塡的，方伯伯要抄下資料的內容帶走，半天下不了筆，沉重地對我爸說：「老奉，你幫我忙給抄一下。」

方伯伯不願意是他寫小余叔叔的最後一筆資料。小余叔叔和方伯伯辦公室對桌坐了好幾年，小余叔叔年輕得多，他們一向又是朋友又是叔侄。

那幾年大家由大陸剛出來，還有人跟老家通信，這條路還可以試試，方伯伯把小余叔叔幾件隨身衣物按地址寄了出去，那些隨身衣物現在離開了主人足夠說明一切——如果小余叔叔家裡還有人。

至於方姊姊，方伯伯依他們家鄉習俗包了一包方姊姊全套衣服，持了炷香在蔗園和屋子內唸唸有詞左三圈右三匝。

當方伯伯轉到蔗園，我們小孩各持炷香跟在後面唸唸有詞，點點香火引得有人以爲又燒起來了，台糖公司的人火速湧到，原本要趕我們走，方伯伯才不管誰，仍唸他的經，那點香火恐怕不足以釀製另一次火災，台糖公司的人不久便撤走了。甘蔗園也沒什麼好燒的了。

一炷香燒盡了，四周地上沒有任何生肖的腳印，據說這樣就表示方姊姊不願意跟我們回去。她不願意顯示投胎的形狀，就像他們當時也許可以逃出蔗園，但是他們不願意走。

太下山後，黑夜由蔗園的四周包圍過來，在我們頭頂合攏了起來。四下暗得連一處缺口也沒有。我們各持一線香跟著方伯伯往村子走，阿瘦的臉色原本就黑，現在，祇見她一雙眼睛比什麼都亮。黑暗使人的聲音及身體在夜幕中變小了，個人外貌的特色更凸顯。

當我們聽到那聲音時，以爲是荒野裡風在吹口哨，但是這聲音這麼貼近我們，我們全身毛孔不自覺都閉上了，阿瘦賊亮的眼珠瞟向我，那意思是——是不是方姊姊來了？那聲音一直跟著我們，方伯伯蹣跚的腳步埋頭向前沒回過臉，那聲音忽高忽低，淒厲得不像人的喉嚨發出的，像不知名的野獸在玩著牠的聲音，一路由前面被風送到後面，牽著我們一個個小孩回家。

是方伯伯在哭，黑夜天空沒有一顆星星，野地裡的風颳著似刀子將方伯伯的哭聲切成一片片大大小小，他灰花的頭髮風裡翻直了，像一根根充電的線。

方姊姊不再回來了，我們在那一刻突然明白了。我看了一眼阿彭，他一點沒有害怕的意思，他一點不知道我們再見不到方姊姊。

趙慶隨著他媽媽嫁到我們村上前，我們一直在猜他到底是個什麼樣子。在那段方媽媽三五分鐘調弦一般響起的嘶叫下，大家倒實在不那麼好奇了，他的出現使大家情緒好多了，眞的，沒見過那麼神氣的小孩。

以往我們在自治會前廣場碰到袁伯伯，他一定帶了身酒味，好像女人擦慣了的某種牌子花露水，變成了他的標誌。天越晚，他身上的味道越重。他喝了酒簡直英勇得很，誰都不行擋他的路，有回他踢到一塊擋他路的大石頭，腳指甲蓋整片掀起來，他拔開隨身攜帶的酒壺蓋沖洗指甲蓋消毒，眉頭都不皺一下。他身邊還有個特色，總有一位小姐。如果碰到他帶著小姐，我們一定閃得老遠，酒的味道混合香水的味道眞難聞。那些小姐長相個個不同，味道差不多，嘴唇塗得滿滿的口紅，他有半年時間整天跟戲班子的女人混。

趙慶的媽媽是跟戲班子到我們村子的，戲台搭在自治會前廣場上，白天看起來根本像沒生命未完工的房子，祇有幫忙燒飯的仇阿姨在臨時搭架的磚灶前炒菜是個活的生命。仇阿姨不穿長褲，她永遠一身棉布旗袍或加件月牙白外套，廣場上風大，經常吹得她的旗袍下襬撲撲響，仇阿姨將長頭髮挽個髻在腦後，她帶著她撲撲作響的旗袍聲安靜的一個人站在露天中做飯。

有時候她洗大白菜，白菜梆子一片片先剝下整齊的放在大托盤上，蔥、蒜也一樣，一根根洗淨了，脫了衣服的小嬰兒排開在那兒，說不出多喜孜孜。連豬肉也不肥膩沒血水得像植物不像動物清爽潔淨地供人欣賞。

到晚間，戲台子開戲了，仇阿姨稍微輕鬆些，她不上戲光負責做飯，原先還附帶做消夜，每天晚上她得在後台等大家下戲後做給他們吃，後來唱戲的認得幾個人了，下了戲早有人等在台口往裡叫：「小金仙外頭找！」裡頭先傳出一聲嬌嗔：「叫什麼叫?!馬上來。」然後忽地轟出一大票小金仙的姊妹淘，通常最常被點名會客的台下是女生，舞台上一定是俊俏的小生。

人都各謀生活去了，仇阿姨後來便不必做消夜，也從沒人請她吃消夜，因爲她不上台，她台前台後永遠是個女人，他們嫌她沒意思。

可是她還是得等下戲，下了戲她才能在後台打開鋪蓋睡覺。她在等睡覺那段時間手上並不空著，不是打毛衣就是糊火柴盒，有時候做著做著手停在那兒不知道想什麼，四周傳來鑼鼓、嗩吶聲忽高忽低，要有個急鑼緊鼓才能忽然喚醒她。我們有時候不是去看戲，是去看她，她白白淨淨的臉，連阿瘦這麼不受管的女生都說漂亮。

李阿瘦的臉又窄又長而且膚色像她媽媽，人家藤黃著一張臉總像不太乾淨，但是李媽媽的臉像勻了一層蜜，蜜汁暈在眼梢有股說不出的俊媚，我媽說她要去反串小生天天有消夜外帶早點吃。

阿瘦以前是張黑臉皮，不知怎麼褪成了黃色，而且在褪色的時候很明顯一天比一天黃，尤其不似有些黃臉是由白晒黑而黃，所以沒有那樣死魚巴。起初我們還以爲阿瘦糙米吃多了，要不就是黃心地瓜吃多了，所以染黃了，但是她一雙手掌白裡透紅，沒有理由顏色光上臉不上其他地方，所以被我們否決了，久而久之，這種情況並沒有改，我們祇好當她臉的血管流的是黃血。

仇阿姨的白像臉上抹了層冷霜，她站在磚灶前炒菜，煤球焰心映得她一臉桃紅，媽媽們說她那張臉就如桃花瓣，除非花瓣落到地底枯掉，否則是不會變黑的。

仇阿姨在戲班子待久了，她的作息我們全摸得一清二楚，她偶爾會請半天假，阿彭說她一定去會男朋友，阿瘦反駁說哪有她老去會男朋友，男朋友也該來會會她啊！

阿彭說：「我打賭她男朋友一定在坐牢！」

沒有人要跟阿彭打賭，也沒人敢去問仇阿姨，一直到有天仇阿姨要嫁到我們村上，大家才稍微對仇阿姨的身世清楚了一二。

趙慶隨仇阿姨嫁到我們村上那天，他下吉甫車後簡直教人眼睛一亮。他站在仇阿姨身旁，驕傲清秀，他的一舉一動有股說不出的節奏，完全不像我們這批人的毛躁幼稚。他好像不是隨母親改嫁到一個新的家，而是外交官到駐在國履新。趙慶有一頭細如絨毛的短髮，柔軟覆在臉的四周，如未褪的胎毛，突出他整張臉分外分明的性格，尤其他的蛋形腦袋像個高貴的王子，不像我們幾個腦袋不是扁的就是歪的。他的後腦杓正好和他的鼻子對稱，後腦飽滿，前鼻樑桿直，使得他個頭雖瘦長卻很挺直。

他跨下吉甫車站定後，眼睛先環顧四周，神色不見一絲怯退，他一直站在仇阿姨前頭，彷彿他是她的侍衛長。新袁媽媽則一直保持她的淡淡微笑，她雪白的臉蛋特別敷了一層粉，嘴唇上的口紅被她自己吃掉了，顯得臉更白，新袁媽媽沒有趙慶的毛絨絨短髮，她一頭長髮放了下來，更加稠密烏黑，仲媽媽壓低了聲音說：「有這樣頭髮的人命苦。」

我媽說：「那麼嬰兒和老人的命最好囉？」

大家正在嘰喳著不休，二十三號方媽媽禮炮般的嘶喊聲突地響起，我們是早習慣了，趙慶卻不，他提高了臉，臉上表情好奇而不驚恐，他似乎對這分反常、夾纏在鞭炮聲裡的嘶叫十分感興趣，他凝神聆聽，尋找嘶叫聲的來源，忘了婚禮。淒厲的嘶叫聲突地停息後，他燦然一笑對他媽媽說：「這種叫法好像黃昏的狼嗥！」新袁媽媽微笑地望著他，表示同意。

袁伯伯臉色刷地黯下，他向前跨一大步，將趙慶擋在身後，他和趙慶的影子疊成一個，鋪在地面。他比趙慶高出一個半頭，寬一半，他很容易就遮住了趙慶。這時候突然下起了毛毛雨。雖然很快就停了，給趙慶的印象大概很深。

那天晚上袁伯伯喝得爛醉如泥，半夜，原本還算晴朗的夜空又下起了大雨，袁伯伯肚子燒得厲害，跑出到巷道中間仰高臉接雨，他大叫：「痛快啊！」又喊道：「再來一杯！」他把他的嘴巴當成了酒杯，越喝越醉。趙慶站在院子裡看他，不去拉他反而回頭問新袁媽媽：「媽媽，這地方眞奇怪，老是下雨。」

雨水從他們屋前流過七號仲家、八號段家、二十三號方家、九號我們家匯到水溝裡。同方新村一幢幢長條屋子連橫隊一段排列著，每隊八戶，一根大樑由排頭貫穿每戶到排尾，魚鱗形的屋瓦使得每一排房屋像一條魚，一片魚鱗也少不了，當魚頭在呼吸，魚尾少不得擺動二下。

雨水使趙慶細絨毛臉龐霧霧的，如霧了層水氣的鏡面，袁伯伯的放縱使他蒙了層陰影？

我們後來發現趙慶極不喜歡雨天，他說他出生時陽光普照，他一直喜歡光亮。他和新袁媽媽都白，雨天使他們更顯得蒼白，好像雨中的梔子花，張不開花瓣，而且香味給悶住了。

——收入聯經出版《離開同方》

【作者簡介】

蘇偉貞，一九五四年生，祖籍廣東番禺，政治作戰學校影劇系畢業，曾任陸軍總部人事官、國防部藝工總隊編導官、中央電台編審、《聯合報》「讀書人」專刊主編，現任教於成功大學中文系。曾獲諸多獎項，包括聯合報中篇小說獎、中國時報百萬小說評審團推薦獎、國軍文藝金像獎等。蘇偉貞文筆清麗秀美，細膩深斂，韻味婉轉，對於小說人物的內心探照與寫真，鮮活動人，描寫女性生活、情愛、慾望與痛苦，尤其深刻。蘇偉貞出身眷村，八〇年代作品如《有緣千里》、九〇年代初作品如《離開同方》，以眷村生活經驗為張本，彰顯出

「眷村新故鄉」的生活感，而一九九四年的長篇小說《沉默之島》以性別認同交疊文化認同，企圖拋離土地認同的框架。重要作品有《舊愛》、《陪他一段》、《熱的絕望》、《有緣千里》、《離開同方》、《沉默之島》、《封閉的島嶼》、《魔術時刻》、《時光隊伍》等。

【賞析】

「眷村」，是台灣的特產，是台灣特定時空及政治生態下的產物。戰後國民黨政權為了安置、並且集中管理它帶來的近百萬流亡軍民，在台灣各地建造了無數眷村。文學中的眷村，因而成為一個獨特的地景。

眷村是一處封閉的異域，無論在地理空間性，或者眷村住民的精神構圖中，都與竹籬笆外的世界相互區隔；另一方面，眷村住民也在這個空間中生活、戀愛、死亡，以日常生活發展出多重現實，而構織出某種「故鄉語境」。《離開同方》中動人的空間感、生活感與歷史記憶，繁複的地景意象，當然是從多雨的亞熱帶、嘉南平原的地理空間演繹而來，而非小說家所認同的祖籍廣東番禺。

蘇偉貞在小說《有緣千里》中，以位於南台灣屏東東港漁村中的眷村「致遠新村」為故事舞台，但內容多鋪陳中國流亡者的思鄉之情，眷村「故鄉意象」較稀薄。到了《離開同方》則顯得豐富，小說以雨、甘蔗園和花香為記憶圖騰，這些空間意象在小說中貫串首尾，加上颱風、海浪、雞蛋花、玉蘭花、茉莉花、桂花、鳳凰花等，構織成自然地理與風土元素豐富的故鄉圖景。這些自然地景，並不具有特殊的地標作用，它們是台灣西部平原的普遍性存在；然而，對生活者而言，卻又是鮮明與獨特的記憶元素。

「多雨」是當地的氣候特質，生活中充滿雨水的氣味，而雨水中黏附著濃重的生活氣味。同方新村的孩子們，成長以後四方離散，雨水的氣味也從這裡拓延出去，成為記憶中的生活氣味，也成為召喚返鄉的關鍵詞。

《離開同方》中的同方新村，位於嘉南平原的么么拐高地。小說一開始，奉磊捧著母親的骨灰罈，從北往南，要返回同方新村，因為母親「她說過將來死了要回同方新村」。這是一條返鄉之路，是一條落葉歸根之路。「九月的嘉南平原放眼處一片搖曳的稻穗和甘蔗花芒」，熟悉的空間場景是召喚歷史記憶的媒介，終於，奉磊在夕照時分，帶著母親的骨灰與自己的記憶，一起重返同方。

有離開才有歸返，因為離鄉，而有「故」鄉。「離開同方」是現實的離開，而「回到同方」則是精神的回返。《離開同方》中的離返辯證，沒有政治語彙，卻有濃冽動人的生活氣味。

——楊翠撰文

【台南縣】

北回歸線（節錄）

林佛兒

第三章

溫泉的水質像女人肌膚
蝴蝶蘭高掛在窗格上
熱騰和芬芳
在山中彌漫

朝東的方向走，經過一道河流，山巒就在層層密雲的低壓下，恆久的憂愁著，它既像默想沉思，又像發著無聲的喟歎；客運車的終站在盤旋的瀝青路的盡頭，在群山之間的谷底裡，設著簡陋的車站，車站附近是個著名的溫泉風景區，旅社及土產店林立，分排在山壁上，一條在夏天傾瀉著湍流的河隔開兩旁的飲食店及旅社，小小的巷道，舖著磨光的花崗石，山上的下午通常有著間歇性的陣雨，雨急而透徹，在街道以及像魚鱗般蓋著厚瓦的屋頂，淋得冒煙，並且洗刷乾乾淨淨。在房屋的四周，即是河床焦黃冒煙的石頭，也宣洩著健康的硫磺味。

旅舍的後邊，有道三百多級的階梯，直往山上通行；那古舊堅固的石級，通往山林的樹莊和一片植物園，從石級的最上面朝下鳥瞰，整個山的盆地裡的房子，像積木般，被圍繞的雲絮所浮貼，露出幽深的低度感。

山林的翠像是必然的，尤其是雨後，遠山和近樹，都表現出一種生意盎然的樣子，樹木交錯，山嶺重疊，在朝日升起的時候，更令人感覺到大自然的壯美和奧妙。

這個山谷最美麗的地方，要算河上流一處漫開像潭的池沼，水是泉水，倘若沒有暴雨傾瀉，水冰冷清澈，本地人或來此避暑養病的旅客，均常來此游泳，因爲水是流動的，故在浮著細沙及荒石的水邊，漩渦在岸上漾開去，簡直像煞伊人美貌的笑容，從岸邊蜿蜒而去的叢草，以及長著苔綠的峭壁上，常常棲止花色美麗的藍蝴蝶和水蜻蜓，在山秀的天籟裡，是大自然的賜予。穿著牛仔褲白襯衫的青年，利用這種盛產蝴蝶的地方，在暑假的時候，一批一批絡繹不絕地來此採集昆蟲標本，總之，此地在八、九月雖然是個觀光季節，是個熱鬧的地方，可是，它還不失淳樸，並且來此地的人，沒有一個官僚的面孔，俗氣的面孔，他們的天眞及活潑的精神，簡直像個不懂世事的嬰兒。

這個四面環山的溫泉地帶在山谷裡，早晨九點多鐘才能看到東升的太陽，而下午四點鐘的時候，雖然陽光熾烈，它便在西方的山嶺消失。

人們所體會和欣賞的美，完全爲大自然所操縱，並且我們衷心地信賴它的操作。山是寂寞而靜肅的，像個博愛的哲人，那是做爲一個常常沉思的人的恩物。它跟大海不一樣，大海廣曠而深沉，有若燈塔一般，它迸射著光芒，但給人類的最大用處是溝通情感，供人遨遊。

堅決辭行家人的杜榮，身上祇帶著軍隊儲存下來的幾千元，肩上揹著一只旅行袋，在黃昏的時候，他來到這個飄滿硫磺味的山村。當他下了客運車，暮靄染上他的眼際，旅舍窗格裡露出黃暈暈的燈光，以及前方半山腰某家農戶小小煙囱上升的炊煙，整個使他愣住了，那種喜悅和感動出自他心腔的急跳。他的思想爲美所震懾，他腳下所踩著的花崗石，像磁石般地吸住他。他已接近他的願望；這願望使他看到一件畢生難於忘懷的事物。就彷彿童年的冬至之夜，在廚房裡搓著圓，爐灶旁的上樑吊著一只微弱的煤油燈，那樣熟稔與甜蜜，出自一個成年而異端的男人。

杜榮在山谷的四周瀏覽了一周，在昏暗的山路裡，他喝醉酒一樣，藉著飄浮的腳，鼻間嗅著山間清親而充滿花粉的氣味；他終於走過兩家旅舍，又過了一道拱橋，飲食店的夥計們站在門口一直招攬他進去用膳，但他沒有理會，轉過左側一條泥土的小徑，在一家日式三樓木板店的旅店停腳，從室內傳射出的白熱日光燈，不客氣的刺著他的眼睛，並照亮他那蒼白的臉龐。

玄關處有的女人坐在矮椅上看書，看到站在外面的一個男人，急忙丟下書本跑出來招待，那是個年輕的女人，臉上有點邪氣，嘴角溢著牽強的笑，她尖聲地說：

「裡面坐，裡面坐……」

興奮的杜榮便在女人的指引下走進這家不怎麼高級的客棧。室內兩旁有兩座長條沙發椅，磨白破爛的絨布露出污黃結塊的棉花，正前面榻榻米上有個用簡單木條架設起來的櫃台；一個笑容可掬的男人高高在上地坐在那裡，取悅的迎著他；杜榮的目光從那男人掃視而過，他看到左邊有道下降的樓梯，右邊的甬道也接著樓梯，但它是向上的。那女人從他的手上接下旅行袋，這時杜榮看到牆壁上掛著一幅複印的米勒的拾穗，再旁邊是一集大龍蝦的標本，紅色的，那些展開的腳和鬚，猛一看，像是洪荒時代恐龍的爪牙。

「先生，請坐。」

坐在櫃台上的男人也說話了，他的聲音沙啞，不是喝酒過量，便是房事過多所引起腎虧的虛弱。男人現在仔細看起來，臉皮白皙得變成一種病態，他艱難地牽動臉的表情，活像布袋戲中採花賊的造形。

「我要一個清靜的房間。」杜榮說。

男人交給女人一把鑰匙，順便在女人的手腕上捏了一把，嘻笑地吩咐：

「招待到八號房。」

女人提著杜榮的旅行袋，帶頭地走下像深入地層下的左邊樓梯，杜榮跟在後面，下完樓梯，是一間暗室般的空房，角落放著一些換洗的床單和雜物，地板是木造的，在六十燭光的燈光下，還可以看出洗刷得很乾淨。女人帶他走上一條甬道，右側隔成一小間一小間的房子飄出硫磺味，潑水聲中夾雜男女嘻笑的聲音，女人告訴他那是溫泉的澡房。

走到開闊處是一片長廊，木造地板和木造的欄杆，藉著房間散開來的燈光，欄杆下是亂石的河床，河床中央急奔著河水，嘩嘩的水聲，好像也帶著水氣，直撲上來。而隔著河的對岸，是一面昇高的山壁，黑影模糊。

杜榮看到聽到這種景象，簡直欣喜若狂，眞的太美了，他在內心想，整個晚上可以徹夜地讓流水的奏鳴曲來催他入眠，而山籟間的冷氣，像海濤的飛沫濺上他的身體，這將是多麼過癮的事。

在走廊的最左的一間房間，女人推開了門，在壁間接下一個開關。室內閃了一下白光，繼之日光燈就亮了。女人說：

「喏，這間房如何？」

這是間長方形的房間，像捕鼠籠子，不過裡面收拾得還算乾淨，除了榻榻米之外，還有一件沙發椅，杜榮勉強中意的是牆上粉刷的顏色：蒼白。

杜榮點點頭。

「那麼，我去沖茶，等會兒要洗澡，剛才經過的甬道左邊就是澡房，有四間，你可以任選一間。」

女人說罷順手關上門，走了，嗒嗒嗒的腳步聲漸漸消失在廊外。

「啊，」杜榮滿足又讚歎地叫了一聲，然後把身體整個朝榻榻米傾倒下去！他四腳朝天，「我的解放的生活開始了。夢想了好幾年的今天，終於在這山野的客棧開始實現，親密的夜晚啊，你賜予我劈裂醜陋現實的力量，如今我在新境界中站立起來，在新生活中瞭望，爲所欲爲的快樂生活，受不著別人的吹噓及僞裝，還我本來的面目。從今以後，我就是我啊。」在內心狂呼的杜榮猛地從上蹬起，「日子是多麼偉大啊！」他說。

他站在床前又狂想了一會兒，樣子顯得有點癡呆，然後他脫掉衣服，剩下一條短褲，拎著毛巾往澡房跑。

三四間澡房的門都關得緊緊的，有水聲和講話聲傳出來，顯然裡面都有人。杜榮正要走開，嘩——的一聲第二間的門被拉開了，從燈光裡走出一男一女，男的跟他一樣祇穿著一件短褲頭，女的穿一件夏天的絲質透明睡衣，稍一掃視，黑色的胸罩和紅色三角褲都看得清楚，女的見到杜榮，不但沒有害臊，反而用眼角有點輕佻地瞥了他一眼。兩人擦身而過，杜榮聞到一股帶著腥騷的香水味，大概是廉價品，想那穿褻衣的女人是個風塵女郎也說不定。

所謂溫泉是一池灰濁的水，水面上冒著熱氣。杜榮要不是看過溫泉的種種礦物質含量，對皮膚有很大的去淨和滋養作用，打死他也不會用這種污泥般地水洗澡的。現在他脫下了內褲，赤裸地，小心而緩慢地走下那個方形的澡池，起初溫泉的熱度燙得他全身起雞皮疙瘩，過了一會兒他就覺得滿身舒服，他筋骨上的血液舒暢無比，他雙手反轉著上半身，下體自然地在水中浮起來，毛茸茸的一雙大腿，跨間微曲的生殖器，忽隱忽現地飄浮。

杜榮仰頭平視他身上浮在灰泥般水中的這些工具時，突然感覺很好笑，尤其那像鱔魚般微微彎曲的一支，他思忖著，倘若男人沒有這個東西，這個世界不知道會變成什麼模樣：大概便沒有所謂人的存在，在地球上繁衍的我想祇是一些機械而已，就像汽車是使用汽油的，收音機是靠插電的等等一樣，而這些機器便沒有什麼快樂可言，人類之所以有快樂、慾望可言，可能就是男人有了這個東西。以男女之間來說，倒不要冠上生男育女為天經地義這種堂而皇之的帽子，他們若沒有這種東西使他們快樂，人活著有什麼意思？而女人若沒有男人這種東西，她們還活得成嗎？不個個變成瘋婆才怪。反過來說那種東西延續著我們的後代，生生不息，而假若這種延續的方法是痛不欲生的，像外科醫生沒有注射麻醉藥而割盲腸；像兇殺案的主角一把二尺七的武士刀朝腦袋直砍下來的可怕，我們不但不用擔心人口爆炸，說不定這偌大的地球，已剩下你我兩人……杜榮當然知道兩性間做愛的登峰造極的樂趣，他雖然在金門軍中樂園緊張地試過一次，但從高中時代開始自慰「打手槍」起，以至現今的數百次，其中的高潮他體驗得淋漓盡致。有時候想起來，覺得這是造物者給這個苦難的世界人類所賜予的最大甜頭和福祉。

泡在池裡的杜榮越想越好笑，他大笑得像狂人，後來變成歇斯底里，他雙手一軟，噗通一聲，整個人連頭帶臉沉進溫泉水裡去。

他掙扎起來時已喝了兩口泥巴水，那黏質溫泉水，像牛乳揉合著蛋白，從頭髮慢慢滲出，沿著光滑的裸體，直往下滑，生殖器那端，昂奮得像跟某人接觸後痛快地射精一樣，一滴，一滴……

或許由於黑夜的寂靜，廊下的水聲特別響亮，嘩嘩地叫著，不像溫柔底水的低吟；或許由於山間的海拔高，九月裡的炎夏竟然冷氣襲人，那種冷，是純然的寒氣直往骨髓裡鑽，使人打從心裡發出涼意。

杜榮排了一張籐椅放在木板走廊，坐在籐椅上把下顎抵在木造的欄干上，有時看著河床奔流的水，有時看著黑暗的山壁，或峭直山壁頂端的天光。而斜左側面拱橋那邊的飲飛和土產店放著淒迷的光線，恍惚可看到店前店內的人影搖晃。輕輕踏著勃路斯舞步的風，不知從那間店裡低低傳來，電唱機播出「落花流水」的國語流行歌曲：

「我像落花隨著流水
隨著流水漂向人海
人海茫茫不知身何在……」

唱歌的女人聲音是輕快的，跟歌詞甚不配合，不像歌詞那樣淒切無奈，可惑那些人都是一樣，不愛惜自己，雖然明明知道茫茫人海是個痛苦的漩渦，但他們還是擺脫不了自己所憎惡的，而隨波逐流，人眞是既可憐又可悲的動物啊。

沉思的杜榮想。

杜榮並不是一個被迫的人，他雖然一心一心要建立他生活的原則和目的，而以他目前的思想及付諸行爲的事件來看，他是與這個社會格格不入的，甚至可以說他揚棄了我們生活的規範。這種固執雖有點成績，但收穫還是談不上的，他因此所付出的代價（我們可以不說它是代價，而是奉獻），是非常重大的，因爲他到底是個人，從人類母體誕生下來的，有良好的親情呵護，受過講究倫理道德的教育，所以，你要叫他完全背棄這些是不可能的。但嚴格說起來，他也並沒有眞意要揚棄這些；杜榮祇是讀了一些皮毛的哲學書籍，加上西風東漸，逐漸受到某些觀點的影響，他並不深入，他一方面以嫌惡這個醜陋的社會心理來嫌惡自己；一方面以先馳者的姿態來解除自己的苦悶。由此他所付諸於行爲的就是生活浪漫、懶惰、不負責任，整日做著狂人的、不符實際的反叛常人規範的白日夢。

就像現在的杜榮，他陶醉於山野的清新，奔騰毫無阻攔的流水，夜空的月，他把下顎靠在木造扶把，心志神遊在自我爲中心的私慾意念下。他目前就是這樣一個人；可是又有誰敢保證，他在睡眠的時候，他的母親，甚至社會的公益，民族的富強，不會在他的夢中出現，杜榮祇是個迷失的人。

走廊又響起了腳步聲，一個中年婦人姍姍而來，她穿著一件綢質洋裝，身體豐腴，微紅的臉展露輕爽的笑意，她客氣地問著杜榮：

「先生，你要休息了嗎？」

杜榮不明白這個長得雖然有點胖，但看起來令人有興奮感覺的服務生爲什麼如此問他。杜榮打量著對面的婦人，婦人在日光燈下皮膚白皙，豐滿而嬌嫩，她的頭髮齊肩，左邊的臉被一片表現神祕和迷惑的瀏海遮住一些。

「爲什麼？」杜榮把婦人看得害臊了，才戲謔地問道。

「如果你要睡覺了，」婦人說，小小的聲音像夜鶯的鳴叫，親切而且甜脆。「我便要替你舖棉被，掛蚊帳！」

「哦，是嗎？」杜榮從籐椅站上起來，向夜色挺胸做個深呼吸，「那麼，我要睡了。」

兩個人先後走進那個狹長的房間，杜榮脫掉港衫，祇留下一個背心。婦人雙腳跪在床上，上身撲倒，兩隻手打開摺疊整齊的棉被，把其中一件小的攤開做爲墊被，她在做的時候，翹起來的肥鼓鼓的兩片半月形的屁股，像游龍船地在他的面前搖擺，使杜榮看得身上的血直往腦門沖，他頭昏腦脹。這時婦人舖好了被，站起來拉下收縮成一個圓圈的蚊帳，散開後的蚊帳像一面網，網中的婦人像童話中赤裸著上身的美人魚。美人魚在床上轉著圈子，無非是把蚊帳的下擺拉到床下，婦人跪著朝杜榮的時候，她襟前的扣子有兩個沒扣好，碩大的乳房在綢質的衣衫裡垂得像兩隻倒放的麻豆文旦，杜榮從那空隙中看到潔白富有彈性的肉，還有那引人遐思的深深的乳溝。杜榮心臟噗噗地跳，女人給他這麼大的魔力還是第一次，他的雙眼空洞，露出白癡般的怔忡之色，他的靈魂像出了竅，一刹間，支配他思想和行動的理智被洪水沖掉了，腦海裡只有一個念頭，要抱住她，要把她撕裂得碎屍萬段；他一步一步趨向婦人——

婦人這時整理好了蚊帳，下床，準備走開，她忽然看到杜榮的異態，她已摸清並且看透了男人，她知道杜榮此時的心理，閱人甚深的婦人，飽經世故和做愛的婦人，對杜榮嫵媚一笑，離去的時候面對面與杜榮擦身而過，婦人堅挺的乳房，便碰觸在杜榮的手臂上，杜榮的神經像觸了電，不但從腳到頭引起一陣震顫，眼睛更閃爍著滿天的火花——

婦人走了，杜榮張著嘴巴，要不是呼吸急促，他簡直像一尊木偶被擺佈在那裡。

山間清新的夜晚使杜榮睡得像個嬰兒，雖然冷冽的空氣在早晨像羽毛輕拂著杜榮的鼻孔，他輾轉幾下，矇矓中他還在軍伍的金門，等他睜開眼睛，環境馬上給他感覺有異，清新的空氣和曙色完全跟住在碉堡裡的悶熱與濕暗是兩回事；腳底那邊的木板門，玻璃是霧色的，外面漂染著一片清淡的白。

杜榮在床上伸個懶腰，覺得身心都異常的舒服，不像以前每早的起床幾乎痛苦得像肉割一樣。他輕快地從床上躍下，簡單地披上一件衣服，準備到早晨的山間去走走，呼吸一下藍色。

走出旅社的時候，沒有一個人發現他，天才朦朦亮，曦光中有一層繚繞的霧，不是飄著便是附在物體上，把樹下，石板路及建築物都滋潤得濕亮，像機器工作了一天休息之後，次晨動工前又被學徒們灌上一層潤滑油一樣。

杜榮朝上走，有一條小小的曲徑，是通到山上去的，沿路盡是些賣土產和蝴蝶蘭的人家，可是現在他們尚未開店，他們的店門是用鋁片做的，也被露水沾濕了。杜榮抬頭仰望遠方的山峰，因霧氣潮濕，山的形象暗淡，不過紫灰的天空，有鳥隻吱喳著飛翔而過，給這個還在睡夢中的山村，象徵著和平及友愛。

喜悅著，感激著的杜榮，非常滿足這樣的山色，他邊走邊想，生活在都市的人眞傻，傾軋、排斥、樣樣損害著人性尊嚴和意義的事沒有一樣不在都市裡發生，都是有那麼多一心嚮往並朝那個罪惡的地方跑；歸根究底起來，人如果不是爲了生存起見，就是一種幼稚和可悲的盲從。杜榮想，像我憎恨人的虛僞和城市的罪惡是有道理的，我拒絕他們，不僅表現了我的個性，最重要的一點是我認識能眞正表現，適合生活眞諦的人生。

我爲什麼還要回去呢？我爲什麼要找個包袱來揹呢？自自由由的一個人，簡單而清潔的生活是多麼痛快的事呀，像魯賓遜一生終極於荒島，他體會出多少大自然的奧祕，並且，他免除了人的一切煩惱、慾望，他赤裸而快樂完成他美好的一生。杜榮冥想著，羨慕之情躍然於臉上。

向上穿伸的路一下子便離開住家，它轉入一條濃蔭蔽天的竹林小徑，小徑朝上逐漸爬高，但不陡，徑上有若干大石碩橫在路上，石頭長滿了青苔，看起來彷彿大雨後的山水傾瀉下來，這條變成一條臨時的溪流。杜榮走在上面，覺得腳下踩的泥土直滲到他的內心，因此引起心的跳動和溫暖，他一時相信，倘若沒有這山林，這滋養的泥土，他的心跳便停止一樣。

竹林佈天，看不出絲毫的天空，那些綠色中帶點白的竹葉子，負荷著露水的重量，葉葉下垂，連尾梢的細枝，也弧形地彎曲著，像人工做成的拱門，而每根竹子便像列隊的兵士，精神奕奕迎著杜榮。而杜榮眞像一個英雄，至少他的下意識的感覺，彷彿成吉思汗征服歐陸凱旋歸來那樣；從竹葉上掉下來的露珠，嘀嘀嗒嗒響在林內，若干沾在他頭上身上的，促他感覺像歡迎人群所撒開的彩紙。

我們不替杜榮下註腳；但我們應該察覺得出，杜榮雖然是一個揚棄傳統，鄙視感情的人，但他重視自己的存在和利益是不能否認的，這樣說，他是個徹底自私自利的人嗎？

路的前面突然出現一片天光，走近時才看得出一條橫躺著小河所牽出的一片廣曠，在九月的早晨，散開的空中浮著片片的白雲，白雲的邊像摻著黃，像是等待旭日升起來或是已經受到她的渲染。

小河流水清澈，可以看到水底的石頭，白色的、灰色的和褐色的都有，有的像拳頭大，有的像盆子大，浮起水中的石頭擋著流水，因而激起水花或湍流。河是流動的，它是無知的生命，可是，它多快樂，祗知道唱著歌，一路瀏覽著風景，排開阻攔，匯入波浪壯闊的大海，產生更雄壯的生命。

可是，當冬季來臨，雨量減少，小河便乾涸了，狹小的河床便讓給野生的植物去生長，和動物們去棲存地奔跑；即使這樣，它的生命也並不算完結，從石頭下，泥土裡，它醞釀一個更新更活潑的生命。

穿過小河的路中墊著幾塊大石，人可從上方跳過去。杜榮走到河中央，停下來蹲著身子，在一塊巨石圍起來的止水裡，他看到自己瘦削的面影，笑容漾在水中，眼睛也在水中眨動。他眞是快樂極了，把手探進水裡掬上一把水，朝臉容一抹，一股沁涼立即從臉頰傳到感覺中樞，他連續掬了幾把水，因此清靜的水被攪亂，他的面影也跟著破碎了，他凝視好久，水還是不能復原，杜榮有些惆悵地站起來。

走回歸途時天已大亮了，雖然還看不到陽光，露水還是在林中滴滴嗒嗒地落著，露珠落在草上或枯葉上的聲音很悅耳，並且有增無減，杜榮的髮和雙肩都濕了，可是他不在乎，反而覺得這是大自然給他的第一件禮物，因此，他高興，並且在逍遙的散步中，對著他周遭的景物說，他已經找尋到他所理想的地方，杜榮決定在這個飄著濃郁溫泉，寂靜而又充滿和諧的地方住下來。

第四章

（略）

流動的山泉和晚香
已從悲哀變成喜悅
在盛夏
它與雨點同樣鼓噪

第五章

山上的生活著實使杜榮的心靈平靜了一段時日，他每天的作息排得非常寫意。早上五點起床，天未亮就到山間去遊蕩，八時吃早點。八點半泡溫泉，九點看書，十二時吃飯，飯後睡午覺，大概到了二點鐘接著又泡溫泉，三點起又開始看書，他看書的範圍很廣，從文學到天文，從存在主義到自然科學。特別是卡謬和沙特的東西，可以使他廢寢忘食。他尤其喜歡卡謬的「異鄉人」的主角莫魯梭，他對生活漠然，對社會的格格不入與反叛，整篇小說充滿枯燥與不協調，卻深深地震撼著他，卡謬的存在主義哲學所表現於他的小說中，雖然是不道德的，但是最重要的一點，卡謬同情犧牲者與失敗者。在強權與權力下，杜榮和卡謬一樣，他至爲痛惡這些操縱者及擁有者。

因此，他入迷於卡謬的小說，以及卡謬於第二次世界大戰時出版的第一本論文《西西夫的神話》及後來的《反叛者》，書中充滿矛盾的思想，和反抗的意識。這二本書看起來荒謬與一知半解，但杜榮喜歡他，雖然他很主觀，可是杜榮之喜歡卡謬，並不是因爲大學裡人云亦云的結果。

從卡謬的作品中，杜榮發現卡謬是一個不折不扣的人道主義者，一個背棄固有傳統的道德家，他深深服膺的也是這點。

至於杜榮之喜歡沙特，他覺得沙特是一個精神哲學的開拓者，他對現實的看法是以心靈和存在作爲二個絕對的核心。他的哲學與笛卡兒一脈相傳，但是笛卡兒是從傳統出發，並沒有沙特的激烈與偏疏。

卡謬與沙特，是深深影響著杜榮的二個人。因此即使在山中，沒能找到辯論的對象，可是每每重著讀他們的作品，杜榮的激情便又爆發無已。

飯後的傍晚時分，他到處蹓躂，然後又跟那些新認識朋友聊天。

寂靜的夜晚，柔和的燈下，他悠悠地在冰果室裡與林鄉土抬起槓來。

林鄉土對於杜榮眞是沒有話說，他越來越喜歡杜榮。原因之一是杜榮好像是一部百科全書，他所不懂的，甚至他不能理解的，他都可以解釋和分析給他聽。之二呢，是他對女人硬是有一套。他以爲追求一個女人一定要漫不經心，不要患得患失，要有一種欲擒故縱的招數。林鄉土認爲這種見解透徹極了，做得效法。

這一夜，雨從下午下到晚上仍沒有停的徵象，大雨在戶外喧嘩個不停，石板路上的水池映照屋內的燈光，一片淒迷。因此冰果室生意清淡，祇有林鄉土、杜榮和阿雪等人，坐在一塊兒聊天。

阿雪說：

「你們台北人，都很會享受，聽說台北已沒有三輪車，大家出門都坐『太可惜』？」

「那裡的話，」杜榮說，「我在台北四年，就從來沒有坐過計程車！」

「那麼，不管多遠，你都用走路了。」

「不是，我們都坐公共汽車啊。」

阿雪沉默了一下，她又想到了一個問題。

「台北既然那麼浮華，燈紅酒綠，大家西裝皮鞋，是不是沒有人穿木屐了？」

杜榮忍不住笑起來，眼前的阿雪，十八歲不到，一幅天眞無邪的模樣，簡直把世間的事，看得太天眞和幼稚了。

「台北，當然有些地方是很虛榮的，但有些地方，簡直比這裡還要貧窮和落後，台北不僅穿木屐的人多得很，窮人，住違章建築的，所謂違章建築，是三兩片木板就蓋起一間小破屋，不是寄居在水溝旁，就是大樓的矮牆下，沒有自來水，沒有廁所，甚至沒有燈的那種建築，還多得很哪！那些人，白天撿廢物，做苦力，晚上才回去勉強棲息一晚，這不很可憐嗎？」

杜榮的這一頓訴說，把阿雪的夢都打碎了，她原以爲台北就是美，就是進步和繁榮的象徵。想不到，台北也有醜惡的一面。

「那，那……」

阿雪還想詢問什麼，可是卻被林鄉土打斷了。

「還囉嗦什麼？妳還是卡早睡卡有眠啦！」

阿雪伸伸舌頭，低頭不語了。

杜榮翹著二郎腿，輕輕地擺動著，坐在對面的林鄉土，遞過來一支菸，杜榮接過來含在嘴上，林鄉土從錶袋裡掏出一只金色的打火機，趨上前去，把香菸點燃了，而後他自己也吸上一支。坐定後，他若有所得地說：

「老杜，談談你在台北的生活吧，譬如讀書啦，追女朋友啦！」

深深地吸了一口菸，然後一口一口地吐出來，形成一個圈圈，一個圈圈……像夢境一樣，這時的杜榮也沉入他過去的夢境裡了，幾乎已經忘掉了的李苾苾，竟然清清晰晰地走入自己的思維裡，露著一臉的哀怨與茫然。

杜榮發呆了片刻，林鄉土忍不住地催著：

「說呀，說呀，在台北……」

「哦，你們要知道我在台北的生活嗎？」杜榮從回憶中醒過來。振作地說：「我在台北四年，是工讀的，我一邊唸書，也一邊送報紙，和送牛奶啦，日子苦得很，爲的是賺點生活費。」杜榮誇張地說，其實，他在台北如果自己賺錢的話，也是在大四當了一陣家教而已，他之所以瞎蓋什麼送牛乳和報紙，祇是要表現一個男人在社會不依靠人的倔強，以及表示鄙棄富有的家庭和錢財。

「你們知道，送報紙或牛乳，要早起，五點鐘的時候，我已騎著一輛破腳踏車，奔馳在尙在睡夢中大街小巷，而且你們知道，台北是個盆地，冬天多雨，我老是淋得濕濕的，像隻落湯雞……我現在有時候還會咳嗽，就是那時得來的，你聽，咳！咳！」杜榮故意咳嗽了二聲。

聽故事的林鄉土和阿雪，都被杜榮這戲劇性的表演，弄得如醉如癡。

杜榮看了他們二個一眼，覺得他的演講發生了作用，於是，他意猶未盡。他想起他班上有個同學，他父親在基隆港做臨時工，後來摔死在港裡，班上發起募捐，每個人出過五十元的事。他想，這個題材更具挑撥性和刺激。於是他鄭重地說：

「不止此也，每年寒暑假，我不是上山便是下海，有時候參加救國團辦的建設工程隊，所謂建設工程隊，便是做工賺學費，一個月下來，可以賺上一千來元，但賺這些錢太容易了，我印象較深刻的，是大三那年暑假，我到基隆港去做臨時工，我同學的一個父親在那兒當工頭，工作忙的時候，常要找些人去補充。我們做的工作眞是危險又辛苦，」杜榮忽然停下來，盯著林鄉土問：「你知道我在幹些什麼嗎？」

林鄉土正入神，沒想到杜榮忽然來這一套，他愣住了，傻傻地說：

「不知道！」

「嗬，他媽的，簡直要命的玩意。那時候美利堅合眾國的船多……」

「什麼叫美利堅合眾國？」阿雪問。

林鄉土也突然被這美利堅合眾國愣住了，幸好他還不算笨，記憶中好像在那裡聽過或看過，一念之間，他突然想起那可不是美國嗎！

「笨蛋，美利堅合眾國就是美國啊。」

阿雪又是伸伸舌頭，若有所悟。

可是杜榮又加重了語氣：

「美利堅合眾國也就是美利堅帝國……算了，今天不談這個國家，那時候美國船多，到處都是以紅星爲標誌的，我上船做的工作，就是清倉，或清煙囪，以及人吊在船舷上敲鐵鏽，嗬，你知道，那些船都是一萬噸以上的，人吊在舷邊，下面是十幾公尺的海，人幌來幌去的，起初簡直緊張死了，手拿著鐵鎚敲著船殼上的膺鏽，看都不敢往下看，但是，最艱苦的還不是這呢？最辛苦的是爬進祇有二個人合抱起來大小直徑的通氣管，或煙囪清除污垢，你知道那樣小的管道，在船裡彎彎曲曲，人爬進去，幾乎沒有轉身的餘地，而且管道又燙又熱，我第一次進去，以爲就會死在裡面出不來了。」

口沫橫飛的杜榮說得彷佛親臨其境似的，他滔滔不絕，口若懸河。到了緊要處，他又會停頓下來，以觀反應。林鄉土和阿雪從來沒聽說這樣的新鮮事，因此他們都是很入神地聽著，祇是林鄉土聽在心中一直有個問號，他想杜榮既然能唸大學了，爲什麼還要那麼苦呢？

杜榮又說：

「你們知道我拚老命所得的代價嗎？喏，一天足足九小時，才賺八十元而已，平均一小時不到十元錢！你說多可憐？」

杜榮像解放了似的，他深深地吸了一口氣，然後靜觀他們的反應，他本以爲他們二個會佩服得五體投地、大聲讚賞。可是出乎意料之外的，林鄉土卻困惑地問著：

「老杜，我不明白，你家很窮嗎？」

「我家嗎？」杜榮哼了一聲，「我家並不窮，在鄉下的一條街上，有一半的店舖是我家的。」

「是呀，你爲什麼要那麼苦呀？難道你家的人都沒有寄錢給你？」

「寄了我母親當然要寄，但是我不要他們去，我覺得長大了的男人，若用不勞而獲的錢，是最沒有出息的。」

杜榮說得很堅決，很激昂，使林鄉土和阿雪純潔的心靈充滿景仰之情。

「眞了不起。」林鄉土說：「我在當兵的時候，我是下士階級，祇能領薪水一百元，如果家裡不寄錢給我，我連抽菸都不夠……」

這時候，屋外的大雨漸歇，變得很小很小，有些風吹著，把雨絲吹到室內來，沾濕了桌角。

杜榮看看錶，已經九點多鐘，他伸一下腰，覺得今晚已胡鬧夠了。便說：

「雨停了，我想到外面去走走。」

「不要嘛，我們要聽聽你的羅曼史。」阿雪說。

提到羅曼史，我便提起了李苾苾，其實，連杜榮也承認，李苾苾並不壞，如果安於本分結婚，李苾苾倒不失爲是一個好妻子，但是對於杜榮，又另當別論了，杜榮一直以爲自己是一個背負著時代苦難的人，他有偉大的使命感，因此談情種種，尤其是李苾苾跟他交往三四年，了解她太深，便不願深入。杜榮並不是一個寡情或寡慾的人，說明白一些，他並不是一個柳下惠，然則對李苾苾，至今他幾乎已沒有肉體的慾念。

他也知道，離家前跟李苾苾吵了一架，那樣深的決裂，好像是他們最後的一次，可是，杜榮相信，那是不可能的；李苾苾必定還會找他，或先來信，或從遙遠的北部前來此地看他，這如人生邊緣上，一場不能休止的對抗，永遠無可奈何地持續著。

杜榮實在不願做假，也不願提到李苾苾，尤其是他和她的感情，不忍把它當做一個笑話講。因此，他站起來，準備離開。可是，林鄉土和阿雪一直不讓他離開，尤其是年輕的阿雪，十七歲的天眞與好奇，完全表現在她的臉上。阿雪說：

「你講嘛，你講嘛！……」

杜榮被纏得無奈何，他歎了口氣，只好說：

「大學的時候，我認識了一個女同學，交往了三四年，一直弄不出一個結果，好像沒有緣分似的，現在又離開了。」

「哼哪，那有這麼簡單的！」

「本來就是這樣的，人生，不管在感情或事業上，往往充滿了許許多多的無奈。」

「是你不要她的嗎？」

「不是，是她不要我的！」

「她漂亮嗎？」

杜榮看阿雪像永遠不停止似地問下去，那還得了，因此他就把話打岔了。

「阿雪，她像妳一樣漂亮！」

「啊——你壞死了，」阿雪一下子臉就紅起來，杜榮還很少看過一個人在二秒間就把臉脹紅得像粉紅的桃子似的。

林鄉土反而站在一邊取笑，他本也是很想聽聽杜榮的情史，但是他不好意思開口，阿雪一直催著杜榮說，剛好中他的意，因此他沉默在一邊。

這時，大門入口處的垂簾被撥開了，跑進來二個冒冒失失的男女，杜榮抬頭一看，原來是司機蔡勇，另外一個可能是車掌，杜榮沒有看過她。

蔡勇一進來就大嚷著：

「幹！伊娘的！剛才雨下得好大，雨刷撥不開那麼密的雨水，我幾乎就閉著眼睛把車開上山來的。」他說著，一邊用手撩撥著濕了的頭髮，這時，他看到杜榮，「嗨！老杜！」

林鄉土看到蔡勇幾乎是從外頭被丟進來似的，又好氣又好笑，便調侃他。

「我說蔡勇，你做事都這麼慌張，我不知你是怎樣開車的，有一天，你會把你的乘客嚇死！」

「幹，」蔡勇大笑著，「不是蓋的，公司司機一百多，數技術我看沒有幾個比得過我！」

「吹牛大王！」阿雪頂他一句。然後拉開二張椅子，讓他們坐下。旁邊的女孩，穿著一件不太合身的車掌制服，有點怯生，他們都沒有看過她，因而林鄉土一直朝她瞄著。蔡勇看到了。他說：

「阿土仔，我看你沒有看過漂亮的女孩子似的，你眞像一個色鬼！」

「色鬼，做一個色鬼談何容易，那也要本錢的啊，蔡勇，她是新來的嗎？」

「她，幹！」蔡勇曖昧地一笑，「她以前是跑海線的，她的司機——一國四五十歲的老不修欺侮她，所以她才請調來跑山線的。喂，」他叫一下那女孩，「妳叫黃水仙是嗎？來，我幫你們介紹一下。」

叫黃水仙的女孩站起來，微笑地向在座的各位行個禮。「我叫黃水仙，請多多指教。」

「她叫阿雪，他叫林鄉土，還沒結婚，所以對漂亮的女孩老是一付猴急相，你要特別小心……」

「幹你娘，蔡勇，那裡有這樣介紹人的。」

林鄉土罵著他，蔡勇卻樂得哈哈大笑。然後他又指杜榮說：

「他是台北狼，是台北一條狼，不是台北人。他叫什麼——榮的。」

黃水仙與杜榮互相點頭，他偶然一瞄，雖然她穿著一件鬆鬆的上衣，但是杜榮感覺得出來，包裹在衣服裡面的，一定是一雙特大號的乳房。

「你啊，」林鄉土說：「我看除了你蔡勇不是狼以外，大家都是狼，對不對？」

就在這樣大聲喧嘩上，杜榮想溜，可是蔡勇站起來一把抓住他。

「什麼？才九點多鐘就想睡覺了，又沒有老婆可抱，你急什麼？」

「不，我想到外面走走。」

「不行！」蔡勇意氣飛揚地說：「今天我們領薪水，我要喝酒，我請大家，阿土，你給我炒幾個菜來。」

「難得蔡勇請客，杜榮你就留下來，給他請一頓看看……」阿雪挽留著說。

杜榮看盛情難卻，只好又在椅子坐下來。

「你要炒什麼？」林鄉土問道，心裡卻在想，完了、完了，黃水仙今晚上可要完了，蔡勇又要吃又要喝，尤其他一喝酒，他便借酒裝瘋。多少個車掌，就是在這樣情況下，被蔡勇軟硬兼施地吃掉。

「要炒補腎的，鹿肉啦、腰子啦，順便來瓶雙鹿五加皮！」蔡勇說著，又哈哈大笑起來。

那晚上一直吵到深夜，喝了四瓶雙鹿五加皮，每個人的臉都是醉醺醺的，黃水仙一臉桃紅，一直嚷著受不了，林鄉土和蔡勇一直猜拳猛喝；而杜榮也醉眼惺忪的；今夜，著實是他有生以來喝最多酒，也沒人強灌他，他就是陪著黃水仙，一杯一杯地灌，杜榮心情好像有點鬱悶。

還是直到旅社的美智來叫他們才收場的，美智出現的時候，黃水仙已伏在桌上沉睡，林鄉土和蔡勇還在口齒不清地猜拳。而杜榮卻直挺挺地僵在那裡。

「唉喲，十二點多了，還在鬧！」美智說著走進去，猜拳的二個男人停下來，瞧著她。杜榮仍然紋風未動。

「杜先生，旅社要關門了。」

杜榮沒有說話，他對林鄉土和蔡勇作作手勢，局外人看不出那手勢代表著什麼意思，他站起來，幌了兩下，一隻腿軟，幾乎仆倒，他推翻了一張椅子，於是美智急忙跑過來把他抱住。

「唉喲，唉喲，抱起來了，老杜你娘咧，眞是豔福不淺啦！我也要醉了，黃水仙，黃水仙，黃水仙來抱我！」

蔡勇嚷叫起來，林鄉土咬指頭猛吹口哨叫好。

「眞是的，酒喝得這樣子，」美智被杜榮的重量壓得幾乎站不直，「阿土，你也可以收店啦，都要一點啦！」

他們看著美智把杜榮架出去，酒意甚濃地胡亂拍手。

其實，杜榮並沒有醉，他只是感到頭殼像壓著一塊鉛一樣，沉重無境，而其他，他是清醒著的，至少，在美智扶著他的時候，他感覺到她乳房的彈性，以及微弱的體溫，杜榮將計就計，既然有人要扶持，他當然裝得更酩酊。

在上坡時，由於美智受不了杜榮的重量，她顛躓一下，終於跌倒在路上，杜榮順勢把身體壓下去，正好騎在美智的身上。

「唉呀，你……」美智在地上掙扎了半天，才推開他站起，然後彎下腰去拉杜榮，卻扶他不起來。

杜榮趴在濕涼的地板上想，雖然三更半夜，如果沒有借酒裝瘋，他也不敢就舒舒服服地躺在街頭，與沁涼的石頭接觸，回歸於自然的一邊。

「杜先生，杜先生，」美智蹲下來叫他，並且搖撼著他。

杜榮不好意思再裝，他也知道他不自己站起來，美智是沒有辦法把他抬起的。所以，他含含糊糊地：

「我要喝酒，我要喝酒……」說著說著，他自己便搖搖幌幌地站起來。

「喝什麼?已經醉到這種地步了。」

兩個人終於踉踉蹌蹌地走回旅館，又把杜榮半扶半抬地送進房間。

這時杜榮抱緊美智不放，美智掙扎了一下。

「杜先生，杜——先——生你放手——」

杜榮不說話，卻把她越抱越緊，二人因爲重心不穩，便一齊跌倒在床上，杜榮把美智壓在下面。

「杜先生，你起來。」

杜榮怎麼會起來呢?他把臉埋在她的胸前，他的耳朵聽到美智激烈的心跳，美智雖然推拒，但並沒有堅決的抗拒。一種上升的情慾正像一條蛇般地咬嚙著他的慾望。美智皮膚的彈性和體香，美智在他的面吐氣如蘭，使杜榮的酒意已醒了一大半，反而慾火燃燒，燃燒了他緊緊壓住她，癡迷地說：

「我要妳，我要妳……」

「唉喲，你幹嘛……」美智明知道或許有這麼的一天，但想不到就在這樣的晚上，這樣的情況下，她還是有點措手不及。她——輕微地擺動著被杜榮壓迫著的身體，作象徵似的抵抗動作。

這時杜榮突然起來，騎在美智的身上，在明亮的燈光下，杜榮眼睛流露出一種渴望，像仙人掌長期暴露在沙漠裡，又頂著火熱的太陽，那種焦燥和饑渴。

「我——要——妳——」

杜榮用力把美智的睡衣一扯，只有在腰間繫一條帶子的睡衣，便從胸前散開了。美智一雙渾圓又豐滿的乳房便整個暴露無遺。

杜榮啊的一聲，看傻了眼。美智的乳房白皙而充滿彈性，她的乳頭，像兩顆小小的紅寶石，堅挺地嵌在胸上，兩圈粉色的乳暈，一直打著漩渦，好像要把天下所有男人陷溺下去一樣。

這時的美智，已經無力拒絕，她儘讓她二個乳房暴露在杜榮如炬地注視下，並且讓她像漲潮的海浪般地起伏著，她呻吟，淺喘，她的血脈賁張，已經先滿了野性。她像一隻受傷的羔羊，正等待著猛虎做強烈地一撲。

他想不到美智的情慾發動得這麼快，人家說：女人卅如狼四十如虎可能有點道理，杜榮就沒看過李苾苾這樣激烈過。

現在，他從美智的身上下來，慌慌張張地把美智半裸的睡衣整個脫下，杜榮的眼睛又是一亮，美智有一個很深的肚臍，隨著呼吸在那兒起伏，肚臍以下美智只穿著一件半透明的白色三角褲，一塊特別肥大的恥骨和濃密的陰毛，若隱若現的，使杜榮感到心胸急迫，彷若所有的血都往杜榮的腦門沖，杜榮想迫不及待地立即從事解放動作，但是他又捨不得欣賞這件上帝的傑作的機會。美智的大腿圓滑均勻，像水蜜桃裹著一層充滿糖蜜的水分，幾乎要從肉裡裡開來，膚色白裡透紅，光滑得像象牙。

杜榮已經控制不住，他脫下已經被汗水弄濕的襯衫，露出一片結實的胸肌。然後，他把身壓上去，把臉，把那已長出鬍髭的臉埋入她豐滿的乳房。他一隻粗重的大腿，也同時頂在她的陰戶。

「啊——」美智又是一聲的長呼。

杜榮的神經已經亢奮到高潮，他用嘴吮她的乳頭，用手指摩擦她另外一隻乳頭，只聽嗯嗯……輕綿綿之聲，美智已受不了這種挑逗，她放開了一切，只求快樂，她儘量把胸部往上挺，她的下部，也擺動著以求接觸到杜榮大腿的刺激。

「唉喲，嗯嗯，唉喲……」美智不斷地含喘息著。

好像一堆乾柴火烈，一點燃，就能熊地燃燒起來，這堆火，燃燒得多熾烈呀。

杜榮覺得穿在身上的一條緊身牛仔褲，把他的那根傢伙壓迫得痛苦難當，他又想坐起來脫掉，但又捨不得片刻離開美智誘惑異常的肉體，他正在三心兩意。

美智突然坐起來一隻手往後撐著，她挺著胸，眼睛癡迷，又像焚燒的火團，熊熊的直逼著杜榮。

她喃喃地說，聲音是急迫而語無倫次的：

「把我弄死吧，把我弄死吧……」

於是，杜榮當然堅強起來；當然賁張起來，他唏里嘩啦，脫衣的動作像接受軍訓時的快而乾淨俐落。

於是，他們陷落了，陷在一場充滿撩撥而沒有抵抗的攻克戰裡，他們在一條人性薄弱的陰溝裡，追突迎擊，翻雲覆雨……

於是，室外的夜更寂靜下來，除了不甘寂寞的水聲在喧鬧，以及朦朧燈光下一對呢喃的男女；夜，正要死去，正在醞釀一壺醇濃的春酒……

自從杜榮和美智在那一夜發生了肉體關係後，美智在杜榮面前除了先前的嫵媚外，更具威力的一種武器——溫柔，處處流露著；而杜榮呢？他發現男女之間的愛情是多麼微妙的甜蜜。他並且深深發現，如果愛情光是柏拉圖式的，光是在精神上折騰，那種愛情除了以痛苦兩字來形容外，便是不知所云，自欺欺人；一種十七八歲青春期的幼稚病。

因而杜榮沉溺在一種肉慾和精神並重的世界裡了，他發覺從他有生之年來，他才從這個世界得到人生之至妙。

於是杜榮對美智愛惜有加，他處處表現出一個男人應有的體貼與需求。而這兩種使女人心折的東西，杜榮從未在李苾苾的身上發生過，李苾苾之報怨杜榮，當然也其來有自；但是李苾苾儘管抱怨和氣憤，她每次憤然離開，每次均深深打擊自己的心，那種痛苦和絕望所攪和在一塊精神病，也並沒使她死心。

這一點，不僅李苾苾自己知道；即使是杜榮，他的下意識裡，也知道。

第二天清晨，他們在餐室用早點的時候，老闆和老闆娘均沒有下來。美智幫杜榮盛稀飯之後，便含情地低頭吃飯，阿霞在一旁竊笑，好像發現某種祕密似的，她頻頻地看著杜榮；而睡眠不足的阿彬，他失神地扒著飯，失神地用筷子夾著醬瓜，不曉得這個小小的世界，已在一夜之間改變了，也不知在他心底愛慕著的，計劃如果她肯接納，便要把她娶起來的美智，已經在昨夜被人攻陷和俘虜。

從來不輕意開口說話的蔡先生，他吃完了稀飯，忽然用探詢的口氣問：

「好幾天沒有看到老闆下來吃飯？他不在了嗎？」

「是啊，他好像跟老闆娘吵架，前幾天下山去了。一直沒回來！」阿霞回答他。

「哦，」蔡先生若有所悟地，「不過，都是過了四十歲以上的人，還有什麼好吵的，……」

阿霞放下筷子，神祕兮兮地說：

「老闆娘太兇，她不僅把王老闆本人看得緊緊的，也管他的荷包。」

「也眞是的，」蔡太太插進了一句。

「常常，他們爲了旅社的進帳差了一百元或幾十元，老闆娘就質問半天，並且指責是王老闆私自藏起來了，存私房錢要在外面飼細姨了，……」

「惡妻不可法，古人說的眞是有道理！」蔡先生感歎著。

杜榮還沉醉在昨夜的激情裡，因此他們的對話他並聽不進去，偶爾抬起臉，正看到美智在一邊，正脈脈含情地盯著他。

「阿彬！」阿霞突然提高聲音叫了一聲。

阿彬可能還沒睡醒，被阿霞這樣一嚷，他著實嚇了一跳，半碗稀飯傾倒出來。

「幹你娘，你發瘋了。」阿彬惱羞成怒地罵著，「整天像瘋婆一樣，三八查某……」

阿霞這一個惡作劇，把大家都逗笑起來，尤其是她自己，笑得人仰馬翻，吱吱地大笑把眼淚都笑出來了。阿彬在旁邊冷眼看著她發瘋的勁兒。又罵了一句：

「幹！」

阿霞好不容易才停止笑，她整個臉孔都脹滿了紅潮，一隻手按住肚子。

「我說阿彬，你吃過飯趕快到上面去看看，等下客人溜走了，我可要賠錢！」

「嗬，我是廚房的，我才不管櫃台！溜走了，妳活該……」

「老闆不在，你要幫點忙。」

「我又沒有拿雙份的薪水，憑什麼要多管閒事，再說：老闆娘又不是死了。」

「咦，你的嘴巴怎麼這樣壞！」

「我又沒有咒她，壞什麼？」

「老闆娘可能心情不好，她每天都在打麻將，那有心情管這裡？」

「那讓它倒掉！」

美智站起來，拍拍手，說：

「我吃飽了，我上去好了。」

杜榮也已吃飽，本來也要上去，但是看到美智的眼色，他還是留下來，看阿霞跟阿彬在鬥嘴。

「阿彬，你眞是『飼老鼠咬布袋』，你在這裡吃飯領薪水，竟然要旅社倒！沒有良心！」

「哼，沒有良心的人可多著哪！」

阿彬說著站起來，捽捽手走了。

室內留下阿霞及蔡姓夫婦及杜榮四人。阿霞在默默地收拾碗筷，杜榮看看蔡先生，蔡先生帶著一臉的好奇看著杜榮，相處十幾天，蔡先生總算對他開口。

「杜先生，你來這裡十多天了，不知有什麼感想沒有？」

杜榮想不到蔡先生會對他問起這個問題，他以爲如果他們開始講話，應該只是聊聊家常，而不是像提出這個問題，話中略帶不滿，或是已經考慮過很久到現在才逮到機會似的。

但是，杜榮仍然輕鬆地說：

「感想倒沒有什麼感想，不過喜歡這裡，比我未來之前更甚卻是眞的，這裡的山林、小徑、溫泉，以及濃郁的人情味，太棒了。」

蔡先生卻不以爲然，他冷漠地問：

「杜先生看起來很年輕，你大學畢業了嗎？」

「去年畢業，剛剛服完預官役下來。」

「你有病嗎？」

「什麼？」杜榮一時不明瞭他的意思。

「你是來此療養嗎？」

「哦，不是的，我的身體很健康。」

「聽說你要在此長住？」

「是啊！」

「爲什麼？」蔡先生仍然冷漠的表情和語調，那種口氣，就好像做父親的不滿兒子的行徑而使用質問的口氣一樣，這時候杜榮也體會出來了，他心裡做了準備，嚴陣以待，接受挑戰。

於是杜榮用有點反譏的語氣說：

「爲什麼？我追求我的生活方式，我認爲山林的生活使我頭腦清新，使我無拘無束，享受大自然給我的人生樂趣！因此，如果我厭倦，我願意在這裡住上一年，或二年三年……」

「但，你年紀輕輕啊！」

「是呀，我還年輕，但年輕又怎麼？」

「年輕人應該留在社會奮鬥、創業，把在學校所學的貢獻給社會、國家，而不是逃避到深山裡來，然後說什麼在享受人生，這樣未免太早了吧？」

蔡先生越說越憤慨，他的老伴在旁一直做手勢阻撐，但是蔡先生並沒有理會她。

而杜榮本來對蔡先生並沒有什麼壞印象，而從這頓早餐後的對話，他發現蔡先生這人是一個以人生服務爲目的有著根深柢固傳統觀念的人。就像學校裡有些老教授，主觀偏見，卻不能容忍別人的思想和意見。這樣的事，在學校便使杜榮深深地憎惡。

想不到在校園，離社會這麼遠的山地裡，竟陰魂不散地碰到像蔡先生這種人。

杜榮因而聲音也大起來，一點也不退卻，他想起在大學裡那些有權有勢的老教授，都不怕他們了，難道還怕起這樣一個好管閒事的人不成！杜榮說：

「享受人生有什麼不對，如果我有能力這麼做，而又沒有去干擾別人，我享受人生是我個人自由，有什麼不對？」

「沒有干擾到別人？如果你不事生產，如果你只是『死坐活吃』，你就是社會的廢物，你怎麼沒有干擾別人呢？再說，我不信你是『石頭縫蹦出來』的，你沒有父母兄長嗎？我不相信你的父母親，把你培養到大學畢業，而要你終生地隱居於山林，並且自私自利的生活……」

蔡先生說到後來，聲音激動，一隻手在空中亂揮。其形狀像中暑的人。

而杜榮呢？杜榮打從心腔湧起一股不滿和反抗的情緒，再怎麼說，這個老人不應該如此肆無忌憚地教訓一個陌生人。是誰給他的這種特權和膽量呢？杜榮當然不能容他如此，於是杜榮聲俱厲地反駁：

「人各有志，也有各人的生活自由，我覺得你沒有權利干涉我，你也沒有資格用這種口氣對我說話；雖然，你是一個長者……」

「我就是要教訓你，從我知道你既無病痛，也沒有什麼理由，而脫離社會要在這裡長住，我根本就看不起你……你知道嗎？如果你是我的兒子，我一定活活打死你……」

針鋒相對的對話已到了高峰，爲什麼一老一少會出現這樣激烈的言論呢？所謂代溝也罷，沒有容忍異見的雅量更是一大因素，很久以來，大家習慣一個模式，個人的偶像崇拜，以及迷信權威，使自由心智不能發展、民主觀念在書本上只是一種理論。

「很遺憾，」杜榮冷笑地說：「我可不是你的兒子呢……，我一定據理而爭而不假於顏色，如果我據理而爭，你這樣專橫，這種封建時代腐敗的思想，一定使你跳樓！」

「你……你……」蔡先生氣得臉色發白，額上冒一顆一顆豆大汗珠。「如果你是我的孩子，我一定自殺，但是，你幸好不是……你要知道我兒子多好嗎？告訴你，我的老大在美國芝加哥一家電子公司當研究員，老二在麻省理工唸核子工程，老三呢，也在台大了，我的女兒也嫁給外交部的一個祕書，現在派駐在中南美……」

「眞是不簡單呀！」

「而我，我服務公職四十年，去年從政府機關退休下來，我已經盡了我做家長、做人的責任，所以，我到這裡來靜養，享受山林的樂趣，是理所當然的，但你……」

「我並沒有錯！蔡先生！」杜榮堅定地說：「時代不同了，你應該要有接受異己的雅量，你做爲一個公務員，一個家長，或許成功了，但是你如果要做爲一個自由人，你是失敗了。起碼，你不能對我這樣一個與你毫無相干的人，這樣偏頗地斥責，殺伐。」

「我是看不慣啊！」

「我相信你看不慣的事多著啦！想想，你我的時代不同，所受的教育不同，價値觀念也不同，況且人又不是都從同一個模子倒出來的，你怎能要求每個人接受你的模式？不能相同時，照你的說法，基於義憤，便可大聲罵人，想想，如果你是亂動時代的軍閥，讓你大權在握，不知道你會斃了多少人？多麼可怕的事！」

「沒有錯，現在因爲是太自由了，所以才有這麼多莫名其妙的人和事層出不窮！像你這樣一個如此頹廢的人，不經過改造怎麼行……」

杜榮霍然地站起來，把聽傻了的阿霞嚇一跳，蔡先生的話被他這突如其來的舉動怔住了。杜榮怒目而視，他斬釘截鐵地說：

「我拒絕再跟你討論下去，蔡先生，你跋扈、霸道，你要記住，我不是你的部下，也不是你家人，我是一個跟你毫無相干的人！你讓人噁心！」

杜榮說完，便蹬蹬蹬地離開了餐室，身後，他聽到蔡先生氣急敗壞的罵聲：

「目無尊長，自私自利，我們的大學教育然失敗到這步田地……」

杜榮怒氣沖沖地跑上櫃台的門房來，這舉動使坐在櫃台上的美智嚇呆了，杜榮沒有停留，直往室外跑，在門檻前，美智叫住他：

「杜……先生，你生什麼氣啊？」

「眞是豈有此理，那老頭子竟然無緣無故管起我來了。」

美智心中微微一驚，莫非昨夜的事讓他們看到？她輕聲地問：

「管你什麼？」

「他認爲我應該在社會奮鬥，不應該年紀輕輕地消磨在這裡，他憑什麼，我又不花他錢，眞是他媽的……」杜榮憤憤地，然後看到受驚的美智，他的口氣比較緩和下來，他說：「眞悶，我到外面去走走！」

杜榮藉怒氣，他沖著無人的石板小徑，一口氣跑上一百多級的石階，到了頂端時，他已氣喘如牛，這時候他回顧他爬上來的那塊山凹中的盆地，十多家的旅館被一層薄霧繞僚著，幾家從廚房裡冒出來的炊煙，幾乎跟薄霧混和在一塊，它們靜止地停在半空中，有的像條龍形。

山上清晨的涼爽雖然沁人肺腑，但是沒有風，因此幾乎觸目所及，什麼都是靜止的；杜榮覺得，一個和諧的世界是多麼的寧靜，偏偏就有一些人不能忍受別人，或權力慾，或自大狂；或自卑感，興風作浪，把這樣一個寧靜的境界，搞得烏煙瘴氣。

杜榮邊走邊想，然後他拐進一條濃竹蔽天的小徑。那小徑上舖滿了落葉，落葉腐朽了，便長出一大片一大片的青苔。杜榮躡著腳走，深怕滑倒，而山色在濃蔭裡更加鬱綠，這些竹，被露水壓得彎腰駝背，由小徑兩邊互相對立，好像一隊列兵，弓著腰在朝杜榮敬禮一樣。樹林靜得很，一根針掉下來都可以聽到它的聲音，整個世界像停在這一刻裡，竹葉上排滿了晶瑩渾圓的露珠，有時掉下來，聲音好清脆，滴滴答答的，彷彿好多的手指，不斷地按在不同的琴鍵上，彈奏出一曲充滿田園的美妙音樂。

杜榮在樹林留連著，然後又走到一條岔路，那條從左邊往上伸的路，依然是一條沾滿了青苔和露水的小徑，兩旁仍然長滿了繁密的竹林，濃蔭蔽天，冷氣襲人。杜榮朝上看，竟然找不出一絲空隙，看到天空。這條路因為茂竹，終年累月持續在陰影中顯得幽鬱而潮濕。

路上沒有標示牌，不知道它通往那裡，也不計較它，反正適可而止。這時候，小徑忽然又轉了一個彎，伸過一條淺澗，澗水清澈地奔流著。水上放了一排大石頭，那是給樵夫踏腳的地方。杜榮跳過三塊大石，然後在中央蹲下去，掏一把水喝，好冰涼，那種冷，從喉管一直沁入腸裡，水在他的器官裡流動他都感覺得出來。於是杜榮又喝了幾口，喝夠了，正當杜榮想用雙手掬水潑臉，忽然在左邊一塊死水裡，看到一張模糊的面影映照在水面，杜榮悚然一驚，抬頭一看，竟然是一個身穿灰色袈裟的和尚，他手上拿著一把鎌刀，背伏著一梱野草葉，他站在來路上，在澗水旁，微笑地看著杜榮。

「年輕人，起得這麼早啊？」那和尚和藹地打著招呼，聲若洪鐘。

杜榮仔細地看著他，他是一個很老很老的和尚，少說也有七十歲了，雖然他剃光了頭，但仍然依稀能看到他斑白的髮根，臉容佈滿粗而多的皺紋，時間，眞的在他的臉上留下不可磨滅的痕跡。

「早啊！」杜榮也跟他招呼了一聲，然後他站起來，跳過澗中的石頭，走到和尚的面前。

「你是住在盆地裡的旅舍嗎？」

「是啊！」

「來山上玩的嗎？」

「是。」

「一個人？」

「是。」

和尚忽然有些笑意。他又問：

「不覺得寂寞嗎？」

這句話反倒令杜榮奇怪了，「寂寞」二字出自一個和尚之口，好像是有些反常。

杜榮反問：

「那你在山上住，你覺得寂莫嗎？」

「我出家人，寂寞才是我們的寧靜，才是我們的歸宿。」

「那你住在這山上嗎？」

「是呀！」和尚說，他指著暗鬱的山路，「我的廟叫北回寺。」

「離這裡遠不遠？」

「大約有半點鐘的路程。」

「那邊住了幾個和尚呢？」

「三個！」

「三個？」

「是啊，我是主持，一個司事，還有一個小沙彌！」

聽到沙彌，杜榮腦海中就浮現起中國古典章回小說中的那些描寫，小小的沙彌，剃光了頭，像個小不點，不是劈柴，就是擔著兩個大水桶挑水，一幌一幌的，充滿逗趣的景像。

「你們怎麼生活啊？」

「我們的廟因爲離市鎮很遠，一年半載來不到二個香客，因此，我們純粹自給自足山茶、野菜、草菇這些都是我們的糧食。我們刻苦自勵，清心寡慾。清靜、信佛、唸經便是我們生活的全部！」

和尚依然露著微微的笑意，杜榮看著他，打從心底舒服起來，不像剛才同蔡先生吵嘴，蔡先生的思想和嘴臉，跟和尚比，簡直是天壤之別的人性。

「師父，你的名字呢？」

「我的法號就叫青苔！」

「青苔？」

「這個號也有原因的，但並不代表什麼？出家總要有個號，青苔而已。」

突然間，山裡吹起了一陣風，竹林翻出另外一種顏色，把露珠都打落，沾滿了杜榮與和尚一身，不過，他們都不在乎，他們反而出神地看看，那些在風中搖動的竹枝，細細碎碎的聲音，像山靈的低吟。

「青苔，青苔……」杜榮在心中低唸著，這樣一個古怪的號，和站在面前的這個人，認眞想起來，實在很相配啊，杜榮在內心暗中歡喜，他能這麼一大早，碰到青苔和尚，和碰到一個貴人是沒有兩樣啊。

因此，杜榮對青苔和尚的世界充滿無盡的嚮往。他便進一步地問：

「師父，我能不能跟你到你的廟去走走？」

「要走半個鐘頭以上濕滑的小徑啊！你願意嗎？」

「當然，我喜歡！」

「那，」青苔和尚摔了一下肩上的野草，「我也差不多了，那就走吧！」

杜榮跟在青苔和尚的後頭，山路崎嶇，充滿陷阱，徑上的泥土被大水沖得起了條條的溝痕，偶爾一顆大石，長滿苔蘚的表皮下，還可看到被急流磨刷得粗糙的凹凸斑點。

這條山徑，可能在夏季的雨期裡，變成一條河流也說不定。杜榮想。

青苔和尚腳疾如風，健步如飛，完全不像一個七十歲的老頭；杜榮跟在後面，吃力異常，稍爲放鬆，便和青苔和尚拋開一段距離。

他們疾走著，沒有交談一句話，只見青苔和尚衣袂飄然，而杜榮的額上，已滲出晶瑩的汗珠。

大約半個時辰，只見眼前突然明亮起來，原來前方五十公尺處露出一塊空地，空地中矗立著一棟年代久遠的松，青翠挺拔，一直插入青碧的天空中。

等到他們走近那塊空闊的台地，一座小小的廟，既沒有龍鳳盤據的簷角，也沒有神龍吐珠鎮物，它只是有四五級灰石舖起台階，廟的建築本身是用紅磚頭疊起，廟頂蓋著紅瓦而已，正面的廟庭，有一個古樸的石刻香爐，無語的朝天擺著，廟的左側有一個小廂房，那是灰色的土角厝，頂上蓋著又厚又長的茅草，直跨在低矮的屋脊上，簷前，有好多好多，或是大雨或晨露滴下來穿透的痕跡，一小洞一小洞的，把地上的泥土翻得像一個生天花的痲子一般。

「啊！」杜榮幽幽地讚歎一聲，他是被這山林裡的小廟迷住了，如果沒有青苔和尚帶他到這裡來，他怎能想得到還有這種生活上所追求的世外桃源呢？

「太寒酸的廟呀！」青苔有點自我解嘲地說。

他們終於走出濃密的竹林，走到古松前，杜榮停下腳步，他仰視著松尖頂入天空的高處，大約有五十公尺高。這棵蒼勁而又充滿綠意的松，像一個會叫喊的生命，從泥土裡倔強地茁壯著；杜榮屏息傾聽，在微微的山風裡，他彷若聽到古松耳言交談的聲音。

「好大的松啊！」杜榮說，「大約有幾百年的生命了吧！」

「不止了，它的樹齡一定超過一千年了。」

松樹下擺著幾個小板凳，中間有一棵被砍平的樹頭，直徑約有二尺大小，被處理得像一個茶几，上面用刀刻劃著一個棋盤，那盤棋既不象棋，也不是跳棋；而是在僻遠的農村裡，一些老頭子在廟埕前玩的叫「直行」的棋，一個大圓圈，圓圈的四個角落接壤處再畫個半弧形，中央又劃個圓圈，然後用幾顆小石子，就可以玩將起來，是種簡單但也充滿鬥智和情趣的棋。杜榮看著看著，就因爲這盤棋，使他回憶起他童年的時候，在鄉下每到初一和十五，好幾個村落的農人們便在黃昏時候，挑了大擔小擔的牲禮，到村中心的震興宮來「賞兵」，那時候，廟埕熱鬧異常，小孩子像蒼蠅般地繞著擺了五六排的菜餚盯著看，垂涎欲滴，那些炒米粉、五柳羮、以及大塊大塊的白切肉，在孩童的心中，就是人間的山珍海味。而老農夫們在四腳亭的松下，入迷地「行直」。而無視於周邊的吵鬧、小孩的叫嚷。現在回想起來，那眞是那些老人們另一套可愛的人生哲學，寧靜淡泊，與世無爭。

杜榮一下子就在小板凳上坐下來，他拿起樹頭上的幾顆小石子，在空人上下丢著，這些石子，就像在他童年中所玩所喜愛的彈弓所用的子彈一樣，還有那些，只有從城市才能拿回來的彩色玻璃珠子，一樣珍惜。

青苔和尚好像遇到一個知音一樣，他看著充滿嚮往和滿足之情的杜榮，一邊在旁跟著坐下來。

「這裡到中午的時候，有很大的一片樹蔭，而且山風很大。這時候小沙彌就會拿著一床草蓆，來這裡睡午覺。」

「啊，那太棒了。」

「小沙彌也喜歡『行直』，我老是在這兒逗著他玩，不過，他的領悟力也很強喔，恐怕有一天我就玩不過他啦！」

青苔和尚說著，便指著樹根上的棋盤，「你會玩這個嗎？」

「小時候在鄉下看大人玩過，不過，都忘掉了。」杜榮說。

這時杜榮被這裡的地形迷住了，從古松左前方延伸下去大約一百公尺，便是一個斷崖，斷崖下現在看不出是什麼？但是想像中一定是條河，如果是條河，它應該通往白河水庫。杜榮再看看環境四周，原來這個北回寺背靠著一個削直的高山，只有來處沒有去路，右邊夾雜著一片竹林，廟的前方及左方便被斷崖所阻隔。廟埕旁有一塊小小的腹地，種著一畦一畦的青菜。

眞是一個絕妙的地方。

「這裡一切都自給自足嗎？」杜榮問。

青苔和尙笑起來，他說：

「這裡除了米、鹽以外，一切不但自給自足，而且還可拿出去賣呢？」

「你們油鹽的來源呢？」

「我們的司事半年下一次山，他會把我們煉製的藥草，晒乾的筍干拿到山下去賣，然後再把我們需要的東西挑上來。」

這是桃花源記裡的生活方式啊，杜榮想不到廿世紀的今天，還有陶淵明嚮往的那種境界。杜榮正沉入他的遐思中。

「來啊，我們到廟裡去。」

杜榮跟著青苔和尙站起來，繞著古松，然後是一條用石頭舖起的小徑，因爲這裡陽光充足，徑上已沒有剛才竹林裡小徑的苔蘚，石片乾淨，一片接著一片，可見舖設上所費的苦心。

十餘公尺就到了上廟埕的台階，台階有六級，石階之間沒有用水泥攪和鑲補的痕跡，只見用細膩的手工把石塊敲得平平整整，這些工作一定要費去很多時間，誰會做這些工作呢？杜榮便問：

「這裡的一切，北回寺及這些台階啦，是從那裡請來的師傅呢？」

已經上了廟的青苔和尙便回頭過來看著杜榮，他似笑非笑了顯現出一種非常的自傲的表情。

「這裡一磚一瓦，都是我和司事從山下挑上來的，北回寺也是我們用自己的手蓋起來，二十年前，我們沒錢財，只有一片虔誠，到現在，我們仍然沒有什麼金錢，但是敬佛的心情，比前更虔誠，更熱烈……」

「北回寺是你們的孤心苦詣建造起來的，但是在這麼遠離人群的深山，善男信女怎方便來此朝拜呢？」

「其實蓋了北回寺，並不是爲善男信女們。說得自私一點，這座廟寺，完全是爲了我一己的私願啊？」青苔和尚說著便走進了廟堂，杜榮跟了進去，只見廟內光線暗淡，在紅檜的桌上，供奉著一座漆著金身的木刻神像，神像前有座青銅做的香爐，正燃著三柱檀香，香煙繚樑，也撲出一股幽香。

而那座金身佛像，在杜榮的印象裡，好像很熟悉，但又記不起祂是什麼神。想了半天，便問道：

「祂是什麼神啊？」

「地藏王菩薩！」青苔和尚說罷便雙手合什，然後在蒲墊上，行禮跪拜。

杜榮雖然沒有什麼宗教信仰，但是他也跟著合掌，輕輕地朝檀前的神像叩禮。杜榮對宗教並沒有偏見，可是對於有一種宗教，認爲惟祂是天主，是上帝，飯前要感謝祂所賜的糧食，以及謂人不能有偶像崇拜，而崇拜祂才是絕對的忠貞，這種霸道的宗教使杜榮深絕痛惡不已。另一方面，他從小在耳濡目染的情況下，對於農民的供奉土地公，註生娘娘等神，百姓們沒有理論，只感謝祂們所賜給的風調雨順，生男育女的一番情感，這是民智淳樸的一面，沒有強迫別人信仰，沒有一套霸道與矛盾的理論，因此，杜榮對這些信仰，至少沒有產生憎惡之心。

說著說著的當兒，接著廂房的一處簾幕被掀開了，叩著頭，走進來一位老者，當他抬起臉來，杜榮要到他是一個六十歲左右的老和尚，有一隻眼睛是壞掉了，眼眶裡留下一個深深的洞，乍看之下，有點使杜榮感到怔愣，但是那和尚臉上堆著笑容：

「善哉善哉，歡迎施主光臨敝寺！」

杜榮雙手合掌回禮。

青苔和尚便介紹著：

「青潭居士便是我們這裡的司事，北回寺便是我們二個人開基下來的！」青苔和尚轉到檀前右側的一張長板凳，請杜榮坐。杜榮坐下來，他看到小桌上擺著一部翻都已翻爛的「地藏菩薩本願經」，旁邊還有幾本經冊，像「阿彌陀經」、「楞嚴經」、「妙法華蓮經」等。

「兩位師父的行徑值得欽佩！」杜榮說。

「善哉，善哉！」青潭和尚一直很客氣，說話時候一直合掌爲禮。

「這位施主是我在竹林裡碰到的，他住在溫泉旅社裡，是一個有善果的年輕人。你姓——」青苔邊介紹，邊探詢著杜榮。

「我叫杜榮！」杜榮說，他瞧著兩位長者，「我對塵世的事物，權勢傾軋，虛僞暴力很是厭惡。因此，我剛服預官役退伍，便來這個溫泉鄉，準備長期隱遁下來。」

「年輕人比較容易憤世嫉俗，這也難怪……」

杜榮打斷青潭和尚的話，他果決地說：

「我不是憤世嫉俗，我是根本上不能認同社會上一些事和物，我不知這是不是受著佛家的一些思想的影響……我覺得社會是一個大染缸，它使人腐化和邪惡，是一個罪惡的淵藪，要脫離這個苦海，惟有一途，就是遠遠地離開它，使它不能影響你……」

「是出家的意願嗎？」青苔和尚道。

「不，不，」杜榮忙著解釋，「我倒從沒有出家的念頭，這或許是因爲我未曾接觸過佛門的人，不過我覺得我這一生充滿異數。……」

「不是異數，是緣，是運命……」

霧氣氤氳的濕氣已消失，一塊陽光，突地從前庭探進來，把門欖一角，照得白花花的，杜榮隨著陽光注視大門外，一枚清新的太陽，正露出在對面山峽的峰頂上，閃刺一簇一簇耀眼的光芒。

「我很喜歡這裡的環境，我能常常來此走走，跟二位師父聊聊嗎？」

「隨時歡迎！」青苔和青潭幾乎同時一齊說。

杜榮站起來，看看四週，找不到一個奉獻箱，青苔和尚便奇怪地問：

「你在找什麼嗎？」

杜榮尷尬地笑笑。

「我想樂捐一點錢，找不到……」他說著，從口袋裡掏出一張一百元的大鈔。

「你不用客氣，我們這裡香客很少，我們都是自食其力，很少接受別人的錢財！」

「這是我的心意，」杜榮說著把一百元放在桌上，「錢不多，但是我的至誠。」

他們沒有再拒絕，也跟著站起。

「那中午在此吃個便飯，我叫沙彌摘幾朵草菇來……」

「不用了，我就告辭！」

「留著用個便菜吧！」青潭倒是很誠懇地挽留。

可是杜榮不想讓他們麻煩，他還是堅拒著。後來他們便送他出了大廟門，這時，杜榮看到在陽光下的菜園裡，有個小孩模樣的人正在那裡挑著木桶澆水。那影子，多麼可愛啊！

「師父，那就是沙彌吧！」杜榮指著影子問。

「是呀，他俗名叫清水，還沒替他取法號，要不要我叫他來。」

三個大人就站在廟前談論著，陽光照滿了他們一身，逆光中，像三尊鎮定的金身。

杜榮眞想看看沙彌，於是他便說：

「好呀，不知道他是什麼身世？」

「他是我撿來的一個棄嬰，有一次我又下山到市內去，在市內的藥草店邊，好多人圍觀著這個器得聲嘶力竭的小孩，就是沒有人認他，草藥店的老闆說，他一大早開店門，小孩子就坐在那兒哭啦，孩子的身子有一紙字條，說小孩名清水父喪母亡，需要仁人君子撫養，那時候的他一頭癩利，實在不可愛，因此，我把他抱回來，才一丁兒大的三歲小童……」

杜榮歎息著，青苔和尚便大聲地叫著：

「清——水——」

小孩在二十公尺隨聲音掉過頭來，青苔和尚向他招手，祇見他很快地跑到跟前。

「師父叫我？」小孩仰臉問。

這是一個十四歲左右的小男孩，剃光了頭的頭皮一片鐵青，一張稚氣甚濃的臉蛋，倒是很清秀，祇是眉很濃了些，深深的眼眶嵌著一對黑眼瞳，好奇地看著杜榮。

「清水，這位施主是杜先生，他住在溫泉區的旅館裡，以後他會常常來看我們。」

「哦！」他鞠個躬，又翻了白眼，俏皮得不像個小沙彌，「杜施主要是常常來北回寺走走，一定增加敝寺無限的光彩。」

杜榮被小沙彌的這套話弄傻了，一個小不點兒，說得一口文縐縐的大人話，倒是奇怪。

「唉，哪裡，哪裡，」杜榮好喜歡地看著清水，便問：「你口才這麼好，是誰教你的呢？」

清水莞爾一笑，他指指青苔和尚。

「我師父！」

這時候青苔和尚用手拍拍清水的頭，有點驕傲的說：

「他很聰穎，從七歲開始我們教他三字經、千字文，現在不僅能朗朗上口，而且能體會文中的意思，現在他更進一步，我們在教他金剛經……」

「哇，那眞不得了！」

「不過，這些經文深奧雖深奧，但是應用在實際的地方，好像沒有什麼用處，所以他好像缺少一些像小學生用的國語課本上的知識。」

「這了很簡單，我可以寫信到家裡，請他們寄一些課本來，我可以教他！」

「那太好了！」青苔和尚說，拍著清水的頭，「趕快謝謝杜先生！」

「謝謝杜先生，謝謝……」

杜榮看著清水雀躍神情，還有那張稚氣的臉，眞使杜榮從心底喜悅起來，好像他童年的那些朦朦朧朧的記憶，一下子，因爲清水這張臉而清晰起來。

忍不住地，杜榮趨向前去，他就把清水抱起來，反而使清水顯得害羞和怯生。

杜榮後來就告辭走了，他們三位送他到古松下，看他走入暗無天日的竹林裡，在幽暗中消失。

——原載於《自立晚報》，收入林白出版、百花文藝出版《北回歸線》

【作者簡介】

林佛兒，一九四一年出生於台南縣佳里鎮。佳興國小畢業，即開始就業及自學。十六歲第一次發表作品〈佳興頌〉在「南縣青年」；十八歲出版詩集《芒果園》；至今有十餘種著作，包括現代詩集《芒果園》、《重雲》、《台灣的心》，散文集《南方的果樹園》、《腳印》、《風箏與童年》、《心緩緩航行》，短篇小說集《夜晚的鹽水鎮》、《無聲的笛子》、《阿榮嬸的壞事》，長篇小說《北回歸線》，長篇推理小說《美人捲珠簾》、《島嶼謀殺案》等。

中年以後提倡推理小說，被中國時報譽為「台灣推理小說第一人」。其《美人捲珠簾》被中國天津百花文藝出版社出版推薦，競逐擊敗各方高手，獲得中國二〇〇一年第二屆最佳偵探長篇小說獎。推理作品並被碩士論文專文研究（二〇〇三年國立高雄師範大學洪婉瑜碩士論文《推理小說研究——兼論林佛兒推理小說》）。

退伍後，曾任皇冠出版社與王子雜誌社編輯，二十六歲創立「大佛打字印刷公司」，二十七歲創辦「林白出版社」，一九八四年十一月創辦《推理》雜誌社。一九八八年移民加拿大，一九九一年創立加拿大華文作家協會，擔任創會會長（一九九一—一九九三）。二〇〇〇年半退休搬回台南居住，自任《推理》雜誌總編輯。二〇〇五年承辦台南縣政府文化局主辦之《鹽分地帶文學》雙月刊雜誌，擔任總編輯。二〇〇七年獲第十四屆全球中華文化新傳獎文學類獎。

【作品賞析】

一九六〇年代的「文藝憤青」，對這世界的看法是怎樣的呢？在林佛兒的筆下，「杜榮」恰代表了那個年代，某些對高壓政權、壓抑的社會環境反動的年輕人。

主角杜榮自知血氣方剛、滿腦子對現實不滿、未經人事歷練琢磨過銳角的自己，是無法投入社會工作的。於是他選擇退伍後潛遁於關仔嶺，每日親近山林、讀書思考，打算學竹林七賢那樣清談度日。哪知清幽之地仍有人性陷阱，等他跳入情慾的誘發、挖掘舊情中的自我情思、乃至發現自我的不完美……作者於書中安排關仔嶺作為背景，欲將溫柔鄉與悟道之徑（關仔嶺溫泉旅店多、寺廟多）做一對比。而觀光景點流動的人事較為複雜，也顯示出杜榮看待世事的單純跟天真。

這篇小說呈現出上個世紀，文藝青年在極權氛圍下的苦悶，實際卻無力解除心靈鐵箍的現象。劇情中的情慾跟誇大自己的學問，是一個不得不的出口。到後來杜榮的救贖，竟是因為誤入深山野寺的機緣，讓他領悟到人生可以超脫、可以為別人付出自己，改變他的心性。本篇似乎受到日本二次大戰之後的新潮小說影響，但林佛兒卻為那時代的知識青年，留下一個清晰的典範。

——顏艾琳撰文

霧中風景

賴香吟

在霧色的林間看見自己，不，是阿卡，遠遠地，阿卡跑得太快，喊不住……，迎面而來的身影怎麼也看不清楚，然而阿卡一陣親暱，彷彿已經不是我的狗了……。

「星期天到我家來畫素描吧？」昔日的沈老師走近來挽住我的肩頭說。

抱著素描簿，春寒料峭，我穿上沈老師送給我的黃色毛衣。媽媽問：「風這麼大你要去哪裡？」

「我要到公園去畫素描。」

「在家裡不能畫嗎？」爸爸從報紙裡抬起頭來說：「你是不是該多花點時間念念書呢？」

一直無從尋找自己少女的模樣。

高中三年，我竟然沒有留下任何一張白衣黑裙的相片。只有一張穿著軍訓服的團體照。那是校慶時候班上話劇演出之後的紀念照，夾在人群裡的我的臉色給卡其色襯得一片沉悶。

那是一所有名的明星女校。但我厭惡女校。一個個剛發育的少女驕傲得像隻孔雀，她們穿得單單薄薄地做晨間操，挺著胸脯走木蘭步，嘰哩呱啦地走過水岸，撲通跳下。而我，一個高健沉默如男性的少女被塞在青春的速食罐頭裡，使我感到茫然的與其說是周遭氾濫的女性，倒不如說是那種徒具官感、毫不遮掩的放蕩青春令我心生抗拒。像是失去了回應的能力，找不到欣賞自己的規則。

我困坐教室的後邊，每天七點鐘開始早自習，我沒有背熟任何一個單字或句型，我都在畫素描。在清晨光線圍繞的視野中，我看到生活內裡的層面。

教美術的沈老師問我：「你的小腦袋瓜裡都在想些什麼？」

沈老師老是喜歡講述巴洛克、洛可可的藝術，但我知道其實她還是只喜歡印象派。這是她自己告訴我的。她問我了不了解印象派，我搖搖頭，我只是取回了我的畫。

她從背後喊住我：「你不願意再多學一些嗎？」

如果今天她再問我一次，我或許會拒絕的。眞的。因爲畢竟我還是傷害她了。可是，那時我根本不知道我自己是什麼。

沈老師對我說，你要學著放鬆你自己，你要學著與他人親近。「有時候，人的心意是經由一個小小的肢體語言來表達的。」他摟住我的肩頭說：「那遠遠超過我們所能說出口的。」

直到今天，我仍然無法確切說出她要什麼，而她又想經由我得到什麼？那時的我毋寧以爲是自己從她身上竊取到了什麼吧。我問她你爲何對我這麼好？她說因爲我喜歡你，（因爲你是一個令人心動的學生。）我又問你已經教了那麼多年書，你有過那麼多學生。（但是，你不一樣。）下課後，我們經常在校園裡散步，或去公園裡談話，擠滿了人的餐廳裡，她會找到位子給我坐下。黃昏不再那樣令人茫然了。假日她帶我去旅行，細雨的林間她想要親吻我，我躲開了。

「你眞是個孤僻的孩子。」她若無其事地說。

我似乎總是能夠清楚地回憶生命的細節，當然我也可能不自覺地假造回憶來逃躲生命的困難，以回憶做著緘印。多年之後，每當這段回憶來到我眼前的時候，或是，我仍然遇見這些不實在的人物要挽我而去時，我經常被提醒著，這分記憶裡的關係並不是愛情，那不過是一種啓蒙。

是這樣的吧？我看見沈先生牽著阿卡自門外走來，（是誰？你是誰？）阿卡不安地朝我低吠。沈先生笑也不笑地說：「你還記得我嗎？」

我彎下身凝視阿卡的眼睛，牠先是對我齜牙咧嘴，然後狐疑地看了我幾眼，漸漸安靜下來。我撫摸牠的頸項：「走吧，阿卡。」牠溫柔地舔我的手：「我們去畫畫吧。」

沈老師總是叫我們離開教室去寫生。

我找到操場的一角坐下來，剛掛上新網的球場有班級正在上體育課，酸果樹蜜盈盈地垂下，晴空無雲，白上衣藍短褲的少女跳身上網——粗糙的水泥地，磚紅的屋瓦，老舊的煙囪——這麼多的現象，我該畫什麼？該把天空的地平放在哪裡？沈老師說你的畫很有感覺，你的技巧也差不多成熟了。她說她在我的畫裡讀到我的表達，而我卻從不說出它們。

沈老師曾經對我那樣好。她讓我在那間陰沉的女校裡看見了陽光，看見了自己的青春。然而，我也看見她的丈夫沈先生。陽光中，沈先生的頭髮就和我的制服一樣白，眼睛就和我的百褶裙一樣黑……，去沈老師家為了畫畫，也是為了陪伴沈老師，然而，我心裡更為了看見沈先生吧。星期天的下午，我和沈老師在客廳喝茶，沈先生在院子裡洗車，閃爍的陽光中一輛破福特。

「我先生說你太早熟了。」沈老師說。

「早熟是什麼意思？」

「就是以你的年紀來說未免過早的成熟。」

「成熟怎麼會有基準呢？」

「有時你眞是伶牙俐嘴。」她伸了伸腰：「我們出去走走吧。」

「留沈先生一個人在家嗎？」

她說那有什麼關係呢，「他那個人總是喜歡自得其樂。」這樣子嗎？我驚訝地回頭去看沈先生，水花閃爍裡他又揮了揮手，像是在說：去吧，去吧。他實在是老了，老到把自己劃分在我與沈老師之外。沈老師也埋怨他古板無趣，是的，沈老師是太美麗耀眼了，在我們那所校園裡，她的身影一直令人憧憬。「你愛沈先生嗎？」我忍不住問。

那時的我多麼希望她告訴我：（是的，我愛這個人。）因為，那樣我也許可以在那種和諧的幸福中得到平靜，就像夕陽沙灘上歸家的人影，一切再不需要往前了，然而，她只是不經心地回答我：「誰知道呢？」她像個孩子般地咬咬嘴唇：「一群女伴中他走過來，唯獨只對你求婚的時候，你會不心動嗎？」

是不當的敏感所致嗎？那片刻裡我感覺到，不分身世性別，原來我們都可能是寂寞的：黃昏如此黯淡。

年少的我雖懵懂，多少也看得出來沈老師的生活仍在一種愛的境遇，她以爲這能夠快速地推進她人生的深度。所以，有的時候，她不知不覺會去誇大這分感情的形式，以致於連身世性別都混淆，而且，所謂激情何嘗不是經常發端於對禁忌的冒犯呢。

「你跟那個教畫畫的女老師到底怎麼回事？」爸爸忍不住攔住我。

我沒回答就跑出門了，我想怎麼解釋爸爸都不會諒解的。而且，爸爸從頭就反對我考美術系的事，他認爲人生畢竟得找件正當差事做，再說，搞藝術的人老是把自己搞得怪裡怪氣；他說：「這是一種不負責又自私的表現。」

「你最近怎麼了？」沈老師倚在窗邊問我。

我心不在焉地待在院子裡和阿卡玩假骨頭，沈老師等得不耐煩了，把畫冊丟給我。

「你們導師說你功課退步很多；而且，你很久沒有拿作品給我看了。」她又說。

使勁把骨頭往外一拋，阿卡跳過欄檻急追而去。我一語不發地撿起地上的書，轉身要進客廳。

「你一定要這麼無禮嗎？」她拉住我的手說：「你是不是該學著合群一些，不要蓄意拒絕關心。」

「你又不是我母親。」我賭氣地說。

她臉色一沉：「我本來就沒想要當你母親。」

阿卡咬著骨頭回來，沈老師氣鼓鼓地給牠拴上鍊子，帶出門去。我咬咬牙進了屋子，翻開沈老師的畫冊。又是印象派的殘渣。煩死了。

「不想看就不要勉強自己。」坐在屋裡的沈先生微笑地對我說。

我合上畫冊，看了他一會，翻身取出自己的素描簿。

「你眞的喜歡畫畫嗎？」沈先生又問。

我聳聳肩說我不知道，有些時候我的確因爲它而感到狂喜或是安寧，可是，有時候一些技術與要求也讓我覺得煩透了。

「那原該是不衝突的；倒是……，你想畫什麼呢？」

我抬頭看了他一會兒；（我不知道，我不知如何說出口。）什麼也沒說，又低下頭來在素描簿上胡亂塗了幾筆。關於要畫什麼這件事，我的確有些苦惱。

看我沒想回答的樣子，沈先生尷尬地想退出這個談話，起身要走。（你誤會我的意思了——）急著要答些什麼，學校裡那些活活潑潑的女孩影像啪地刷過我的腦海，我想也沒想地說：「身體與姿勢。」

「喔，」他看了我一眼，又坐回原處：「怎麼樣的身體與姿勢呢？」

這次，我遲疑了，跑動的人影一個個停止下來，當然，我也想到其他的東西，像是沈老師，像是我自己，像是——我大膽地結論：「那種一瞬間最完美的線條。」

他沉吟了一會：「這樣的想法或許超過了你的年齡與能力。」

「爲什麼？」

「因爲那需要其他的很多東西。」

「比如說？」

「比如說，經驗、思維、意志，觸覺等等的。」

我很驚奇。我或許在教本裡反覆看過這些文字，但是從來沒有人親口告訴我事實眞是如此，我也沒有認眞想過這些條件要如何追尋，繪畫一直離我太遠。

我一直相信，回憶會在我們心上留下什麼永恆不變的東西；雖然那經常是說不清楚的，就像霧中朦朧的風景，我們只能以心靈的觸覺去看見。那時的我，或許已經感覺到在心上有一種生命的祕密在發生，但我還沒有了解到那只能是一種私密的愛情。

直到那整個夏日的雷雨把我淋濕。

豔陽還未被雲層掩住之前，沈先生和沈老師一塊出去。她說他們要去朋友家拿作品，一下子就回來。然而，雨，忽然間就下起來了。我和阿卡待在後屋，原本我在畫角落裡那些惹了灰塵的雨鞋，但是，急雨把光線全都更改了，關於雨鞋的意象也改變了。

我懊惱地翻過幾頁，全是不完整不實在的臉或身體，我沒有畫出任何一張完整的圖，因爲我一直欠缺眼睛所見的實感，我依靠記憶或是揣測；我總是無法準確地畫出我所期待的，這眞是令人心焦。沈老師始終不贊成我在人像上練習素描，她認爲我應該先試著在廣闊的空間裡放鬆自己；她說這或許違反繪畫的原理，但是，「這是爲了你好。」她說。

我沒聽到沈先生的停車聲，直到阿卡機伶跑走，我站起身來跟隨牠的腳步。

直到他喊出我的名字：「你在屋裡嗎？」

「我在。」我走出來。燙了頭髮的沈先生正站在浴室前擦臉。我看著他，感覺到一種沉重的力量。

「這雨來得眞凶啊。」沈先生對著鏡子裡的我說：「你一個人沒被雷聲嚇著了吧？」

「沈老師呢？」我問。

「還在那裡，是個大塑像呢，摩托車拿不回來，待會雨停了再開車去。」

「喔。我靜靜地走開去。沈先生把燈給開了，問我說：「你在後頭畫畫嗎？」

我點點頭。

「願意給我看看嗎?」

我猶豫了一會，遞給他。

他就這樣翻開我的素描簿。

過了許久，他抬起頭問我：「你在畫你的父親嗎?」

「不，不是我的父親。」我說：「那是一個人。」

(那是你，沈先生。)我沒再說下去。畫了千百次的那張臉靠近我的時候，我沒有動，或許那時的我並不知道那將意味什麼。沈先生溫情的吻溫暖的臉頰。記憶裡我仍然嗅到他髮上那種屬於城市雨水的味道。

「你愛沈老師嗎?」我曾經問。

「年輕的時候，她美得像個天使。」

「你愛沈老師嗎?」我又問。

「也許，有一天你會知道，人生總是一個階段一個階段;」沈先生說：「很少人能夠抵擋的。」

「難道從無例外嗎?」

「不要再問這些了!」沈先生別過頭說：「正因意識到例外我才無法回答你。」

我想起他說畫畫除了技巧還需要意志。

我沉默地離開了那個雷雨的午後。那時的我，或許並沒有完全聽懂沈先生所說的話;他說得那樣微弱。然而，如今想起來，我想那是意味他察覺到自己的生命或將經歷一種例外的風浪而失去船舵，把不住航向。但是，爲什麼不能回答我呢?即使說「不」也要回答我，不是嗎?算了，這是種不該且無情的逼迫，我已經不再追問這些了，我想人無論如何仍然畏懼面對自己的內在。我們都只是繞著外圍打轉，把自己負擔得起的部分說了又說，說了又說……，任何理解都是爲了自我梳理那個距離的存在。

我也想到沈老師。

少年的我倚在長廊一端，遠遠看她伏在桌上哭泣。只要我對她說了冷情的言語，她就會鬧脾氣或是哭泣。我笑說怎麼你還像個小女孩似地？「那是因爲你是個不誠實的人。」她說那是因爲我從不坦白自己的喜怒哀樂。她說爲什麼她已經對我付出那麼多善意與感情，卻仍然無法感化我；「爲什麼你們總是無動於衷，總是這樣難以親近？」

我楞了片刻，才意會過來她所說的「你們」可能意指什麼。那時候，像有什麼謊言被揭穿了；（原來她還是望向沈先生的吧？）我也再次看見了她在生活中的不足不滿；（她還是向他渴求的吧？）她像個孩童般地要求被愛要求被看重，也總是要去取再去取，儘管成人的狡獪已經滲入她的舉止之中，可是，這種孩童願望還是不變的吧。

不一致的圖像，不一致的語言。情慾迷途，我仍然只畫出這樣朦朧的風景。我似乎把它描繪成一幅古典的圖畫，像那些發生在幾個世紀之前的庭園或古堡中的故事與人物；一個多麼遙遠的距離？多麼拘謹的想像？爲何不能直接表達出它？放不開手的秩序，彷彿我的生命總是被放不開手的秩序所限制。多年來，我看到自己不能自制地在畫作裡迷戀一種優雅的風格，有些時刻，這種矜持也確實讓我被無從表達的熱情所折磨。（表達的力量究竟是什麼呢？）我經常想；（它可以經由禁抑而得到削除嗎？）

（我們會平安嗎？沈先生。）

也許深刻的慾望可能使我們身毀人亡，但是，自我抑滅生命的熱情，我們是不是也要像那些千里跋涉的德國敗兵，無謂地癱倒在冰雪的西伯利亞？我把一改再改的畫作撕毀，我漸漸諒解了一些不完美的藝術形式，也漸漸不再執迷於父親的言語；也許我們不再需要沈先生這個人物，我也應該放棄其他藉以言說的對象……。

（不要追索眼見爲憑的眞實。）

（一切畫面都來自心靈的印象。）

他終於願意讓我爲他畫像。他坐下來。

「你明白繪畫的本質仍然是爲了表現眞實嗎？」

「眞實？」

「是的，眞實。」

「這不是陳腔濫調嗎？」

「不，不要如此傲慢。」他說：「這是不變的道理。」

「不是僅僅眼見爲憑的眞實，是在那個畫面中你所感受到的眞實，也是因爲這樣，所以你才會渴望表達那個畫面。」

我看著他的臉，他的線條，他的光景，他肌肉裡的語言，湖水般地浮現在我眼前。我一筆又一筆將那些觸覺刻進我的素描簿。他的眼睛是銳利的，不，是溫柔的，不，就是因爲我無法簡單地述說出它，所以我才去畫它，我將知道它是什麼。

眞實——紅色的童年風箏騰空捲走，我站在原地，只是目送，但焦躁的狗兒還在一路追趕失手的線索——阿卡在門後吠起來，沈老師推開門，沈先生忽地站起來換了一個姿勢。

一切都消逝了。

把水果放在桌上，沈老師走近我身邊問：「你在畫什麼？」

（不……）我把素描簿藏到身後。沈老師愣了一愣，硬是伸過手來取。

「不！」我大喊一聲：「不要！」

素描簿被扯破了。

沈老師撿起地上的素描簿。我如同戰敗似地癱坐在那裡不再掙扎。

（我的素描簿……）

（整本畫滿沈先生畫像的素描簿啊……）

時間瞬地推進再推進，彷彿快艇刷過水面，彷彿飛機衝進雲層，暈眩的動能把我摔出軌道；那瞬間，我像是一下子長大成人了。

「天啊！」沈老師大叫著跑出去。

我在原處看著我那些破碎的素描。

沈先生低下身對我說：「對不起。」

我仰頭看他，我不能明白他爲什麼只跟我說對不起。他環抱住我，蒼老的手臂緊又再緊地把我摟進懷裡，我感覺自己像顏彩那樣化開，我不能自止地哭泣再哭泣。

「不要哭了，」他輕撫我的頭髮：「我都明白的。」

「不，你不明白。」我堅定地仰起頭：「你不明白。」

（不，你不明白的。我有那麼多的話要述說，然而卻不能述說。我們是爲表達而存在的生命，但是，當我能感受到那樣多卻完全不能表達。不能表達。那是一種多麼激擾的痛苦。不要對我說：「去吧，去長大成人。我都在的。」我的心裡一百次一千次地喊：不，你不明白的，我若能夠如此輕快飛走，那麼我們要追求的眞實能是什麼呢？倘若例外的生命眞不被允許，倘若我眞必須離去才能求取生活的平安，那麼，我再不會回來了，我再不會渴望描繪你，我將對你喪失繪畫的信仰，喪失這個我之所以愛著你愛著生命的最大道理……）

升上高三，美術音樂等課程完全從課表裡消失了。我更改了考美術系的念頭。爸爸很高興我想通了，但事實上是我自己對考試失去了自信。不，也許是因爲我更相信自己暫時不需要美術系了。

仍然在學校裡遇見沈老師，但是，我們不再約定相見的時間，黃昏放學我就離開學校，再也沒去過沈老師家。

她曾經寫過一封短信告訴我：「過去這段時光中，我的確眞心疼愛過你，可是，你再不需要我教你畫畫了。」她要我好好用功，離開這個城市，去更廣闊的地方獨自面對我的未來。

我不知道沈老師是否會去想這一切意味過什麼，而這種精神的體驗是否又解消了多年來她對生活的幻想。或許，她將再次看見她的丈夫沈先生，或許，她也將理解到我之於她，不過是一段錯用的幻影。

至於我自己，日日刻板地躲在隔成蜂窩似的K書中心裡，畫函數畫地圖，成績單放在餐桌上，爸爸媽媽小心翼翼不再過問我。我一樣在星期假日離開家，然而不再抱著素描簿，而只是獨自蹲在哪兒等待亮起朦朧的街燈。人來人往。奇異地，向來蜷伏心中那種獨身行走鬧街的恐懼，似乎消除了一些。我站上自己心裡多出來那一片空空曠曠自由的天地，我看見無數的童年風箏終於找到地平線騰空飄起，然而，我也不感到欣喜，天暗了我就騎腳踏車回家洗澡吃飯，彷彿我觸摸到了什麼，也彷彿我失去了一片好大的什麼。

親愛的沈老師：

經過這麼多年，有一天，我在街上看見你，就是在我們那所中學附近，我想你大約下了課，有點累，或是……，我第一次覺得你有些老了，不再是那個小女孩，不再很高興或是很憂愁地在乎著自己的樣子，不再留神別人的視線，不再戀愛著你自己。後來我跟著你進了超級市場，轉來轉去的，我也察覺你不再那樣神采奕奕了，過去，你總是興致勃勃地幫我買東買西，說這個牌子好那個牌子不好，等等，等等，原來我們之間有著這樣多的回憶，林林總總，像超商櫃上的東西，記也記不完啊……。我只能詳細地記住了你買的東西，蔬菜、牛奶、洗碗精、一盒雞肉、幾瓶罐頭，是你的一舉一動，也是你和沈先生的生活……即使這麼多年，我心裡仍然有著異樣的情緒……然後，我看著你在櫃台付錢，彷彿我從來不曾如此觀察過你，而只是你一直看著我，看著我像你親愛的學生，看著我像你受寵的女兒，看著我像你心底的，心底的什麼……？如今我仍然不知道那是什麼，即使我曾知道，如今它也改變了，大大地改變了吧？

爲什麼要這樣給你寫著瑣瑣碎碎的事呢？事實上，這麼多年來，除了幾次見外的返鄉聚談之外，我們幾乎沒有通過任何信件，即使我給你寫賀卡，你也毫無回音，你說，這樣做是因爲你不希望我因義務而必須寫信給你。我既沒同意你也沒向你解釋，賀卡是因爲我仍惦記著你，而一封寄給你的信件，對我而言，是太生疏也太親密了……。總之，我再沒給你寫過隻字片語了，我想我們是要相互遺忘的，彷彿誰還記著這段回憶誰就眞正輸了，可是，另一些時刻裡，誰若不能理解這段回憶誰也是不夠寬容，不是眞正愛護過對方的……。你明白我的意思嗎？原諒我句子寫得這樣反覆，原諒我們的關係到底是扭曲了……。

即使過去的回憶多麼甜蜜，分別後的這些年，當你察覺到自己年華老去的時候，你不再如以前那般，以鍾愛來珍惜我的青春，而是，你開始攻擊我了，這樣寫我很難受，但實在是如此啊，有幾年，你甚至明白地對我說：（如今，你是處在人生的低谷了。）我知道你的意思是說我毫無表現，過去的丁點成就，原來不過曇花一現，更甚是我蹉你一樣在衰老了，過去青春所帶給我的創作動能就要燃燒殆盡了……。我不知道這樣嘲笑我是否眞能使你好過一些，如果可以，那麼，你就更苛刻地來挖苦我吧。事實上，當我踏離你們家的時候，我的確衰老了，如果那之後我畫出什麼使你難過的東西，那不過是一種臨危的姿勢，如你所說，燃燒殆盡前的光芒，然後，我就停下來了，如你所說，是落在低谷了……

放下素描簿，好多年後，我開始面對色彩與畫布。

他鄉夢裡，我屢屢聽見至愛的畫家說：「離開了具體的事件和痛苦之後，如果我們和那些經驗之間還有不可割斷的回憶，那麼，這其間必定存有一個永恆的東西。」

（永恆的東西？）我伸出手去，渴望觸摸畫家的初作，然而，沈先生的來信在指梢間落下：「知道我的信也讓你感到難堪，一下有些茫然了。」

我恍若迷失林間，霧色的林間，然而，已經沒有阿卡，只是朦朧景色，所有對象都混亂，所有圖像都不美……

林間如此濕冷，恰如低谷，只剩微微的光線，永恆的東西？

徒有熱情沒有力量我將會禮摧毀……，任它所有對象都混亂，任它所有圖像都不美吧。

我朦朧醒來，天色昏暗，燈燃處，沈先生牽引阿卡對我迎面走來，我冷靜地注視著，我想我知道這一切都是幻覺，幻覺，我不過是獨處在自己的屋子裡，但這一切仍然使我哭泣，我渴望將內心所有經驗到的都表達出來……

「我當然記得你，沈先生。」我說：「還有阿卡。」

所謂思維、意志、觸覺等等，我已漸漸明白，然而，我要比你更勇敢啊，沈先生，當我意識到例外，我就必須回答我就是那例外，唯有那樣，才可能飛翔，才可能表達，而表達會走到眞正的平安，或休止，表達是愛的全部——

「我是愛你的。」

我搖搖頭，我們再不需要這樣的表達，我們站在窗前，張開眼睛，看見一片，無人的風景。

——寫於一九九五年

——收入聯合報出版《霧中風景》、印刻出版《霧中風景》

【作者簡介】

賴香吟，台灣台南人。台灣大學經濟系畢業，日本東京大學總合文化研究科碩士。曾獲聯合文學小說新人獎，台灣文學獎、吳濁流文藝獎。一九八七年於《聯合文學》發表第一篇小說，其後散文、短篇小說散見各報章雜誌。著有散文集《史前生活》，小說集《霧中風景》、《島》、《散步到他方》等。

【作品賞析】

早慧的少女、雙性戀傾向的女老師、溫良沉默的中年人，賴香吟透過三個人物，說出一個彼此都註定遺憾的情事。沒有正式展開、公開的情感，通常最是折磨與複雜，尤其在封閉又矜持的南部高中校園裡，主角們被環境跟自我意志的抑制情感，強烈得如同南台灣的烈陽。

女老師寵愛女學生的情節已經過渡到同性戀的情誼，但女學生卻不知不覺喜歡上那個安靜的、不同於父親形象的中年師丈。怪異的三角情節，突顯女學生對家庭、教育體制的抵抗心理。其實最反抗世俗觀點的人，要算是敢愛敢恨的女老師，但她得不到女學生的心。或許連這種強勢的愛，是女學生也拒絕接受的。

賴香吟以霧比喻這段模糊不清、難以言喻的三角感情，除了帶給讀者可堪遐想的情緒空間之外，也說明青春期中的主角原本曖昧的心思，恰如霧中觀景，別人與自己看也看不明確的游離。霧中似有人，霧散即是空。

——顏艾琳撰文

奔喪

王聰威

「燦仔，你的電話。」充員仔班長說，「你厝內打來的。」

「有講什麼代誌嗎？」他放下手中的象棋說，「你不要給我偷吃步。」

「好啦！」昆仔說，「幹。」

「沒講。」班長說，「伊講是妳小妹而已。」

他跟著班長走出中山室，走到連長室前的安全士官桌，黑色厚重的話筒沉默地連著青綠色話線，擱在桌上。他雙手觸著話筒，遲疑了一會兒。

「哼！不會講話啊……是又犯大舌喔？你不是有去改了嗎？」班長坐下來，左手撐著桌面，由上而下斜眼看他，「啊是在等啥啦？等愛國獎券開獎喔……」

他雙手緊捉著話筒，那話筒彷彿就連在桌面上，舉也舉不上來，舉也舉不上耳邊。

「燦仔！」班長吃了一驚，刷地站了起來，「幹！你是在哭啥！」

他的手不住地抖動，話筒撞擊著桌面，急促散亂，像是在敲雨點鼓似的。

「你是在哭啥啦！燦仔，你先不要哭啊，你電話怎麼不拿起來聽啊！你電話要先聽啊！」

班長一下子伸手捉住他的手和話筒，拉離了桌子。他也不抵抗，便讓班長將他的手和話筒舉上耳邊。

「你講話啊！燦仔，你先講再說啊。」班長將臉湊過來對話筒喊，「妳是燦仔的小妹喔？快跟你哥講話。」

他的手和話筒緊抵著戽斗的下巴，嘴巴開開的，舌頭緊縮，發出空洞的聲音，手嘴都黏滿了眼淚、口水與鼻涕。

「燦仔！你先不要再哭了啦，你要講啊……大舌也可以慢慢說啊！」班長不敢拿開手，一拿開手滿怕電話筒給掉了，但又怕給黏液黏著了，便像兩朵蓮花綻放似地，雙掌張開十指挺直地托著他的手和話筒，「你跟你小妹講話啊，沒講她怎麼知道接下來要怎麼辦？你要講啊……」

「去叫阿爸轉來吃飯。」阿母說。

「喔。」他點點頭，出門牽了腳踏車到通山巷上。

從厝裡騎腳踏車去中洲仔要二十分鐘，騎得慢一點就要差不多三十分鐘。

腳踏車是28型的查埔車，很大台，龍頭都快到他的肩頭高，又重，車身中央還有根橫柱，他沒辦法直接跨上去，左腳要先踩在踏板上助跑，一踮步，喀、兩踮步，喀、三踮步，喀，跳上座墊。一跳上車，腳就踩不到地，踏板也只能踩一半，踩一邊，身體就會像蝦子一樣扭一邊。

快暗頭仔了，但天氣還是非常炎熱，他騎過天后宮時，看見益仔他們在巷仔口玩尪仔標，就跳下車看。

「燦仔，你騎踏車是要去哪裡？」益仔說。

「要去……去……去叫我阿爸轉來吃……吃……吃飯。」

「啊對，今天是拜五，你阿爸要轉來吃飯。」益仔說，「不然等你轉來，我們去游泳好了。」

「好……好啊。」他跳上車，想說騎快一點，趁阿爸轉來吃飯前，才有時間去游泳。

一過了郵局，就是實踐里，在工作船維修站對面，有一條可以直接通到沙灘的石板小巷，往下走有個四角空地可以打尪仔牌，巷仔尾有一間勝元宮，在沙灘挖完沙馬，就能在那邊的水龍頭洗腳洗好再上去巷仔。

小媽他們一家就住在巷仔裡的一間板仔厝，小妹和其他的弟弟也是住這裡。只有拜五阿爸轉來吃晚飯時，小妹才會回大厝那邊幫忙煮飯款厝內。

接上中洲三路路很寬，他騎過水產學校，學校旁邊就是海軍軍營，藏青色的雙片大鐵門拉得緊緊的，上頭只有一個好像風景明信片大的開口，可以看透進去。

海軍營區有一大片圍牆，但圍牆外面是一大片空地，什麼也沒有，只有一大片土和稀稀落落的枯草，幾個大水泥管疊成三角形，所以能夠直直地看見商船前面有引水船拖著，正要開進高雄港。

船渠的路邊有牛車在走，船渠裡停著幾艘沒有出航的馬達仔。

再過去就是北汕尾的浦口菜市仔，有時候他到小媽厝來玩時，會和小妹走到這裡來幫小媽買菜。這裡比旗後公有菜市仔要小很多，東西少，定時會來的魚菜攤只有幾攤而已，而且還比較遠。他知道，小媽沒那個膽子去旗後街仔頭買菜，畢竟以前只是做阿母陪嫁婢女的查某人，身分還是有差別。

他想起有一次，他和小妹走路經過海軍營區時，他走到鐵門前想看一下裡面是什麼風景，但他太矮連踮腳也看不見，只看見一個人的臉露出鼻子，眼睛往下瞄他，「囝仔走！」那人說，「緊走啦！」

他想他們這一連還眞是帶衰，這三個月來，先是長城一號演習，全副武裝兼吃戰鬥乾糧一個禮拜，然後不停地，部隊從台南拉到屏東恆春下基地，全部禁止離營休假。基地下完了，本來想說可以休幾天基地假回旗後看阿母了，結果又馬上接到全島南北師對抗，連續戰鬥行軍到南投日月潭，一整個月不是睡在路邊、學校，不然就是睡墓仔埔。終於師對抗也結束，輸得褲底光光的，一天榮譽假也沒有，基地假也抵禁假賠完了，但想說部隊坐火車回台南後也許能正常輪休兩天，居然又輪到他們接戰備，只能在營休假……三個多月咧，那些老芋仔本來就沒處去，沒什麼關係吧，但這要是沒充員仔逃兵才奇怪。

「雙……雙砲軍。」他喊了。

「老步……」昆仔也喊，「馬回來顧，可以了吧。」

「抽一下車咧。」

「幹你娘，抽抽抽，抽你去死啦。」

「再軍一次。」他笑了出來，「等一下再抽。」

他走路到台南火車站，坐時刻最近的一班普通車，晚上快九點到了高雄火車站，那時已經沒有公共汽車可以坐了，只好叫了台三輪車坐到哈瑪星渡船頭。

一下三輪車還沒付錢，就有幾個人紛紛喊他，「阿兵哥，要過旗後嗎？坐這啦！」

他叫了聲「要，等一下。」先付了車錢，走到岸壁邊，「坐這坐這，現要走了。」湊著一盞輕輕搖晃的黃燈，他熟練地跨上一艘已經有三、四個人坐在上面的馬達仔舢舨。岸上暫時沒了人，那船夫等他跟人挪好位子坐下，行李布袋塞在腳下，就一拉馬達，舢舨開動了。

充員仔班長是澎湖人，大他三歲，因爲也是高雄高工畢業的，又是住旗後對面的哈瑪星，同樣讀鼓山國校畢業的，所以跟他比較熟一些。班長是政戰士，平常時要畫壁報寫書法，還是編宣傳單，都叫他來一起做，連上讀到高中的只有四個人，另外兩個派去營部支援文書，剩下他能夠寫點工整的國字。

這樣的工作是輕鬆些，可以躲在中山室不用出去曬太陽出操，但老芋仔士官有時看不過去，會找他麻煩，要他中午午睡時，全副武裝背槍頂著烈陽在連集合場罰站，或是肩槍踢正步，說是要補出操，其他的弟兄才不會覺得不公平。這些老芋仔跟共匪打仗打不贏人家，被人家趕來台灣，但是整充員仔倒是很厲害。還好，他寫作文、寫書法、做海報比政戰士還要厲害，在師部、旅部的比賽裡得了不少獎，連長跟著記功，心裡自然多疼他一些，很多出操就免了他去。

這連長也是大陸來的山東老芋仔，不過聽說是抗戰時期參加十萬青年十萬軍的那一批，在縣初中讀過點書，對他們這些有讀高中的比較尊敬，甚至會跟他們勾肩拉手地說：「像我們這種秀才如何如何，以後當將軍就得要當儒將，文武雙全……不能像那些土炕將軍，上得了暖床就下不了冷地……」因爲是真的在緬甸叢林裡和日本仔血染血，刺刀拚刺刀打過硬仗的，抗戰結束後還志願留營升軍官，在洛陽和共匪打過保衛戰，最後全師兩萬人，只突圍撤出來一百多個，所以老芋仔才會服連長的目色做事，以後也就少找他麻煩。

長城一號演習結束，本來想說終於可以穿內衣睡個好覺，也不用雙哨站崗，比平常多一倍的勤務量。沒想到當晚吃完飯，營區燈火全部熄滅，連長叫所有人全副武裝在連集合場集合，全連坐在地上。連長什麼話也沒對他們說，但是他看到整個營區的部隊都噤聲集合時，他想到最近一直有在傳說，說是大陸那邊情勢轉變，共匪的政權快垮了，蔣總統準備要反攻大陸了，所以才會一直裝備檢查和演習，他看著身旁的弟兄，一律慘白著臉色，誰也不敢出聲，自己也一定是這樣的表情吧。有人啜泣了起來，被排附給揍了一拳。但是一個人哭了，也就許多人跟著哭，排附操著不知道哪省的口音低聲罵人：「你們這樣算軍人嗎？你們這樣算軍人嗎？現在就哭，等眞死了再哭你媽的！」

大概是這樣的意思吧……

一彎進中洲派出所左邊的巷子，他看準了根電線桿騎過去靠住，讓車子一倒，腳才踏得到地下車。他把車子靠在「王診所」牌子下方的牆，走進診所裡。

診所內有一個阿公、一個阿婆倚著牆坐著，阿婆稍微轉頭看了看他說，「先生，你兒子來了。」有個護士從診所內門走出來，沒看他，只說：「阿婆，換妳注射。」

門頂的四角窗射進來一道特別清亮的光，恰好打在阿爸身後的乙種醫生牌上。阿爸坐在辦公桌後面，正用聽診器在聽一個阿伯的胸口。阿爸的臉那麼清瘦，微微的戽斗輕抿著唇，戴著玳瑁紋框的淡青黑色墨鏡，他可以看見阿爸的眼珠瞥向他這邊，就好像斜斜地直盯著他的赤腳。

「嘴開開，舌吐出來。」阿爸用壓舌片壓著阿伯的舌，「嗯，有發炎。」

「要注射嗎？」

「注一枝緊好。」

「好。」

「你坐旁邊等一下。」阿爸向那個阿公揮揮手，「換你。」

阿婆跟護士一前一後走出內門，阿婆坐回牆邊，阿爸將藥單拿給護士，她看了看便說，「來，換你。」

阿伯起身跟她走進內門。

阿公坐好在阿爸旁的四腳椅子上，阿爸翻了翻右側的木櫃子，抽出阿公的病歷表。

「阿爸，阿母叫你回去吃飯。」他說。

「好。」阿爸邊看病歷表邊問，「今天是按怎？」

「壞肚子，一直落血屎……」阿公說。

「衫掀起來。」

午睡起來，五查按規定唱軍歌喊口號、答數踏步之後也沒什麼事，昆仔便找他去中山室下軍棋。

「來殺一盤……」昆仔打著哈欠，「不然要去繼續睏。」

許多人都回寢室繼續睡午覺，當然照理說是不行的，但是老芋仔們懶得管，自己都去睡了，充員仔班長也就隨便他們了。

營房熱得跟火爐一樣，悶燒著人體汗臭和隔壁廚房飄來的油膩味道，兩台電風扇，一台給營長占了，一台給士官老芋仔占了。

他從書櫃底拿出一盒象棋和三合板棋盤，書櫃上頭貼著紅人、白人、黑人、黃人、山地番五色人種加上世界各國偉人半身畫的介紹海報，還有一張共匪戰鬥機的黑色剪影識別圖，棋盤先放桌上，他一個沒注意，失手把棋子喀啦喀啦地翻落在棋盤上，那棋盤上的格線都糊掉了，有些棋子滾到地下去，沾滿了土粉。

「厚，要玩就甘願一點，是在亂丟啥啦！」昆仔彎下身子，到桌子下去撿棋子。

「你……你又下不贏我，我有什麼不甘願的？」

「幹你娘，大舌還這麼會講話！」昆仔邊排棋子邊說，「不然，來看這一次要插什麼？」

「看你要插什麼啊……」他也排著棋子，他是紅棋。

「不然就插新樂園啊！一場插一包啦，看你敢否！」

「你是驚……驚輸少是不是？」他說，「一包，就一包好啊。」

他低著聲問班長：「是不是要去反攻大陸了？」

「我哪知啦！」班長也低聲回答，「唉……我看這下是回不去厝裡了……」

回不去了啊……他想，當兵前才好不容易考上公務人員啊……一萬多個人去考，只錄取三十六個人的土地測量人員特考耶，他們這一屆高雄高工畢業生應屆就只考上兩個人耶，一個是他，另一個是製圖科的同學許俊材，連去當公務員的機會都沒了啊……他知道許俊材近視太嚴重不用當兵，一畢業就已經去就任了，在楠仔坑的測量大隊做技士。

轟隆轟隆，一輛接一輛的軍卡滿載武器裝備開走之後，連長和營長也上了一台吉普車走了。營區安靜了一、兩分鐘，他看著手上的錶，都已經是半夜兩點多了，開始有一聲聲壓低的喉音：「部隊起立」、「看齊」、「夜間報數」、「向左轉」、「向右轉」、「齊步走」的口令，自夜的四方，營區四處響起。他和弟兄們扛著全身的裝備：步槍、背包、鋼盔、土工器具、手榴彈、乾糧、水壺、彈夾、防毒面具……起立、看齊、夜間報數後向左轉，第一連出發，他們第二連緊跟著，走出營門。

那月光實在過於皎潔明亮，他看見走在他身邊的充員仔班長的目色非常哀傷，他在港務局已經有一個頭路了，當兵前剛娶某生子，現在卻要去反攻大陸，一定會死掉的。他回頭看了看營舍，他覺得他大概一輩子也無法忘記，那些貼在門窗上的封條。

他牽了腳踏車，牽出巷子，巷子不夠長，又窄，不夠他助跑跳上車子，要回到中洲派出所前的中洲二路上才行。

中洲派出所的對面，有一間甘仔店，他牽著腳踏車走到對面，那甘仔店只開了個小門，左邊一扇方正的磚窗。門頂有盞小燈，兩旁掛了公賣局發的鹽牌、酒牌和菸牌，還有一副門聯和一張吉利果的廣告紙。窗子給一個塞滿香菸的玻璃櫃給堵住了，窗頂垂著一張用油漆寫著「麵粉」、「打油」、「冰水」的藍色塑膠簾布，一動也不動地垂著。

他站在門外，探頭看了看裡頭，店中央坐了個阿婆正猛力搧著扇子。阿婆看著他，也不問話，繼續搧她的扇子。

甘仔店左邊是一間掛了「麵」字招牌的店，但是紅門關著。右邊有個招牌寫著「井興商店」，是賣剉冰的。門前一個小木桌上，擺了五、六罐橘紅綠黑的配料和一台墨綠色的剉冰機，兩個警察坐在裡頭吃冰。

就在舢舨要靠近渡船頭岸邊時，他忽然想起那幾天自壽山上往下看旗後的情形，於是轉頭看了壽山一眼。但整座壽山就像融入了黑夜之中，只剩下一片如紙片般的剪影，邊沿微散著黃暈，以及山頂雷達塔上高高低低的幾盞航空燈一閃一閃的，其他的什麼也看不見。那時若能回旗後的話，便能見阿母最後一面了。那時的阿母，也是一個人孤獨地躺在房間裡吧，不過，或許小妹是在旁邊照顧著她的。小妹在阿母病了的日子裡，便住在大厝裡，很少回去實踐里的小媽家了。對了，他想起他們抵達壽山的那天好像就是拜五，那麼是誰去中洲叫阿爸回家吃飯的呢？

充員仔班長帶著他去找連長，連長一聽便開了一禮拜的假單給他。但由於是軍團司令親自下令的禁假，也不是連長說批准就能批准的，所以又呈到了營長那裡。他收拾好行李，坐在中山室裡等著假單批下來。昆仔也陪著他等，那一盤未下完的軍棋還擺在那裡。

「幹，這種代誌，還可以拖這麼久嗎？」昆仔說。

他不答話，只是坐著。

「幹你娘，收收收，收起來不玩了。」昆仔把嘩啦啦地把棋子收回櫃子裡，「等你回來再來輸贏啦，今天的賭先欠著。」

營長和副營長都出營區去了，假單就只能放在營長的辦公桌上乾等著。在營部辦公的同連弟兄急著幫他找營長，但是都快吃晚飯了，還是不見營長回來。

「好啊！」他笑著說。

派了班長、排長去營部催都沒結果，連長火了，索性假單也不用簽了，就走進中山室拉上他的手說，「走！我自己帶你出營門，有什麼事俺負責！」連長說，「要回來前打個電話進來，我叫人送假單給你。他奶奶的可好！山東回不去，怎麼連旗後也回不去嗎？」直把他帶出了營門口，還塞了五十元到他口袋裡，他掏出來推回去，「這太多了！」連長一巴掌就揮在他頭殼上，「給你就給你了，你小子再廢話，俺就叫你當兵當死你。那可是你娘耶！不用張羅打點些什麼嗎？」

「眞正是會把人驚死……」昆仔忽然說，「從台南行軍到壽山上頭，我想這下子一定是在等時機下山坐船去澎湖了……一定是要去反攻大陸了，幹……害我嚇得要死，那幾天連想睡都睡不著。」

是啊，如果是在壽山下坐船，照理一定是要去澎湖的……但是，對他來說，壽山的對面也就是旗後。如果能夠不要去澎湖，從西子灣那邊坐舢舨就可以回旗後了。在那裡的幾天，他會半夜偷偷起床，跟衛兵打個招呼去山邊看對面的旗後。除了旗後燈塔向外海一閃即逝的強光之外，旗後街頭的燈火稀疏，遠望了也就難認是誰家誰店的燈，但是這些全部都是黃燈白燈，只有天后宮廟埕前雙排竹竿上掛著六盞紅燈卻是清清楚楚，會掛一整夜到天光，象徵媽祖的慧眼即使夜晚也能通天跨海，怎麼樣也不會認錯。

他家就在天后宮後頭的通山巷，看得到天后宮，他也就知道家在哪邊，他把手伸向前去，大約就是相距那一排紅燈一根無名指的距離，那棟兩樓的透天厝。樓上住著房東，樓下住著他們一家，現在，應該只有阿母和小妹在家裡睡吧……他想如果去反攻大陸之前，能回家一趟就好了。上次回家，阿母就已經爬不起床了，再躺也不知道能躺多久，他也知道，肺癆病到這種程度是看不好的了。阿爸自己是醫生，如果能救早就救了。

「阿燦。」那天他要收假回部隊時，阿母忍著口中的血水不吐，「要記得回來送我喔。」

「阿……阿母，妳不要亂說，我再半年就退伍了……」

「我會驚……你要回來送我喔。」阿母說，「以後，厝裡就剩你一個大房仔的細子還沒娶某立家……我驚你那些大兄沒人會顧你了……」

「好擱在後來是坐火車去屏東下基地咧……幹，下基地就下基地，做得這麼鬼鬼祟祟是要做什麼，驚死人……訓練一個芋仔番薯！」昆仔說，「幹，吃僞！」

「軍啦！」他笑了，「你走棋就是會這樣興致致，沒……沒在看頭尾。」

「幹！等一下，給我回一次！」昆仔緊張地說，「回一下是會死喔，幹，如果眞正去大陸，我老母一定嚎死。不過一想到退伍就要去捉魚就煩，我跟你說，我退伍最好不要去捉魚，我在新兵中心時有聽人家說養粉鳥不錯，聽說最近彰化海線那邊很流行，我阿姊的尪就是做這途的。」

「妳不要亂……亂想……」他說，「驚啥……」他想跟阿母說點什麼，但是實在說不出口，舌頭像是被什麼給嚇到似的，「妳不會有代誌……」

阿母也不說話了，闔上雙眼。她一邊咳，咳得滿嘴都是帶血絲的口水，他拿毛巾幫她擦了擦，卻擦不乾她不停湧出來的眼淚。

「有沒有枝仔冰？」

「有。」

「一……一枝紅豆……豆的。」

阿婆走到甘仔店的底裡，然後再走出來，走到門口，不走出來。她抬頭看了看天空，皺摺的粗皮上唇泛著汗水。

「一角。」

「好……」他從褲袋裡掏錢，拿給她。

「你是王醫生的兒子喔？」

「是……是啊，妳哪……哪知？」

「上次你不是來幫王醫生買菸草？」

「啊，對……」

「我看你每一次都是騎腳踏車來？」

「對……對啊。」

「你們厝在旗後嗎？」

「嗯……」

「眞熱。」

「嗯。」

「你來叫他回去吃飯？」

「是……是啊。」他怕紅豆冰融了，「拜五……五都要叫……叫……叫他回去吃……吃飯。」

「是喔，今天是拜五了喔……」

「是啊，今天是拜……拜五……五啊。」

「診所明天不是還會開一個下午，到暗頭仔你阿爸不是就會回旗後，休拜日一天？」

「嗯。」

「啊怎樣拜五要專程回旗後吃一頓飯喔，隔天還要再來中洲……」

「是啊。」

「這樣不是來回多跑一趟？」

「拜……拜……拜五我表叔都會……會……會送現釣的鮭……鮭仔來，我阿爸……爸爸……要吃鮮……鮮的。」

「是喔……」

阿婆又走回甘仔店中央，從三腳凳上將扇子拿起來，人坐好了，卻像失神一樣，手垂在一邊，一直沒把扇子舉起來搧。

「燦仔，你的電話。」充員仔班長說，「你厝內打來的。」

他抬頭看著班長，他一臉剛被吵醒的不耐煩目色。

他心裡已知道了，一定是小妹打來的，也只有小妹會打電話來部隊給他，然後一定是要跟他說阿母去了，但是卻忍不住又問了：「有講什麼代誌嗎？」他放下手中的象棋對昆仔說，「你……你不要給我偷移步。」

「沒講。」班長說，「伊講是妳小妹而已。」

他跟著班長走出中山室，走到連長室前的安全士官桌，黑色厚重的話筒沉默地連著青綠色話線，擱在桌上。他雙手觸著話筒，遲疑了一會兒，接這通電話有什麼用呢？他心想，反正一定是要說阿母去了的事情。他聽見班長在喊他，雙手不自覺地忽然緊捉著話筒，但他感覺不到那話筒的重量，就好像什麼也沒捉住似的，舉也舉不上來，舉也舉不上耳邊。

「燦仔！」班長吃了一驚，刷地站了起來，「幹！你是在哭啥！」

他好像聽見誰在那邊喊他的名字，但是電話筒又沒舉起來，怎麼會有人在他的耳旁說話？他看著自己的手不住地抖動，話筒敲擊著桌面，聲音倒像是天后宮媽祖要出巡時，樂師猛敲小鼓邊的清脆聲響。

班長一下子伸手捉住他的手和話筒，拉離了桌子。他也不抵抗，便讓班長將他的手和話筒舉上耳邊。「你講話啊！燦仔。你先講再說啊。」

他很熟悉此時的渡船頭。差不多比一般的日子，他從軍營中休假回家晚上一個鐘頭吧。每個週六中午休假時，他出了營區便先去吃飯，吃完了就去台南火車站附近的書店逛一逛，站著讀，偶爾買本書，再帶到台南公園的椅子上坐著看。這一年來，他的口吃已經好了許多，能夠跟著同學和邵老師在台南公園對著大眾演講，訓練膽子。他們會搬個印著「順德鐵工廠」藍字的大木箱就放在公園圓環的前面，一張小桌子放講義、一個大茶壺和三組灰青色的塑膠杯子，放在旁邊。

邵老師認為可以上台演講的同學，便一個一個輪流站上大木箱演講。剛開始講的題目，還是短短的自我介紹一類的，接著就能講〈我這個禮拜發生了什麼事〉，或是〈我的爸爸媽媽〉，現在，他已經能講〈如何揭穿共匪的統戰陰謀？〉這類正式演講比賽的題目了。或許是週末的午後，公園裡的人眞的都沒事可做，自動來圍觀他們的人從來沒散過。他們演講完了，還會自動大聲鼓掌喊加油。確實是很閒呢。

演講完後，邵老師會帶大家呼口號：「我是大口吃，怕難，越做越難，但是我不怕難，不自卑，不怕口吃，任何難關，都會打破！」喊完的時候，差不多也就是五點多，便要去台南火車站坐火車。

在皎潔明亮的月光下，軍卡一輛一輛開進營區，一長串停在馬路中央，接著連長便派下命令，將軍械室的所有武器與化學裝備清空，裝上卡車，其他東西全留在原地不動，所有營舍的門窗關上後，全部用鐵釘和木條交叉釘死，然後他和政戰士班長就拿著黑色油漆桶和刷子，在每扇門窗上劃上一個大叉叉，再用封條一扇扇貼上，封條上印著如血漬未乾般的二〇六師一七一旅化學兵營番號。他想，這下子沒錯了，營門封起來就是表示很久不會回來了，一定是要去反攻大陸了。他看見那些老芋仔一個個臉上都笑得快融化掉了，一直在對人說著：「要回家了，要回家了，這下子總算能回家了。」

他左手拿著紅豆仔枝仔冰，右手拉著腳踏車，在中洲二路上走著。紅豆冰融得快，他趕快吃，剛過月海藥房，走到紫竹寺時就已經吃完了。但是手給冰水流得黏黏的，用舌頭舔過還是很黏，黏上了飄浮在風中的細微海沙。

他把腳踏車立好，走到紫竹寺旁的押水井，兩個婦人正在洗水果，紅漆已經斑斕的供盤擺在四角水池的外面。

「能……能不能借……借我洗……洗……洗手一下？」

其中一個婦人停了幾秒鐘，讓他押了水，沖了一下手。

「謝謝……」

很小的一間寺，大約只比他的腳踏車多寬了一個輪胎。前面掛著五個黃燈籠，每個燈籠上各用紅墨水寫了個字，由右到左分別是：「無」「紫」「竹」「寺」「極」。廟裡面交織懸掛著五顏六色的彩布流蘇，遮住了正殿主神觀音佛祖的臉身，只露出祂的一雙腳和一雙手，一隻手握著淨瓶往前倒，另一隻手三根指頭捻著青竹垂著。他看著的時候，其中一個婦人從他身邊走過，走進寺裡，將供盤放在觀音佛祖的腳底，他趕緊雙手合十拜了拜。

他推著腳踏車，左腳踩著踏板開始助跑，一踮步，喀、兩踮步，喀、三踮步，喀，跳上座墊。他忽然有點後悔在這邊拖了時間，因為還要去渡船頭那邊和益仔游泳，所以，如果騎快點的話，趁阿爸看完病人騎腳踏車回家吃飯之前，他可以去游一下泳，還能順便挖些石頭蠔回家。

他騎得快了，聽得見鏈盤發出「哄哄哄」低沉的旋轉聲音。踏板穩定順暢地旋轉著，幾乎不用怎麼費力，轉上來腳邊時，只要腳尖輕輕點一下便行了。

一直騎過去……三陽造船、赤竹、陳氏宗祠、昇航造船、中信造船、神龍堂、宜家商號，這是同學蔡萬三厝裡開的甘仔店，有賣小顆的炸魚丸，大汕頭，有一年工業廢水污染，大汕頭以南死了整片的蛤蜊，祥輝造船、鴻誠造船、啓源鐵工廠、北汕頭、臨水宮，到了浦口菜市仔前時，忽然有個囝仔從巷仔口衝出來，大概是還沒讀國小的囝仔，大人也沒在顧，就放他自己過馬路。他騎得太快，來不及剎車，往右邊一閃就衝進大排水溝裡。

他猛一看那差點塞進眼睛和嘴的電話筒，讓他想起他剛去參加口吃矯正班時，邵老師往他身上掛了個黑色橡膠外皮，就像一綑電話線的呼吸測驗感應器，正好垂在肚子上，然後又塞了個麥克風到他嘴邊。

「請你對著這個麥克風說話。」邵老師用正確的中國話捲舌說。

「要……要……說……說……說……說什麼……」

「你可以說說自己的名字，住在那裡，家中有那些人。這台錄音機會錄下你說話的聲音，等會兒放出來給你聽，你才能知道自己說話的問題是什麼。然後，請你看這邊……」邵老師指著呼吸測驗器上的紙幕顯示，「呼吸時，你的腹部會自然起伏，傳到感應器上，再傳到這台機器，那麼這組指針就會劃出你說話時的呼吸曲線。你要是呼吸越亂，講話口吃就會越嚴重。」

他直挺挺地站著，就跟立正一樣，肚子僵硬，手和麥克風緊抵著戽斗的下巴，嘴巴開開的，舌頭緊縮，發出空洞的「我……」聲。有那麼一會兒，老師和台下的同學都不說話，只是盯著他看，等待他說出第一句話來。

「你慢慢說，越慢越好，一字一字說清楚。老師和同學們都是過來人，別怕。來，開始。」邵老師按下錄音機的開關，錄音機巴掌大的雙轉盤嗡嗡地哼叫。

他環顧四周，這是邵老師家的客廳，大概有五坪大，牆上掛著邵老師的成功大學和日本口吃病院畢業證書和許多感謝狀，還有一組墨綠色木頭沙發，和幾張矮凳上坐滿了學生。他說了自己的名字，瞥見測驗器上的紙幕，劃出了一道平緩，但忽然間拔高的曲線。「眞的會動耶……」他想。

「要放鬆呼氣喔……」邵老師說，「說話時不呼氣，說完才呼氣就會這樣。」

「原來如此啊……」他繼續說，「我……家住……在旗……旗……後，我……家……家有……有爸……爸媽……媽……媽……媽，還……有大……哥……二哥……哥……三……哥哥哥……」

他停下來不說了。

「你說完了嗎？」

他考慮了一下，想想還是別把小媽那房的事情說出來，他點點頭。

「說得很好喔。有些人第一次還沒法子說齊呢，來，大家拍拍手，給王同學鼓勵一下。」啪啪啪……邵老師接著說，「你看這呼吸曲線，密密麻麻的，很不規則又斷斷續續的，也反映了你說話的模式。我們來聽一下剛才錄你說話的聲音。」

錄音機的雙轉盤呼呼呼地倒轉，然後嗡嗡嗡地播放。

「沙沙沙……喀喀喀……我……我……我叫王……王……明……燦……燦、燦、燦……我……家住……在旗……旗……後，我……家……家有……有爸……爸媽……媽……媽……媽、媽媽，還……有大……哥……二哥……哥……三……哥哥哥……」

這就是自己的聲音嗎？果然啊，明明知道自己是口吃的，播放出來的聲音也一定是結結巴巴的，但是親耳聽到時，還是覺得那麼不可思議，好像完全是另一個人，陌生人在說話，好像那錄音帶裡所儲存的世界並不是剛剛自己所身處的世界。

要說那不是自己的聲音，也可以說那不是自己的聲音吧，因爲畢竟是機器錄過又放出來的聲音，當然會有所不同了。所以，要說那不是自己所感觸過的世界，也可以說那不是自己所感觸過的世界吧。但那專屬於他的斷裂重複的口吃腔調、話語內容和呼吸聲，確確實實地向所有人揭露開所有的細節，讓那剛剛逝去的世界顯得前所未有的清晰，由於不住地反複、暫停，使得每一處語句的轉折、凹陷和錯落，都被塗抹得如此鮮明，幾乎可以一邊聽，一邊用手指頭一一地指出來：這裡是倒塌封閉的梅嶺礦坑，這裡是美軍轟炸海岸陷落的漩渦，再過去則是關山大地震碎裂斷絕的鐵橋……這是個無可遁逃與掩飾的世界，而非光滑浮現未知預言的水晶球表面。

「王同學，有沒有聽出問題在哪兒了？這也是各位同學的共同問題，其實你越想說快，就會越結巴。要越慢越好，慢慢說自然呼吸，反而才會快……再來聽一次。」

要衝進去的一瞬間，他捉了剎車，人倒翻飛出去，撞到排水溝的側壁，再滾進到水溝底，腳踏車則是側倒滑進溝裡，後輪被他滾下來壓住了，前輪突起在水溝邊。

水溝底是乾的，只有一層薄薄乾裂的污泥和魚腥味。他躺了一下子而已，便爬出溝，中洲二路上一個人也沒有，那個囝仔也不見了。

他坐在水溝邊，全身都在發痛，破皮出血，衫褲也破了。頭殼撞得不輕，原本以爲會腫起來變一丸，結果他舉高手一摸，沒摸到哪裡有腫，反而是裂了個洞。他用手指頭探了探，洞還挺深的。他又看了看摸了洞的手指頭，卻一點血也沒有。其實那洞也不怎麼痛，風一吹還有點涼涼的感覺，他覺得這頭好像變得不是自己的了。

然後他死命地將腳踏車拖上來，立好後就把脫落的鏈條喀啦喀啦地裝回去，一邊喀啦喀啦用手轉踏板，一邊就哭了出來，摔下去的時候眞覺得自己會就這樣摔死了。

腳踏車其他地方好像還好，沒壞，後輪的蓋板有一點歪而已。他推著跑了幾步，還是很順，但是左腳膝蓋烏青也腫了，很痛，施不了力，助跑時一踮步，喀、兩踮步，喀、三踮步，喀，一踩就痛，跳不上座墊，只好放慢一些，喀喀喀喀喀喀地小碎步地踮，推了一小段路，才跨上座墊。左腳伸不直，沒法踩踏板，只能單靠右腳往下猛踩，讓踏板迴轉。

騎到門口在牆邊停住，車子倒下來時，他就整個人跟著一起倒到地上。

阿母聽見剎車聲音，走出門來，嘴裡還大聲唸著：「這麼晚，你又半路跑去游泳了嗎？」但一看到他摔在地上嚇了一跳，「怎麼會整個身軀都是土？衫褲挫破成這樣……」阿母把他拉過身來，「耶，還在流血……你是摔下來嗎？」

「嗚嗚嗚……」他點點頭。

阿母把他的身軀拉來轉去，「哪會摔成這樣，腳手都挫成這樣，連面都是血……哇，頭殼頂怎麼破一個孔那麼大孔……你是在哪裡摔的？」

「浦浦……浦口菜……菜市仔前面的大……大……排……排……水溝。」

「唉，你這大舌就是改不過來，看你以後要怎麼辦？」阿母用手去撥那個裂口，「夭壽喔，那條溝仔這麼大條你也衝下去……」

「痛，祝……祝……痛耶……」

「這麼大孔當然痛，你就這樣騎轉來？」阿母轉頭看腳踏車，「腳踏車沒摔壞？」

「有……有……有落鏈啦……我有……有……有用好了，祝痛耶。」

「這麼大孔沒辦法塗藥，要去給人家縫針。」

阿母轉身回厝裡面，他聽見她喊著，「麗青，灶腳火妳顧一下，我帶妳哥去看醫生。」

他就坐在門口地上，揉著烏青的膝蓋。

「喔，他是怎樣了？」小妹說。

「摔到頭啦。」阿母說，「妳阿爸要是有早轉來，就跟他說我帶妳哥去邱外科。」

「我要去看他一下。」小妹跑出來，「哇，摔得這麼嚴重。你是在哪裡摔的？」

「浦浦……浦口菜……菜市仔前面的大……大……排……排……水溝啦。」

「好了啦，妳去顧火啦。」阿母紮了個頭髻，頭耳包上花布，「妳阿爸等一下就轉來了，桌頂筷啦、碗啦先去款款耶……」

「喔。」小妹回厝內去。

「站起來，土腳不要黑白坐啦。」阿母幫他拍掉身上的土粉，「來，緊走，等一下你阿爸轉來就要吃飯……」

「好……好……」他說。

舢舨靠了岸，人陸陸續續地上岸，他是最後一個。一上岸，他越過了渡船頭前的海岸路，走上廟前路。遠遠地，他看見天后宮廟埕前雙排竹竿上掛著六盞紅燈清清楚楚的，怎麼樣也不會認錯。阿母就在天后宮後頭通山巷的厝裡躺著，等他回家送她。

「要記得回來送我喔。」阿母說。

沒趕上……「唉，還是沒趕上啊……」他邊走，邊流著滿臉的淚與鼻水，沿路放聲哭叫，「阿……母……阿……母……我我……我……我回來……送……送妳……啦……」這時倒是又結巴了起來。怎麼就改不了……

他看到了天后宮，也就知道厝在哪邊，大約就在與那一排天后宮紅燈相距一根無名指的距離。

從第一船渠出入口往旗後的方向望過去，高雄港海面一片黝黑，連月光也爲之卻步。只有停泊的大貨船船舷的防撞紅燈亮著，和一點點旗後沿岸人家的微弱燈光、渡船頭候船亭的淒厲日光燈，依稀勾勒出些許港口岸壁的輪廓。那黃燈在舢舨的前頭引著航路，隨著靜謐的高雄港水波輕輕地搖晃，碎波染著黃顏色自舢舨的兩側一層層輕柔地褪去，他坐在船沿就像是屁股滑行於絲絨之上，但若是在白天，大貨船行駛激起的波濤甚至會掀翻舢舨。

舢舨過了高雄港的中線，夜晚的旗後景色在微弱燈光點綴之下，也就一寸一尺地逐漸清楚浮現。他想起國中時和益仔、阿和仔、寬仔比賽，誰能夠從旗後的渡船頭游過高雄港，游到哈瑪星那邊去。直線距離是沒什麼問題，但是大船進出實在是太多了，透早漲潮去游根本閃不過，只游到了中線就只好游回去。

而在這中線的下方，是一片長形的沙洲，傍晚海面退潮時，他和益仔、阿和仔、寬仔會游過來，潛到海裡去在沙洲裡挖「沙叢」。「沙叢」的樣子跟西施舌很像，一叢一叢地聚在一起長，只是小一些，吃起來味道也差不多。每個人一個竹籠子裝滿了，就游回渡船頭，帶回家給阿母煮湯。

阿母很愛喝沙叢的鮮湯，其實菜市仔是有賣的，但是跟西施舌同價錢，捨不得買來煮，「又游去那麼遠！你這囝仔眞正是不怕死。」帶回家時，阿母總還是會這麼罵個兩句。

「燦仔！你先不要再哭了啦，你要講啊……大舌也可以慢慢說啊！」

班長雙掌像蓮花綻放，張開十指挺直地托著他的手和話筒，他想要是班長的手拿開了，自己的手和話筒又會掉回桌上吧。

他聽見話筒裡傳來小妹的聲音，但是她說了什麼？她說了什麼好像在進耳朵前就給網子濾掉了，只剩下嗡嗡嗡的震動掉進耳朵裡來。他的手和話筒緊抵著戽斗的下巴，嘴巴開開的，舌頭緊縮，他想對小妹喊點什麼，或許叫她大聲點再說一次，但反正她要說的就是阿母去了的事情……

【作者簡介】

王聽威（一九七二—），高雄中學、台大哲學系、台大藝術史研究所碩士。小說創作團體「小說家讀者8P」成員之一。以符號學與通訊理論為基礎寫成的〈SHANOON海洋之旅〉入選《八十七年短篇小說選》隨即引起文壇側目，被譽為「九十年代的小說新典律」。曾獲台大文學創作獎、棒球小說獎、全國大專學生文學獎、打狗文學獎、國藝會長篇小說創作專案補助、台灣文學獎、高雄文學創作獎助計

南台灣
高雄市
旗津區
閱讀文學地景

畫、宗教文學獎等。曾任《Marie Claire美麗佳人》報導總監、《FHM男人幫》副總編輯。現為台灣明報周刊副總編輯。著有短篇小說集《稍縱即逝的印象》、故事集《台北不在場證明事件簿》，以及《阿貴趴趴走》、《愛情6P》、《不倫練習生》、《百日不斷電》等合集。

【作品賞析】

記憶、夢境、意識流——現代主義文學的灘頭堡，擺脫寫實主義束縛之後，小說可以不再依賴或是企圖描寫現實，於是人與外在環境立刻變得若即若離地曖昧起來，他轉而從主觀的、不可靠的，甚至可能虛假的記憶著手來重塑世界，那原本只屬於作者的個人經驗，卻可能形成新的集體記憶，就像小說〈奔喪〉中的事件地點旗津港，那條男主角自小來回走動的通向沙灘的石板小巷，還有墊腳偷看的海軍軍營，家前方的天后宮、馬達仔舢舨、甘仔店、造船廠，還有那枝紅豆枝仔冰……極端個人的經驗變成大家共同的精神財產，小說強勢主導了文化走向，而這當中不能否定掉的自然就是語言的魅力。

——熊宗慧撰文

奔跑的少年

李志薔

我帶著女友一路從台北玩回高雄。

受不了母親逼婚的疲勞轟炸，我們遂找了藉口，一起溜上壽山公園欣賞夜景。

站在忠烈祠的護欄旁往遠處眺望，整個港都的繁華俗麗盡在腳下閃爍。愛河像一條鑲了晶鑽的銀蟒，從都市峽谷底部蜿蜒著滑入西子灣外的海港。港區帆檣雲集，一艘艘船艦泊在船塢裡，隨倒映的波光擺盪著，靜沉沉彷如安眠。

面海的後頭還有一座動物園。黑團團的茂林裡有幾聲淒厲的猿鳴滲透出來，哀哀然宛若嬰啼。路上飆車族不時狂嘯而過，留下陣陣淫聲穢語在夜空裡迴盪。我想起小時候也流行過這種「抓猴」的遊戲，趁情侶們陶醉忘我之際，從樹林裡偷偷跑出來捉弄人。女友膽怯地拉拉我說：「好嚇人哦！」那一聲嬌嗔惹得我心旌意搖，於是我邪邪一笑，趁機將她摟入懷裡親吻。

蟲聲唧唧。巍峨的忠烈祠矗立在墨黑的山頂，像一團巨大的陰影，正以那熒熒的鬼魅之眼，俯瞰著底下的莽莽眾生。我驀然想起牆內那些革命先烈的遺照，一張張黑白放大的人物臉孔，宛如陰魂不散的幽靈，排排並列在歷史的迴廊……慾火難耐啊，我拉起女友跨越護欄，避過裡頭那條掛滿靈位和史料照片的幽暗甬道，轉入灌木叢林，一步一步往她幽微的谷底探索下去……啊！一場歡愉的野合戲。

冷不防，一個少年從草叢裡奔出來（喔！這該死的頑童），嚇得女友花容失色。我定睛一瞧，那不是我父親嗎？那樣的裝束，那樣的打扮（女友事後說：「好像走錯攝影棚的演員喔！」），我記得多年前曾在照片上看過的。那是某次捉迷藏遊戲中，被我從母親嫁妝櫥的舊衣物堆裡搜出來的一張老相片。相片裡，父親蹲在某個防空洞口，背後是乾涸的稻田和一大片毫無生氣的雲架；昏濛濛的雲天裡，有幾架米國轟炸機如鷹盤旋；遠遠的地平線外，一顆顆炸彈像鐵樹開花似的，迸放出滿天的塵霧；父親光著頭，泥著一張臉，黑洞洞的眼瞳裡透著一絲恐懼……

不知道什麼人什麼時候拍的那幀照片，表情竟如此傳神吶；而眼前這個光頭少年，此刻，竟穿著相片裡的對襟短褂、粗布七分褲，明晃晃地站在我的面前。

時光彷彿錯節了。少年驚恐的表情被凝駐在朦朧的光暈裡，像哪張歷史圖片，從時空的裂縫裡滲漏進來，森森然誤闖了我記憶的禁區。

但我確切記得：當年，父親是來高雄接祖父回家的啊！

那天夜裡，隔壁村的大叔前來傳話，說被徵伕的祖父沒死，卻是躲在馬來西亞某個荒島的熱帶雨林裡。後來，被一艘躲避颱風的台灣漁船發現，這會兒，就要載回哈瑪星了。

隔天一早，三伯公立刻整理行囊，不知哪裡借來一匹鐵馬，載著父親一路從學甲踩到高雄碼頭接人。那一年，父親才十一歲吶。我記得父親說，那是他第一次離開家鄉，內心興奮極了。他一輩子都不曾走過那麼長遠的路、看過那麼多的汽車和樓房；父親甚至輕浮地說，很難想像城市是如此地熱鬧，都市女人是那樣地時髦、嬌媚……

當時，我坐在病榻前，望著眼前那個兩眼昏瞶、已然瘦成皮包骨的老父，心中著實無法想像：過了幾十年之後，父親竟還記得起這許多細節（尤其是有關女人的記憶？）；正如同我也無法想像：那個在日據時代被徵伕的祖父，如何像魯賓遜一樣，在戰爭過後，獨自在不知名的荒島叢林裡度過兩年的時光？又如何走狗屎運剛好被行經的漁船發現？

我只能定定地望著父親那黑洞般的眼瞳，反覆揣度著人類頹朽的肉體、腦幹的結構和記憶之間的關連……而眼前這個少年父親，的確以他鮮活的肉體和青春之姿，活在我的面前啊。唯一不變的，是那雙充滿恐懼的眼瞳，彷彿被後頭什麼東西追逐著似的。

遠處城市霓虹閃爍，港區的燈火將夜空染成了血一般的紅漬，山後鳥啼咽咽，獸嚎暴躁如鳴雷；父親從密林深處奔出來，急促的腳步踩亂了一地野合的人影，匆匆忙借我問了上山的路線，轉眼間，又消逝在濃濃的夜霧裡了。

我想像他年幼的身影穿越重重樹籬，繞過了背後纏縛著鐵蒺藜的森嚴軍營，是怎樣驚擾了那些被圈囿在柵欄裡的動物禽鳥，致使牠們彼此磨蹭著、推擠著，發出那互不信任、吱吱嘎嘎的吼叫聲。

事後，父親說，那天長途跋涉，進高雄時他已經累癱了，對著三伯公直喊餓。人生地不熟的，三伯公頓時也失了主意，只好先到火車站前找人問路。那時候，高雄的氣氛已自不同了。台北的緝菸事件引發民變，形成台灣人和外省阿山對陣。事件擴及中南部，市民攻下監獄和派出所，把繳械的武器集中在高雄第一中學（啊！那是我的高中母校），並成立指揮部，準備派代表和南區軍事要塞司令彭孟緝談判。

時值仲春向晚，城裡風聲鶴唳，人心惶惶。走在大港埔街上，市區方向已聞零星槍響。好心的路人對三伯公說：「那邊危險吶！聽說軍隊準備要殺下來囉……」

處境尷尬，就像電影裡披星戴月、尋找寶藏的主角，前方有猛獸看守，險峻的地勢又充滿危機；但你走在獨木橋上，背後已無路可退。三伯公塞了顆番薯給父親，咬咬牙，自顧自說：「我們得去接人呀！」

行至中正橋頭，街上已是屍橫遍野（父親說話的表情極盡誇張之能事）。舊市府前的大馬路被封鎖了，居民紛紛掩門閉戶；零星的木柵、沙包、車輛和燃燒著的櫥櫃家具，東一塊、西一落地棄置在空蕩的廣場上，整個鹽埕區看不到一個活人蹤影，靜悄悄彷若空城。路旁那些來不及處理的屍體，在烈日的曝曬下，發出令人欲嘔的腥臭；鮮血染紅愛河，順著水流一路蔓延到西子灣去了。父親說，他一輩子沒看過這麼慘烈的畫面，剛吃下的那顆番薯當場就給吐了出來。

「沒辦法呀！」病榻上的父親使勁地皺了皺眉（我彷彿從他的表情看見當年的老三伯公）。路被封死了，他們只得從人家家裡借道。三伯公一手拉著他，一手扛著鐵馬，跌跌撞撞翻越那運送煤與糖的新濱線鐵道；迎面卻撞見下山掃蕩的軍隊。

那眞是一幅驚險的畫面呵，像被放錯頁碼的電影劇本，兩個無關的鄉巴佬誤入千軍萬馬的拍攝現場，卻沒有人及時出來喊「卡」！父親當場閃過一個「完了！」的念頭，就發現自己被圍困在壽山公園腳下。

殺氣騰騰吶，人們傳說鳳山軍和要塞軍東西夾攻，這會兒正要往前鎮、小港的方向殺過去了。那些阿山仔軍人操著沒人聽得懂的缺舌口音，逢人便開火，以致軍隊所到之處哀鴻遍野、血流成河；一時間，父親和三伯公都呆住了，不知該繼續往前走？還是退回民宅躲避？

夕陽跌落山的虎口，把整個天空染成一片殷紅，遠處槍聲不斷，人們四散奔逃如驚弓之鳥。父親和三伯公困在人群裡，像被洪水沖散的雞鴨牛羊，彼此推擠著、踐踏著，發出歇斯底里的哀鳴。父親說，後來他察覺自己被人群擠入巷弄裡，才回神，就發現和三伯公走散了，嚇得他不知所措，一撇嘴，遂放聲痛哭了起來。

父親說，他永遠記得最後的那個畫面：三伯公死勁銜著那輛鐵馬，拚命想往外闖出一條生路；卻一再、一再地被漩渦般的人潮給逼擠了回來。他望見斗大的汗水從三伯公的額上滴淌下來，那張臉，早已扭曲得不成人樣了。三伯公急得直嚷嚷，也顧不得哈瑪星渡船頭的方向往哪裡去了，唏哩呼嚕丟下鐵馬，便往人堆裡竄逃而去……

（父親回憶說，他甚至不曉得三伯公是怎麼回到家的。）

後來，據逃回學甲的父親說，他那時候不知哪來的一股蠻力，逆勢操作，拔腿便往山的方向竄去；途中，他向一戶民家問了路，繞過軍營、樹林和幾座安了高射砲塔的山坳，最後在某個石灰岩洞裡躲了三天。

當晚，父親說他餓昏了，腦袋瓜裡盡想著帶出來的甜甘薯，早忘了不知去向的三伯公；更遑論去哈瑪星接祖父的事了。黑暗中迷迷糊糊作著夢，時睡時醒，弄得更加饑渴難耐了。好不容易熬了一夜，待到天亮，他才敢出來採野果、獵山雞吃。父親說，他只記得抓到食物後便拚命往肚子裡填，彷彿這輩子不曾如此餓過似的。

（一直要等到好久好久之後，父親才知道：原來自己躲藏的這座山，就是頂頂大名的「打狗山」，當年因替日本昭和太子祝壽，改名「壽山」；後來，又被國民政府以蔣公壽誕為名改稱「萬壽山」……）

那三天裡，父親像個野人似地。他用樹幹磨成的尖矛護身，在迷宮般的夾竹桃林裡尋找出路，卻一次又一次被蕨類、山芋和芒草密生的莽林所困住。幾十年後，父親躺在病床上，瞇著昏眊的老眼悲戚地說，沒想到，他自己竟是以這樣的方式經歷了祖父在南洋的蠻荒生活……

而我那個躲在南洋的祖父，終究也沒有回家。事後發現根本就弄錯了，傳話的人許是聽錯了人名；或者壓根兒就沒有這碼子事，他只是把某個相似的姓名和祖籍拼湊在一起，得到一個自以爲是的答案而已。

而祖母等不到丈夫，一個兒子又差點失了性命，剛升起的一股希望又陡然墜落谷底，一時哭得昏天暗地、吐血不止，腳下也不良於行了。

後來，族人在田壟邊草草立了個墓碑，找來幾件祖父的衣裳埋成衣冠塚，算是盡了人事。父親在病榻上躺了年餘，從此無法上學，卻瘋狂地害怕起番薯的味道。

兩年後，正值時局動盪，大批外省軍民輾轉渡海來台（我女友的父親、母親也在其中，當時他們都還是小孩吶！）。他們流徙了大半神州河山，從上海、青島、重慶、海南各地落戶到台灣，成爲不折不扣的難民。一時間，兵荒馬亂，整個台灣島彷彿全騷動了起來。父親說，當時他看見那麼多外地人潮從四面八方湧來，乘車的、走路的、扛家當的、攜家帶眷的……以爲當局又要來抓人了。於是，他二話不說便往防空洞裡躲；躲了一夜不安心，又摸黑回家收拾行李。父親說，說來沒人相信，他竟沿著記憶中的老路，一路迷迷糊糊逃到高雄壽山上躲藏。

那時候父親才十三歲啊！難怪日後父親和我那外省籍的女友對話時，總是動不動就突然溫呑、自閉了起來……

我記得第一次帶女友回家時，父親相當高興，一直盛讚女友長得貌美又溫婉，「將來一定是個賢妻良母呵！」父親笑著說；然而當他們倆用完全陌生的語言，努力要逢迎對方的時候，父親頓時便語塞了。之後好長一段時間裡，他只能尷尬地笑著，兩眼直盯著桌上的菜餚，一口一口默默地飲著老酒。

那晚，我摸黑悄悄鑽入女友的身體。隔著薄薄的木板，父親的夢囈和女友歡愉的呻吟交奏成一曲詭魅的音律，致使我心神恍惚，久久都不能挺舉。慌張與羞憤之餘，我趴在女友光潔的肉體上，汗水竟似山泉一樣地泌湧而出……女友瞳孔的倒影中，我恍惚瞥見了驟雨叢林裡，那個顚沛流離的祖父。

大雨滂沱，氤氳的水霧裡，祖父模糊的身影潛身在漂滿綠萍的沼塘，沼塘的周圍，一棵棵椰樹、菠蘿蜜叢高聳蔽天，雨水從樹隙裡急灌而下，淅瀝啪啦響著暴烈的節奏。祖父穿著皇軍制服，水潭外露出一雙驚惶的眼，隱藏在帽沿下的那張臉卻是一團漆黑。遠處砲聲隆隆，閃電同火光交迸，映照一潭詭異的顏色。火彈爆亮的瞬間，我看見祖父的四周，竟全是蜥蜴、蟒蛇和巨大獸骨堆積而成的屍骸……

五十年後，當父親已被生計折磨得一身狼狽，病奄奄躺在臥榻之時，再度跟我提起了那段逃亡的歷程。父親說，那天他一路從學甲出逃，走到腳底都磨出水泡了；卻還是不敢停下來。沿途，他悶著頭走，不敢和旁人打交道；卻也意外發現許多本地人同他一樣，攜家帶眷逃往高雄。當時他心裡就想，這眞是場大災難啊！迫使這麼多人無家可歸。然而；好多年後他才發現，那些從台南、嘉義、屏東、澎湖等地遷徙的大動作，竟只是時代經濟轉型中，另一批「移民就工」的農、漁民潮而已。

父親說，後來，他在山裡躲得慌，食物也吃光了，再也耐不住煎熬。夜裡，他離開洞穴覓食，迎面卻撞見一對正在偷情的男女。（啊！原來我們就是在這時空交會的？）

現在回想起來，剛剛那個滿身髒污的光頭少年，的確是我的父親呵。我原本恍惚以為：自己撞見的，是那個夢裡面目模糊、躲藏在南洋叢林裡，有著傳奇性悲愴一生的祖父呢。祖母經常抱怨：「你阿公是個沒路用的人吶！」，既不會做生意，又不懂得鑽營，一輩子看起來畏畏縮縮的，註定是要老死田壟的那種。

（我算一算，祖父的一輩子，也僅只二十九個年頭而已呀！）

後來，祖母臨死前突然語重心長地說：消失在南洋，也許是結束他一生最好的方式啊。至少，還撈個戰死沙場的光采。只是，我怎麼也無法想像：這樣一個畏縮猥瑣的祖父，如何能在潮濕多雨的南島匍匐前進，和我們所謂的英、美盟軍作戰？又如何能在那個充滿漆樹和菠蘿蜜、獸類橫行的蠻荒異境裡存活下來？更遑論還有槍林彈雨和連天的烽火……

倒是我父親，無緣無故捲入那血光之災，從此沾惹了一身晦氣。就像一個打扮好準備要出遊的人，不小心一腳踩在糞坑上，那雙皮鞋和白西裝從此就這樣束之高閣了。父親說，更慘的是：他腳上那些水泡，打從那時候起就沒有好過，母親撒起潑來經常罵他：「哪有人傷口一年到頭都在擦藥，擦了幾十年還醫不好的？」

父親無奈地說，關於那偷歡的戲碼，當時他不甚了了，也沒心思窺看。他在意的只是時局平靖沒有？後面有沒有追兵？然而，當白日太陽升起，他從山頂往下眺望時，看見底下密密麻麻的城市樓宇、廠房煙囪，一片繁華盛世、和樂昇平的景象；才恍然大悟：一切都只是錯覺而已。

於是父親壯著膽子下山，翻越鐵道循來路走回市區。市政府運作如常；愛河一帶也是遊人如織，火車站前，僅僅多了許多衣衫襤褸的老弱殘兵，和來來往往運送物資的軍卡貨車而已。一切和從前沒有兩樣。

父親說，當時，他狼狽地站在人來人往的旅客當中，再一次感覺到自己的愚蠢。

於是，父親再也不回老家了。他隱姓埋名，在哈瑪星渡船頭找了個炭行小弟的工作，從此在壽山腳下闢門落戶。幾年之後，當父親重回學甲，準備把祖母和幾個叔叔接到高雄時，祖母驚訝之餘，高興得從病床上爬出來迎接。她拜天跪地，直說是祖父的陰靈庇佑；來到高雄之後，卻又開始改口，幻想著：也許哪一天祖父也會奇蹟似地回來？

我記得小時候，祖母的雙眼已經看不見了，卻還是每天守在門口盼著。有時候，祖母會要我推著她，走大老遠的路到哈瑪星等祖父；等著等著，祖母會突然認眞對我說：「政府若打回去大陸的時陣，你阿公就可以回來囉！」

……

事後，證實祖母的想法只是一廂情願的幻影而已。而之後二十餘年的歷史證明：父親當初所謂「和樂昇平」的景象也僅是另一種幻覺而已。繼之而起的，有更隱而不顯的恐怖統治。那二十餘年中，父親在壽山腳下結婚生子、從事燒炭的工作，復因經濟環境的變遷，改做水泥礦工和煉鋼工人，一輩子都爲生計忙碌奔走，從未和政治或意識型態扯上關連。然而可笑的是：如今我反覆思量起來，父親之所以能逃過那個時代雷厲風行的白色恐怖，最大的原因，竟是由於他底層勞工的背景過於平凡吶……。

打從我有印象開始，父親就已是個畏畏縮縮的人了。他一輩子沒交過知心的朋友；不曾做過什麼轟轟烈烈的大事；每天放工回家只守著一瓶米酒，迷迷茫茫就把日子給混過去了。即使五十歲以後，由於失業的緣故，父親到外地當起流浪的建築工人；但遇到挫折的時候，他還像個小孩似的，不時要偷偷溜回家裡躲著。直到他離世之前，母親生氣時最常罵他的，總還是那輕蔑的一句：「哼！你這個無路用的腳屑！」（他到死前腳上的傷口都還沒痊癒。）

我記得小時候看過一張父親的照片，那是他在當採石工時一位姓杜的伯伯拍的。（哦！記憶中，那是父親唯一的朋友，但是後來爲什麼也不再往來了？）照片裡，父親袒胸露肚，泥黑著一張臉，工程帽底下是兩輪灰翳翳的眼白。忙碌的背景中，許多工人持十字鎬敲打著，卡車來去掀起迷霧般的煙塵；那龐大的打狗山，像一坨巨大的陰影，正以一種不動明王的姿態，默默俯視著底下的一切。父親咧開了嘴，不知怎地笑得很尷尬。後來，病榻上的父親無意中看到這張相片，竟睜大了眼一躍而起，指著某處叢樹林的小黑點說：「啊！那就是我當時躲藏的洞穴呀！」

他的一生，竟被這樣的記憶給困住了……

我悚然憶起許多年前，在三伯公的喪禮上，父親披麻帶孝宛如他的嫡子。送葬的隊伍嗩吶齊奏，蜿蜒著繞過祖父的墳邊，來到對面的田壟；就在眾人撤幡離去，冥紙紛飛的時刻，父親突然撲到墓前，老淚縱橫地說：「三伯啊！你到底走去佗位啦？……」

蟬聲乍響，蟲噪唧唧。

少年消逝的身影在草叢裡驚起一對飛鳥，交錯奔逃的姿態，宛若記憶的殘片四散紛飛。情急之餘，我顧不了女友的呼喊，拔腿便往父親的方向追去（事後女友說，那時我大概是中邪了）。我追進樹林，樹林裡杳無人跡；追過掛滿烈士遺照的忠烈祠，急促的腳步拍擊出空盪的迴音；我追過服役時駐紮的南區司令部、追過那獸鳴戚戚的動物園……，才回神，便發現失去了父親的蹤影；而自己，卻站在山後「元亨寺」的靈骨塔前。

早在父親離世之前，便囑我們要將他的屍骨帶回學甲安葬；後來還是母親嫌路途太遠，土葬又花費不貲，是以草草火化了事。如今，父親的骨灰靈位，就供放在那元亨寺的高塔裡面。

魅影幢幢吶，記憶中那錯置如迷宮般的羊腸小道，在千迴百轉的尋覓之下，竟給繞出了一方出口。就像一張長期被水泡爛的地圖，這樣東拼西湊的結果，意外地給還原了模糊的面貌。不！也許更像暗中摸象，燈光全亮的剎那，呈現在眼前的，竟是如此一副駭人的骨骸……

我記得「美麗島」抗議事件發生那時，我正好上國中，父親騎鐵馬大老遠地載我去買書包；卻不知什麼緣故被困在中山路圓環的人群裡。團團的拒馬和鐵蒺藜將幾條馬路圍成一個宛如獸欄的圈圈，群眾和憲警裡裡外外相互僵持、對峙著。我和父親在火把、釘耙和盾牌之間來回穿梭，卻一直找不到出路。

情境駭人吶。我緊緊拉著父親的衣角，忍不住放聲大哭起來；卻依舊被大批推擠的人潮衝散。人縫裡，背後城市的高樓影影綽綽，火光映得人臉扭曲變形。我看見父親的身影在人潮裡載沉載浮著，他的一雙手，卻還死命地護著那輛寶貝鐵馬。

突然間，前方殺聲四起。所有挨擠著的人們像一條河流般游動起來。奔逃的、躲竄的、向前廝殺的、往後推搡的……宛如一股洶湧的浪潮，不明所以地盤繞起來。父親顯然慌了，他望著我，沒命地往外推擠，卻一次又一次被漩渦一樣的人潮逼擠回來。

時光彷彿靜止了，那喧騰的人聲宛如慢動作的抽格畫面，一點一滴淡出我的耳膜。就在那片空寂的畫面當中，我陡然看見父親扔下鐵馬，情急之下不知爲何卻嚎出聲來，那聲音如此淒厲，以致於聽起來像是在呼喊。

我聽見父親竟然呼喊著：「我……我要去接我老爸啊……」

——收入二〇〇五年九月寶瓶文化出版《台北客》

【作者簡介】

李志喬，本名李志強。台大機械所碩士。現從事拍片及寫作。短片曾獲金穗獎，紀錄片《浮球》入選加拿大溫哥華等多項國際影展，電影《單車上路》入選德國曼漢姆影展、亞洲電影節及南方影展等。文學創作曾獲聯合報、中央日報、台灣省文學獎、台北文學獎等近三十項。著有《甬道》、《雨天晴》、《台北客》、影像書《流離島影》等。

【賞析】

本篇小說以高雄鹽埕區、哈瑪星港灣、壽山、忠烈祠等作為場景，勾勒出少年的家族歷史與成長記憶，以纏綿而哀悽的筆法，點出了從日據時代到國民政府，於政權交替之際，台灣本省人民所一再遭受到的政治創痛與傷痕。

少年的祖父戰死在南洋戰場，而父親則在經歷過二二八事件的血腥屠殺之後，選擇從此噤聲不語，帶著慘痛的記憶，抑鬱地度過了平凡的一生。然而，在事件發生之時，少年父親在高雄街頭上惶惶奔跑，奔向哈瑪星港灣，欲迎接祖父歸來的身影，卻始終未曾在時光中消逝過。數十年過去了，他一直仍然在奔跑著，倉皇的步伐中串起了祖、父、子三代之間不可斷絕的親情，也串起了埋藏在高雄地理風景之下的，點點滴滴的憂傷回憶。

——郝譽翔撰文

秋菊（節錄）

吳錦發

因爲是週末，今天的客運車顯得特別擁擠，我拉了兩次鈴，費足了勁才擠到車門附近。

「下車！下車！」

車在站牌前停了，司機待了一會，大概發現沒有人下車的模樣，油門一加剛啓動，我慌忙向車掌大聲喊起來。

「要下車怎麼不快點？」車掌咕噥了一句，拿起掛在脖子上的哨子，吹了一長聲，示意司機把車重又停了下來。

我差兩步，被一個裝得鼓鼓的麻布袋阻住了，擠不到車門口。

我一急，不管三七、二十一，踩過那只麻布袋向車門衝去。

腳踩到麻布袋上，軟滑滑的感覺，並且聽到「喂——伊——」一長聲慘叫，把我和全車乘客嚇了一大跳。

隨即聽到一個歐巴桑的詈罵。

「夭壽！你把我小豬踩死了！」

全車猛地爆出一陣哄笑，我趁亂滿頭大汗地衝下車去。

右手按緊頭上的大盤帽，左手提著書包，順著衝下來的餘勢，向前跑了幾步，回頭，客運車已放了幾個大臭屁溜走了。

我愣立在碎石鋪成的鄉道上，爲剛剛踩到小豬的事啞然失笑起來。

由鄉道向前方望去，一片蒼蒼茫茫的綠海，直漫到金字山下才停住；這是家鄉菸田的景觀；這時期正是菸葉採收的季節，綠中帶點淺黃的葉片，隨著柔風，以雅致的姿態輕輕擺動著，像跳「扇子舞」的仕女們手中的羽毛扇子一般，從葉尖細碎地抖動到葉柄，那種搖動如水樣柔和，一陣風過來，只見那葉海由近及遠，一波波漾動不已。齊人高的菸海裡，到處浮浮沉沉著摘菸婦女包著洋布巾的斗笠，看著眼前的美景，不自覺地腳步便輕快了起來。

「發仔，回來啦？」在路邊牛車上疊著菸葉的旺叔，停下手中的動作向我招呼。

「旺叔，旺嬸！」

「永德沒一起回來嗎？」旺嬸親切地問我。

永德是旺叔的么兒，和我一起在高雄中學念高三，我們一起寄住在外面，一個星期才回家一次。

「下星期一要考試，他說要留在學校用功！」

「哦！」旺叔笑笑，低下頭去又開始活動起來。

「你明天什麼時候回高雄啊？」旺嬸邊拉起斗笠上的洋巾尾拭汗，邊問我。

「大概五點左右吧，要趕那班直達車。」

「回去以前，你到我家來，我殺隻雞，你帶去和永德一起吃。」

「好！好！」我答得很快很大聲。

回到家，剛走進大門口，家裡那隻大黑狗便凶猛地叫著，從屋內竄出來。

「庫洛！」我大聲喝斥牠。

牠看清是我，馬上轉變態度，搖著尾巴，突然抬起前腳，親熱地向我撲過來，把我撲得向後顛躓了好幾步。

「回來啦——」我向著屋內喊。

沒有聽到回音，繞著走到屋後菸樓，只見祖母一個人拿著長柄掃把在掃著菸樓前的空庭。

「大家摘菸去啦。」祖母瞇著眼，停下手中的動作：「今天怎麼歸來這麼晚？」

「車子好擠，等了好幾班車……」我邊答邊走回室內去。

放下書包、帽子，打了一桶冷水到浴室沖涼；正在沖著，就聽到轆轆的牛車聲及父親斥喝牛的聲音；稍停一會，媽媽和工人們談話聲也傳進來。

「放這兒嗎？」

「地掃過了，就從這兒疊過去好了！」祖母正在指揮著他們把菸葉放到空庭中。

＊

我沖過涼，換了沾滿菸油的舊上衣，戴上布手套，往菸樓走去。

工人們正在忙著把牛車上的菸葉搬下來。

阿信哥站在板凳上，把菸葉一攬一攬地抱給工人們，接過菸葉的人再把它搬到土庭上，將菸葉蒂下尾上地豎疊起來。

我走過去，阿信哥一眼看到我便大聲嚷嚷。

「來，來，高中生，後生牛牯力量大，這一攬給你！」我看他抱著的菸葉快掉下來了，忙跑過去用肩把它扛起來。

扛著那一大疊菸葉，我兩三步快跑到庭上，用一個漂亮俐落的動作，一古腦兒把它甩疊在地上。

「贊！」阿信哥高喝一聲，對著我豎起大拇指：「可以娶餔娘了！」

在那兒幫忙搬菸葉的女工們都忍不住笑起來，我有些自得地向她們一一點頭招呼。

「欸，欸，欸……」我突然看到站在阿信哥旁邊正在卸下菸葉的女孩，抱著過重的菸葉，一個重心不穩，眼看要從板凳上摔下來了。

我忙衝上前，雙手高舉起來幫她扶住菸葉，想把她手上抱著的菸葉接到肩上來，沒想到我沒來得及穩住身子，她竟整個人倒了下來。

「嘩啦——」一聲巨響，連人帶菸葉一起把我壓垮在地上。

「怎麼了？」媽媽慌張地跑過來扶我。

「嗐，剛說過你可以娶婦娘了，你卻連個細妹也抱不住！」阿信哥仍站在板凳上說風涼話。

阿信哥一說，那些女工們更肆無忌憚地大笑起來。

「夭壽！妳們眞是……還不快來幫忙看看人摔傷沒有？」媽媽焦急地數落她們。

我按著摔疼的屁股，看看旁邊的女孩，她斗笠摔丟了，整個人趴在菸葉堆上，許久才轉過臉來，我看到她紅撲撲的臉扭曲著，有豆大的汗粒掛在額上。

「秋菊！秋菊！」阿信嫂這才慌慌忙忙跑過來扶起她，檢視她身體各部分：「那裡摔傷沒有？」

她抬起手，我看到她的右手腕滲著血跡，紅腫地擦破了一片皮。

「手……」她痛苦呻吟著。

「很痛嗎？」我關心地湊近去問她。

「對不起！」她突然轉過身對坐在地上的我點頭輕聲地說。

「……」我盯著她愣了一會，不知道怎麼回答她才好。

「春櫻，妳帶她去擦點藥吧。」媽媽向阿信嫂說。

阿信嫂攙起她，用肩搭著她，把那女孩扶到屋簷下坐著。

「你有怎樣沒有？」媽媽靠近來關心地問我。

「沒有。」

「那你就起來，去房裡拿瓶碘酒來，給她擦一擦。」

我默默站起來，起身往房裡走去，走過那女孩身邊的時候，忍不住瞄了瞄她，她發現我在看她，忙把頭低下去，長髮披垂到胸前，一動也不動地坐在簷下的椅子上，看著她高挺秀雅的鼻子，長而黑的睫毛，以及白皙的皮膚，我心裡突然顫了一下，我覺得她的神色有幾分熟悉。

我拿了碘酒出來，走近她，打開藥瓶蓋用棉花沾濕，示意要替她擦藥。

她有些靦腆地把手腕彎曲抬起來，我先用乾棉花把那傷口上的血漬拭乾，再輕輕把碘酒擦上去。傷口一塗上碘酒，她馬上痛得皺起了眼眉，看得出來，她是竭力地忍耐著不敢呻吟出來。

「痛嗎？」我輕聲地問她。

她明明已痛出眼淚來了，卻勉強著擠出一絲笑容，搖了搖頭。

我待了一會，再替她塗上第二遍，這回她已眉開眼笑了。

「你是阿發哥對不對？」她突如其來地這樣問我。

「唔？」我愣了一下。

「我知道你，姊姊常說到你。」

「妳姊姊？」

「冬梅啦，我是冬梅的妹妹秋菊。」

「哦……」我心頭一顫，慌忙把碘酒、棉花收好，匆匆走回屋內。

隔了這麼些時光，再次聽到冬梅的名字，內心裡突然覺得悵惘極了；我躺在床上輾轉反側，眼睛閉起來，腦海裡盡浮現著冬梅昔日的影姿。這些影像是這樣細膩、生動，使我幾乎要誤認爲她就站在我的床邊了；但是，一睜開眼，我便知道這一切都只是幻象，冬梅現在正遠在台北和她的先生一起生活著。

這個時候，她正和先生做著什麼呢？正穿睡衣互相擁臥著嗎？或者……我躺在床上，呆愣地盯著天花板的燈泡胡亂想著，愈是替她往甜美的地方想，愈是感到心裡的刺痛。

我已許久沒有像現在這般失眠著想她了，經過一段時光的隔離，我一直認爲，我已經徹底把她從我的思維中驅逐出去，但是現在我才明白，我只不過是自己在欺騙自己；今夜，這些被強迫壓抑的思念，好似突然找到了溜進我心靈的孔道。

「笨蛋！」我在心中吶喊著，把棉被猛地掀開，在床上坐了起來。

我呆坐著望向窗外，月光冷冷地從窗外灑進來，照在窗前桌面擺置著的萬年青上，使得萬年青的葉面像是蒙上了一層銀色的薄膜一般，從戶外拂進來的微風，使它的葉尖悄悄慄動著。

「冬梅。」我夢囈般呻吟，從床上滑下來，走到窗前。

無意中，看到掛在壁上那管多時沒有吹奏的洞簫，心意輕輕漾動起來，如波光一般的情意浮上心頭。

我把簫取了下來，用桌上的抹布把簫面上的灰塵拭乾淨，慢步走到屋外去。

深夜吹簫，以前是我心情鬱悶時，最好的發洩孔道。

我沿著屋後的小徑走向附近的土地公祠；土地公祠就在離我家不到兩百公尺遠的溪畔；祠前有空曠的祠坪，坪邊有一棵百年的老榕，枝葉滿滿覆蓋著祠坪的上空，我坐在祠坪的石階上，感到深秋的夜裡，露重霜冷，把夾克拉鍊拉上，輕輕吹奏起一些哀傷的曲調，那些曲子都是以前冬梅所喜愛聽的；簫聲如流水般從我的指間幽幽流出，流入夜色中，心中升騰著一股阻塞多時的幽怨之氣，我一古腦兒讓它從簫孔中流瀉出來；我愈吹愈覺得空虛寂寞，整個人彷彿隨著簫聲飄起來了，遊蕩在黝黑的夜色中。

這個時分，大約是深夜一點多了，除了稀疏的蟲鳴遠處的狗吠，整片田野似乎剎那間便充滿了我哀怨的簫聲……。

由於昨晚一直到公雞啼叫了，才迷迷糊糊睡著，我早上起來的時候，看看壁上的鐘，時針已經越過了十點的位置。

匆忙刷洗完畢，蹲在廚房灶旁草草解決了早餐。從廚房門口出來，瞄到後院媽媽和工人們忙碌著菸事的身影；我爲自己的貪睡覺得有些愧疚，所以便信步過去，想幫點忙。

「呵，後生，皇帝也沒你好命，現在才起床？你阿爸都犁過三坵田了！」阿信哥正在把竹菸篙串好的菸葉堆疊起來，看到我，便打趣地說。

我被他一說，愈發不好意思起來，正在工作著的工人們也都紛紛轉過頭來看我，我爲了解除這個窘境，慌忙從牆角找了一把小板凳坐到阿信哥身邊。

「我幫你忙！」

「幫我？免啦，你過去那兒幫幫她。」阿信哥指指隔壁。

我轉過頭，發現昨天那個女孩正盯著我靦腆地笑著。

「秋菊剛學會串菸，你幫忙指導指導她。」

「指導她？我……我自己都不太會呢。」我搔搔頭苦笑著說。說著拿起板凳移坐到那女孩旁邊。

「串菸都不會？後生，那你會什麼？」阿信哥不改他喜歡捉弄人的個性，不停地揶揄我。

「談戀愛啦，現在的後生談戀愛最在行啦！」坐在屋角的庚華嫂猛然插進來一句話，引得大眾咭咭不已地輕笑起來。

「好啊，阿發仔，那你就好好指導她談戀愛！談戀愛不用我教你吧？」阿信哥仍不放過我。

「你啊——」坐在附近的阿信嫂猛然向阿信哥擲來一片菸葉，笑罵著說：「七老八老了，還沒半項正經！」

大家看著又爆出一長串的笑聲，我感到臉燙了起來，坐在那兒窘得不知如何是好，瞄瞄那叫秋菊的女孩，只見她低著頭，雪白的頸項到耳根的地方，泛著淺淺的紅暈，因爲逆著光的關係，白絨細柔的寒毛，在她頸項上映出晶亮的光，我的心不禁起了一陣悸動。

「好啦，好啦，玩笑要開，工作也要做。」媽媽忍不住了，把嗓門拉開來喊。

「對，對，我們工作要緊，不要破壞他們後生仔談戀愛的氣氛。」阿信哥故意把聲音壓低下來，瞄瞄我和秋菊，故作神祕地說。

他的話又引起大家一陣輕笑。

我拉拉板凳，離開秋菊遠一些，然後埋頭用串菸針線把菸葉一片片串列在竹菸篙上。

兩人默默地做著手上的工作，一時間，耳邊只傳來「窣窣」不已的鋼針穿過菸葉梗的聲音，空氣中瀰漫著生菸葉的獨特味道。

平時我不常做農事，所以串菸的工作我做得非常呆笨，一篙菸串得高低不齊，急得我滿頭大汗，秋菊在一旁看著，也許覺得好笑吧，「噗嗤」一聲笑了出來，那純眞無邪的笑容，驀地在晨曦中綻放開來，像深山溪畔的野生薑花，我注意到她那小巧秀挺的鼻尖上凝著一顆晶瑩的汗珠……。

由於掛菸時少了一個人，阿信哥要我上菸架幫忙；我從沒上過菸架，當我把兩腳岔開，分踏在兩條木架上的時候，兩隻腳仍止不住直發抖，我半瞇著眼睛往下瞄，發現自己懸空站在那麼高的地方，一陣昏眩差點沒栽下去，趕緊又閉上眼睛。

「不要看下面就不怕啦，後生，都快要討姉娘了，還這麼沒卵帕，眞沒用！」

阿信哥岔腿站在我上方的菸架上，不停地打趣我。

我緊張得滿頭大汗，開始後悔剛才爲什麼這樣禁不起他的激，糊裡糊塗地就爬了上來。

由木條構成的菸架，分成三排九層，橫直交錯地釘牢架滿在菸樓內部，串好的菸，必須連同菸篙一串一串從地面傳上來，站在菸架上的人，接過手，有條不紊地掛在木架上，這些掛好的菸，必須經過一個星期的烘烤烤熟，再從木架上取下，另外經過選別，打包等程序，才能繳賣給菸酒公賣局。

現在攀在菸架上的有六個人，分成兩組，每組三個人，一個攀在菸架最上端，一個在中間，另一個在下方，我和阿信哥分在一組，秋菊在地面把菸篙豎起來傳給我，我俯腰抓住菸篙的另一端，把菸篙往上傳給阿信哥，再由他往上傳給最上端的人，把菸一串串由上往下列掛在菸架上。

兩組人不停地吆喝著，半嬉鬧地比賽誰掛得快，還濕、生的菸葉相當重；剛開始的時候，我爲了不在秋菊面前表現得不如人，故作英雄地追趕旁邊那組人的速度，但這樣的姿態維持不到半個小時，我就感到手瘦腳痲了，汗水淋漓，早已漬濕了全身的衣服，我咬牙強撐，乾脆把眼睛半閉著，僅由雙手重複做著機械性的動作，接過來，傳上去，接過來，傳上去……。

「欸！後生，你把菸篙傳到哪去了？你拚命捅我屁股幹什麼？我屁股可不吃菸！」

我正因為疲累，而精神恍惚的當兒，突然聽到阿信哥在菸架上方大聲喝叫，忙把眼睛睜開，發現自己把菸篙傳歪了，上端正頂在阿信哥屁股上。

「你把我子孫堂搞破了，我太太可會找你算帳！」

站在菸架上的人都被阿信哥的話逗笑了，不約而同地停下手中的動作呵呵大笑起來。

我窘著站在菸架上，瞄瞄下方，發現秋菊也咯咯不已地笑著，一再想把菸篙豎起傳上來，但傳到一半，又因為笑岔了氣而墜了下去。

「好啦，好啦，你們正經點！」媽媽大概同情我的處境，在底下忍不住咕噥起來。

把所有的菸葉掛好，差不多花了一個半小時，當我從菸架上爬下來的時候，兩隻腳痠痛得幾乎要癱了，我岔開腿，像青蛙走路般從菸樓裡走出來。

在門口，衝著面碰到正在就著大鐵口杯喝水的秋菊，她看到我走路的模樣，忍不住「噗嗤」一笑，把口裡的水都噴出來了。

我狠狠地白她一眼，她倏然整張臉都紅了起來。

回高雄的班車擁擠，車次又少，一個小時才有一班，回到住宿處已經晚上八點鐘了。

我和永德寄宿的地方，就在學校對面的巷子裡，那兒有一排公寓大都租給外地來的學生住。

我們住在其中一間公寓的三樓，有四十多坪，分隔成五間，每間不到十坪，我和永德租住一間，每個月房租八百塊，兩人各自分擔四百塊，水電費另算，浴廁只有一間，廚房一小間，三樓的住戶大家共用。

我們從不知道房東長得什麼模樣，是幹什麼的？房間是向二房東租的；二房東叫康書民，我們管叫他康B，是我們學校畢業的，考大學考了兩次都沒考上，還未滿二十歲，準備今年再考一次，考不上就得去當兵了，聽說他老爸是個中將。將軍的兒子畢竟和我們不一樣，經濟情況好像很不錯，他把這棟公寓的三、四樓租下來，三樓分租給我們，四樓他和一個女孩同居，那女的也差不多只有十七、八歲，長得很美很野，據說是在西餐廳彈電子琴的，他們同住一間約十多坪大的房間，空下來三十坪左右的空間，擺了兩檯乒乓桌，平常如果我們要上去打乒乓，只要投五塊錢到屋角一個木箱裡，隨便你愛打多久都可以。

二房東爲人很四海，雖然年齡只大我們兩三歲，但他講起話來很有老大的姿態，穿插著許多江湖話，給人一種很特殊的感受，穿著也很時髦，喜歡玩熱門吉他，常呼朋引伴在四樓開舞會，兩檯乒乓桌一移開，那兒就是很好的舞池；他偶爾也下來邀我們上去一起玩，但住在三樓的，都是和我一樣來自鄉下的土孩子，大家都不懂舞會是怎麼一回事，當然就更談不上會跳那些什麼勃魯斯、吉倫巴、恰恰……等舞步了。不過，有時我們禁不起誘惑，也上去「參觀」他們跳舞，喝雞尾酒，吃甜點。

來參加舞會的，大都是和康B一樣來自眷村的孩子，不是在補習班準備重考的，便是在讀職業學校沒有升學壓力的；女孩子則成熟得多，不知哪兒來的，差不多都很野；我們常乾坐一旁拚命喝雞尾酒，看著那些小傢伙摟女人，眞是羨慕死了。康B後來發現，我們雖然不會跳舞，但「消耗」雞尾酒和甜點的數量卻很驚人，所以規定以後我們要「參加」舞會的人，每人必須繳五十元，如此一來，我們便沒有人要參加了，每逢他們開舞會，我們只能隔著四樓地板聽音樂，搞得一整個晚上心神蕩漾，根本念不下書。

爬上三樓，發現每間房都是暗的，只留下小盞燈，我覺得很納悶，扭開我房間的門，發現永德也不在房內，按亮牆上的大燈，正待把書包放到書桌上，發現書桌上，永德留了張字條，「速到四樓，今晚免費。」

我在書桌前坐下來，豎耳傾聽，果然聽到樓上的音樂聲和斷斷續續的女孩尖笑聲。

放妥書包，換過一套乾淨的衣服，我步上四樓。

四樓的燈光開得很暗，只開一小盞用紅色色紙包裹的小燈，使得舞池呈現出魑魅詭異的氣氛，舞池中男男女女正半擁著，跟隨慢節奏的音樂起舞。

我悄悄地在舞池邊找了個位置坐下，環顧四周，發現我右側面有四個女孩子沒有下去舞池跳舞，每人手上都叼著一根菸，邊吞雲吐霧，邊用著誇張的手勢交談。也許她們覺察到了我的出現，都不約而同把視線往我掃來，我瞄了她們一眼，連忙把視線移開，同時被那麼多女孩盯著看，我有些心慌。

當我無意間看到舞池中永德的身影時，大大吃了一驚；這個土包子，我從來也沒聽說過他會跳什麼舞步，但是此刻他竟和一個長髮女孩緊摟著起舞。

「德仔！」我輕聲呼喚他，但音樂聲把我的聲音淹沒了。

「德仔！」我把聲音稍微放大。

他沒有絲毫反應，依舊把臉緊貼著那女的，那女的穿著全套黑色的衣服，像黑瀑般的髮直垂到腰際，全身隨著音樂節奏緩緩扭動著，像一條蛇般緊纏著永德。

我正想再叫一聲，卻發現在我旁邊的一對，返身好奇地打量我，我強把吐出了一半的聲音硬吞了回去。正好這時音樂聲也停了，舞池中的男男女女紛紛回座，我忙站起來，向著永德猛揮手，他總算看到了，快步往我走來。

「屌，你怎麼搞那麼晚？」他猛拍了一下我的肩膀。

「還不是你老媽，硬叫我等她殺一隻雞帶來給你進補！」

「欸！」永德突然神祕兮兮地拉拉我的手：「今天來跳舞的馬子都很上道咧，上她一個！」

「跳……跳舞？你知道我根本不懂！」

「我也不懂，幹，管他的，一、二、三、四、一、二、三、四像軍訓課踏步一樣，反正踩成四步就可以啦！」

「今天是怎麼？」我和永德邊吃著甜點邊聊。

「康B的生日舞會啦，結果馬子來了一大堆，男的不夠，他到三樓把我們全拉上來充數。」

我們正說著，音樂聲又響起來了。

「這個我剛學會跳，勃魯斯，慢步的，一、二、三、四、一、二、三、四就可以了。」永德興奮而得意地說。

「欸！你能不能再陪我跳這一首？」剛剛那個穿黑衣服的女孩突然闖現出來，站在我們眼前，大方地向永德說。

我和永德都同時嚇了一大跳，我們沒有料到會碰到這麼大膽的女孩子。

「去啦，去啦。」我笑嘻嘻地推了推永德，他尷尬地摸了摸頭，和女孩走進舞池。

在黯淡的燈光下，我看到他們的身影很快又纏在一起了。

「你呆坐在這兒幹嘛？」我坐在一旁，正愣愣地看著舞池中的人影，突地感到有人重重拍了一下我的背，我猛一轉身，看到康B和他的女友花咪就站在身旁。

「幹嘛不下去跳舞？不給老大一點面子啊？」康B用手掌推了一下我的頭。

「我……不會跳！」我苦笑說。

「不會跳？學啊，來，妳教他！」他猛把我拉起來，硬把我和花咪推在一起，往舞池推去。

「我……我……我……」我急著想推辭。

「來吧！」沒想到花咪倒大方地把我拉進了舞池。

「你照他們的姿態擺就行了！」她笑著把一隻手抬起來握住我的左手掌，另外一隻手拉我的右手擺在她腰枝上。

當我的手一觸及到她柔軟的腰時，我不自禁地全身起了一陣顫慄。

「你不要那麼緊張，把身體放輕鬆一點！」她咯咯不已地笑著，笑得我更加心慌起來，「現在你只要跟著音樂的節拍踩步伐就可以了。」

我順著她的指示，一步一步機械地動作著，音樂柔美地在室內流瀉，我的心跳逐漸地平和下來，並且覺得有股甜蜜的感覺在心中蠢動著。

過了一會，我靜靜地閉上眼睛陶醉在音樂裡，突然之間，我察覺我扶著她腰枝的手掌已汗濕了，她腰上的衣服也被汗漬濕，我觸摸到她暖膩而輕輕蠕動不已的腰；整顆心忍不住又激烈跳動起來，慌忙中我把手掌的位置往上挪了一些，挪到她背上，沒想到她竟順勢把身子倒到我胸上來，剎那間，一陣血潮湧上我的腦際，我整個人一時便麻了，整個身子好似不存在了一般，只感覺剩下兩隻腳在漫無目的地動著，花味貼到我臉上來的秀髮有一下沒一下地摩挲著我的右臉頰，散發出誘人的香味。

舞會在十一點左右結束，回到三樓房間，永德依舊顯得很興奮，滔滔不絕向我描述剛剛在舞會中發生的事，他手舞足蹈地形容剛才那個女孩如何大方，連奶罩都沒戴，跳舞的時候盡把兩個大奶子往他胸膛上壓等等。

我側躺在床上，看著永德口沫橫飛的模樣，無來由的，卻感到哀傷起來。

男人和女人到底是怎麼一回事？爲什麼每一個男人一扯到那件事上，就都會顯露出另一種面貌來呢？像永德這樣一個純眞得像張白紙的鄉下美少男，今晚碰到這樣一個女孩之後，竟也不例外地顯出鄙陋的面目來。

他得意的模樣，不自覺地勾起我種種哀傷的回憶，想起了昔日和冬梅苦澀的戀情，終致整夜輾轉反側無法成眠……。

「幹！這些痞仔，幹了好事也不把戰場清理乾淨！」

一早起來，大家正輪流在盥洗室刷牙洗臉，突然聽到永德大聲嚷嚷著從樓上走下來，他一手端著臉盆，一手拿著氣球一樣的東西。

「一大早，鬼幹到是唔？」佳冬來的海仔把牙刷從嘴裡抽出來，滿嘴牙膏泡沫轉身過來看他。

「幹伊娘，昨晚那些痞仔，竟然把我們陽台當炮台，我剛上去樓頂晾衣服，你們看我撿到什麼？」

永德說著把手上的東西拋過來，掉在我腳跟前，海仔彎下腰把它從地上撿起來，拿到臉前仔細端詳。

「保險套啦，笨蛋！沒看過啊？」永德鄙夷地嚷嚷。

經永德一嚷，住在三樓的全跑出來了，大家把那只保險套在手上傳來傳去，看個仔細，口中嘖嘖不已地贊歎著。

「幹！昨晚有那種好事也不知道，白白漏掉一場好戲！」海仔涎著滿布青春痘的臉說。

「不良！滿腦子黃色思想！」萬巒來的阿金猛一下拍向海仔的後腦。

「幹，你說誰？你正經，你是君子？你爸懶得說咧，昨晚你不是和那胖馬子摟得海緊，一張臉都埋進去了，後面看過去，還眞像是媽媽給孩子餵奶咧！」海仔用力反拍一下阿金的頭，拍完轉身想跑。

「你媽……」金阿一揚腳猛踢中他的屁股，使得海仔向前顚了幾步，手上的牙刷差點掉了。

「好啦，好啦，別鬧了，把它丟到垃圾筒裡去！」永德向著手裡拿著保險套的猴仔說。

「莫呢，莫呢，幹，怎麼可以就這樣算了？」

「要不，你想怎麼樣？」永德問他。

「人是康B帶來的，用完的禮物當然要奉還他，去拿圖釘來！」阿猴向著海仔說。

「拿圖釘幹什麼？」海仔狐疑地問。

「囝哪人，有耳沒嘴，你爸叫你幹什麼你就幹什麼，別問那麼多！」

海仔興致勃勃跑進房間拿圖釘，阿猴扭開水龍頭把保險套充滿水。大家興味盎然看著。

阿猴接過圖釘，拿著保險套躡手躡腳走上四樓，過一會便嘻笑著跑下來了。

「那兩隻還在睡，我把它釘在門上，待一會他們醒來便欣賞得到！」

大家一聽，猛地爆出了驚天動地的嘩笑聲。

今天是校慶，學校舉辦了多項運動比賽。

我，永德和一些來自家鄉美濃的同學，組織了一個排球隊參加校長盃排球賽，因爲雙乳山是我們家鄉有代表性的高山，我們就把球隊取名「雙乳隊」，這原本是動機很單純的作爲，但所有和我們對陣的球隊都把「雙乳」猥褻化了，我們的對手老是在打球的時候用一些粗話揶揄我們，特別是我們這支球隊隊員，清一色是客家籍，這很受到那些由閩南籍同學組成的球隊的排斥。

但是我們畢竟是一支有傳統的球隊，我們家鄉素來是以出產排球國手而聲名卓著的。所以，我們的球隊從早上八點開始一路打上來，連續贏了四場球，到下午四點鐘，我們剩下最後一場冠亞軍賽。

我們的對手是隔壁鄉鎮——旗山的同學組成的球隊。

旗山隊也不是省油的燈，兩隊實力相當，你來我往，戰況激烈而膠著。

球賽愈激烈，我們的客家話吶喊得愈宏亮。

對方閩南籍的同學也「幹」聲連天，不時揶揄我們，由於受了一天的氣，我們這一隊打得火氣很大。

輪到永德發球了，永德站在發球線上，拿著球深深吸了一口氣，正要把球發出去，對方有一名球員卻突然嘻皮笑臉地用閩南話大聲喊：

「喂，客猴，客猴，幹，把球發到你母雙乳上來！」

他邊喊邊把胸膛挺起來，雙手放在胸前猥褻地揉著；擠在兩旁看球的同學都爆出了嘩笑聲，只有我方球隊寒著臉，靜悄悄一點聲音都沒有。

永德把舉起的球放下，抱著球離開發球線，向著前面走過來。

大家一時弄不清楚怎麼一回事，都傻愣愣地看著他。

永德頭一低，從排球網下鑽過去，一個箭步衝向前，在那個傢伙還沒有弄清楚怎麼一回事之前，猛地用雙手把球向他胸前灌去，接著左右開弓把他打翻在地上。

「欸！欸！永德，永德！」

我一看這情形，連忙從前排低頭，鑽過排球網把他從對面硬拉回來。

被打翻在地上的傢伙，滿嘴都是血，傻乎乎坐在地上，好一會兒，才意會過來發生了什麼事，邊哭邊「幹你娘，幹你娘！」罵個不停。

「屌你阿爸！你再嘴裡不乾不淨，你爸就幹死你！」永德掙脫我的手，又想衝過去揍他，大家慌忙過來把他拉開。

對方隊友大概也意會到自己不對，紛紛過來勸解。

被揍的傢伙我是熟識的，他是隔壁班的，叫著楊三，爲了息事寧人，我忙走過去扶他起來。

由於發生了鬥毆事件，看球的同學大聲喧譁，引來了陳教官。

「怎麼回事啊？」他從旁觀的學生中走出來。

「沒事，沒事，被球打傷了！」高高坐在裁判椅上當裁判的同學忙大聲說。

「對，對，被球打傷了！」場上雙方的隊員也大聲地喊。陳教官走過來，仔細地打量著楊三的傷勢，然後向我問：

「你打傷的啊？這麼不小心，你還不趕快把他送到醫護室去？」

我一聽，忙攙著楊三往醫護室走，邊走邊回過頭向著候補的隊友喊：

「定志，你代替我，你們繼續！」

扶著楊三往醫護室走去，身後傳來裁判吹哨子重新開始的聲音。

「幹！你們客家人眞野蠻……」楊三愁眉苦臉邊用手帕拭著口角的血跡邊咕噥不已。

我咬舌頭忍著，腦海中閃現出，剛才他張大著口，像傻鴨般被打翻在地上的情形，差點沒笑出來。

我們的雙乳隊得到了冠軍，校長在頒獎的時候，著著實實誇獎了我們一番，但他建議「以後不要用那麼不雅的隊名」，全校同學聽校長這麼一說便一陣爆笑，害得站在台上代表領獎的永德也忍不住笑得全身亂顫，差點把從校長手中接過來的獎盃弄掉在地上。

晚上，我們在學校附近一家同鄉開的小吃攤上慶功，滿桌的家鄉口味，我們用獎盃喝啤酒，大家傳著喝，兩個多小時下來也幹掉了兩打啤酒。

我和永德搭著，搖搖擺擺地走回宿舍，在樓下卻被一輛摩托車攔住了，我和永德都嚇了一跳。

騎摩托車的戴著紅色安全帽，墨色眼鏡，從廊下騎著車衝過來，停在我們眼前。

「欸！你這個人眞不夠意思！昨天晚上說好請我看電影，你卻叫我在這裡等了一個小時。」

騎摩托車的拿下眼鏡，竟然是昨晚那個和永德跳舞的騷馬子。

永德顯然一時也傻眼了，尷尬地拍拍自己的腦袋笑著說：「對……對不起，我……忘了！」

「忘了？」那女的把手插在腰上，嬌嗔地盯著他：「說忘了就算了？」

永德只有苦笑地看著她。

「上來！」那女的拍拍後座，向他大叫一聲。

永德看一看我，聳一聳肩。

我推一下他的肩膀輕聲說：「屌，你小子走桃花運了！」

「還不上來！」那女的大笑著又叫了一聲。

永德一時興奮起來，猛地跳上了她的車。

那女的戴上墨鏡，油門一催，車像箭一般呼嘯著衝入夜色之中。

當天晚上，永德到將近十二點才回來，他被馬子載走的消息，經過我的傳播，早已轟動了三樓，他回來，馬上被大家圍上了。

「欸，德仔，上了沒有？」海仔第一個衝上前纏著他問。

「幹！」永德笑著搥他一拳，往房間走。

「你娘，教一步啦，教一步啦！」猴仔嘻皮笑臉，表情誇張地說：「你爸這麼緣投（英俊），卻沒有人要載！」
「你灑泡尿自己照照！」海仔打趣他。
「幹！」阿猴返身想踢海仔的屁股，海仔猛一閃卻被踢中了子孫堂，他「唉喲——」一聲便蹲了下去。
大家笑成一團，永德卻自顧自神祕地笑著，拉我走進房裡，把門從裡面鎖了起來。
一直到深夜，我看他躺在床上一句話也不說，出神地盯著天花板看，我心裡知道：他完了！

*

週末，本來和永德說好這個禮拜不回家鄉，要由那天載他去看電影的騷包約她的同伴，和我們三樓的傢伙們出去郊遊「聯誼，聯誼」，猴仔和海仔爲這個消息樂得像個什麼樣子。
但是，我上完上午的課，在學校餐廳用過午餐，一顆心早就飛回家鄉去了。
我就是那種時刻忘不了家鄉的人，雖然我初中畢業之後，便離開了家鄉到高雄來念高中，但是兩年半來，我依舊不習慣大都會的生活，甚至晚上常想家想得失眠；有一會，連續失眠了好長一段時間，只好去看醫生，醫生問我怎麼回事？我想了好一會，突然告訴醫生說：「我聽不到青蛙叫睡不著！」
害得陪我去看醫生的永德在一旁笑彎了腰，回來之後，他竟眞的在我們合住的房間裡養了一缸青蛙，每逢有朋友來玩，他便指著那缸青蛙揶揄我說：「我們這位仁兄童年期很長，這些青蛙是養來陪他睡覺的。」
儘管朋友們如何嘲弄我，我始終沒有辦法割捨我對家鄉的愛戀；有時我想想這分感情，眞有點像是一棵樹和泥土的情感。或者說，像是蝸牛和牠的殼的關係一般。
今天的車班趕得準，坐車的人也少，車廂顯得很寬鬆，司機看起來是一個樂觀的人，一路上播放著葉啓田輕快的台語歌曲，優美的旋律，使得車廂內的氣氛活絡起來，有幾個工人模樣的鄉親，甚至在車內就跟著歌聲大唱了起來，司機聽著，也不時回過頭來大笑，和著歌聲節拍不停地扭舞著身體，偶爾還助興揿幾聲喇叭助興，看得我冷汗直冒。

下得車，我走田埂穿近路回家，當路過阿信哥家前庭的時候，正好碰上了他們摘菸回來。秋菊眼尖，第一個看到了我，她竟然大聲喊了我的名字。

「阿發哥，回來了！」

她的聲音很脆，很響亮，透著幾分天眞的興奮，正在把菸葉從牛車上搬下來的工人們，不約而同地把頭轉過來看我。

我沒有料到秋菊會那麼大方叫我，一時愣立在那兒，不知所措。

「欸，你這個後生怎麼這麼不懂禮貌啊！人家細妹叫你叫得那麼親，你連理人家都不理？」阿信哥放下手中的菸葉，走過我身邊，笑著拍拍我的肩膀打趣我。

秋菊聽到阿信哥的話，似乎猛然覺得不好意思起來，站在長板凳上，扭過身去，只顧低頭從牛車上搬菸葉給工人們。

「高中生，你還看什麼？我阿信哥能不能拜託你幫個忙啊？」阿信哥又推了一下我的肩膀。

爲了解除眼前的窘態，我連忙把書包帽子往旁邊一擺，拿了一塊麻布袋披在肩上，跑到秋菊身邊去接菸葉。

秋菊邊把菸葉傳給我，邊偷偷用臂膀遮著嘴角笑，整張臉紅撲撲的，我不知道到底什麼事値得她如此不停地笑，是想起我剛才被她大聲一叫，傻愣愣像木頭般站定在那兒的樣子嗎？

這個女孩「童年期很長」！我邊搬菸葉腦海裡不自禁地掠過永德常譏笑我的那句話。

由於爸爸感冒，有些發燒，所以晚上烤菸的工作，我便自告奮勇地替代他了。

這工作的本身倒不辛苦，我只須看著爐子裡的柴是否燒盡了，發現它燒得差不多了就要加新柴。烤菸葉的柴都剖得很大片，一片可以燒上個把小時。

比較煩人的是，隨時都得注意菸樓內的溫度，發現溫度過高了，就得調節風門，使溫度維持在一定的範圍內；烤一回菸普通要花費一個星期的時間，溫度是逐日加上去的，到最後一天達到攝氏七十二度，菸樓裡的菸便乾了，再將它取出來。

烤菸期間，溫度的升降是非常重要的，稍一不慎，使得溫度升降得太快，菸樓裡的菸很容易便會烤焦。所以晚上看管爐火的人，都無法安心地睡覺，雖然行軍床擺在爐火邊，但整夜得不停地醒來，換新柴，看溫度表。

吃過晚飯，我拿著書本，便走到菸灶邊去了。

我準備了一壺濃茶，還拿了一大堆生毛豆和花生；看爐火守夜，唯一的樂趣便是用爐火煨一些零嘴來吃；鄉下的孩子，我們煨的花樣特別多，從番薯、毛豆、小魚、小蝦、有時連蟋蟀、田雞也讓牠進到爐灰裡去煨熟，就著濃茶品嚐，鄉土味十足。媽媽常常罵我嘴饞，我辯稱不讓嘴動著，我馬上便會睡著。

九點鐘左右，我正斜躺在行軍床上，就著爐火看書，邊享受著從爐灰裡撥出來的熟毛豆，突然聽到媽媽在客廳裡喊我。

「發仔，發仔！」

「欸——」我嘴裡嚼著毛豆，只能含混地應著。

「秋菊來找你！」

「什麼？」我懷疑自己聽錯了，揚聲問了一句。

「秋菊來找你——」

我慌忙把書擺下，掙扎著從行軍床上坐起來，找了好一會兒拖鞋，正要站起來，卻看到秋菊燦然笑著，自己走了過來。

「伯母告訴我，你在這裡！」她笑嘻嘻地走到我面前。

「哦，請……請坐！」我慌忙把口中還未嚼碎的毛豆吞嚥下去，指著旁邊的矮板凳說。

噗嗤——，她盯著我看了一下，突然，用右手掩著嘴笑了起來。

她一笑，我更慌了手腳，一下便窘住了。

「請……請坐啊！」我無意識地又重複了一句。

她依舊輕笑著，不過把右手放下來，指指我嘴角邊。

「唔？」我疑惑地盯著她。

「弄黑了啦——」她天眞得像孩子一般向我嬌嗔了一句，又掩嘴輕笑了起來。

「哦！」我猛然省悟到一定是吃烤毛豆把嘴角沾黑了，忙抬起手來，用衣袖在嘴角上抹了抹，整張臉霎時漲熱起來。

「有事啊？」我一時找不到話說，不經意問了一句。

「沒事就不能找你？」她天眞地笑著，直盯著我看，兩顆眼珠子黑白分明，透著一種無邪的亮光。

「請坐吧。」我指指行軍床邊的矮板凳。

她毫不推辭，落落大方地坐了下來。

「我是來還你書的啦！」她說，我這才注意到她左手抱著三、四本書。

「還我書？」我疑惑地說。

「我姊姊冬梅以前向你借的，前幾天，我回家去，她聽我說我見到了你，突然清出幾本書，叫我帶來還你。」

「冬梅？」我的心倏地掠過一絲痛意：「她不是在台北嗎？」

「最近快要生了，我媽媽叫她回來鄉下坐月子，空氣好，也好就近照顧。」

「哦。」我不知道要如何接她的話，一方面也想裝著一點也不在意的神態，把目光從她身上移開，替她倒了一杯茶，「來，喝杯茶吧。」

她接過茶，把它放在椅子邊的地上，並把書遞給我，那些書都是一些日本作家的翻譯作品，如：川端康成的《千羽鶴》、《雪國》，三浦綾子的《冰點》，夏目漱石的《少爺》……。

「還有一本《伊豆的舞孃》，很好看，我還沒看完，能不能過幾天再還你？」她又眨著晶亮的眸子問我。

「沒關係，妳愛看儘管拿去看吧！」我邊說邊接過那些書，把它們放置在行軍床上：

「這些妳都看過了嗎？」

「唔，我姊姊以前把它們放在家裡，我大都看過了，只是……」她有些害臊似的，臉紅了起來，「我沒念過多少書，只有國中畢業，很多地方看不太懂……」

「那有什麼關係，很多念過的人也都不太懂，我認識的有些大學生也說他們念不懂呢。」我安慰她說。

「我聽姊姊說，你很厲害，她說你念了很多文學書，而且講起來頭頭是道，是個天才呢。」

「笑話，笑話。」被她一誇，我的臉一下子漲熱起來，忙向她搖搖手。

「真的，我姊姊到現在還一直誇你呢。」

「……」我被她的話窘住了，不知道如何回答，只好猛搓著手。

「欸……妳要不要來點烤毛豆？」沉默了一會，我把烤好放在地上的一盤毛豆遞向她。

「不啦，我要回大姊家，太晚了！」她站起身來，盯著我笑嘻嘻，爐火的光映著她的臉，使她散發出奇異的光采。

「路上很黑，妳小心一點走。」

我送她到家門口，輕聲向她說。

「我帶著手電筒呢。」她從懷裡抽出一枝小手電筒，把它打亮。

阿信哥家離我家不遠，但須穿過一坵田及一小片竹圍。

「田間的路很滑，妳別滑到田裡去！」我的心愉悅起來，有點想打趣她。

「才不會，我又不是城市小姐。」她咯咯笑起來。

我站在大門口，看著手電筒發出的一小束光，在漆黑的夜裡緩緩移動，直到那束光隱失在竹園中，才轉頭走回家裡。

坐在莎灶旁，回想著秋菊剛才的話語，我不禁發起呆來。

秋菊離開後，我斜躺在行軍床上，不知不覺睡著了，我又做了那個夢。

自從去年冬天看到那件事之後，我已斷斷續續做過好幾次那樣的夢。同樣的夢境，重複地發生，我不知道那究竟有著什麼意義？

我看到冬梅裸著身子，和一個同樣赤裸著的男子，背向著我，走進沒過人頭的草叢裡；那大概是傍晚時分吧，夕暉斜照在她曲線玲瓏的裸身上，使得她的胴體微微帶著紅色的反光，身影邊緣在金光的襯托下纖毫畢現。那赤裸的胴體帶著說不出的魅惑力，幾分聖潔，幾分妖異，幾分邪惡……。

我躡足跟在他們身後，悄悄進入草叢，穿過如蜘蛛網般糾纏的雜草草葉，眼下豁然開朗，她和他走在一片綠草如茵的空曠草坪上，她和他在草坪上奔跑，翻滾，做愛……。

我站在草原邊緣，冷眼地看著她和他一切作爲。

驀然，我看到那兩具赤裸的身子，竟像槁木般燃燒起來。

她和他翻滾著分開，兩轉烈焰在綠色草坪上滾動，我看到冬梅痛苦的表情，張著大大的嘴巴，卻一點聲音也發不出來，我慌恐地想跑過去救她，突然，轟一聲，我自己的身子也燃燒了起來。

我懼怖地仰天尖叫。

在恐懼的頂點，我猛醒了過來，醒來發現出了一身軀的汗。

呆坐在莎灶旁，灶裡的火仍轟轟燃燒著，我撲撲雙頰，由於烤火烤得太久的關係吧，滾燙燙的。

心中非常鬱悶，好像有什麼塞住了，我站起身子，漫步到戶外，大約是凌晨四時的光景，夜色很稠，四周漆黑一片，空氣冷冽，有著幾分霧氣，從暖熱的灶旁走出來，被帶著涼意的晨風一拂，禁不住打了一個哈啾，全身的肌膚忍不住輕輕顫慄起來。

我慌忙雙手緊抱胸前走回屋內，脖子幾乎要縮入大衣領裡了。

這時，我的腦海裡，很奇異地，竟交互浮現出冬梅和秋菊的臉顏來。

由於前一晚守菸灶的關係，睡眠斷斷續續，天亮後弟弟來替代我。

我利用早上補了一覺，醒來，看看鐘，已近中午了，匆匆用過午飯，我揹上書包，騎著腳踏車到靈山下的雷音寺看書。

靈山就在我家附近，騎車十分鐘就到了，但雷音寺建在山腰上，把車放在山下，從山腳走上去大約二十分鐘。

雷音寺是一間老尼姑庵，後面有一大片相思木林，住持是個老尼姑，待人很親切，和村裡每一戶人家都熟，由於祖母初一、十五都會到這兒來燒香參拜，小時候我常跟著祖母來，所以老住持從小便認得我。

我假日常到那兒念書，那兒環境幽靜，空氣又好，老住持雖然沒念過什麼書，卻很疼惜念書人，把寺旁一間小房間，擺上了書桌，打掃得一塵不染，專門供村裡的孩子看書。

我到達那兒，正是她們用膳的時間，在那兒念書的兩個村裡的高中生也和她們一起用膳，老尼姑看到我，招呼我一起用齋飯，我回答她用過了，便逕自走入書房裡念書。

書房後面是一塊院子，裡面栽著各式花木，有幾株菊花很野地開著，黃色的花朵在和煦的冬陽下輕輕搖動著，招來了一些蜂蝶。

窗外，緊臨牆邊，那株老桂花樹也開滿了花，嫩白的花絮叢生枝頭，風一拂過來，清香穿入戶內，使房裡充滿一片馥郁之氣。

也許是因為我睡意還濃吧！坐在臨窗的書桌前，朗誦著英文，朗著朗著，聞著陣陣桂花香，不知不覺腦袋竟昏昏然起來……。

一陣嬌笑聲，我驀然醒來，發覺剛剛還在用膳的兩個高中女生已端坐在書房內，我意識到一定是我在「釣魚」，才惹來她們的笑聲，耳根倏地熱了起來。

爲了清醒自己的腦袋，我拿起英文讀本，離開書房走到寺後的山澗裡去。

我坐在澗旁竹叢底下的岩石上，把兩隻腳掌伸到溪水裡泡著，溪水冰冷，絲絲涼意從腳底直竄入心田中來。

「阿發哥——」一個甜美輕脆的聲音傳過來，我吃了一驚，忙轉過頭循著聲音覓去，竟看到秋菊在上游約三十公尺外的地方笑盈盈地望著我，兩隻褲管捲到膝蓋上，雙足站在溪水之中。

「怎麼妳也在這兒！」我詫異地問她，並且起身走向她。

「下午不摘菸，我來山裡採些青草。」

「採青草？」她的回答讓我感到驚訝，隨即我便注意到溪邊擺著一只竹籃子，裡面擺著一堆剛洗淨猶殘留著水珠的不知名的青草。

「幹嘛用？」

「我大姊夫血壓高，我採了一些咸豐草。」

「咸豐草？血壓高咸豐草有效？」

「唔，咸豐草我們平常叫著赤查某，我媽媽的祕方，我姊夫信得很，他吃過些，說效果很好！」

「哪，那又是什麼？」我指著竹籃裡另一堆，有著長長的柄開著小黃花的青草問她。

「這個啊？」她彎下腰拾起一株來，拿到我眼前說：「這個客家話叫作假菊花，也叫著長柄菊，煮一煮放紅糖，喝汁，降火氣。」

聽到她的回答，我像看到怪物般地盯著她：「妳怎麼會懂得那麼多？」

我盯她的表情一定很怪異，她掩著嘴巴咕咕笑了起來。

「我媽媽教我的啦，我家以前住在山裡，地方偏僻交通不方便，碰到家人生病要找醫生不容易，所以她從我外婆那兒學到很多青草藥的知識。」

她邊說邊用手撩著髮鬢，紅撲撲的臉上沁著一些汗珠，幾絲細髮被汗漬濕了平貼在頰上，平添出幾分少女的嫵媚，我有點看傻了。

「這山裡可以當作草藥的青草可多著呢，哪，那邊開著紫花的叫作一枝香，還有這個叫龍吐珠，那邊纏著長上去像藤蔓一樣的叫栓皮西番蓮……。」她邊說著，竟不自覺地拉起我的手，沿著溪邊教我認識各種植物的名稱來。

那個叫倒地滕，那叫葉下珠，艾草，昭和草，蜈蚣草，鳳尾草，碎米知風草……。

我被她的解說迷惑了，我沒有想到她對野花野草的知識竟如此豐富，她簡直就像自然學識淵博的博物老師。

她一直興奮地介紹我了解各種野草的特徵、氣味、效用……偶爾她摘下些葉片，叫我聞聞它的味道。

她大概沒有察覺到自己始終用一隻手緊緊握著我的手掌吧。直到我的手心沁滿了汗，我輕輕抽了回來，她才猛然止住了話，一愣，驀地，一絲紅暈閃過她的雙頰。

——收入聯合文學出版《青春三部曲》

【作者簡介】

吳錦發，一九五四年生，高雄美濃人。中興大學社會系畢業，曾任電影編導、台時與民眾日報副刊主編、民眾日報主筆、文化總會副祕書長等職務，現任文建會副主委。並參與台灣人權促進會創會會員，國際特赦組織會員，對於人權維護與爭取，不遺餘力。曾獲吳濁流文學獎、中國時報小說獎及聯合文學小說新人獎中篇小說獎。小說〈春秋茶室〉、〈秋菊〉、〈青春無悔〉曾被改編成電影。由〈閣樓〉、〈春秋茶室〉、〈秋菊〉組成的「青春三部曲」，則被改編為客家電視台電視劇「菸田少年」。另外還著有《生態禪》、《生命 hiking》、《打開天窗說亮話》、《一隻鳥的故事》等小說、散文、詩、政治評論十多部。

【作品賞析】

〈秋菊〉以在外地求學的美濃少年阿發仔返鄉偶遇少女秋菊為楔子，暗戀的痛苦回憶，被喚醒的青春情欲，在城市中的聲色經驗，紛至沓來。而貫串其間的，是秋菊樸素清新的美引發的內心騷動，和美濃客家人辛勤而又熱烈的製菸工作細節——所有的邂逅、震盪與悲喜，都是繫於那一落又一落深綠的菸葉之間。而鄉土濃厚的人際關係，與勞動之合作，是緊密相關的。少年啓蒙主題與濃厚在地色彩，組合成一種優美的鄉土情懷，並將個人情感遭遇與地方變遷帶來的期待與失落交叉呈現；離鄉求學，愛好現代文藝的阿發仔，在面對鄉鎮少女秋菊豐沛的自然知識時，那種迷醉的心情，實際上正是對無邪青春與厚實鄉土的雙重憬慕。

——楊佳嫻撰文

笠山農場（節錄）

鍾理和

第一章

這是一面不很急的斜坡，像刮過的臉孔一樣已開墾成一塊乾淨的地面了。那蚯蚓翻了又翻，黝黑而稀鬆的土，被細心的鋤起來；帶有黴味的淡淡的土腥氣，在空氣中飄散著。地面上還留了一叢一叢的灌木，那拔、對面烏[1]、相思……。兩個渾身藍色的人影在那些灌木叢間掩映著，太陽把灌木的碎影投在她們身上，畫出斑斑駁駁的圖案，隨著人身的轉動，這些碎影便一顫一顫的跳動起來。

——是兩個年輕人在斜坡上種番薯。

兩人都穿著藍長衫，袖管和襟頭同樣安著華麗的彩色闌干[2]：藍漿洗得清藍整潔，就像年輕女人的心。各人身邊都帶著盛了番薯秧的畚箕，身軀半彎，鋤口不時發出閃光。頭上戴的竹笠，有一是安著朱紅色小帶的，卻同樣拖了一條藍色尾巴——那是流行在本地客家女人間，以特殊的手法包在竹笠上的藍洋巾。

那個竹笠上纏著星形小紅帶的女人伸直了身子，解下藍洋巾和竹笠，整整被壓得有些歪斜的髮髻。這是一個豐腴而結實的女人：圓臉；一張小嘴；眼睛略顯突出，水汪汪地顧盼多情；額門白嫩，有幾條不很看得出的青筋，但它無損於她的美麗。

她把洋巾掛在就近的那拔樹上，按了按耳邊的鬢髮，轉臉看著並排的同伴說：

「淑華姐，晚上我們找秀英去吧。她昨天剛由營林局[3]回來，今天歇一天，明天要回局裡去。你說我去不去好？」

「你叔叔會讓你去嗎，瓊妹？」

淑華也伸直了身子，解下笠巾，整理頭髮。她是一個苗條身材的女人：微黑；收緊的口邊肌肉和機靈生動的眼睛，流露了內面的意志力。

「我不知道他們讓不讓我去，他們都說在營林局做工會學壞人。」

「那是他們瞎說，」淑華說。「在那裡做工的不知道有多少人，可也沒聽見出過不體面的事。不過，你叔叔是不會讓你去的，瓊妹，你們南眉芎蕉園的工作不是自己還忙不過來嗎？」

「嗯！」瓊妹點頭。「有時還得雇幾個人來幫忙。」

瓊妹仰望東北角天空。藍色的天空又深，又遠。沿著天腰，湧起大堆潔白的深厚雲層。午後的太陽，在它邊沿蒸出豪華絢爛的金色花邊模樣。她忽然聽見坡下有人聲，忙把視線移向坡下那條有矮樹圍護的羊腸小徑上；話聲正是由那裡傳出的。接著，便有人影在小徑的樹縫間晃動起來，而話聲也就愈清楚可聽了。

「淑華姐，」瓊妹悄聲說道，「那兩個人又回來了。」

人影漸走漸近，也就漸分明；是兩個年紀都在二十一二歲的青年。

淑華向坡下看了看，又輕聲說：

「那個面孔白淨些的是頭家子[4]，這山，就是他們的。聽姨丈說不久就要來開墾了呢。從前他們淨放牛，這些日子牛鬧瘟疫，死得快光了。這兩個人就是來看牲口的。」

「他們哪裡人？」

「下庄人。」[5]

兩個青年走到種番薯的坡下，便停止說話，腳步也放慢了，一齊仰臉往上看，恰好上邊也飛下來兩對烏溜溜的眼睛。兩對眼睛碰了下；女人們很快的把臉轉了過去，隨著便由坡上傳來那放肆但極力隱忍的低笑聲。兩個青年互看一眼，會意地微笑著，卻不說什麼，依舊沿著山坡走去。

兩個青年除開服色不同外，裝束完全一致：襯衣，裏腿，膠底鞋，草帽。那個膚色白裡透點青，一望而知是大家庭的神經質的青年，正是剛才那叫淑華的女人所說的「頭家子」劉致平。另一個是他的表哥胡捷雲，在庄役場[6]當獸醫，是一個直鼻樑長臉孔的青年。

「嘿，長得都不俗嘛！」表哥說。

「的確不俗！」表弟同意表哥的看法。

胡捷雲走在後邊，寬邊帽簷遮去他眼睛以上的部分，只留下了半截有很多小疱的臉孔映在陽光裡。這臉孔是紅的，雖小，卻精力充沛。

當坡上的瓊妹再次回頭看時，只見兩個青年正踏上一家人的石階，預備進屋。

「哪，淑華姐，」她說，「那兩個人走進你姨丈家裡去了。」

說著她的眼睛一直看著兩個青年走進屋裡。

淑華的姨丈家，是傍山面河的幾間蓋茅的山寮。主人黃順祥四十多歲，看上去有點傴僂，一對紅沙眼，彷彿從沒有睡過一個好覺，兩片薄嘴唇經常被檳榔汁染得血一般紅。

過去，每當劉致平和胡捷雲由下庄來巡視山場時，總要在這簡陋的茅寮裡耽擱一段時間——歇歇腳喝幾杯熱茶。這不但由於地點關係，主人那掛在嘴角邊隨時可以笑出來的良善誠實的性格，更給他們良好的印象，認爲山場也應該有這麼一個人來做鄰舍。

當他們進屋時，黃順祥正和一個農夫在閒聊。

「怎麼樣，致平。」主人停止了嚼檳榔，關心地問：「還在倒下去嗎？」

「還不大清楚，」致平說：「磨刀河那邊還沒有去看。總之，情形很壞！」

致平揀靠門的圓木凳坐下，摘了頭上的大甲帽往身邊的大板凳一扔，然後在屁股邊扯下臉帕揩拭額角上臉上的細汗珠；他的白皙的臉孔也已透紅了。

「怎麼不見饒新華？」主人又問。

「隨後就來，」致平說：「那老頭兒已經嚇呆了。」

主人由斷了嘴的茶壺倒了兩杯濃得發黑的茶遞給兩個青年。

「沒有一間像樣的牛欄，都是又潮，又陰。」坐在大板凳上的胡捷雲不滿地說：「這還想叫牲口不鬧牛瘟，那才是天下的怪事！」

他說著，解開襯衣的扣子，露出多毛而精壯的紅色的胸脯。

他是被姑丈——致平的父親特意請來巡視的。

「這是我爸一貫的作風：新事業，老法子！」致平憤慨地說。他的聲氣裡表露著內心的不滿情緒。

當時致平剛剛畢業，滿腦子還裝的是書本裡的原理和公式。這些原理和公式代表清晰、俐落和乾脆，但他卻發現了父親和哥哥的想法和做法恰恰與此相反，籠統、含糊、因循。這和他那有豐富的理想主義的想法差得太遠了。他以爲爲了種地駕車，農家養三兩條牛原不算什麼，但論十論百條，那意思就不同了；那是畜牧，得有專門人才來管理。饒新華祇知道捏酒瓶，哪懂得什麼叫畜牧？論百條牲口交給他祇好算白丟。父親想的好主意，讓牲口去把菅草踏光了，然後往乾淨的地面種東西，既省事，又省錢。該死的經濟造林法！父親也不想想：平地的牛一旦放進山裡，是否行得？

「捷雲，」致平看看表哥的面孔：「你看牛是不是有一半是餓死的？」

但沒等胡捷雲開口，那邊主人接了過去：

「饒新華說勤也算得勤，滿山滿谷的牛，父子三個早晚都很熱心管照，他還向伯公[7]許了願，讓他的牲口趕快好呢，可就不是幹這門子事的，你說是嗎？」

「許願？蠢想頭！」胡捷雲說。「他爲什麼不早點兒到庄役場去想辦法？」

「庄役場的人前天就來看過，他祇乾瞪眼。不過，」黃順祥轉臉問致平：「不是就要蓋房子了嗎？幾時動工？」

「光景就是這個月吧？還不一定；反正不會很久了。還打算一邊蓋屋，一邊種咖啡。」

主人睜開眼睛。「忙得過來嗎？」

「這也是他的作風之一：趕！」致平揮著手，粗暴地說，說完便哈哈大笑。

黃順祥神祕地看看致平，也咧開了嘴巴笑。

「好吧，我們以後就是鄰舍了，到那時我叫幾個人幫你們種咖啡。看見了吧，路邊山坡上種番薯的那兩個姑娘？就是她們。」

「哦，就是她們呀？是你的親戚，順祥哥？」

剛才那個女人鬼鬼祟祟的神態和大膽的笑聲，驀然浮上致平的心頭。他覺得好笑。

「嗯！」順祥點點頭。「我姨子的女兒；做得一手好活兒。」

「好的！到時少不得要借重你順祥哥了。」

這時一個又瘦又細的老頭兒在門口出現了，後邊還帶著兩條狗，有一條是黑色的母狗，很肥，沒有尾巴。

「新華哥，」黃順祥招呼。

老頭兒看了黃順祥一眼，但沒有說什麼，卻向致平說：「還歇麼？」

胡捷雲掀起草帽，一躍而起。

「我們走吧！」他說。

一直被棄置在一邊的農夫，這時也站了起來。

「你也走嗎？」黃順祥說。

主人把客人送出門口，一直看他們走得很遠，然後翻頭往另一端到坡上種番薯的年輕女人那面，提高嗓門大喊：

「淑華——你們下來呀——番薯煮好嘍——」

他喊著，舉手遮眉，透過耀眼的陽光朝坡上看，看了一會兒，然後返身進屋，由隔室的廚房裡端出一隻小鍋。

小鍋冒著白氣，薑的辣味在空氣中散開來。

恰好淑華和瓊妹也下來了。一進屋，淑華一邊嚷著往大板凳上倒了下去。

「熱死了！」

「番薯煮好了；是不是就吃？」

黃順祥掀開小鍋蓋，用銅杓攪了攪。白氣像一團霧罩住鍋面。

「歇會兒吧！」淑華懶洋洋地說。望著翻騰的白氣，不覺皺了下眉頭。稍停，她又問：

「姨丈，那兩個人走了？」

「去看磨刀河的牲口去了。」

黃順祥退到門口的一隻小凳上坐下來，用三個手指輕輕地捏住一隻短旱煙管，疊起雙腿，俯視地面，在想什麼。

「他們的牛死光了？」淑華漫然的問。

「嗯！」黃順祥抬頭吹了一口煙，「聽說死得很兇呢！」停一下他又吹出一口煙，慢慢地說：

「是了！淑華，過些日子，他們要你們兩個人給種咖啡。」

「種咖啡？」瓊妹不懂，「什麼咖啡？」

「是他說的，我也不明白。」

「幾時？」

「說是就要開工了。」

「下庄人討厭，我不去。」

淑華像一個頑皮的小孩撇撇嘴。

黃順祥笑了笑說：

「怪！哪裡人不是一樣？」

「我見過幾個下庄人，都很小氣，我想他們也不會好過多少。」

「話是不能這麼說的呀，淑華！」

「我偏不去！瓊妹，你也別去。」

她愈說愈固執。瓊妹笑了笑。

「算了吧！」

姨丈看外甥女的孩子氣，笑得更開心，把話題扯開。

他把煙管往桌上一扔，說：

「還是吃番薯吧，要涼了。」

第二章

劉少興買下笠山，只是出於一個非常偶然的機會。在這以前，這塊面積二百甲的山地，就已有過兩個主人了。初代的主人是一個由日人經營的拓殖會社，然後轉入當時所有人南海會社，只是曇花一現。

在四年前的春分的日子，劉姓宗嘗[8]在本地開會，劉少興從下庄遠道參加。一個粗頭大臉的男人——一個在企業上吃了苦頭的企業家，席間向劉少興訴苦。他和劉少興兩人與其說是宗族上的叔姪，倒像是兩個好朋友，可是在輩分上他低一輩，因此他管劉少興叫「叔」。劉少興每次來本地時就住在他家。他的名字叫劉阿五，就是那倒楣的會社的股東之一。由於經理的欺詐行爲，會社成立同時，就倒下了。如今會社預備解散，因此要把那塊山地脫手。

劉阿五的申訴有點嚕嗦，劉少興不經心地聆聽著，聽到他勸他買下山地時，劉少興抬頭看看對方的臉孔。

買山？他想。他看不出買山有什麼意義。

他微笑了笑。

「少興叔，」這個大面孔的男人說：「趁這個機會可以很便宜的就買到手，我也可以從中幫忙。」

他說完，注視著對方的反應。但劉少興不表意見。於是他又說下去：

「只要有本錢，買山比買田利益大。這是一個機會，可以碰碰。明天我領你去看看。」

劉少興很不經心的答應下來，但是到了第二天，當劉阿五當眞預備帶他進山時不覺呆了。從昨大談過以後，他根本就沒把這事放在心上。

「當眞要去呀？」他說。

「不！」對方愉快的笑了笑。「我們捉蝦兒去。那裡的蝦兒可大著呢。我們帶米鍋去，在那裡吃頓野餐就回來。」

劉少興的眼睛瞪得更大，但這主意卻迎合了他的興趣。他開始覺得這個大漢子是如此好玩，他從來不知道他居然有這樣好的興致。

他們抄便道進山。穿過一個像拱門的窄窄洞道，沿著坡腳轉出一個山嘴，望過去前面是一個峽谷，活像一隻長方形的盒子，四面環山，田壟一直伸展到四面的山麓。

劉阿五指東北角的小山岡說：

「你看！那些山就是。」

劉少興望了一會兒，但是不感興趣。

「我看不出和別的山有什麼不同，」他說。

劉阿五說著，又指前邊那支渾圓的小山頭問劉少興像不像一頂笠子？然後告訴他：人們就管它叫笠山。

「別的山全是國有林，只有這是民有地。」

「為什麼不叫鐘山呢？我看倒像是一口鐘。」劉少興又望了望說。

劉阿五把看山的老頭兒饒新華找了來。老頭兒很瘦，牙全掉了，兩頰深深地陷下去，一雙白鶴腿，但看上去倒是很硬朗，一黃一黑兩條狗跟在後面，黑狗沒有尾巴。

轉過笠山的東面，他們看見和笠山隔了條河的對面山半腹邊有一所山寺，畫棟雕簷，非常瀟灑雄壯。後面的山峰，峭壁屹立，狀似魚鰭，和笠山隔河對峙。

「那是飛山寺，」劉阿五說，「也有人管它叫笠山寺。後面那座山就是飛山。」

他們一直往裡面走去；山，他們並不去多看一眼。劉少興從小在山麓下長大，對於山，就像老朋友那樣地熟識。他們全心貫注在魚蝦上面。劉少興一下就看出饒新華在這上面有非凡的本領。他那兩隻手一落水，彷彿就已變成一領魚網，碰到它的魚兒，一尾也別想逃跑掉。二小時後，他們捕到的魚蝦足供他們三人一頓飽餐還有餘呢！

他們到了一個地方便停下來。這地方又深邃，又幽靜，河雙岸有兩巨石巍巍相對，有如一道關門。門又窄又陡，水急如瀉。一出關門，河道放寬了，因此水勢便緩下來。河裡大石縱橫錯亂，彷彿一群出了欄門的牛，摩肩擦背，秩序紊然。兩岸的喬木環拱如蓋，下面清風低迴。藤長而大，像虬龍般一直垂到河面。

他們隨便坐在河石上歇歇，抽著煙。不一會，饒新華不知從哪裡摘來滿口袋深紅的野莓。劉少興開始注意到老頭兒有點古怪。後來他發覺這老頭兒在他們歇息之間總是來來去去行蹤飄忽。

「阿五，你有沒有注意到，我覺得這老頭兒有點古裡古怪？」劉少興終於把自己的疑問說了出來。

「你是說饒新華嗎，少興叔？」劉阿五平靜地說。「他從來就是這樣子，不能坐下來安靜一下。」

「可是在山裡有什麼可忙的呢？」

「你不知道，他是一個山精；你簡直無法想像他對於山有多麼豐富的知識。」

他們邊談著，劉阿五便開始燒飯。

劉少興把煙蒂扔掉，在大石上仰首躺了下去。頭上的樹木極爲茂密，陽光片影不漏下。躺著看，那樹木更高了，藤更長了。他感到無邊的舒適。他閉起眼睛，流水在耳邊切切細語，像主婦們在閒話家常。這一切，看來就像一個夢境；老頭兒，岸邊的炊煙，樹，藤和水聲。這和他那僕僕風塵的生活，是多麼的不同啊！雖然他也是揑土塊揑到老的，但是晚年在貿易方面的投機，使得他的生活時刻動盪不寧。他想起他怎樣漂洋渡海，想起那起落無常的商情和繁雜的商務關係。他忽然對這些感到了厭煩。現在，這生活和他隔得這樣的遠，就像一團煙，恍惚而渺茫。他想：是不是可以讓它就這麼結束了呢？在他的意念裡，有一種隱隱的想頭在漸漸地滋長。這是每一個血液裡有著老莊思想，而又上了年紀的中國人容易有的極爲普通的願望。他好像認爲自己是應該退休山林了。

突然，就在他的頭上，他聽見幾聲猿啼。他睜開眼睛。在上面高高的樹枝間，他發現有一隻猴兒。猴兒在樹叢間攀援著，有時靜靜地朝下邊窺一會兒，似乎是想知下邊的人對牠有無危險。

劉少興坐起來，感動地說：

「哦，有猴兒呢！」

劉阿五坐在用三方石頭砌成的灶邊悠閒地抽著煙，兩手抱膝、眼睛靜視河面，若有所思。

「這地方猴兒很多。」劉阿五朝劉少興這面轉過臉。「有時牠們結成一個大移民隊。」

他看著劉少興的臉，沉寂片刻。

「少興叔，」這位大漢又開了口：「假使你不想一個人買下全部的山，那我可以參加一份；我們兩人共買。」

饒新華帶著他的狗回來了。

這頓野餐，劉少興吃得少有的香甜。那飯香噴噴的；魚湯裡面雖然祇放了幾粒豆鼓，味道卻是無比的新鮮。他覺得這是他近年來難得有的最快樂的一天。

*

不久，這塊地就落到劉少興手裡了。

第三章

那時的山地並不受到人們普遍的重視。在一般人的心目中，它只是採樵、打獵和好事家遊玩的地方，除此之外就不知道有別種用途了。講到用山面來種東西，那不但是人們連做夢也沒有想到，就是想到了也會給人當笑話講的。

然而現在笠山農場所要種的既不是樹，也不是稻子番薯，而是咖啡！咖啡？什麼是咖啡？他們不但沒有見過，甚至連聽也沒聽過，那名字唸起來就怪彆扭的。也可見這東西不是什麼正道的了。

「該死的下庄人，他們怎麼偏要種這種玩意兒呢！」

他們預示不祥地搖搖頭。

至於劉少興的這次的決定，雖然說來話長，但大部分卻是受了貿易上認識的一位日本朋友的影響。這位日本人告訴他，日本每年必須付出很大一筆外匯向國外購進咖啡，然後甚至用數字正確地給他計算出種咖啡可以有多少利潤。不論何時，數字總是很魅人的。他又舉巴西爲例，告訴他在那裡的日本移民的輝煌成就，然後把他介紹給專門培育咖啡苗爲業的高崎農場。但對於日本政府有無爲了某種目的而把巴西日僑的農業向國人大肆渲染，以及這位日人的美麗的計畫中會不會摻進傳奇性的誇大和妄想，這不但是劉少興，恐怕就連那位日本人自身也不知道。

一個月後，劉少興把大兒子致中留在老家看守田園，遣次兒致遠，三兒致平到山裡來。於是墾殖和建築雙管齊下地開始了。

劉少興在笠山之陽選定一地點，讓工人把周圍的草樹砍去，然後隨手鋤開一塊廣大的場地供蓋屋之用。地基打好後，第一顆石基被放下去了。每天，工程在可能的速度之下進行著。木匠和兩班泥水匠一邊說著笑話，做得很快活。

同時在墾殖方面，高崎親自領了三個高山族用輛牛車載來十包咖啡苗，每包五百株，都用稻草包裹著。農場臨時派了工人，把它移到西面坡下一塊平坦的沙質苗圃邊的樹蔭下。咖啡苗預備假植在這圃裡，等經過一段時間然後再正式移植到預定地點去的。

什麼是咖啡？這和那三個衹在腰間繫了一方腰布的高山族一樣令工人們感到新鮮。他們把包裝的稻草打開，都懷著興奮的心情奇異地注視裡面的東西。那是很小很小的樹木植物，一尺多高，葉對生，有光澤。哦！這就是咖啡，就是今後他們所要種的那個！他們呆呆地看著。他們看不出這東西有什麼了不起。在他們的想像中，原以爲它是不同尋常的。

一名女工名叫玉招的，撿起一株來仔細審視，然後給致遠看。

「致遠哥，」她半信半疑地說：「這就是咖啡？」

致遠——這個三角臉，平常說話粗暴，性暴如野馬的青年，這時卻以詼諧輕鬆的口吻說：

「對了，這就是咖啡。你別看它不夠神氣，將來它可會長出金子來呢。」

玉招又給同班的男女工們看，高興地問：

「你們看，它像什麼？」

「像茼蒿菜。」一個女工不假思索地說。

「不！」一個男工說：「像黃梔子。」

當他們坐下來剪修秧苗時，一個名叫阿康的男子和致遠說：

「種這東西有什麼好，農場還不如種薑呢。」

隔了兩天，高崎又給農場載來一車咖啡苗。

一切工作都進行得相當順利。劉少興在各處來回指點，下庄的老家也很少回去。他的態度沉著而堅定，心情輕鬆而愉快。

又一個月後，建築工程已近尾聲——祇欠粉刷和裝潢了。那沙質苗圃，也已假植了幾萬株的咖啡苗；哪裡種咖啡，哪裡留作果園也已大致劃定，並且砍開了地面。

這中間有幾個人來和農場接洽，願意按照農場的招租規章承租山地種咖啡，農場很歡迎的把地面租給他們，各訂立契約。

笠山農場的工人由附近的村莊供給。工人每天在七點半左右到達農場。那時他們早飯才吃完不久，有時則正在吃飯。於是工人們開始工作：男工砍樹木，女工伐菅草或鋤地。泥水匠和木匠住在農場，所以他們工作開始得更早。他們喜歡在清晨日出前工作。早晨清新的空氣能使他們精神飽滿，增加他們工作的效率。每天都在他們做完一段活計之後，然後才聽見頭家呼喚吃早飯。

起先，致平有點不願意到農場來。看上去，，那層巒疊嶂和一望無際莽莽蒼蒼的大菅林，似乎就是衝著他的鼻子擺在那裡，使他有喘不過氣來的感覺。而那有壓倒之勢的永恆的沉默和荒涼的深邃，尤其使他氣餒。衹有一件事情使他高興，稍微緩和了他的厭煩情緒。原來以前他在中國畫上常常看見的那種傍山依水，表現著自給自足與世無爭的田家風景，總以爲不外藝術家心目中的理想境界，在天底下絕然找不到的，卻不期在這裡遇見了。在山岡之傍，在曲水之濱，在樹蔭深處，就有這種田家；有的竹籬茅舍，有的白牆紅瓦，由山巔高處看下來，這些田家在田壠中錯落掩映，儼然一幅圖畫，正像他在中國畫上所見的那樣。這是他們下庄所看不到的。在那裡，人家都像蜂窩似的密聚在一起。這發現倒令他興奮，使他對這地方起了一種如遇故人的溫暖和親切之感。

雖然是這樣，他還無意改變初衷。他希望自己可以發現別種途徑，讓他用不同的方式過下去。所以當他和表哥胡捷雲來巡視牲口回去之後，曾經獨個兒在台北、高雄等地瞎跑了一陣。但是誰知道在都市裡他也找不到適合自己胃口的職業呢！在那五花八門的行業中，他看不出哪一部門可以讓他插足下去。加之他的和平溫靜的個性，使他打算讓自己在擾攘而緊張的城市中住下去的信心發生動搖。於是在各處亂闖了一陣之後，就和去時一樣一無所得的回到山裡來了。

他在農場的職務很雜，什麼都管，但什麼都不專：買辦、巡山、帶工、加上晚間整理文牘和簿冊。等到星光開始閃耀，然後到坡下那條河裡泡泡腳，洗洗臉，一天的工作就算完結了，然後上床就寢。等到再醒來時，又是一天了。

他對於墾殖一無主張，但對於父親的主意有不少批評，不像哥哥致遠那樣服服貼貼的執行任務。在這裡，哥哥和父親是一致的，合作的，但致平的頭腦裡書生氣尚濃，對父親那做事漫無頭緒拖泥帶水的作風看不順眼，因此他要去執行和完成這種任務便不怎麼愉快了，他連做夢也沒想到原來父親正因爲有種種不能不考慮的限制和阻力，才不得不那樣做的啊！

在所有工作中，巡山最無聊，呆板而沒有意思。農場雖有饒新華專司其事，但那在他好像是個名譽職，只掛著虛名。因爲他清醒的時候很少，而清醒時做起事來又最不起勁，必須靠幾杯黃色液體來振作。等他幾杯落肚，精神算振作起來了，但是你就更不用希望他會給你好好的做完一件事。這時他滿口胡言，跌跌撞撞的到處亂闖，或爬在地下和他的禿尾母狗聊起天來。碰在這種時候進山，天曉得他在做什麼。所以農場祇好每天或隔一天再派個人進山巡巡。

不過致平也明瞭這所謂「巡山」，至多不過完成農夫們插在田頭的草人兒的使命：「嚇嚇」而已。對於那種因某種需要而偶然進山的人，這種恫嚇也還有點效果。因爲農場自實施禁令以後半年光景，這種人就逐漸少了。但是對於職業性進山的人們，這方法是沒有大效果的。不管你怎樣加意防範，怎樣嚴申禁令，他們還是照樣進山，照樣偷東西；如果你對他們認眞，他們甚至敢胡來，對面營林局就曾發生過巡山者被綁起來吊在樹上的事情。

對於碰在致平手裡的這些偷進山的人，他一向是和氣的、寬大的。他雖不能贊成他們的非法行爲，但對他們那歷代相沿的心理卻理解而同情。同時他也熟識父親的心意不在立即禁絕，而是希望慢慢轉移地方的習慣。父親不希望爲了這點事和居民鬧僵了感情，那對農場今後的經營不會有好處。所以致平對他們略加一番曉諭之後，仍舊讓他們把東西帶走。然後是帶工。

他以一個陌生人，一個初出茅廬的小伙子，並且是一個外鄉人，跳進了這些工人群中，從日出到日落幾乎十二小時和他們耳鬢廝磨在這領域裡，他完全是外行；對於這階層，他是一個無知者。雖然他有比較開朗而不爲一般偏見所蒙蔽的批判精神，但他也多少吸收一點世上所流行的極可怕成見，認爲和這一階層的人相處是無聊、枯燥而無益。然而現在他直接和他們發生接觸，看見他們那像春水般充沛的生命力，不禁感到惶惑和驚異。看上去他們每人精力飽滿，生機旺盛，把工作看成愉快的事。

除開年事較長的幾個人以外，他們幾乎都是些由十九到二十幾歲的年輕男女。男人強壯，放縱，粗獷而大膽，喜歡說話，心裡有什麼說什麼，致平過去認爲忌諱的事情，一到他們的嘴巴上就都成爲特別有趣的材料。女人溫柔美麗，幽雅嫻靜，在人面前極容易害羞。但一經混熟之後，你又可以看見她們是怎樣地天眞爛漫，有多麼好看的笑顏，全無那種忸怩作態的習氣。

他們用歡笑、談話和唱歌來推行工作，使得整個工作都充滿了明朗熱鬧的聲浪。他們時常取笑致平的害羞、外行和笨拙，又把他對農事及世俗社會的無知當做一樁有趣的事情來取樂，甚至愚弄他的書本知識。他們簡直拿他當一個不懂世故的小娃娃來看待，惹得致平有時氣餒，有時惱怒，有時緊張和臉紅。他漸漸開始用另一種態度和他們相接，並且慢慢的在他們之間發現自己的地位了。然後他發覺和他們相處並不如想像的無聊而俗不可耐。

這地方的人情風俗還是那樣地淳厚，質樸，溫良，同時因循而守舊。他們對於自己的命運和生活從來不去多費心思，不像致平所知道的某些人，總以爲它應該這樣和那樣。他們似乎以爲它本來就是那樣的，根本無需乎去用腦筋。他們不把它想得很複雜。看上去，好像他們衹讓生活自身和上面的一段接上線，然後向著下面滾轉下去，而自己則跟在它後面走，自然而不費事。

這種因循保守的生活態度，大概和地理環境不無某種關聯。地方三面環山，交通閉塞，與外界較少接觸，只靠一條糖廠的顚簸不平的五分車和相距三四十公里的縱貫線相接，因此文化交流無形中受到限制是難免的事。在這裡，如果時間不是沒有前進，便像蝸牛一般進得非常慢。一切還保留得古色古香，一切都呈現著表現在中國畫上的靜止，彷彿他們還生活在幾百年前的時代裡，並且今後還預備照樣往下再過幾百年。婦女還梳著老式的髮型，穿著鑲了彩色闌干藍布長衫。這是在移民時代由他們的來台祖宗和著扁擔山鋤一塊帶到島上來的裝扮，一直到現在還沒有改變，而這又都是滿清遺留下來的文化形式。在下庄，年輕一輩的人幾乎都改穿簡便美觀的花布短褂了。

就拿青年人來說吧，他的年紀才只有二十幾歲，但假使他的手頭積有幾個錢，那麼這些錢就使他一下子年老幾十歲，好像他已是鬢髮斑白，兒孫繞膝了。他的第一個想頭必定是落業——買一甲半甲田，其次是蓋一所精緻的房子，然後往高背竹椅上一靠，一手托著水煙筒，睜亮一對頑迷和專制的眼睛監視著生活。他便萬事已足，大可以坐娛晚年了；他又變成古老傳統的承繼人和支持者了。他也許剛剛做了一重父親，但是他的腦袋裡裝滿了孫子、曾孫、玄孫的幻影了。二百年前，他們的先民搭乘帆船，漂流到荒島來披荊斬棘拓開新生活的雄心，那種朝氣蓬勃而富於進取和創造的氣概，在他們身上已找不到一點影子，代之而起的是迂腐的傳統和權威思想的抬頭。

第四章

天已破曉，曙色初露，透過那未裝上窗牖的方形黑洞，有個影子晃一晃，走出一個人來。

一夜的酣睡，使得劉致平的眼睛奕奕有神，白皙的臉孔也透出一點紅暈。他的脖子上掛了條臉帕，手裡拿著牙刷等走落階沿，預備到西面斜坡下的小河裡去洗臉。這是他每天起床後的例行公事。

廚房裡有沸水聲和別的什麼聲響；他的妹子雲英在涼亭裡掃地。他走到庭邊小立片刻，作了幾下深呼吸。灰色的霧罩住著前面的林子和山岡。草樹尚在睡鄉。就在這寧靜的背後，可以使人感到即將開始的生之活動的氣息。哥哥致遠手裡拿了一把鋸子從西廂房走出來，忽然停住和他說：

「你巡山去吧，今天福全和丁全都沒有工夫。」

「好吧。」致平答應了便走下斜坡去。

饒福全、丁全兄弟倆正在小河那面的苗圃裡給咖啡澆水，鐵板水桶的碰撞聲和澆水聲，熱鬧地迴響著，打破了清晨的岑寂。

早飯後，致平進屋裝扮。他屋裡一張仿日式大床鋪幾乎占去了大半個地方，未曾粉刷的牆壁露出大塊灰色土磚，膠在磚之間的稀泥，模糊斑駁，恰如老淚縱橫的老婦人的面孔骯髒而醜陋。

一班泥水匠正在外壁上灰。師傅謝阿傳一邊抹著粗灰一邊跟庭邊樹蔭下的木匠談笑，一見致平，便把他叫住，露出黑牙笑著說：

「致平，你不問問你爸想不想做祖父？」

「什麼？」致平停住，怔怔地看著興致十足的泥水匠。等致平進屋去穿上膠底鞋，纏好裹腿，戴了頂草色軟帽，後腰繫了把鐮子又走出來時，泥水匠又把致平抓住。

「致平，你應該問問你爸想不想做祖父，要想做祖父，就趁早想辦法。今天來的女人裡面正好有一個很合適。梁燕妹你中意麼？那是頭號的水桶！娶媳婦就得挑這樣的娶。」

致平笑了笑，沒說什麼，他沿著山麓走。一黃一白兩條狗跟在後邊。轉出山腳，前面便看見了在墾伐的一群工人，男女工人有三十幾個；男工砍木頭，女工伐菅草。

忽然，路上面的菅草叢悉悉嗦嗦的響動，接著由裡面走出一個女人來。

「哦，燕妹，」致平吃驚地說：「原來是你，我當是條狗呢？」

「討厭！開口沒有好話。」梁燕妹扭著腰，嬌滴滴地。「我是來接你的哪！」

「哎呀，那是我不對了？」

「那還用說！」

她再一扭腰，瞟了致平一眼。

燕妹的臉龐稍圓，眼下一排小到要留心審視才看得出的密密的「蒼蠅屎」。一張嘴又圓又小，彷彿鯽魚的一般；小嘴一啓動，她那柔軟而清潤的聲音就一串串的流了出來。

猛的，致平記起泥水匠說的「頭號水桶」那句話。於是他嘴角噙著神祕的微笑，用貪婪奇異的眼光把燕妹整個身體包裹起來，一條優美的曲線，自她的髮髻一直流到腳趾；那是一條軟軟的，但又繃的緊緊的起伏。然後他的眼睛停留在她的肩部。那是圓圓的，柔若無骨，它前下邊的胸脯是那樣的豐滿，由這裡不住散放出一股魅人的力量。他一直祇留心到她的少女溫柔的美；現在他開始欣賞她的健康煥發的美。他感到驚異，一邊又爲那句粗野的形容覺得好笑。

梁燕妹濃重地感覺到對方視線的壓力，不禁一陣耳熱，本能地把頭低下來並且轉過身子，彷彿急於要隱藏被暴露的部分一般。

「你笑什麼？討厭！」

「有一個人說你來著，」致平含糊地說。

「誰？」

燕妹仰望致平的面孔，半信半疑。

「外處人。」

「說我什麼？」

「我不能說。」致平笑得更神祕。「我說了，你要罵我。」

「死東西，你不造謠，也欠人罵的！」

燕妹嗔說著反身就走。可是走了幾步，不甘心，又旋過身來問：

「你照實說，他們說我什麼？」

「你相信？」

「你試說說看。」

「他們說你漂亮！」

有幾秒鐘燕妹望著致平的面孔，似乎想說什麼，但沒有說出來，一轉身，又走了。她已決定不相信他的話。

致平看著燕妹的後身，衹覺好笑，也就跟在後面向前面有工人做活的地方走去。

女工們排成一列，鐮子此起彼落，叭喳！叭碴！菅草成把的向一邊倒下來，她們的衣著可用兩色分開；清藍和赤銅色；笠上一律包著藍洋巾；手足都用有一排爪子形的黃銅鈕釦的黑裹腿，手套，和膠底鞋武裝起來。燕妹包好洋巾，又插進橫隊那端的第四位上去了。

男工們在那邊砍樹，菅草又高又密，看不見他們的身影，但砍木聲卻清楚可聽，叮，叮，叮，叮地。致平的父親劉少興手執把大鐮刀，在隔不多遠的地方砍著一棵闊葉樹。

致平走到父親旁邊，站著，轉臉向女工們那邊看，可是像雨點繁密地倒落的菅草和笠上的洋巾，卻使他看不清楚女人的臉孔。他在燕妹上手第五位女工的笠上看見了小紅帶。這紅帶使他猝然聯想到兩個月前，他在黃順祥家近邊斜坡上看見的那兩個種番薯的女工來。那山寮的主人黃順祥曾經說過的，要介紹她們兩人來農場做工，可是農場自開工以來就從沒看見她們來過。

她們哪裡去了？是不是黃順祥忘記了介紹她們來？……

致平正落在沉思裡，忽然聽見父親叫喊：

「致平！」

劉少興把鐮刀砍進樹幹上，用兩手扶正滑落下來的眼鏡，平靜地說：

「致平，剛才曾運財來說，何世昌攔著他的牛車不讓他走，說是他們伐菅草伐進了他的地界內，菅草錢應該歸他們得。你去看看。你知道界址在哪裡嗎？何世昌屋後有兩棵樟腦樹；那就是界址。」

「我知道。昨天，他兒子就跟我提過這事。他們說界址不是樟腦樹，是樟腦樹上邊的木棉樹。」

「廢話！」

劉少興在眼鏡背後稜起眼睛叱喝，但隨即又把語氣緩和下來。

「致平，」他說：「你看看去吧；也告訴曾運財：不久我們就要另開條新路了，叫他們暫時耐著點性兒對付過去就好。」

說完，劉少興又去拔他的大鐮刀。

致平在女工後面大步跨過一堆一堆的菅草，繞到女工那端去。走到笠上有朱紅小帶的女工身邊時，女人忽然轉臉看他。這臉孔是致平不認識的，大概是新來的女工，顴骨很高，有一對深深的眼睛。

致平下了坡，吹起口哨，喚回兩隻已跑得沒有蹤影的狗。順著牛車路轉過笠山之陰，致平又看見了另一群在後面山腹邊伐菅草的人和山下一排牛車。山上的人恰似停在粉牆上的蒼蠅，雖小，卻歷歷可數。兩個男人正在把綑好的菅草一把接著一把的滾落下來。

時在盛春，南國明媚的太陽用它那溫暖的光輝，曬開了草樹的花蕾。磨刀河那面的官山，那柚木花，相思樹花，檬果花，黃白夾雜，蔚然如蒸霞，開遍了山腹與山坳。向陰處，晚開的木棉花疎似星星，它那深紅色的花朵，和淡白色的菅花相映。只有向陽早熟的木棉，已把春的祕密藏進五稜形的綠莢裡去了。

春已在這些樹林中間，在淒黃的老葉間，又一度偷偷地刷上了油然的新綠，使得這些長在得天獨厚的南天之下的樹木，蓬勃而倔強地又多上旺盛的生命之火，彷彿懵然不知自然界中循環交替的法則一般。菅草以貪多不饜的老頭兒的氣概，不管是石隙、絕壁、河邊、路坎，只要能吸得一點點生命滋養的地方，它便執拗地伸探它那細而堅韌的根。另一邊，那些自遠古以來獨能免於無數次野火的焚劫和居民的濫伐，或雖燒而復生伐而復榮的樹：楠、櫸、樟、鐵刀木、樫、竹等，卻以巨人的緘默和沉著君臨在那些菅草上面，堅持最後的勝利。

一陣悠揚的山歌伴著伐木聲，送進了致平的耳朵。

笠兒山上草色黃，
阿哥耕田妹伐菅。
……

致平輕輕皺了下眉，但心中卻是滿足的。他仰望前面的山腹。伐菅草的人有一二十個，都是來自附近村莊的男女；他們利用農閑期來採伐菅草火柴做秋潦時的燃料。

這是很特別的一種山歌。它與那流行在女人間的拖尾洋巾一樣是單獨流行於下淡水溪上游以北一帶的山間村落。他們稱它做「上庄調」，是與下游的下庄調相對的。

客家人是愛好山歌的，尤其在年輕的男女之間，隨處可以聽見他們那種表現生活、愛情和地方感情的歌謠。他們把清秀的山河、熱烈的愛情、淳樸的生活、眞摯的人生，融化而爲村歌俚謠，然後以蟬兒一般的勁兒歌唱出來，而成爲他們的山水、愛情、生活、人生的一部分。它或纏綿悱惻，或抑揚頓挫，或激昂慷慨，與自然合拍，調諧於山河。流在劉致平血管中的客家人的血，使他和這山歌發生共鳴，一同經驗同樣過程的情緒之流。他愛好這種牧歌式的生活，這種淳樸的野性的美。

歌聲嫋嫋地在空中激盪，低迴，然後消逝在莽林岩岫間。但接著他又聽見了另一種更靜逸更幽細的聲音了。那是路下磨刀河的潺潺流水。彷彿剛才那歌聲已潛寄在這溪河裡了，同時周圍好像也更幽靜、更和諧起來了。

車路由何世昌的田邊經過，上了一段矮坡，恰好曾運財正由左邊何世昌的家裡走出來。

「何世昌這老頭兒眞難說話。」他說，他是一個膚色微黑，胸脯寬闊的高大漢子。

「還不讓走嗎？」致平問。

「剛剛說妥。」

兩人一塊走到停著牛車的地方，在路邊草叢上坐了下來。牛車有十幾輛，屬於曾運財的磚窰的卻占了半數。其中三輛載著乾柴。牛車旁有一堆堆的菅草堆。最末一輛車正在裝載，一個女人在下邊把菅草舉起來傳上去，車上的男人一接，把它頭靠頭的疊放著。

曾運財盤膝坐著，眼睛看著磨刀河那面的官山。

「這老頭兒，眞牛性，好難說話，」他說：「他口口聲聲說要拆橋。是我賠了許多不是，又跟他約定以後再也不伐進木棉樹裡面去，他才好歹給了我這點面子。」

「沒有的話。界址是樟腦樹。」致平說。

「你爸也跟我說過了，可是他不聽你的話又什麼辦法？」

「別理他！」

「我不能不理他，致平，」曾運財坦白地說：「我是做事情的人，不能隨便就得罪人。而且界址的爭執也是極平常的，那是你們兩家的事。再說：他當眞拆了橋，可就把我難住了。你爸爸雖也說要另開闢一條新路，可是一條路不是三兩天就開得成的，但我的磚窰可一天也不能沒有柴火燒。」

致平拔了根菅草莖當牙籤剔著牙縫，一邊卻目不轉瞬的看著最末那輛牛車旁的年輕女人。她把一條藍洋巾包在頭上。致平覺得女人很面善，好像在什麼地方見過，卻一時想不起。

「不，運財哥，那是他們存心找碴兒，」致平取出牙籤，收回視線。「我們都測量過了，界址的確是樟腦樹，他怎麼可以——」

「我也相信是樟腦樹，難道那還會錯的嗎？可是致平，假使你碰在一個北部人手裡，也許它就會變成木棉樹了，那是你一點法也沒有的，除非你不怕麻煩。好吧，我要走了。」曾運財站起來，拍拍尼股邊的草屑。「你巡山嗎？」

「運財哥，」致平也隨後站起來：「這兩天你磚窰的牛車怎麼出得這樣少？一天兩三輛，什麼時候拉完？天要下一陣雨，這些菅草怕不爛掉麼？」

「唉！可不是怕下雨？我昨天晚上見了那些拉車的，以後也許能多來幾輛。」

這裡所謂「北部人」，是指新竹方面移遷來的。那裡地勢傾斜，平野較少，加上人口繁衍，因此人浮於事，無地可耕的人們便祇好四處找尋耕地。對於這種人，南部那廣大而膏腴的平原，便具有了最高最大的吸引力。他們潮水似的湧到南部來了，在廣大的平原上浪人似的由這裡漂流到那裡，一刻不停，直到把他們那漂浮無定的腳跟紮到地皮裡去爲止。他們大部分雖也同是客家人，但愚蠢而頑劣的地域觀念和人類生存本能，卻使得本地的客家人對他們懷著執拗而深刻的仇視，和尖銳到不可思議的惶恐。

致平一邊檢視菅草堆，在牛車間繞來轉去走著。他看見每堆菅草裡面都挾有不少鐮柄或茶杯大小的小樹枝，這是農場當初開放菅草時曾經嚴加禁止的。但不論從伐菅草人的工作技術或本地歷來的民情上說，致平早就料定這是很難遵守的。從前，菅草上面到處看得見小樹木向陽光伸出樹梢，可是現在被伐去菅草的地方，除開祖露的褐色地皮以外，什麼也沒有了。這些小樹木，不用說是被砍了挾在菅草把裡被運回去了。父親和哥哥所躊躇滿志的那經濟的自然造林法，便這樣變成了畫餅。致平彷彿看見了父親和哥哥那搓手皺眉的窘相，而對於自己有先見之明覺得快活。

他走到最末那輛牛車去，用手裡的棍子點著菅草堆，責備地說：

「你看！你們菅草裡有樹枝。你們不知道農場叫你們一定要留下小樹木嗎？」

車上的人——一個又瘦、又小，眼睛卻很大的青年，他謙遜地搔著後腦袋，一邊陪著笑說：

「嗯，樹枝倒有幾條，都是不小心砍了的，包在菅草裡看不清楚嘛。」

「假使大家都像你們這樣，你想想，農場讓你們伐菅草有什麼益處？」

「請你說話客氣點兒，好不好？」地下的女人傲然地說。

「我想我說的話一點也沒有過分。」他向女人注視片刻，然後這樣說。

「你說話就欺人！現在，請你再仔細看看，是不是光是我們的菅草裡有樹枝？」她微怒地說。但是她說的並沒有錯。致平看了看菅草堆，不再分辯了。

致平忍不住拿眼睛打量對方。她那苗條的身材，陰陽分明的臉孔，機靈而堅定的眼珠，……這一切的確曾經在什麼地方見過。

「前些時，在黃順祥家那邊種番薯的——那是你吧？」致平換過溫和而謙虛的口氣問。

女人放平臉色，微笑不答。

「是吧？」致平再問一次，「是你吧？」

女人又是一笑，露出一排好看的牙齒。

「是我又怎麼樣？」

「並不怎樣，問問罷了，因爲我覺得很像你。那麼還有一個——那是你的朋友吧；她沒有來嗎？」

「沒有。她沒在家。」

「她上哪去了？」

「南眉。」

沉默片刻。

「剛才你好像很生氣？」致平虛心地笑笑。

「我爲什麼要生氣？你講話不講理倒是眞的。」

「爲什麼？」

「你自己明白。」

「我不能不那樣說。你們的菅草裡有樹枝，這是農場不許可的。」

「那也沒有辦法；又不是我們存心。都在一堆裡長著，要我們分清楚哪個是菅草，哪個又是樹枝，鐮刀又不長眼睛，你想是不是辦得到？」

「你們總是長著眼睛的。」致平說。

女人瞪起眼睛，怒視著致平。

「你說話客氣點兒，怎麼樣？」

「好吧，我們不談這個了，」致平堆笑說道。「順祥哥是你的親戚吧，他沒有對你們說過什麼嗎？」

「說什麼？」女人冷冷地反問。

「他說過要介紹你們來給農幫忙。」

「我們沒有這種福氣。」

她說了，便又開始給車上的青年傳送菅草束。

——收入財團法人鍾理和文教基金會出版《鍾理和全集卷五·笠山農場》

注：

1那拔、對面烏：那拔是番石榴的土稱。對面烏：另有駁駁子，破布子，樹子等名稱，落葉喬木，子可食。

2闌干：花邊。

3營林局：如現在的林產管理局。此處指林場。

4頭家：老闆。

5下庄：指下淡水溪下游一帶；其上游一帶則稱爲「上庄」。

6庄役場：鄉鎮公所。

7伯公：又名土地公，正名爲福德正神，管轄地方的神祇。

8嘗：同宗者鳩資共設的祭祀公業。

【作者簡介】

鍾理和（一九一五—一九六〇年），祖籍廣東梅縣，出生台灣屏東縣農家。少年時期即喜愛閱讀中文古體與新體小說，十六歲時已開始進行文學習作。二十四歲，隻身渡海到瀋陽，入「滿州自動車學校」，隔年任職於「奉天交通株式會社」。返台後，在父親的農場愛上了女工鍾台妹，因為同姓，遭到父母反對與社會壓力，遂離家出走。一九四〇年與鍾台妹在瀋陽結為夫婦。一九四五年在北京出版第一本小說集《夾竹桃》，隔年舉家歸台。戰後，鍾理和罹患了肺疾，又遭逢次子夭折、長子摔成駝背等諸般打擊，幸好有文壇友人林海音女士及鍾肇政先生的鼓舞，參加《文友通訊》，且常發表作品於「聯合副刊」。代表作包括長篇《笠山農場》、中篇《雨》、短篇《原鄉人》、《貧賤夫妻》等。一九六〇年，鍾理和肺病復發，咯血去世，年僅四十五歲，被稱為「倒在血泊裡的筆耕者」。除了小說，還有部分詩歌和散文作品。由於生前困蹇，絕大部分著作是身後才出版的。其子鍾鐵民在高雄美濃為父親建立「鍾理和紀念館」。

【賞析】

《笠山農場》是鍾理和代表作，以位於高雄縣境內、中央山脈支脈尖端，居民以客家人為主的笠山為主要視域。劉少興是屏東客家村鎮富農，為了以後養老之用，在偶然機會下領略了笠山之美，遂購買了二百甲的笠山山場，並決心認真在此墾殖，帶領了二子致遠與三子致平到此建立家園。笠山農場所種植的，並非當時人們熟悉的稻作或番薯，而是仍屬新鮮舶來品的咖啡。

劉致平剛剛從學校畢業，笠山醇美的景緻與人情吸引了他。而他也和當地人的相處越來越親厚。其中致平最注意的，是年紀相當的女工淑華，她性格果敢而爽朗，正是略顯木訥的致平所欠缺的。而劉家長輩也將淑華當作自己女兒般疼愛。致平與淑華雖然相處親切，互有好感，卻一直小心著不要越雷池一步。由於輩分的緣故，淑華一直稱呼「致平叔」，加上他們是同姓，這種種傳統隔閡使他們永遠像隔著一堵透明的牆。但是，愛情的渴望衝破了藩籬，在雙方家長激烈反對下，致平與淑華毅然離開了笠山農場，來到滿州，追求理想和愛情。這部分的描寫帶有作家本人的自況意味。

而笠山農場本身的經營也不如預期，與周圍依賴山林天然資源生活的人發生衝突，二子致遠也在與鄰人的衝突中負傷去世，加上咖啡苗染病而減少收成，劉少興不得不承認他的經營是失敗了。

《笠山農場》以樸素剛健的文筆描繪客家庄風土人情，以及傳統與現代的磨合過程中的改變與犧牲，並塑造了勇敢追求愛情的致平與淑華這一對人物形象，有昂揚，有低落，農場興衰史中透顯出來的是醇厚與保守兼具的客家浮世繪。

——楊佳嫻撰文

月光下的小鎮

鍾鐵民

一

李偉中一跳下客運車，就看見他的表哥阿吉和表弟秀山從站外跑了進來。阿吉接過他手中的提箱，兄弟三個拉著手，旁若無人的又叫又蹦又笑的走著。

半年不見了，也整整的想念了半年，李偉中看著臉曬得漆黑的阿吉和秀山，又興奮又開心。他領頭衝出客運站，外面就是外婆的家鄉美濃的街道了。

比起台北，這兒顯得太冷清了。狹窄的街道上，停著幾部搭客的計程車，午後炎熱的太陽下，路上沒有幾個行人，兩邊店面房屋也都低矮簡陋。

但是，這裡卻是李偉中的母親生長的地方，他每年也總要來好幾次，他喜歡這兒，連做夢也要夢見外公外婆和這兒的許多事物。

現在，他站在美濃的土地上，沐浴著明豔的陽光和暖暖的輕風，那種回到家鄉的氣氛，就讓李偉中感到了無比的溫暖和親切。

站前房屋陰影下，擺著三部半舊的腳踏車，原來阿吉特地還爲他牽來了一部車子，正熱切的招呼他過去呢！

「阿媽給我一張一百元的大票，你還沒有吃午飯吧。」阿吉說：「我帶你去十字路口那間小店吃粄條；那家粄條最正宗，連總統來都要吃一碗呢！」

「啊！我媽最想念的，就是家鄉的粄條了，我也愛吃。不過現在我不餓，我在高雄等換車時吃過飯了。你們要吃嗎？」李偉中說。

「那就回家好了。我做了兩個大風箏，昨天放過，好棒啊！」阿吉顯得迫不及待了。

他們騎上車子，離開客運站向北轉，秀山騎在最前面，他的腳不夠長，屁股在座子上一左一右的扭動著，李偉中緊緊的跟在後面。

他們通過農會的白色大樓，繞出農會巨大的穀倉，前面就是郊外開闊的田野。田野的盡頭處，是東西橫亙的高大山脈，聳立在鎮的北邊，一座座山峰有月光山、雙峰山、靈山等，西邊山脈盡處，就是號稱香蕉王國的旗山鎮了。

旗山是美濃出入高雄的門戶，李偉中剛才就是坐車經過那兒的。

山脈的那一邊，與美濃鎮以山為界的，是杉林鄉，李偉中的大姨就住在那邊。他外婆的家，在雙峰山的山腳下。

外婆家是一幢古舊但很有氣派的「大夥房」。大夥房的意思，就是說這是一大夥人住的家園。

它的結構是三合院形式，這是台灣農村很常見的一種建築式樣。正面一棟三間，正中那間是供奉祖先神位的佛堂；左右兩邊是廂房，圍成一個大冂字型，佛堂前的庭院是曬穀的禾埕。

據說從前媽媽小時候，和叔公伯公一大家人三十多口全住在這裡，晚上禾埕正是大人納涼，小孩子遊戲的廣場。李偉中最喜歡外婆家的院落寬闊，在美濃處處可以看見這種形式的建築物。

而田野間，坡地上，一無例外的四周種滿了檳榔樹、椰子樹或果樹。綠樹紅瓦，古色古香，像極了國畫中的農村圖。比起來，李偉中他們三重市的公寓，簡直就像鴿子籠了。

這時節，田裡第二季水稻剛剛插完，一行行柔弱的稻苗正裊裊搖曳，田水裡倒插映著青山的影子，看上去，天地都黏在一處了。

李偉中感到心中充滿了欣喜情緒，好像連空氣都使人陶醉興奮，那種淡淡的草香夾著泥土的黴味，他似乎嗅到了外婆身上的氣味了。

「呀——荷——，外公外婆，我來了。」他心裡大叫起來。

二

美濃是高雄縣三個大鎮中的一個，居民將近六萬人，差不多全部都是農夫，是一個純客家人的農村。

李偉中從小就喜歡這裡。

美濃，位置在高雄市的東北角，中央山脈的支脈延伸下來，美濃的東北西三面都包圍在群山之中，只有南面接連屏東平原，但又有荖濃溪把兩地分開，地理位置十分偏僻，對外發展的路線只有兩條，一是經過旗山走山路到高雄；另一條是經過里港到屏東。

在古代交通建設不發達的時候，到旗山要渡過楠梓仙溪，到里港又有荖濃溪，長期與外隔離，閉塞的情形可以想見。

李偉中常常聽到他外公向他們述說美濃的歷史，所以他對美濃的發展也有很深切的了解。原來在兩百五十年以前，美濃這一片山谷平原，完全是蠻荒的叢林——古木、刺竹和菅草長得密不見天，只有零散的原住民居住。開墾美濃的上一代先民，原來是住在屏東縣里港附近武洛地方的客家人。這些人是明末清初，從大陸廣東省嘉應州的蕉嶺或梅縣，冒險渡海來到台灣的。他們由南台灣登陸後，分別開發了竹田、佳冬、萬巒、內埔、麟洛等地，其中有一部分人沿麟洛河溯河而上，再順隘寮溪到達武洛。

武洛原是荖濃溪河床中浮出的河川地平原，先民們發現這個地方土地肥沃容易開發後，很快的就落腳定居了。可惜荖濃溪河道淤塞，屬於河川地平原的武洛，幾乎年年雨季都要遭受洪水淹沒，田地家園常遭破壞，實在不能算是一個可以長居的樂土。

先民們於是利用冬天枯水期，冒險渡過荖濃溪寬闊的河床，他們就發現了美濃這片原始的山谷平原。這塊土地對年年遭受水患的武洛村居民，是具有吸引力的，他們渡河開發也就順理成章了。

「美濃原先不是有原住民居住嗎？」李偉中曾向外公提出這樣的問題：「原住民不是要砍人腦袋的嗎？」

「是啊！那時美濃全是樹林和竹林。從武洛過來的人只敢偷偷開墾一小塊一小塊的圃地種番薯。他們幾個人組成一小隊，有些人工作，有些人守望，太陽一偏西就要趕緊渡河回家。」

外公說：「後來開墾的面積大了，又有時碰到河水突漲無法渡河回轉武洛，於是有人搭建工寮作爲休息的地方，偶爾也可以過夜。」

「他們不怕原住民嗎？」

「怎麼不怕呢！一過荖濃溪就進了原住民的居住範圍，隨時有可能碰到山地武士，有不少腦袋就被砍掉了，有時整個工寮五六個人全被殺光。不但有原住民，還有隨處可見的山豬群和水鹿山羊。山豬是很凶猛的野獸，在美濃庄附近聽說還有一種虎頭山豬，會主動的攻擊人類，體型巨大，有三四百斤重；水鹿和山羊雖然不傷人，可是破壞作物，令人防不勝防。」

「哎呀！眞不應該去那樣的地方！」李偉中驚歎著。

「哦！我們的祖先是非常勇敢的，只要是他們執意想去的地方，任誰也阻擋不住。」外公很自豪的說：「客家人移民到台灣來的算是少數，他們一面跟原住民作戰，一面還要對抗附近懷有惡意的其他先到的居民，更要克服四周變幻莫測的自然環境，爲的只是日圖三餐，夜圖一宿，生存眞要用血汗才能換取。我們的祖先們知道這個道理，所以他們永不畏縮。」

李偉中十分佩服那些先民們，也非常嚮往那時拓荒冒險的生活。有時他把自己想像成拓荒的英雄，扛著火繩鎗和山鋤，帶著外公外婆到這月光山附近建立家園，一面種番薯，一面抗拒原住民，最後終於把山地武士打跑了。

「還好！我們的祖先沒有被原住民趕走。」有時他很安慰的這麼感謝著。

「那時因爲能夠團結，當村落和生存遭受威脅的時候，他們勇敢奮戰，不怕犧牲。客家人團體意識很強，不管威脅他們的是甚麼人，心中打的是甚麼主意，只要危險一來，他們就組成自衛團體，保護自己的家園，不容許任何人來破壞。他們攻擊原住民，攻擊反叛清朝政府的朱一貴和吳福生，因爲這些亂兵威脅了他們的家園和安全。日本人進占台灣時，他們一樣組織軍隊去迎擊日軍，他們有六堆的軍事組織，聯合了所有客家人的村落，轉戰各地，保鄉護土。因爲作戰勇猛，犧牲也很慘重。清朝皇帝還特地封那些爲保土而死的戰士爲『褒忠義民』呢！」

外公說明：「據說這些勇士們，死後仍然不忘記要保護鄉土，成神以後還常常顯靈照顧自己的鄉人，所以很多地方都建了義民廟，就是要祭祀和紀念這些無名勇士。」

「是不是那一次母豬生病，外婆帶我去求神保佑的義民廟呢？」

「不錯，在義民廟裡，你有沒有看到神像？」外公問。

「好像只有一個木牌神位。是啊！無名英雄太多了，沒有辦法一一塑像，對不對？」李偉中說：「阿公！我還要到義民廟去拜一次。」

他的外公讚許的點著頭笑著。

「清朝的皇帝爲甚麼又要封賞義民呢？」阿吉也提出問題來了。

「朱一貴和吳福生這些草莽英雄起兵叛亂，他們打著反清復明的旗號，清兵受的壓力很大。當時的主戰場在南部三縣，尤其是吳福生的軍隊，就在高屏溪與清兵決戰。武洛地方的先民們爲保護家園不受戰火的波及，出兵打擊吳福生的部隊。叛亂是客家人幫忙敉平了，但也與強鄰結了深仇。」阿公感歎的繼續說：「你們也知道，古時客家人與福佬人互相仇視，爲了爭土地水源，不知發生過多少次戰爭。現在，里港就還留著當年客家人與福佬人和解訂約的紀念石碑呢！武洛的居民飽受威脅，隨時都有滅族的可能，日子眞是難過啊！」

「都是你爸爸的祖先們，眞可惡！」阿吉指著李偉中說。

「我又不知道，可不關我的事啊！」李偉中辯解著：「我爸爸是福佬人，我卻是半個客家人啊！」

「哈哈！那是古代的事情啦！生存本來就是殘酷的競爭。現在是沒有甚麼可記恨的了。」外公笑著說：「那時候武洛的先民在天災人禍交迫下，渡過荖濃溪來開墾美濃這片荒原，是他們最後的希望了。」

「那就快過來呀！」

阿吉緊張的說。

「不行！美濃這片土地，偏偏不是普通百姓可以自由墾殖居留的地方。原來鄭成功爲了準備攻打清兵，曾在美濃建設了密藏錢糧的『明月樓』，還有充當練武場兼戰略研究所的『清風院』，所以清朝政府占領台灣後將美濃列爲禁區，禁止任何人到此墾殖。」外公皺著眉頭裝出一副無可奈何的神情。

「糟糕，怎麼辦呢？」

李偉中也聽得心急起來。

「當時武洛的義軍統領是林桂山和林豐山兄弟兩人。這兩個人都是勇敢又有機智的，既然幫助清朝政府平定了叛亂，就算建立了大功了，於是向鳳山縣令陳述困境要求特准移民。雍正十三年，也就是距今兩百四十多年前，清朝皇帝終於批准，武洛村民可以開發美濃了。」外公說：「這年秋天，林桂山兄弟領導了村民一百多人，渡過荖濃溪，一路砍伐菅草竹叢，深入荒野地區，最後到達了雙峰山和靈山山麓，就在這裡圍築柵欄，建立了新的家園。」

「那些原住民哪裡去了？」李偉中最擔心這個先人生存的威脅。

「美濃開莊以後，開發得很快，移民先後大批到來，除美濃本莊外，又向東北南三面擴張發展，建立了龍肚、竹頭角、九芎林、吉洋等大大小小幾個村莊。原住民競爭失敗，只好再退入六龜、桃源等深山中去。不過，這個戰爭還是打了幾十年！」

從外公一次次的述說中，李偉中和表哥阿吉、表弟秀山，慢慢明白了美濃開發的經過。了解了先人建立家園的艱難以後，他們更覺得家鄉可愛了。對於前代老人們留下來的遺跡，也深深感到親切。

外公曾多次帶著他們一群孩子，騎著腳踏車，走過美濃鎮內各個村莊，一處處指給他們看，所以在李偉中的感覺裡，美濃幾乎也成了他的故鄉了。

三

李偉中非常佩服他的外公，他覺得外公好像是無所不知。

他的外公退休以前，是小學的校長，他是在日本人據台期間就取得了日本「文官」資格，是美濃地方上的士紳。不過李偉中知道，外公眞正的心意是想教育地方子弟，不是在乎日本的甚麼「文官」。

現在據說外公的學生很多都有大成就，跟他走在大街小巷上，似乎每一個人都要跟他點頭招呼，尤其是上了年紀的人，都規規矩矩稱他一聲校長先生。他所到的地方，處處有茶水糖果招待，李偉中跟著外公也沾了不少光。

他們曾跟著外公到過「榕樹窩」，那裡有美濃第一座土地公壇「開莊伯公」。美濃的土地公壇形式很簡單，居中是一方石碑神位，香爐前一張矮小供桌，兩旁是矮圍欄。供桌前有一小塊供拜祭的平地，庭院裡有兩棵巨大無比的遮涼的榕樹。伯公壇也就因此成了農人納涼休息，小孩子遊戲的地方。

美濃的開莊伯公壇顯得很古老了，不過香火很盛，常常有人祭拜，香爐上插滿了香阡仔，滿地都是紙錢的黑灰。周圍環境整理得很好，榕樹樹蔭很廣，涼風習習令人感到神清氣爽。

壇前另外立有一座紀念石碑，記載著開莊立壇的經過，末後兩句是「懇上蒼此土可大亦可久，將弈世而瀰濃」。

外公解說，本鎭因此定名爲「瀰濃」，這種稱呼，一直到民國二十八年（西元一九三九年）才被日本殖民政府改成現在的「美濃」。伯公壇是乾隆元年設立的，也就是林桂山兄弟，率領武洛人到此開莊定居的第二年。

靈山山麓目前是一片水田，只有山腳邊零散的幾座夥房掩映在綠樹之間。外公說這裡是當年築柵建莊的所在，現今鎭街所在地，當年原是一片草原，是放牧牛群的地方，聽古老傳說，牛群經常不肯回靈山歸宿，成群的聚在現在莊場的地方。有一個原鄉來的地理先生指出，風水在這塊放牛的地方結穴，是最好的莊場，於是又來了一次遷移。

「我想遷莊是對的，這裡才是美濃平原的中央。」外公結論說。

李偉中對這件事沒有甚麼意見，他是非常喜歡伯公壇的氣氛的。

除了「開莊伯公」，李偉中還跟外公多次經過美濃鎮街東方的東門樓，那裡也是吸引人的地方。

東門門樓是乾隆二十年興建完成的，距離現在整整有兩百二十六年那麼久了。門樓在美濃溪北岸，美濃溪河道由東方直衝美濃莊場，再偏南繞過美濃老街向西流去，有人說修建門樓純粹是爲了風水的理由，門樓上事奉神明有鎭壓作用；李偉中的外公卻認爲當初有禦敵瞭望和防獸的功用。

不過，不管最初的功用是甚麼，李偉中他們現在所看到的東門樓已經改建過了。原來的東門樓據記載高有三丈五尺，占地十五方丈，兩邊城腳拱成圓形，是中國古代城門的形式。門上閣樓採宮殿形狀，雕梁畫棟，紅磚綠瓦，氣勢雄壯。

清朝道光九年，竹頭角庄的黃金團高中進士。他在返鄉祭拜東門時，揮毫爲東門樓題了「大啓文明」四個大字，雕成石匾嵌鑲在門樓的橫楣間。最初的對聯據說是福建龍泉寺的高僧所題的。李偉中的外公曾念給他聽，記得是：「旭日迎門早，春風及第先」。可惜他體會不出聯中的含意。

這座門樓在光緒二十一年日本軍進占台灣攻向美濃時，因爲美濃義軍抵抗，遭到日本軍大砲轟擊終於破損。

經過四十二年，美濃士紳才發起重建——規模依舊，高度升高改成二樓，樓上更加建鐘樓懸掛巨鐘，作爲發布警報之用。

當時台灣被日本統治，受到日本「皇民化運動」的限制，不能再採中國宮殿形式，連匾額、舊有的飾物都被棄置河底了。

民國四十六年（西元一九五七年），門樓再度修改，拆掉了鐘樓和屋頂，恢復最原始的模樣，依然是紅磚綠瓦，雕梁畫棟，而「大啓文明」四個大字，又高高的懸在閣樓橫楣間了。

今天的美濃，可不知道是不是美濃進士黃金團當初題字時所希望的那個樣子了。

門樓東側有古老的土地公壇，扶疏的伯公樹蔭下，經常都有成群的孩子在這兒遊戲。傍晚夕陽西下，從伯公壇西望，紅日正在門樓的後面，紅霞烘托，東門樓高聳突出，光彩奪目。

李偉中好幾次沿著狹窄陡直的樓梯爬上城樓。由那兒向北瞭望，可以看見美濃鎮街，櫛比鱗次的住宅屋頂。向西是美濃溪蜿蜒的河道，平時溪水清淺，河床上被圍成一塊塊方形菜圃；夏季時卻常見滾滾濁流，那就更顯得壯觀了。

由東門樓向南，經過東門大橋直通龍肚莊和六龜；向東則是通往竹頭角的大馬路，這兩條路李偉中都走過，但那也是很久以前的事情了。

記得有一次外公騎摩托車載他去釣魚，大清早經過東門樓，橋下美濃溪中站滿了洗衣服的婦女，那次他們是到一個叫「金龜搶水」的河灘釣魚的。

「阿公，你看那些河裡洗衣服的婦人，為甚麼她們全都站在水裡呢？」

美濃溪兩岸淺水中，老老少少的女人，全都把褲管捲得高高的，面前疊起一塊斜面的扁平石頭，她們彎腰揉洗衣服，背朝河心，衣服、籃子、肥皂反而放在河岸上。李偉中的母親在彰化爸爸家鄉時也是這樣洗衣服，但這種習慣還是使人感到驚訝，因為彰化的婦人都是蹲在岸上洗衣服的。

「從這個小習慣，你也可以看出我們先民生活有多麼艱難了。四周全是敵人，隨時可能遭受殘害。為了生存，他們必須要特別警覺，尤其是婦女最容易受到襲擊或被俘虜，大清早在溪邊洗衣服最不安全了。敵人總是來自背後的陸地，長期的教訓使她們學會了保護自己，只要不把背交給敵人，要逃脫就容易多了。洗衣服時如果面朝河岸，敵人一出現，不是就馬上發現了嗎？久而久之，這就成了定俗了。」

「有這麼危險嗎？」李偉中有些不信。

「怎麼沒有呢？我聽你外曾祖父說，竹頭角莊就有個婦人，在莊背洗衣服時，被原住民出草砍走了腦袋。莊人得到消息趕去時，原住民已翻山逃走了，莊裡壯丁去追捕，終於趕上了前面的敵人。山路是『之』字形蜿蜒向上的，有一個叫馮草客的莊人朝前面的敵人開鎗，正趕巧另一個原住民由路的另一頭冒出來，三個人連成一條直線，結果一鎗殺死了兩個出草的原住民。這件事我小時候聽過不止十次，那個馮草客我還見過呢！」外公說。

「竹頭角不是一個小村莊嗎？」

「是啊！那裡還出了好些個英雄人物。像進士黃金團，還有日據時代的鍾阿章，都是有名的人物。」

「黃金團不就是在東門樓題『大啓文明』的人嗎？」

據外公的說法是台灣的地太輕了，出不了能人。竹頭角莊因爲出了一個進士黃金團，連榕樹坪的河溝都裂開了，裂得好深啊。他要動身赴考那天，他們家的母雞忽然跳上正廳門檻上連叫了三聲。這是惡兆。好在他的母親機警，立刻隨口應聲說：「母雞啼出父雞聲，金團上京考頭名。」把惡兆轉成吉兆。果然黃金團那一年考上了。

又聽說黃金團上北京前，他的母親爲他煮了很多番薯，一個個全曬乾了讓他帶著在路上吃，這些番薯他一直帶到北京，因爲他在想家的時候才捨得吃。

他中了進士以後，有一天皇上特別去看他，想問問台灣的情勢。正好他在吃番薯，順便就敬奉了皇上幾個，皇上嘗後大感驚奇，問他是甚麼東西。

黃金團不好意思說是番薯，因爲在台灣的家鄉，番薯是最賤的食物，他就改說是地瓜。皇上隨口讚美說：「竹頭角的地瓜眞是第一美味！」聽說有皇帝龍口封過，竹頭角的番薯就更好吃了，還可以煮出糖來呢！

「我才不相信！哪有番薯會煮出糖來的！」李偉中反駁他的外公，恰好他又是最愛吃番薯的。

「不騙你，以前竹頭角有一種叫白葉青心的番薯，挖出泥土以後半個月，下鍋一煮就行，把水煮乾後番薯全身包著一層糖膏，眞是又香又甜。我小時候就常常吃這種番薯糖。」

「啊呀！現在還有這種番薯嗎？」

李偉中聽得口水都快流下來了。

「竹頭角莊有大圳通過以後，圃地都成了雙季水田，已經沒有人再種番薯了。白葉青心的產量不高，番薯又小，我已經有好多年沒再見過了。恐怕你要大大失望啦！」他的外公笑著說。

「哎！可惜可惜。」李偉中歎著氣說：「不過，那個鍾阿章呢？他又是個甚麼人物？」

「阿章是不是他的本名，我也不清楚，我只知道他是『五代同堂』的人。鍾家一家五代同聚，還眞是不多見的事。這在封建時代是一種福氣的象徵，也是社會的祥瑞，皇帝還特賜給『五代同堂』的大匾額，現在還掛在鍾家祠堂的橫楣上呢。」

外公解說：「這個鍾阿章是跟日本人作對被日本人砍頭示眾的。刑場就在九芎林莊北邊的河崗上。聽說他腦袋被砍下來後，身體還爬過兩重田坎。」

「他爲甚麼要跟日本人作對呢？」

「日本人統治台灣初期，訂定了好多規則強迫台灣人服從，全不管對台灣人公平不公平。大部分的人只好忍氣吞聲的服從了。聽說就是鍾阿章依舊我行我素，全不理會日本人所訂的種種規定，日本警察要逮捕他，反而被他給打傷了。日本人初立法規，正要威嚇台灣人，怎麼容得鍾阿章不遵法令呢？於是下令緝捕他。但鍾阿章是練過武術的，鎗法又準，他躲在羌子寮的叢林裡，使一支火繩鎗，又有五代同堂的人給他送飯，日本人根本拿他沒有辦法。最後日本人開始野蠻的捕捉五代同堂的人來逼迫，一天一個，五代同堂的人都快被捉光了，但沒有一個人肯洩漏祕密。最後他的侄子輩的鍾阿唐跑到他藏身的洞口去懇求。他說：

『阿章叔，我是阿唐，你不要開鎗。日本人捉夥房裡的人抵數，夥房裡的男人已經沒剩下幾個了。昨天捉走了我阿爸，今天大概要捉我。你不出首我們全要被殺頭。不是我們怕死，但夥房裡留下老的老少的少，阿章叔，全夥幾十條人命，全看你一個人了啊！』

鍾阿章在洞口緊靠洞壁連續說了兩遍，只見一支火繩鎗慢慢從山洞裡伸出來，鎗把向外，鍾阿章終於出來了。他的頭髮長得披到肩下，臉上鬍子密密層層只見到兩個眼睛。從他逃亡後就沒有人再見過他，就是送飯的人也只把飯團掛的樹林出口的樹枝上就走了。日本人用這種的方法逼使鍾阿章屈服，鍾阿章並沒有輸給日本人。」

他們祖孫兩個人坐在溪邊釣魚，李偉中興致勃勃的聽著外公述說。他對這些英雄眞是敬佩萬分。

「阿公，你甚麼時候帶我去竹頭角看看好麼？」他要求外公。

「好，下次你再回鄉來時，阿公一定帶你去。」

到底台北距離美濃太遠了，一走就差不多半年沒有辦法見到外公外婆。功課也越來越多了。

四

「這次暑假你總可以多玩幾天了吧！是不是要等開學才回台北去？」

阿吉問他時，充滿了期待。

阿吉今年國小畢業，就要升國民中學了。他是李偉中大舅的獨生子，比李偉中只大一歲，個子長得粗粗壯壯的，玩起來粗野得令李偉中佩服，但下田幫大舅做農事時，儼然又像個農夫。

他會放田水撒肥料，種菸葉烤菸葉，甚至還能開動大舅的鐵牛車，搬運穀包飼料等等。李偉中一向覺得表哥很能幹，就是成績比較差一點。

表弟秀山比李偉中小兩歲，是阿吉的跟班和助手，專供跑腿。他的成績最好，是二舅的寶貝。

李偉中自己今年升六年級。他跟爸爸媽媽和妹妹住在台北的三重市。爸爸是紡織工廠的主任，媽媽當老師，跟他同在一個學校。

每逢假期，李偉中不是回爸爸彰化的老家，就是到美濃來看外公外婆。彰化老家只有祖父和祖母兩個老人，雖然他們很疼愛李偉中，但他還是寧願到美濃外婆家來。這裡有阿吉和秀山，還有表姊妹們，熱鬧有趣多了；回到美濃就等於自由啦！

「爸爸答應我住到返校日，返校日以後學校合唱團就要開始訓練了，我是合唱團團員呢！」李偉中告訴阿吉。

十幾天雖然稍嫌不足，但對天天功課緊逼著的李偉中來說，已經是了不起的假期了。他的妹妹原本鬧著要一同來的，可是他嫌累贅，最後媽媽答應月底帶她回彰化，妹妹才肯放他，他已經覺得很幸運了。阿吉卻覺得不能整個暑假在一起，顯得有些失望。

「不過，我們馬上也要補習英語和數學；下學期我就是中學生啦！」

阿吉最後安慰的說。

李偉中的外公和外婆看見他都很高興。外婆特別爲他殺了一隻大公鵝，兩個舅舅都笑嘻嘻的說，托了他的福才有鵝肉吃。外婆做的封肉是客家名菜，味道香醇，尤其是與封肉一同封煮的冬瓜和高麗菜，李偉中每次都覺得舌頭不小心，會一起吞下肚裡去。

「昨天接到你要來的電話，你外婆就叫我殺鵝了。」大舅媽也打趣的說。

外公依然紅光滿面，半年不見，他的頭髮好像更少了。他戴著老花眼鏡正坐在桌前聚精會神的綁魚鉤，桌面上散亂的全是釣具。外公最愛早晚到河邊釣魚了。

「釣竿已經替你準備好了，明天一大早到三甲水去，那裡有鯉魚哪！」外公笑著問他：

「你去不去？」

這是台北做夢都夢不到的事情，還能夠不去嗎？

他永遠也不會忘記，天還濛濛亮，外公把他叫了起來，兩個人騎了摩托車到三甲水。

以後他們有時到金龜搶水灘，有時到木棉陀潭，有時遠到頭隘或烏雅河。三甲水算是最近的了。

坐在溪邊，面對著青山綠水，沐浴著陣陣清風，又有敬愛的外公在身邊，爲他述說各種掌故傳說，沒有比這個更令他懷念的了。

雖然常常空手而歸，但他們祖孫兩人仍是興高采烈的。

「沒有比你們祖孫更傻的人了！幾時能釣到魚啦？」外婆笑罵著，神情卻充滿喜悅。

阿吉和秀山都是好動的人，他們也最討厭釣魚，特別是魚釣回來他們又要負責殺魚的工作。趁著大家在客廳裡說話，他們早把風箏拿出來了。

阿吉的兩個風箏和秀山的小風箏全都糊成最簡單的菱形，後面拖著長長的尾巴，一看就知道是他們自己製作的。

事實上，李偉中從小在美濃所看到的風箏，都是這種形式，比起台北淡水河風箏比賽時所看到的那些豔麗美觀，形狀變化多，而又複雜的各式風箏，阿吉手中所拿的只能算是破紙片了。

李偉中並不在乎，他玩這種風箏已經好多年了，只要飛得高飛得穩，不就達到目的了嗎？這恐怕也是美濃客家人的性格吧！外公和這兒所有的居民全都一樣，他們講究實用，所有缺乏實際效用的華麗都被視作罪過。

比如說建築物吧，夥房的構造方方正正，連正堂宗祠的形狀也是平平實實；除了寺廟，看不到飛簷翹棟。

衣著方面也是這樣，美濃女人穿著樸素，式樣平凡；一般是花上衣配黑色長褲，洋裝裙子也只有職業婦女才穿著，一般家庭婦女，連口紅都是不塗的。

李偉中的母親就是這個性子，不過，他卻喜歡這樣。

拿大舅媽和二舅媽講，她們都是典型的美濃婦女。大舅在鎮公所任職，二舅在農校當老師，家裡田地一甲多全由兩位舅媽在耕種，她們看起來就像是普通農婦一樣，尤其二舅媽，還是商專畢業的呢！

但她們都不擺架子，除了粗重工作由舅舅自己動手或顧工以外，大小事全都親自操作。她們操持家務，料理一天三餐，還要到田裡做農事，餵養家禽豬隻，照顧孩子，差不多所有美濃婦女都把這些事視爲本分的工作。

李偉中聽過外鄉人批評說，美濃男人在家帶孩子煮飯，讓女人下田工作。李偉中也問過他外公是不是眞的。

外公笑著反問他：

「你看看你大舅、二舅，有沒有閒著不做事呢？」

原來男人負責粗重的或需要技術性的工作，像犁田翻土，施肥噴藥等等，再就是交際應酬，處理日常事務；眞是各有所司，各盡本分。

也難怪外鄉來的人會有這樣的誤會了。他們只見田裡全是婦女，街道上、田間小路上，隨處可以看見婦女騎著大型摩托車，後面載著穀包重物在路上飛馳。

李偉中知道外公家隔鄰的阿英姊是大學女生，他就看見她用摩托車載運肥料包上田裡去。

美濃的婦女是能吃苦的。她們的第一樣美德就是勤勞，一個懶惰的女人在這個地方，不論她有多少其他的美德，都是被人看不起的。

「你不看看偉中剛剛進門，你也讓他休息休息呀！」

大舅媽笑著責備阿吉。阿吉提著風箏在等李偉中，早已經等得心焦了。

「放風箏又不累。現在風大，等下沒風了還放得起來麼？」阿吉辯解著。

李偉中放好行李，換了衣服和鞋子，迫不及待的就隨著表兄弟跑了。

「這孩子每次一回來，高興得好像是過生日一樣，他眞是美濃人啊！」

李偉中聽見後面他的外婆在讚歎。

五

外婆家夥房後門外有一片稻田，遠處稻田的盡頭就是連綿的美濃山脈。東邊金字面半山腰陡立的壁上，可以清楚看到一個由岩石形成的巨大的「人」字，綠樹黑石輪廓分明，看上去，筆勢蒼勁有力，好像是天神有意在這裡炫耀他的書法，眞是鬼斧神工。到美濃去的人，從中圳湖北望，就可以看到了。

李偉中回到美濃外婆家，很習慣的要對著這個山岩呆呆痴望很久。在他還很小的時候，有一次他害病躺在床上，因爲很想念外婆外公，他的母親於是就把「人」字石的神話講給他聽，從此，他就與這塊山岩形成的「人」字，結下了特別的緣分。

媽媽說，「人」字石的上面原來還有兩點。那就是「火」字了。

據說以前山峰頂上總是烈火沖天，烤得附近甚麼都不能生長，美濃人的祖先們剛遷來的時候，爲此痛苦得不得了。後來有一個地理先生說，這都是那個山上的「火」字在作祟。

可是那座山又高又陡，火勢又那樣猛烈，誰也無法上去，就算是能爬上山，又有甚麼用呢？岩石又那麼大。祖先們天天求神解救，如果得不到幫助，他們只好再度遷村了。據說他們跪在太陽底下曬得皮膚都裂開了，不但沒有一個人離開，就連動一動身子的也沒有。

也許是他們的誠心感動了上天，突然天黑地暗起來，烏雲密密的遮住了天空，然後是十天十夜的大風雨，雷聲隆隆，腳底下的地面都可以感到震動。

大雨終於過去，天晴氣爽，祖先們從屋裡走出來，他們發現山上的火熄滅了，再仔細一看，山上火字的兩點被大雷劈掉了，只剩下一個巨大的「人」字。五穀長出來了，人口增長得很快，因爲這裡已適合人類居住了。

人字石吸引李偉中注意，還有一層原因。據外公說山岩上的小洞穴是八哥鳥的窩巢，當大群的八哥鳥飛出來吱喳喳停在荔枝園的時候，李偉中恨不得捉一隻來餵養。他知道八哥鳥從小餵養可以馴服，還可以教牠說話，是一種會說話的鳥，模樣比九官鳥還細巧可愛。

李偉中從沒放棄有一天爬上石壁，從洞穴裡掏一窩可愛的八哥鳥的希望。有時他很奇怪，在這兒生長生活的阿吉和秀山，反而對這一切全不注意。

當李偉中對著人字石出神時候，阿吉已經多次催促他。

「快走哇！這種風最好啦！快跑！」阿吉說。秀山早已走得沒影兒了。

「還有八哥鳥飛下來麼？」

「八哥？沒看見過。」

阿吉有點莫名其妙。「算啦！我們快去追秀山。」他們沿著田埂向前跑。在美濃，差不多已經沒有任何空曠的土地可以供孩子們遊戲放風箏了。因爲每一寸平坦的土地都已變成稻田，這兒的農人特別勤勞，好好的土地不利用，也被看作是一件罪過！

輸水的大圳堤上，雖然不夠寬敞，但視野開闊，又沒有高大的樹木和電線桿阻礙，沿著圳堤還可以上下奔跑，放風箏倒是理想的場地。

阿吉糊的風箏雖然形式簡單，飛起來卻十分平穩，只一會兒工夫就升上了半天空，看上去風箏像隻天上的老鷹，剩下一個黑黑的點。棉線在李偉中手中綳得很緊，風箏從線的那一頭傳下來的顫動拉力，令他感到興奮。

「這個風箏的勁眞大！」

秀山在旁邊手忙腳亂又捉又拉的叫著。他手中線軸的棉線有些鬆弛凌亂，他一手拉著線，臉興奮得全漲紅了汗珠不斷的滴著。

而阿吉不愧是老手，他神態從容，輕輕捉著線軸，模樣眞是瀟灑。

「如果能糊一隻大風箏，底下掛一個大竹簍子，坐在裡面讓別人把你放起來，那有多麼爽快呀！飛那麼高，大概可以看到整個美濃鎮了。」阿吉說。

「從上面看下來，中圳湖的湖水應該最美麗了。」李偉中說：「我在電影裡看過那麼大的風箏。如果眞能讓我坐一次，就太過癮了。」

中圳湖在美濃鎮街的東北郊外，是一個可以調節灌溉的美麗湖泊，面積有幾十公頃，美濃人都稱它爲「中圳堤」，是本鎮重要的風景區。

湖上建有涼亭，有小橋相連；湖岸處處種植垂柳扁柏，遊人到美濃後，很少不到這兒坐坐的。

夏季水滿時，放眼一片湖光山影，白鷺水鳥，景色非常幽美。

李偉中每次回外婆家總要跟表兄弟去玩幾次，騎上腳踏車不要五六分鐘就到了。

通向湖中涼亭的路邊，有座鍾家墓園，墓在湖邊小丘上，面對著遼闊的湖水，有蜿蜒的小路通到墓園入口。墓門上有一副對聯，李偉中經過他父親的解釋以後，就記住了，而且每次到了那兒，總不會忘記讀上一次。

聯語是這樣的：

「聽靜寺鐘聲喚醒夢中夢；
觀澄湖月影已覺身外身。」

雖然李偉中不太能領會語中的深意，但是當他看到他父親一邊念一邊讚歎著，好像感受深刻的模樣，他相信這些話一定含有很深的哲理。

李偉中最羨慕也是最難忘的，卻是湖中戲水的一群小朋友。這些小朋友有些坐在充了氣的汽車內胎上划水，有些抱著色彩豔麗的塑膠救生圈，他們在湖水中盡情的玩樂，有時還攀緣爬上涼亭，然後尖聲大叫跳入水中。

看著他們在湖中載浮載沉的戲水，李偉中眞恨不能脫光了衣服也跳下去，尤其是在炎熱的暑假的午後。

「水太深了，絕對不行。」

對於這點，阿吉倒是相當堅持的。外公也嚴厲的告誡過。

「那些孩子是湖邊人家，從小玩慣了。」阿吉認眞的解釋。

回到美濃不能下湖去大玩一陣，一直是李偉中最感遺憾的一件事。事實上他游泳的技術極好，他的父親經常帶他到金山海水浴場去。他的母親也認爲游水是一個人必須會的技能，曾經特別訓練過他呢！

「這種天氣，那些孩子大概又在涼亭那邊跳水游泳啦！」李偉中一邊控制著不斷掙扎的風箏，一邊說。

「你是說中圳湖嗎？」

阿吉回頭看著他問。

「眞希望能玩玩水。」他說。

「玩水嗎？告訴你一個好消息。我們鎭上已經建好了游泳池，聽我爸爸說下個月就可以使用了。」

秀山興沖沖的報告。

「好是好，可是下個月我早就回台北去了呀！」李偉中說。

「要甚麼游泳池！你看這圳水多麼清，要玩水嗎？在這裡游阿公不會說話。」阿吉說：「收風箏吧！」

就在收回風箏那一會兒的工夫，李偉中都等不及了，要不是有阿吉在一起，他早就跳到水圳裡去了。

美濃這樣的鄉下地方也建了游泳池，眞是想不到啊！這也是一種文明和進步嗎？以前的人跳進河裡去就行了，恐怕連想也沒想過要游泳池吧！

六

大家都說美濃因爲地理位置偏僻，文通不方便，所以自古以來與外界的文化交流就深受阻礙。再加上客家人先天性的固執守舊的性格，美濃的文明進步顯得特別遲緩。

傳統的想法和行爲，在這個地方處處可以明顯的感覺出來，有些年長的婦女直到現在還穿著一種形式怪異的藍色長衫，據說那還是清朝時代所流傳下來的式樣呢！這種情形表現在生活的各方面，難怪第一次到美濃來的外地人，要懷疑自己到了另一個世紀裡了。

不過李偉中年年要來美濃一兩次，他卻能感覺到這裡現代化的腳步，還是一天天加快了。田間洋樓一棟棟的興建起來，連公寓樓房在幾年內也處處可以看到了。這原因據李偉中聽到外公與朋友分析，一方面是大眾傳播事業發達，廣播、電視、報紙無孔不入，地形的偏僻已經不再構成阻力。再就是教育程度提高，受過新式教育的年輕人觀念改變，他們已有全盤接受新文化的力量了。

從來美濃人就重視教育。年長的人日出而作，日入而息，雖然他們滿足安定寧靜的生活，可是他們更希望自己的子弟有更高的成就，更能出人頭地。

讀書上進便是他們唯一的路子，這種心情可以從他們佛祠堂窗方上的橫聯「晴耕雨讀」四個字完全體會出來。

說起客家人，據研究他們在魏晉南北朝以前，原來是住在中原地區，以長安、洛陽爲政治文化中心，他們原是文化水準很高的氏族。五胡亂華以後，他們爲了避難，也爲了躲避胡人的控制，整個氏族向南遷移。

陸陸續續的，他們有些定居在江西省南部，福建省西部，更有一大部分再遷移到廣東省嶺東地區。

元朝時，政府的戶政單位把福建、嶺東一帶的土著稱爲「畬民」，意思就是說，土著是未開化又懶惰的土人。將新遷移到此的移民列爲「客籍」，這就是「客家人」名稱產生的原因了。

客家人因爲經歷過幾次大遷徙，他們在變亂中又要抗拒外敵，又要適應環境，所以培養出一種堅強的性格，危難來臨的時候能夠緊密團結在一起。

可是又因爲生活環境太差，生活太艱苦，當眼前有小利益時，不免又自相爭奪競爭，變得自私小氣。所以客家人中不容易出現大企業家和大政治家。

再加上遷移新環境免不了要與當地人接觸，他們爲了避免被同化，守舊的性格就十分必要了，所以客家人特別重視祖訓和祖規，連帶的對祖產也就十分寶貴了。因此他們家族觀念很強，注重親屬關係。在今天這種工商社會，他們這些優點，結果適足以影響他們適應新時代生活的能力。

美濃人擁有客家人一切的美德和缺點。李偉中聽他的外公說，美濃因爲環境閉塞，一直到今天仍然保有這種族群特性。但他們依戀鄉土，所以有「走上走下，不如美濃山下」諺語；卻又自私不合作，對於地方的發展事業和社區工作，從不關心。

老一輩的美濃人，他們早就失去大陸原籍客家男人那種「情願在外走江湖，不願在家掌灶爐」的冒險精神。這可能是兩百多年來，在美濃環境太美好，生活太安定的影響吧！這也正是美濃青年在外接受過教育以後，他們的父母深深引以爲憂的事。

受了現代教育的美濃青年，他們不再接受長輩「在家千日好，出門半朝難」的觀念，他們也不再相信「命中註定九合米，走遍天下不滿升」的命運。美濃的年輕人正如台灣其他地區一般，沒有人願意再守著祖上傳下來的產業，待在家裡乖乖從事農業了。大部分留在美濃的青年，也只是把種田當作副業，就像李偉中的兩個舅舅一樣。

外公說這也是一種進步的現象呢！

美濃靠農業收入畢竟有限，爲了改善經濟收入，對子女的教育十分重視。

目前據統計，所知道的博士便有三十六人，碩士一百三十人，每年更有百人以上考取大專學校；拿全鎮五萬多的人口來說，這已是相當高的比率了。這也是李偉中的外公引以自豪的事。

「差不多全省每一個地方，都有美濃籍的老師。」外公對他說。

可不是嗎，李偉中的母親就是師專畢業後在彰化教書才認識他的父親的。

除了老師多，美濃人當警察和當計程車司機的人數也相當多。因爲這裡沒有工廠，雖然保住了清幽的環境，不聽機器的喧鬧嘈雜，但也同樣沒有讓年輕人就業的機會，除離鄉背井去工廠做工外，當老師是最好的出路，其次當警察、當司機，只要能掙錢，這裡倒是沒有職業歧視的。

「這裡爲甚麼沒有人開工廠呢？」

有一次，李偉中在外公與朋友談論這個問題的時候，問他的外公：「這裡的人都沒有錢開工廠是嗎？」

外公和他的朋友聽了李偉中的話，都哈哈大笑起來。

「那不只是資金的問題，一方面是法令規定農地不可以建工廠，再一方面這兒交通不夠好，不論是原料搬進來或貨品運出去，都沒有別的地方方便。」他的外公爲他解說。

不過李偉中也知道美濃人太儉省，他的父親就常嘲笑他母親吝嗇，他們不太敢花錢，而且又缺乏互信和合作的精神。客家人的企業很少成功的。

「美濃人是不是說『甲』字不出頭，出頭變『申』字？」甲字讀音在客家話裡也是「合事」的意思；外公他們一聽，又哈哈笑起來了。

七

天還沒有亮，李偉中就被阿吉叫了起來，這兒大家都有早起的習慣。

李偉中走出房門，外面禾埕上還矇矇矓矓的甚麼都看不到，只有祠堂裡五燭光的小燈泡，從大門口透出一小片光亮。大舅媽和二舅媽肩上掛著衣服籃子要到屋後大圳裡去洗衣服，外婆在廚房裡做早飯，秀山和表姊都在書桌前看書，外公在後院掃落葉，全家人都已經開始忙碌了。

五點剛剛過去，如果在台北，李偉中全家還正在熟睡呢。外婆常常告誡他們說：「早起三朝抵一工，早起三年抵一冬（年）。」這句話是美濃地區農人們的座右銘。

「舅舅呢？」

李偉中問身邊的阿吉。

「騎摩托車去田裡巡水啦！」阿吉回答。這就是美濃！李偉中眞正感受到，確實是來到外婆家了。

「阿公不是要帶我去釣魚嗎？」

「今天大概不行。」阿吉回答。

「爲甚麼？」

「昨天我聽說泥水匠今天要來量地，我們要蓋燻菸葉的電腦室。」

「啊！菸樓不是還好好的嗎？」

李偉中聽了阿吉的話嚇了一跳。阿吉對這事也只有聳肩膀，無法回答了。

外公的夥房後面，從李偉中有記憶起，就記得有一棟菸樓；菸樓是一種外形很奇特的建築。在美濃，這種菸樓處處可見，差不多有房屋有人家的地方就有菸樓。甚至有些人擁有兩棟或三棟。

菸樓的功用，當然是燻烤菸葉。那是一種二樓的建築，用大土磚砌成，屋頂上再建一個突出的小閣樓，閣樓兩旁開有通氣窗口，窗口有木門調節溫度和濕度。所有的菸樓全都是相同的形狀。

外公的菸樓在夥房後面，比祠堂還要高出半截，掩映在檳榔樹和果樹間，是很特別的農村景觀。

美濃的土地一年有三熟：兩季水稻，另一季就是舊曆十月落土的菸草。

種菸是美濃最重要的收入，所以菸樓就等於財富。農家一切的開支，像蓋房子，子女嫁娶和孩子出外的學費生活費，全仰賴菸葉的收入，可以說沒有菸葉就沒有今天美濃的繁榮了。

菸葉長得很快，從十月落土到第二年的燻烤完畢，不過短短三月的時間。在這段時間到美濃的人，會發現大地全是一片翠綠的菸海，所以也有人稱美濃菸葉王國，在台灣，這兒大概是種植菸葉最大的鄉鎮了。

種植菸葉是很費人工的事，忙起來幾乎全家老老小小沒有一個人可以清閒的。菸仔落土以後，移植苗床、種植、培土、斷蕊、拗芽、噴藥、摘葉、燻烤、揀選分級、包裝到賣給菸廠，沒有一項工作不急迫。

老一輩的人累得煩了，經常在茶餘飯後戲稱種菸事業是「冤業」。種菸雖然收益稍高又穩當可靠，但也是拿老命換來的啊！

據外公說，從前本地女孩子選擇對象時，有菸樓是優先的條件。現在的女孩子可不同了，只要聽到對象家有菸樓兩棟，保管嚇得花容失色。

「到底時代不同了啊！」李偉中心中這麼想著。

農村人手越來越缺乏，美濃的情形跟台灣其他地區的農村是一樣的，所以工資年年提高。改建電腦烤菸室後，可以節省不少人工，連最辛苦的烤菸工作都改成自動操作，可以輕鬆許多，難怪兩年之間，差不多家家都修建了。老舊的菸樓失去了功用，成了雜物堆積場，再過幾年會不會遭到拆除的命運呢？沒有了菸樓的美濃農家，景觀恐怕要失色多了。

外公家裡人手不足，難怪外公也要修建電腦室啊！

「不能釣魚，早上我們做甚麼去？」李偉中問。

「爸爸我們到圃地去摘龍眼，那裡還有楊桃、番石榴呢！」阿吉說：「下午去找吳德文他們，看看是打球還是游泳。晚上嘛，我們去找林美珍，她不是跟你很好嗎？」

「去你的，我不找女生。」

李偉中紅著臉說。

「啊呀！承認又有甚麼關係？她不是送過你一支美濃油紙傘嗎？好漂亮啊！」阿吉又說。

「不要亂講好不好，那是她媽媽要送給我媽媽的。」

李偉中正跟阿吉辯解，外公已掃好了後院進屋裡來了，外婆沏好了茶等著他。廊屋外面，不知不覺景物已經大明了。

八

在最近的幾個月裡，李偉中在電視螢光幕上看見了兩次介紹美濃的節目。

從螢光幕上看去，有許多地方像極了中國的國畫，又有如世外桃源。畫面上有許多是李偉中很熟悉的景物，看得他興奮極了。

使美濃這麼出名，引人注意，美濃的油紙傘有很大的貢獻。到美濃來的遊客，總不忘挑選一把帶回去。

油紙傘是中國人從前用來遮太陽和防雨的工具，用竹子削成傘骨，糊上棉紙，連上幾次桐油就成了。

李偉中非常喜歡打開紙傘後，傘底下那種桐油的清香。但自從洋布傘大量生產以後，紙傘曾經絕跡過很多年。現在，美濃街上又處處可以看見紙傘出售了，中圳湖邊製傘的小手工廠，還當眾表演製作過程呢！

「現在的紙傘已變成手工藝品了，人們喜愛它古典的造型。眞是醜小鴨變成了白天鵝了。」外公說。

美濃還有一位早已去世的作家鍾理和先生，他的一生事蹟被拍成了電影《原鄉人》，這也使美濃一時聞名。李偉中跟媽媽又跟外公去看了兩遍，外公最佩服這個人了。

「鍾理和紀念館」就在美濃雙溪黃蝶翠谷入口附近。李偉中跟外公去過幾次黃蝶翠谷看蝴蝶，外公曾指出鍾理和小說中的笠山給他看，紀念館就在山麓台地上。

「美濃其實出過不少人物呢！」他的外公有一次感歎的說：「可惜風水遭到破壞，結果都無法出頭。」

「誰破壞了美濃的風水呢？」

「還不是美濃人自己嗎！」

「怎麼會呢？」李偉中奇怪的問。

「美濃本來有一條龍脈。當初開莊的時候，為了開路和引獅子頭碑河水灌溉田地，把好好的一條龍山從山中腰斬斷了，真是不幸啊！」

這個故事李偉中早聽外公講過，也曾經去當地觀察過。

原來從美濃本莊到龍肚莊中間有一條蜿蜒的小山脈橫亙著，遠遠望去真是一條活靈活現的巨蛇。當地人稱為龍山。龍山的盡頭靠近荖濃溪河畔處，有兩座孤立的山頭，像極了兩隻大龜，自然就是龜山了。

早期先民為了要打通道路，動員了很多人去橫斬龍山。據說龍山挖掘工作總無法進行，因為第一次挖掘下的土石，第二天又回到原來的地方，缺口經過一個晚上又補滿了。這種奇怪的現象使先民們驚懼，不知道怎麼辦才好。

有一個乞丐一直睡在龍山底下，有一天夜裡他看見一條大蛇和一隻大龜聊天，談起人們開路的事，都嗤笑他們白費力氣。「除了鋸子，我甚麼都不怕。」蛇說。「除了斧頭，我也甚麼都不怕。」龜說。

第二天，乞丐把夜間所看到的告訴挖路的人們，於是找來鋸子和斧頭埋在山底，說也奇怪，再挖下去，地底忽然冒出紅色泉水，一連流了幾天幾夜！

「路是開通了，但是也破壞了龜和蛇的靈氣了，不是很不值得嗎？」

龍山挖開的地方，當地人稱為「龍缺里」，據說美濃的靈氣就從這個缺口流失了。

「我聽長輩說過，清朝時皇帝發現東南海外有帝王的氣象，曾經派大員到台灣來巡察，當這位大官來到美濃，遠遠看見龍山的形勢，嚇得趕緊下轎；但當他步行到龍缺里，不由哈哈大笑，然後上轎回北京覆命去了。」

外公說：「看來是台灣沒有這種福氣，地形生成了依然要遭破壞。也難怪美濃的人才難以出頭啊！」

「可是，阿公，你相信這種神話嗎？」李偉中知道外公是不信鬼神的。

「哈哈哈，前輩老人這麼說我們就這麼聽。你信不信呢？」外公反問他。

「我不相信。」

「對啦！要出頭，要成功，要自己努力啊！風水怎麼能依賴呢！」外公說：「你將來如果成功了，不要忘記，你也是美濃人的子孫啊！」

是啊！作為美濃人，不是也滿光采的嗎？李偉中覺得自己愛極了外公外婆，從來沒有比這時更喜歡這個地方了。

——收入台中縣霧峰鄉省教育廳出版《月光下的小鎮》

【作者簡介】

鍾鐵民，台灣客屬作家，因父親鍾理和與母親鍾台妹干犯「同姓之婚」的禁忌，出奔至中國東北，於一九四一年誕生於奉天（瀋陽）。一九四六年隨父親返台。一九五五年考取縣立美濃中學，一九五八年考取屏東縣內埔中學，隔年轉學至旗山中學。後畢業於師大國文系，任美濃國中國文老師，目前已退休。一九六一年開始發表創作。一九六六年出版短篇小說集《石罅中的小花》，一九六八年出版《菸田》。一九七〇年代以後有《雨後》、《余忠雄的春天》出版。在美濃為父親建立「鍾理和紀念館」，並蒐集、保存台灣近現代作家資料。現任行政院客家委員會委員。

【作品賞析】

〈月光下的小鎮〉以客家母親與福佬父親的孩子李偉中為主要人物，透過他來到母親故鄉美濃度假的所見所聞，串連起美濃一地的歷史。把鄉土歷史詳細傳遞給後代的，則是李偉中日治時代曾考取文官資格、擔任過小學校長的外公。這些特意設計過的人物背景，卻在台灣史上具備了典型意義。而外公對李偉中敘述的美濃歷史，包含了早期客家人如何艱苦地與原住民、福佬人爭鬥生存地盤，並養成團結對外的習性，以及重要歷史建築與歷史人物，甚至是地方風土特產傳說等等，並且特別讚揚了客家女性勤儉務實的性格。小說最後，還描寫了燻菸葉的電腦室取代了象徵財富與勞動的傳統菸樓，現代化腳步勢不可擋。然而，本文也並非一味褒美美濃客家人，對於其儉省吝嗇、不夠開闊的性情，也有了一番檢討。可以說，這是一篇以地方意識為基礎，要把美濃客家人的諸般由來與特色，濃縮在有限篇幅中的作品，鄉土教育意味濃厚。

——楊佳嫻撰文

【屏東縣】

走電人

李儀婷

在十三歲之前，我還是個男孩，而我阿公是個走電工。

阿公是個看起來讀過很多書的人，但是他的身上卻有一股聞起來刺鼻的焦味，村莊裡聞過的人，都說，「那是電ㄟ味」。

每天，阿公都腰掛修電工具的腰包，胸前綁一條粗麻繩，然後像猴子抱大樹那樣，利用麻繩一勾一拉，俐落的把自己帶到電線杆的最頂端。

阿公如果不是在村頭的電線杆接電，就是在村尾的電線杆上剪電。每天老舊更新的電線總是很多，所以阿公在電線杆上走電的時間，總是比在地上走路的時間長。

如果村子裡所有的電線杆上都找不到阿公時，那他肯定是順著村裡電線杆上的電線，走到別的村莊去了。阿公說，做這一行像巡田，只要有電線的地方，都該去巡一巡看一看。但是奇怪的是，阿公走的電，都是私電，沒有一條是經過安全局蓋章保證安全的。

阿公住的村落很熱，在屏東靠山的鄉下，阿公說，要不是他做的是走電的工作，這個地方根本不是人住的地方，因爲每次別的地方在下雨，這個地方不是出大太陽，就是刮起會咬人的風，把人的皮膚和農作物都咬得燒焦。我問阿公，在那種會把人燒焦的風底下，就適合在電線杆上工作嗎？阿公的回答很妙，他笑著說，就是因爲這裡的太陽很大，電容箱才容易被太陽燒壞，這樣他就不怕沒有工作可以做了。

這裡除了熱，就屬鳥屎最多。

在我們這個村莊裡，除了有海鳥盤據，也是賽鴿的必經之地。鴿子從別的城市聽到比賽的槍響，啪啪飛出海，然後在海浪最高的海際線折返回來。我不知道那些鳥是怎麼把這麼複雜的飛行路線，記在葡萄乾似的腦子裡，也不知道牠們飛完全程之後，會不會有人像阿公罵我不像個女孩那樣，罵那群鴿子整天只知道飛，無所事事。我只知道鴿子群只要順著海風，從屏東的海邊飛村莊時，天氣就會變成陰天，而且很快就會下雨。

這種雨下起來的時候，整個村莊都會變色，不只地面、屋頂，甚至晾在庭院的衣服，只要被雨滴淋到，都會變成綠色，而且其臭無比。

那是鴿子大便。

每次在下大便雨的時候，我都會看見阿公的眼睛在發紅。我以爲阿公是在生氣，就拍拍阿公的背說，「天一黑，等鴿子睡覺之後，臭雨就不會再下了」，要他再忍忍。但是阿公卻咧著嘴，嘿嘿的說：「妹仔，這麼好康的雨最好永遠不要停。」

鳥大便眞是一樣不可思議的東西，我原本以爲鳥屎應該很令人討厭，但是我阿公住的村莊，每個人一看到綠色的大便雨來了，就像看到寶。整村的人都會帶著玉米、鍋蓋、電網，循著鳥屎，說是要上山慰勞鴿子的辛勞。阿公在還沒做走電的之前，不僅是慰勞團的基本團員，還曾經獲選好幾屆的團長，帶頭上山勞鴿。

每次阿公慰勞完鴿子的辛苦之後，都會順便帶幾隻迷路的鴿子回來。我問阿公，鴿子都是用飛的，有可能迷路嗎？那時阿公正在看鴿子腳上的腳環，準備打電話給鴿子的主人，要把鴿子送回到主人的手上，聽到我說的話，阿公就用電話敲我的頭，「把妳的手砍斷好不好？」我說不要，痛死了，阿公就說，「那就對了，妳不會飛，都不肯把手砍斷，鴿子就算會飛，也是會迷路的。」

我沒看過像阿公這麼有愛心的人，後來我阿公好像因爲太有愛心，連同迷路的鴿子一起被請去警察局接受表揚，而且一表揚就是好幾天。

我阿公從警察局回來的那天，我問他，「迷路的鴿子呢？怎麼沒有一起回來？」阿公臉色很難看，說，「牠們翅膀硬了，都飛走了。」那天阿公喝了很多酒，最後還爬上電線杆，大罵那群鴿子的主人忘恩負義。我從來沒看過阿公喝那麼多酒。酒醉的阿公最後還被漏電的高壓電電到，整個人倒掛在電線上一整夜，沒人發現。

大概是從那時候，我阿公身上開始流有電的氣味。

我阿公是個不可思議的人，在我還是個男生之前，我阿公經常指著我全身髒兮兮又破爛爛的衣服，說，「我做走電是工作，沒得選，但是汝一個好好的女孩，卻跟男生一樣整天爬電線桿，不像話。」我不太清楚我阿公到底想說什麼，因爲阿公每次罵完之後，他就會想起他的衣服或工具還掛在村裡的某根電線杆上。阿公會用大手把我的頭一轉，「你不做男孩子太可惜，」阿公指著村裡某一根電線杆，「看到嘸？」我點點頭，然後阿公就會像是拍打小馬那樣拍打著我的小屁股，說「趁你還是男生的時候，緊拿下來。」阿公說，不趕快把掛在變電箱上頭的東西拿下來的話，電線很容易短路，要是造成整村跳電的話，他就有得忙了。

於是，我變成一個歡快的小男生，又去爬電線杆了。

我阿公最講究情義，被高壓電電到之後，爲了感謝高壓電沒把自己電死，立刻做了走電人。做走電的，每年總是會電死那麼三五個人，遇到修大電塔的時候，那就熱鬧了，一漏電，就是像串烤小鳥一樣，電線上經常電死一串人肉棒。

但是說也奇怪，自從阿公在電線杆上喝酒醉，被高壓電電到之後，他就再也沒被電過了。

我媽懷我那年，走投無路，只好挺著大肚子回到屏東找阿公。我媽一見到阿公，立刻又怒又氣的的放聲大哭，一聽到我媽哭，阿公表情古怪的說了句：「不過就是生孩子，放心，有我在。」我媽聽到阿公這麼說，不哭了，瞪了阿公一眼，說：「都是你，你要養！」

我媽生我的時候，阿公是站在電線杆上，透過窗戶，咧著嘴，看著我媽把我生下來的。阿公說，我剛生下來的時候眞醜，身體黑黑焦焦的，像是被電火球燒過一樣，但是還好模樣長得很像他。

我媽把我生下來之後，不知道是因爲我長得太醜，還是怎麼地，隔天一聲不響就跑了，把我一個人扔在屏東，不管我了。

後來，我是在阿公背上長大的。

我從來不知道時間是什麼東西，所以也不知道自己應該幾歲了，我只知道剛開始的時候，阿公可以從我的重量感覺我一天天在長大，可是等到有一天，我可以從阿公的背袋爬出來，自己用雙手像隻猴子在電線杆爬上爬下時，阿公便認定我已經永遠長大了。

我沒有上學，當我長到應該要去上學的年齡時，隔壁的嬸嬸當著我的面，皺著眉頭對她丈夫說，「阿水的查某囡仔眞可憐，全家亂亂來，害查某囡仔沒辦法報戶口，也沒辦法去學校讀書。」那時我才知道自己已經到了該上學的年紀了。

沒辦法上學的日子，我就學阿公爬電線杆，不知道是不是遺傳了阿公不怕觸電的血液，我從來沒被高壓電電過。

自從阿公自願地當上走電工之後，就不再去山上慰勞鴿子了。每年當村子裡又下起臭雨的時候，我會抬頭看著正飛過村莊上空的那群鴿子。那群鴿子必須飛過阿公家後頭的大武山，然後沿著山稜線直飛，飛過中央山脈，才能抵達他們出發的起跑點。

每次一想到這群鴿子必須飛這麼遠才能休息，就覺得牠們很笨。這點我阿公比牠們聰明多了，因爲阿公每次工作，都會在一大早拿著梯子，一邊跟鄰居抱怨自己命苦，年歲這麼大了，還要養孫女，然後一邊出門工作。鄰居的阿嬤、阿姨、叔叔，聽到我阿公這麼辛苦，都會跟我說，「妹仔，妳阿公這麼辛苦養妳，妳大漢之後要多孝順阿公，知嘸？」我沒說好，也沒說不好，只是咧著嘴呵呵的笑。因爲我知道只要我一轉身回家，就會發現阿公早就爬上村外的電線杆，沿著纜線一路走回家裡的二樓睡回籠覺去了。

我第一次發現阿公明明扛著梯子出外工作，一轉身又出現在家裡的床上時，就問阿公，不是去走電嗎？阿公說，「阿公是做走電的，又不是做苦力，」阿公敲敲他的腦袋，「走電是要靠腦子，不是靠力氣，要不然遲早被電死，知不知道？」我點點頭，又搖搖頭。

我覺得阿公講的話有他的道理，只是阿公走電的方式跟別人不太一樣，別人是只要上級下令哪個地方電路出現問題，無論再怎麼困難，都一定要趕到現場維修。但是阿公走電向來獨來獨往，而且不知道是走電的能力不好，還是能力太好，他走電的區域從沒走出屏東以外的地區。阿公說，做人不能貪心，光是屏東就夠他賺一輩子了，其他的，就留給別人賺好了。

阿公和別的走電工最不一樣的一點是，別人走電都是整天在大太陽底下，做工做到全身虛脫，但是阿公卻是每個月固定時間，在陰涼的樹下算別人給他的電錢，算到手軟。

阿公剛開始做走電的那幾年，村莊裡到處都聽得到大家叫「阿水」的聲音。阿水是阿公的名字，只要一聽到有人叫他，阿公就會爬上電線杆，在電線上飛奔起來。

阿公說，這個村莊有沒有人情，看掛在門外的電表就知道。電表記量越低，人情味就越高，阿公賺的生活費也就相對越多。

不知道從什麼時候開始，我經常在夜晚被屋外電纜線發出滋滋的響聲給吵醒，其實不只是電流的聲音，就連老鼠在天花板尖叫的吱吱聲，都會把我嚇得不敢睡覺。大概是阿公走電走多了，我總覺得總有那麼一天，會有一處正滋滋漏電的高壓電，等著阿公去走那麼一下。每次一想到有一天阿公可能出門走電，就不會再回來了，我就害怕的爬上二樓的窗戶，坐在電線杆上等阿公回來。

在等待的過程中，我會看見我和阿公居住的村莊上空，密密麻麻佈滿了電線，而且每一處電線交錯的地方，隨著從海邊吹送過來的海風，在暗夜裡滋滋的冒著紅色的火花，好像預備把整個村莊燒掉。

在高空的電線上走電眞是個奇怪的職業，這種隨時都有可能會因爲觸電而死亡的工作，爲什麼還有人要做？照我阿公的話說，屏東太熱了，與其走在柏油路上被太陽曬死，不如做走電，說不定能沿著高壓電走到別的地方看一看。

我想阿公眞的很適合做走電工，阿公在我十三歲的時候，對我說，「就是今日了，過了今日，妳跟妳媽一樣都是女人了。」阿公抱起我，把我從男孩變回女孩之後，捏著我的大腿，嘿嘿的跟我說：「妹仔，做女孩子之後就會卡好命，不用再做走電的了。」阿公說完，轉身就走，我拉著阿公，問他要去哪裡，阿公說，「阿公要去走電了，妳好好顧家。」「我也要去。」阿公說，「走電很危險，妳不准走了，再走下去，妳總有一天會被電死。」

從那之後，阿公就再也沒有回來過了。後來我一個人在屏東的小村莊長大，並且開始像個女人一樣的生活。有時候會有新的走電工闖入我家，提醒我是個女人的事實。日子過得痛苦時，我會抬頭看天空上飛過的鴿子，以及天空中交錯的高壓電。我以爲總有一天，我會踩在交錯的高壓電上，離開這個城鎮，但是後來我才知道，高壓電除了通向死亡，其實並不通往任何地方。

——原載於《中國時報．人間副刊》

【作者簡介】

李儀婷，台中嶺東科技大學、東華創作與英語文學研究所畢業。現為耕莘青年寫作會駐會導師、政大少兒文創執行長。作品曾獲：新聞局優良劇本獎、中國時報文學獎、林榮三文學獎、梁實秋文學獎、台灣文學獎、宗教文學獎、吳濁流文藝創作獎、打狗文學獎等。著有短篇小說集《流動的郵局》、情慾小說《10個男人11個壞》、電影劇本《風雨中的郵路》、兒童讀物《快樂看中國》、《快樂紅天狗》等。

【作品賞析】

那是太陽熾豔到連電容箱都被燒壞的南台灣，字裡行間就可感受熱空氣的流動，屏東位處熱帶，雖是盛產水果的農業大縣，但在工商業為主的台灣，被排擠到邊緣位置，城鄉差距造成的人口外流，讓主角成為受害者，母親挺著大肚子回家鄉，生下他／她之後就離去，隔代教養，造成主角成長的遲緩、認知的偏差，性別上的認同也出了問題，甚至隱隱有性侵的陰影。

主角的口吻雖童騃天真，呈現的風景卻令人驚心。城市的電線都已地下化，但在屏東的鄉下，電線桿拉著電線村村相連到遠方，卻是稀鬆平常，阿公在其上來去走電，這畫面超現實，猶如走鋼索，暗諭生活處處是險。更不堪的是，「阿公走的電，是私電」，「走電人」其實是「偷電人」，冒生命危險，只為了生存。

然而，光靠電還不夠，還有副業得兼，那便是賽鴿。空曠的田野常見鴿群振翅迅飛，在生存邊緣浮沉的阿公，沒有能力買名牌賽鴿，更別說搭鴿舍及餵養的飼料錢，鋌而走險，擄鴿勒贖，不幸被警察拘捕。

但現代的法律離這些村民太遠，「電表記量越低，人情味就越高」，這一段話點出了當地人內心的真實風景。

李儀婷的〈走電人〉，讓當地的溫度、風土以及人情，有了膚觸感，抬頭看天空，鴿子與高壓電交錯，從文字中剪出的畫面，特具島嶼南端的窒悶，以及孤寥。

——鄭順聰撰文

王爺

郭漢辰

凌晨時分的王爺廟孤單寂寥，白天香客絡繹不絕，廟裡囂鬧繁華，一入夜大殿空空盪盪，連吹進的冷風都蕭條清瘦，被信徒香火燻得滿臉通黑的王爺神像，端坐在神殿中間，冷冷看著百年輝煌時光，輕煙般溜走。

「王爺，你要保佑我們！這次兩百年的廟慶，一定要順順利利。」

六十多歲廟宇管理人柯順天，緩緩走到大殿，雙腳突然痠軟跪了下來，皺紋雕滿他年歲已高的臉龐，雙手緊捏隨時會熄滅的香燭。

柯順天對著神明說話的聲音小了下來，彷彿只有他與神明聽到這句祕密約定，「這次董事會主委，拜託王爺了。」

他右手撐在地上，吃力拱起老邁身軀，緩步走到神案前，將整把香插入燻得深黑的香爐，接著從供桌拿起一對神筊，一臉虔誠，雙手一攤，把神筊往地上擲去。

神筊丟擲在地上的聲音，深夜聽來刺耳囂叫，柯順天只在意神筊在地上擺出的「聖筊」樣貌，他心中取得了王爺的承諾，雙手把神筊頂在頭頂上方，將神筊歸還在案桌上，柯順天滿意的微笑，浮現在兩邊的皺紋波浪。

柯順天如冷風悄悄走離大殿，廟裡再度回到沉寂。

長夜漫漫，神明無事，王爺在天地裡打起盹來。

這天大殿香客洶湧，辦公室內的柯順天恍若不知，坐在他最喜歡的那張沙發躺椅上，氣喘吁吁數著桌上一堆灰黃顏色的土豆，「一、二、三……」他心裡默默靜數，那群支持他的阿慶仔、黑臉、柯仔等數個董事，如豆子般乖巧，任他盤算。但最難估算的就是姓陳那家人了，四年前他揭穿上任廟宇管理人陳雲飛，向漁會借了一缸子鈔票的案，讓從來不知失敗的阿飛，重重摔了一跤，從此跌出王爺廟的地盤角，阿飛五十多歲的身體，長年累月躺在病床，再也無法近距離與王爺說悄悄話。

陳家人不可能對王爺廟死心，陳雲飛的兒子陳志成，這時走進辦公室，阿成如一根針直直刺入柯順天的雙眼，心想「父子怎麼看都刺目啦」，他還是對著陳志成伸過來的手，笑開了一張老臉。

「阿伯，這次選舉準備好了嗎，我是少年阿成啦，要和老大人對衝啊！」

阿成說著搖擺的話，臉上露著小孩般純潔笑意，沒有人看得出阿成的歹意，還以爲他是古意年輕人。阿成的手這時不自覺拿起桌上阿順伯的土豆，俐落剝開，一顆豆仁直爽爽吞了下去，好像這些豆子原本就是他的。

「我知你也要出來選主委，想當初阿飛少年時，是怎況的英雄，捉大魚、扛大船去燒，你阿爸都是第一人，你阿成要打拚，麥輸給你阿爸。」

柯順天心裡湧現怒氣，想年輕時和阿飛拚生意、拚選舉、拚女人樣樣都輸，阿飛那次大病後，他假惺惺前往探望，阿飛的魂魄早飛到山水天界，只剩空殼身體在病床。

柯順天想，阿成除了年輕，什麼都比不上自己，但他最比不過時間，不知何時要和阿飛做伴。最氣的是，他那個被人笑稱爲小丑的兒子阿猴，阿猴要拿什麼和少年阿成比呢？

「你阿猴又在大街上跳戲，要來王爺公廟了，阿天伯你要注意，不要讓阿猴嚇壞前來拜拜的香客！」

阿成嘻皮笑臉說著話，俏皮的手又快速伸出，碰觸放在柯順天桌上王爺神像的頭頂，柯順天拿起木杖，迅捷一棍敲了阿成的手。

阿成不喊痛，卻氣得重重用雙手捶擊柯順天的桌子，阿成嘴上嘀咕一句「開戰」，與等在辦公室外的兄弟揚著怒氣走了。

柯順天想追出去罵，衝到廟前大埕，迎面竟是他的兒阿猴。

不知誰幫阿猴穿上八家將服裝，手裡持著雙叉棍，有模有樣舞弄著，旁邊香客不知這是阿猴每天必演的戲碼，還慶幸自己看到一場民俗表演，看到阿猴耍著棍棒好看時，更拍手鼓紅雙掌。

早先幾年，他看到這場景，一把捉下阿猴的雙叉棍，反手捶打兒子，沒料，阿猴心魂從此被鬼界搶走，三不五時起，街頭成了阿猴的野戲台，他氣極把阿猴雙手用鐵環緊緊扣緊，紅著眼求王爺公讓兒子不再瘋癲，但再結實的環扣也鎖不住阿猴的三魂七魄。

夢中，他看到阿猴化成猙獰的牛鬼蛇神，把自己的魂魄，捉到阿修羅地獄拷問一番。

柯順天不只看到阿猴，更看到少年的自己與阿飛，兩人在遊街時把械具舞弄得虎虎生風，人們大聲囂叫，人群中有個少女，她晶晶瑩瑩的雙眼，穿透流流漫漫的四十年，迄今還盯著兩人……

海邊吹來鹹濕黏稠的海風，吹進阿成年輕的胸膛。

阿成站在一條悠長河流的岸邊，清楚望見雄赳昂揚的王爺廟，如一個男人直聳挺立在城鎮中央，其他低矮平房，柔順依偎王爺廟而生。

阿成對王爺公很陌生又很熟悉，從小就聽過王爺奇聞傳說，說王爺一生氣會帶走很多人的生命，把好人壞人掃得一乾二淨。他沒看過王爺，但他認定王爺公在人世的代理人，一定是非阿爸不可。

阿爸原本是港區勇猛討海人，在海上的日子，遇到大樓般高的凶狂風浪，阿爸的船照樣衝過。下船後，阿爸與好友阿天伯，兩人扛著三百斤的大魚急走，還擰著晃頭猛喝，大魚放下後，阿爸隨即亮出亮眼長尖刀，俐落飛快，將大魚整整齊齊切落。

阿爸年輕時，一定沒想到和阿天伯有天會結下怨仇，牽扯到生生世世。

他們兩人從小住在廟前同一條窄矮的小巷，長大後一同沉浮在滂沱海浪討生活，兩人發下重誓要服侍王爺到老到死。

有次大船遊街，鞭炮硝煙肆無忌憚散步在眼前，拉著大船繩索方向那人，突然雙手一鬆，大船如凶猛動物往旁撲去，阿爸與阿天伯飛出年輕身體，伸手搶拉那根失去力量的繩，四隻手猛力拉出血，才止住大船撞向惶驚的信徒。

那事傳開後，阿爸和阿天伯在廟裡的地位，老一輩的人笑開著臉說，兩人就是王爺公在人世的左右護法，要替王爺公辦大事，解勞憂。

夜霧此時將王爺廟包圍，阿成想起，他也看過王爺公生氣發怒。有一年，盛傳王爺對辦祭典的老董事不滿意，要收掉老董事身魂，晚間最熱鬧的鎮區，竟聽到鬼將們碰撞鐵環，鈴鈴噹噹響遍大街，如催魂鈴讓人難以入眠。隔天一早，老董事的身體沒了氣息，人走得乾脆俐落，有人悄聲傳話，說那一定是王爺公派鬼將收的魂。那時阿成讀高中，阿爸帶他到老董事家祭拜，阿成記得那陣吹起白幡的冷風，吹冷大人臉上的愁苦。

那天阿爸第一次帶阿成走進王爺公廟，阿爸一入廟就跪了下來，沒有任何雜念膜拜，阿爸也拉著他跪，他低頭看地板鋪上好幾層的塵灰，有小蟲爬過絲絲痕跡，阿成認眞盯看阿爸很久，望出阿爸的力量來自何處。

阿成仰頭看端坐在正殿的王爺像，數百年燭香燻得王爺臉面黝黝黑黑、不清不楚，王爺原本是凡人升天，卻因更多凡人信他，握住龐大生命權柄。但王爺公不過是一尊木雕神像，權柄又回落到信奉者手中，阿成緊緊記住，那天阿爸對王爺公膜拜的莊嚴面容。

阿爸後來名正言順做了王爺公代言人，身體不時顫抖抽搐緩緩打開，請王爺公降駕，喃喃說著只有神明了解的話語。如今阿成長大入社會，咀嚼阿爸的一切，領悟在胸。

朦朧霧色，阿成望了那座宏大的王爺廟一眼。

「王爺公你交代我，我就怎麼做。」

阿成練習和王爺對話，這是制勝第一步，他心裡想著，他還看到王爺霧中散步，從對岸悄悄光腳輕盈渡河……

從病房窗外窺望出去的天色，有些灰暗有點明亮，這時正是以往燒大船的時間，火焰會燃亮整個黑暗，盛大愉悅的火浪，會順著風勢，一口口呑掉所有人間的邪惡與不快。

柯順天拄著枴杖，靜靜寧寧呆坐在他一手毀掉的陳雲飛病床旁，一坐就是兩個小時，誰也不知阿天在選主委前一刻，偷偷跑來看阿飛，連阿成都在醫院外面跑攤忙選舉，誰曉得，阿天最後一著狠棋，竟是來看阿飛？

阿飛腦中的血塊成群結隊在血管中塞車，雙手雙腳再也無法踢動，只有臉皮的顏面神經輕輕抽搐，彷彿看到好朋友阿天來了，情緒波湧。

柯順天想，阿飛啊！阿飛！你又何必這麼輕易動怒，誰也無法與飛快的時間相抗衡，如果你不是中風，有天也會和我一樣老邁到無法動彈，看著自己被流金歲月，奪走一世人的力氣，只能動動腦筋，想法子成全事情，或毀壞一個人。

誰叫王爺公第一個選上的是你——阿飛！

阿天拍打著疼了好幾十年的心肝，陳年往事在腦中倒帶，那年廟裡要在兩人之間，選出王爺公在人世間的代表，兩人連擲十多次，阿飛雙手抛出去的神筊，一出手就是「聖筊」，神明似永遠眷戀阿飛。阿天可沒那麼好運氣，每次擲筊都是令人哭喪心神的「哭筊」。

阿天心裡鑽入一個壞念頭，王爺公竟然選的是別人，我就不要老天順心順意，阿爸替我取「順天」，我就偏要「逆天」。

不要說神明偏愛阿飛，連人世的女人都先愛上阿飛，那個在街頭碰上的女子叫「阿蘭」，讓人引動身體燃燒的慾望，這個不知來自何處的阿蘭，那晚和兩人喝晃頭、配大魚蒸煮的好湯，酒精在三人體內急竄流動，流成一條漫漫長河……

阿飛先被雨水澆醒，阿天直起身子看看四周，發現三人睡躺在王爺廟後方的密隱空地，阿蘭依稀記得，她喝得爛醉，不只和兩個人身體親暱，還有一個陌生、滿腮亂鬍的男人，與他們交纏。

阿蘭先跟阿飛一陣，替他生了個兒子，後來阿蘭又與阿天貼黏一起，也有小孩，阿蘭離開時無蹤無影，如從來沒有這女人存在，時間久了，連阿天都記不清阿蘭樣貌，倒是狹小鎮區，留下一個酸溜笑語，說阿天、阿飛兩人不但是王爺公跟前好兄弟，還是同一個女人的好客兄。

柯順天看著阿飛流失表情的臉孔，他想：阿飛啊，你和阿蘭的小孩，竟然要和我拚選王爺公的代言人，當年你和我拚鬥，最後還不是讓我扳倒，阿成這個臭酸小子，拿什麼和我比？

神明卻對我阿天，一生一世不公平，我和阿蘭的小孩肖肖，阿成竟是有頭有臉還會奸人步數，他們同一個母親，卻各有天地不同命緣，王爺公，我哪裡對不起你，讓我嘗盡運命的甘苦？

足足在病房坐了兩個小時，柯順天撐起枴杖，抱著千斤萬斤重的心事，整個人直立立站了起來，心想：阿飛你好好睡吧！我會替你好好教訓兒子，快飛到王爺公的懷抱……

「外面誰在演五子哭墓？」廟內正待召開會議，卻聽聞外頭熱騰囂鬧，柯順天胸口捧著老衰心臟，等著連任王爺廟主委，其他董事還沒來全，他想一定又是阿成在搞鬼，就看那個人還有什麼步數？

廣場白幡翻飛，阿成穿著黑暗暗喪服，他雙手撒出冥間用的紙錢，在人間天空凌亂吹散，阿成這下可豁出去，連他阿爸的棺木全都扛來王爺廟前。阿成想，要演就來演全套，他不會對阿天伯客氣。

阿成前晚接到醫院通知說阿爸忽然沒有氣息，他不相信阿爸這時會離棄他，一定有人作怪，他懷疑那個人正在廟裡，還有臉對著王爺公辦法會。

上午阿成與土公師，幫阿爸穿上最喜歡的那套衣服，阿爸的臉還是無色無憂，他想阿爸一世人幫王爺公做事，如今走離人間，來看王爺最後一眼，讓他知曉阿爸怎麼辛苦走這段人生路。

「我阿爸中風幾年，從來沒有病況歹惡，竟在王爺公生日前幾天，忽然過去，我不相信王爺公會來收阿爸的身魂，一定有人在作歹，不讓陳家有機會服侍王爺公。」阿成來場哭調表演，大聲哭嗆，吸來香客團聚。

阿猴不能在這樣的場合缺席，他求老師傅幫他畫個大花臉，是鬼將裡最凶狠的夜叉神，他壓根沒想到他阿爸正與阿成鬥法，阿猴恍惚記得，每次都有個長滿落腮鬍、穿著古裝的男人，跑到他的眼前，向他大聲叫：「王爺公需要你出來護駕了。」這次也不例外，那男人又蹦跳到他眼前，阿猴笑笑說：「王爺公，你不要擔心，我出來保護你。」

阿猴連滾帶翻跳入廣場，把所有人的雙眼帶到半空中，阿成也停了競選演說，單看阿猴一人獨挑梁柱，在王爺公的眼前搬演一齣大戲。阿成看了阿猴的瘋樣，心想眞是作孽啊，他也聽阿爸說過阿蘭大媽的事，知道他有這麼一個親血緣又無緣的兄弟，在街道看他好幾次樣況，嘴巴上是胡亂譏刺，心裡也有些不捨，但誰叫阿猴的阿爸，是那個自以爲可以代王爺公行事的阿天伯，兩家的恩怨要怎樣才算計清楚。

阿慶仔、黑臉、柯仔幾個董事來到廟前，擠入人群看鬧熱一陣，有董事搖頭晃腦，看廟的代誌翻出給外人看，削王爺金光的面子，有人心底擊掌叫好，「給阿天這個老瘋狗好看。」準備站在高處，看兩派人衝戰。

「阿成，你蒜什？帶你阿爸的棺木來廟，要讓王爺公萬分難看！你這叫什麼是王爺公的好子弟？」支持阿天的黑臉看不下去，大聲囂叫。

「是你阿天伯做的好代誌，讓王爺公惱了，才叫阿成主持公道，阿成替他阿爸申冤有何不對？」阿成的好兄弟陳長腳，站出來嗆聲。

在眾人面前，黑臉跨出大步，一拳往陳長腳擊打下去，阿成趕緊要拉開黏打在一起的身體，阿猴拿著雙叉棍加入混戰，警察哨聲由遠而近湊熱鬧而來，香客們不知要看下去，還是去膜拜王爺公？

柯順天聽到急切嘈雜聲、哨子聲，起身要到廟前，剛踏出門檻，眼前閃現的竟是年輕阿飛，他雙眼明亮，拿著一把切大魚的長尖刀，往他頭上劈砍去，阿天伯一臉倉皇舉手相擋……

廟裡的人說那幾天，眞是王爺公廟兩百年來最多事的日子，一陣人在大埕相打，阿天伯要出來相勸，心臟跳得像火車在跑，阿天伯的心最後停下來不走了，他的身魂回老家，與阿飛伯在地府陪王爺公吃菸。

那天下午最歡喜的就是阿成，但也只歡喜半天，他原本是董事，阿天伯走了，他不用選，大家公推他接下主委的棒子，燒大船照樣風光要辦。那晚以爲都沒事了，大家心平靜氣，隔幾天就要辦大事，把大船扛到海邊，用大火燒化成飛灰，把接入的王爺，用火浪送走。

但沒有人會想到，那晚發生更大條的代誌，只有王爺公會搬演這樣的結局。

阿猴是後來被關進拘留所時，悄聲對一樣被關進來的黑臉伯，說出他辦大事的緣由：「王爺公這次生氣可發狠了，要把他的廟帶到天涯海角，讓所有人都拜不到，他叫阿猴用大火燒大廟。」

大家都以爲，那晚阿猴藏入廟內，是哭他剛死去的阿爸，阿猴卻做了驚天神嚇鬼魂的事。

那晚阿猴在廟裡，一直看到那個長滿落腮鬍的男人，在他旁邊一直說：「謝謝！」阿猴笑著說不客氣，手持火把站在王爺公神像前，火光照亮他的鬼魅臉面。

阿猴這世人，第一次不威不懼向王爺公說：「是你叫我燒大廟的！」

龐大凶狠的火浪，先是吞噬沾滿灰塵的布幔、雕滿文字的木柱，火勢隨著梁柱，燒燙整座廟宇的雙頰、全身……

——第五屆寶島文學獎首獎

——原載於二〇〇四年十一月七日《聯合報．副刊》，收入二〇〇六年一月五日寶瓶文化出版《封城之日》

【作者簡介】

郭漢辰，一九六五年生，台灣屏東人。在南台灣擔任地方記者十五年，獲二〇〇五高雄打狗文學獎首獎、第五屆寶島文學獎首獎、第三屆宗教文學獎、第一屆全國黑暗之光文學獎小說金獎、屏東大武山文學獎卓越獎、第七屆鹽分地帶文學獎等，「封城之日」是第一本短篇小說集。

【作品賞析】

郭漢辰三十五歲才開始寫小說，白天在混亂的民間社會，採訪真實的新聞，晚上進出虛實不分的小說世界，議論人世間的諸多是非，本文為獲得第五屆寶島文學獎首獎作品，也是這篇首次得到全國性文學獎首獎的鼓勵，讓他有了繼續書寫的勇氣，知名小說家平路評論這篇小說「文字新穎靈動，人物面貌栩栩如生」。

台灣民間信仰中，除了信仰天上聖母媽祖娘娘最為普遍之外，另外一個相當強勢的信仰，就是王爺公。關於王爺公的傳說來源有幾種說法，其中一種是認為「王爺」的祭拜源於福建泉州居民對瘟疫惡神的死懼，在光緒末年，有一艘福建泉州府晉江縣富美鄉驅除瘟疫所送之王爺船漂至苗栗，日人於是將瘟神之名冠在王爺之上，此後「王爺」成為各種瘟神的總稱，每逢瘟疫流行，沿海居民便造王船，放流到海，希望闔境平安。

作者家居屏東，本文自有屏東的鄉土民俗，東港東隆宮的王船祭聞名全台，王船祭的由來據說是因清廷在東港設置下淡水巡檢司署以後，多任巡檢死於任內，百姓們就期望神明能保佑全家性命，希望能藉由王爺庇佑，將不好的瘟神押解上王船，隨著代天巡狩的王爺和王船一起離開，因而以建造華麗的王船做為千歲爺離開的交通工具。

本文以一間王爺公廟為背景，敘述守護王爺公的凡人之間的爭鬥，這些管理廟產的人，從早期的廟公、廟祝到成立董事會以及仿民間組織競選董事長，形式雖變，但藉由神明代言人的身分，達到人性的欲求卻是一致的。兩代的糾葛以一把大火燒毀一切作終，不禁讓人喟歎冥冥中自有定數。

——林黛嫚撰文

閱讀文學景地

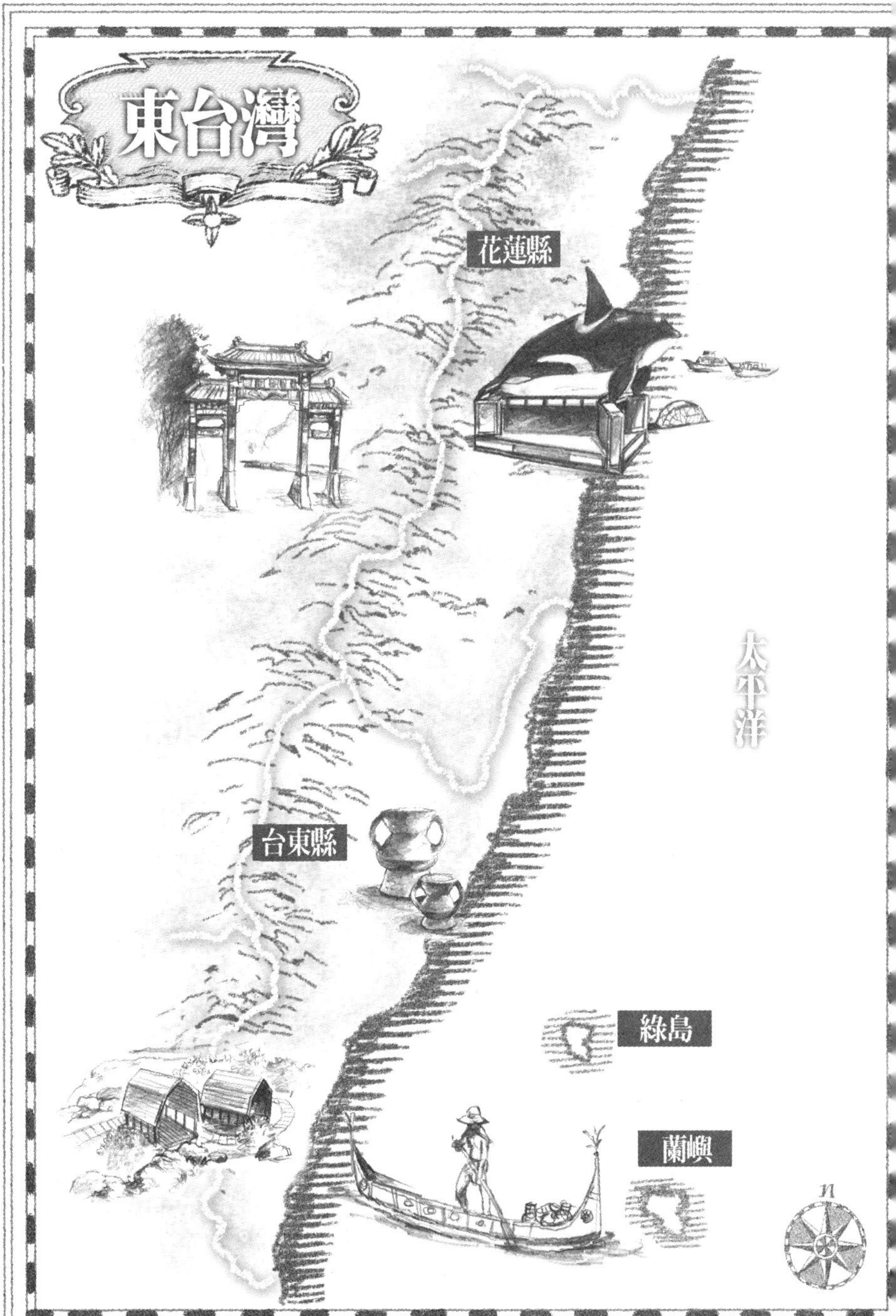

繪圖・陳敏捷／攝影・鐘永和

利吉的青春

林韻梅

1

車子在山脊上蜿蜒前進。右手邊是淺緩的草坡，有些地方被鐵絲網分隔成一區一區，時有羊隻現身，草坡上偶爾有幾棵相思樹點綴著。她知道草坡盡處就是先前所見泥岩露頭的山壁，雨水沖刷不知多少泥土到卑南溪底，被水深深切割的山溝布滿了利吉山的那張老臉。黃昏其實還沒到，東台灣的太陽卻急急忙忙躲到卑南山的雲層後面。車行下坡，山風變得凜冽。後視鏡中的景色開始有了移換，她知道，那是加路蘭港，沒有了樹的遮擋，弧形的港灣收納大洋眾水和點點船影，顯出一種寬容的大度。敏男不知道什麼時候升起了車窗，素雲殷勤地問她冷不？她輕搖了搖頭，素雲從皮包裡拿出粉紙，小心按了按鼻翼兩側脫了妝的地方，再把鏡子遞給她，小小的鏡子裡出現了一張被冷風吹乾了的暗沉的唇，素雲又遞來了口紅，她再度搖搖頭，從自己的皮包裡拿出了護唇膏。

「以前的樹林都不見了。」敏男忽地說了這麼一句話，素雲遞來一個詢問的眼神，眼裡閃過一絲促狹，她想起了一件心事。「曉芳，三十年沒回來，變化夠大吧！你記不記得以前在這富源山上到處都是樟樹和相思樹？砍掉容易，要再恢復舊貌可就難了。」從機場見面到現在，這個男人總算講了比較完整的一段話，他還是一樣寡言語，一旦說話，總有含意，往往離不開他所關心的環境生態。敏男的膚色仍是深褐而亮著，只是頂上已難得見到青絲，嗓子也低啞了，教書人的職業病吧！「你記不記得國小後邊那一大片甘蔗田？」素雲有些沉不住氣。她太了解這個愛美的女人，雖然近五年來無從見面，但是由電話交談中，她知道這個可愛女子喳喳呼呼的習慣是更根深柢固了；縱然是有意矜莊收斂，終究還是會露出馬腳的。她當然記得甘蔗田，只是長久以來總放在心底獨自回想。老了，還想這些？她一面嘲笑自己，一面對素雲點了點頭。

海鑾暫時消失了蹤跡，左手邊出現了卑南大溪纖細的身形，素雲一半商量一半指導著敏男靠邊停車，素雲催她下車，拉著她走到路旁。記憶中的卑南溪，是聲勢浩大的；尤其是在夏天。一場大雨或是颱風過後，溪水沖刷兩岸的土石，滾滾而下，在地的原住民都是涉溪而過，溪水漫過胸口，情狀十分兇險。她曾經在一次大雨將來之前，看到上游山頭的電光閃閃，溪水的先頭部隊已到，直如要馳赴沙場，趕著黃褐色的泥沙，席捲而至。她感到無比的驚駭，卻又有莫名的感動。如果要她走在隨時可能淹沒口鼻的水中，她一定會窒息；可是，在地的人卻是安之若素。

台東市在陰霾的雲層底下縮成灰灰扁扁的一圈，對面的岩灣山層像被刀削出了一道道綠色的皺摺。「你看，那就是新的利吉大橋。」一條灰白色的公路沿著卑南溪指向綠色的山嶺，卻突然快速地轉了一個大彎，跨溪直奔山下的利吉。從高處隱隱看得見橋身的紅色欄杆，欄杆的右側，那座黑色的舊橋墩依稀可辨。日據時代溝通岩灣、利吉兩地吊橋的橋墩，光復後變成了流籠站。剛才在橋上，敏男特地停車，讓她細看一下舊識，爲了建新橋，岩灣那頭的舊橋墩拆毀了，利吉這頭，孤零零的黑水泥柱兀立在石頭上，失去了對岸的伴侶，石上新長出來的綠樹是無可無不可的安慰吧！當年走下流籠站必經的台階，還斑駁的銜接著石灘。以前到利吉國小授課的時候，從流籠下來，常常會朝富源山上仰望，那時山上綠意深濃，現在她所站的山頭，除了被風吹矮的草坡，已找不到昔日繁密的樹蹤了。風從東北方的海上吹來，沒有了樹林的阻擋，眞是冷冽已極。

她把頸上的圍巾多繞了一圈，把外套的扣子扣上；素雲穿著正紅色的高領毛衣，黑大衣的領子豎著，襯著臉更顯得白，左眼下的矖斑沒遮攔地跑了出來。說起流籠，還有誰比素雲熟的呢？三十多年前，利吉山的對外交通，全靠素雲家人維繫，平常日子是樹伯和素雲的大哥，放假的時候，就靠素雲了。父子女三人，守著這條凌空的交通線，爲來往卑南溪兩岸的人們擺渡。年輕時的素雲，總愛穿著那唯一一件已洗得有些泛白的紅外衣，笑嘻嘻地看著客人們走下流籠，再看著一簍簍的李子被送上流籠。她還記得初到國小報到那天，乍看到素雲白皙臉上燦爛的笑顏，敏男像呆子似的，走下流籠都有些發抖。

素雲那年暑假過後要讀高一，大哥就接管了流籠站。不過，敏男要見人並不難，每週一早上，三個人鵠候在岩灣這頭，翹首遙望對面的那個小黑點，晃晃悠悠飄了過來，到了溪的正上方，速度突然加快，好似要下墜到溪中，忽地一升高，便逼到眼面前。穿著白衣黑裙的素雲，鬆開原本緊抓著裙裾的手，朝他們開心的笑笑，走下流籠。流籠其實是大型的竹簍，底部鋪著厚實的木板，當流籠再度被牽動，他們三個人就被帶到空中，她總是慶幸著自己不愛穿裙子，卑南溪的晨風吹鼓了薄薄的外套，像要把人輕輕舉起。抓住竹編的圍欄，她回身看著岩灣那頭越見縮小的流籠站，同時也看到敏男的眼光緊緊跟隨著泥土路上一個白色的小小人影。至於士坤，他的眼睛總是殷切望向山頂；日後教孩子讀書學習，士坤的眼裡充滿著的也是像這樣熱切的期待。

是了，士坤，好像有很多時不曾好好想過他。在他入土之後，自己就隨孩子移居國外，她逐漸喪失了對士坤容貌的完整記憶，如今竟不能拼湊成形。她記得他的眼神專注而懇切，她記得當他被鼻咽癌折磨得不成人形，仍緊緊扣著她的手，在她手心一遍又一遍寫著「愛」。對這個鍾愛她三十多年的男子，她有太多說不清的抱歉。當他在病榻上打過止痛針，勉強能入睡的時刻，她的思緒卻飛到三十年前的利吉、二十年前的台東、十年前的豐原，每一次從回憶中醒來，幾乎都會碰上士坤關切的眼神，「想什麼？」他有時問，有時不問，不問的時候，眼裡還是期待著答案。她的心一直被太多往事占滿，士坤眞的一無所知嗎？那一次從台東母校回到台南的家，她也是心思游離，士坤用同樣的眼神問她：「想什麼？」她只說：「碰到同學。」就住了口，他也不追問。但他眞的一無所知嗎？

士坤一向不願走容易的路，在那個年代，有多少人會去關懷學習上有特別障礙的人呢？士坤則不然，他每次都說：「想想在利吉，阿旺是怎麼被看待的？」所以當他從師大畢業又奮力考取公費留學，要她辭去教職，陪他同往新大陸取經——特殊教育，她實在無法反對。當口角流涎的阿旺被拒絕在學校門外，張伯張嬸只能說：「足了然喔！生一個憨兒！」是士坤利用大多數的課餘時間，教阿旺學會了洗臉吃飯，後來還可以幫張家兩老到甘蔗田斫甘蔗。士坤是對的，只是他一定沒料到，他要她回母校拿英文成績單以備不時之需，卻造成了她和伊的重逢。

她從走出公路局車站，就發現台東的變化眞小，除了坑坑窪窪的馬路鋪上了較像樣的柏油，一切幾乎照舊，連鐵路也沒有得到特別的照顧。小旅館的大門全開，路上的天光太亮，門裡顯得黑暗而空洞；緊鄰的麵飯店有香味隱隱傳出，蒼蠅則忙碌的繞著香味來回打轉，紅色塑膠繩被刷成流蘇狀死命的旋轉，卻也趕不走所有的尋芳客；店旁的鳳凰木殷殷紅著臉，在路上留下一大片涼蔭；麻油廠飄出了油香，轉角的木材廠裡則揚起了一片鋸木屑，形成的褐色沙塵。轉到中華路，看到校園中矗立了幾棟新建築，貼滿磁磚的外壁，少了適當綠意的陪襯，有些衣未能蔽體的窘態。房子越建越多，樹越來越少，這是很多校園進化的共同公式。水泥鋪的人行道，只有她一個人，對街的自行車騎士，從身後越過的摩托車主人，都對她投以關切的注視；她記得讀書時在台東街上步行，的確會引人側目，沒料到十多年過去了，依然如是。就在她接近校門的時候，一陣噪耳的引擎聲在她身前停了下來，一個人影跨下車，迎上來，「請問你是何曉芳嗎？」她先是本能的頷首，抬眼一看來人，竟然是伊，離開利吉已過了十年，她從沒料到會有這一次的重逢，竟楞楞的不知該說什麼。伊說回來找同學。陽光曬在背脊上；伊又說，從敏男、素雲那裡知道一些她的消息。陽光曬在頭頂；校區裡人來人往，她感到伊所能說的話已無以為繼，而自己呢？似乎沒什麼可以報告的，也不知道該怎麼問伊的近況。「你太太好嗎？」這竟然是她唯一能想到的話題，伊的神色一剎那間繃得緊了，「你們結婚前，我寫過幾封信，希望你能了解。我太太，她很好。士坤好嗎？」對話變得禮貌而生分，伊匆匆道別，像被什麼追趕似的；她不記得接過什麼信，可是已來不及追問了。等她辦好成績單，走出行政大樓，伊正巧站在門口的台階上和人交談，伊的眼光顯然瞥見她了，她舉起手，揚揚嘴角，伊也舉起手，揮擺了兩下。

「曉芳，士坤寫的那本特殊教育還有沒有書？敏男有個同事，女兒讀博士班，專攻特殊教育，我們向她推薦士坤的著作，如果還有書，你又用不著，就送她一本吧！」素雲不知道什麼時候又開了車窗，大聲說著話。

2

「他們父女倆等一下會在羊肉爐和我們碰頭。到時，你可不要推三阻四的。」她沒料到今晚的聚會還有別人，一向不愛和不相干的人應酬，偏素雲像番薯藤一樣喜歡牽牽絆絆。她正想開口埋怨，卻見素雲又露出那促狹的笑容，剛才的心事又襲上心頭，難道，還會有再一次的重逢？

利吉國小的初識，現在回想起來，都還是極清晰的，走下流籠站台階的他們三人，手中提著各自的行囊走上坎坎坷坷的泥土路。剛開始還好，腳下雖然不俐落，但是眼看到左手邊對岸的岩彎山層，深深淺淺的綠色在峭壁上渲染，心情還是開的，等到坡度陡了，山景又被甘蔗園一再遮去的時候，大夥兒便逐漸靜默下來。田土被鬆成一畦一畦，有些石礫散置在附近；當初開始種甘蔗時，光是翻土撿石頭，這裡的農民也要費不少工夫吧！甘蔗皮灰灰的綠，頂著一頭茂盛蒼綠的亂髮，她看得有些失神，差點顧不得腳下的步伐。路好像走不完似的，甘蔗園連著甘蔗園，只有在靠山凹處，有一兩處李子林探出頭來，幾間竹管厝躲在蔗葉背後，身形有些瑟縮。士坤有時會回頭看看她，後來乾脆幫她拿著行李，放慢腳步陪著她，讓敏男在前頭開路。「累嗎？」士坤終於開口；她想，當時的自己一定狼狽極了。敏男突然加快腳步，一邊興奮地喊：「路邊有房子了。」「到前面我們可以休息一下。」士坤為她打氣。一間磚砌的合院悄悄立在路旁。路旁打實的泥土地上只種著幾株桃樹。他們走到埕上，右邊屋裡有人晃盪了出來，這是他們第一次見到阿旺。阿旺張著嘴，發出「啊啊」的聲響，口水從嘴角長長地垂落到衣襟，胸前一大片是濕的；碩大的頭顱、肥厚的腳掌，和其他細瘦的肢體極不協調。「啊啊」，正房裡有人被阿旺的聲音引動了。「歡迎光臨利吉！」充滿穩定感的低沉嗓音，令人覺得可以信靠；聽這樣的聲音，真好！當時的她是這麼想的。

伊的個子不高，和那樣的聲音毫不相稱，而且一臉稚氣，笑起來，整排牙白亮亮地露出來。「一路辛苦了。我想該有人來接你們。」這段路眞是辛苦。當初知道被分發到利吉的時候，她還特地到教育局去，希望能申請改分發；誰知道承辦員說：「利吉，很近啊！池上、關山豈不是更遠？利吉，台東市郊，有什麼不好？」她一直懷疑那人究竟知不知道前往利吉要走的是這樣一條荒僻的路？那人是由地圖上判斷遠近的吧？她覺得這趟路不是走到的，而是「ㄎㄤˋ」到的。後來，她更見識到利吉這種泥岩層的難相處，旱天硬得像石頭，累慘了種作的人；雨天遍地泥濘，一腳踩下去，幾乎過膝。

「這裡住的漢人，像阿旺他爸媽，絕大多數是八七水災之後從中南部遷來的。原本種桃子、李子，現在大部分改插甘蔗。其實，日據時代末，馬蘭地區的高瑞芳已經在這裡經營糖廍，生產黑糖；光復後，經營權轉給從二林來的洪掛，由於幼苗、肥料都要由廠方支應，成本很高，兩三年後就改由台糖接手了。」她一面喝水，一面聽伊爲士坤解答疑問。伊是高兩屆的學長，再一年便要入伍，接著士坤、敏男，當然，以後陸續會有學弟妹前來補位。

「利吉原是恆春阿美的居所。清末胡鐵花在這裡擔任知州的時候，還曾來這裡探勘鐵礦。最近有人在附近挖到煤炭，但質和量都不夠理想。」「部落？部落在第一區尾，我們現在所在是一區頭。學校在二區，這是糖廠的分法。部落可以說是屋舍儼然，日據時代規畫的。」

「利吉交通不便，一般人少到此地。所以從日據時代開始，就有一些反抗日本統治的人『走路』到此處。是因爲這樣的緣故吧！此地居民的自主性向來很強，縣長選舉，無論我們如何大力遊說，反對陣營的候選人還得得到八成的選票，全台東也只此一處如此而已。在那些走路的人當中，有一個據說是廖添丁之後最讓日本人頭痛的人物，叫做楊萬寶。楊萬寶的額上有一個銅錢的刺青，得罪日本人之後，逃到利吉。每天出門到蔗田工作，總是把斗笠壓低，從不讓人到他屋裡。只是他有一個弱點——好賭天九牌。有一次坐在他上手的人親眼見他使詐，用手猛拍楊萬寶手上的牌，不料，連同斗笠一同打落，額頭上的銅錢露了出來。大伙一陣驚呼，不待眾人回神，楊萬寶將紙牌一丟，早已往學校後方的樹林裡竄去。當夜，日警大肆搜山，果真在一個山洞裡抓到他。」

在往後的回憶裡，她常自問，伊吸引自己的是什麼？是見聞吧！雖然比自己只年長兩歲，只在這地方待了兩年，卻對這裡的掌故如數家珍。「他們自己的稱呼？利基利吉。應該沒錯，在胡鐵花的《台東州採訪修志冊》裡也是這麼記載的。不過，由於光復後原住民的土地，大多被漢人換番換走，所以部落裡也遷入一些卑南人和馬蘭社的阿美人。」「換番就是漢人用日常生活用品，包括菸、酒和各部落原本的住民交換米糧、獵物；但也有一些人透過菸酒的賒貸，最後取得部落中的大片土地，原本的住戶只有遷徙。」士坤來自台南，不了解此地是理所當然；她在台東出生，竟然也無所知，心裡好生慚愧，是生活的沒有匱乏，使她在生活的小圈子裡覺得自足，使她不知道人間的不平和憂苦。伊爲什麼就能分出心力去關心這些呢？伊的生命裡有比較沉重的擔負嗎？可是，伊一直都保持那樣的明朗笑容。「你們知道嗎？最早的馬蘭社是在鯉魚山下，就是我們學校對面，台東中學後面一直到海邊的這一片土地。明治時代因為赤痢流行，村民大量死亡，才集體遷到馬蘭國小附近。那些在台北唱『馬蘭情歌』的人，一定不知道馬蘭在哪裡吧！」伊的話引起大家一陣輕笑；阿旺也「啊啊」跟著想表達什麼，可是他的眼裡沒有神采，只是空洞的反映面對他的人形。士坤站在阿旺面前，看著阿旺的眼，向伊問起阿旺的狀況。他們三人同時都聽得很明白，學校沒有能夠教育阿旺的師資，愛莫能助。士坤對這樣的答案顯然很不滿意，沉吟了好一會。

他們離開阿旺家時，張家兩老並不曾露面。伊說，都在蔗園裡忙。往後的路，坡度不再那麼陡，沿著卑南溪谷，在利吉山腰裡緩緩上行。她記得，那時候，利吉山壁的泥岩露頭沒有那麼多，雜木林還能把泥土牢牢抓著。道路兩側是可耕的，蔗園幾乎是連成一氣的，左手邊又出現岩灣山起伏的嶺頭，山壁和溪谷都被掩去，她忽然在蔗葉後面看到小小的尖頂，十字架立在頂上。「那就是部落了。以後會有機會來訪問的。我們就暫時不進去了，還有一段路要走呢！」

直到他們看到第二座合院時，仍以為路走不到終點。黑瓦覆蓋的屋舍，門前有兩根圓形的石柱，是這一路上最講的住家了。「我們又要休息了嗎？」一直趕在前頭的敏男在問，「學校就在屋後坡上。」瓦房後只見榕樹盤的枝幹、密密的樹葉，哪有什麼學校？伊在前面帶路，走上了斜坡，三間小小的教室在望。教室前是土色淺褐的操場，右方不遠處便可眺望卑南大溪，原來學校是建在山崖邊的，這一段山壁不算太陡，崖邊的平緩坡地，有人闢地種甘蔗，學校後也是蔗園。宿舍在教室的左後方，蔗園旁的高坡上，覆著黑瓦的小屋子，紅磚砌的牆面，看來比教室新穎些。宿舍的右下方有一間竹管屋，住的便是蔗園的主人。那一天的晚餐是伊親手做的，後來她才知道，晚餐由他們四個人輪流擔任主廚，菜餚則是在假日到台東採買，無非是豆皮及各種罐頭。伊說校長種了一些番薯，颱風天就只有吃番薯配番薯葉了。可能是走山路太累了，她覺得那餐飯可口得很。伊真的是又能幹又會照顧人，當晚的她曾經是如此想著的，伊也就是這樣進駐到她心中的吧！

「曉芳！時間還早，我們先去國小看看，好不好！」先前車過中華大橋時，素雲的建議曾讓她遲疑了一下，是想回利吉國小看看，但沒打算是這一天。「我們本來就說好要看台東夜景的，從利再繞回富源也是順路，先去國小嘛！」馬上要五十歲的人了，素雲卻還是像以前一樣會纏人，時間是還早，敏男的車掉頭轉回石山，過台東大橋再右轉往利吉。等過了利吉大橋，一切的舊日感觸全回到腦際。

她記得士坤和伊曾經在一次颱風過後，從富源山走山稜線到利吉準備開學，整整走了一上午。

她記得從宿舍旁的陡坡往上爬二十多分鐘，便是富源山腰上的石頭路，左轉是第三區，再往西走便是下野、中野，可到達鸞山，有一次帶小朋友遠足到鸞山國小，一班十多個人，在山路上拉成縱隊，走累了，還搭鐵牛車一程。石頭路右轉可通往富源，山路兩旁樟樹遍布。曾有幾個週末，她藉口要做家庭訪問，沒有回鎮上的家，伊則是無家可回，伊說麻煩叔叔嬸嬸快二十年了，該靠自己過日子。伊帶著她爬上山坡，走到三區，做完家訪，再走回頭，時間早，有時會走到富源國小眺望山溪大海。那時，她和伊經常是走在樟樹林裡。在伊當兵以後，素雲和他們三人日漸熟稔，也曾在週末用家庭訪問等等來調侃她。家庭訪問，她還是做的，回家時，路過一區、二區，順道看看學生家長，只是生活少了伊，心緒大爲不同。而樟樹樹林呢？她忽然想起，富源國小附近住著幾戶農家，他們是由鎮上遷到此地開墾的；有一次，她到郵局寄掛號信，在門口見到有人在販賣著一捆捆的乾柴，生意好像不惡，覺得面善。剛從郵局揹著郵包走出來的中年郵務士告訴她，這些人是富源山上的住戶，莫非那些柴枝就是從富源山帶下去的？他們去除了雜木林，種下玉米、甘蔗，相思樹、樟樹的殘骸還可賣錢；也難怪今日的富源山盡是淺草坡，只適合放養山羊了。

敏男的車走在平坦寬闊的柏油路上，她幾乎不認得這是當年她一週要「ㄎㄤˋ」一次的道途，如果不是僅存的那間合院提醒著她，她實在很難相信，這就是利吉。

3

「去看一下部落，要不要？」素雲在拍她的手，問話的是敏男。「久將的家翻修過了，和以前完全不同了。上次我在縣政府碰到他，他說好想念何老師。去他家看一看？我沒通知他，隨興，好不好？」敏男黝黑的臉上是一貫的誠懇。「阿旺呢？」她匆匆出口，沒有太多思考，素雲也是急急的接口：「不在了，過去了。大概是你們離開後十年吧！張家後來搬去岩灣，就沒有消息了。」阿旺呢？這本不是她關心的主要話題，她似乎是代士坤問的。士坤在進修特殊教育時，特別容易提起阿旺，話裡有慚愧，她明白，那是爲德不足的遺憾。有時候，她會以爲，士坤是爲了她而放棄阿旺的；她對阿旺也有抱歉。她對久將自然也是關心的，但是，年輕時代的她，對生活和對愛情一樣毋寧是抱有太高太浪漫的憧憬，現實裡的擔憂和辛酸總是不能體會，所謂的關心，其實是解決不了別人困境的一種卸責而已，一旦關心過了，難題還是留給對方獨自撐過。士坤和她是不同的人，他不是關心，而是想去承擔。伊呢？伊究竟又屬哪一種呢？她原本以爲，伊是要用一生來承載自己的，不料，卻是士坤擔待了自己。

二月的寒風由身後吹過來，她發現自己下車的地方正面對著岩灣山層。教堂小小的尖塔在左方的矮樹叢後出現了。教堂的斜後方，兩間貼了紅色清水磚的二層洋房精神抖擻的伸出身子。敏男指著其中的一間，那就是久將的新居，「還記得他們家以前的樣子嗎？」她記得。當久將打著赤足在教堂門口守候，一見到她，便長長伸著手指向斜後方的那間覆著茅草的竹屋。久將的眼睛圓圓亮著、褐色的皮膚也閃著太陽的光澤，他咧著嘴向老師報告，爸媽必須到蔗園裡工作，不過，爺爺在等候著。爺爺是部落裡的長老，枯瘦的身子，灰白的髮色已蔓延到他的眉上：「以前我們種玉米、小米，後來學會種稻子；我們在春天播種、秋天收割，剩下的時間，我們到山裡打獵．我們在豐收節裡喝自己釀的酒。現在，久將的爸爸媽媽過的是不一樣的生活。」久將翻譯爺爺的話，但無法譯出其中的憂慮；她是從爺爺噴出一個個的煙圈裡讀到的，卻不能明白種甘蔗究竟有什麼不好。

眼前的景色爲她解開當年的疑惑。部落附近已沒有幾處甘蔗園，檳榔和釋迦代之而立，生活的進程是擋不住的，但所要付出的代價往往是一般人所無法預估的。她已注意到富源山綠意的銳減，不免也要思考到利吉的未來。這裡是鬆軟泥岩地層，一旦植被消失，只有更快速地流失。

久將的屋子，由公路上看就在眼前，進了部落卻還得轉好幾個彎才能到達。大塊大塊半人高左右的石頭圍成了院落，台北草鋪成的綠茵之上有鐵樹、羅漢松錯落。素雲指了指她的身後，老竹屋還在，裡面散置著廢棄的桌椅，以前她並不覺得竹屋是這麼矮的。敏男推開虛掩的院門，屋前屋後繞了一圈，不銹鋼製成的大門緊閉，阻絕外界探問的人聲。在回車上的路程中，她挪出了一點心思，端詳部落裡的屋舍，新穎一些的，幾乎都是方盒子似的貼滿磁磚，好在門前、屋側大多留有綠地，扶桑、九重葛開得熱鬧，靠教堂旁的雜貨店則是閩式的四楹三間，下半截的牆面已經斑剝，但仍可以看出房子初成時上面所漆的鮮豔晴藍；當年並沒有這間屋子，是她和士坤離開後，才有人遷入興建的吧！剛蓋的時候，必然是全村最引人矚目的，如今，在穿著各色磁磚屋宇的環伺之下，它已流露出疲態，褪了色的藍牆面，像在傷悼著挽不回的青春。

4

敏男將車子駛過校門口的合院，轉彎上坡，停在沒有圍牆，沒有門扉的側門內。往日覆著黑瓦的教室已被整齊的磁磚積木取代；老宿舍還在，旁邊增建了宿舍及餐廳，被水泥建築夾困的老磚房，顯得十分侷促。

鋁架頂著綠色的採光罩形成一條長廊，將人由餐廳引下台階、引入教室。台階旁有一棵兩人才能合圍的樹，頂著枯枝兀立在那兒，只有伸向操場的一根枝椏上殘存著兩片黃褐的葉子，似已準備好要凋零。是樟樹嗎？她本想問敏男，但看到前頭挽著丈夫走下台階的素雲，又闔住了口。

操場上是平整的草皮，夾剪草乖順的匍匐在地面上，幾株油加利在場邊列隊，一株被颱風吹歪了身胴的椰子樹斜撐著腰肢。她離開利吉時，它們並不在場，伊也不在；伊服完役之前，她已隨士坤回台南。只有榕樹是舊識，樹後有黑色的屋瓦，屬於校門口的那間合院所有，屋瓦之後是向遠處延伸的灰色天空。敏男夫婦不知道逛到哪裡去了，她轉身繞到教室右邊，窄小的通路全鋪上水泥，水泥路環繞著教室，她循路走到教室後方，老竹管厝還在，白石灰的土牆大半剝落，露出內裡的竹片，密密麻麻的交錯夾纏著泥土，四周闃無人聲，屋前甘蔗田只見一片黃土，剛收割過嗎？還會再插種嗎？素雲不知什麼時候來到她的身旁，用還帶著被丈夫叮護的餘溫拉起她的手放進大衣口袋裡。伊第一次牽她的手便是在這蔗園旁，敏男從宿舍走出來，恰好眼見的。看素雲這時盡力要安慰她的神情，顯然，他們夫婦之間，沒有太多祕密。

她和士坤之間有沒有祕密呢？除了伊，應該也沒有其它吧！但在利吉的第一年，敏男所察知的，難道士坤會不知道嗎？他花了絕大部分的時間在阿旺身上，從不參加家庭訪問的漫遊；然而，他對她情感的起伏真的是懵然無覺嗎？她嫁的這個男人是怎樣在看待自己的？在伊入伍後，士坤開始縮短了在阿旺家的課程，開始空出時間在晚飯後和敏男和她一起散步。不久，敏男、素雲的往來得到樹伯首肯，等素雲畢業就要辦喜事，散步的隊伍中自然少了敏男。士坤不忍見她落單，所以陪著她嗎？她幾乎忘掉當初士坤是怎麼跟她求婚？好像是問「想結婚嗎？」伊入伍後近一年，她突然接到一封信，信上寫了很多很多，但她只記得一開始的幾個字「我要結婚了，不得不這麼做……」她沒有辦法再看下去，信紙摔落在地上，整個人像在天空裡飄浮，往後的一個多月，她不知道自己是怎麼上課的，每一雙晶亮的稚氣眸子都像在憐惜她的受創。

「想結婚嗎？」她不確定自己是不是點了頭，士坤的行動卻是積極而明確，他請家人由台南趕來提親、下聘，前後不過一個月，暑假裡，他們成爲夫妻；而後，離開利吉。

她不記得有任何伊後來寫的信。素雲說，伊的妻是茶室女孩，軍營旁的茶室。她不懂，雖然沒有文定，但伊牽著她的手，伊說「執子之手，與子偕老」，那話語分分明明，設若伊忘了，她也決計是不肯忘的。雖然在樟樹林中伊的唇向來只印在她的額上，她卻清楚知道自己是將終身託付的。爲什麼是茶室女孩？爲什麼不是與她偕行？竟是她與士坤偕行，甚至遠赴新大陸。

在羅倫斯城，士坤完成碩士論文的那個晚上，他們散步到社區圖書館。五月的美南，星空很燦爛，館前的台階上有成雙的人影，士坤躺在台階上，頭枕著她的膝，將她的手捉到胸前，「你會陪我走完後半輩子，是不是？」她笑他傻，她已經陪著他了呀！可是，現在回想起來，士坤或許是不傻的，而是太懂得她了。那個晚上，她被一股莫大的暖意包圍著，她第一次覺得自己是愛士坤的，而且打算把自己對伊的情感封印起來。如果不是回國後再次的偶遇，她可以少去對士坤這麼深重的歉意。

回國後，她重新到小學教書。有一次，奉派到豐原參加研習。報到，在舉行開幕式的大會議室裡坐，隨手翻閱手上的名冊，伊的名字閃入眼中。校址在伊當兵的太平。她的心思剎時被勒緊了，一旦碰了面，第一句話該說些什麼？有什麼可以問、可以談的？可笑的是，一切的虛擬在課程開始後逐漸顯出毫無作用，伊整個下午不曾露面，她覺得有些惆悵，卻又感到輕鬆。第二天一早，她甫踏入會場，前一天空著的伊的位置上赫然有了人影，身後有人陸續進場，她後退不得，只有向前。伊的座位正在走道旁，走過伊的身邊，正斟酌要不要開口打招呼？伊已抬起頭，微微笑著，望著她，「你也來？剛才在名冊裡看到的。」她不知該說些什麼，前一天預想過的言詞都不知道躲藏在什麼地方，找不到一句可以安置在口中的。

伊仍是微笑著，她卻只能點頭，接連有人和她擦身而過，她覺得自己站不住了。匆匆走回座位。她不記得是怎樣捱到會議結束的，只記得踉踉蹌蹌趕到車站，九月的太陽狠狠地啃噬著她。

在情感的世界裡，她漂泊浮沉，一直在尋找亮光。一度以爲伊是亮光，但伊不是；在羅倫斯城，則以爲士坤才是光熱的源頭，可是，一旦和伊重逢，她又不明白誰才是了。她氣自己沒有說出得體的話，沒有讓伊明白她婚後的幸福，沒有讓伊有後悔的機會；她氣自己的不知所措暴露出對伊情感的眷戀、傷懷；她是那樣的不甘，執意的要將破碎的往事一片一片黏合，一次又一次的細數初遇，一遍又一遍追想樟樹林和甘蔗園的往事。她在種種想望裡撥出空隙來照顧士坤和孩子，或者說享受士坤的照顧，是懷著愧歉的，然而她無法自拔。及至士坤躺在病床上，偶爾問她：「想什麼？」她才會猛然心驚，她爲了伊的背叛而背叛士坤嗎？

素雲在拍她的手，「你看，富源國小，這些年地層滑動，差一點要遷校。」她看到坡下校舍的平直屋頂，想到這二、三十年來，人們總習慣用水泥來解決土的問題，以爲擋住了、圍起來，便可以阻擋困難挫敗，事實上，土地的難題還是生了根地在那裡成長，逐漸蔓延。對於伊，她用士坤來解決困難，伊卻還是在她心裡蟠踞，最終是使她對士坤、對自己都看不清了。「敏男、素雲，你們知道伊結婚後給我寫過好幾封信嗎？」敏男的車速緩慢了下來，素雲收起了平時的明朗，低著聲，小心翼翼地看著她，「被我撕掉了，我替你氣不過，敏男說要轉寄給你，我先是收起來，越想越氣，撕了。而且，我覺得對士坤不公平。」「你根本不了解季輝。」一個她害怕的名字被敏男說了出來，敏男在路旁停車，回身責怪地看著他一向心疼的妻子，又滿懷歉意地望著她。「向你要士坤那本書的是季輝的女兒。」果然被她猜中。「季輝愛她如己出。」這是什麼話？「季輝的太太懷了孩子，在車站裡昏倒，季輝把人送到醫院，就這樣認識了。季輝想幫助她離開皮肉生涯，又爲了給孩子一個姓，娶了她。孩子的媽媽身體弱，二十年前難產過世了。他們一直沒有共同的孩子，直到你們在台東重逢之後，她才成爲季輝眞正的妻子。季輝說，對他太太，就像士坤對阿旺情感是近似的；中間有了你，總要有人捨棄，有人獲得成全。十年都過去了，心裡還存著奢望，是對不起士坤，更對不起你的。」「季輝叫我別說。在母校重逢後，他知道，說了，彼此的日子都不會安寧的。」

5

敏男的話絮絮不停，她看到三十年前的自己狼狽走上通往利吉的泥土路，她看到二十年前走在鐵花路鳳凰花影下自己的惆悵，以及十年前在豐原對自己的難堪深責。在她的青春歲月中，乃至爾後的生命經歷裡，伊一直在那裡，士坤也是一直在那裡；他們原來是像極了的人，只是自己一直不能了解他們罷了。

停車的地方正臨著台東市區那一片燈海，山下的利吉，則是三三兩兩稀疏的燈火；羊肉爐位在停車場後方斜坡上，店外欄杆倚著看夜景的人影。她伸手推開車門，準備迎接所有消逝的了的過往。

——收入玉山社出版《走過後山歲月》

【作者簡介】

林韻梅，一九五三年生，台北人，師大國文系畢業後即到台東中學任教。致力從事歷史小說創作及文學、文獻研究、田野調查等工

東台灣
台東縣
卑南溪
閱讀文學地景

作。曾獲教育部全國文藝創作獎、吳濁流文學獎。著有《生音樹》、《後山歌聲》、《發現後山歷史》、《閱讀心靈光影》、《走過後山歲月》等書，其中《發現後山歷史》獲頒行政院新聞局金鼎獎。

【作品賞析】

利吉村位於台東縣卑南鄉東北角，原名「利吉利基」，處於海岸山脈南端西側之山麓與卑南溪之間。受利吉斷層影響，地理環境特殊，多處地質景觀極富研究價值，是地質學者重視的東台灣惡地層。利吉大橋為該村主要聯外橋樑。

乍見篇名以為「利吉」是個人物角色，開始閱讀之後才知是主角在「利吉」這個地方的青春往事。然而，再一細讀，卻發現「利吉」指的不僅是地名，似乎也可暗指人名，而且是兩個人，一是主角初傾心的伊，另一則是後來結為夫妻的士坤。

幾十年間，她與士坤的感情互相扶持得更為深厚，卻總在不經意想起了或是遇見了伊，這也是唯一的一件她沒對士坤說的祕密。或許，士坤早已知情，只是她自己看不清罷了，「對於伊，她用士坤來解決困難，伊卻還是在她心裡蟠踞，最終是使她對士坤、對自己都看不清了。」隨著士坤過世後很長一段時間再重返利吉，在利吉今昔的對照間，再回首，伊就像是從前的利吉，士坤則是新近一點的利吉，卻也都是她的青春歲月的利吉，「伊一直在那裡，士坤也是一直在那裡；他們原來是像極了的人，只是自己一直不能了解他們罷了。」

——廖之韻撰文

迷藏

許榮哲

有很長一段時間，我老做同一個惡夢。

夢裡的我約略十歲。

在一望無際的金針花田裡，矗立著一根瘦長竹竿。竹竿的盡頭，我，孤伶伶地懸吊其上，僵塑成突梯古怪、猴子攀爬大樹的怪異姿勢。

黃澄澄的金針花田、四處打旋的詭異焚風、瘖啞斷裂的窸窣聲響、移位迅速的細碎光影，彷若正要甦醒過來的蠻荒沼澤。

像是跑錯了時空場景，我，一隻原本活在痛快叢林裡的野猴子，一覺醒來，卻發現自己正身處兇惡沼澤。我本能的知道，只要一不小心滑下來，沼澤裡潛藏埋伏的鱷魚就會立刻撲向前來，將我撕碎。

夢裡的我，就維持著這樣一個艱困的平衡——不停地下滑，然後，再奮力向上爬。

童年捉迷藏 I

後來，在很多時刻，我還會不期然地撞見童年的最後一場捉迷藏。原來根本就沒有所謂的最後一場捉迷藏，生命裡有無數場捉迷藏，它們以各種型式出現，以你無法想像的造型面貌登場。其實生命本身就是一場巨大繁複到你難以想像的捉迷藏。

你一定玩過捉迷藏，但你一定不知道捉迷藏背後所隱含的意義。林旺、陳皮和我就是在童年的一場場捉迷藏中，點滴捏塑成型的。

那年，我最要好的朋友是林旺、陳皮。

在我離開台東太麻里三和村這個悠遠遲緩的小村落之後，林旺和陳皮到底在時間的迴廊裡轉了幾個彎？在命運的湍流裡翻騰了幾轉？他們是否察覺到我們的未來，早在童年的一場場捉迷藏中給勾勒出來了。

每個人小時候都很像，但所謂很像就是還是有一點點不一樣，而我們就會依照這個小小的不一樣，長成以後的大大不一樣。

如果你肯回頭望一望，許多年前眾多昏昧午後某棵大樹下，矇著頭瞎數的鬼老大和四處狂奔藏匿的眾小鬼，你一定可以從小時候玩的一場場捉迷藏裡望見長大後的你。

比如說林旺吧！

林旺會在當鬼的人轉過身去開始倒數之後，優閒地從我們這個村子走到另一個村子。而後，捉迷藏這個遊戲就會因爲林旺的消失而中斷。隔天，林旺會在學校裡像突然想起什麼似地說：「啊，我忘了我在玩捉迷藏。」

其實早在很久很久以前，我們就一致認定：林旺遲早都會變成隱形人。

林旺的父親，我們都叫他「雲飛揚」，雲飛揚是彼時一齣八點檔連續劇「天蠶變」裡的男主角，電視裡的雲飛揚有一頭飄逸的長髮，而林旺的父親「雲飛揚」也有一頭長髮，不過他的長髮是糾結纏繞在一起的。

一頭糾結纏繞長髮的雲飛揚，會在一起床後，就在我們這個村子裡不停地轉啊轉，偶爾他會走出我們這個村子，然後在太陽下山之後，才拖著疲憊的身子回家。據父執輩的人說，林旺的父親是在找他的老婆，也就是林旺的媽媽，聽說林旺他媽媽跟別人跑了之後，林旺的爸爸就發瘋了。我們都相信林旺會常常消失，也一定是和他爸爸一樣，在尋找他媽媽。

那是一個你很容易就去相信許多事的年代，而我們剛好也生長在一個出產很多事可以讓你去相信的村子。

又比如說陳皮吧！

陳皮會在當鬼的人轉過身去開始倒數時，嘻著一張鬼臉站在當鬼的人後面，等到當鬼的人一轉身，便出其不意地伸手碰觸基地，答數報到。於是，當鬼的便會和陳皮就關於捉迷藏的成文與不成文規定、重來或不算之類云云的起爭執。

最後，陳皮會撂下一句「屁啦」，又或者是「我聽你在放屁」之類以屁爲開頭或結尾的氣話離去。

沒有意外的，捉迷藏這個遊戲又被終止。

後來我們都習慣叫陳皮，「陳屁」。

當然不是每個人都像林旺和陳皮一樣，也有像沈再勇這種的。

沈再勇會躲在一個可以監控當鬼的人的地方，然後，冷靜沉著地等待一個最適當的時機，在當鬼的人遠離了基地之後，才發了瘋似地扯著嗓子尖叫衝出答數報到。

沈再勇是我們班的討厭鬼，討厭他不是因爲他老考第一名，也不是因爲他老當選模範生，而是因爲他是我們班「記名字」的。你會覺得他老是在監視你，然後會在你無法預期的什麼時間、地點，突然衝出來指著你的鼻子說：「喔——，被我捉到了，我要把它記下來告訴老師。」

這時你會張著嘴楞在原地想，他到底看到了什麼？我什麼都沒做啊！

記憶躲迷藏 I

「『作工仔』也需要手機喔？」

「ㄏㄡ，你不要沒常識又不看電視，現在哪有人不需要手機。」

「當然有。有兩種人不需要手機。」

「哪兩種人？」

「死人和外星人。」

「外星人爲什麼不用手機？」

「因爲外星人的大腦就是手機，身體就是基地台。如果你聽到他們身上發出『嗶波、嗶波』的叫聲，那代表收訊不良；手指碰手指代表他們在充電……」

「我聽你在唬爛──」

……

「老闆，他們在說什麼外星人手機？你們這裡有賣嗎？」

「外星人手機？」

……

拉上鐵門，送走這群沒什麼確切工作，每天來我店裡哈啦打屁換手機的廢人之後，困擾我一整天的怪念頭又浮現了──我掉了一樣東西。

但，要命的不是掉了東西本身，而是我根本就不曉得掉了什麼東西。甚至到了後來，我連我到底有沒有丟掉東西都搞不清了。那種感覺有點像你躺在床上，卻老想著門窗、瓦斯到底關了沒？然後，你會開始掙扎要不要再去確定一下。好像關了，又好像沒有。

或者，就像生命裡百無聊賴的某一天，突然興起，把八百年前買的加菲貓或小甜甜拼圖拿來玩。然後，你花了大半天辛辛苦苦拼出來的圖，居然少了一塊，即使只是無關緊要的一塊（僅僅是淡藍淺綠或粉紅的背景罷了），這也會搔得你心神不寧，總覺得這最後一塊若不找到拼上去，那麼這一整天所做的事就失去意義。

少了一塊的拼圖就不叫拼圖。

我掉了一塊記憶拚圖？還是我只是放心不下那個早已關好的門窗、瓦斯？

不知道是不是日有所思夜有所夢，至此我開始做起一系列，被我名之爲「假面」的兇殺惡夢──被謀殺身亡的對象永遠是我，而兇手永遠躲在一道牆外。

原油污染嚴重的海灘，遍佈企鵝屍骸。一隻全身沾滿原油面容愁苦的企鵝，搖搖晃晃地朝攝影機走來，並在距離一步之遙時停下腳步。企鵝緩緩伸出翅膀，戒慎恐懼地碰觸攝影鏡頭。滋──，一聲，企鵝被電得焦黑扭曲變形，倒地不起。

攝影機後頭，走出一名頭戴漁夫帽，帽簷壓得低低看不清臉孔的傢伙。頭戴漁夫帽的傢伙蹲下身，翻轉檢視倒地的企鵝，先是眉頭緊蹙，但隨即露出詭異的笑容，然後像剝下企鵝的一層皮一樣，扯下僞裝的企鵝外衣，躲在企鵝裝裡頭的是外星人（長得倒蠻像我的），ET。

「嗶波——」，ET發出最後的聲響，然後死去。

童年捉迷藏 II

有些人天生便具備了某種灰敗的質素，像蟄伏在陰暗角落的濕冷生物一樣，終生見不得陽光。不時散發出餿水味的油胖子、成績特好或特差的怪胎、長相像蟾蜍像蜥蜴像蝙蝠……。不過這都還好，最慘的是不識相——不知道自己是見光遇熱便會化作一縷輕煙消逝的鬼怪。

以上這些特質，沈再勇幾乎通通包含了。油胖子、成績特好、長相惹人厭，另外還有一種特質比較少見，他的耳朵不時會流出黃白色像膿一樣的液體。

不過最慘的還是他沒有自覺。

「捉迷藏最簡單了。」沈再勇老是這麼說。

「屁啦，你什麼嘛都很簡單。」陳皮總是用輕蔑不屑地口吻若有似無地回應著他。

儘管那時，我們也都很不服氣，但我們還是非常願意相信沈再勇說的話。我們都認爲沈再勇的腦子裡一定有一部電腦，不然他爲什麼每次都考第一名，數學每次都考一百分。還有，他什麼都知道，連我們老師不知道的，他也知道。

事實上，沈再勇眞的很會玩捉迷藏，他從來沒當過一次鬼，一次都沒有。他還寫過一本好像叫「完全捉鬼手冊」的祕笈，內容大略是教鬼王如何去捉眾小鬼之類的。

聽說裡面寫道：千萬別想去找林旺，因爲林旺是「隱形人」；也別去惹陳皮，因爲陳皮以後一定會變成「惡魔黨」；如果要找林武榮就要到導師休息室後面去找，因爲他會趴在導師休息室窗外順便看布袋戲；如果要找蕭國輝……，總之他寫出連我們自己都不知道的祕密。

後來，那本「完全捉鬼手冊」被陳皮撕爛了，他說：「幹！沈再勇才會變成惡魔黨咧！」那是我第一次聽見陳皮用「幹」而不用「屁啦」。

對一個還在認知彼岸載浮載沉，什麼事都還懵懵懂懂的小學生，我，而言，沈再勇說的每句話都讓我驚駭不已，因爲他連我常常躲在鬼屋都知道，而且還說出連我自己都不知道的祕密。

——蕭國輝會躲在一個大家都可以找得到的地方。他最常躲的地方就是鬼屋，原因是蕭國輝曾被父母拋棄，所以他每次都躲在一個好找的地方，等別人來找他，他怕別人找不到他。

陳皮還爲此痛扁了沈再勇一頓。「你放屁，蕭國輝他爸媽是車禍死了，又不是故意要拋棄他的。」其實沒錯，沈再勇說的對極了。我最常躲的地方是一棟被我們稱之爲「鬼屋」的廢棄破屋，我習慣蜷縮在鬼屋正廳的神桌下，然後在心底默數1、2、3……，靜靜地等當鬼的人來拍我的肩膀說「捉到你了」。那是我最興奮的時候，因爲沒有人忘記我。

陳皮說我很笨，老躲在同一個地方，那會很容易就被鬼王給找到。但他不知道被找到是一件很幸福的事。如果過了好一陣子還沒有人來找我，我就會不由自主地輕輕顫抖起來。印象中有好幾次都是因爲陳皮的原因，大夥不歡而散，於是我被遺忘在鬼屋裡。

如果，你的父母有一天突然徹底地從這個世界上消失，那你大概就能體會出那種從體內發出，莫名無意識，好像全世界都被帶走，只剩下你一個人的深沉恐懼。陳皮、林旺他們不了解，甚至連我都不清楚，只有沈再勇知道，他什麼都知道。

記憶躲迷藏 II

永和——台北的衛星市鎮。老舊公寓違章建築疊床架屋，窄街暗巷狹弄拐過一個彎又是另一個彎，抬頭便見滿佈的電線、第四台纜線，天空又常常是灰濛濛的一片，像不見天光的陰暗世界。不管你在這裡住了多久，還是很容易一個散神就迷了路。

今天一整天心神不寧，滿腦子都是「假面」的兇殺惡夢，還有那個怪念頭——我掉了一樣東西。我試著去回想，我是從什麼時候開始察覺到掉了一樣東西的，是具體的東西？還是一段記憶？月雅（我的女朋友）說她有一次發生車禍，撞到了頭部，然後，車禍前後數小時的記憶通通消失不見。可是我並沒有發生什麼車禍或嚴重撞擊頭部的事啊！

不知道是不是因爲整天思緒渙散，還是怎麼著？我竟然在這個住了十幾年的街道巷弄裡，一早一晚共迷了兩次路，像鬼打牆一樣，繞不出來就是繞不出來，搞得我筋疲力盡。

而「假面」兇殺惡夢依舊持續著。

一望無際，長滿鬼針草的大草原裡，俠客和肉腳瘸三正處於一個戲劇性的關鍵場面。

「你走吧！」俠客的衣袖裙襬在風中獵獵作響。

跪地告饒的肉腳瘸三（好像是我）詫異不已，抬頭瞥了俠客一眼。俠客依舊垂首低頭。肉腳瘸三在連聲磕頭道謝後，起身跌跌撞撞頭也不回地狂奔而去。俠客嘴角含笑，從腰間抽出暗器，在手中不停地把玩。

草原似乎沒有盡頭，不管肉腳瘸三怎麼逃，就是逃不出這個大草原，而俠客永遠在身後不遠處作出擊殺的預備動作。最後，肉腳瘸三力氣放盡，倒地身亡。

童年捉迷藏 III

「我發現一個玩捉迷藏的好地方。」陳皮說。

那年，太麻里金針山上的金針長得又大又茂盛，但也因此市場的價格一落千丈，有些菜農就任由金針開花也不去採收，因此滿山遍野都是金針花。

「我們可以躲在金針花田裡玩捉迷藏。」陳皮說。

「怎麼可能？我們又不是藍色小精靈，怎麼可能躲進金針花裡。」有人反駁。

「對啊，況且金針花田裡又沒有大樹可以當基地。」

「笨喔，我們可以在金針花田裡找掩護。至於基地嘛……嘿、嘿……」陳皮詭異地笑說，「我們可以把竹竿插在金針花田裡，然後當鬼的人就爬上竹竿……」

以竹竿爲捉迷藏的基地，這個構想源自排灣族的竹竿祭。上個禮拜我才和陳皮、林旺去隔壁村子看排灣族五年一次的竹竿祭。排灣族人手持長竹竿圍成圓圈，由一個長得很像巫師的人把球拋向天空，然後大夥手持竹竿搶著刺球。這些人這麼做，有什麼意義，我不知道。我們不過是去湊湊熱鬧罷了。

竹竿祭過程中，陳皮一直東張西望鬼鬼祟祟的，原來他想把用來祭典的竹竿給偷回家，我和林旺百般不願意卻又無可奈何，只好訕訕地若無其事假裝不認識陳皮，並刻意和他保持一適當距離，跟著他把竹竿給偷回家。

「所以竹竿就是我們的基地？」

「沒錯。」陳皮說。

之後，我們眞的把偷來的竹竿插在金針花田裡，玩起捉迷藏。那是一種新的捉迷藏玩法。

在開滿金針花的山坡上，插上一根竹竿，當鬼的人攀爬上竹竿的頂端，心中默數至一百。然後其它人迅速倒臥在金針花田裡找掩護。數完數，當鬼的人可以先從高處往下眺望，然後再溜下竹竿找人。

儘管捉迷藏的玩法變了，不過陳皮、林旺和我的習慣還是沒改。

陳皮會在當鬼的人爬上竹竿頂端，矇眼默數之後，也跟著悄悄爬上竹竿中段，待當鬼的人睜開眼睛，陳皮立刻伸手碰觸基地，答數報到。捉迷藏終止。

林旺則會拔一大堆金針花蓋在自己身上，像死人般靜靜地躺臥在金針花海裡，有時他便這樣混沌地睡著了，就像他以前常常會忘了自己正在玩迷藏，而不小心失蹤一樣。捉迷藏終止。

至於我則習慣半側著身子，藏身在野草漫生的金針花田灌溉渠道裡，然後把耳朵貼近地面，和風徐徐吹來，我彷彿還能聽見陳皮有一搭沒一搭地胡亂吹著口哨、林旺像打盹的老狗規律有致的濃濁吸呼聲、其它人的嘰喳交談、壓抑的悶咳……，從地底傳來。

那一刻，時間悠悠晃晃，彷若靜止。

至於沈再勇，他並不知道我們在金針花田裡玩捉迷藏這件事。陳皮甚至還放出風聲：「誰告訴沈再勇，就不讓他玩，這是我發明的玩法。」

他只差沒說：「竹竿是我偷來的。」

記憶躲迷藏 III

「蕭——國——輝——」我對著手機喊自己的名字。聲控手機自動撥號，沒有任何意外地，房裡的另一隻電話鈴聲響起。電話沒壞。

我常幹些無聊的舉動。一個人在家，又沒啥事可做時，我就會用手機撥電話給自己，因爲我老懷疑家裡的電話是不是壞了，不然爲什麼整天都不響。不過理由通常很簡單：沒人打電話給我，電話當然不會響。有時，我也會打手機給月雅，待她接起電話，我反而覺得不知道該同她說些什麼，就又掛上電話。

對於自己這些難以理解的舉動（怪癖？），我聯想起前天一個高中女生來換手機時，說過的話。

「老闆，你不覺得手機是很寂寞的東西嗎？」她說，「賣手機，基本上就是販賣寂寞。」

「那你每天換手機又代表什麼？」我反問。

「寂寞也可以很炫啊，」她指著一款號稱不到50公克的新型手機說，「我要這種輕盈的寂寞。」高中女生的邏輯不是一般人可以理解的。

放下手機，我拿起電視遙控器，手按遙控器胡亂轉台。

電視裡，穿著緊身褲（韻律褲？），大腿內側沉甸甸一大坨的王牌投手，不停用手磨蹭鼠蹊部，大概是裡面長蟲吧！一整個夏天都是球季，恐怕連蟲也正在進行季後賽。

我放下手中的遙控器坐在沙發上發呆，開始幻想今天會作什麼樣的夢？我會以什麼樣的造型出現？還有，爲什麼一直會有個看不見長相的人？這和我失去的記憶有關嗎？

我越是懷疑「掉了一樣東西」只是一種錯覺，我就越強烈地感覺到「掉了一樣東西」的眞實存在感。我失去了曾經和我緊密嵌合在一起的那一塊。

滿臉橫肉大屁股，嘴裡嚼著口香糖的投手，看看捕手，搖搖頭又點點頭，然後把手罩住鼠蹊部，將命根子就定位，緊接著吹起泡泡，抬腳，扭腰，張臂，球用力甩出。

球被擊出，平飛球，啪——打在投手臉上（我肯定是我），投手滿臉鮮血倒地，泡泡被打掉，飛上天。打擊者楞在原地不知所措，頭戴面罩的捕手站起身，拍拍打擊者的肩頭說：「眞有你的。」

童年捉迷藏 Ⅳ

那是個意外。

「陳皮你完了，排灣族竹竿祭過後的竹竿都要焚毀，不能再拿來用，不然會……」沈再勇說。

沈再勇是後來才加入的。對於這項新遊戲，我們並不怎麼歡迎沈再勇。沈再勇雖然聰明，但對於自己不受同儕歡迎這件事，似乎搞不太清楚。

「怕就不要玩，又沒有人叫你一定得玩。」陳皮不以為意。「喔，我知道了，你一定是爬不上去所以才亂講的。」

「對，他一定爬不上去。」、「他那麼胖。」、「沒錯、沒錯。」……

「我……」

「對，爬得上去才給你玩。不然，你就得當鬼。」陳皮說。

「我才不要當鬼，我爬給你們看。」

沈再勇雖然試著想證明他爬得上去，可是這終究不是想證明就能證明的事。最後，沈再勇反倒不屑地說：「我才不玩這種偷來的東西。」

「你說什麼？」陳皮被激怒。

「我說我不玩這種偷、來、的、東、西。」

「我決定讓你玩了，」陳皮的瞳仁裡閃著異樣的光，「我們幫他好了。」陳皮向大夥示意。

「你們要幹嘛？」沈再勇意識到我們的不善。

我和林旺架住沈再勇，陳皮惡戲地用竹竿穿過沈再勇的衣領，然後眾人便在竹竿的另一頭用力撐起，嘿咻一聲，沈再勇便被懸吊在半空中。沈再勇在半空中不停地蹬腿甩臂哭喊，像幾百年前，古戰場城牆上常吊掛著的敵軍俘虜。

我抬起頭，在刺眼倒逆的白光中，唯一清晰可見的只有沈再勇那流出耳廓，濃稠黏膩的黃白色液體，在亮晃晃的日照中閃耀著。

「沈——再——勇——，你自己慢慢玩吧——」我們齊聲大叫。

我們留下沈再勇一個人孤伶伶地懸吊在金針花田裡，任憑他如何哭喊，我們硬是不理，各自回家。黃昏，金針花田裡特有妖邪恍惚的氣味、日照下沈再勇耳際閃爍的濃稠液體，是我最後的記憶。

回家。

記憶躲迷藏 Ⅳ

上頭又推出一套新的手機促銷方式——買手機送小白兔。主要是針對俱開發潛力的特定消費族群「小學生」所設計的。望著這些總公司送來，死氣沉沉沒有一點生殖氣息的兔子，我只能苦笑。有人會為了兔子買手機嗎？

不過養兔子其實還蠻不錯的，既不會亂叫、吃的又簡單，很適合我。

晚上，月雅來我的住處，問我下星期要不要去參加她的國小同學會——全世界人數最多的國小，「秀朗國小」。我對參加她的同學會沒興趣，不過我倒很想去「秀朗國小」看看。這麼小的地方如何擠下一萬多名活蹦亂跳的小孩。

月雅望了我一眼，似乎在等待我的回應，而我只是反覆撫弄溫馴的小白兔不答腔，後來她也就沒再繼續問下去了。我總覺得我和月雅之間存在著某種斷裂，是我們太了解彼此，所以無需太多的言語？亦或者正好相反。

舞台上，身著吸血鬼制服的魔術師，正在變魔術。

魔術師的手在高腳帽裡做作地翻攪，然後沒有任何意外地從裡面捉出一隻小白兔。

鏡頭拉近：小白兔咧著嘴笑；鏡頭拉遠：魔術師捉著小白兔的長耳朵；鏡頭再拉遠：戴著兔子面具，身穿同一家服飾公司出品，吸血鬼制服的魔術師，饒有興味地搬弄手中糾結纏繞複雜的傀儡木偶導線。傀儡魔術師全身各個重要關節處滿佈細繩，肢體僵硬不自然地抓著小白兔的長耳朵苦笑。

最後，戴兔子面具的正牌魔術師從身後拿出一把剪刀，把連接傀儡魔術師（就是我）頸部的細繩給剪斷。傀儡魔術師低垂著頭，彷若死去。

童年捉迷藏 V

當天夜裡，林旺氣喘吁吁地跑來我家。我從沒看過林旺如此驚慌過。

「沈再勇死了，窒息死的。」林旺說。

我根本早就忘了下午沈再勇被我們惡戲地懸掛在金針花田裡這件事。

林旺一說完，我的腦袋一陣轟隆隆的，像洗澡時熱水器瓦斯噴火的聲音，我突然又聞到金針花特有妖邪恍惚的氣味、見到沈再勇耳際閃耀著的黃白色液體。我看見陳皮和林旺把我架住，沈再勇用竹竿穿過我的衣領，然後眾人在竹竿另一頭用力撐起，嘿咻一聲，我被懸吊在半空中。我在半空中不停地蹬腿甩臂哭喊……，我感到一陣暈眩，然後我昏倒了。

至今，我仍然無法想像這樣一個畫面：一望無際的金針花田裡，矗立著一根長竹竿。竹竿的盡頭，沈再勇，孤伶伶地懸吊其上。隨著微風，沈再勇便在金針花海裡盪啊盪，活像出殯隊伍前頭引路的「招魂幡」。

那是一種巨大的恐懼，我想起沈再勇說過的關於排灣族竹竿祭的故事。

沈再勇死掉那一夜，我覺得我體內有個東西突然變得很老很老，於是捉迷藏就變得很幼稚；又或者我該這麼說，我腦袋裡的某條線突然斷掉，所以玩捉迷藏就失去了意義。不知道陳皮和林旺是突然變得很老很老？還是有什麼東西突然斷掉？我不知道。我只知道他們也和我一樣，不再玩捉迷藏了。

沈再勇死了之後，太麻里三和村還是和以前一樣悠遠遲緩。當然有些人、有些事已經開始不一樣了。

林旺還是常常會忘了很多事，有時他連上學都會忘了，以前他唯一不會忘的就是要去上學；陳皮還是會一直「屁啦、屁啦」的叫，但是他以前的「屁啦」是夾雜在眾多髒話裡，但現在他只會冷冷地說「屁啦」——軟弱無力、讓人聽了覺得滿滿的悲傷。

而我則是變得再也不能一個人獨處，我怕有人會拍拍我的肩膀說「捉到你了」。以前那是一種幸福，現在則變成了無來由的恐懼。

只有林旺、陳皮和我看得見彼此微小不起眼的轉變。我們三個人就像得知國王有對驢耳朵的理髮師一樣，我們無法挖個洞把祕密埋進去，因爲祕密就藏在我們彼此的眼神裡。我們唯一能做的，只有長大。

我們一下子從小孩變成大人。

記憶躲迷藏 V

惡夢像連續劇天天上演，絲毫沒有任何疲軟的趨勢。生命裡的某個重要記憶突然消失，然後，惡夢接踵而來，有點像史蒂芬．金的恐怖小說。

昨天，夢裡的我竟然化身成「海浮屍」——早已死去多時，全身僵硬的我面仰朝上，手朝半空舉起，隨著海波浪搖晃，活像在向人呼救。岸上擠滿圍觀群眾，而假面就夾雜在人群裡冷笑。

不知怎麼地，我覺得這個「海浮屍」的惡夢，是我一系列「假面」惡夢之中最恐怖的——我以死人的姿態上場，但卻是個有強烈想要活下去欲望的死人。

晚上，我還是去了月雅的小學同學會。

月雅大概從小就是個話不多的小孩吧，和十幾年不見的老同學見了面，她也只是羞赧地點頭微笑回應，沒什麼人特別找她聊天。而我只是在一旁靜靜地坐著，聽他們聊些什麼。

有個大概是班長模樣的傢伙感慨地說，每個人小時候都有一條很可愛的小狗，後來小狗長成大狗，再後來大狗莫名其妙的消失，小孩子長成大孩子，最後大孩子變成大人。

你小時候養的是什麼狗？狼犬？會不會很兇啊！我看電視有個獨居老人被狼狗吃了耶。不是狼狗啦，是野狗。還是小心點，狼都有獸性的。是狗啦……

還有人另闢戰場。男的說其實小時候，我暗戀妳喔。女的一臉詫異惋惜地說，我也是耶。兩人滿臉遺憾悔不當初。

有人反駁說他小時候就沒養過狗，不過他倒覺得每個人小時候都會有一兩個死於非命的鄰居、朋友或同學。他說這就是我們對死亡最初懵懂莫名的恐懼，一個你每天都碰得著面的人突然徹底消失不見……

「你們還記得捉迷藏嗎？」突然有人冒出這句話。

童年捉迷藏 Ⅵ

每個太麻里三和村的小孩都還在玩捉迷藏。

後來，我聽一個小學同學說，林旺早在高一那年的某個夜裡，帶著他父親悄悄地離開太麻里。他們在這個世界上徹底消失了。

而陳皮因爲被檢肅提報爲流氓，現在正在監獄服刑。有次，我去看他的時候，他還笑著對我說，我早知道我不適合這個社會、林旺也是。生命本身就是一場大型的捉迷藏，有些人是不適合玩捉迷藏的，因爲他們不會玩。

記憶躲迷藏 Ⅵ

後來，那一系列的「假面」兇殺惡夢就像收視不佳的電視影集突地被腰斬，取而代之的是每天不停重複播放，從童年的某一天起就不曾停止的惡夢。

在一望無際的金針花田裡，矗立著一根瘦長竹竿。竹竿的盡頭，我，孤伶伶地懸吊其上，僵塑成突梯古怪、猴子攀爬大樹的怪異姿勢……，不停地下滑，然後，再奮力向上爬。下頭，沈再勇背靠著竹竿，耳朵流著膿血，口中不停地喃喃唸道：「爬不上去的人就得當鬼。」

原來，有些事你得花一輩子的時間遺忘。如果你夠幸運（不幸？）眞的遺忘了，那麼你得再花一輩子的時間重新記起。

記憶，它在和你玩捉迷藏。

童年捉迷藏 VII

不管你多會玩捉迷藏，總會有那麼一次，輪到你當鬼。

沈再勇，我的國小同學，我們都相信他的腦子是用電腦做的，他說的每一件事最後都成眞，陳皮變成了「惡魔黨」，林旺成了「隱形人」，只有一件事他說錯了——他說他永遠不可能當鬼，因爲他最會玩捉迷藏了。

沈再勇，金針花海裡的鬼。

他在和我玩捉迷藏。

——收入寶瓶出版《迷藏》

【作者簡介】

許榮哲，台大生工所、東華創英所雙碩士。曾任《聯合文學》雜誌主編，現任耕莘文教基金會文藝總監、政大國際少兒出版有限公司文創總監。曾獲時報、聯合報文學獎、編輯金鼎獎、新聞局優良劇本獎……數十種獎項。著有小說《迷藏》、《寓言》、《吉普車少年的網交生活》、《漂泊的湖》；電影劇本《七月一號誕生》、《單車上路》；作文書《神探作文》，以及兒童讀物數十本。

【作品賞析】

主角與其死黨們，成天廝混玩鬧，熱中於百玩不厭的遊戲，現實的重擔悄然而至，生命的困惑紛至沓來，不得不社會化的他們，依然嘻笑怒罵不正經。

直到事情發生，被迫承擔成長的不堪，童年一去不復返，記憶中留下一道永難抹滅的傷痕……

這就是「成長小說」。

而許榮哲切分男孩的傷痛回憶，再組構為文字的迷宮，以看似「胡扯打屁」的敘述手法，寫成〈迷藏〉這篇帶後現代氣息的「成長小說」。

再詳加分析，主角與死黨林旺、陳皮，這一群調皮的小孩，熱中的遊戲是「捉迷藏」，在覓尋躲找中，表現出每個人的性格，也是命運身世的隱喻，他們天真愉快地玩樂著，直到臨時興起的集體惡意，吊死模範生，也吊死了童年。

成長小說的轉折、「事件」的發生，都有一個主要的場景，在〈迷藏〉中，是太麻里的金針花田。

太麻里位於台東縣，東臨太平洋，西依中央山脈，除了濱海的平原外，大多為山地，最著名的特色為金針花，可食可賞富經濟價值，盛開的季節，總吸引大批觀光客。

然而，漢人原住民混雜、務農漁撈為生的太麻里鄉民，生活艱困、人口外流嚴重，滋生許多社會問題，陳皮的入獄與林旺的離去是有現實依據，看似美麗的金針花海，潛伏著難以言喻的現實悲哀。

滿山遍野的金針花在山坡上連綿成一大片金黃色地毯，多麼美麗的場景，花田之中，赫見一根竹竿，高高吊死了個小孩。

美麗境地竟成了殺人場景。

多麼反諷多麼悲傷多像成長的幻滅。

——鄭順聰撰文

香格里拉

王禎和

心中有事，阿緞一夜都無有好睡過。

天色才有亮過來底意思，伊便索性起來生爐火弄早食了。伊特意爲小全炒了一盤苦茶油飯。常聽人講：「小孩熬夜讀書，早上吃碗苦茶油炒飯，於身體最是有補的。」便央託在路口賣檳榔家居鄉下底阿里幫伊捎瓶來。現街上再莫有人賣這款古色的東西了。彷彿是忘啦！許多時候過去了，都不見阿里回個消息。

前天伊著實急了，又向阿里提醒：

「後天小全就要考中學啦！央你買的苦茶油怎還莫見帶來？小全這囝仔，日暝讀書的，我眞怕他身體受不住！」

第二天阿里把家裡用剩下底半瓶油拎了來，要伊先將就用，現在便是在鄉下也不容易買到眞正的苦茶油了。

把瓶子接在手裡，阿緞打開一聞，眉心立即皺了起來。

「眞不好聞啦！倒像是煤油！這款惡味，小全怎敢吃！」

「苦茶油不必放多，兩湯匙就足夠了，再打兩顆蛋，加把蔥花上去，不會難吃到那裡去的！」

就照阿里說底法子，伊把飯炒了出來，嚐一口看，覺得還不頂難呑嚥底。另外還爲小全煮了一大碗他平素最喜愛底味噌湯。

等伊把小全底便當準備好，抬頭往窗外一看，天色早已是灰濛一片了。聽得見遠處有雞在喔……啼叫著。回頭注目一下擱放在木桌上底小瓷鐘——就快五點半啦！

得叫小全起床啦！昨暝臨睡，他還再三再四請伊一定得在五點半以前醒他起來。他要把今天要考的科目再溫習一遍。這孩子讀書是太認眞了一點，可莫把身體弄壞了才好。一面這樣想，一面走進房間來。

房間沒開窗眼，只靠從板牆和天棚之間大約有三尺距離的空隙透進底一點弱光來照明。白天晚上房間總灰濛得這一等，像個小防空洞。

坐到床沿，伊撳亮了燈，見到小全擁著毯子，臉朝外地側身睡著，嘴角那裡好像有一抹笑影——一定是夢見他自己考上了學校。手才要伸過去推醒他，就猛然地打住了，停在半空裡不動。

看他睡得多沉，讓他多睡一會吧！

自伊決心讓他考中學那一日起始，便莫曾見到他有一晚是睡夠八個鐘頭底。每日一大清晨就摸黑起來用功。往往到深夜十一、二點了，他依然把頭埋在書堆裡。他這款模樣都繼續有兩個月的光景啦！實在可憐哪！手抽了回來，伊輕歎了一聲。

讓他多睡一會吧！

突然注意到兒子額頭那裡彷彿有汗粒在隱約閃亮著，探手摸去，果然是流汗了，再往他頸上一摸，也是濕漉漉的。趕緊把他身上的毯子挪開。找條毛巾輕輕地將他額上頦下底流汗擦乾。

翻一個身，小全底臉朝向上，兩腿伸得筆直，使他底身量看起來好長——長得出乎伊底意料。打量一遍再仔細打量一遍，伊眼中溢滿了至極底驚喜。這孩子可是長大了！可是長大了！他爹剛去了底時候，他——他還三歲不足呢！如今——如今他小學畢業就要在今天考中學去了——眞若是一轉眼間底事。手伸過去摩著小全底臉，輕冉地，深情萬斛地。

這時小全忽然半睜著眼看了看伊，而後就像給蛇咬到一般地「哎呀」大叫一聲，兩眼張著好大。

「娘，幾點啦？幾點啦？」

「還早呢！再多睡一會。」手又繼續摩挲著他底臉頰。「再多睡一會。等一等，我再來喊你起床。」

「不要嗎！」小全一骨碌翻身下床，趿上木屐，一陣風來到廚房，抓起桌上的小瓷鐘一瞪，又「哎呀」大叫起來。

「都——都快六點啦！還不喊人家起來！還要人家再多睡一會！昨暝人家跟妳講過：五點半以前要叫醒人家。」

小嘴巴噘得老高，一瓶許圓底鹿牌醬油（花蓮當地生產之一種醬油）都可以掛得上去。「娘，妳怎麼樣嗎！都不叫人家，人家還要把國語的講義再看一遍呢！」

關了燈，阿緞走回廚房來，笑著一把將小全揪到面前。「多睡一會，莫有什麼要緊的。睡眠不足，你那來精神對付考試？」

眼到小全臉上等神氣充分表示不接受伊這樣底解釋，伊輕擰了一下他的面頰。

「刷牙洗臉去吧！你要溫習功課，還有的是時間，緊事三分輸（欲速不達），急什麼啊！慢慢來！」

「老師說六點五十要從家裡出發，到考場要走四十多分鐘呢！」

「一定來得及的，」爐子在燒開水，炭火就要熄了，伊從地上拾起紙扇對著爐口扇了幾下，火即時興旺了起來。「一定來得及的，莫用擔心。」

小全很快地洗漱穿戴完畢，就拿了本講義坐在桌旁翻看著。灌好了水壺，伊就安排兒子吃飯，一面瞧瞧無再有什麼要煎煮底，便向爐裡潑了水，盛旺底火立刻嘶嘶地叫痛起來，接著躥起一縷白煙，便就銷聲匿跡下去了。

也彷彿在叫痛，小全突地哎呀了一大聲。

「怎麼啦？」正拿手巾裹包便當底伊，趕忙丟下便當，抬眼看他。

「娘，這飯——」小全一臉驚詫地指著面前底飯，五官都要擠堆在一處了。「這是什麼飯呀！這樣難吃得要命！」

「哦」了一聲，（原來如此！），伊走上來坐在小全身邊，微笑起面容解釋這是苦茶油炒飯，雖不怎麼好聞，可是吃了對身體有益，要他放心安吃。見小全滿面爲難底顏色，便又再三鼓吹他一定得吃。小全只好苦瓜起臉來又塞了一口到嘴裡，連嚼都不嚼地囫圇吞棗下去，而後要把喉裡舌尖上的煤油味刷洗乾淨似地，急勺一口味噌湯咕嚕一氣喝下去，嘴裡直「難吃得要命」地嚷著。

「得嚼一嚼再吞哪！可莫要噎住了！」

東台灣
花蓮縣
閱讀文學地景

小全那兒肯聽，依然嚼都不嚼地吞一口飯，喝一匙湯，再佐一句「難吃得要命！」地把一盤炒飯仁至義盡地吃了，然後把盤子筷子擱到水槽裡去。回轉身，他瞥到伊將用手巾包好底便當置在桌上，就又哎呀叫起來。

「娘──」一手飛過去抓起便當。「這裡面裝的也是那要命的飯啊？」

伊笑著搖搖頭，說苦茶油要早上空心吃才管用咧，若他想再吃，也還得等到明天早晨！

「難吃得要命！我才不要再吃咧！」語氣相當堅決了，直似個不肯屈降的烈士。

瞄到他嘴巴又可以掛上醬油瓶了，伊不禁笑起來。心中正盤算要用什麼言語來打動他堅決底心志叫他明天再吃一回就好了，耳裡忽又聽到小全又「哎呀！」大叫一聲。

「又怎麼啦？」

指著桌上底小瓷鐘。「看！都六點半啦！娘，妳吃飯了莫？」見伊搖搖頭。「娘，妳快吃去啊！我們至遲六點五十就要出發，不然會來不及的。娘，妳趕快吃飯去，我現在就準備書包，六點五十我們就出門。」

「我──」伊還沒把話說出來，小全已然跑進臥室，拿出書包坐到伊面前來。伊一邊吃著稀飯，一邊看他打開書包，把裡面底東西全倒了出來。而後自上衣口袋翻出一張紙條，上面一項一項地寫著今天要帶去的東西，然後照紙條上所列的，一項一項地唸，一項一項地裝進書包裡去。興味盎然地，伊聽他唸著──

①准考證。
②初中升學指南……
③國語講義
④歷史講義
⑤自然講義
⑥鉛筆盒
⑦硯台、墨、小楷毛筆……

他連飯包和一小瓶要磨墨用的清水也都寫進紙條，沒有忘記！

今天該帶去的，差不多都裝進書包裡去了。他正要把書包蓋上，阿緞忽然把小瓷鐘推到他面前。

「這個也帶去！」矖到兒子一臉訝異底，就將自己吃的稀飯、豆腐乳、醬黃瓜推移到一邊去，兒子的書包拖過來，將小瓷鐘仔細地塞進去。

「你講老師說：最好能夠戴大人的手錶進考場，這款樣，考試時可以控制時間，不必心慌。我們家沒人戴手錶，就只這個時鐘，還好也不太大，正合你拿進考場用！」

「不用啦！沒有錶，一樣可以考試！」

「還是帶去吧！有了鐘，你可以安心應考。」伊把書包扣好，輕輕地推到兒子面前來。「娘多希望你能考得好分數。」

「好吧！」小全站了起來把書包背好。「娘，妳快吃飯啊！要不然我們會太晚的。」

哦天！讓伊一夜沒好睡過底這一樁事終究來啦！

「小全，娘——」小全一雙眼睛睜得大大地朝伊凝看，忽然覺得有東西哽在喉嚨裡，伊如何都說不出話來。掙扎了好一會，伊仍復張口無語地和小全對望著。

記起什麼重大事情那樣地，小全突然「對啦」一大聲地問伊打問起：

「娘，妳的便當呢？有莫準備妳自己要吃的便當？」

「——」

「有莫有嗎？」

「——」

「有莫有嗎？

只得說出來了。「莫有！」

「莫有？」透在聲音裡底詫異碩大得何等啊！

「小全，娘——」不得不同他說了。伊感到心酸至極，眼眶都紅了上來。「娘不能陪你去了！」

「為什麼？為什麼嗎？」小全一臉失望極了底形容。「昨晚妳明明同我講好；妳要陪我上考場啊！為什麼？為什麼妳現在又不能去嗎？」

見伊張口無語地望著他，立即又追了一句：

「為什麼現在妳又不能去嗎？」

「為什麼現在妳又不能去嗎？」就如同一隻鐵爪抓住了伊底心，死力一揣，痛得伊淚差點流下來。

伊確實答應過他——今天要陪他考試去。

昨日下午老師帶小全他們到考場看看，熟悉環境，直到下午五、六點才回轉來。一進門小全就滔滔不絕地向伊報導中學有多大的禮堂，有多大的操場，還有游泳池，還有健身房，還有……講得眉飛色舞，彷彿他已經考取了，就要在那兒就讀一般，最後方說起他們六年乙班給派在第五考場，那是設在大禮堂裡。

到上桌吃飯了，小全的報告還沒有完呢！

「我們好多同學，他們的爸爸媽媽明天都要陪他們去考試！鄭志偉說他爸爸媽媽上午沒空，叫他哥哥陪他去，下午他爸爸媽媽就會去看他。趙正雄的爸爸到台東去，今天晚上就要趕回來，明天一早要騎腳踏車載他去考試。」他舉了好多名字，他們的爸爸媽媽都要陪考去，好像在說什麼大新聞，他越講越感到興奮起來了。「他們好好哦！都有人陪他們去！好好哦——」

「娘也陪你去！」

「眞的嗎？」高興得放下碗筷，要拍手鼓掌了。「眞的嗎？眞的嗎？」

「你一個人要走這樣長的路去考試，娘也是不怎麼放得下心！」

「那明天，店得要關了？」

「只好這款樣子。」

伊在鹹菜湯裡夾起一小塊瘦肉往小全底碗裡一放。「不過晚上我得把明天人家要來取底衣裳先趕出來才行。明早出門，再把衣裳存在阿里那裡，讓人客來拿。」

打發小全上床以後，伊便忙碌著收拾店面，預備打烊了。這時伊弟弟——伊在花蓮市唯一底親人——騎著車匆忙地來了，人沒下車就連聲說鐵路局加班，莫有辦法提早過來看小全。知道小全已睡去，他便不進門，就站在走廊上滿心關切地向伊詢問小全明天什麼時候開始考？要考幾門？是不是都準備好了？他還要伊莫逼得太緊，讓孩子心中感到緊張總是不好……最後提及明日一大早就要試車去，不然他是可以用腳踏車載小全到美崙的中學考試去。

伊弟弟幫忙把店門關好後就走了。伊將店門開了一點，好通些風涼。伊住底這木房子，屋頂是鐵皮，入夜後也還四面著了火一般地熱氣烘烘的。雖然伊弟弟用舊貨改裝成的電風扇放在腳邊不停地吹著，伊仍然是揮汗如雨——揮汗如雨地趕著縫紉衣裳。眞是揮汗如雨地趕著趕著，在昏黃的燈光底下。等趕完了，鎖上店門，上到床上，也已經是凌晨快兩點底時分了。空氣裡底暑熱到此時才開始有退下底意思。

伊就要熄燈躺下，眼睛卻瞅到眠睏在一旁底小全身上什麼都沒蓋，畏懼他著涼，忙將他踢到衣櫥旁邊底毯子拉過一角覆在他腹上。如若在摸捻著心愛底珠寶，伊伸出一根指頭輕輕地怕碰破了什麼般地自他眉心那兒沿著鼻子慢慢劃行下來，經過了他像小花苞樣底唇，最後停在他圓圓底下巴那兒。孩子，你可曉得，娘這一生的指望都在你身上。指頭從他圓圓底下巴向上輕移，輕移，移過了花苞一般底唇，移過了輕鼾著底鼻，又回至眉心那裡去。但只要你考得上，娘便是做牛做馬，都一定會讓你唸去的。探下身來，在他底額上輕輕地親一下，便熄燈睡下。

伊這才感到腰腿那裡可眞是痠痛得十分哪！除在年下，很少有過趕工趕到無暝無日底！催促自己快快睡，明天好早點起來，可——可是心裡老惦念明天小全不知會考得如何？不知會不會考得取？還有明天不知該帶什麼去？正想著炎暑到這一等底天氣，最好要帶包八卦丹或萬金油什麼的時陣，忽地像小全碰到疑難時的反應那樣，伊口中叫了一聲哎呀，然後心裡一迭連聲地叫喊著使不得吧！使不得吧！使不得吧！——

要讓街坊女眷知道伊居然生意不做陪兒子考試去，不知她們要怎麼地在伊背後醜詆、夷笑呢？知道伊是個死尪底（沒丈夫），厝邊鄰居與伊絕少往來，彷如都覺得伊根本就無有資格與大家同住於這一條鬧熱底街市上。有些女眷更是當伊掃帚星似的，一見到伊就遠遠地避開，深怕傳染上什麼惡運。

伊也自分得非常。除眞有必要，伊是絕少上隔壁厝邊去底。用一句國語說吧：「饒是這般——」，於伊底閒言冷語還是不時地擾困著伊。

去年過年，利用一些零頭布料，伊給小全縫了一套新衣。小全穿出去還不到半日工夫，阿里便來同伊怒氣勃盛地訴說起對面開藥店底計太太。

「這款見不得別人穿好吃好，眞是吃屎長大的，小全穿件新衣，礙伊什麼，就這款排揎人，說什麼阿緞腳倉（屁股）有幾根毛，都看現現（清楚），拿什麼腳倉做面皮！妳聽聽，這可是人講的話嗎！」一次比一次火大地把「這可是人講的話嗎！」重複了好幾回。「什麼新春正月不講歹話，我就咒伊不得好死。有幾仙錢就灶王爺放屁，那款神氣滿足啦！也不想想，不是日本人戰敗了，把店留下給他們，伊男人到現在還不是人家的夥計。哼！半路撿到財產，臭屁（神氣）什麼啊！哼！」

翌日伊便叫小全換了學生制服穿。將那件新衣收藏到衣櫥底時候，伊不禁黯然神傷地飲泣起來。前不久的一天中午，小全嫌屋裡熱，便端碗飯坐到門口吃，碰巧隔壁開書店的章夫人打走廊過，瞥見小全碗裡有一大塊排骨肉，便嘻笑起臉色：

「原來你今天在吃排骨肉啊！坐在門口展覽啊！」章夫人胖得不見脖子，笑聲由肚子直達嘴裡，特別地響亮。「哈！我說呢，你還是坐到街心去，大家才看得到你吃這款好吃的排骨肉啊！小全，你說是不是？」

從此以後，伊是說怎麼都不允許小全再端飯到門口吃。

這樣惱人底事，幾乎經常有。伊是生活得一日比一日戰戰兢兢如履薄冰，惟恐給人抓住了什麼來菲薄伊。

如若讓這些虎視眈眈底街坊女眾曉得明日伊竟放下生意不做，跑去陪兒子考試，那她們豈不是更要逮住機會笑話伊？

可伊又放心不下讓小全一個人走四十多分底路途上美崙考試去，萬一有個什麼不測……那——。伊又決心要陪他去，但又懼怕極了街坊底惡言語，就這麼翻來覆去地思量著考慮著，伊這一夜都不曾好睡過一回。

伊究竟決定了心意不陪小全去。

「娘，爲什麼妳現在又不能去嘛？爲什麼不去嘛？爲什麼——」小全一連聲地追問。

低頭沉吟了一會，伊才徐徐地抬起頭，眼光望到別處，不敢去看小全。

「娘昨晚來不及把衣服做好，上午得再趕一趕。人家可是講定下午要來取的。」

「昨晚妳明明講好要去的嗎！」

「娘以爲昨晚可以把衣服趕出來，莫想到竟是趕不出來。」瞅到小全臉上失望至極底形容，心中感到一陣錐痛。

「娘實在沒法同你一起去，娘實在——」聲音哽咽起來，再說不下去了。

見伊要哭出來的模樣，小全趕緊上前一步，想要安慰伊，可是又不知講什麼才好，只怔怔地瞧著伊，一雙手在書包上這邊那邊地摸著，無須臾稍停過。

一付慌亂困惑得何等底形容！

歎了一口氣，伊將他摟進懷裡。

「你該明白，娘不能去是萬不得已的。若是能夠，答應過你的事娘一定會照辦的。你明白嗎？娘不能去是萬不得已的，你明白嗎？」

急切至極地，他連連點頭稱是著。

「時間也差不多了，你快去吧！莫要遲到才好！」伊指一指背在他身上底書包。「東西都帶齊了吧？准考證有莫帶在身上？」

小全又連連點著頭。

「你會不會迷路啊？」

「娘，妳放心啦！昨天老師才帶我們去過一次呢！」

等伊把「要好好考啊！考試題目要仔細看清楚才下答啊，千萬莫要慌張啊……」底話吩咐過了，小全便一聲「我去啦！」地轉身向門口走去。

門沒開，店面這裡便顯得很陰晦，堆積四處底草蓆、斗笠、掃帚……一團團黑影似的。小全熟悉地穿過這些黑暗到了門口。他拔開門栓，剛拉開一扇門，迎面就飛來了一片亮。外面的陽光已經很大了。正要提腳出門，他母親在背後喊住他。趕忙止步，轉身看去，他母親已經站在眼前來，通身都迎著光亮。

「你開水忘記帶啦！」

伊走上來幫忙他把水壺背上。一聲「娘，我來去啦！」還沒說完，小全人已跳出門外去。街上已有不少往來的車輛和行人。隔壁書店的幾個夥計正忙著灑掃，準備開門做買賣了。伊這一邊底房屋是朝著西面，早上的太陽還照不過來，可對街卻已是陽光遍地，一片白亮。這款大的日頭，小全該戴頂草帽去的。這個念頭剛一起，登時伊就想到還得再叮嚀小全考國語寫毛筆時，千萬要小心，莫打翻硯台，污了考卷，還有——還有——伊迫不及待地便要跟出去叫住小全，把伊這一刻所想到底統一嘟嚕囑咐他一遍，才要跨出門去，眼角便掃到對過開藥房底計太太，一手頂在頭上遮著陽光，一手提著兩三節肥大底蓮藕，一邊口裡嚷著「這天氣實在會熱死人」地穿街過來。

計太太停在書店前面的人行道上，把蓮藕交與在打掃地面底夥計。

「這給你們老闆娘嚐個新鮮，他們昨天從池裡摘來的，給我送了一大簍！」聲音很尖，像唱正音的（平劇）。

「你們老闆娘還莫有起來啊？實在眞好命！」拍拍手上的泥灰，然後雙手插在腰上，一雙眼睛望遠鏡似地東瞧西望，耳朵也彷彿像貓那樣地豎了起來測聽著八方。

如若讓這一嘴生雙舌的婦人聽見了伊給小全底叮嚀，不曉得又要編排伊什麼是非出來？不曉得又要怎麼樣地來恥辱伊？——

唉！

只得縮腳進來啊！

伊再伸頭看時，小全已走到路口大榕樹那裡，只見他拐個彎便轉進中正路去了。再目不到他背著書包水壺底身影了。

計太太又把手頂在頭殼頂地穿街回去，口裡還是不斷地叫：「這天氣實在能熱死人，能熱死人的——」

隔壁書店的夥計在急忙著大開店門，霹靂啪啦，轟天價響地。

默無聲息地，伊也將店門開啓來。默無聲息地，伊也打掃著走廊，自己店門前底人行道。

掃至人行道底時候，一個像是要考中學底小孩打伊身旁經過。那個小孩有媽媽陪著。那個小孩戴了頂簇新底大草帽。

「張太太！」計太太隔著只六米寬底馬路喊話過來，右手仍舊根深蒂固地「長」在頭殼頂。「這款熱的天氣，妳帶小孩上那裡去啊？」

聽到喊聲，那小孩的媽媽，轉頭一望，見是計太太，便放慢步伐，一邊指指走在旁邊底小孩。

「帶他考中學去。今天考第一天。」

「妳眞好命啊！有孩子要考中學了！」

「那裡！」

「不坐公路局的車子去？」

「人太多了，擠不上去，還是帶他走去，快一點咧！」

同計太太揮手示別後，媽媽和戴草帽小孩就快起步伐來，走到路口那裡，一拐彎，就不見了。

阿緞想起了剛才小全失望至極底臉色，不禁心酸起來。

他還只是個小孩，很少單獨出門過，應該陪他去一趟的！應該陪他去一趟的！

彷彿聽見了伊心中底話語，計太太底眼光向伊逼射過來。

「阿緞，小全不是也要在今天考試嗎？」

「已經去了！」低著頭，伊聲音放得很細，不敢揚高，恐怕人家又要說有兒子考中學就值得那款打鑼搖鼓的嗎？

「妳莫有陪他去啊！」計太太一臉大驚小怪的，嗓音高過汽車底喇叭聲了。「這怎行？小全考狀元去，將來當一品大官，妳這狀元阿娘，妳這將來的一品太夫人不陪他去，怎說得過去呀!?」

正要勉強自己應一句：「計太太，妳眞會說笑」時，恰巧有三部車子開來，停在街上等候通行，把伊和計太太「千山萬水」地隔阻開來。趁著這機會，伊趕快拿起畚箕掃帚逕回店裡，不再睬理計太太去。

伊至極地氣惱計太太方才底那一番訕謗。及至將堆在店裡底斗笠、草蓆、簑衣，捲成一圓筒一圓筒底黃色草紙，蘆心編結成底掃把……搬到店門口陳列，仍還在氣惱著。

可伊再想想自己無有男人依傍，家道又如此寒微，能和人爭什麼短長呢？只得事事都呑聲忍氣一些吧！

拿起雞毛撢子，伊忙著撢淨一雙雙木屐上底塵灰，又忙著把店裡底地面打掃清潔。而後趁著無有客人上門底當口，把昨日換洗下來底衣物晾了起來，還叫阿里幫忙看一會店，自己匆匆到市場繞一圈，買幾樣準備晚上吃底蔬菜及明天要給小全帶底飯包菜……伊眞是忙得一頭一臉都是汗水，儘量不再去思，不再去想計太太適才底一番詬誶。

至十一點多底光景，方才忙得告一個段落。等伊坐在縫衣車旁，準備修改客人底舊衣時，計太太這一樁事，也差不多已經不怎麼放在心上了。

可是伊卻怎麼都放心不下小全！

莫知他考得怎麼樣？莫知他——

伊男人過去底時候，小全還莫滿三歲呢！那時美軍飛機天天來掃射、轟炸。伊帶著小全避難到鄉下底娘家。娘家境況也不好，無法給伊什麼周濟，母子倆底生計都靠伊替人做點針線勉力維持。光復以後，伊男人生前一位至交占住了幾間原爲日本人所有底店舖，便將中山路這一間最小底讓伊做裁縫和兼賣雜貨來維生。雖說日子依舊艱苦得十分，伊母子倆底生活畢竟是有了一點著落。

剛搬來底時候，小全還沒有上學哩！當小全探問伊等他畢業後，是不是要讓他考中學繼續唸書，伊才驚覺到時光眞是同飛一般。

眞是同飛一般，竟然小全已經畢業，要考中學去了！

「老師要我們回家問家長，」小全把一份調查表遞給伊，要伊塡寫：讓子女升學，還是就業。「要升學的話，老師會跟我們補習課業。要就業的話，老師要教我們記帳，珠算……」

「你自己想要怎麼樣呢？」

「我——」小全低首下來，宛如有話難於啓口。

「你說出來，讓娘聽聽看。」

「我——」抬首起來，小全兩頰紅紅底，很不好意思的樣子。「我是好想要讀中學。可是——」吞了吞口水又把頭低下去。「我知道讀中學——我聽我同學講過——要用很多錢。所以莊新義、王福雄、林海生……他們家裡都沒有錢，他們都不準備升學。我們家裡也不大有錢，所以我想我先去就業幫娘掙錢比較好。等到我們家有了錢，我再讀中學也是一樣！」

抬頭看了他母親一眼，然後——彷彿要給伊一點時間來考慮——他眼光望向門外，正好迎上了西曬進來的日頭，那時四月底五月初，花蓮一年當中氣候最溫宜適切底時陣，連要下山底太陽也紅橙得特別豔麗，把小全一張清淨底小臉都給耀映得有如鍍了一層金，廟裡底金童忽然站到眼前來了！

放下針活，阿緞一把將站在眼前底金童摟進懷中。

「我眞正懂事、明理的孩子！」摩挲著他短短底髮。「你知道娘這一生就指望你將來有個好前途，莫要叫人家看輕你。既然你很想讀書，娘就讓你讀，只要中學你考得上，要怎樣艱苦打拚，娘會設法讓你唸的。」

「可是娘——」

指住他底嘴。「莫要多說了！我都算計過了。家裡就我們母子倆，無有什麼開銷，省吃儉用一點，讓你唸書應該是不成什麼問題的。」伊將調查表遞還給他。「你幫娘在這裡上填寫要升學便是了。」輕輕地拍拍他底肩。「聽到莫？」

小全點點頭，喜不自勝地。

消息便揚傳得這款樣迅捷。只一兩天工夫，一條街上底人無有不曉得死尪底阿緞竟要讓兒子讀中學去。於是難聽底話語又飛揚到處。尤其那些子女考了好幾趟都考不上中學底女街坊，簡直酸溜溜至近於「憤憤不平」了。

「讀中學不比讀小學，那樣不要錢？再說現在這年代只讀初中，不上高中，不上大學，管什麼用啊，就憑阿緞一個死尪的查某，就要供兒子上大學，也太不自分了吧！」

「要我是伊的話，就放聰明點，送孩子去學項手藝，三年出師，就可以幫忙家計了。學什麼張致！送小孩唸中學，也不算計算計，就那一坎小店，就那一點裁縫生意，硬要打造個金狀元出來？眞是眞是觀音亭下想命哦！（夢想）哼！」

「無那個腳倉（屁股），吃什麼瀉藥嗎！」

……

鄰居女眾總是想辦法要將這些不堪底閒言語穿進伊底耳膜裡，使伊竟然對只要得上便讓小全讀書底決意山搖地動起來。反覆思量，伊統拿不定要如何才好。小孩還不過要參加考試而已，訛言就漫飛到這款樣。設令小全考上了，果眞給他唸去，更不知厝邊頭尾（鄰居）要如何來謾言輕侮伊？

實不知要如何才好？要如何才好？伊便將心中底困題說與弟弟明白，要他幫忙下個定見。伊弟弟聽了以後怒憤得跳腳起來。

「姐，妳怎跟她們一般見識！」他聲量放到最大，可以傳到很遠的地方去。「誰下的規矩，窮人家的子女就不能讀中學？連政府都在儘量幫助窮人家的子女升學讀書，她們什麼東西，竟敢阻擾人家孩子唸書求上進，眞是豬狗不如的東西——」

聽他這樣吆喝，伊慌得立腳起來，雙手拚命揮動要他別再說啦！別再說啦！

「姊，妳怕她們，我可不怕——」本來還想再講像「誰再欺負我阿姊，我就同誰拚了」的警告話，但他卻瞄到阿姊眼眶紅紅底，宛如就要哇一聲哭出來，只好把話呑了回去。

「阿姊，妳就是這款軟弱，任人家軟土深掘，任——」歎了一聲，便不再說下去了。

等伊神色萎頓地坐下來，他才勸伊莫要跟她們一般見識，只要小全考得上，就得讓他唸去。這事關係著孩子一生。莫要因人家幾句閒言閒語，誤掉了孩子的前途。還有，經濟上若有困難，伊也不必發愁，他定會竭力幫扶的——定會竭力幫扶的。

究竟聽從了伊弟弟底勸，決心一意到底讓小全繼續唸書，只要他有這分造化能考得上學校。

便不知道他有莫這分造化？就不知道他能否考得上？就不知道——伊一上午儘這樣盤思不斷，什麼事都無心做。客人上門來買東西，也都無心肆應，甚至有一回還多找錢給客人呢！裁剪衣料時，也老惦著小全這款熱的天氣莫戴頂帽子去，會不會像去年遠足時那般經不起大晒，昏暈在路上？這幾個月他都莫有一晚是睡夠時間的，身子一定虛弱，一定經不起日晒，一定——然後又找了好多理由——比如早上已給他吃了苦茶油炒飯——來寬慰自己說：不至於吧？不至於吧？而後復又想著他會不會迷路？他有莫趕上時間進入考場，考的試題他會不會……無論怎麼樣伊都放心不下小全，伊都無法專一心思來做事情。一塊洋裝布料，伊剪了許久許久，都尙未裁個形樣出來，而且還差那麼一點就把人家底布料剪壞掉。

中午底時候，陽光已向走廊侵逼過來。店裡開始熱了。伊實在懶得爲自己一個人起火煮食，便跑到街尾的麵攤買了兩個包子回來。一邊吃著包子，一邊就想著小全帶底飯菜不知道夠不夠吃？又想著明日得給小全準備點豬肝什麼的帶去才好。

到了下午伊底一顆心更是繫在小全身上。說怎麼都沒法不去想——小全到底考得如何?考的試題他是不是統會解答?

帶的飯菜是不是夠吃?

作文寫毛筆,他會不會打翻硯台,污了考卷?

老師會不會不許他把鐘帶進考場?

小全會不會暈倒?會不會迷路?會不會遲到?會不會——?會不會——?會不會?會不會?會不會?會不會——?

伊愈想愈焦急起來,恨不得現在馬上就飛到考場看一個究竟去。

我應該陪他去一趟的,這款樣長的路,這款樣熱的天,我實在應該陪他去一趟的,我——

唉!

抬頭向外瞧去,嘿!陽光已侵進店裡來啦!應該已四點左右了吧!阿里早連人帶攤地搬到大榕樹底下避熱去。還有客人來取衣服時,伊曾問他時間。客人回說已三點過十分。客人走了也有個把時辰了。不會錯的。應該已是四點左右。小全應該在這個時候回來的。下午考到三點,便走一個小時回來,也應該到家了。

在門口探了許多回,伊都莫看到小全底影蹤,又一趟一趟地跑到路口那兒張探,也統沒見著。看伊撞來衝去,又聽伊老問時間,阿里便笑著打問伊:

「等誰啊!這款張張惶惶。是不是在等小全?」

見到有好一些鄰人拿了椅凳在大樹底下坐,伊沒有應答阿里,只笑一笑帶過去。

頂著一頭一臉底太陽,伊在距離樹下閒坐底鄰居有一兩丈遠底所在站著,兩眼到處搜視——啊!忽然眼前一亮,就在五百公尺轉角在中正路和明禮路交叉在花蓮大病院那兒,見到——見到了一個小孩,一個極像小全的小孩，一個極似小全底小孩的身影，伊眨眨眼，定睛再視。天！那可不是小全嗎？背著書包一步一步慢吞吞地走過來，每走一步路，懸落在腰股那裡底水壺就跟著晃盪一下。

那可不是小全嗎？鼻子一酸，伊差一些就要掉淚下來。往前急走了幾十步，便按下激越底心緒站在路邊凝望著小全一步一步地走過來。

啊！小全看到伊啦！小全咧嘴笑著地向伊揮揮手，加速起步伐來啦！彷彿就聽得到腰上底水壺在噹噹做響。

小全就要走近來了，走近來了，走近來啦！——伊將他拉近身邊。有這麼多要說要問底，伊竟一時不知要從何開始？就在這時背後忽然傳來響亮的歌聲。回頭看去，巷口那裡緩緩地轉出來一部廣告電影底三輪車。車身三面都滿滿貼著五顏六彩底海報。車子向花蓮大病院底方向緩緩踩去，一路高歌著：

這美麗的香格里拉，

這可愛的香格里拉，

……

不一會歌聲戛然沒了，車子也跟著停下來。伊見到坐在車內底宣傳員拿起麥克風，就轟天價響地嘶喊起：「好消息！好消息！中華戲院明日要隆重推出最新最好看的國產歌舞巨片：『鶯飛人間』。『鶯飛人間』有最豪華的場面，最精彩的歌舞。『鶯飛人間』由玉女歐陽飛鶯，英俊小生嚴肅、陳天國，老牌影星王元龍……聯合主演……」

進到家裡，這轟天價響底「好消息」，「人間」還在伊耳裡嗡響個不停，一會工夫後又聽到歌聲再起，彷彿仍復那一首，什麼「香格里拉——香格里拉」，然後聲音便漸遠去了。

好像伊這才記起要說要問底，拉起小全底手，急切地問他考得如何？帶的水夠不夠喝？小瓷鐘許不許帶進考場？大日頭底下走路頭發不發昏……有莫看錯題目，硯台有莫打翻，有莫有莫有莫有莫有莫——積累在心頭底話一傢伙全倒了出來，到最後才問起爲什麼回得這一款遲？考試不是三點便結束了？怎弄到快五點才回轉來？

「人家和同學一道溫習明天要考的科目。」

「哦，原來是這款樣。」瞥見小全額上出滿了汗珠，忙自口袋掏出手巾幫他擦了。「娘還以爲發生了什麼事故，直掛意不安呢！」

開了電風扇對著小全吹，伊問他渴不渴，要莫到街尾那裡吃碗仙草冰去？

小全搖搖頭。

有客人進門。伊叫小全坐近電風扇一些，便起身去招呼。客人買了一把竹掃把，一綑草紙，還有一斤婦女用來洗髮底「染木子」。打發客人走後，伊就直進臥房，打開燈，把剛才收入小心翼翼地鎖進衣櫥裡，接著便忙起做飯煮菜，安頓小全洗澡。

七點左右，伊將飯菜端到前面，打開燈，便和小全邊吃飯邊看著店。小全底胃口蠻好，飯吃了兩碗，嚷著還要盛半碗，一尾伊特爲他煎的草魚，他吃得片甲不留。

「看你像隻貓似的，吃得連骨頭都不剩一支！」伊笑了出來。「明天再給你煎一尾。」

「娘，我——」突然嘴巴噘得老高，可以掛瓶許圓底鹿牌醬油上去了。「明天早上我可不要再吃什麼苦茶油炒飯了，那味道難聞死了！」

看他說得那一款咬牙切齒，伊不禁又笑了，拿手指著他底額頭說了一句：「你呀——」便改口問起他明天考那些科？都準備得如何？是不是有把握考得上？

「娘，妳知不知道——」小全放下筷子，臉上是一副有重大事情要宣佈底神色。

「妳知不知道美國總統候選人是誰？我們知道一個叫艾森豪，還有一個就不知道。我們大家問來問去就只知道一個艾森豪，另外一個就不曉得是誰？娘，妳知不知道？」

「娘從來莫看報紙，又是一個女人家，怎會清楚這些事？」

「另外一個候選人就不曉得是誰？」

「又不要考試，問這做什麼呢？」

「明天要考的！」

伊疑惑地注視著他。「明天要考這問題？」

小全睜大眼睛向伊點點頭，然後向伊解釋明天下午考的口試，大部分要問時事方面的問題。伊忙問什麼是時事。小全答說也不大明白，只知道老師向他們提過口試大概是在問誰是行政院長，誰是立法院長，誰是省主席，誰是陸軍總司令……誰是我國駐美大使，誰是……這一類的時事問題。

「我和同學都知道行政院長是陳誠，司法院長王寵惠，考試院長賈景德，美國駐華大使是藍欽……韓戰聯軍統帥麥克阿瑟，還有艾森豪是美國候選人，就是不知道另外一個候選人叫什麼名字？」他臉上都現出了焦急，唇上都冒出了汗粒。

「你們怎麼不問老師呢？這款重要的問題，你們怎麼不問老師去！」伊也急了，聲音都大上來。「老師今天不是也去了嗎？你們怎不問老師？」

「我們大家下午才在一起複習。老師下午有事沒去。」小全聚芮起雙眉。「老師還說明天也不能去，他明天要上台北。」

「那要怎麼辦呢？」伊底聲音顫顫抖抖，聽著如若是在冷極的天地裡說出來底。「那要怎麼辦呢？萬一明天果眞問你這題目，你答不出，豈不是要影響你的分數嗎？」

忽然聯想起若因解不出這問題而落榜底話，那——那——背脊那裡彷彿有蛇蜿蜒而過，伊倏地感到又冷又恐懼——怎麼辦好呢？問誰去好呢？

問誰去好呢？

急亂中，伊畢竟想到一個人來了！也不多加考慮，就將碗筷「的」一聲地放在桌上，站起身來。

「你吃飯，娘去問隔壁章先生去，他們家訂有報紙，又在當市民代表，一定會曉得的。」

小全還來不及答話，伊已匆匆走到外面來，天色全暗了下來，伊感到有一絲絲極輕微底風拂在臉上，到底比日間較不悶暑些了。對過底商店，家家燈亮如晝。藥店門口橫掛著一幅長布，伊清楚地看到「何濟公止痛散」六個斗大底金字。

伊左轉朝書店底方向走了三、五步，忽地見到計太太，金九嬸，賣油底韓太太，和書店胖得不見了脖子的章夫人聚坐在門口臨馬路的地方在納涼，在興頭十分地雜閒天。伊趕緊打住步伐。那計太太不知在說些什麼，粗圓的手臂揮上揮下得沒完沒了。阿緞聽到一句兩句說什麼蓮藕，什麼很新鮮……其餘底便耳聞不清了！只目到計太太粗圓底手揮起揮落得沒完沒了，宛似在盛氣勃怒地猛撕打著人！

伊要轉回身，不去問了，可轉念一想，小全極可能便要因爲答不出美國總統候選人是誰而考不上學校了。這孩子是那款樣喜愛唸書，若是只因答不出這個題目而希望落空，他是要何等地傷心！何等地傷心！只好硬起頭皮過去請教。但一剎那間，伊又憂慮起來啦！章先生這款有頭面的人，會不會像他夫人，像計太太、金九嬸、韓太太……那樣輕看伊這個死尪女人？接著就向自己打氣說：不至於吧！男人總比較明白道理的，再說他又是個市民代表。

掏出手帕將臉擦了擦，也把頷下底汗水拭乾，再拉拉衣裙，伊才低著頭向書店走上去。從伊家至書店只不過二、三丈底距離，伊竟覺得有十哩長，走不盡似的。

伊終於走到了書店右門側的所在，和章夫人他們的聚會底地方有一段距離。伊站在門口，怯生生地向書店裡探望。

店中燈光大開，輝煌奪目。店裡無有什麼客人，幾個夥計散在四周或坐或站一起打牙嗑嘴。上前幾步，伊直起脖子再向店裡張探。還是沒有見到章先生。忙向就近的一位夥計探問。夥計說章代表正在用晚膳呢！有事找他，待會再來吧！

正轉身要走，伊瞥到章代表把簾子一掀，從裡面走出來。也許是過於興奮吧！伊竟不能自制地張口叫起來：

「章先生！章先生！」

忽然一片靜，夥計打牙嗑嘴聽不見了，章夫人計太太金九嬸底雜閒天也聽不見了，伊只聽到自己急激底心跳。在寂靜中，在伊急激底心跳聲裡，章先生走了上來，一面剔著牙，一面語氣透著「好生奇怪」地問伊有何貴幹？

「章先生，對不住，我想麻煩您一件事——」向皇帝啓奏的樣子，伊誠惶誠恐怕說錯了一個字。「我想問您，我想向您請教，這回競選美國總統的兩個候選人是誰？不知道您能不能抄個名單給我？」

彷彿沒聽懂伊底話，章先生睜大眼珠凝視著伊。「什麼？妳說什麼？」

「不知道章先生知不知道競選美國總統的兩個候選人是誰？」夥計他們，還有章夫人，計太太都圍了過來。伊一顆心更是跳得厲害，就要跳出口來了。這是第二度請問，伊眞是不清楚怎麼說出來底。

好像碰到了什麼千載難逢絕頂好笑底情事一般，章先生陡地縱聲大笑起來，兩排黃牙之間竟離得那般開，都可以投隻皮球進去了。

見章先生這款縱聲大笑，伊非常不安起來，一雙手不停地絞著扭著，髮心都沁出汗水，流到伊底額上來。心中直在逼問自己知道說錯了什麼話？說錯了什麼話？

笑過了好長一陣，章先生才停聲下來，拿出嘴裡底牙籤，往地上一扔。

「妳問這個要做什麼？要做什麼？」

圍觀的夥十和章夫人他們都睜大眼睛向伊看。

「我——」

也不等伊把話講出來，章先生就眼眉笑成一堆地指著伊：「莫非妳也要去競選美國總統啊？莫非妳也要去競選啊？」伊臉紅到脖子那裡去了。「阿緞，妳若去競選，我章代表一定投妳一票。我絕對投妳一票，便是阿惜她們

——」指著站在旁邊已進化到沒有脖子底章夫人。「也一定會投妳一票的。眞的，不會騙妳，妳若——」

緊摀住嘴不叫哭出聲來底伊，倏地一扭頭便往家沒命地奔跑去，耳朵依稀聽到章代表在向圍觀底人說：

「我只不過是跟伊講笑（開玩笑）——我只不過跟伊講笑——」

直奔到後壁房間裡，伊頹然地坐在床沿上，頭埋進手裡，就在暗黑裡啜泣起來。伊哭得傷心得何等啊！章代表底「玩笑」竟是讓伊感到這一等錐心的悲痛。

見伊神色不對的自外衝進後壁房裡，小全連忙丟下飯碗趕進來，在暗黑中聽見伊在痛泣著，嚇得只搓著兩手，不知要怎麼辦。良久他才摸索地走近伊，伸手撫挲伊底肩。

「娘，妳莫要哭！妳莫要哭！」

伊漸漸地平靜下來，不再啜哭了。掀亮燈，眨了眨哭得紅腫底眼，伊握住小全撫伊肩背底小手，緊緊地握在手心裡。

「娘什麼都能忍受，什麼都能忍耐，只要——只要你將來有出息，只要將來能替娘爭一口氣！」

小全點點頭。

然後伊便叫小全先把飯吃完，再拿書本在外面溫習，一面看著店。伊一會就會出來。小全又迫不及待地點點頭。他轉身正要走出去，伊忽然眼睛一亮，將他叫住。

「你老師那裡住，你曉得嗎？」

小全疑惑地看著伊。「我曉得，我去過，在花崗山下面那裡。」

「你晚上可以找得到嗎？」

「找得到！」

「那——娘同你去一趟。」伊將垂在眉心那裡底髮絡掠了上去，用手背擦了擦頸下底汗水。「到你們老師家問。萬一明天眞問這個問題，你要不會，那不是要影響你的分數嗎？」

匆匆洗過澡，伊揀件乾淨底衣裳穿。望望鏡子，眼睛已沒先前那樣紅了。伊便跑去向阿里說要同小全出門一會，很快就回來，央煩伊幫忙照看一會店面。阿里滿口答應。

由伊家到花崗山最短捷底路徑是向左經過隔壁書店直走過去，再左轉進中華路上去。可是伊和小全卻右轉沿中正路，取明禮路的方向走。不必打章代表底書店過道。出門底時候，伊眼角掃到已進化到不長脖子底章夫人，和金九嬸、韓太太、計太太仍復聚坐在原來底地方熱絡得何等地在談天說地。不知計太太在聒噪什麼，兩隻粗圓底手臂又在揮起揮落拚命撕打個沒完沒了，章代表就站在她們身旁，神色專一地在聆聽她們底閒言語。

伊牽著小全底手走到明禮路來啦！路兩旁都栽著巨大的尤加里樹，打樹底下過，伊感到有輕風吹過，風裡還飄著一種草葉底香氣，感到周身清爽舒暢，適才底難過彷佛已排出心外去了。快走到大病院正門前時，好像背後有人在喊伊和小全。

回頭看去，原來伊弟弟騎著車子趕過來。他說加班到現在才得空出來。阿里同他說伊是往這個方向走。他下了車子，就拉著小全問考得如何？有沒有答錯？明天要考些什麼？等他曉得伊要帶小全上老師家去問問題，立即叫小全坐上車子底後座要載他去。向他們說了「快去快回」後，伊便折返回來。走回半途，陡地想到這款熱底天氣，該去買斤仙草和冰塊回去，做點仙草冰給伊弟弟和小全喝，好解暑炎，便拐個彎向夜市場底方向行去，走沒多久，就迎面碰上那部廣告什麼「人間」底三輪車。車上底燈都開了，把海報照得雪亮。車夫打赤膊吃力地踩著車，宣傳員坐在車裡吸著煙，彷若已唇舌講乾了，不願再多說話了，只一遍又一遍地放播放著歌曲。

阿緞一路就聽著：

這美麗的香格里拉，
這可愛的香格里拉，
我深深的愛上了它，

我愛上了它，

……

……

——原載一九七九年八月八、九、十日《中國時報副刊》

——收入洪範出版《香格里拉》

【作者簡介】

王禎和，一九四〇年出生於台灣花蓮。一九九〇年逝世。台大外文系畢業，曾任職於台灣電視公司，以小說聞名，為鄉土文學代表作家。著有小說《三春記》、《嫁妝一牛車》、《美人圖》、《香格里拉》、《玫瑰玫瑰我愛你》、《人生歌王》、《兩地相思》等，及舞台劇劇本《大車拚》，作品亦曾多次被改編為電視、電影。

【賞析】

本文以花蓮市區主要街道如明禮路、中正路、中華路、花岡山、美崙等為場景，透過一對相依為命的母子，在兒子考中學聯考之際，行走於花蓮市街頭，對於未來充滿了夢想、不安、徬徨與期待的矛盾心境。本文幾乎可說將花蓮市街道的相對地理位置，作了一相當完整的描述，而花蓮的自然景緻，也彷彿歷歷在目。

作者王禎和最擅長勾勒小鎮的生活圖景，書店、裁縫店、麵攤所組成的街坊，由此捕捉居住在其中的小老百姓的平凡生活，充斥於其中的閒言碎語，以及對於未來一點卑微的希望……，既真實，又準確，不過度美化，但也不醜化，而將小鎮人性的複雜面刻畫得淋漓盡致。小鎮卑陋的現實，再對應於歌曲〈香格里拉〉所歌頌的人間仙境、樂土，淡淡的嘲諷意味便不言可喻，流露在本文的字裡行間。

——郝譽翔撰文

閱讀文學景地

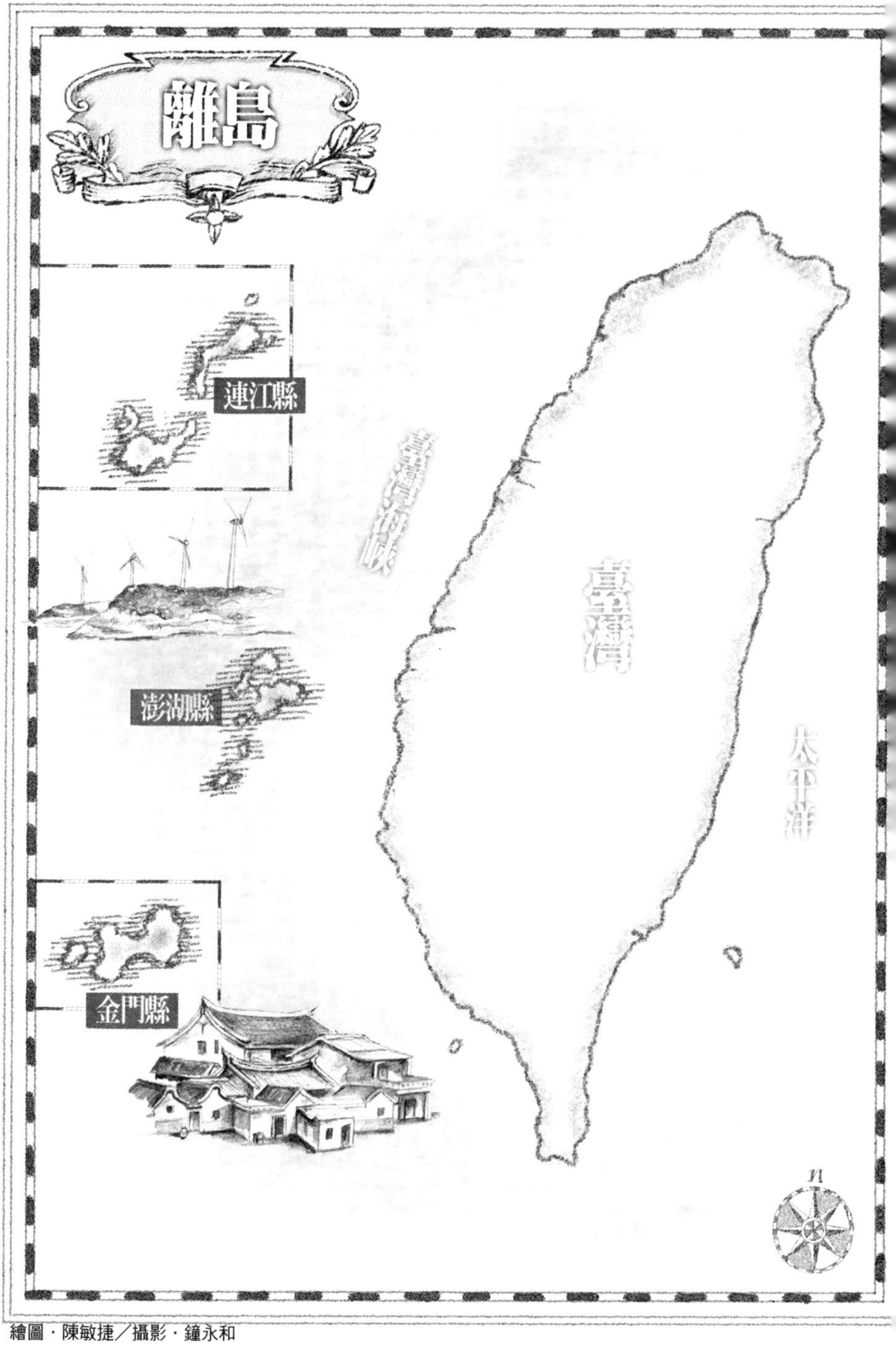
離島
連江縣
澎湖縣
金門縣
臺灣海峽
臺灣
太平洋

繪圖·陳敏捷／攝影·鐘永和

海煙（節錄）

呂則之

第一章

咻咻不絕的風聲和轟轟大響的浪濤聲，宛若槍砲聲，震動了整個龍門漁港。被風捲起的沙塵，一陣陣的，也濃濃的罩住了整個龍門漁港。漁港上空，除了飛揚的沙塵，綿密的烏雲也疾疾望南方不遠處的浪頭撲壓下去，彷彿海天之間的空隙，就是留給烏雲和浪濤搏鬥用的。

忽而，有咿喔咿喔的嘈雜聲，從遙遠處到了防波堤的尾端；繼而，那嘈雜聲中又添加了喀隆喀隆的聲響。在防波堤的尾端，一位原本瑟縮地躲在燈柱後避風的老頭子，這時竟傾趴在防波堤上，微張著掉了門牙的嘴巴，將耳朵貼住水泥面，然後喃喃自語：「牛車上防波堤了，夭壽人，偆心竟沒塗油，這種怪聲，嗯，沒塗油……」

當他還趴在防波堤上自語時，從那遠處傳來的怪聲中，又吆喝出了一聲「嗨——」，這是女人的趕牛聲。「嗨——」聲剛過，他已站了起來，但雙掌和膝頭，都黏滿了魚穢物，那是長久以來漁船在此出貨時所淤留下來的。他亮了眼睛，看了看手掌，就在旁邊的一團纜繩上擦了一下，算是了事了；可是他並沒發現褲管膝頭處也黏了魚穢物。

牛車近了，他除了看到一條老母牛拖著載了魚網的牛車，以及用毛巾蒙著面的趕車女人外，也看到跟在牛車後頭的三個男人。那三個男人，一個是濃眉，嘴唇像用刀剖開過的雞臀，身材粗黑，四十多歲，在這種鬼天氣裡只穿一件汗衫；另一個是雙頰和身子都胖腫、兩個嘴角高高往上吊、嘴巴像上擎的魚叉，滿臉憨傻相，約卅歲；第三個是有著骨碌碌而閃爍不定的兩眼，笑容常乍現卻又很曖昧的立即消失，他的臉型削直，鼻梁看來硬挺，廿出頭的樣子。

「有寬還沒有來啊？」老頭子縮緊穿了五、六層衣服的身子，又繼續抖動那掉了門牙的嘴巴：「海水正在退，九點多了，再慢一些，船底要卡住，出不了海。喂，買來的菜我已拿上船啦。」

「有嘉叔，來幫忙吧。」那嘴唇像用刀剖開過的雞臀的男人，對著老頭子喊道。

「武方，有寬還沒來啊？」老頭子向喊他的男人重複了這句話。

「他知道時間，可能就要來了。」被老頭子稱做武方的男人說。

牛車在防波堤上，停在一艘船舷前端浮刻有「龍海珠」三個字的漁船旁。車上的魚網和裝淡水的塑膠桶都已卸下來，拿上了「龍海珠」號漁船上。牛車在防波堤上掉了個頭就要走了。

「喂，俥心沒塗油啦，聲音吵死人了。」老頭子這時已站在船艙旁，對著那趕車的女人大叫。

「吵不死啦！」

蒙面的女人簡單的回了他話，兀自的趕著牛車，俥心仍咿喔咿喔的響著，走了。

牛車離去後，老頭子又喊了：「今天六級風呢！武方，今天是六級風呢！你看，別的船都躲著不出海。」

武方走進駕駛艙，並沒回答老頭子，倒是對著站在船尾怔望南方海面的那滿臉憨傻相的男人叫：「開俥啦！」

那滿臉憨傻相的男人怔望南方海面出了神，彷彿沒聽到武方的叫聲。武方翻動了大嘴巴，更大聲的叫：「開俥啦！瘋狗！」

這一叫，奏效了。瘋狗連忙回過頭：「浪眞大，波峰好長……」他大叫，並低身走進臥艙，鑽進機艙洞裡。一會兒，從機艙裡傳出了一陣陣沉悶的柴油機的喘息聲，這證明了瘋狗正在旋轉飛輪的手搖桿。柴油機的喘息聲持續了約莫兩分鐘後，突然「砰砰」的轟叫起來。柴油已達到燃燒點，引爆開來了；轟叫聲祇不過是剎那間的事，立刻變得緩和，而且有節奏。

「幹你娘的，頭撞到艙頂。」瘋狗從機艙裡出來，一面摸著頭蓋。他叫歸叫，卻沒人理會他頭撞艙頂的事。就好像他們常會被魚鰭刺傷手一樣的平常。

「昨天去壓罾，太傷神了？」那臉型削直的人，衝著瘋狗曖昧的笑了笑。他正在整理纜繩。

「幹你娘的，要請你，你不要，翹不起來的。」

武方也從駕駛艙裡出來了：「壓鼇？不要被鼇咬傷就好。」

老頭子和那臉型削直的人聽了直笑個不停。

瘋狗被逗得樂極了，上擊的魚叉嘴想攏都攏不來：「查某本來就是要我們壓的。」

「喂，敲壁仔，你看，那是不是有寬？」老頭子推了臉型削直的人一把，叫喊起來。頓時，船上的八雙眼睛都拋向了防波堤。在距離廿公尺處的防波堤上，一個身材看來矮胖的人，正雙手環抱在胸前，頭幾乎是縮進夾克裡，被風猛烈的從背後推動的划著兩隻短腳跑來。

「喂，頭家——」敲壁仔直向那人揮手。

「沒錯，是有寬。」老頭子盯著愈來愈近的那個人，低聲自語。

「不好意思，我來晚了。剛剛去寄了一封信，耽誤了時間。」有寬已跑到船旁，從防波堤上抓著纜繩順勢就溜到船上。

「今天是六級風呢！」老頭子又重複了這句話，對有寬說。

「沒錯，風吹在電線上，那呼叫聲就像在哭，聽起來眞難過。在防波堤上還被吹著跑。」

敲壁仔攀上防波堤，把繫在上面的船纜解下來了；武方船長也進了駕駛艙。「龍海珠」在港內轉了一圈後，終於衝向了浪濤洶湧的海上；它只是一艘四十五馬力的十二噸漁船，卻要在這種風速每秒起碼十一公尺的鬼天氣裡出海，別的船隻在碰上六級風以上的天氣時，根本都懶得動一下！

漁船在航向目的地之前，也沒什麼事好做，老頭子、瘋狗和敲壁仔，都跑進臥艙裡避風了。有寬卻在船隻顛盪前進時，鑽進了駕駛艙，坐在武方船長的右側。

武方船長老練的盯著航向，手扶著方向盤：「陸上的空氣糟透了，都是沙塵。嗯，海，浪大也沒關係。」

「他們不在意嗎？」有寬把頭撇向駕駛艙的臥艙。

「沒什麼，祇是敲壁仔……也不知該怎麼說……」

「敲壁仔？」

「這艘船有三分之一是他老爸投資的，也等於是他投資的。怪人一個。瘋狗是老實人，有嘉叔祇是年紀大，六十出頭了，他不會怎樣。」

「『卡挖仔』船每年中秋一過，合不來的股東都忙著拆夥，『龍海珠』有可能嗎？」有寬說的「卡挖仔」，其實指的是拖網漁業，祇是漁民都這麼稱呼罷了。

「今天是八月初九，國曆多少？」

「九月十七。」

「嗯。」武方船長陷入沉思中。

「剩下六天就中秋節了。」

武方船長還是沒吭聲，他盯著沖向船首而來的浪，穩穩的扶住方向盤。船在波峰與波谷間，忽上忽下的，動盪得好厲害。當船再度跌入波谷時，有寬從波谷衡量到擋在前頭的墨綠裡泛著白花的波峰，它竟有三公尺高，眼看浪頭就要壓下來，把船埋沒了，船卻迎著波勢，彷彿往上爬的，又衝上了峰頂。但駕駛艙的擋風玻璃，早被湧上的浪打濕了，玻璃面一片模糊。

這時，從船尾那端傳來了怪叫聲：「你在洗屁股是不是，鳥被浪咬走啦。」接著又是一聲聲模擬的鳥叫聲。

「幹你娘的，不要吵好不好，拉不出來找你算帳。」

有寬仔細一聽，這是敲壁仔和瘋狗的聲音，於是他探頭往船尾瞧。這一瞧，令他忍不住的笑了，原來瘋狗正光溜著身子，屁股朝海的蹲在船舷上拉屎；他一手抓住滑輪，另一手緊抓纜繩，防著掉進海裡。

「幹你娘的，浪沖到屁股了，哇——屎——敲壁仔，浪把屎沖上船了，快來看喔！」

「你自己不會吃掉。」

「喔，喔，要流到船頭了，哇——幹你娘的，浪又打到……」

「打到你的鳥。」敲壁仔的聲音提得好高。

有寬看瘋狗那光溜溜的身子，已被浪打得濕淋淋的，不禁搖搖頭，吃笑不止。他把看到的，告訴了武方船長。

「瘋狗在海上，老是把衣服脫得光光，好戲還不只這些。」武方船長又補充了一句話：「他不喜歡穿衣服。」

船尾又傳來了敲壁仔的聲音：「你到底有沒有擦屁股？臭死了。」

「海浪已經幫我擦了。」

「幹，有嘉伯，把他趕出去，不要讓他進來。」

不知怎的，船尾突然靜寂了。隔不了多久，老頭子竟出現在駕駛艙門口。他手抓門旁的把手，望了望武方船長，又掉頭望著海。

「有事嗎？」

「唔，沒有。」老頭子不自在的回答。

「手抓牢，不要摔了。」武方船長只顧著前面的波浪，根本沒正眼看他。

「嗯，浪好大，是六級風呢！」老頭子彷彿對風力特別關心，從還在港內時到現在，已經重複過好幾次了。

武方船長沒聽見似的，半句話也不吭。又過了一會兒，老頭子才面帶愁容的張著掉了門牙的嘴巴，望了有寬一眼，沒趣的離開了駕駛艙。

「他的意思你懂嗎？」有寬問。

「他怕。」

雖然武方船長的回答很簡單俐落，但有寬內心卻被他這直截了當的口氣所驚動，這簡直是他整個精神的投射。

想到了老頭子剛剛的神色，有寬於是對武方船長說：「我到臥艙看看。」說罷，就出了駕駛艙。

在到窄仄的船舷邊的甲板上，他聽到了船首劃開浪濤的「唰！唰！」聲。被劃開的浪濤，仍不死心的糾纏著船舷，直往船上沖；沖上了甲板的海水，很快的又從通水洞裡瀉入了海裡，和浪濤沆瀣一氣的又作起怪來。他也聞到了又濕又濃的海藻味，其實說穿了，這根本就是海水的味道；此時，這種味道低沉得格外令人備感憂慮。到了船尾，瘋狗拉的屎，被浪反沖上來後，竟像一堆嘔吐出的褐黃穢物，還留在甲板上，讓他看了心裡直想發笑。

臥艙裡傳出了敲壁仔的慘叫聲：「哇——啊——幹，會痛啦！哇——」

「幹你娘的，你再說說看。嘿——看你還敢不敢！」

有寬半俯身子，鑽進了臥艙。當他仔細一瞧——他的心差點跳了出來。首先迎著他的，是一個赤裸裸得再也無法形容的黑屁股；那是瘋狗的屁股，它正向著艙頂高高抬起，而且兩股也赤條條的使盡力量的抵住蜷臥在船板上，並不斷掙扎著的敲壁仔。敲壁仔的兩腿被他的右臂緊緊綑住，連頸子和雙手也被他的左手扣住了，再加上身子承受不了被他的膝蓋死死抵住的痛苦，於是慘叫連天，活像一隻剛被綑逮的豬仔。

「嘿，你不要說我就放你。」瘋狗的力量奇大得令敲壁仔掙扎不得。

「哇——幹——那有什麼好說的——」

「誰教你剛才說。」有寬雖看不到瘋狗的臉，但從他發出的聲音，仍可感覺到他是嘻哈著的。

「有寬——幹——你看——瘋狗……哇——」

突然瘋狗把敲壁仔放鬆了，回過頭來面對有寬笑了笑。敲壁仔仍蜷縮在船板上爬不起來。就在這時，有寬也才發現了坐在臥艙邊邊，一直未出聲的老頭子；他把下巴放在弓起的兩膝間，雙手抓著腳趾，對於剛才他們倆的事情，好像一點感覺也沒有。

「怎麼啦？」

「幹你娘的，他說阿麗是千人壓、萬人搞的查某。」

有寬聽了驀然一驚：「那個阿麗？」

「你們『魚灶』那個女工。」瘋狗跟大家一樣，都稱漁業加工場爲「魚灶」。

「幹，他自己會說別的查某，就不准我說她，八成是愛她愛得快發瘋了。」敲壁仔已爬了起來。「喂，把你那風吹日曬海水醃的鳥藏起來好不好！看了想吐！」

聽敲壁仔這一說，有寬在乍驚中，竟會心的笑了，原來剛剛進臥艙時所看到的瘋狗的「黑屁股」，是經過「風吹日曬海水醃」所造成的。

「你不要看就沒事。」瘋狗為他赤條條的身子辯白。

「好了，好了，香爐仔快到了。」有寬為他們打圓場。「龍海珠」現在的目的地，正是離海港不很遠的香爐嶼附近海域，祇有在天氣惡劣時，「卡挖仔」船才會到這種地方，要不然他們可能就直驅澎湖北方的目斗嶼海域了，那裡的魚量遠比香爐嶼一帶為多。但古稱良文港的龍門村，是位處馬公島最東方的南方，平常想到北方的目斗嶼，還得繞一大圈呢！

「嗯，快了。」瘋狗剛才的激昂神情，此刻又變得如往昔的憨傻。

敲壁仔經過了一陣難捱的糾纏後，此刻竟顯得極其靜默，彷彿是在藉靜默緩和情緒。

「好好的一個頭家，今天為什麼要跟我們出海？」

聽瘋狗這突如其來的問題，有寬嚇了一跳，支吾了片刻才說：「想試一下滋味。」

「滋味？有什麼滋味？祇有海嘛！」瘋狗不解的說。

正當有寬不知該如何回答時，臥艙裡的俥鐘「噹！噹！」的響了。

「武方在叫，要放網了。」這是敲壁仔的聲音。

在他們還沒完全鑽出臥艙時，老頭子的手突然抓向瘋狗的肩膀。

「哇，不要這樣，好痛。」

「我想問你，六級風是不是？」老頭子把手放下了。

「是啦！是啦！」瘋狗並未認眞的想理會老頭子，依然赤裸著身子，隨同有寬和敲壁仔之後，鑽出了艙口。

「你看，船邊得這麼厲害，會翻船的，這種天氣抓不到大蝦，網會破。」老頭子說歸說，還是緊跟著瘋狗鑽出艙口，但憂慮，倒使他臉上的密密皺紋差點擠成一堆，打成一團亂結。他盯著與船齊高的浪濤，發覺浪頭漩起的白花，就像鯊魚張舞開來的牙齒，隨時等著要噛咬他們似的；白花激起後，復跌入躍動的墨綠海水中，在跌入的剎那，就像墨綠色軀體上的許多白色潰爛點，有的潰爛點竟集成一大片一大片的，在海面無限制的蔓延開來。這景象，嚇壞了老頭子，害得他連骨頭都打起冷顫，「喀喀」的響個不停。

「網，準備。」武方船長開始發號施令。

他們在顛盪不已的船上，把拖網的開口兩端固定在船首的起降網機的主纜繩上，並在船尾左右兩邊，各加上了一條附繩，用來控制主纜繩。船已打空俥，作業開始了。

隨著網的投入海裡，也有兩塊長約一公尺、寬八十公分、厚達兩寸的鐵板各繫在網開口處的兩邊纜繩上跟著投進去，它的用途是在剷除海底足以刮傷網的障礙物。

「龍海珠」又發動前進了，起降網機軸不停的打轉，捲在軸上的纜繩也愈來愈薄。

「浪太大了，看不到浮球。」敲壁仔站上了臥艙上頭，像個放哨者眼睛東看西擺的，企望能發現飄浮於網頂的浮球，以判定它在船後的位置。

武方船長卻直盯著船首兩側不停轉動的起降網機，根據經驗判定纜繩的流出量。「好，關掉，可以了。」

由於起降網機不再轉動，此時纜繩已拖拉得緊緊的。

「網會破，這種天氣。」老頭子哆嗦的緊抓住駕駛艙前的吊桿，怕摔進海裡；他自言自語的顫動嘴巴。

他們幾個人，除了瘋狗因沒穿衣服，其餘的，衣服都被海浪打濕了大半。

「大蝦一公斤三百二十元，雜魚不要算，撈了一百公斤，嗯，幾千塊。」瘋狗開始盤算這一趟他將可能拿到多少錢。他站在甲板上沉思地把手指扳來扳去。

「幹，又準備去壓甑了。」敲壁仔已從臥艙上頭爬下來，站在瘋狗旁。他乍隱乍現的笑容和溜轉著的眼神看來很怪異，活像猴子。

「嘿嘿！」瘋狗無忌的笑起來，把那上擎魚叉似的嘴巴，平拉得恰如木匠用來劃線條的墨斗。網一放，他們又沒事了，除非等到收網時，才有一大堆的事可做。而現在，海上的風浪又這麼大，幾乎隨時可將他們摧毀；於是在老頭子稍稍踽蹐的身子率先之下，他們又朝臥艙裡躲。有寬押後的跟在瘋狗後頭。

快到臥艙口時，瘋狗突然轉過身：「我要追你們魚灶那個女工。」他臉上仍散發出那股去不掉的憨傻相，聲音壓得很低，像在竊語。

「誰也不能阻止你。」

「你會追她嗎？」

有寬微微的笑，頓了一會兒才說：「我不會。」

瘋狗高興極了，因爲看到有寬的微笑和槍管似的鼻子，它像具有一股莫大傳染力般的，已帶給了他相當大的信心。

船拖著網，仍在澎湃不已的浪濤中毫無畏懼的前進。有寬和瘋狗等人，都窩在臥艙裡聊天。大約半個小時之後，突然倳鐘又「噹！噹！」作響，大家聽了都愣了。因爲平常船長是不會這樣子叫人的，除非是爲了起網。但通常的起網時間是在放網後的五、六個小時之間，再不然就是大家都不敢想像的——網破了，那麼這一網就變得徒勞無功，不僅大蝦沒捕到，網還得另行修補。

所有的人在這一愣之間，幾乎都同時想到了這些問題，於是接二連三的趕到船首，聽命似的望著武方船長。

武方船長那彷彿用刀剖開過的雞臀嘴巴，動也沒動的緊抿著，可是大家都聽到了他的聲音：「船吃的力不對，網破了。」

一聽，每個人的心都沉了。同時，每個人也都感覺到船速正逐漸緩慢下來——放空倳了。

「起網。」這是武方船長的聲音，低得很；但大家如同剛才，根本沒看到他的大嘴巴動過。

控制繩已將主纜繩拉到船舷兩邊，連起降網機、旋轉桿、滑輪，也都動起來。網，愈拉愈近，大家都悶不吭聲。最後，在瘋狗和老頭子的合作下，他們將左邊繫住網的纜繩移到了右舷。網，終於露出水面，吊桿將它吊上甲板來了。

「這裡，這裡，是珊瑚礁，是浪撕的。」

「這裡也有個洞。」

「整張網都是洞，連一條紅魚仔也沒有。」

大家七嘴八舌的檢視懸在空中的網。

「我說過，這種天氣放網，網會破的。」老頭子畏縮的摸著網喃喃的說。

「再換一張網。」武方船長自駕駛艙裡探出頭，這時，大家都看到他的大嘴巴動了。

「武方，這種天氣，即使一百張網，還是不夠破的。」老頭子不知是怕浪濤，或怕網破，說起話來，聲音怪裡怪氣的，連舌頭都顫抖。

這話一出，風浪都凝結了，每個人也都變成啞巴，大家祇是彼此觀望。有寬發覺武方船長的濃眉一直跳動，有如憤怒的情緒快壓不下來。

「要不要再放網？」武方船長問。

可是五分鐘過了，仍沒有人回答。老頭子、瘋狗和敲壁仔的眼睛都落在那張破網上；有寬今天祇是隨同他們出海散散心，他是局外人，根本搭不上腔。

眼看風浪愈來愈猛，船搖晃得著實厲害，如果再繼續放空俥讓船自行漂流，恐怕過不了多久，船就要變成浪濤的墊腳物了。

「算了吧！再下去也沒用。」終於，敲壁仔第一個開了口。

「回去，還是……」老頭子遲疑著不敢繼續說。

瘋狗卻回轉過身，面對大海大叫：「幹你娘的，黑白來，亂撕網，呸！害我剛才還在算，今天可賺多少錢，一角也沒有。」他往海裡吐出了一大口的口水。

「回去。」武方船長雖然有氣無力的說，但大家都聽到了，尤其是老頭子，他的臉孔立即閃過一抹笑容。

「龍海珠」又繼續破浪前進，船首朝向龍門漁港了。有寬自甲板上翹望不遠處的陸地，駭然發覺，此時的陸地竟陷於一大片的黑霧中，淒淒慘慘的。那黑霧，是鹹水煙與飛沙聚成的，所有生活在澎湖的男女老少，都在吸著黑霧，受黑霧的侵襲，連澎湖最現代化的市區——馬公，也不例外。

有寬看著，不知不覺的歎了一口氣，腦海裡隨即閃過一張削瘦得像白蘿蔔絲的女人的臉孔，他彷彿聽到了她脆弱地躲在暗角裡哭泣的聲音，但她的哭泣聲總被東北季風掩沒了。

從九月開始，澎湖的東北季風就像一頭發瘋的野牛，憤怒的從台灣海峽這又深又長的喉嚨裡鑽著來，把海洋裡最邪門、最令這個小小的澎湖島感到恐懼的「鹹水煙」，統統帶了來。它就像是這頭發瘋的野牛鼻孔裡呼嘯出來的，以及嘴裡氾濫出來的毒液。

第二章

白天終於又在狂野的風聲中褪逝，此時的馬公，已整個兒的縮在薄暮的天色裡。

在一幢兩層樓的房子裡，由於二樓屋內的燈亮著，玻璃窗被微暗的外邊襯托得宛若一面大鏡子。這面大鏡子裡，有一張削瘦得像白蘿蔔絲、顴骨都突出來的臉孔。

距離臉孔不遠的背後，又有一團窩在沙發裡，像巨大黑毛線球的身軀，它是個穿著黑色衣褲的老婦人，多肉的手指正不停地捻動一長串的佛珠。突然她把眼光投向玻璃窗，正對著這面大鏡子，張開了嘴：「梅映，你的手不要摸外面，外面有一層很厚的泥土，北風吹的，有鹹水煙，手會髒。」

聽她這麼說，梅映懷疑地眞用手去摸，然後把手縮至眼前瞧了一會兒。她發覺手上滿是黏膩膩的灰土：「眞的，鹹水煙又來了。」連她自己也不明白這句話是在向誰說的。

「鹹水煙很可怕，房子被弄髒了，容易敗壞。」老婦人像是自語的說著。「味道是苦的。祇要有北風，妳不相信的話，看看風裡是不是有濕濕的煙在飛，飛到妳的臉，臉上就有一層鹽，會把臉醃得像菜頭乾一樣，人長得漂亮也沒用，有一天妳就會知道。」

老婦人的話，有若鹹水煙般的自梅映背後吹過來，令她心頭頓時覺得一陣寒冷。當她留意玻璃外邊的那一面，有東西像顯微鏡下浮游的細胞般一直黏附在玻璃上動著，而且隨風拉成一條線，甚至有的像水花般的往兩邊開散去……她輕聲的喊：「阿媽，我看到了，鹹水煙在玻璃上畫圖。」

「看到了就好，妳知道了。」

老婦人沉默了一陣子後，突然又開口了：「永道今天有沒有回來過？」

梅映支吾著，但又不能不坦白回答：「哥哥沒回來。」

老婦人略微靜默了一下子，緊接著哭了，但祇是乾哭，並沒流出淚水：「妳哥哥一定要回來，我會把他找回來。我們古家不能沒有男人——」

梅映的鼻子，倏地也跟著酸起來，她走過去，用和老婦人不成正比的細嫩雙手，把老婦人粗糙多肉的雙手合在中間。老婦人的哭來得快也去得快，她瞬間展露笑容的說：「妳阿公祇是半個男人，他老了，半個男人就不算男人。你阿爸是不中用的男人，他和女人跑了，也不算是男人。祇有永道是男人，我們古家不能沒有他。」她一面說，兩頰垂落的肌肉也跟著抖動。「妳已經二十五歲，如果找不到妳哥哥，妳就要和妳阿母一樣，找一個丈夫回來。妳阿母比當年阿媽還厲害，阿媽老啦！沒有用啦！」

「哥哥會回來的……」梅映覺得祖母已不像從前人們所說的那麼霸道。

老婦人又繼續捻動佛珠：「當年阿媽太兇，把妳阿爸嚇跑了。妳要找丈夫，一定要找個能忍受的人，才不會像妳阿爸一樣跑了。」

老婦人又笑了，雙頰的股肉抖動得像母豬剛分娩過後的蓬鬆肚皮：「妳說，那個在追妳的男人，那個頭家，他要娶妳是不是？妳要不要？」

「阿母不大贊成。」她突然軟弱了。

「妳阿母的意見特別強。」老婦人沉默了，好像對這問題也莫可奈何。過不久她又重複了這句話：「妳阿母的意見特別強。」

梅映望著樓上的每一件事物，大至電冰箱、擺放文具的酒櫥，小至桌上的抹布、一根縫紉針，這些東西突然都變得毫無意義了，她覺得這個家是建立在虛無上的。父親十七年前的出走……哥哥去年的出走……他們出走的內情都是令她困惑、不易於了解的……「阿爸爲什麼要走？」這雖然是個老問題，她還是期望祖母能給她新的答案。

「他跑了，是忍受不了我。因爲妳阿母是獨生女，妳阿爸是招來的女婿，只怪我沒好好對待他。」她緩緩地說，最後聲調變得有點兒歉疚。「妳阿母當時哭著告訴我，他和查某跑了。」

「阿爸也想回來，爲什麼阿母不要？」

老婦人不假思索地說：「妳阿母的意見特別強。她不能原諒妳阿爸，誰叫他要和查某跑。」

梅映對於祖母的答覆並不感到滿意，因爲這是她聽慣了的問題，也許從哥哥身上可找到原因。但哥哥從大學外文系畢業後，去年服完預官役退伍，即跑到海風急烈的赤崁村去打魚。他所以這樣做，是因曾到過彰化去找父親，這事很奇異的竟被母親知道了，她是禁止他們與父親往來的。結果他與母親起了衝突。衝突的內容卻沒有人知道，連當事者也隻字不提，整個衝突充滿了古老的神祕危機。於是哥哥離家出走了，不曾回來過。在家裡她根本不敢提他，就像父親一樣，都容易引起母親發怒。而她必須尊敬母親、服從母親，母親就是母親，她現在是一家之主，也是「新文川堂」文具店的主人！

她不想再和祖母談話，便走到窗前，望著遠方。隘門村那一帶蜿蜒隆起的丘陵，黑壓壓的仍隱然臥在她眼前。

她開始想著那得踰過丘陵始能到達的龍門村，彷彿它是冷冷淒淒的被擠到了馬公島最東方的邊緣，孤伶伶的在等著黑夜的來臨。

這時，她滿腦子都是一個有著槍管鼻的男人，也因這男人，使她聯想到了祖父，於是漫不經心的問：「阿媽，阿公老是自己往外跑，不要緊嗎？」

「管他的，身體不好，吃過飯就想往外跑。」說到這裡，老婦人突然喊著：「時間到了。」她是要趕到廟裡參加晚課讀經，正著急地到處翻找晚課時要穿的黑色長袍，嘴巴不停地叫：「妳看到我的長袍沒有？」

「我沒看到啊，我又不能穿。」

「那……那會不會是妳阿母……」老婦人像猩猩走路的趨近樓梯口：「秀雲啊，妳看到我的長袍沒有？那件廟裡穿的長袍。」她焦急的問女兒。

樓下傳來梅映母親的聲音：「下午我洗了一件，妳不是還有一件嗎？」

老婦人焦灼地嚷：「妳把我洗掉了喔，乾了沒有？另外一件扣子斷了不能穿。」

「晒在屋頂上，叫梅映上去收。」

「梅映，梅映，趕快上屋頂把長袍拿下來。趕快啦！時間到了！」她不安地催梅映，嘴裡嘀咕：「妳阿母意見就是特別強，洗衣服也不問我。我才不會這樣——快，快。」

其實梅映已上了屋頂，但祖母仍催促她。她把那件長袍交給祖母：「妳看，還濕濕的，怎麼穿？」她用懷疑的口氣問她，想知道她如何處理。

老婦人拿在手上，連看都不看地就往身上穿：「還管那麼多，讀經的時間到了。都是妳阿母，什麼事也不問問我。」她穿好了長袍，慌慌張張地便往樓梯爬下去。

「阿媽，妳的佛珠沒拿。」梅映把那一長串黑色佛珠交給她，祇聽她說道：「人老了，沒神了。」

她出去了。

梅映在樓上大聲喊：「阿母，我把屋頂上乾的衣服收好再下去。」

「收好了就下來。吃過飯叫妳洗碗，妳一洗就老半天呆著不下來。」其實梅映心裡明白，除非是客人很多照應不來，否則樓下四個人似乎是嫌太多了。因爲她們還雇了兩名女店員。現在的「新文川堂」是八年前祖父因債務問題，才把「文川堂」易名交由母親掌管的。

梅映把乾衣服收進自己的房間以後，即從衣櫃下端的長抽屜裡，拿出一對藏在衣服中間的粉紅色瑪瑙手鐲，細細地摸著，看著。在燈光下，它瑩亮地散發出柔和的光澤，誘人地把她的眼睛吸住了。它原來是裝在一個錦繡的絨盒裡，上星期才由一個男人的手中移到她手中的，她深怕母親會發現它，祇好將它當作祕密的隱藏著。瑪瑙的光澤是那麼柔細，那麼誘人，她眷眷不捨地又將它藏在厚厚的衣服中間。

晚上，文具店打烊了，梅映的母親已遣走了兩位女店員，要她們回家休息。現在樓下祇剩梅映和母親還在整理著一些帳目和貨單。

梅映的母親年齡還不到五十歲，她喜歡把自己的頭髮，在腦後梳成一個髮髻，再橫插一根串有白色珊瑚珠子的銀簪。祇因店裡往來人多，她的裝飾從來不會隨便，外表看來是個很講究的婦女。然而她的身材卻正不斷的隨著年齡而膨脹不已，肚子被油質撐得宛如懷孕的母豬，但她有個習慣，喜歡中午小睡半小時一小時。

「查查看哪些貨缺了。」婦人盯著梅映手上的單子。

梅映拿著貨單在大小櫥櫃裡查核了一遍，約莫半個鐘頭後，她把缺的貨念給母親聽。

剛念完，婦人突然自咖啡色毛線小披衣的口袋裡，掏出一封被摺成兩疊的信，交給梅映。

「又是那個人寄的？」婦人把信交給梅映時，眼光凌厲的盯著她眼睛；這令梅映感到驚悸，幾乎想逃走，可是不敢，祇好藉看信封的動作，逃避了母親的凌厲眼光。從信封上的筆跡和發信地址看來，它正是母親所謂的「那個人」寄來的。她不願意也不敢當著母親面前看這信，於是把它塞進衣袋裡；她的「把柄」又被母親抓到了，爲了逃避母親，索性找了掃帚打掃地上的紙屑和菸頭，離得母親遠遠的。

祖母從廟裡參加晚課回來了，梅映看她喘著大氣，慢慢把裹住頭和臉的灰色圍巾取下來：「會冷，風很大。」

「妳有沒有穿多一點，風眞的很大，阿爸早已上樓睡覺了。」婦人對這年老、肌肉臃腫而蓬鬆的母親態度很柔順的說。

祖母談起廟裡的事情，很憂慼地說：「我晚上問菩薩，菩薩說我們家裡有髒東西跑進來，所以男人都跑走了，永道也走了。」她說著哭了，但沒有淚水，倒是兩頰垂落的肌肉直顫晃個不停。梅映當然知道，她所說的「髒東西」，是指鬼魅等不潔之物，可是也不便於搭腔插嘴。

「我向菩薩要了一些神符回來，它可以避邪。」梅映看到祖母向母親亮出拿在手中的黃紙條。「明天早上把它貼在所有的門和窗頂，髒東西就不敢來了。」

「明天再貼吧。」母親從祖母手中接過神符：「把祂安放在神龕上好不好？」

「這是神的東西，一定要這樣才可以，放到別的地方就是不尊敬。」祖母已不再哭，她開始侃侃談論起神的問題，把晚上所知道的全部搬出來。

梅映聽著，覺得不耐煩，當她聽到祖母和母親愈談愈認眞時，更是沒法再忍聽下去，乾脆把畚斗和掃帚歸置原位，匆匆跑上樓上房間裡，拆開信來看——

梅映：

八字就交給妳母親處置了，我不知道它的結果是什麼。但我在想，八字眞的就能決定人的命運嗎？妳母親一定要卜算八字，或許這就是我們的命運，我祇能等著八字來改變妳母親，帶給我們好運！謹此。

愛妳

有寬．草於69、9、17凌晨

梅映看著信，忍不住的淚水暗暗掉了下來。

不久，樓梯有聲音緩慢而沉滯地爬了上來，是祖母上來了，梅映趕緊把淚水擦掉，生怕被瞧見。上了年紀的祖母，對於家庭延續問題的關心程度，似乎比任何事情都格外來得敏銳。梅映因這封信，而想起了流落在外的父親和哥哥，她抱著信，心裡想道：「他們都會回來的。」

第三章

今天是九月廿一日，接連颳了兩天大風後，從昨天清早開始，風勢已轉弱許多，但風速每秒仍在七公尺左右。昨天中午，捕沙丁魚的漁船都陸陸續續的出海了，今早，廿幾艘早歸的漁船老早就泊在港口。在龍門村廟口的魚灶，黑長的鋼管煙囪正冒著濃濃的黑煙，然而它卻無法騰空直上，反被遽來的東北季風壓迫得直往低處奔滾，在被鹹水煙燻黑的草叢中打轉。

有寬站在工作場接近蒸櫃地方，看兩名頭戴斗笠，整個臉都用毛巾蒙起來的女工，從蒸櫃裡把整台車蒸好的沙丁魚拉出來；她們全身遮覆得密密的，祇露出兩隻眼睛看東西。魚灶滿是腐臭及香熟魚腥味的空氣，不斷把有寬的肺湧得脹脹的；他縮緊槍管似的鼻子，把嘴巴癟得像屁股眼，仍繼續看那兩名蒙面女工，把整台車的沙丁魚順著鐵軌推進蒸櫃裡。

晒魚場上已曝晒了一大片躺在竹篾上的沙丁魚，有寬划動短腳鴨似的雙腳來回於間道察看；竹篾上的一條條沙丁魚和少許間雜其中的鯖魚，在愴然無力的陽光下，硬挺挺地躺著，牠們是死了。他站定在間道上，昂首望了望烏雲靉靆的天空，迎面而來的，竟是稠密的沙塵；這沙塵自廟側的風口直貫而來。站在這裡，他想，或許這沙塵也會如埋葬死人般的把曝晒的魚埋葬掉，等著蟲蛆在黑暗中啃噬牠！可是牠們微張的嘴，似仍有未說盡的話，牠們的話，也許就是那呼嘯而來的東北風，以及滾滾掩來的海煙吧！

有寬的眼睛，馬上又專注到魚睜凸的雙眼，牠們是至死也要看這世界的。祇一下子，他又把一位具有一雙蜻蜓眼的男人和牠們聯繫在一起了。那蜻蜓眼的男人就像一顆待炸的炸彈，又像富有感染力的細菌……想及此，他的身子猛顫了一陣子。

「眞像一場永世的悲劇啊！」有寬自語著，眼中抑隱著的憂傷，隨陣陣逼臨來的風勢而變得更濃了。

「該吃飯啦，有寬啊，十二點多了，飯冷了。」

有寬被一團模糊得似黏在一起的聲嗓喚醒，它初聽來令人不慣，而且根本不曉得講的是什麼，但畢竟這聲音他已聽久。他看到旁邊站了一位像駱駝高高駝起背脊的婦人。這婦人約莫五十歲，兩眼幾乎是串掛在兩耳邊，鼻梁扁平而長，鼻孔衹留得蝨子般的縫隙，上唇一直垂至下巴，樣子彷彿是駱駝的化身。她是有寬的女房東。

對於她的出現，有寬有著無比的驚奇，因他一直未發現她的走近。

「喔，阿嬸。」

「該回家吃飯啦。」婦人的聲音由於被垂至下巴的上唇所遮擋，混成一團後才勉強擠出來。

有寬回望蒸汽氤氳的工作場，告訴婦人：「等她們把魚弄完，我再回去。」

「你會餓的，不行，你老是忘了吃飯。」她的眼睛睜得幾乎衹能看到眼白，說話時蝨子縫般的鼻孔翕張個不停。

「等一下我就回去吃，妳先回去。」

婦人離去了。有寬瞧她每走一步頭便上下晃動一下的模樣，眞像隻單峰駱駝。也因她的模樣，有寬已記不清到底是什麼時候起，有人竟私底下稱她「駱駝查某」呢！她踰過橫跨排水溝的水泥橋後，便被硓砧石砌成的防風牆遮住了。

這時忽然颳起一陣大風，整個天空立即被揚起的沙塵掩住；有寬的右眼被隨沙塵捲起的細石擊傷了。血，慢慢流了出來，他痛苦的把身子蹲踞下去，緊緊摀住眼睛。

這場風沙，像驟雨，來得快也去得快，萬物瞬間像被傾盆大雨淋了一樣，都蒙上了一層厚厚的沙塵。晒魚場的兩名女工被這驚來的景況嚇慌了，風一過即急著整理亂成一堆的竹篾，沙丁魚已和泥沙混成了一團。其中一名女工發現有寬緊摀著眼睛的怪狀，好奇的伸長脖子靠近他。

「怎……」她剛開口即發現了自他指縫滲出的鮮血，於是慌張地拉下蒙在臉上的面巾，扳下他摀著的手。當她看到他右眼血跡模糊時，顫抖著哭了。等到她用面巾幫他把血擦掉，才發現那血是來自上眼瞼部位，並不是來自眼睛，於是安心了不少。但眼瞼被細石擊中的傷口，卻也有米粒大，血還是流著。

有寬覺得右眼一陣陣痠麻，無法睜開。他勉強站起，在風沙中用左眼望著面前的女工。他瞧她豐潤的嘴唇——自微張的唇縫中，他發覺到她紅韌得能令人感覺到情欲的舌尖，正不安地在兩顆犬齒間游動著；而她臉上的淚痕卻被沙塵染成兩道黃線。

「多謝妳，阿麗。」

「眼睛沒有傷，是眼睛上面在流血。」她明亮的眼睛仍不安地轉來轉去。這時已有其他女工圍攏過來，七嘴八舌地提出自以爲是的治療方法。

「不要緊，我回去擦擦藥就好了。」他手中仍抓著阿麗那條被血沾染了的青綠色面巾，忘了還給她。

他交代女工魚蒸完就回家吃飯後，便鑽進他那六百西西的載貨車。剛踩上油門，他才發覺到雙手扶住方向盤時，似乎被什麼東西牽制了；待定睛一看，他微微笑了，似乎眼瞼的傷痛這時已完全消失。他下車把手中變紫了的青綠色面巾交還阿麗。「把它弄髒了，等一下我再拿一條給妳。」

駕車途中，他的心被阿麗剛剛那富情欲的紅韌舌尖慫動了。他已不覺眼瞼的傷痛，倒發覺自己的情欲已偷偷地亢奮起來。

已回到住的地方了。有寬看到駱駝查某正在古老房屋的門簷下，抓著一隻黑母雞，將手指伸進牠的肛門裡試探有沒有蛋。黑母雞甩著頭，咯咯地不停掙扎，想躍脫駱駝查某的掌握。祇聽她用黏成一團的聲音頂牠：「要死啦，光拉屎，不生蛋。菜和魚我已經把它放在電鍋裡溫啦，快去吃。」顯然她後一句是對有寬說的，可是和對黑母雞說的話接連在一起，聽著卻頗不是味道。

他下了車，摸摸受傷的地方，顯然血流已停止。她仍坐在門簷下，背脊極爲突兀的，成爲全身最引人注意的焦點。黑母雞拔開雙腿掙脫她而飛跑了。有寬看到她把插進黑母雞肛門的左手往地上一甩，竟甩出一股黏膩膩的黃色液體。接著又見她撇頭瞧了他一眼，便將滿是雞屎的手往石頭上抹，再在褲子上擦拭一番，就算了事啦。

「我去弄飯。」

「我要抹藥，有什麼藥比較好。」

「你要藥，爲什麼？」她盯著他的臉，看到了血跡，於是驚叫：「你是怎麼啦？」這時她的臉相變得比牛尾巴還長。

有寬告訴她原因。

「這麼不幸，這是天公在對你說，今天，或者以後都要小心。天公顯靈給你。」

有寬聽駱駝查某這麼一說，呆痴了須臾，思索著她所說的含義。

駱駝查某睜圓了滿是眼白的雙眼，煞有一回事地說：「傷口用眼藥膏抹就可以，眼睛雖然沒有傷，神經被碰到了，也有危險，可以用棉花沾雞蛋的蛋白，敷在上面就沒問題了。你等著，我去拿。」說罷，顛著肉峰就跑進屋裡。

有寬審視這古老的門簷，它是由花崗石砌成的，外表敷上的石灰，均已剝落。從門簷進去就是天井，那是露天的小庭院，但四壁都已蒼苔累累，牆石都突露出來了。天井兩邊是左右廂房，而他睡的房間就在右廂房靠南向海的尾間，左廂房的尾間充作廚房用，與他的房間相對；駱駝查某和她丈夫則睡在廳堂旁的正房。這時，四壁的蒼苔投給了他一種低沉的愴鬱感，他想，這是敗落與死亡的象徵啊！它早爬上了變黑的屋瓦上，高高地盤踞在這個家的頭頂上。

駱駝查某又跑出來了，她手拿一只有缺口的碗，碗中土黃色透明體的蛋白正不安地晃盪著。她要他坐下，好爲他抹藥敷蛋白。有寬聽話的坐下了。祇見她生滿厚繭、皮膚像雞腳皮的手正伸向他來，他突然覺得想嘔吐的猛把頭往後躲。

「會痛是不是？」

「不……不會。」有寬不好意思地說，但他也衹能強忍那股發自她手上的雞屎味，這味道比狗屎更刺激地逼著他趕緊屏住呼吸。

「你阿叔癲了。」她說她丈夫。「沒多久前才吃飽飯，又急著趕牛車到後灣去，他說要築一條很高的土牆，來擋海水和海煙，保護那一塊田。那樣做是不可能的。」她嗞嗞嗯嗯的像洩氣的氣球正在洩最後的一點氣。

有寬了解駱駝查某所說的「後灣」，那是位在龍門村最北端，緊接菓葉村的一處狹長海岸，綿延的沙灘被猛浪沖積得厚厚的像一長條奶油蛋糕。卅年前，那地方曾是沿海櫓搖舢舨漁業的依泊點，由於它距離撈捕區較近，故漁人選擇了它。然而卅年後，機動漁船取代了舢舨，漁人便不再受距離及人力之限制，於是捨棄了那有猛浪激流的海岸，把停泊點轉至南方避風狀況良好的海灣，即人們所稱呼的「面前灣」。

「那鬼地方，不知有多少冤死鬼，衹有那地方才會有那麼多的冤死鬼。」駱駝查某嗞嗞嗯嗯地似想把她記憶中對後灣的印象，統統說給有寬聽：「古早時，已經有許多船沉在那裡，死的人衹好作冤枉鬼了。去年，那艘菲律賓的大商船，還不是在那裡撞到暗礁，沉了一半。我說他發癲，一點也沒錯，才會想在那裡築土牆，沒路用啦！」

「那塊田的花生和番薯，可以在海煙和風還沒來的時候，先弄回來嘛，就不怕損失了。」

駱駝查某小得像蝨子縫的鼻孔陡地緊閉：「他說田絕對不能破壞，祖宗留下來的田地，誰讓它損失，誰就是不孝子孫。」

駱駝查某替有寬把眼藥膏及蛋白敷上了，並用膠布黏住棉花，免得它掉落，然後她的手又像擦雞屎般的，在那長條格子的褲子上擦了一陣。有寬也好不容易才等到她把滿是雞屎味的手自他臉上移開，不禁舒服地鬆口氣。

「多謝妳，阿嬸。」

「謝什麼，從今天開始，凡事你都要小心才是。」她打轉著串掛在兩耳邊的眼睛，叮嚀他。

「不會有什麼！我知道啦！」有寬嘴裡雖說著，心中卻已急躁而憂慮地想著八字問題。

回到魚灶時，女工都已回家吃飯，然而那烏黑的鋼管煙囪，卻仍高高地聳向天空。有寬雙手環抱胸前，叉開粗胖的短腳，站在煙囪陰影下，直望煙囪。這時，阿麗幻影般湧現在他眼前，夾在煙囪和他之間；她豐腴的身材，包括走起路來都會顫跳的乳房，彷彿火焰一下子便將他全身燃燒起來。在不久前，令他忘不了的剎那間所看到的——她豐潤的唇縫中，像蛇在她兩顆犬齒間游動著的紅韌舌尖，顯然對他是具有何等的煽惑力啊！他在想像著不久前澎湃起的那種欲念，也想及幾天前瘋狗對他說過的話。

當他意識到煙囪就近在眼前，且烏黑冷硬得隨時有可能壓潰他的時候，她在他和它之間消失了，隨著，欲念也跟她一齊消失，但一個胖嘟嘟的幻影，緊跟著彌勒佛般的自虛無中躍出來。而令有寬感到驚訝的，那幻影並不是夾在煙囪和他之間，倒是和那令人感到冷漠殘酷的煙囪疊合在一起。他已分不清眼前所看到的是幻影，還是煙囪？彷彿彌勒佛般的幻影與阿麗的幻影是兩不相容的，並且她與烏黑冷硬的煙囪也總維持了那麼一段距離，衹有那個胖嘟嘟的幻影才能與它融合無闕。有寬想著，竟冒出了一身冷汗，他不敢再對那烏黑冷硬的煙囪瞟個半眼。

女工已陸續來到，有寬瞧著阿麗款擺而來，他發覺阿麗的臀部盪個不停，乳房也跳舞般的上下左右躍動不已。她是頗具野性的，也許她根本無法自覺，然而這祕密已被有寬透視。

阿麗彎舉著手一面走一面包紮頭巾，有寬看著，瘖啞的笑了一下，便走向她。

「這條面巾妳拿著。」他自口袋裡掏出一條粉紅色面巾。

阿麗眨眼推手：「喔，不要，我還有，那條洗洗就清潔了。」她盪著臀部逃跑了。

有寬站著，沒再有任何舉動。但此刻，他感覺到右眼的膠布正在撕扯著肌膚，所有撕扯的疼痛，都集中到眼窩來了，他不能忍受地索性把它扯下，並用衣襟把蛋白拭掉。

而後，他凝望靉靆地向南飛馳的烏雲，它們像哭著在趕喪的一大群穿孝服的人。他看著、想著，心裡又爆開了另一種衝動——他要到「新文川堂」。

「新文川堂」的大招牌，白底黑字地高高豎掛在門面，它似乎也在告訴人們，它是具有嚴肅性與歷史性的，但仍免不了會讓人聯想到，祇有喪宅才會在門面用白底黑字貼出「嚴制」或「慈制」等的。

店裡，梅映正忙著應付一位年老的乾瘦顧客。

他摸著單光紙：「不是這個，好像再厚一點。」

梅映自櫥櫃裡翻拿出兩疊紙，呶著小嘴對他說：「還是這個？」

他又用兩隻手指，把薄薄的紙張夾捏在中間地研判了一番。

「這是印書紙，這是模造紙。」梅映告訴他。

乾瘦的老人望著紙張沉思道：「好像都不是。」

「那……」梅映噼哩叭啦地把櫥櫃內的紙張統統擺出來：「你再找看看，是哪一種。」

他訕訕笑著，嘴巴扳向右邊，臉上的肌肉浮出波浪層疊的皺紋。他一樣樣地看了好久，最後還是說：「好像都不是，我不知道是哪一種，眞失禮，回去後我再看看是哪一種。」他尷尬地把眼睛、鼻子、嘴巴，笑捏成一團。走了。

梅映看著他乾瘦的背影，在午後的微陽裡消逝，才再冷冷瞪著玻璃櫃上堆得高高的紙張，默默地一樣樣擺回櫥櫃。午後的微陽，像生病般虛弱地任由風吹襲，搖晃不定的乍明乍暗。

不久，樓梯傳來很篤定而略微重的腳步聲，母親正自樓上下來，手拿一束爛掉的百合花，它幽清的香氣猶存，可是卻萎死了，斑黑的葉子上已到處呈現窟窿。

母親走到角落，把爛死的百合花整束摧殘成片段，扔進垃圾桶。梅映看著，心裡隱隱疼了一陣子。

那束百合花原是插在神龕的橢圓白瓷瓶裡，母親認爲這樣才能使神龕好看，菩薩也愛香花。「插在花瓶裡，怎麼會死，眞是奇怪啊！」她又繼續讓腳步的重量壓在那道樓梯上，樓梯似忍受不了的連續「咯——咯」響了好幾聲，才算歇止。母親又在樓上忙她神龕的事情了。

今早，母親和祖母把昨晚向菩薩要回的神符貼上後，母親便覺得神龕有些髒，因此，當她中午小睡起床後便開始忙著這樁事。

梅映趁母親還留在樓上，便走近垃圾桶，看那已不成形亂成一團，窩在垃圾桶裡的百合花，裡面尚有一朵正張著嘴巴，似在向她求救。她咬了一下嘴唇，掉頭走開，不忍再看。昨晚臨睡前，她仍隱隱約約地嗅到那束百合花洋溢出的香氣呢！但祇幾個鐘頭，它凋逝了。梅映心事重重的想著，眼光也不住地往外邊飄。

有人進來了，那人披著風衣，頭戴圓盤帽，正朝梅映走來。梅映驚愕地抬頭看他，發覺他並不是她所期待著的人時，臉上乍現的光彩馬上消失了。他祇要了一支原子筆，付了錢便走了。

又過了將近半個鐘頭，一位矮胖的男人進來了。

還是梅映眼快，馬上看到了他。她驚喜的趨近他：「你傷到了？」她指著他眼瞼上的傷。他是有寬。

「祇是被風吹起的細石打到，好了。」

緊接著，兩人都沉默了，彼此對望著。

幾分鐘後，他才低聲問：「八字算得怎樣？」然後直盯梅映。

「阿母還沒拿去算，她主意變了，要等你一起去。其實我也不希望這樣做。」

有寬不捨地直望入她那帶濕又帶憂的深邃眸神裡頭，這眸神好像便是她整個兒的生命，也因這眸神而令他瘋狂的產生了愛。

「阿媽說我的下巴——你看，阿媽說我的下巴太尖銳，不好看，像鐵鎚的尖頭。」她昂起頭，故意把下巴略微抬得高些，說話時，聲音仍壓得低低的。

就在這時，梅映的母親下來了，她仍是習慣性的梳個髮髻，插支串有白色珊瑚珠子的銀簪；但無論如何打扮，她那被油質撐大的肚子，總像懷孕的母豬，一直沒變。她站在樓梯口瞪著有寬和梅映倆好半晌，連吭個聲也沒有，而且臉色森寒得很，這看在有寬眼裡，感覺是恐怖的，令他全身的毛髮統統豎立起來；但他仍不失其拘謹的先開口：「阿嬸，妳好。」

婦人仍未動聲色，她走到店舖的另一端，距離他們遠遠的，有意無意地在那兒整理海報紙，把氣氛製造得非常僵硬。

梅映難過得受不了，她喊著：「阿母……」

婦人抬頭看她欲言又止的嘴巴，終於開口了：「什麼事？」她的聲調在這時是森冷且沒有感情的。

梅映也不知自己究竟要說什麼。

婦人衹對她瞧了一眼，又繼續埋首整理海報紙。

有寬這時心裡衹有一個念頭，或許他應逃跑，逃離這婦人所處的毫無半點空氣、令人窒息的地方。可是他沒跑，他沒勇氣跑——氣氛太僵硬、太緊張了……他聽到了自己胸腔內激烈的咚咚聲，這鼓似的聲音愈來愈近……愈來愈響……他感覺心臟往上浮了……他就要窒息，他受不了……他也感覺到自己的眼睛一直往上吊，全身肌肉愈來愈緊……手和腳一直麻痹……他要崩潰了，他感覺心臟即將停止跳動……

但梅映哀怨的眸神，說也奇怪，好像有魔力，當他眼睛與它對視時全身肌肉就逐漸鬆弛……心臟又跳動了……他緊縮的肌肉已完全舒放……眼睛也不再往上吊。咚咚的鼓聲，這時已去遠，心臟也不再往上浮……他長長舒口氣……像經過一場大病方才復元……

「怎麼啦！」梅映緊張地問。

他搖搖頭，呼吸仍未完全順暢地回望婦人一眼，對梅映說：「我好像不應該來。」

婦人似乎一點也沒察覺到剛剛發生的事。

梅映掩著臉竟抽抽噎噎地哭起來，這動作卻引來了婦人。有寬呆立著從婦人望至梅映，再從梅映望至婦人，整個心怛惻得像在撕裂。

當婦人冷肅的眼光投向他的時候，他發覺那眼光是染有巨毒的，嚇得他五臟六腑都差點從嘴巴裡蹦跳出來。

「怪不得誰。」婦人說得直截了當。「八字我要等你來才算，好壞你才相信，該怎樣就怎樣，我先說明白。」

有寬望著婦人，眼光從婦人峭直的鼻梁，移到她緊抿的嘴唇，他覺得自己也祇能靜默地聆聽這冷肅、海煙般的警告。

「太公命算館」的小招牌，在一間外表陳陋的矮低小屋宇前，正靜靜地立在樹葉和紙團隨風沙沙飛轉的聲浪中。

有寬看這小屋宇，頂上的破瓦已由紅而轉黑，早被蒼苔盤踞，門楣上貼了一張太極圖，底下並有一張長長的黃色神符直伸而下，隨風招擺。這小屋宇就擠在巷道裡，風可從這頭巷口恣意地飛奔至那頭巷尾。

梅映與母親、有寬三人剛踏進「太公命算館」，算命仙仔正坐在一張老舊的木桌前。看到算命仙仔的模樣，梅映楞住了。這位乾瘦的算命仙仔，瞧見梅映的神態，也楞了片刻，才招呼他們坐下。婦人說明了來意後，算命仙仔開始一板正經地問有寬的生辰八字。

「民國四十年，農曆六月十三日晚上十一時生。」有寬告訴他。

乾瘦的算命仙仔端詳了有寬好一陣子，準備判決有寬和梅映的命運了。但對於算命仙仔，梅映卻有許多問號在心窩裡不停息地打轉。

「四十年是辛卯年，六月是乙未，十三日是丁己，晚間十一時……」他抬頭問有寬：「晚間十一時生的？」

「對，十一時。」有寬想，母親就這樣告訴他，準沒錯。

「十一時，喔，十一時至一時是壬子……」

有寬一直以受審的心情聆聽算命仙仔的宣判，緊張得很。在這之前，算命仙仔已說他具偏財、冠帶、帝旺之命，並沒啥不好。算命仙仔將臉上的波紋拉動一下，又繼續說：

「十一——壬子——羊刃桃花。」

梅映和有寬的心都一緊，倒是她母親大嚷：「你是說他命帶桃花，有桃花運，會泡女人，討小老婆？」

算命仙仔將臉上的波浪又拉動一下：「天命，桃花運隨身。」

婦人衝著梅映：「我說他不適合，妳偏要。」她也瞅著有寬，偏著頭，一副不可侵犯的樣子。有寬臉色正由紅而白，而暗。

算命仙仔又繼續說：「桃花無損，你具有『三合』，合天地人之局，可否極泰來，有德有才有權有財有壽，是上上命。」

有寬仍灰沉著臉，嗓門一點也無法振奮起來：「『三合』是什麼？」

算命仙仔的態度顯得極爲深沉，這看在梅映眼裡卻像隻狐狸。他答道：「地支中具『卯、未、亥』三者，是爲『三合』，算上上命，先生你來日可成就不小。」

有寬將算命仙仔寫在紙上的卜算文字，拿起來看了又看，槍管似的鼻子繃得緊緊的，過不久說道：「地支裡，我衹看到『卯、未』兩個，怎麼沒有『亥』？」經有寬這一問，算命仙仔眼睛陡地瞠得好大好大，臉上波浪般的皺紋一下子洶湧起來，他求憐般分別望著婦人、梅映和有寬，嘴唇蠕動了一下，立即說道：「先生，天道有常，天機一洩，足以害事，來日便知曉。」他用這話把有寬搪塞住，兩人彼此默對了稍許時間。

「謝謝你啊，算命仙仔。」梅映的母親口裡說著，人已衝出「太公命算館」，她冷酷且譏嘲地對有寬說：「你該清醒了，不要再打擾梅映，你可以找更多的查某。」

回到「新文川堂」，他們彼此也沒什麼好說，婦人逕自進了裡面，有寬已把自己關在小貨車內，汽車引擎正在發動。他凝望了梅映一眼，發現她那憂傷的眸子裡已滾動著淚水。他不忍再看，咬著牙，心一橫，開著車子走了。

車子開到馬公市郊時，車速指示針倏地由卅，而跳至六十……七十……八十……他已跡近瘋狂……衹想往前衝、往前撞，哪管路面並不是坦直的……

——收入草根出版《海煙》

【作者簡介】

呂則之，著有《憨神的秋天》、《海煙》、《荒地》、《雷雨》等書。於一九八〇年代開啓了海洋文學的書寫。一九九七年與作家歐銀釧、張典婉、沈花末創立澎湖鼎灣監獄寫作班，教導受刑人寫作，在文字裡重新審視自身。

【作品賞析】

潮濕而且富涵生命力的海洋，在我們的想像中總是躍動奔騰，而且生生不息。然而，被海包圍的澎湖，或許因為地理位置的關係，它不是一年四季風光明媚充滿潮濕空氣的熱帶小島，反而風大而乾得刮人。它有它的美，觀光季節總是吸引大批觀光客，但是對於島上居民而言，它是他們的家，也是他們的日常生活。這與觀光客截然不同的兩種心情，讓在地生活多了些海水的鹹味，與海風的侵擾。尤其在作者所書寫的那個年代（民國六十九年），澎湖不是觀光客聚集的地方，只是個被海包圍的小島，卻也似是被海封閉了。

小說一開始敘述幾名漁人／男人出海捕魚的熱情，打打鬧鬧之中他們冒著強風出海了，只有最老的漁人不斷叨唸著這過大的風，而他擔心的又豈止是風雨，怕是每逢那樣的季節會出現於澎湖的鹹水煙。斷了的漁網，讓老漁人的擔心成真，漁人們雖不甘心也只有空手而回。

回到陸地上，依然逃不過鹹水煙。世界不僅像是蒙上了層垢，而且不斷遭到腐蝕，彷彿連人也只能這樣無奈而固著的生存，雖然生處海島之中，卻比任何時候都要來得乾涸。在這樣的日子中，漁場女工那濕潤的舌和唇，以及文具店小姐的愛情悸動，卻是溫潤的，宛如為這裡注入一股鮮甜的活水，引起了人們的情欲流動。可惜的是，這樣濕潤的狀況對這裡的人來說並非常態，就像被鹹水煙籠罩的這個地方，到頭來還是會被侵蝕得體無完膚，只能委屈於現實之中。

——廖之韻撰文

流離

陳淑瑤

午後秋高氣爽，村裡的人都在田地裡掘花生。阿雀坐在巷子的水泥地上，哭得像個小孩子，腳邊一個盛著米飯和飼料的鋁鍋，引來一大群雞。

堅硬的喙子敲著鍋底咚咚響，一鍋黃色的飯粒轉眼被啄得精光。幾隻高頭大馬的雞跩跩地走開了，其餘小一號的趕緊圍過來磨磨蹭蹭，懶懶地也都散去。阿雀也不知道哭了多久，哭聲漸漸不再那麼熱鬧。她把身體一斜，頭靠在家的牆壁上，想到這結實的牆壁，默默又流下兩行淚。起風的緣故，淚水一下子就不在臉上了。雖然意猶未盡，可是太累，她無可奈何，即使無人哄騙，也慢慢止了抽噎，乖乖睡著。

在她熟睡時，一隻剛下過蛋的母雞咯咯咯地走到她身邊，在周遭繞了一遍又一遍，仔細地觀察奇怪的主人。另一邊，幾隻豐滿跋扈的大公雞則大搖大擺地擠開紗門，走進她的屋子，啄破了米袋，偷吃她的米。

不遠處來了一個大眼睛的小男孩，他一面沿著路邊的牆壁走，一面吮著一支綠色的冰棒，每經過一間房屋就攀在人家的後窗邊上探頭探腦。「阿婆，雞在偷吃汝的米啊！」他好心喊著，無人答應，他又喊了一遍。他從地上撿了個石頭，推開紗窗，朝最囂張的那隻公雞丟過去，牠一急，拉了一堆屎。

小男孩再走，發現阿雀斜倚在牆邊，睡得嘴開開。「阿婆，阿婆，雞在偷吃汝的米啊！」他喊。她沒回答，他又喊了一遍。於是他重施故技撿起一顆小石子朝阿雀的腳扔去，「趴」一聲打中她下垂的腿肚子，人依然一動也不動。小男孩腦子裡閃過一個念頭，驚慌地拋下融化的冰棒，後腳划了兩下，才跑開來。

他跑了一百公尺有吧，頭也不回地彎進一條小巷子，這才放聲尖叫起來。「阿雀阿婆死去啊，阿雀阿婆死去啊！」他跑得愈快，叫得愈大聲，淒厲的嗚嗚直衝雲霄，好像身中數刀，背後猶有人追殺。

屋簷下的厝角鳥嚇得四處竄飛，媒人婆過歲大的曾孫從夢中驚醒，哭聲大作，眼淚直濺到耳朵裡。媒人婆口念阿彌陀佛，走出屋外探究竟，才踏進巷子，就被一陣狂風掃在地上，不省人事了。

小男孩路上找巷、巷裡尋路地橫衝直撞，像隻無頭蒼蠅，一步也不停。最後索性往村外的田地跑去找他媽媽。

半個多鐘頭過後，在小男孩的央求發誓下，村長和阿雀的鄰居克信半信半疑的趕回來。阿雀已經換一個姿勢，兩腿伸直了。

「哎喲，慘囉。」村長說。

「怎麼辦好呢？」克信恍恍地問。

「種種去，偌無要按怎，不是抬去西面山就好，擱要出錢幫伊買棺材咧。」

「不行啦，這要先驗屍，看是怎麼死的。」

「啊免啦，老大人驗什麼屍。」

「那要打電話叫她乾兒子來處理啊。」

「客兒不知在叨位客兒呢！」

他們兩個把張破草蓆攤平，並研究著如何才能一個動作完成，把她居中放在草蓆上，好抬進屋裡。村長一不小心踢到翻覆在旁的鋁鍋，匡郎匡郎聲之後傳來一陣哭吟，阿雀皺眉歪嘴喃喃夢囈。村長踉蹌倒退三步，差點跌坐在地上，匡郎匡郎，又踢到鋁鍋。「拜託汝，大人大種啊，要睏去厝內睏，賣在這驚死人。」村長話未說完，克信早已捲起草蓆溜進屋子去了。

阿雀睜開眼睛，看見是村長，眼淚奪眶而出。村長心有餘悸轉身要走，阿雀立刻放聲哭出來。

村長急忙回頭說：「啊是按怎啦？」

阿雀忍住悲傷，試了幾次才說出口，「我沒厝住啦。」

「這我也沒法度，厝不是我的，汝去拜託阿萬才有效啦。」阿萬賭得傾家蕩產，他也聽到風聲。但是沒有什麼比她活著要緊，村長別的都不管了。他掉頭走了幾步，聽見她那用力使出來的硬邦邦的哭泣聲，一時又心軟下來，說：「好啦，日要暗啊，我土豆犁一半……日暗呷飯飽才幫汝打電話問阿萬，賣擱哭啦。」說完就趕緊走掉了。

阿雀又哼哼嗨嗨一陣子，正覺得口乾舌燥，忽然有一列聲音由遠而近向她駛來，像她哭泣的回聲，不久就與她的哭聲重疊，壓了過去。她停下來聽，是救護車。要是平常她早衝到路上去看詳細，傍晚時好說與下田的人聽，此刻她沒這個衝動。但是好奇心仍偷去一些重量，她不再那麼傷心。

她費力地拉直僵硬的身體，從又疼又麻的腳上站起來。在昏天暗地來臨前，她想把握住紅彩的黃昏，重新理出生活的頭緒。她扶著牆壁，踩高蹺似的一步一步慢慢走。一進屋，看見白米、雞屎、雞毛和了一地，想到自己苟延殘喘的晚景，又啜泣起來。

彩霞揉散，天色轉成紫藍，白色的星星和月亮浮出天際。下田工作的人牽牛帶狗、有說有笑地回來了。牛車、推車、腳踏車、摩托車，路上滾動著沉甸甸的輪子，挾帶著一股淡淡的土味和草香。馬路兩旁坐北朝南的屋子，一邊勾出鵝黃的門框，一邊剪出銀白的窗形，嘈切的人聲逐燈火而居。

永朝一家子也在回家途中，他太太梅香把推車停下，挑了幾條彎曲的菜瓜，叫她女兒拿去給雀仔阿婆。小女孩把菜瓜捧在胸前往前跑，一會兒又跑回來說：「沒點火，暗摸摸。」「給伊放在門邊就好。」梅香說，小女孩不肯，「賣去，賣去，呷飯飽才叫阿媽拿去，沒路用。」被這一推拖，菜瓜幼嫩的表皮微微磨破了，在昏暗的路燈下看不太出來。

天色完全暗下來，阿雀糊塗地坐了好一陣子，心裡亂糟糟的東想西想。或許是年紀大了，她覺得這是她這輩子最不幸的遭遇，遠比兩次喪偶還嚴重。她向門外看去，對面島上亮起點點燈火，她長歎一聲，起來把電燈和電視都打開。楊麗花歌仔戲已經快演完了。打有電視以來，她還未錯過一次阿花的歌仔戲。

她拿起掃把和畚斗走到門前的沙地，一群雞馬上向她包圍過來，原本糜糜爛爛的人，才有一點兒生氣。她一邊口中罵著「畜牲！畜牲！」一邊舉起掃把圓規似地掃了一圈，把雞都劃開來，如孔雀開屏一般。「畜牲！畜牲！乎恁呷太飽，別人的雞一日呷兩遍，爛菜摻飼料，飼料薄到像頭波，哪像恁，一日呷四遍，有魚有肉擱有飯，按那糟踢我……」她分別擊打再向她靠近的雞，然後掃了一堆沙進畚斗。她決定不給牠們吃晚餐，以此做爲報復。她把沙掩蓋在雞屎上面，再一堆堆的掃起來。那雞屎已經乾涸，掃不掉了，骯髒的印子爬滿地。

瓦斯爐上煮著地上掃起來的米，另一端溫熱中午的剩菜，她的肚子餓得很。三十多年來，孤家寡婦一個，她得到低收入戶和不幸婦女兩項補助，每個月可領個四千多塊，日子過得反倒比村裡的農民好，眞正是不愁吃不愁穿。衣服是從不買的，對她而言那完全是身外之物。高雄的春菊表姊在世時給了她不少衣服，她穿著上市場眞像個都市女人，小販招呼得特別殷勤。乾女兒給的卡通T恤、線條襯衫則在家裡穿。這會兒她就穿著一件有一顆亮片繞成的心的粉紫色棉質上衣，亮片掉了一大半，仍見心形的痕跡。

吃，她最捨得的就是吃。每年春天買一打小雞是固定不變的功課，牠們圓滾滾的身體像個黃色毛線球，供她織就一年的寒衣。努力加餐飯的緣故，別人家的雞冬至才上桌，她的雞命喪中秋。鴿子也養過兩年。她的乾兒子幫她釘了一個鴿子籠放在屋頂上，每天黃昏她會放牠們出去飛一飛、蕩一蕩，等牠們忠實的飛回巢時，她就站在屋頂上呼喚牠們，「咕嚕屋咕咕」，這是鴿子專屬的口號。那眞是無憂無慮的時光！後來常有人來告狀，說鴿子偷吃花生，她一怒之下，一口氣殺掉十二隻鴿子。麻油鴿子，味道眞好啊！要不是門前的地不夠大，她還想利用剩菜剩飯來養一條豬。

她想出兩個辦法。一是打電話給她乾兒子，俗話說：「生的推一邊，養的功勞卡大天」，就算他是外省人也該懂得這道理，看他拿她怎麼辦。再不然就賴著不走。阿萬有的是錢，回來這裡做什麼，別說他是屋子借給她住，就算她幫他看了二十幾年的家，這分人情，不值一間房也值一塊瓦吧，他不敢眞的強迫她走。想到這兒，她決定燙幾隻小管來吃，今天不吃，明天就不那麼新鮮了。

才剛喝兩口粥，門外匡郎匡郎響，「夭壽，一個鍋子黑白丟在土腳。」是來春的聲音。

「呷飯啦！」阿雀打起精神招呼她。

「汝是在呷日暗抑是在呷消夜？」來春把一團報紙放在她的飯桌上，「這幾條菜瓜乎汝煮。」

「啊……擱呷也沒幾頓啊啦，夭壽阿萬說要返來趕人。」阿雀邊吃邊說。

「汝在聽伊沒影沒隻，伊那放蕩性，哪住得住，伊是返來看看，開同學會啦。」

她哭了一下午聽來春一句話就寬心起來了，原本想吃完飯去廟裡請廟公打電話給她乾兒子，好像也不需要了。

「呷一隻小管啦！」她說。

「呷飽啊，今年小管少，眞貴哦。媒人婆下晡說去入院，說是救護車來載去，汝有看著無？沒代沒誌跌跌昏昏在巷仔內，好家在村長走過，偌無就死死去，人偌呷老就沒路用，偌會好也要拿枴仔，伊一個孫自下晡哭不停，剛才帶去乎圍仔收驚……」來春叨叨絮絮又說了一些閒話，阿雀因媒人婆給她作的兩次媒都短命，想起來便有恨，這時候聽說她住院，倒有點兒幸災樂禍。

阿雀很滿足的吃，覺得這頓飯好像是別人煮的，味道特別不一樣，「呷一隻啦！」阿雀又說一遍。

「不愛啦，要返去睏啊。」

「這早就要睏。」

「八點外啊。」來春走到門口又說：「走啊，冬瓜有無，拿一粒來乎汝！」

「免啦，免啦，徙留起來自己呷。」阿雀說著夾起最後一隻小管往嘴裡塞。

兩天後的早上，阿雀到田裡澆水，這租來的小塊地夾在青石嫂和順意伯的田中間，種著番石榴、甘蔗、南瓜和白菜。在這兒勞動勞動，流一身汗，回到家便覺得苦盡甘來。她站在牆邊眯眼看青石嫂和她媳婦坐在田裡掘花生，光禿禿的田上揚起兩朵塵煙，好像都跑進她眼底來了。她眨眨眼，左手提著一水桶的番石榴，右手抓住一個南瓜，慢步走回家。

穿過蜿蜒的小路，才踏上柏油路，就給擴音器的聲音嚇到。一部擴音器安裝在村頭原安家的屋頂邊上，專門對沙園方向的田廣播。「吳金雀電話，吳金雀電話，吳金雀電話。」她走了一段路，耳朵裡還在吳金雀吳金雀嗡嗡地響。那是她的名字，只有查戶口的警察才這樣稱呼她。她快步走回家，把水桶和南瓜擱在巷子口的水泥地上，連跑帶跳的趕到廟裡去，一心以爲乾兒子與她心有靈犀。

「打來未？」阿雀問廟祝。

廟祝喝下一口茶說：「在那拜拜，阿萬仔在找汝啦！」

阿雀從外頭進來還覺得眼前黑眩眩的，聽到這句話心坎處晃動得兇，正站在那裡束手無策時，阿萬拿著兩摺金紙向西廂走來。

「哇啊，黑孔雀，眞久沒看！」

阿雀沒說話，眼睛瞪著阿萬看。

「坤山兄，金紙在叨位燒？」阿萬問。

「開門出去就看到啊，汝是連廟也忘記。」廟祝回答。

阿萬推開紗門去燒金紙，阿雀跟了出去，站在他身後說：「看需要貼多少厝租，汝講啦！」

「阿雀仔，按那就沒意思啊，這厝是我的，妳按那就沒意思啊。」

金爐裡的火熊熊燒著，火喉裡吐出一股熱風，虎虎地叫。

「要搬也要等過年後，這陣汝叫我去住叨位？」

「偌是可以，我阿萬不會爲難妳一個查某人，老朋友啊，妳沒看我行李攏提返來，我有我的困難。」

阿雀聽到這裡，走進西廂要廟祝幫她撥一個電話。

「阿雄呢？叫伊打電話回來給阿母，我現在在廟內等……去哪裡出差？跟伊講厝內有代誌，趕快回來一趟……汝這沒良心，汝這查某……」阿雀又國語又台語，激動得哽咽。廟祝在一旁抽著菸斗，低聲說：「好好講，慢慢講。」

阿雀放下電話筒走出來，正好碰到燒完金紙的阿萬，阿萬叫聲「阿雀……」，阿雀用力閃躲開，快步逃出去，在下台階時狠狠摔了一大跤，淚水都給摔出來了。她趕緊用手撐起來，不給人看見，沿著田邊的小路走回家。

雖然已是日正當中，田裡還是有很多人在掘花生，她想她走錯了，如果走柏油路，路上行人反而少。但是根本也沒有人抬起頭來看她，他們注意手上的花生都來不及了。

她爬過自己堵死的石牆，擦破兩根腳趾頭，翻下牆時，腳一溜，整個人跌在地上，沾了一屁股雞屎。她坐在那兒，看見一群雞擠在屋簷下，衝口就喊「足屋足足，足屋足足」。

那群雞圍著一只皮箱和一個襯著綠葉的簍子啄個不停。簍子被啄破，看來裡面是蘋果吧。她知道那是阿萬的東西，她也不趕牠們，脫下拖鞋逕往巷口走。已近正午，巷內只剩一條細細的陰影。風吹著她窗上的頭巾飄飄然，她腳下炎熱的水泥地一粒沙子也沒有，把腳底的老繭都燙軟了。空氣中飄浮著陣陣果香，就是這種味道使過去甘甜的回憶復甦起來。

雞群又來搗亂，番石榴被啄得坑坑洞洞，南瓜也是千瘡百孔，牠們甚至衝著阿雀淌血的腳趾而來。從田裡回家午休的人經過這兒都會停下來看看問問，把雞趕開，留幾個死藤的香瓜或幾條彎曲的菜瓜在阿雀身畔；甚至把番石榴提去倒給雞吃，然後裝滿花生，祭拜她的哀愁。

阿萬坐在不遠處的雜貨店門口，逢人先是稱兄道弟寒暄一番，接著哀聲歎氣頻頻搖頭，全然無辜的樣子。路過的人照樣塞給他一些蔬果花生，拉扯之間他的白袖子沾到泥土，他推辭說：「攏不知要睏叨位，哪有所在煮啦！」

阿雀哭得很累，開始想著這一切不知如何收拾才好。路上不再有人走過，大家都回到家了。他們只管安慰她，竟然沒有人勸她進屋子去，好像她真的無家可歸了。在這麼個大太陽下，她還哭著，牙疼一般。

終於有個聲音在說：「勞阮後壁舊厝住啦。」原來是來春的兒子永朝，她想這是唯一的機會，莫讓它只是一句安慰。她立即停止一切聲音，向在她附近徘徊的雞丟去一個香瓜，回過頭來說：「拜託汝，好心的。」

永朝回家後，阿雀進了屋子仍躊躇不安，直到來春端來一大碗鹹粥，她才鬆了一口氣。她拿著湯匙不斷攪動碗公裡的粥，蝦子、青豆、筍子一一浮現出來。看著這豐富的一碗粥，她的眼睛像打開的豆莢，圓滾滾的水晶豆直往碗裡掉，打出兩個凹洞。

來春連忙說：「好啊，好啊，賣擱哭，粥有夠鹹，免擱哭啊。」

她哽咽著：「自少年歹命到老……呷老才來老歹命……沒死沒活……」兩句話下來，涕淚縱橫。

來春眼眶也紅了，說：「賣想那麼多，沒路用啦，呷粥啦，呷啦。」

阿雀隨手抓起一條濕抹布，在臉上那片水鄉澤國胡抹一下，順便敷了敷瘦澀的眼睛，她嗅見抹布上的魚腥味，又想起餓了。她手上的湯匙仍繼續在舀動，並向她傳遞過來，粥已經快涼過頭了。

她趴在桌上安穩的睡了一大覺，直到兩隻母雞一搭一唱的把她吵醒。她抬起頭來，覺得臉上好像漿過一層漿糊，繃硬的。她扭開收音機，去洗把臉，立刻動手收拾家當。

一個人的東西照理應該是有限的，而一個人的家除了須具備構成一個家的要素，又因沒有家人的約束，或者出於填補空虛的心理作用，東西往往不下十口之家。家電家具不說，光是零零落落的雜物已目不暇給、礙手礙腳的了。她兩手插腰環顧一遭，然後以秋風掃落葉的姿態將它們全掃進米袋。幾年前乾兒子用來裝東西給她的行軍用帆布袋也派上用場，她把貼身的棉被和衣服粗略摺好放在裡面，一面淡淡地想起孩子。至少中秋節她會收到他寄來的鳳梨月餅，月餅盒底有幾張綠色的鈔票。中秋節不遠了。其他柴米油鹽醬醋茶之類的全投進來春拿來的幾只洗淨的米糠袋。

最後用頭巾、襪子和袖束在近袋口處紮緊，袋上便開出一朵朵的花。她心裡想，人家是掘得花生一袋袋，我是打包家當一袋袋，「唉！」歎了一聲，倒是滿愉快的。她不怕破舊，怕的是那種未知無形中帶給人的期待。來春家蓋新厝，沒有二十年，也有十五、六年了，後頭的舊厝荒落成什麼樣子也不得而知，此刻更無必要去探看了。她又想，他們家永朝孩子就有七、八個，滿屋子都是東西，舊厝向來當做倉庫，可別搬太多東西去跟人家擠。

阿雀一邊想一邊把米袋、布袋一只只斜斜地拖到屋外，再從屋外曳到巷子裡。一群袋子凹凹凸凸像有手有腳的給綑在裡面，歪歪地幾乎站滿一條小巷。阿雀來來去去走了二十幾回，才想起中午看到的那只皮箱和果籃已不知去向，「拿拿去死！」她對著地上紅紅白白的果皮吐了一句。

屋內面目全非，屋外暮色依然美不勝收。浮在西邊海上的夕陽點著了火，天空蒙上一層煙。「足屋足足，足屋足足」，過於溫柔的口號有陷阱的感覺。重新打理出來的鴿子籠裡放著一個喜餅盒，盛滿拌著飼料、魚肉屑及過期肉鬆的米飯。牠們回應著阿雀的熱情，循規蹈矩地一隻接一隻走進籠子。

天上那張藍色的紙雖未著火，已化爲灰燼。「掘了未？」「快啊，快啊。」「還未，最快也要掘到中秋……」回家的人聲也一併關進籠子裡。

吃過晚飯，永朝帶了三個十來歲的孩子推著手推車來搬東西，站在巷口喊道：「這全部攏要搬？」又小聲的說：「一台車太慢，阿龍去給得仔借一台車仔。」「好。」瘦小的男孩應聲就去。阿雀從巷子裡的布袋堆擠過來時，永朝又喊道：「老鄉啊，快來幫忙搬家哦！」爲雞起爭端，阿雀自去年冬天與克信的孩子吵了一架，從此不相往來，想叫永朝住口也來不及了。

花了兩個小時，三部手推車推了十幾趟，蛇似的輪胎沙沙輾過柏油路，阿雀的家整個移動了起來。「誰人的車仔沒風？」永朝的兒子喊著。「快啊，快啊，剩最尾一趟！」永朝說。阿雀在屋裡東摸西摸，從窗口聽見永朝說是最後一趟，心臟撲撲喘，好似十多年前第一次也是唯一一次搭飛機那麼緊張。

最後一趟搬的是電視機和一籠雞。因爲雞籠太大，永朝和克信並列兩部推車，讓雞籠橫著跨放，永朝的一兒一女各站一邊用手扶住籠子，好像押解囚車似的。

長久以來未調整過家具的位置，地上還留著它們的痕跡，阿雀用腳去踢那一框框的印子，一副無所事事的樣子。她把一個碗籃、兩個水桶和幾包米粉送給克信的太太，並將鑰匙託她轉交給阿萬，走了兩步又回頭說：「趁阿萬還未來，叫囝仔去厝內撿看有啥米可以用的。」然後抱著包裹在布巾裡的牌位和香爐匆匆走進小巷。

克信的太太怔怔的也沒說什麼，看著她離去才向巷子裡說了句：「走好哦！」「會啦，近近啊。」阿雀頭也不回的說。克信家窗口的燈光一格格打在阿萬家的牆壁上，其中有一扇還正與牆上黑暗的窗子吻合。阿雀走出了小巷，仍覺得那燈光映照在她身上。

爲了不經過雜貨店，阿雀繞個大圈，拐彎抹角地穿過好幾條巷子。這些巷子她從未在夜晚走過，此刻竟然覺得異常熟悉。她在長滿青苔的石壁間流動，好像一團食物自然地順著腸子往下滑，很快就要到達安頓之所了。

來春家到了，「好家在沒遇著人。」阿雀在心底慶幸著。她走進去，電視機開著，沒半個人影。若是以往她早拉開嗓門喊：「攏死去叨位？人啊！」今晚起可不同了。「來春啊！來春啊！」她輕聲地叫，邊探看邊向屋子深處走。

後門外有一盞燈火，人影幢幢、喋喋不休，看戲一樣熱鬧。她側身頂開紗門，大家見了她都說：「吼，來啊，來啊！」今晚她是女主角，她也低聲應著：「來啊，來啊！」新厝的燈全亮著，朦朦朧朧地照到後壁的舊厝，一個穿白衣服的女孩舉起手電筒，朝阿雀的臉上照。

永朝從舊厝的門口探出頭來說：「沒法度，犯著掘土豆，沒閒整理，重要的先搬入。」「犯著在掘土豆，滿厝攏全土豆，清一間房，明在才來整理，順煞牽電火，看有啥米重要的先搬入。」來春說。「無無無，哪有啥米東西叫做重要的，偌有就電視跟棉被，剩的明在才清。」阿雀說。

永朝把電視機和棉被翻出來，其他的東西盡量往上堆高，理出一條走道來。阿雀走這走道過，站到舊厝那一邊去。永朝的太太梅香從漆黑的舊厝裡鑽出來，對阿雀說：「西南角那間啦，床有清，剩的明在才清，犯著在掘土豆，偌無早就給汝清好啊！」阿雀客客氣氣地連聲道謝，趕著他們快進屋睡覺，明早還得下田呢。

梅香走在最後，說：「這支手電乎汝用。」一群人散去後，雞群呼嚕呼嚕輾轉的聲音便升上來了。彷彿來自西邊樹影搖動的地方，阿雀聽了又放一個心。她把倚在兩面牆邊的東西摸一摸，打開冰箱伸手進去扶起幾隻翻倒的碗，「擱涼涼。」她自言自語。「先去睏啦，明在才整理啦。」來春的聲音從南面的新厝傳來，話還沒講完，燈就熄了。像兩節車廂突然被切離，阿雀欲答的一句話也忘了，笑容變成錯愕。她不屬於前節的載客車廂，也不屬於後節的載貨車廂，她站在地面上，來不及上車。手上一小束光芒突然消失，她反覆用拇指推著手電筒的開關，怎麼也擠不出一點光亮。她努力保持鎮靜，繼續用手去摸，每摸到一只袋子就鼓勵似的拍它兩下。經她這一趟摸完，倚在水泥牆和石灰壁上的兩排東西現出兩道山形，峰峰相連，又像幾隻駱駝影子。

「趕快去睏，偌無翻身就天光啊。」她低聲跟自己說。跨過一個高高的木門檻，又去找另一個低低的門檻。這一個山洞裡又是一個山洞，她的瞳孔一次一次在黑暗中調節。沒有全然的黑，不需幾分鐘，她看見她飄浮在牆邊的床了。

——收入聯合文學出版《海事》

【作者簡介】

陳淑瑤，天秤座，家在澎湖，輔仁大學歷史系畢業。一九九七年以第一篇小說〈女兒井〉獲得時報文學獎小說首獎，並兩度獲得聯合報文學獎小說獎。一九九九年出版短篇小說集《海事》，二〇〇三年作品〈沙舟〉獲吳濁流文學獎。二〇〇四年出版短篇小說集《地老》，並獲中國時報開卷好書獎中文創作類十大好書。

【作品賞析】

〈流離〉出自作者《海事》小說集，意謂作者自家鄉澎湖帶來的故事。

〈流離〉寫年事已高的阿雀，長期借住阿萬家，後來，阿萬因為賭博，不得已搬回老家住，阿雀面臨無住可棲的窘境，幸得鄰居來春跟來春的兒子永朝收留，搬去永朝舊厝。該文故事素樸，如同農村素描畫。一個顯明的語言特色是，澎湖閩南口音在對話裡的大量運用，適切地捏塑人物的表情。

作者自澎湖來，對澎湖農村的勤儉耐勞、互助互諒頗多著墨，如主人翁阿雀，幾乎仰賴來春、永朝、梅香（永朝的太太）的餽贈生活，儘管只是幾把青菜、幾條菜瓜，都呈現了濃濃鄉情。跟鄉情相得益彰的是，養鴿人發出「咕嚕屋咕咕」的呼喚聲。餵養雞群，則得發出「足屋足足，足屋足足」的聲音；這「足屋足足」，又隱喻阿雀以擁有容身之地為滿足的情景。

語言跟鄉情構造本文的主要神態，但讓文章獲得提升的，則是阿雀的搬家。搬家一節，除了解析人獨處時，跟物品、空虛、寂寞的關係外，最後一段，作者幫阿雀創造了客觀的距離，讓阿雀得以審看她自己的人生，這讓汲汲於營生的阿雀，終於也有了敏感的靈魂。

——吳鈞堯撰文

龜島少年

花柏容

每個人都擁有某種低微的個人永恆

——J.W. Dunne《時間試驗》

小里幾乎擁有一個島。「幾乎」是因爲，那是一段記憶。

我在大學男生宿舍認識小里，事實上我們是同班同學。不過，我們都很少去上課，難得在課堂上遇過，會認識是因爲我們都常借住文學院宿舍。

他總是背著黑色長形皮箱，有時加上一個軍用大帆布包，裡面塞了幾件換洗衣物，那幾乎是他全部家當。本以爲他玩樂器，吹小號之類的，後來他告訴我，那是撞球桿，他賴以維生的傢伙。

按照某位女同學的說法，他像等人招領的遊魂，常在學校附近閒晃，看起來總是若有所思的樣子，我猜這表示他和我一樣不受歡迎。八〇年代的大學校園不太平靜，校園內外經常有各式各樣主題及規模的示威，地下傳單到處飛，甚至不時有人激動的跑進上課中的教室向教授要求給他五分鐘時間演講、散發傳單。當時我也捲入學生運動的狂潮中，生活在所謂同溫層的小圈圈裡，只和想法接近的朋友在一起，很少去上課，忙著「田野調查」好接近勞苦的工農大眾、黨外人士，卻不認識班上的同學。小里跟我不一樣是，他完全獨來獨往，生活和大學、社團，還有同學幾近沒有交集，傳說他經常進出公館一帶的撞球間，還有一個大他很多，有風塵味的美豔女友，有人目睹她開保時捷送他到學校，總之傳言的大意就是他被酒店小姐包養，這變成大家對他唯一的認識，包括我。

宿舍總是有空床位，外號圖書館之怪的同學大叔，不管平時或假日，每天晚上十點以前一定會固定在文學院圖書館同一張椅子上看書，所以白天我常借住他的房間，晚上再去雜誌社上班，有時候我也睡在雜誌社圖書室，最靠裡面的書架通道間擺了一張行軍床，兩邊當然都是安靜的書。

小里居無定所，他對睡在雜誌社圖書室很有興趣。有次我們在學校側門遇到，他問我能不能讓他在圖書室借住幾天，因為那一陣子他常住在MTV包廂，醒的時候走到大廳挑幾部片，叫個簡餐，然後看片看到睡著，分不清楚那樣過了幾天。當時街上到處是包廂式MTV，小里每隔幾天就換一家，我問他為什麼不去租房子，他說他以前試過，但總是遇到令人討厭的房東，後來連租房子這件事都讓他討厭。於是我帶他到雜誌社，假裝他是來幫忙校稿的，他就在圖書室住了幾天，總編輯在的時候我就拿稿子給他作作樣子，我和小里就這樣有了交情。

有一次我睡在大叔床位，醒來時發現小里在對面一個大馬僑生的床上，後來小里起床，剛好我們都沒什麼事，所謂沒事就是沒有非去不可的課，而大馬僑生又有即溶咖啡和一條吐司麵包，他說了一些他的事，關於他如何一個人到台灣生活，來自馬祖芹嶼的故事。

＊

小里八歲開始打撞球，教他的人是把他帶大的阿媽。阿媽只是個平凡的漁村主婦，並不是什麼選手出身的。她一生沒離開過馬祖，丈夫死後她把住家改成雜貨店，兼做洗衣、小吃，店的中央還擺了二座撞球檯，角落另有四座電動玩具機台，做駐軍的生意。

阿媽終年戴一頂棗紅色的毛線帽，沒人看過她拿下來。「一個戴著紅色毛線帽的石頭超人。」這是小里的說法，阿媽個性堅強、固執，眼睛看人的時候銳利帶點狡猾，好像總是在說少來騙人，就像他們的村子裡的房子，面海依山而建，都以花崗岩石頭砌成，早年為了防範海盜同時抵擋強大的東北季風，門窗開口又高又小，一副防備十足的樣子。

小里的爸媽就像大多數的馬祖居民，選擇移居到台灣發展，但他們到台灣沒多久，卻雙雙死於車禍，當時小里八歲，阿媽變成他唯一的親人。

爸媽過世後，一個住在台灣的表叔把他送回馬祖北竿芹壁村阿媽家。阿媽的家在山坡上，面前是一座白淨的沙灘，他還看到離岸大約一百公尺有一個小島，是一塊看起來比籃球場大一點，形狀顏色像奶酥麵包的花崗岩，阿媽說那是芹嶼，當地也有人叫龜島，小里選擇叫它龜島。她拉著他的手沿山坡石梯而上，一邊走他一邊望著龜島，果然很像一塊麵包浮在平靜無浪的海灣裡，那時候他就很想游過海灣，游到龜島。

聽阿媽說，環抱龜島的海灣從前叫鏡海，也叫浪澳，因爲海灣是浪停靠的港。很久以前游來一隻大海龜，覺得這裡眞是個好地方，尤其海灣很美，沙灘又舒服，就住了下來。唯一的缺點是浪太大太吵，而且會把沙子都捲走，所以牠就變成芹嶼，把風浪都擋在外海，於是產生了永遠像在晴天無風的日子，美麗如鏡的鏡海。

這故事促使小里急著學會游泳，九歲那年夏天，他第一次游到龜島，還畫了一張粉筆畫作爲紀念，他興奮的拿到學校給同學看，宣布龜島是他的領土，沒想到不知哪位同學去告狀，老師緊張的跑來家裡找阿媽，說那樣很危險，而且防區指揮部要是知道就麻煩了，當時馬祖還實施軍事戒嚴，海邊都有海防駐守，一般平民不能任意出海，甚至下水游泳。結果阿媽說：

「你是擔心危險，還是麻煩？」

阿媽根本不管什麼軍事戒嚴，更不管小里游到龜島的事。小里第一次游到龜島的時候，他看到站在岬角山頭上的哨兵望向他的位置，卻沒任何表示，從此對他來說，戒嚴解除了。後來他經常游泳到那裡，尤其盛夏的傍晚，躺在被太陽曬過的龜島很舒服，溫熱的觸感就像剛烤好的麵包。

小里十歲時，他的私人領土龜島來了第一個客人。有一天小里在海灣裡游了幾趟後，躺在龜島曬太陽的時候，出現一個抱著籃球的光頭男子。小里的眼睛忍不住在他的頭和籃球之間瞟來瞟去，因爲光頭男子的頭又圓又大，身上只穿一件黑色短褲，五官長得奇特，小里覺得他的臉很像布袋戲裡的人物。男子看到小里，劈頭就問他：「這是哪裡？」小里回答：「龜島。」男子顯然沒聽過馬祖有龜島，他又問：「龜島是大陸嗎？」小里不明所以，天眞的說：「龜島是我的。」小里又問他：「你要去大陸嗎？大陸很遠哦。」

光頭男子失神的說：「我要投誠……」

後來岸上來了一堆憲警，憲警還大費功夫借來橡皮艇，把光頭男子接到岸上。原來光頭男子是個逃兵，他從部隊文康室偷了一顆籃球，抱著球跳下海試圖從南竿游到對岸中國，結果海流把他帶到北竿，他不知道，還以爲自己成功了，上了岸一直對人說他要投誠，結果聽說他並沒被槍斃，只是有當不完的兵。

小里總是一個人在龜島逗留，有時甚至一整天，島上還藏了一個士兵送他的彈藥箱，裡面放了爸媽的照片、初中同班女生給他的情書、撿到的機槍彈殼。剛上初中的時候，他的同學細管跟爸爸駕著小漁船經過，細管看到他坐在島上，揮手招呼，叫他爸爸放慢船速，說著飛身躍進海裡，游到島上問他在那裡幹嘛，從此細管變成他唯一的朋友。不過，對他來說，龜島並不是隨時可以和朋友分享的，即使細管也是。有一次細管找不到他，自己游到島上看看，發現他躺在那裡發呆，小里對他的出現很冷淡，沉默不說話，細管看他悶不吭聲，又跳進海裡游走。

小里不太解釋自己。他知道自己很麻煩。有時候他只想一個人，雖然一個人的時候，又偶爾會矛盾，覺得自己寂寞得快枯萎。

關於同班女生的情書，小里想了幾天才回信，因爲他不知要寫什麼。他邀那女生到芹壁海邊，女生答應了。小里帶她去他家打撞球，吃冰，後來小里提議去海邊。到了海邊女生卻因爲太陽大又沒地方躲，又覺得海邊沒什麼好玩的，於是想去塘岐鎮上。小里又提議一起游到龜島，那女生不願意，說她沒帶泳衣。小里說幹嘛要泳衣。於是小里自己游到龜島，女生悻悻然回家。結果小里在龜島上面睡著了，醒時突然發現自己陷入濃稠的黑暗中，分不清天空、海面，甚至失去身在何處的確認感。忽然，頭頂上好像從四面八方射過來無數星火般的紅色光點，朝著同一個方向疾奔而去，等到視力恢復空間感，他才發現那些光點是從地面向天空飛射，緊接著震耳欲聾的砲擊巨響此起彼落，地表彷如輕微搖晃的果凍。那晚馬祖防空火砲射擊演習，南北竿還有鄰近的附屬島嶼實施燈火管制，數百門高射砲、機槍朝天齊射。當砲擊結束，紅色光點完全消失在夜空中，聽覺慢慢從混濁無聲的阻塞感中恢復，他感覺被令人窒息的靜寂侵襲，黑暗似乎更深了，雙手不自覺的用力抓著突起的岩塊，堅實的觸感讓他稍微放心，他彷彿想確認，還有龜島可以依靠。過了很久，他聽到海潮低語般的聲音，輕輕拍打著龜島，把他從震懾和恐懼中喚醒。小里說那些光點一直殘存在他腦中，好像一群泛著紅光的魚，無聲的探測黑暗的深度。

＊

很多時候小里會游到龜島，是因為他惹阿媽生氣，譬如說有次阿媽叫他修屋頂，他卻不小心用石頭把自家的屋頂砸出一個大洞，而且剛好那幾天一直下雨。於是阿媽抄起船槳般粗的木棍追他，他一路跑下石階逃向沙灘跳下海，游到龜島，因為阿媽不會游泳。

高二暑假剛開始的某個星期六，一如以往，他爬上龜島，望著阿媽佇足在山腰石階上，遠遠可以聽到她的咒罵聲迴響。一會，阿媽無可奈何的拄著木棍往回走，有時還心有不甘的回頭補罵幾句他聽不懂的古老土話，他有些後悔，同時心裡卻有另一股衝動，他突然扯嗓大聲叫喚著「依嬤……依嬤」，小里不知道自己為什麼要大喊大叫，也許是討好求饒的心態，也許是因為他常莫名其妙的幻想阿媽跳下海追到龜島，沒想到她卻那麼快放棄，讓他很失望。

阿媽完全不理他，自顧自踩著石階上山。小里覺得自己很無聊，他坐下來看著無人的沙灘，潮水像打瞌睡的眼皮，懶懶的撫弄著沙岸。他第一次注意到，阿媽幾乎追不上他了，就像一部沒有油門，也沒煞車的車子放在險降坡道上，對地心引力完全無法抗拒，只是一路下滑。仔細一想，阿媽很久沒追到沙灘了，他突然意識到「阿媽老了」這件事。

他望著再熟悉不過的景色，建在山坡上的村子，房子、矮牆、階梯，都是一塊一塊的花崗岩砌的，屋頂瓦片也用石頭壓著。村子到處可見「消滅萬惡共匪」、「反共抗俄殺朱拔毛」諸如此類以水泥刻製，再塗上鮮豔油漆的政治標語，那些充滿肅殺意味的口號雖然過時了，卻像不失魔力的圖章，把芹壁封印在某種時空氣氛裡。以前全村有幾十戶人家，大約十五年前，還有十來戶，現在剩下一戶，人口兩個，小里和他阿媽，接近半數的房子毀壞，完好的則用木板把門窗釘死，呈現封存的狀態，好像主人有一天還會回來。在他印象中，雖然也見過、認識以前一些其他同村的人，可是，一部分的臉孔他不記得名字，一些名字的臉孔要不是模糊不清，就是找不到。好像從一開始，這個村子裡，就只有阿媽和他。

小里會被阿媽追，是因爲星期六早上他應該留在家裡幫忙，但是他卻和已經變成高中同學的細管去港口看戰車，細管聽說北竿指揮部要接運十幾輛坦克，島上不少聽到風聲的人也都趕去湊熱鬧，因爲北竿從未出現這種東西。等了快兩個鐘頭，人聲沸騰中，戰車登陸艦才緩緩打開船頭，放下閘門，第一輛戰車的排氣管猛然噴出黑煙，向前衝出了一公尺又急煞車，差點撞到在它面前指揮的士兵，身爲軍事迷的細管很不屑的說原來是M41，台灣不要的爛車。細管住在塘歧，暑假過後，他就要轉學去台灣。細管本來不想，直到他爸媽答應若他願意，到台灣可以轉到職業學校，念他想念的汽車科。這誘因對細管就像鰤子魚之於鮪魚，一用就上鉤了，他爸還說，讀汽車科就應該去台灣，台灣沒別的，就車多。

小里全身濕透著，幸好中午太陽露臉，海水雖然冰冰的，也不怎麼冷。他看到從附近據點出來放假的士兵，三三兩兩走向他家。一會兒阿媽從公共浴室走出來，進了雜貨店，沒多久又走出來，後面跟著一個士兵，顯然是洗澡的客人。

很久以前對面那戶人家離開村子的時候，阿媽把它租下來，變成一家公共浴室。阿媽已經七十歲，除了個子有縮小的傾向，身體看不出有什麼問題，假日士兵來公共浴室洗澡，她便拉出幾乎和消防隊救火用一樣粗的橡膠水管，幫客人注水，她拖著水管走到浴室門口，把水龍噴頭靠在腰間，身子一沉擺個拉弓步，噴頭開關旋鈕一開，帶著強力水壓的熱水激射而出，不到五秒即注滿浴缸。當水噴出的那一剎那，她的身體竟晃也不晃一下，在小里看來，她簡直可以當消防隊。

他等著。等客人多到阿媽一個人能應付的極限，沒時間找他算帳，他便一個箭步飛身跳下海，游回沙灘。果然當他出現在浴室門口，阿媽只是瞪了他一眼，什麼也沒說就把水管塞給他，閃身走開忙她自己的。

下午變得悶熱，沒什麼客人，最後一批用餐客人走了以後，兩個士兵走進來打撞球，小里看著他們打球，心想這兩個打得不錯，不過應該不是阿媽的對手，他往門口瞄阿媽一眼，她坐在矮凳上，對著門外發呆。他走進廚房弄吃的，看鍋底還剩一些紅糟炒飯，知道是阿媽留給他的，便端著炒飯走到屋外找個蔭涼的地方吃。

「早上去哪？」

「去港口看戰車。」

「戰車？」阿媽好像戰爭片裡突然看到坦克冒出來的步兵，臉都垮了。

她沉默了一會。

「這倒好，戰車不用放假吃飯洗澡。」

接下來只聽到士兵沉悶無節奏感的擊球聲響，小里回頭看了一下，阿媽已經不在門口的矮凳上。村民走光了，北竿駐軍越來越少，來的是不必吃喝消費的戰車，阿媽大概對生意沒什麼指望了，因此心情不好。以前阿媽總會注意哪個士兵球打得不錯，有時還會主動問人家要不要賭一局，賺一點外快。阿媽最厲害的不是擁有消防隊的實力，而是她的撞球技術。她在島上部隊間小有名氣，喜歡放假時敲桿順便賭幾把的士兵，都知道北竿有個阿媽店，阿媽 nine-ball 很高竿。

所以阿媽和小里說好，假日待在家裡幫忙。有客人向她挑戰時，他要讓她能空出手下場，就像摔角雙人賽，阿媽伸出手，小里要立刻出現和她換手接管雜務。平常時間，阿媽很少管小里，他書念得好不好，她從來沒問，因爲也不知從何問起。她也不擔心他交什麼樣的朋友，在外面做什麼，事實上她是沒想到要擔心這些事，她幾乎是用照顧屋子旁那一小塊菜園的方式對待他，只做她想得到，能理解範圍的事，基本上就是順其自然。高二學期結束前幾天，小里的班導胡老師來家裡告訴阿媽，他建議讓小里留級一年，重念高二。

「好啊。」阿媽想都沒想。「重念的話，那應該不用再繳錢吧？」

「啊，依嬤你誤會了，要繳學費……」

「這樣喲，不能以後把高三念好，高二就算了嗎？」

「這……不太好……」

「那老師說重念就重念吧，我是覺得過去就讓它過去啦！」

「不是我說怎樣就怎樣啦……」

「那老師是想怎樣？」

「我是說……依嬤能不能多鼓勵小里，書要念好……」

「這是老師要教他的吧，我不知道要怎麼把書念好耶，怎麼教他？」

「依嬤你可以鼓勵他……」

「那我要先知道讀書有什麼好處啊，讀書有什麼好？」

那次導師回家想了好幾天，讀書到底有什麼好？包括從台灣跑來這裡教書嗎？他本來要趁暑假回台休假，阿媽的問題讓他困擾到取消計畫，每天跑到鎮上圖書館看書，似乎想從書本裡找到答案。小里去圖書館找他的時候，看到他坐在閱覽室垂頭盯著一本厚厚的書，好像一隻沮喪的雞正在思考飼料的內容。後來小里告訴他，他要考大學，據說胡老師興奮的握住他的手，好像小里救了他一命那樣激動。

因爲星期六、日連續兩天不但白天生意不好，晚上也沒有偷溜出來喝酒吃消夜的軍官光顧，於是早早關門休息。星期一小里起個大早開了店門，很識相的把飲料和冰塊裝滿冰櫃，綁在機車後座準備去做士兵叫「小蜜蜂」的巡迴小販生意，他走到廚房發現阿媽沒做早餐，心裡怪怪的，便上樓到阿媽房間，打開門時看到阿媽還躺在床上，身體蜷縮背對著他，他在門口站了一會，猶豫著要不要叫她。

「店門不用開，今天休息。」

「我載冰水去跑一趟。依嬤，你不舒服嗎？」

阿媽沒回答。小里知道不用再問，阿媽從來不曾關店休息，從來不說她有什麼病痛，好像那些與她無關。

晚上他回家，阿媽坐在餐桌，面前如常的擺了三菜一湯，吃完小里幫忙收拾乾淨，阿媽叫他去洗澡。洗完澡走出浴室，他看到阿媽站在撞球檯旁，雙手握著球桿，眼睛望著已經排好球的檯面，好像指揮官望著戰場沙盤般入神。

「比五盤。」

小里從來沒有認眞和阿媽比過，事實上不管跟誰，有沒有賭錢，他一直用好玩的心情在打球。雖然他有點接受考試的心情，但也想逗阿媽開心，所以刻意表現出輕鬆自若的態度，就像平常和細管打一樣。他知道阿媽喜歡他打得好，小時候阿媽教球，總是很嚴格，好像要訓練他當國手。阿媽做什麼事都很認眞，尤其她不喜歡輸錢，撞球對她來說，是生意的一部分。她不識字，平常也不愛多話，不會跟他說什麼你應該如何如何之類的大道理，撞球幾乎是唯一她能教給他的東西。

小里本來手氣很順，前兩盤他以掃檯讓阿媽坐冷板凳。第三盤打七號球時，他在腰袋一個過薄造成母球進袋，阿媽上場，輕易解決了第三盤。第四局開始他再也沒有好手氣，阿媽還是一貫的冷靜，雙方都是守多攻少，互相製造對方的麻煩，兩人大部分時候都在解球，想辦法碰到球。一直打到第五盤，也是同樣的情形，最後阿媽險勝。

阿媽不太笑，尤其是打球的時候。不過平常她和客人打，或和小里打，多少會說些閒話，但那晚卻不發一語。打完球後小里感覺她心情比較輕鬆了，眼神裡又看得到幾分狡猾的意味，少了之前的認眞嚴肅，他一直覺得阿媽是用眼睛在笑的人。兩人一起收拾球檯、店面，準備關店的時候，她有意無意的說：

「你要有贏的決心。」

他看著阿媽，那一刻他覺得她好像從一個遙遠的地方說了那句話，不像她會講的話。

不過，小里的確很少有想認眞和人競爭的心情，也沒想過以後的事情，雖然在學校即使不愛念書，功課不怎樣的學生也都把目標放在去台灣求學、工作，他卻沒想過這方面的事，沒想過是因爲，他覺得現在的生活已經很好了，幫阿媽看看店、做做小蜜蜂，沒事游到龜島曬曬太陽、釣魚、看看小說，將來繼續這樣下去，更沒什麼不好。

隔天之後，阿媽就變了，她再也沒有天未亮就起床、整天忙著店裡的事，有時候甚至好幾天不開店。小里想得到的是，她生病了。他知道她決不會去醫院，沒辦法，他去找衛生所的人，衛生所派了一個醫生到家裡，阿媽突然從床上跳起來，把醫生趕出門，然後走回房裡繼續躺在床上。

他感覺到有個東西正在一絲一絲的，又極快速的吸走阿媽的生命，她的身體每天都在縮小。阿媽總是躺在床上背對著他，不願意讓小里看見她。小里能做的只有坐在床邊陪著她，他知道阿媽在等，她還是一樣穿著黑色薄棉襖，只是看起來不像穿著，而是躲在裡面，像受驚的狐，縮進洞穴裡，並且一步一步後退，不斷向洞的深處縮進去。

一個多月後，阿媽過世。醫生說她肚子有個很大的瘤，眞是不可思議，幾乎和她的胃一樣大，應該有好幾年了，她竟然可以默默忍耐那麼久。但是，在小里看來，阿媽似乎沒有受到太多痛苦的折磨。

受阿媽的影響，對醫生講的話，小里半信半疑，直覺阿媽不是單純的忍耐，而是她更頑固。他問醫生一個奇怪的問題。

「我可以看嗎？」

「看什麼？」

「阿媽身體那顆瘤。」

醫生沒遇過這種要求，他以爲小里想看X光片。結果小里想的是，眞正的，看看那顆瘤。

他終究沒看到。醫生說要拿X光片給他，他說不用了。

不知道爲什麼，他想它應該是墨綠色的，看起來狡猾又頑固。

在小里印象裡，爸媽的死是在一條他沒去過的高速公路上，突然被死神攫走了。而阿媽在他眼前，一點一滴的離去。

在阿媽生命最後一刻，他在她身邊。一天早上小里送早餐進去她房間，發現她自己換了一套衣服，一樣的黑色，頭上還是原來的毛線帽，維持原來背對門的姿勢躺著，沒有發出任何聲響，前一天的晚餐也沒動過。

她知道小里進來，過了一會，她抬起手，停在半空中，又緩緩放下。他直覺阿媽在道別。

小里說，那一刻他硬是憋著不敢哭，怕嚇到阿媽。

他走到靠窗的床邊，早上的微光斜映在床頭上方牆的一角，他望著阿媽的臉，既熟悉又陌生，就像聽說阿媽打輸球那樣陌生的感覺。

阿媽終於輸了，就是那麼回事。

他不想描述她的臉，因爲那讓他感覺出賣了她。

葬禮過後那天，他帶著阿媽的骨灰和牌位回到家，等一些遠親故鄰走了，小里把阿媽移放在撞球檯上，他覺得她會喜歡那裡。

＊

阿媽死後，小里如常的開店，沒客人時就騎摩托車當小蜜蜂，一個表叔來找過他，問他願不願意搬到鎮上和他住，細管也從台灣跑來，叫他搬去跟他住，他爸媽很歡迎。小里告訴他們讓他想一想。

他需要想一想，接下來該怎麼辦，在他想到之前，他能確定的是他還不想離開芹壁。

因爲店生意每況愈下，小里大部分時間在做小蜜蜂。一天，他騎著摩托車到一個訓練基地外駐留，賣了二十幾瓶飲料，聽士兵說，他們整連來測驗五百障礙，可是他卻只看到一個半排的人。一些士兵跟他攀談，話題都圍繞著「等待」，有人在等破冬，有人在等破百，大家都在等退伍，數日子，小里心想馬祖眞是一個出產各式各樣等待的地方。譬如假日一大早，鎮上公共電話前就可以看到士兵大排長龍，花幾個小時甚至一整天的時間排隊，只爲打一通電話給台灣的家人或女友；爲了打發時間在美容院門口排隊，等著做臉，小里訝異當兵的男生居然需要做臉，他想到那些士兵可能前一刻才在跑五百障礙、在戰壕泥地裡打滾，下一刻他們躺在那裡臉上敷面膜、貼著小黃瓜，眞是滑稽的對比。

小里也在等待，只是他不清楚等待的目標。後來他騎車到別的地方找生意做，在一條戰備道路遇到一群在路旁構工的士兵，他把車停在樹蔭下，一個拿圓鍬不知在挖什麼的士兵看到他便對著山下樹林大喊小蜜峰來了，過了一會，兩個把平頭理成接近光頭的新兵跑過來買飲料，兩個都穿著陸軍發的草綠內衣和黑色短褲，全身沾滿水泥。買了飲料，士兵趕忙的以小跑步衝下一條斜坡，小里好奇的跟著他們走到斜坡，斜坡盡頭隱身在樹林裡有一個可容納數百人的集合場，周圍幾間營舍，場上十幾個士兵有的攪拌水泥和海沙，有的提水，兩個人負責把攪拌好的水泥灌進一個木頭釘製的模子，另外兩個人則把模子抬走，在幾步遠的地方，快速的把模子翻轉、放在地上，然後抽出模子。

小里望著士兵們默默的在空地上製造一塊又一塊、一排排多得數不清的日字空心磚，彷彿是一種永恆的運動。那樣的景象讓他看傻了，心裡模糊感覺到什麼，眼前有好多日子等著數，等著被消化，他想原來當兵是這種感覺，等待是這種感覺。

日日日日日日日日日日日日日日日日日
日日日日日日日日日日日日日日日日日
日日日日日日日日日日日日日日日日日
日日日日日日日日日日日日日日日日日
日日日日日日日日日日日日日日日日日
日日日日日日日日日日日日日日日日日
日日日日日日日日日日日日日日日日日
日日日日日日日日日日日日日日日日日
日日日日日日日日日日日日日日日日日

那天下午稍晚發生另一件事，他被毛毛蟲咬了，結果晚上發高燒。他胡亂吞了之前沒吃完的感冒藥，也沒去看醫生，這點他倒是跟阿媽滿像的。他幫據點的人買檳榔，等的那個人一直沒出現，就拿出跟圖書館借的《槍手狄克》，坐在樹下看，看著看著，眼睛餘光察覺有什麼異狀，一抬頭，眼前出現陌生的景象，無數銀絲從樹葉間垂下，滲透樹的陽光把它們照得閃閃發亮，銀絲的盡頭是一隻一隻的毛毛蟲，像空降傘兵從天而降，小里低頭一看，地上也爬滿朝同一個方向前進的毛毛蟲，好像要趕赴去一個神祕的地點，執行蛻變的任務。他納悶著，夏天都快過完了，這些是遲到的毛毛蟲嗎？

回家後他開始發燒，意識模糊間一直想著蛻變的事。他躺在床上，既昏迷又清醒，懷疑自己爲什麼還能想那些事，那些毛毛蟲一直在腦海中爬著，他想到自己可能孤獨的死去，想到Peter Parker被蜘蛛咬了變成蜘蛛人，想到槍手狄克一生被一顆子彈改變，不斷有片段式的想法跳進他的意識裡，他沒辦法阻止它們，腦子裡好像有一台果汁機，所有的東西都在裡面搗碎、攪拌、旋轉著。有一刻，他好像聽到巨大的聲響逼近，就在屋頂上方，接下來他看到一架直升機在樹梢高度盤旋，旋翼捲起強大的氣流，閃爍著詭異的陰影。阿媽坐在直升機內，探出身對他招手，不確定是叫他過去，還是跟他說再見，他想說什麼，卻失去語言，所有的言語都被直升機旋翼捲走，阿媽對著他笑，那彷彿是他僅有的……，然後他好像知道自己在作夢，看著自己作夢，既不想離開那個夢，又擔心夢會吞噬他。

清晨他驚醒過來，像好不容易翻過一道高牆，全身大汗淋漓，夢好像全化爲水，燒退了，他像從夢境逃了出來，對此驚訝不已。接近中午時細管來找他，說他要回台灣了。小里一邊和他聊天，手上也沒閒著。他剛忙完菜園的事，進屋準備煮飯洗菜。

「澡堂關了？」

「嗯，一個人沒辦法。」

「依嬷把你訓練得很好。阿兵哥沒什麼抱怨吧？」

「沒得抱怨，我還輸錢給他們。」

「這就是你的不對了。」

「的確是。」

「依嬷眞的沒輸過？」

「就我所知，沒有。不過，就算有她也不會講。」

細管說他們還沒一起做過一件事，喝啤酒。小里說他以老闆的身分請他。

「沒想到芹壁最後一個人居然是個高中生。」細管說。

「是啊，要是海盜來，我代表本村熱烈歡迎他們。」

他去找表叔，說他想一個人住在依嬤家，明年去台灣考大學。不過他心裡卻自問，爲什麼他要去上大學？那似乎只是一個告訴別人他要離開的理由。後來他想一想，他快十八歲了，不上大學的話就要去服兵役，他不想這麼快回到軍營，因爲他可以說是在軍營裡長大的。

高三學期開始後，雜貨店只做假日生意，事實上平常也沒什麼生意，其他的時間他努力用功，好像騎馬追趕火車的西部牛仔，把國中和高中的進度補回來。

就這樣，小里一個人在芹壁生活了一年，一個人做著以前阿媽做的事，包括學會和市場小販討價還價及照顧那一小片菜園，有時候他還會巡視全村，做些打掃整理修繕的工作。他決定在離開之前，盡他所能讓芹壁還保有一些活力，也許，這是他想念阿媽的方式，也只有這樣，他才能累積足夠的勇氣離開。

一年後，他學其他早先離開的村民，用木板把所有門窗封起來，家裡的一切保持原狀。帶著隨身行李走到海邊公路，他在靠海的石牆圍籬停了一下，望著龜島，那一刻他清晰的意識到，從此只有他一個人了，除此之外關於以後的人生則是一片模糊。他只知道他再也不會回來，那時他還不知道，他一輩子都沒有眞正離開。

*

關於包養的傳聞，小里覺得很好笑。

「人們要是決定討厭某個人，就會找到那個人爲什麼被討厭的理由，就算不是眞的。」小里說。

保時捷是細管修車客人的，女朋友則是細管的。他說可惜傳言不是眞的，細管混得比他好太多。

小里曾經問過細管，他是不是一個沒用的傢伙？

「不是沒用，你只是討厭的事情太多，喜歡的事情太少。」

「那怎麼辦？」

「就是把討厭的事變少一點，至少變得可以接受。」

阿媽過世後，他覺得自己長大了一點，一如細管說的，把討厭的事變得可以接受，雖然談不上明顯的規模。

「我好像一直悶在什麼東西裡面，沒有發芽。」

「因爲你是烏龜變的島。」我說。

從我和小里認識開始，他就是一個無法聯絡的朋友，因爲他沒有電話、住址，我們之間的來往全靠遇見，在大學校園裡或附近街上某個地方遇見。我猜我們所以能成爲朋友，是因爲我們很像。

小里，我，各自在海裡漫游，偶爾遇到了，兩個人便停下來聊一會，然後又各自游開，回到自己的島。

大學畢業後，我再也沒遇見他。畢業後某一年，我回學校申請畢業證書，辦完事我繞到文學院，沒想到在文圖見到大叔，他依然每天在同一張椅子上看書。

我留了電話、住址給他，期待小里和我一樣好奇，有一天會跑進文圖看看大叔是不是還在那裡。

小里跟我提過，他常想起一個人在龜島的日子，有時候很想拋開一切，回到那裡，雖然他知道那並不實際。他問我記憶到底是人生的資產？還是負擔？他搞不清楚。

我忘了是誰說過，失去是一種擁有。反過來說，擁有往往使我們失去。到底什麼是人生的資產？負擔？誰又能搞清楚。

到台灣以後，小里總是作同一個夢。

在夢中，阿媽繼續追著他，依然戴著棗紅色毛線帽，只是看起來好像年輕一點。下一刻阿媽追到沙灘，卻變成穿著印花泳裝在做伸展操，一樣狡猾得意的眼神盯著他，好像在說看你往哪跑。果然，她跳下海游向龜島，泳姿是優雅的蛙式，小里既緊張又興奮，對著她大叫：

「來啊，來啊，你來啊……」

不知爲什麼，阿媽手上還是有那支船槳粗的棍子，然後兩人開始繞著龜島跑，正午的陽光灑落鏡海熠熠發亮。

——原載於二〇〇七年十一月《聯合文學》二七七期

【作者簡介】

花柏容，一九六六年生，台大歷史系畢業。二〇〇六年曾獲自由時報文學獎小品文獎，二〇〇七年以〈龜島少年〉獲得第二十一屆聯合文學小說新人獎短篇小說首獎。現從事廣告。

【作品賞析】

本篇以清新、流暢又自然的文字，寫出了澎湖海島的獨特生活風味。透過小里——一位少年的眼光，記述了澎湖的點點滴滴，海洋的泅泳、鹹濕的海風、駐島的士兵、演習的軍砲聲，以及青澀的戀情，還有小說中塑造最為成功、也最令人難忘的人物——擅打撞球的阿媽，而作者不但寫活了澎湖的天然風景，更寫活了居住在其上的人們，使得這篇作品成為了一篇非常成功的風土人物誌。

〈龜島少年〉以少年小里離開澎湖，到台灣去念大學作為結尾，台灣和澎湖，兩相對照之下，小里對於台灣島是疏離的、格格不入的，而恆常帶著澎湖故鄉的記憶。值得一提的是，本篇小說以「我」作為敘事觀點，間接述說了少年小里的澎湖故事，這樣的敘事手法更拉出了人物之間的疏離感，也使得澎湖的記憶恍如一段夢境，而夢境中的阿媽依然生氣蓬勃，雖然在現實世界中，阿媽早已溘然辭世，但是美好的故鄉記憶，卻因為這一位生動而迷人的阿媽，永遠長存。

——郝譽翔撰文

離島
馬祖
閱讀文學地景

泥塘

吳鈞堯

林柏農每次看見她的漁民證寫著「余能刃」，都以爲眼花了。取什麼名字不干林柏農的事，他的職責是比對照片跟本人，驗證漁民身分，再放行。余能刃旁邊跟著她女兒，七、八歲大，眼睛大、瞳仁黑、睫毛翹，如果抹去她嘴角跟腮邊的一些灰塵，會更亮。

林柏農摸摸她女兒的頭，遞還證件。余能刃頷首致意，通過崗哨。

崗哨外，一棟軍用倉庫充作漁民休息室，婦女到海邊，漁船卻未入港時，她們就在裡頭，四人、五人圍圈而坐，拿出四色牌，玩牌等待。小孩在倉庫裡玩橡皮筋、丟彈珠。婦女不僅玩牌，還暗暗賭博。輸了，便回首斥喝一旁小孩子安靜點。賭金不多，籌碼暗裡來、暗裡去，不能張揚。林柏農站崗無聊，偶爾走到倉庫門外抽菸，往裡頭瞧。婦女圍坐跟孩童嬉戲，恰成兩個色調，一個默默而幽深，一個孳孳而愉悅，但是，當這些婦女魚貫走到他面前，一一繳交漁民證時，她們又純樸無瑕，甚至帶了些土味。

余能刃不跟婦女玩牌，她後來說，小時候父母禁止她玩，現在她想學，也太晚，看不懂了。余能刃這麼說時，努努嘴，看著女兒，一隻手不自禁撫著肚皮。她的意思是，一個女人變成媽媽以後，世界就開始萎縮了。那一天，余能刃在倉庫外，看著海。海，銀銀反光，漁船點點，船搖船晃，像浮著，又像鑲著。余能刃估量大約半小時，船就會上岸，索性帶孩子到沙灘；也許，撿些花蛤。

崗哨外，沙路通海，近午，沙子吸熱，燙腳得很，余能刃拎起女兒，直到海邊。林柏農看著她們走遠，在沙灘上尋覓，不禁微笑。海太大了，往前走去，無垠無盡；向左右跨出，也不知所終。母女兩人，最後就只能是兩個貝殼或兩隻沙蟹，在那兒，跟海對峙。林柏農移了移鋼盔，甩甩頭，深深吸氣。過不久，婦女走出倉庫，逐一遞上漁民證，她們都跟余能刃一樣，戴斗笠、圈圍巾、扛扁擔，手拎著給丈夫或爸爸、公公的飯盒。

船上了岸。這卻是沙岸，沒有港口停泊。漁民們在船首、船尾，架兩支木槓，分前、後扛。有小孩子扶著船，跟著推，陽光花白，他們細瘦的胳臂像要被融化掉。林柏農看見余能刃在岸邊收網。他下午再看見她時，她正補網。她大嫂在一旁，撩起漁網，看哪裡還沒補上，大哥則搖扇納涼。林柏農出現在門口，大哥見了，忙說班長來坐。班長是漁民對軍人的敬稱，林柏農只是一個兵。他在門口張望了一下，站在門口說，知道今天捕魚，來買些。大哥說免客氣，手往中庭一指說，魚都在那兒，要多少儘管拿。魚貨在竹製的畚箕裡，林柏農走上前，訥訥微笑。大嫂拿來一個水桶，說這些青花、白翅仔都不錯，扔了半桶。林柏農要給錢，大哥、大嫂不便拿，推推擠擠。余能刃停下縫補，打趣瞧著，林柏農錢一丟，拿起水桶慌忙走人。

大哥說，這個班長真正老實，要多少魚，說就好了。大嫂撿起錢，當作沒發生這事，把錢塞進暗袋。後來，這個班長學聰明了，直接跟余能刃買。余能刃經過崗哨時，林柏農檢查放人，有一次見到蟳跟蟹，直說，營長跟弟兄們都喜歡吃，可否轉賣給營區，幫他們加菜?余能刃點頭。沒有秤，就論隻賣，一隻、兩隻、三隻……在桶子裡數不清，索性倒出來數。水一倒，蟳、蟹四處亂走，林柏農慌張追捕，余能刃卻不慌不亂，趁隙抓起殼。

林柏農紅著臉笑。除卻一身軍衣，他只是個精壯青年。他在三重埔車床廠上班，把金屬原料放進車床，機器啓動，卡啦卡啦，就變成軸承跟汽車支桿的零件。親友跟同袍知道他抽到金門籤時，都慶幸他還沒有結交女友。林柏農在營區受訓幾個月，下連隊後，就分發到這個濱海小村。海，跟車床一樣，卡啦卡啦，規律起浪。入夜後就不同，尤其滿月前後，站夜哨，見著月光輝，倒影長。月光鋪浪，踏做一條路；一條閃亮的銀路。林柏農視線左移、右挪，路都急忙變化方向，緊緊相隨。他把余能刃在月光下出現，歸咎自己還沒有交女友的緣故。他拍自己的頭，笑說，余能刃大他好幾歲，孩子都上國小了。眼前，就是月跟海、就是天跟地，沒有別的，林柏農跟自己說。

婦女在上午到崗哨，漁夫則在凌晨四、五點下海。漁夫一出現，營區狼犬即嗚嗚咆哮，卻甚少揚聲高吠。漁民們悶聲而行，幾乎不攀談，默默架好木槓，扛船下海。林柏農輪夜班時，第一次接過余能刃丈夫的證件，拿起手電筒，照他臉。他個頭高、鬍渣多，隔天瞧他扛船，手、腿都精壯結實。看見余能刃拿便當給他，林柏農眼一酸，心頭怦怦跳。

十月下旬，林柏農駕駛營區吉普車，繞過營區外圍道路，駛上陡坡，來到村莊。下部隊幾個月，漸次來了新兵，他少了站崗，多了勤務。過陡坡，再右轉，就是聯外道路。林柏農希望遇見余能刃。左瞧右看，出了村頭，仍沒尋著，正覺失望時，卻見她一身打扮，跟女兒守著站牌。余能刃要到山外，他說，順路。

余能刃上車後，林柏農惶惶不安，不敢說話。她好奇，不知道他會開車。林柏農咧嘴一笑說，他也沒想到她會打扮。林柏農想起這些日子以來，她都戴斗笠、圍花巾，也不跟婦人打牌。就在這個時候，余能刃才說起小時候，父母禁止她學，現在也看不懂了；長大了，世界開始萎縮了。林柏農發覺，余能刃的童年很短。她七、八歲，為摘野菜，失足水塘，差些淹死，第二天，爸媽還是差她摘野菜，她果敢跨過水塘時，童年就結束了。

就是這樣，才嫁給丈夫？余能刃沉默，再點頭。她不是願意的，卻沒有選擇。

林柏農打量余能刃。她黑，皮膚卻細。頭髮長，髮色黑。她眼睛黑，像要濃得出油。她黑。她黑得像一塊玉。所以會反光。林柏農說，多談談吧。這一提，余能刃倒沉默了。林柏農想，他在一個媽媽旁邊，能有什麼希望？隨即又想，他要希望什麼？

他們途經榕園，稍事遊覽。裡頭榕樹成群，盤根錯節，她女兒樂得到處跑，他跟在余能刃身後，期待她轉過身來，如同夜裡，月光鋪好一條銀路，眼前就是月跟海、就是天跟地。余能刃是一個媽媽，而不是一個女人。從跨過泥塘開始，她的身體已經成熟。林柏農不知道自己會在什麼時候，跨過那座泥塘。

十月中旬，婦女跟以往一樣，在倉庫打牌、聊天，小孩依然玩耍；天氣雖涼，陽光卻好。近午，婦女都站在倉庫外，看著海。海的近處，陽光耀眼，遠處卻烏黑陰森。遲遲地，沒有船從那一大片烏黑裡走出來，而眼前的亮處卻逐漸黯澹。過午，整座海面都陰鬱黝黑，像隨時要陷下一個凹口，吞噬一切。班長接了電話，忙說颱風接近，村人得趕緊回家。婦人問說船隻怎麼一回事。班長說，颱風強，船隻恐怕遇上外圍環流了。林柏農聽令，正式關閉通道的門，隔開大海，把漁民攔在他方。

余能刃神色著急，林柏農木然瞧著，再回頭看海時，海面已毫無餘光。下午，風雨大作，入夜後，雨狂風暴，林柏農穿雨衣，站在崗哨內，每逢疾風刮掃，都懷疑世界已放棄領地，將隨風而逝。外頭，已瞧不見陸跟海，漁民，也不知道死跟活。風雨持續一天一夜，林柏農輪班換班，醒醒睡睡，一天，被拉長成好幾天。余能刃說，跌入泥塘前，幸運抓了一把草。不久，身體沉、手覺得重、草更滑了。她哭了一陣，發覺越哭，沉得越快。她抓住草，仰頭，直到村人扛犁經過。

林柏農夢裡，還遇著這場風雨。

又是一天的開始，黎明已來，天氣仍痟痳，陰灰灰。班長說，得預防匪軍趁風雨上岸，又說，同時也要做好收屍的準備。林柏農這才知道，麻袋何以堆置角落。上午，風雨稍歇，班長接了電話後，跟他們說，第五班已尋獲兩具屍體。林柏農想，會是他嗎？

過午，班兵沿海岸線巡視，風雨稀微，天空卻灰。林柏農走了一段路，發覺海岸邊有身影移動。他開保險，扣扳機，大呼口令。鄰兵離他遠，聽不見呼喝。林柏農匍伏在地，怕是匪軍水鬼。他瞄準。準星內，那人緩緩移動。他再度大叫口令。那人不搭理，卻突然倒臥。林柏農輕扣扳機，那人移著移著，越來越近。

準星內，那人揮手，抬起頭。是他，余能刃的丈夫。林柏農跟自己說，不是他，第五班已尋獲他的屍體？林柏農不想鬆開扳機，繼續瞄準。只要他答不出口令，就能以一顆子彈，結束余能刃的世界；一個失去童年的世界。林柏農的唇、手，都顫抖。一個生命，即將在準星內結束，海，仍規律拍打。聆聽浪濤，他的扳機，徐徐壓緊、壓實。快死了，跟快殺死一個人，都一樣漫長。

砰。

這一槍，不僅鄰兵、營區聽見，近公里外的村子也聽到了。林柏農、班長跟幾名士兵趕到後，他們確認蜷臥沙灘上的人，就是該村的漁民。他們喊著他的名字，林柏農卻充耳不聞。他只是余能刃的丈夫。

他已虛脫。士兵扛他上岸，載他回家休息。余能刃聽到槍響，以為軍車卸下的是一具屍體，沒料到見著丈夫；

還能揮手的丈夫。

林柏農壓實扳機前，見著自己也在準星裡。他槍桿左移，扣下扳機。砰。

——收入金門縣文化局出版《凌雲——金門歷史小說集》

【作者簡介】

吳鈞堯，現職幼獅文藝主編，小說獲時報文學獎短篇小說評審獎、聯合報文學獎短篇小說第三名、中央日報文學獎短篇小說首獎，散文獲梁實秋、台北文學獎、教育部散文獎第一名，並獲頒五四文藝獎章，著有《金門》（爾雅）、《如果我在那裡》（聯經），《荒言》（三民）、金門歷史小說集《崢嶸》、《凌雲》（金門文化局），目前致力完成《金門現代文學之研究與發展》論文，以及金門歷史小說第三輯。

【作品賞析】

這是一篇風格獨特的小說。作者的文字十分凝練，簡約，短句的連綴，製造出一種詭譎的音響和氛圍，充分地捕捉了金門漁村的人情，以及戰地的肅殺和蕭瑟。歷來書寫金門的作品，雖不在少數，但能準確地傳達出金門一地複雜特質的，除吳鈞堯外，恐不作第二人想。〈泥塘〉一篇透過士兵林柏農和漁婦余能刃之間若有似無的曖昧情愫，寫出了金門的緊張、凝重，而長久以來壓抑的情慾，此刻已然僨張，宛如弓在弦上，至於結尾的懸疑，槍聲迴盪在冷冷的海風之中，更給予了讀者無窮想像的空間。

——郝譽翔撰文

斑枝花

黃克全

薛十一的故鄉獅島一向被公認爲風俗淳厚、民性樸眞之島，因而當他翻閱地方誌讀到這則史蹟的記載，不禁悲憤萬分，不敢相信島鄉也會出這種人，而且居然是自己的祖先。這則歷史發生在距今四百三十二年，也就是明朝中葉的明世宗嘉靖三十九年，西元一五六〇年。當時獅島的料羅指揮王鰲庸懦無能，文韜武略人家是無不道通，他則是樣樣不通。指揮所雖然名義上在料羅，但他人卻移避到隔海較靠近內陸的廈門。漳州土匪林三探知內情，三月二十三日，勾結日本倭寇阿土機，從料羅登陸，二月二十六日，大舉劫掠島上東半部的西倉、西洪、林兜、湖前幾個鄉社，白姓被殺的有數百名。二十八日清晨，又有倭寇船自島西南的石壁兜上岸，一路燒殺擄掠到平林，平林就是今天的瓊林。風聞賊寇要來，平林村舍集合壯丁兩百多人，公推鄉賢蔡希旦爲首想抵抗，不料事發當天，村民一看見對方槍砲齊發，都驚惶各自逃命，只留下蔡希旦獨自一人站在那裡，得不到任何支援。結果，被騎馬衝近的賊寇揮刀砍死。（二十六年後，其子蔡守愚高中萬曆進士，蔡希旦父以子貴，贈主事，再晉贈四川按察使。）東西兩半島的倭寇加上漳州土匪，聲勢更壯，四月初二攻陽翟，鄉民又死上百人。其他鄉社驚危失色，相逃到官澳城堡。城內地高無水、挖井、出鹹水、六七日無水可飲、無糧可吃，境況慘到有人吃濕土，用濕土貼胸。於是只好推一楊姓帶城中所有白金四十兩出城講和。不料，他居然帶著白金背著兒子自己逃離。初九夜，鄉民突圍出城，被賊寇察覺，縱火屠城，當晚到天亮，屍體堆積如山，城外二里都有死屍，婦女害怕受污辱，相率投海自殺——。

——這段史實，先後見載於泉州府誌，同安縣誌，滄海記遺，林次崖文集，存德譚公功德碑、蘇氏野記、名山藏、瀛寰誌略等冊頁，所以可信度理應很高才是。薛十一翻讀時，伴隨著這一幕幕暗夜火光沖天、哀嚎遍野的悲慘景象，很奇怪的，總有一株木棉靜靜站在他眼眶一角，就像一張圖畫的點綴或背景。木棉，獅島俗稱斑枝花，花開如火，棉絮做被褥。日後薛十一偶爾忖想，大概是二者都有火燄意象的緣故，所以才有這番聯想吧？

日子在薛十一這個血性男兒時時惦記著獅島的榮譽與恥辱，以及翻演著火光、呼嚎、斑枝花的意象一天天堆高、伸長。高中畢業後薛十一考上只修過一年的特別師範科，踏出校門，立刻投入教育學子的事業。四五年後，他在教學生涯中領受那股不能伸展志趣的積鬱越來越強烈，因此不顧父親反對，考上台灣大學並辭掉小學教職。大學四年，研究所碩士班兩年，刻勵自苦的學問鑽研使他染上易咳嗽的肺炎，但相對的，也使他的精神日益發光。碩士論文一通過，他婉謝系主任聘留自己在校當講師的美意，毅然立刻束裝返回島鄉，在縣政府祕書室擔任事務股長，他這股專管轄內事務、保管、典禮、譯電、編輯、新聞、公共關係、業務檢核及不屬於其他各科室的事項，權輕事煩，跟他當初的雄心壯志出入很大，他不免有點失望，但盡力隱忍著。這陣子，他開始體會到先哲「無恆產者無恆心」的訓喻，於是接受了主計室同事董大榕父親，也就是建樺船運公司董事長董雄生的邀股，成爲該公司的股東之一。幾個月後，薛十一又娶了董雄生任職稅捐處的么女，由於這雙重關係，這年八月舉辦的戡亂時期增額立法委員選戰他也就加入了吳鑫的陣營，而滿懷內疚地辭謝了高中同班同學盧不名的邀請助選。年底，選情揭曉，獲黨提名的吳金鑫高票當選並創下百分之九十四點一八全國最高的投票率。

這一戰，是薛十一生命的轉捩點，除了使他得其所哉從縣政府祕書室跳到黨部權力核心外，重要的是，他認清要革除人心污穢、造福鄉里百姓及推動政務最便捷之道莫過於經由黨部之權力。更重要的，目前的工作給了他生命的價值感，讓他自己覺得每一個醒過來的早晨東方都有一道彩虹升起，而雞叫是高昂奮揚的號角。他的這份自我覺知及榮譽感，往往也無法抑制地，使他帶著驚奇之感來看待那些學成不返鄉不歸國的人。

歸國參加國建會的海外學人一百多位到訪，縣政府借重他的學識及英語長才，特地請他隨團作陪。當領隊的沈君三博士拍著他肩膀稱讚：「如果人人效法獅島精神，國家復興指日可待。」挺直傲岸身軀的薛十一唇角帶笑，但心底有絲微微輕蔑地睨著眼前這位青年才俊。

不久，行政院長到訪獅島，在巡視林務所、金剛三號坑道、延平郡王的後半部行程裡，薛十一奉命隨侍在旁。他默默記下院長綠化造林的指示。太武山嶺：龍柏、海岸：木麻黃、平地：果樹。回黨部辦公室，他立刻動手草擬初步造林計畫，下班時間到了，工友前來提醒他，他揮揮說再等一下。夜幕低垂時他完成了規劃草稿，擱下筆，他眼光穿透白色牆壁投向島鄉田野山巔及海濱，到處一片濃綠。他相信清新整潔的林綠非但象徵著鄉島精神的端麗，而且也能夠日有所寸進地提升島民精神心靈向更高一層的境地。

隔日約旦王國哈山親王來訪。那天，他們到小徑村莊的清朝提督邱良功神道碑參觀，薛十一很尷尬地發覺一旁墓地前的翁仲不知道被誰用五彩油漆塗得庸俗不堪，失去了原來石頭質材的自然樸實的紋理。薛十一問附近一位禮品店老闆是誰漆的？對方回答不知道，不是村公所就是縣政府吧？

「還是部隊漆的？」遲鈍的老闆不明白薛十一的心意，還沾沾自喜地問：「漆得很好看對不對？」

薛十一痛心忖想：美與善、眞都是相通的啊，品味低俗的審美價值既是道德敗壞的結果同時又是敗德的推動之手。方今之計想教化人心提升美的品味唯有居上位者登高疾呼並親以言教身教。

這年五月四日，文藝節當天，獅島史蹟維護整修委員會便在薛十一的火速推動下正式宣告成立。

往後的十幾年，薛十一的宦途十分順暢，跟他約略同時踏入這一途的人或謫遷貶調，或失意歸隱改行，只有他，被同事又嫉又羨地戲稱「不動明王」。這期間，他身處官場，當然也看到不少人性徵逐面目。他時刻暗暗自我儆省，提醒自己上不能負宗祖，下不能愧暗室，他深怕稍有怠忽就會淪入人性之惡萬劫不復的深淵裡。無疑的，這樣的情操也使他失掉某些晉階的時運，第二次增額中央民意代表選舉的前一年，他就婉言推辭掉其岳父要他早做安排，出馬競選的勸告。那一年，薛十一跟生意目光遠大的岳父合資開設了一家水泥砂石預拌廠。

「我甘願當墊腳石。」他回答岳父說：「檯面上的人物風光，但不實在，不適合我。」

跟他岳父說話的薛十一其實內心有絲難以釐清的寂寞不甘。他總覺得官場得意不是他此生的目標及事業的巔峰，總覺得哪裡還有一個目標在等待著自己。不，也不是目標，根本沒有什麼目標，應該說是希望、盼願。年少的時候，即使只是經由文字跟老一輩人的陳述，那加入了想像的經驗的體知也深深傷害了他，比恥辱還要切深的傷害；人性的醜惡。他盼願藉由自己或者誰的某種努力，能夠擦拭掉獅島以及全人類的這分醜惡的歷史跟力量。不錯，人性有惡，可是也有善。薛十一想著，我寧願相信善的一邊的力量強過另一邊的惡，尤其是島鄉的人心，這麼品貌淳美的人民，經歷過這麼多這麼長的苦難。假如惡的一邊占了優勢，那麼以往受的苦難豈不是不值？豈不是白受了？

他的辦公室前面就是鎮上來往人車最多的馬路，馬路面有個小陡坡。一天午後，八月炎夏的寂靜，他的視線穿過窗口，眺望著光影曳動的眼前景物，驀地，心頭浮起一股半疲倦半恐懼什麼的感覺。

不管怎樣，薛十一依舊對眼前的人世充滿信心。（他總告訴自己並訓誡部屬說無信心是敗壞道德的象徵）十二、三年後，他一一檢視以往那個宛如發出新砍的木頭質材芳香的年代：先總統　蔣公崩殂，獅島百姓都佩帶黑紗誌哀，各營區村里，也各設置靈堂悼拜；行政院長在院會中讚譽獅島社會風氣純眞樸實，足供全國表率；台灣銀行發行印有獅島地名的壹佰元券；獅島地區七十四位開除黨籍人員，經中央核准恢復黨籍黨權；一代哲學碩儒方東美先生骨灰海葬金廈海峽水頭灣，百姓沿路路祭。島上兩所國民中學，實驗九年一貫制，績效良好，教育部正式更名爲國民中小學；獅島各界反對美國與中共勾結，紛紛響應「一人一信運動」，忠告美國總統卡特、國務卿范錫，認清共產敵人邪惡本質。持續近三十年的兩岸相互砲擊終告結束。

終止砲擊雖然說是美國跟中共建交，大陸片面的宣告，但從此獅島百姓再也不必每逢單日就提心吊膽卻也是個不爭的事實（自八二三砲戰隔年，中共方面宣布「單打雙不打」，即日曆爲單號則砲擊，雙號則停止砲擊），薛十一相信隨著苦難卑瑣日子的日漸遠離，島鄉將步入另一個眉目俊秀日清月朗的全新年代。

幾年的時光又過去了。

是個久旱少雨的二月晴朗的禮拜天早晨，他跟岳父約好要去水泥廠。正要出門，鬧哄哄地闖進來一批人，原來是鎮上兩戶人家爲了爭奪一口灌溉用的小水池，請他去當仲裁人做公親。薛十一看了看錶，還有點時間，就義不容辭隨他們走了。來到田間，舉目所見，蜂蝶翻飛，土地有股好聞的香味，近，紫白小花相間的豌豆田，遠，太武山巍峨聳立，景致極美。這時，他眼前另一光影稍暗的角落，突然又出現那株斑枝花。

正陶醉在眼前這幅和平景致的薛十一愣了一下，他心如轉輪、天馬行空地聯想，似乎自己曾經在哪裡讀到某位哲學家講過一句發人深省的話，他說：「極善跟極惡推到盡頭，終究會碰面。」這哲理的原則可以在現實界作各種不同情境跟意義的引伸吧？譬如說人心險惡醜劣的亂世和相對的昇平安和之世，都在人心一念之間，都有值得警惕之處。在這樣的體認及心境下，他口氣轉硬地把站在水池旁兩邊的人都訓誡了一頓，告訴他們理應珍惜目前的安諧日子，不該心生貪惡嗔念。

在水泥廠陳經理的辦公室裡，薛十一岳父向他求證防區是不是有意在各地空曠田野間埋設反傘兵空降的水泥樁。

「這件事情的決定權當然在司令官，不過他大概也顧及到百姓有什麼不良的反應，所以也徵詢過我們跟縣政府方面的意見，要我們多多在地方上關照宣傳一下。」

「既然是上面的意思，不可能推翻。更何況這是軍事工程。」薛十一岳父吸了口長長的煙再吐出：「假如能爭取到外包的話，你想想，要多少車砂石跟水泥，這是一筆大生意。」

那天下午，薛十一的轎車從水泥廠出來，發覺天上居然飄起疏落的雨滴。雨少，天空陰沉沉，冷颼颼的，他的車子在十字路口停了一下，繞往另一條不是回家的路。車過山外公車處，眼前擋風玻璃左上角出現一棵棵斑枝花。這次不是幻覺，是剛剛的眞實視覺的殘留。他把車子開回原來的地方。下了車，撫著那一排排有尖刺的樹身，仰望著那紅得淒涼慘烈的紅花，忽然啪地一聲，掉下一朵。他彎腰去撿，一陣刺痛從胸口傳上來，右腳不自主地跪了下去。耳畔充盈著一陣緊似一陣的喊殺及哀嚎聲。他撫著胸口，想起四百年前城破當晚的慘況及火光，在火光跟暗影中左手抓緊四十兩白金右手抓緊背上兒子的祖先，再想到此刻跪在這裡的自己，不由一陣痛苦的冷顫襲上身來。

——收入爾雅出版《夜戲》

【作者簡介】

黃克全，筆名金沙寒、黃啓、黃頎、平川、浯江廿四劃生，一九五二年生於金門金沙鎮，輔仁大學中文畢業，歷任書評書目雜誌編輯，文訊雜誌特約編輯，長年投入執著創作，曾先後榮獲國軍文藝金像獎小說類銀像獎、埔光文藝小說類佳作、光復書局第一屆春暉青年文藝獎助金等。作品豐富，並以研究七等生知名文壇，其中《太人性的小鎮》、《夜戲》、《時間懺悔錄》等小說集皆以早期金門為故事背景，詩集《兩百個玩笑》則關懷退休老兵。作品目錄先後收錄在《中華民國作家作品集》（1999版）、《當代台灣作家編目》（1949—1993）及《台灣文學作家年表與作品總錄》（1945—2000）。

【作品賞析】

出身金門，且以金門為書寫題材者不多，黃克全可謂佼佼者。他是小說家，同時也是哲學家，小說、散文、評論、新詩樣樣通，卻也樣樣精。他的小說多充滿現代主義迷離、惶惑和無家可歸的困境。

〈斑枝花〉主要時空是民國六十年到七十年上下，彼時，一代哲人方東美先生下葬金門海域，美國、中共建交，國民響應「一人一信運動」忠告美國。跟故事主人翁薛十一相關的大事是，他經營的水泥廠有可能包下反傘兵空降的水泥樁，即將大賺一筆。

薛十一基於愛鄉情操，學成後，回歸鄉里服務，儘管仕途順遂，他心中擺盪著善、惡兩種聲音，但認為善的必然勝過惡的。一年一年過去，不見薛十一力行他認為的良善，倒成為一個成功且有名望的商人。薛十一跪在花開似火的斑枝花前，想起四百年前，祖先背棄城中鄉民，攜帶四十兩白金逃離，導致劫匪屠城。

祖先背棄信賴他的鄉人，薛十一則背離自已的信念。祖先的背棄肇因盜匪劫掠，薛十一的背離則是一點一滴被順遂的仕途拉著走。薛十一種種愛鄉奉獻的情操，在〈斑枝花〉紅火的花瓣下，顯現醜陋的面目。薛十一再怎麼努力，都改變不了背棄的宿命。

〈斑枝花〉也嘲諷藉愛鄉名義，卻中飽私囊的人，這一幫人的歷程不外是婉拒高位，不惜一切回鄉服務；然而，權力卻精於滲透，成為無堅不摧的利器，人性終於墮於腐敗。

黃克全的小說素重象徵、隱喻，本篇亦有傑出表現。

——吳鈞堯撰文

離島
金門
閱讀文學地景

夜戲

黃克全

屍首撈起來的時候已經泡得腫脹不堪面目全非。依法醫的推斷跟金典失蹤的時日看來，他死了十三四日了。很明顯的，金典是酒醉不小心跌進糞坑的。關於這點有好幾個人證，當天下午他們那一攤在一起喝酒的誰提議去廟口看做醮跟看演戲，金典嚷著不看不看這齣戲沒什麼看頭，還要跟嘉保拚酒，再喝不到三杯，他自己卻開始打起呃來，而且一直打個不停，接著他便跑到龍虎門旁邊的豬槽，把剛剛吃的東西都吐個精光，回到厝內後他被眾人哄著在長板凳上面躺著休息，其他的三人——嘉保、東方、友聯，繼續在房間內喝酒。沒多久，金典清醒過來，說要回家，眾人挽留不成，也就讓他走了，臨出門前，還取笑他可不要跌到糞坑。不料卻一語成讖。

我們當然也有留意到這點巧合，當天晚上說不要跌到糞坑的是嘉保，嘉保後來也承認他跟金典兩個同時愛上翠文，不過這都已經成爲過去了，他跟金典是從小一塊長大的好朋友，不會爲女人翻臉的。他先退出，不久金典也跟翠文疏遠了，但大家見面還是有說有笑的，感情不滅。金典當天晚上沒有回到家裡，嘉保他們三人在金典出門之後也都來到廟口看做醮看戲，一直到深夜十二點多才各自回家。

錢財，或者平常什麼做人做事方面的恩怨，是沒有的，這點我們都調查過，金典是個樂觀豪爽的人，在村子內人緣不錯，除了愛喝酒以外，任何不良習慣都沒有。但看不出喝酒跟這件命案有什麼牽連。如果要說有的話，大概就是當天晚上喝多了害他失神跌進糞坑吧？

既然嘉保提到那個女人，我們就想，或許跟感情有關。結案之前幾天，我去了一趟這個叫翠文的小姐家裡。跟她相依爲命的父親水紋伯正好出門不在，儘管破敗，護龍厝打掃得十分潔淨，厝落牆角缺磚露土的牆角還種了棵芭蕉。從塌了半邊的矮牆角望出去，有條小路，近身這邊是菜園，另外那邊是八九個連接成一列的糞坑，在本地，這種糞坑每個村子都有好幾處，常常都設在路邊，不加蓋，糞坑一半用石頭或者水泥空心磚砌成一小間露天廁所。那個年代，抽水馬桶在島上不是沒有，就是只有少數幾個達官顯要家才裝得起吧？糞坑這麼靠近路邊，撈起金典的那口也是，尤其是夜裡，人又喝醉，一個閃失掉進去的可能性的確不是沒有，不，可能性簡直就很高。

這樣看來，金典八成眞的是自己倒楣跌下去淹死的。——那個要命的糞坑前的路面有點陡，糞坑邊緣還長了幾棵雜草，人跌下去前大概踩到了，有點亂——。更何況，死者家人，包括他的太太金蟬，也都這樣想，不想再做追究。局長也說，打架、傷害是可能的，謀殺嘛，諒這些說好聽點純樸，說難聽是楞頭土腦的鄉下人也幹不出來。

不過既然來了，那再問問看也不要緊。擺菩薩跟祖宗神主牌案桌的廳堂沒人，我正要出聲，穿了一身鵝黃洋裝的小姐從聽堂旁房間掀開碎花布門走了出來。不用說，她就是翠文了。她的臉不能算多漂亮，不過，乍看就是跟我們本地小姐有著不大一樣的輪廓，我想起日前打聽來的消息，翠文跟她現在的父親水紋伯的關係其實是養父女，三十七年從廈門某個多子女的貧苦人家那裡抱來的，現在兩岸隔絕，不用說，一般人都會把在大陸那邊的親人只當做是死了。只聽說她父親也不是在地的廈門人，是別的省分到廈門海關當差的。派駐到金門的那幾年娶了翠文的母親。

我們坐在廳堂講話，一開始我就表示這只是例行公事，請她不要見怪。她右手握著左手腕笑笑說不會。我盯著她的眼睛，但我看見的是一雙陌生的眼睛，沒有絲毫的驚慌不安之類的影子。做醮當天晚上她到廟前看歌仔戲，看不到半個鐘頭，頭有點痛，就先回家睡覺，睡太死了，所以她父親什麼時候回來自己並不知情。我問她有沒有當天晚上看戲的人證？她說有，而且舉了幾個人名。好，沒事了，打擾。我站起來告辭。跨出廳門時隨和地問平日做什麼消遣。她又笑笑說聽聽唱片看看小說。噢，我聽說了，水紋伯早年在廈門就教過私塾，他的古冊小說想必不少。這是芭蕉吧？我指著牆角問。我們這裡很少見到這種樹喔。是啊，她又笑笑。從外村移過來的……。

說到這裡，陳啓呷了一口葉片沉落杯底早已涼了的茶，一邊撫玩著擺在身前桌上的帽子帽緣，坐在對面的同事廖晨信起身撥開帽子，湊近細看著今早才壓在桌面玻璃下的照片。

「這是你故鄉的村子？」

陳啓沒答腔，只微點了下頭。

「看起來就像回到古代。」廖晨信又說。

照片裡一座小小廟宇，廟前有尊髹上五顏六色的風獅爺，起點一隻黑豬或狗的小路蜿蜒，盡頭處成列簷啄掩翳在木麻黃樹梢間的厝落，沒半個人影，照這張相片的時候應該是下雨後幾天內，因爲風獅爺前面的水泥地一汪水潦。

「有一種沉靜之美。」

「在你眼中看來是沉靜，我呢？我可不一樣，」陳啓突然高亢的強調引得他同事微微詫異著：「或者，那其實是死寂也說不定呢？」

「你怎麼這樣形容你的故鄉？」

陳啓恍若未聞地沉浸在某種思路裡，兀自繼續說著：「以前我曾經跟你說過，我對故鄉最惦掛的並不是那裡的人、人事，而是風景。不，現在我才知道自己錯了，理由很簡單，我們絕不會愛上風景畫片上的外國風景，對不對？不管那種風景多漂亮多迷人。你看這張照片裡的風景，我家鄉這些厝落，說是有一種沉靜的美，我不能說你錯或著幼稚什麼的，就像我們不能笑誰讚美欽羨瑞士的風景優美乾淨。我的故鄉，對你來說無非就是外國吧？那其中沒有跟你有任何牽連的人跟事。我呢，就不一樣了，直到被一股窒悶的氣氛逼得逃出來之前，我整整在那裡待了三十一年。有一天上午，我忘了爲什麼事情從鎮上回到自己的村子，天氣很熱，蟬在四處樹上叫著，我走過一個又一個厝宅牆堵，轉角、巷口，沒見個人影，平常那種——也不能說是害怕，但總是有點異樣的感覺又悄悄的在身體，隱隱約約的，我忽然明白到了，這不是沉靜，是死寂，是人的精神死寂使厝落變得像眼前這樣的死寂。不知不覺中，我也成了個死寂的人。那一天上午——金典之死結案半年多之後，隨著這點明白而來的，沒有任何直接在法律上可以作有效憑藉的證據，但我就是恍然察覺到這件命案的眞相，恐怕不是原先想的那樣子。」

「那你——」

「先不要打岔，聽我把話說完。」陳啓作了個制止的手勢：「那時候我們當然也拜訪了金典剛娶不到一年的太太，她叫金蟬，漂亮，老是在腦袋後面綁著個粗辮子，賢慧，再來就是——呃，不妨說她有鄉土氣吧？總之，是個很傳統很認分的婦女。她也接受了丈夫是自己不小心摔死的講法。坐在前廳板凳上，她有點忸怩地暗暗挪動屁股，很明顯的，即使像下面這些帶關心的埋怨的話她也是費了很大的一番勁才說出來的：她說也要怪金典自己爲什麼還走那條近路，明知那裡不太乾淨。

不太乾淨？妳是說？——我問。

是阿，我跟金典成親不久，有一天晚上到廟裡燒香點火，走那條路回家，看到一個黑影——

會不會是你自己看花了？

不會，還有頭有臉，女人的，金蟬撫著胸口說。剛從廟裡燒香，回來就碰到髒東西，我很害怕，也很丟臉，恐怕是自己哪裡犯著神明吧？都不敢讓別人知道。後來金典自己先告訴我，他說也在那裡碰到一次鬼，我才敢把這件事情說出來。金典想了一下，說，我們商量還是不要把碰鬼的事情說出來。

爲什麼？

我也不知道，金蟬回答。大概是說，只有我們夫妻，別人都沒碰見，怕別人見笑吧？

我在金典太太身上查察到這裡爲止。我本來想到什麼，隨後一想，還沒嫁過來之前的金蟬應該不知道她丈夫婚前好像有個誰的事。我還是去問同村平日跟金典在一起喝酒的朋友來得妥當些。

金典婚前確實跟我們同村的翠文交往過。挑水澆菜的嘉保坐在架在兩隻水桶中間的扁擔，望著宮前的石獅爺說。翠文雖然跟金典同村又同姓，可是血統相差很遠，照說也可以結婚的，但兩人到底沒什麼結果。說出來你可能不相信，是金典主動不要的。爲什麼？我們總覺得，我們跟她不相配。

不相配？你是指哪方面不相配？

很多方面啦。譬如說她愛看書，我們不愛。

你們愛喝酒。我心血來潮打趣地插了一句。

對，我跟金典都愛喝酒。不過她對喝酒這件事倒沒有嫌我們，反而說這才有男人氣概。對太愛看書的女人我們總有點覺得怪怪的，她應該嫁到台灣哪裡才對。怎麼？翠文跟金典的死有牽連？

不知道。事情沒有明白之前總是要多問問。

我跟嘉保告辭後，來到他們村子廟口。廟口右側空地還有當天搭戲棚留下的痕跡。聽說這次演戲是他們村子十幾年來的第一次，戲班是遠從烈嶼請來的。當天晚上，戲棚下擠得熱赤赤，連外村都有人來看呢。我站在那裡，眼前逐漸浮現出戲台上搬演來往的人影唸白，跟唱腔。離開那裡，我沿著小路繞在讓金典喪命的糞坑，快來到糞坑前，有個玩捉迷藏的小孩從左側路邊的蘆笛叢裡跳出來，從我身邊沒命般跑開。就在路邊的糞坑成排都沒加蓋，金典葬身的那個最靠邊間，供人蹲著解便的那半邊被伸進來的馬櫻丹枝葉侵占大半，大概就是這個緣故，少人用，才會遲遲讓人發現。

不知不覺中，我來到水紋伯家，映入眼中的先是半堵矮牆，牆角的那棵芭蕉。放慢腳步，我走到可以瞥見小天井的角度，坐在廳堂門外藤椅上的可不就是翠文？今天她換了一身藍底白點連身裙裝，往左偏著頭，一本什麼書用手扶著，蓋在半邊臉，身子一半浸在月影裡。我看不清她的臉孔，可是，哎，我得承認，在那一瞬間，我對眼前這女人著了迷，不是她的臉孔，而是她整個人，給人一種迷惑的感覺。我假裝綁鞋帶蹲下來，偷偷望著她。儘管她沒察覺，可是我也不能老是站在這裡。隱隱約約的直覺告訴我，她跟金典的死有某種關連，突然滋生起走過去直接質問她的衝動，我沒有任何證據呀！十幾年了，我待在這個叫人悶得發慌地方，工作跟生活都像一灘死水，現在，總算有一件重大案子落在我身前。我影閃閃意識到這件案子將可以救我脫離死海。我不是指記功升級這些事。事實上，比金典的死更讓我關心的是，藉著這件命案本身，打破眼前這死寂生活的假象。正因爲潛意識當中的這點要求，我不甘願讓金典僅僅就以自己無意中跌死，跟別人無關這樣的結論來結案。我終於克制不了衝動，直起腰來，朝水紋伯家中走去。

聽到我的腳步，翠文睜開眼，瞧著我。不過並沒有站起來的意思。我一眼瞥見抓在她手上那本書的書名：「五虎平西」。

妳看這種書啊？

對呀。她笑了下說：有些書是白天看的，有些書是晚上在燈下看的。

我心裡無緣無故跳了起來，強作鎮定地問：哦，什麼書是在晚上看？

譬如說霍小玉、鶯鶯傳啦。她神色一轉，正經地問。怎麼又來問案嗎？

我猶豫了半刻，到底忍不住問了，金典的死，跟妳有沒有關係？

她慢慢挺直了脖子，兩眼盯著我：你看呢？

我緊閉著嘴。

她咳了一下，理了理啞了的喉嚨，往下說：我只能告訴你，可能有關係，可能沒有，誰知道呢？

突然，我對她這搖擺不定的說法感到失望，一股微微的厭惡下，我掉頭就走。

回到局裡，局長對我未能儘早結案有著言溢於表的不滿。對他來講，安撫民心，維持一種地方上表面的安和寧是很重要的。他暗示這是上級的意思。事實上，金典他們村子裡已經傳出許多流言。我明白村子的想法。他們不喜歡自己牽扯進去，命案未破，許多人都有了嫌疑。而且，他們簡單地認定死者分明就是酒醉自己無意中掉下糞坑淹死的。當年，我很瞧不起他們。日後一想，就這點來講，他們未必不對。我自己不也就是依簡單的直覺來認定金典的死跟翠文有關的？

隔年我便辭掉警察的工作，考進這裡，不不，這跟那件案子沒什麼直接的關係，我只是要從那個窒悶的地方逃開。在那裡，唯一不窒悶的那個人卻叫我害怕。我左右不是人，只好離開。就在昨天，我在候機室碰見一個高中同學跟他表姊，閒談中知道她曾經跟過××歌仔戲團。心血來潮，我問她記不記得有一年在某某村子宮口做醮演武？想了想，她記起來了，當天晚上演的戲碼是「霍小玉傳」。

我腦袋好像被摔了一耳光，辭掉警察的工作後，排遣無聊吧？我也拉拉雜雜看些古文小說。在「霍小玉傳」裡頭，霍小玉見到站在身前的負心郎李益，把酒潑灑在地下，恨恨地說：「李君李君，今當永訣，我死之後，必為厲鬼，使君妻妾，終日不安。」李益日後跟他表妹盧氏結婚，霍小玉鬼魂果然前來作怪報復。是的，金典跟他太太金蟬兩次在同一條路遇見鬼，那名鬼，分明就是翠文扮的。做醮當天晚上廟口演了「霍小玉」，翠文睹戲生情，又引起了她的愛恨。她料準金典會走這條路，自己先扮鬼躲在小路左邊蘆笛後面，金典一來到，她撥開蘆笛，喝醉了酒神智不怎麼清楚的金典猛一嚇，往後退，就跌進了右邊路旁的糞坑。翠文原來只是想用嚇嚇來懲罰他而已，她只模仿了小說中的愛恨情節，並無意要置對方於死地。沒想到金典會跌下糞坑淹死。所以翠文第二次跟我見面才說：「我只能告訴你，可能有關係，可能沒有，誰知道呢？」

「慢，慢——」廖晨信搶著說：「我明白你跟翠文這句話的意思，你的意思是說，金典的死可能要歸咎於他自己喝醉酒，腳步沒走穩才摔死的；也可能要歸咎於看到翠文才嚇得退後摔死的，可是，這句話模稜兩可。翠文她真正的意思也可能是指，她或者只是想扮鬼嚇嚇他，但或者也真的想謀害他呀。對不對？」

陳啓盯著他的同事一眼，隔好一會兒，才說：「你說的沒錯。這要看她對金典的恨意多深來決定。」

「依你看呢？」

「這要看她遺傳到父親或母親哪一方的血統比較多。」

「聽不懂。」廖景信搖搖頭。

「假如翠文的血統性格偏向她母親這一邊，也就是說，屬於我的故鄉金門這邊，那她恐怕沒有講難聽是走極端、講好聽是決絕的性格。那麼，她不過是想嚇嚇他而已。假如偏向於她父親那一邊，我不明白他們，那就很難講了。」

陳啓沉思了半刻：「喜愛芭蕉那種柔弱東西的人，其實正好有著相反的性情吧？就像古文小說上許多具決絕復仇性格的女子，其實都是那些浪漫柔情容易傷脆的女子，我在翠文身上看到這種雙重矛盾性，所以才迷戀她的吧？但我懦弱的在地人性格拉住了我，使我又害怕她，就像金典嘉保他們一樣。我到底不敢明白示愛。你猜得不錯。翠文當天晚上在廟前，從誰口中得知金典那一夥人在嘉保家喝酒，回家時也會走往那條路，她提早躲在樹叢裡等他。

金典跟嘉保也許並不是條件多好，多值得翠文傾心的對象，但他們兩人居然分別都放棄了她，這給予她的自尊心打擊之大，是可想而知的。金典在村子裡是出名的美男子，翠文對他用情恐怕很深，之後的由愛生恨也就越強烈。金典淹死的那座糞坑邊緣凌亂的雜草，或許是跟翠文兩個人扭扯下踩出來的吧？第一次見到她的時候她握著右手手腕，莫非在掩飾拉扯時被金典抓傷的抓痕？金典，與其說是個不懂用情的魯男子，倒不如說他有先見之明，知道自己跟眼前這名女子是不相配的。只是他明白得到底晚了些而惹來了殺身之禍。」

兩人都各自沉默著。廖晨信先開口：「不過，直到現在，你還愛著那個叫翠文的小姐吧？」

陳啓沒回答，他戴上帽子，走了出去。他眼前浮現出一個女人在無聲的燭光下手扶書冊的身形，她的身子半浸在暗影裡，一手握住另一隻手腕。

——收入爾雅出版《夜戲》

【作者簡介】

請參閱六二二頁。

【作品賞析】

黃克全的小說常寫到「虛無」，〈夜戲〉也多所著墨。比如，陳啓直說他的故鄉不是「沉靜」，而是「死寂」，人在其間，也成了個「死寂」的人。主人翁對金典的死，不肯善罷甘休，因為他意識到這件案子可以讓他脫離苦海，打破眼前死寂生活的假象。他看見他的希望——女主角翠文，然而他竟感到害怕，繼而逃離。主人翁的退縮，擴大「虛無」的深度，跟無可遏止的宿命，灰濛濛的命運籠罩在每一個人身上。

悲觀的、灰色的主題，卻假金典跌進糞坑溺死進行，以及似有若無的戀情、模仿《霍小玉》的扮鬼情節等，顯得詼諧、傳奇；而以偵探的剝繭方式，一層一層解謎、推翻、再釋意，融入不少趣味。

值得注意的是黃克全在處理金門題材時，常藉「陌生化」的方式，一新讀者耳目。黃克全寫大家熟悉的砲彈、高粱、風獅爺，並添以糞坑、戲班等農業社會產物外，並沒有多寫金門景觀或民俗，反而從人性的共通處出發，寫出了屬於地方、又超越地方的特質。

小說家也恆是思想家，黃克全的思想特質再在〈夜戲〉裡，有了辯證的表現；此外，對愛、恨的描寫跟真相的歧義，除去趣味外，還包裹了人性的深沉跟矛盾。

——吳鈞堯撰文

出版後記

文建會

文學鐫刻了人的內在心靈，也幫我們記錄了那個時代的土地樣貌。土地會隨著各種原因改變它的樣貌，而文學則幫我們捕捉了那個時代的永恆，不僅只是土地面貌的永恆，同時也是生活在這塊土地上，人們心靈的永恆。

愛爾蘭小說家喬哀思曾說：「有一天，都柏林這座城市摧毀了，人們也可以憑藉我的小說《都柏林人》，一磚一瓦地將之重建。」文建會策劃「閱讀文學地景」相關活動，即是希望藉由一篇又一篇的文學作品——小說、散文、新詩，像拼圖一樣，一塊一塊地重新把福爾摩沙台灣拼湊起來。每一塊土地上，都至少有那麼一篇文學作品，記錄了發生在這塊土地上的故事。

期待這些充滿哲思的新詩、情感豐沛的散文、感人至深的小說，可以成為我們生活的養分，當我們走踏在這塊孕育繁盛文化的土地上，也能與文學作家們，靈犀相通。

國家圖書館出版品預行編目資料

閱讀文學地景. 小說卷 / 文建會策劃主辦, 聯合文學編輯製作.
- 初版. -- 臺北市 : 2008.05
5000冊 ; 14.8 x 21公分. -- (閱讀文學地景 ; 3-4)

ISBN 978-957-522-769-2 (上冊 : 平裝). --
ISBN 978-957-522-770-8 (下冊 : 平裝)

857.61 97007615

閱讀文學地景・小說卷(下冊)

策劃主辦 行政院文化建設委員會
編輯製作 聯合文學出版社有限公司

出版發行 行政院文化建設委員會
地址 台北市中正區北平東路30-1號
電話 (02)2343-4000
網址 http://www.cca.gov.tw

編輯製作 聯合文學出版社有限公司
負責人 張寶琴
顧問 向陽、劉克襄
總編輯 許悔之
叢書副總編輯 杜晴惠
副主編 蔡佩錦
專案編輯 張晶惠、李香儀、林淑鈴、吳如惠、邱淑玲、丁國智、詹孟蓉、陳宜屏、吳嘉明
視覺總監 周玉卿
封面指導 周玉卿
封面構想 戴榮芝
封面完稿 戴榮芝、林佳瑩
美術編輯 戴榮芝、林佳瑩、林意玲、徐美玲
攝影 鐘永和、廖鴻基
繪圖 陳敏捷
校對 林淑鈴、吳如惠、陳維信、蔡佩錦、張晶惠、李香儀
地址 台北市110信義區基隆路一段180號10樓
電話 (02)27666759・(02)27634300轉5107
傳真 (02)27491208(編輯部)・(02)27567914(業務部)
劃撥帳號 17623526聯合文學出版社有限公司
登記證 行政院新聞局局版臺業字第6109號
網址 http://unitas.udngroup.com.tw
法律顧問 理律法律事務所 陳長文律師、蔣大中律師
印刷廠 瑞豐實業股份有限公司
總經銷 聯經出版事業公司
地址 台北縣新店市寶僑路235巷6弄5號7樓
電話 (02)29133656
出版日期 2008年4月30日 初版
定價 600元

ISBN：978-957-522-770-8（平裝）